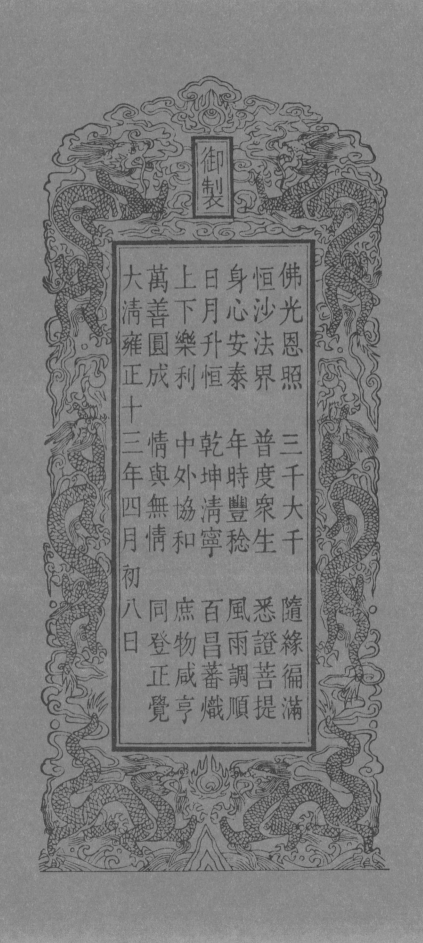

御製

佛光恩照　三千大千　隨緣偏滿

恒沙法界　普度衆生　悉證菩提

身心安泰　年時豐稔　風雨調順

日月升恒　乾坤清寧　百昌蕃熾

上下樂利　中外協和　庶物咸亨

萬善圓成　情與無情　同登正覺

大清雍正十三年四月初八日

第八三册 大乘論（六）

攝大乘論釋 一〇卷 世親菩薩造 隋天竺三藏達摩笈多譯……一
攝大乘論釋 一五卷 天親菩薩釋 陳天竺三藏法師真諦譯……一五二
無相思塵論 一卷 陳那菩薩造 陳三藏真諦譯……五一五
觀所緣緣論 一卷 陳那菩薩造 唐三藏法師玄奘奉詔譯……五二〇
觀所緣緣論釋 一卷 護法菩薩造 唐三藏法師義浄奉制譯……五二三
大乘廣五蘊論 一卷 安慧菩薩造 中天竺國沙門地婆訶羅奉詔譯……五三三
大乘五蘊論 一卷 世親菩薩造 唐三藏法師玄奘奉詔譯……五四八
顯揚聖教論 二〇卷（卷一至卷一六） 無著菩薩造 唐三藏法師玄奘奉詔譯……五五七
此論一部總二十卷乃是瑜伽師地論之樞要也

攝大乘論釋

隋天竺三藏達摩笈多譯

陳天竺三藏法師真諦譯

清刻龍藏佛說法變相圖

攝大乘論釋卷第一

世親菩薩造

隋天竺三藏達摩笈多譯

釋應知依止勝相勝語第一（此品有十七章）

無等聖教章第一

論曰阿毗達磨大乘修多羅中婆伽婆前善入大乘菩薩爲顯揚大乘大體故說所謂爲大乘故諸佛世尊有十種勝相勝語

釋曰問何爲造論答爲敷演應知甚深寛大法性故若除不承佛菩薩力何人有能於此解釋復以何義故此論作如此相說若離阿毗達磨言則不知是聖說爲此義故又是出經名如言十地經今當釋彼經名爲令不知者令知故言阿毗達磨修多羅者彼修多羅中明此阿毗達磨法門故亦爲顯修多羅名

故言大乘者簡異聲聞阿毗達磨故亦有非聖說阿毗達磨有人自以分別慧謂是佛說阿毗達磨或言聲聞所說或言世智者所作爲此故言大乘修多羅即顯示異於聲聞等故復次言阿毗達磨者顯示菩薩藏攝故復次藏攝者顯示調伏自煩惱故於大乘中是菩薩煩惱菩薩以分別爲煩惱故阿毗達磨者甚深寬大爲相此藏有三種謂修多羅阿毗達磨毗那耶即此三上下乘別故爲二謂聲聞藏菩薩藏復次此三及二何故名藏答由攝故謂攝一切所應知義云何成三有九因緣故對治諸疑者修多羅若人於義有疑爲令彼人於彼義得決定故說對治著二邊者毗那耶遮有罪過受用故謂著欲樂邊聽無罪過受用故遮自疲苦邊對治自見著者

阿毗達磨由顯無倒相故復次說三學者修多羅具足增上戒增上心者毗那耶由持戒故得不悔等次第得三摩提具足增上慧者阿毗達磨簡擇無倒義故復次說法及義者修多羅成就法義者毗那耶若修行人調伏煩惱於中得通達故於法義決定善巧者阿毗達磨由此等九因緣故立三藏此等皆爲解脫生死故復次云何得解脫熏知寂通故得解脫由聞故熏於心由思故知於修由奢摩他故寂靜毗鉢舍那故通達此修多羅毗那耶阿毗達磨略說各有四義菩薩解此則得一切智聲聞隨解一偈義則得流盡云何各有四義一依二相三法四義貫穿此者修多羅於中依者依處依人依所爲故說相者世諦相第一義諦相法者陰界入緣生諦念

定無量無色解脫勝處一切處菩提分辯才
無諍等義者隨順相續故一向二數三伏四
普集應知此是阿毗達磨向者阿毗達磨是
向無住處涅槃法說諦菩提分解脫等門故
數者阿毗達磨是數法於一一法中決了其
自相通相等差別有無量說故伏者阿毗達
磨是伏他法能伏他論由具立宗等故普集
者由阿毗達磨普集修多羅義故復次毗那
耶四者一罪過二緣起三還淨四出離應知
於中罪過者謂五篇罪緣起者起罪有四一
無知二放逸三煩惱熾盛四不尊重還淨者
由淨心非治罪法如禁戒攝持故出離者有
七種一自說發露二與學等治罰三一向禁
斷立學句復以別道理故聽四已解謂衆僧
同意共解故五轉身謂比丘比丘尼轉男女
根若不共罪六真實觀由作法鬱陀那勝觀
故七法爾得謂得見諦已小罪及隨小罪法
爾無有故復次毗那耶有四義應知一人謂
依此立學處二立制謂如所白彼人罪過大
師集衆制學處三分別謂制學句已隨更解
釋令分分差別四決判謂於彼分中云何得
罪云何無罪令決定知故今當釋本文婆伽
婆前者爲顯恭敬無異言故善入大乘者謂
得陀羅尼等功德顯示得彼功德已於文於
義能正持正說故此菩薩名善入大乘何爲
而說爲顯發大乘大體故顯發者曠說彼大
體故所謂爲大乘故者依於大乘故十種勝
相勝語者十相勝故所以語勝由此故彼有
十種勝相勝語復次勝言者兩相形故如此
物勝過於彼最上義是勝義復次由因體勝

故彼果語勝今當說彼十種
論曰諸佛世尊有應知依止勝相勝語應知勝相勝語入應知勝相勝語彼入因果勝相勝語彼因果修勝相勝語於彼修差別中增上戒勝相勝語增上心勝相勝語增上慧勝相勝語滅勝相勝語智勝相勝語如是等所說修多羅句顯於大乘是佛語
釋曰應知依止勝相勝語者所可知法名應知謂彼染淨等法即是三性依止者是因義應知依止即是勝相故言應知依止勝相由彼勝相故語勝即是阿黎耶識如是等略釋義乃至智勝相亦爾智即勝相故言智勝相應知相者謂應知自性應知即是相故言應知相即是三性入應知勝相者此應知相中若所入及能入俱名入即是唯識即此入名彼入言彼入因果者唯識名入因者謂世間施等諸波羅蜜即是加行時果體者即此通達時為出世間體故彼因果修差別者即是前因果於此因果中修之差別修者謂數習故此數習於諸地轉勝故名差別即是十地於此修差別中增上戒學者為戒修學名增上戒即是十地中所有菩薩禁戒於諸不善無復作心故增上心學者內觀心此心即是增上學謂三摩提故增上慧學者勝得慧名增上慧此慧即是增上學增上慧學即是無分別智故滅勝相者謂最勝種類自體滅於煩惱障智障故即是無住處涅槃故智勝相勝語者無障礙智名勝智相彼無分別智有對治佛智者離一切隨眠障即是無分別智之殊勝

論曰復次云何顯發此等所說十處聲聞乘中不說唯大乘中說故所謂阿黎耶識說爲應知依止體三種自性分別依止他成就說爲應知相體唯識說爲入應知相體六波羅蜜說爲入因果體菩薩十地說爲入因果修差別體菩薩禁戒說爲增上戒體徤行及虛空器等三摩提說爲增上心體無分別智說爲增上慧體無住涅槃說爲彼果滅體諸佛三身自性身共用身化身說爲彼果智體由此等十處故與聲聞乘殊異殊異者最上故由世尊爲菩薩說是故言諸佛世尊爲大乘故有十種勝相勝語應知

釋曰云何顯發者謂有何相貌故六波羅蜜爲入彼因果體者謂唯識觀得入三性即是清淨波羅蜜因雖是世間能引出世間故入地已去即是清淨爲出世果體故菩薩十地爲彼因果修差別體者即是諸地中修習三學果者即此三學果名果此果中滅是滅果體謂滅煩惱障智障故無分別智是增上慧學體者謂聲聞無四倒分別故名無分別諸菩薩於一切法無分別此是二無分別差別故三種佛身爲果智體者彼三學果名彼果彼果即是智故言彼果智此體即是彼果智體此中若離自性身即無法身如眼若離此則無報身如眼識此能依所依二法平等應知若離報身已入大地諸菩薩受用法不成若無受用法菩薩資糧滿足亦不成如見色化身亦爾若離此解行中諸菩薩及諸聲聞麤淺解初發修行亦不成是故決定應有三身故大乘與聲聞乘殊異者聲聞乘中不說

故最上者顯示於大乘中亦殊勝故

論曰復次云何以此十種如來勝相勝語得顯大乘是佛語亦得遮聲聞乘異於大乘由此十處於聲聞乘中不見說故唯於大乘中說故引生大菩提此十處成就隨順不相違得一切智智故此中有偈

應知依相入　因果修差別　三學果滅智
上乘中殊勝　此說餘處無　見此勝覺因
故大乘佛語　由說十處勝

釋曰此義云何能引大菩提故顯示此義此十處成就隨順不相違者能引生大菩提故引生大菩提者爲因故成就者於三學量中思量觀察如導師顯示道相故隨順者於勝得中起修行時隨順相應住故如導師所說於中隨順而住不相違者於諸地中障礙事不有故如所說道中無有賊等障礙謂生死涅槃不相障礙故

十義次第章第二

論曰復次此十處何故作如此次第說諸菩薩最初由於如是等諸法因中得善巧即於緣生中得善巧故彼等次於緣所生法中得善知其相善知離增益損減二邊過故菩薩於如是等相善相應已次於彼善攝持相中應須通達即於障礙中心得解脫故通達彼應知相已昔加行中六波羅蜜之勝得應須成就依內心清淨故此內心清淨所攝六波羅蜜於十地中應須三阿僧祇劫分分令淨故次菩薩三學應須圓滿旣圓滿已彼果涅槃及阿耨多羅三藐三菩提應須正覺故十處作如是次第說於此說中一切大乘皆得

究竟
釋曰何故作如此次第說者謂始從諸菩薩由於如是等諸法因中乃至彼果涅槃正覺阿耨多羅三藐三菩提等此說由知諸法因故得於緣生善巧由有因故果生非自在天等是故得因果二智次於因所生法應知其相其相云何分別性無執以爲有名爲增益增益於無即是損減實有成就性離此二邊過失故名善巧次於所取應以唯識觀知其相由此觀故得無障礙次於隨順入唯識世間六波羅蜜依世俗得已第一義者應須得謂應修淨心所攝波羅蜜次於十地中經三阿僧祇劫分分應修非如聲聞勝得於三生中起對治便得解脫次即於彼修中戒等三學應令圓滿次學果涅槃煩惱障滅阿耨多羅三藐三菩提三身應得若大乘次第應知齊此何以故若欲說緣生即入阿黎耶識中若說相即入三性中若說勝得即是唯識若說波羅蜜即入諸波羅蜜中若說地即入地中若說學即入學處若說滅及智即攝在無住處涅槃及三身佛語如此故作如是次第說復有別義引生大菩提等者謂能生無戲論無分別智故成就者相應故隨順者不違三量故不相違者非先隨順後相違故偈說

攝持求及悲　亦隨順諸善　非黑曰我見
有益亦有損

得一切智智者謂於一切法中無間一切種智生故此成就等復有別義成就隨順不相違等前句爲本後句爲釋云何成就謂隨順故云何隨順謂不相違故如是展轉

衆名章第三

論曰於中即此最初應知依止說名阿黎耶識世尊於何處說此阿黎耶識名阿黎耶識

世尊於阿毗達磨經偈中說

界體無始時　諸法共依止　由此有諸趣

及涅槃勝得

釋曰世尊於阿毗達磨阿含中說阿黎耶識名阿黎耶識者即是此論初所說阿毗達磨修多羅此中界者是因義諸法共依止者由是因故一切法同共依止謂依止此以爲因體有此一切法依止故諸趣果報由此得生於無量生中有力於善說惡說法中能解其義若復越次得於勝得又爲煩惱依止體由此得有極重煩惱及牢固煩惱此等四種果報中勝者身有堪能翻此者無堪能應知一切者於生死中隨何趣非唯諸趣亦有涅槃勝得以有煩惱即有涅槃故此阿含顯應知依止是阿黎耶識彼阿含復說

論曰即彼經復說偈

諸法所依住　一切種子識　故名黎耶識

我爲勝人說

釋曰此偈第二句釋第一句勝人者謂諸菩薩故

論曰有此等阿含爲證然此識何因緣故說名阿黎耶一切有生染法依住爲果此識亦依彼法爲因故名阿黎耶識又衆生依住以爲自我故名阿黎耶識

釋曰此識名阿黎耶者謂諸法依住故依住者共轉故有生者謂有生起類皆名有生故染法者謂異於淨法故衆生依住爲自我者

執取故

論曰此阿黎耶識復說名阿陀那識於中有阿含如世尊解節經中說

阿陀那識甚深細　一切種子轉如流
嬰兒凡夫我不說　不令分別謂爲我

釋曰復於解節阿含中佛告廣慧六趣生死中彼彼衆生中隨彼彼衆生類若卵生若胎生若濕生若化生中自身轉生於出生時彼時一切種子心最初成熟便得和合麤大增長圓滿有二種取所謂有依色根取故相名分別世俗戲論等熏習取故於色界中有二種取無色界中無二種取廣慧此識或說名阿陀那於身普到徧持故或說名阿黎耶於身隱藏普徧同衰利安否故或說名心以積聚增長色聲香味觸法故廣慧依阿陀那識爲住處轉生六識身所謂眼識耳識鼻識舌識身識意識於中有識眼根及色爲緣生眼識即彼眼識共行同時共境界有分別意識生若一一眼識生隨一一有分別意識與眼識共行同時共境界生隨一時一時若二若三若四若五識身轉生即彼一時一時一分別意識與五識身共行同時共境界生如大川流若有一起浪緣至則一浪生若二若多起浪緣至則多浪生彼川自流無斷無盡復次如淨鏡面若有一起像緣至則一像生若二若多起像緣至則多像生然此鏡面不轉成像亦無損減應知如是如是阿陀那識猶如大川依此而住若有隨一起眼識緣至則隨有一眼識生若乃至隨有起五識身緣至則隨有五識身生如是廣慧菩薩住法住智

得心意識祕密善巧如來一切種一切智不說菩薩齊此名心意識祕密善巧廣慧若菩薩於內於外如實不見阿陀那阿陀那識不見阿黎阿黎耶識不見滋長不見種種（此二謂心）不見眼色眼識不見耳聲耳識不見鼻香鼻識不見舌味舌識不見身觸身識廣慧若菩薩依法住智住法住智得心意識善巧又復如此義者偈中顯示阿陀那識甚深細者難知故一切種子轉如流者謂一切種子次第轉生猶如水流念念相續轉故阿陀那者顯別名故不令分別謂爲我者一相轉故分別謂爲我

論曰何因緣故說此識名阿陀那攝持一切有色諸根故及一切自身取依處故於彼色根攝持不失乃至命在故又於相續受生時取生令得自身故是故名阿陀那

釋曰攝持一切有色諸根故者謂此諸色根爲彼識攝持故乃至命在者即以此句爲釋何以故以眼等諸色根阿黎耶識攝持故不如死身住青瘀等相若至死時彼識捨離故即有此諸青瘀等相是故定知由彼攝持乃至壽限不壞故一切身取依處故者即以相續受生時取生令得自身故等解釋以相續受生識於彼相續生處攝取故何以故能攝持自身具足故由阿黎耶識中具足自身熏習住故即彼生時名爲轉生即彼生時取名爲轉生取由此取故取得自身以是義故阿黎耶識說名阿陀那識

論曰亦說名心如世尊說心意識於中意有二種一次第緣與作依處者由識次第滅意

識依此生故第二染汙意與四煩惱常相應謂身見我慢我愛無明此意即是餘識染汙依止餘識由第一依止生由第二染汙由了境義故次第義故念義故意有二種

釋曰復說名心者阿黎耶識即名爲心意及識二種有別義可見當知此心亦有別義爲顯示此故於中次第緣與作依止處故者謂識若次第滅已得爲意識因此是第一意復有第二染汙意四種煩惱故於中身見者即是我執由此執故則有我慢以取我自高由此等於實無我中起我渴名我愛此等三種皆以無明爲因無明者無智故餘識由第一依止生由第二染汙者若識次第滅已名爲意與當生識處所爲彼生依止故第二染汙意爲染汙依止何以故由善心中亦有我故由了境義故次第義故念義故意有二種者於中取境義故名爲識與處所義故名第一意我相等染汙義故名第二意

論曰復次云何得知有染汙意此若不有獨行無明亦不有此爲過失五識相似亦不有此爲過失如五識身有同時依止故得眼等名不有此爲過失無想定滅盡定無有差別此爲過失無想定染汙意得名滅盡定不爾故有差別又即此無想一生無有煩惱此爲過失若彼天中無有我及慢等者又一切時我執得行謂善惡無記心若不如是唯不善心中得相應我執是煩惱故不應與善無記心共行是故若俱有而共行則無此過若相應現行則有此過故此中有偈

若獨行無明　及相似五法　二種定差別

得名無是過　無想天中生　無我則有過
我執隨順轉　一切處不有　離染意不有
二三即相違　無此即亦無　一切處我執
心行實義時　常與爲障礙　一切時共行
名獨行無明

釋曰此第二染汙意以何道理得成立此意若不有則獨行無明不成何者是獨行無明未起對治時障真如智癡此與五識不相應於此處不爲障礙故若起對治處則於彼爲障亦不在染汙意識若即是染汙意識則有過失非染汙意識者以與餘煩惱共行獨行名則不成又若欲令即是煩惱染汙意識者則有常染汙過失云何施等心得成善以常與彼相應故若言有意與善相應生即建立此爲引生對治能治染汙意識此不成若言有善心與染汙意共生此善心能引生對治治滅餘識此滅則無過復次與五識相似故如眼識等五識則有眼等五根同時爲依止此意識亦應有同時依止二定無差別者若言有染汙意彼無想定中則有滅心定中則無可得差別此二定中意識不行無差別故得名者由念自身故名爲意若無體此名何所依若六識次第過已此識名意不應道理以其滅故又無想天中生一期應無我故若言彼處無染汙意者於彼生中則應無我諸聖人不應猒惡既猒惡故是故應知彼中生者應定有我我執隨順轉者以施等諸善皆與我相應故此我執若離無明則不成無明不離依止此依止離染汙意不可得故

論曰此意染汙故是障礙無記恒與四煩惱

相應如色無色界煩惱是障礙無記爲色無色界奢摩他所藏此意一切時染著故心體第三離阿黎耶識不可得是故成就阿黎耶識爲心由此爲種子故意及意識等轉生何緣故說名爲心種種諸法熏習種子聚集故

釋曰以見意及轉識以阿黎耶識爲因生故心體餘處不可得佛說識者即是次第滅意所攝由彼識滅已說爲意故復次由種種法熏習種子聚集故得名心於中種種者諸法各各相故熏習種子者謂有功能爲彼差别因故聚集者密合積聚一摶相故

論曰復次何故聲聞乘中不說此心名阿黎耶識阿陀那識微細爾焰所攝故諸聲聞人不爲知一切爾焰故於彼雖離此說然得成就彼智令得解脱是故不說諸菩薩等爲欲知一切爾焰是故爲說由離此智不可得一切智智故

釋曰微細爾焰所攝故者此亦微細亦爾焰故名微細爾焰又入在微細爾焰中以難得知故又諸聲聞不爲知一切爾焰故修行唯作自利故彼等麤煩惱障唯以苦等智得滅故菩薩爲除自他煩惱障智障故修行是故爲說

論曰然於聲聞乘中亦以别道理說阿黎耶識如增一阿含中說衆生喜阿黎耶樂阿黎耶集阿黎耶求阿黎耶爲滅阿黎耶說正法時爲聽聞故應攝耳爲欲知故應作意願滅阿黎耶故受法順法如來出世故此希有難得法世間顯現如來出生四種可讃經中以如是别名阿黎耶識聲聞乘中已顯現

釋曰衆生樂阿黎耶者此句爲本後以現在過去未來三時爲釋餘三句如文次第復有別義喜阿黎耶者謂現在世樂阿黎耶者謂過去世由前世樂阿黎耶是故復集阿黎耶由喜阿黎耶集阿黎耶故復希求未來世阿黎耶順法者如說行故

論曰摩訶僧衹阿含中亦以別道理說此識名爲根本識譬如樹依根

釋曰根本識如樹依根者彼根本識爲一切識因體故譬如樹根爲枝莖等衆物因若無根枝莖等不可得故若有阿黎耶識爲諸識根本亦爾

論曰彌沙塞中亦以別道理說此識名爲窮生死聚有處有時見色心斷絶阿黎耶識中種子無有斷絶

釋曰亦以別道理說爲窮生死聚者此識是窮生死聚體何以故有因緣故有處者界也謂無色界中色斷故有時者有住定時如無想定等阿黎耶識中種子不斷者色心熏習爲因後時色心還從此生

論曰由此應知依止阿陀那識心阿黎耶識根本識窮生死聚等名此阿黎耶識已成大王之路

釋曰成大王路者寬大故

論曰復有餘師執心意識義一名異是義不然由見意及識義故彼心義亦須有異復有餘師執世尊所說衆生意阿黎耶等諸句者此中五取聚是阿黎耶復有餘師執與欲俱諸受是阿黎耶復有餘師執身見是阿黎耶此等諸師迷阿含及修得故於阿黎耶識起

如是等執此聲聞乘中成立道理彼等所成立道理不相應若人不迷阿黎耶體相以彼所成立名阿黎耶識即爲最勝云何最勝若言五取聚是阿黎耶於惡趣一向苦受處生即起猒惡彼衆生一向不愛言是著處不當道理以其常求捨離故若言諸樂受與欲俱是阿黎耶者第四禪已上無有此受已得猒惡故是諸衆生以彼爲著處不當道理若言身見是阿黎耶者佛法内人信解無我於彼即生猒惡以彼爲著處不當道理然阿黎耶識中内我猶在故若於一向苦受處生唯求離苦聚阿黎耶識中我愛所縛故未曾求離又四禪已上生者雖猒惡欲俱樂受於阿黎耶識中我愛繫縛猶在又佛法内人雖信解無我猒惡我見然阿黎耶識中我愛繫縛亦在是故以彼所成立阿黎耶成就阿黎耶識體則爲最勝是爲安立阿黎耶識別道理

釋曰於中不迷者謂諸菩薩惡趣者謂餓鬼畜生地獄等惡趣一向苦者彼趣報體一向非愛故彼處若有樂受生即是津液果彼處生者其報唯苦諸樂受與欲俱是阿黎耶者第四禪已上無有此受已得猒惡故彼處衆生者謂四禪已上及即第四禪中故彼處者謂於彼得生故内我猶在者決定取此識以爲内我故求離苦聚者願捨苦受故阿黎耶識中我愛繫縛者以阿黎耶識爲自我由此渴愛故成繫縛

攝大乘論釋卷第一

音釋

欝於物切　翻孚袁切反覆也　瘀依據切　猒於豔切　繫古詣切維也　縛伏約切束也

攝大乘論釋卷第二

世親菩薩造

隋天竺三藏達摩笈多譯

相章第四

論曰成立此識相云何可見略說有三種一成立自相二成立因相三成立果相於中阿黎耶識爲自相一切染法熏習已爲彼生因攝持種子相應故於中因相者是諸染法此阿黎耶識如彼一切種子一切時現起爲因故於中成立果相者此阿黎耶識以彼諸染法無始已來熏習力得生故

釋曰以如是等別名說阿黎耶識於此別說未知其相故說阿黎耶識自相因相果相等於中自相者一切染法熏習緣故識有生彼功能勝異顯示識體有此功能故攝持種子相應者彼一切染法熏習已即爲彼法生因故言攝持種子彼熏習與彼勝能合故名相應即此自相一切染法熏習已爲彼得生因攝持種子相應識爲諸染法熏習已得勝功能能爲彼生因此是阿黎耶識因相於中始從成立果相乃至言無始來熏習力故得生者爲諸法熏習已此識得生攝持無始熏習故名果相

熏習章第五

論曰復次何者熏習此熏習名復何所名與彼法共生共滅已能爲彼法生因此是所因義譬如胡麻以華熏之胡麻與華同生同滅以胡麻中有彼華香生因故能生香又如欲等行熏習欲等與心同生同滅已後爲欲等生因又如多聞有多聞熏習思念所聞與心

同生同滅已爲彼記録生因由攝持熏習故説名持法者應知阿黎耶識有如此道理

釋曰彼法者即前染法同生同滅已後爲彼生因者謂還與彼染法爲因體

不一不異章第六

論曰復次阿黎耶識中彼染法種子爲分分別住爲無差別無別物體於識中住亦非不異然阿黎耶識如此而生有勝功能能生彼法説名一切種子識

釋曰阿黎耶識中彼染法種子爲分分別住爲無差別耶若爾何失此諸種子若有分分差別阿黎耶識亦應有分分差別又阿黎耶識刹那滅義不成由分分差別故又善惡法所熏習即成善惡種子體然此是無記故若無分分云何言多此義不成是故二俱有過無別物體於識中住亦非不異乃至名一切種子識者於中言非別非不別者爲離如前所説過失故如此而生者謂如其種類而生生彼有勝能者生諸染法時與勝能相應故亦以生彼有勝能故説名一切種子識此中有譬如麥種子於生芽有能得爲種子若壓久若火損能生麥果功能便壞麥相如本功力壞故非復種子阿黎耶識亦爾有生一切法功能由與功能相應故説名一切種子識

更互爲因果章第七

論曰復次阿黎耶識與諸染法同時互爲因云何可見譬如然燈焰及炷生與燒同時爲因又如蘆束更互相持同時不倒故識與諸法亦爾更互爲因應知如成立阿黎耶識爲染法因染法爲阿黎耶識因亦爾餘因緣不

可得故

釋曰復次阿黎耶識與諸染法同時互爲因云何可見者以譬喻顯示猶如然燈焰與炷一刹那同時互爲因以依炷故焰得生即炷爲焰生因即彼刹那焰能燒炷即焰爲炷燒因此即顯示俱有因義由因現住即見果生故從如阿黎耶識爲染法因染法爲阿黎耶識因亦爾乃至餘因緣不可得故者此言顯示阿黎耶識與諸染法更互爲因亦即顯示因緣故

因果別不別章第八

論曰云何熏習無異無種種得爲有異有種種諸法作因譬如以縷種種結衣當時無種種可見若入染器已則有無量種雜色相貌於衣上顯現阿黎耶識亦爾爲種種熏習所熏於熏時無種種異若生果染器現前時則有無量種種法相貌顯現

釋曰云何熏習無異無種種得爲有異有種種作因者如此道理即以譬喻顯示如衣以縷多種結時無種種相貌可見若置染器已則有種種相可見阿黎耶識亦爾譬如衣生果如染器故名生果染器置者緣所攝故熏習時未有種種至於果時則爲無量相貌因體諸法顯現如衣已染

緣生章第九

論曰此緣生於大乘中微細最深略說有二種緣生一自體分二愛非愛分於中由阿黎耶識故諸法生起此是自體分緣生與種種自體分爲緣故復有十二支緣生是愛非愛分爲善趣惡趣可愛不可愛種種身分緣故

釋曰此於大乘中微細最深者於中凡夫智不能知故微細阿羅漢等不能測故最深於中略說有二種者此是立門自體分愛非愛分以此二種緣生名解釋由阿黎耶識故者謂阿黎耶識爲因故諸法得生此名自體分謂與種種類身分爲因故若說無明等此是愛非愛分何以故由爲種種愛非愛身分因故

論曰若於阿黎耶識中迷第一緣生或執自性爲因或執宿作爲因或執自在天變化爲因或執我爲因或執無因緣復次若迷第二緣生執我作者受者譬如衆多生盲丈夫未曾見象或復有人以象示之有觸象鼻者有觸牙者有觸耳者有觸尾者有觸脚者有觸脊者有人問之象爲何相或復答言猶如犂柄或言如杵或言如箕或言如木桶或言如箒或言如石山作如此說如是如是不解二種緣生無明生盲者或執自性或說宿作或說自作變化或說我作或說無因或執作者或執受者由不識阿黎耶識體相及因相果相故如不識象體若略說阿黎耶識即果報識一切種子識是其體相由攝持三界中一切身一切趣故

釋曰或言宿作因者由不許有現在士夫力因故如是等生盲衆生以譬喻顯示無明生盲者謂十二支緣生中最初無明由無明故名爲生盲不解阿黎耶識體相因相果相故者如前所立阿黎耶識體相說名體相所立因相名因相所立果相名果相於此不解由無明力不解阿黎耶識自體分故執自性等五因爲諸法因由不解第二愛非愛分故執

我爲作者受者於中因者一切法熏習於阿黎耶識中有故果者即是諸法所熏故果報識一切種子是其體相者由得身成熟名果報故一切法種子者即是熏習已名種子故一切趣者謂五趣故一切身者謂趣趣中同類不同類種種身故已說阿黎耶識爲一切法種子欲明了彼種子體故以偈顯示

論曰此中有偈

外内不明二　世數第一義　此一切種子
當知有六種　剎那及俱有　與彼相隨轉
決定及待緣　亦引生自果　堅無記可熏
與能熏相合　異此不可熏　是爲熏習相
六識無相合　三差別相違　二念不俱有
餘生例應爾　此外内種子　有生及有引
枯死由引因　自體後邊滅

釋曰以外内不明二等五偈顯之於中外者謂穀子等内謂阿黎耶識不明者外種子不可記義故二者阿黎耶識有善有不善故復有別義以染汙清淨爲二世數者外法但以世數說爲種子何以故亦以阿黎耶識變異有故第一義者唯阿黎耶識爲彼諸法種子此諸法種子有六種剎那者此二種子無間生滅故若常則不得爲種子以一切時如本無差別故俱有者非過去非未來非別處若此時種子有即此時果生故與彼相隨轉者阿黎耶識隨轉乃至對治道生外種子乃至根未壞及果熟決定者以種子決定故非一切故一切得生各自決定若此種子還此物生待緣者非一切時一切生故於何處何時得其生緣即彼處彼時生故亦引生自果者

自種子能引生自果故如阿黎耶識還引生阿黎耶識穀等引生穀等如是等六種顯種子生果義此熏習相今當顯示堅者由堅故可熏不如風動風不能持熏習由熏習不能隨風轉至一由句故若瞻波迦華所熏油香氣隨轉至百由旬外無記者謂無記氣如蒜不可熏以臭故香亦如是不可熏故若無記物則可熏可熏者若可熏物則受熏非不可熏如金銀石等並不可熏若能攝持熏習者乃可得熏謂衣等所應熏物與能熏相合者若相合則可熏非不相合故相合者謂無間共生故若異不可熏者異者謂異阿黎耶識非此異識能受熏以離阿黎耶識餘識不可熏故以是阿黎耶識中具刹那等諸義謂刹那滅故與生起識具有故乃至對治道生所有生死中相隨轉故由決定爲善惡等因故福非福不動行待緣於善惡趣成熟故以阿黎耶識與如是等功能相應故得受熏應須成立諸生起識不合道理六識無相合者諸識動轉故三差別相違者一一識各各依止生各各攀緣各各作意復有別義謂諸識各別相故譬喻者說前念得熏後念爲遮此義故論云二刹那不俱無有二刹那並起義若同生同滅熏習乃得住若言雖不相合然所生之識相類而生故得相熏者餘生例應爾故謂諸別相者亦應得爾如眼等諸根同以淨色爲相應得相熏應作此說以眼根淨色與耳淨色其類同故彼諸淨色應更互相熏雖淨色是同處所各別不言相熏者諸雖同類何得相熏如彼所說二種種子謂外及内

俱有生因及引因於中外種子生因者乃至果熟内種子生因者乃至命盡外種子引因者熟已未種内種子引因者死後屍骸由引因故多時住若此二種子唯有生因旣離彼因即應失滅無有多時相續住義若言剎那傳傳轉故前剎那爲後剎那因者則無有滅時以有滅故當知必有引因此二種子引因者譬如引弓爲箭遠至因

論曰此内種子不類外種子故復說偈

外種無熏習　内種則不然　聞等無熏習

果生非道理　已作及未作　失得相違過

外種内爲緣　以内熏故生

復次其餘生起識於一切身及趣爲受用者應知

釋曰於中一切身及趣爲受用者謂於彼中受用生故由於受用中有故名受用者此義以中邊差別阿含顯示

論曰如中邊差別論說

第一謂緣識　第二受用識　諸心法所持

了別此受用

釋曰此二識復有更互爲因果阿含謂阿毗達磨修多羅偈說

論曰此二種識亦更互爲緣如阿毗達磨修多羅偈說

諸法依識住　識依法亦爾　各各互爲因

亦恒互爲果

釋曰各各互爲因者阿黎耶識於一切時爲諸法生因亦恒互爲果者若阿黎耶識爲因則諸法爲果諸法爲因則阿黎耶識爲果

四緣章第十

論曰於第一緣生中諸法與識更互爲因緣者於第二緣生中復是何緣是增上緣又此六識幾緣所生謂增上緣緣緣次第緣如是等三種緣生謂窮生死愛非愛趣受用等具有四緣

釋曰此三緣生窮生死愛非愛受用具有四緣等者於第一緣生中阿黎耶識與諸熏習法爲因緣第二緣生中無明等是增上緣由無明增上故行得生如是等復次六種識說名受用緣生者具有三緣生於中明識增上緣者謂眼緣緣者謂色次第緣者謂前滅識緣次第生識若前識不捨處則後識不得生耳等諸識類爾

煩惱染章第十一

論曰如是成立阿黎耶識別名及相云何得知如此別名及相唯說阿黎耶識不說生起識若離所成立阿黎耶識染淨皆不得成所謂煩惱染業染生染並不成世出世淨亦不成云何煩惱染不成以六識身中煩惱及隨煩惱所熏習種子皆不得成如眼識與欲等煩惱隨煩惱共生共滅即此眼識爲彼熏成種子非餘即此眼識若滅已餘識間生熏習及熏習所依止皆不可得以無有故眼識先滅餘識間生無有與欲俱生義以過去故不得成如已謝之業果報生不成就及修與欲俱生眼識所有熏習不成此熏習亦不在欲中以欲依止於識故又不堅住亦不在餘識中以諸識各別依止故又不同生滅故亦不在自體中以自體無二識俱生滅故是故欲等煩惱隨煩惱熏習眼識不得成識熏習識

亦不成如眼識所餘轉識亦不成如其相應知

釋曰如是已說阿黎耶識衆名及成立其相今欲成立此二於阿黎耶識中非餘識故以道理顯示如眼識與欲等煩惱共生共滅此即眼識爲彼熏成種子非餘者於中即此者謂眼識彼者謂貪等成種子者謂於因故非餘者謂非耳識等故餘識所聞者謂耳識等隔絶等熏習者謂貪等習氣故熏習依止者謂眼識故與貪俱生者謂與貪等同時生起以過去故爲因不成如已謝之業果報更生不得成就此亦如是不可成就復有毗婆沙師作此執欲令過去爲有然彼過去者但有名所目義不可得何以故若法是有云何過去是故彼報果不成以無熏習故又彼眼識與欲俱生熏習不成者謂即此與欲俱生眼識自熏習尚不得成以此眼識持熏習生欲等云何可成亦不在欲中者謂眼識熏習在於欲中無有成義何以故以欲依止眼識故又不堅住故亦不在餘識中者謂耳識等由依止別異故正以依止別異故則不得有同生滅眼識自依眼耳識自依耳如是乃至意識自依止意以各各別處別識熏習別識不成亦不在自體中者謂眼識不得即熏習彼眼識無二眼識俱生故既無二識同生則無生同滅以如是道理故眼識中欲等煩惱隨煩惱熏習不成乃至眼識熏習眼識亦不得成

論曰復次從無想天以上彼地退此間生煩惱隨煩惱所染初識生時此無種子而生以

熏習及依止並已過去無有故
釋曰初者謂最先起識無種子而生者謂無
因生故熏習及依止者謂心及煩惱習氣
論曰復次對治煩惱識生時一切世間識皆
滅若無阿黎耶識煩惱隨煩惱種子在對治
識中不成自體解脱不得與煩惱同生同滅
若於後時世間識生離欲心不有彼依止及
習氣久已謝滅若離阿黎耶識應無種子而
生是故離阿黎耶識煩惱隨煩惱皆不成故
釋曰對治煩惱識生時一切世間識皆滅者
謂六識皆滅故煩惱隨煩惱種子在對治識
中不成者謂以對治識爲因生世間識不成
故彼於後時者謂於出世心後依止及熏習
者謂依止即是識熏習即是煩惱隨煩惱所
熏習等無種子者謂離阿黎耶無因而生於
中煩惱即是染汙以是義故煩惱染不得成

業染章第十二

論曰云何業染不成行緣識不成此不有故
取緣有亦不成
釋曰今復顯業染不成相云何不成行緣識
不成故福非福不動行生已謝滅離阿黎耶
識何處安置熏習六識身不能攝持熏習此
義煩惱染汙中已説此不有故者謂行緣識
不成故取緣有亦不成何以故有因緣故諸
行熏識由取力故熏習成滿變爲有故於中
業即染名爲業染又由業故有染名業染是
故業染不成

生染章第十三

論曰云何生染不成結生不成故若於不静
地墮住中有意以染汙意識結生此染汙意

識於中有中滅識於母胎中與迦邏邏和合若唯是意識和合受生和合生已依止此識於母胎中意識轉生即是於母胎中二意識同處並生彼和合受生意識不可成立爲意識一切時依止染汙故如意識所緣境此不可得故設令此意識與赤白和合爲即此和合意識是一切種子爲依止此識生餘識爲一切種子若即彼和合識是一切種子者即是阿黎耶識汝自安置別名以爲意識若以依止生識爲一切種子者不以彼所依因體爲一切種子者無有道理以是義故得成就此和合識非意識但是果報識是一切種子故

釋曰離阿黎耶識生染汙不成今當顯示此義結生不成者謂得自身不成故不靜地者謂欲界墮者謂命終染汙意識者意識與煩惱俱故受生者攝取自身故彼染汙意識攀緣生有故中有即滅和合者一相同成壞故謂意識與赤白和合故依止和合意識生餘意識二識俱有者謂一時即有和合意識及依此所生別意識二識一時俱有故又彼和合意識不可成立爲意識何以故一切時染汙爲依止故彼和合意識以欲等煩惱染汙意爲依止攀緣生有是染汙故依止於此故名染汙爲依止此已住胎識不以染汙爲依止以報體無記故如意識所攀緣此不可得故者意識攀緣則可得所謂諸法此和合識無有攀緣是故不可成就此爲意識

論曰復次結生已攝持色根若異果報識無可得義其餘諸識各別依止又不堅住故然

諸色根無識不成
釋曰結生已者謂已得身故若異者謂捨阿黎耶識已餘六識各别處故動轉故如眼識唯定依止眼如是耳等餘識各自依止耳等色根亦爾若無阿黎耶識此諸識各各攝持自依止根者此等諸識動轉故有時不在無攝持眼等諸根即應爛壞
論曰識與名色更互相依如蘆束相依住此義不成故
釋曰今欲顯示此不成義如世尊說識爲名色緣名色爲識緣於中識爲名緣者名謂六識身即說名非色四聚色者即是迦邏邏名色所緣之識若無阿黎耶識何者是耶由依止名色故得刹那傳傳相續轉生不斷
論曰若離果報識所有衆生識食不成離此果報識六識中隨一識於三界所有衆生中食事不成故
釋曰此言顯示識食不成義世尊說四種食一摶二觸三意思四識摶者變成爲相既變已能作攝持身利益事觸者境界相如色等境界唯以見等即能爲身利益事意思者憶念爲相但以憶念爲身利益事如渴者見水得不死故識者攝持爲相由此攝持故身得住若無此識即同死屍臭爛是故應知識亦名食由能作身利益事故於中觸食者六識身意思者憶念心既說識食故知更有别識又如重睡無心及悶絶滅定等六識身滅爾更有何者持身得不爛壞阿黎耶識若捨離時身則爛壞故
論曰若從此退已於上靜地生以染汙不靜

意識結彼生此不靜染汙心於彼地中若離阿黎耶識種子不可得
釋曰前已說不靜地結生不成靜地不成今當顯示此處以染汙識結彼生若於靜地亦以染汙不靜結彼生染汙者以彼地煩惱所染故彼地煩惱者謂著定味等此染汙即在不靜地此人於不靜地死既死已彼上地心云何現前既不現前云何得結彼生是故決定應有阿黎耶識由有無始時彼地熏習心在由此熏習彼心現前得結彼生故
論曰設令生無色界所有染汙及善心若離一切種子果報識此染汙及善心應無種子及住處故
釋曰生無色界者謂解脫色界染汙及善心者謂樂三摩提味無種子及無住處者謂無因及無依止更有別義若無種子何因而生若無住處云何得依止住彼心爲阿黎耶識攝持故從自種子生即依止此識由有依止故得相續住
論曰若即於彼界中出世心現前所餘世間心滅盡便應滅離彼趣
釋曰即於彼中若出世心現前唯除此出世心其餘皆是世間心彼諸世間心皆不有故便斷彼趣即是不由功用得無餘涅槃既無此理故離阿黎耶識不成
論曰若生非想非非想中依無所有處出世間心現前即應捨離二趣此出世識不依止非想非非想趣亦不依止無所有處趣依止涅槃處亦不成
釋曰若於非想非非想處生有時依無所有

處出世心現前以彼處心明利故非想非非想處心鈍故於明利心處修出世心現前彼出世心依止第一第二趣並不成以此二地皆世間故又別地生別地心現前依止三趣亦不成由身有餘故若此心以涅槃爲依止亦不成以如是等三種依止既不成若離阿黎耶識此出世心住於何處

論曰若人造善造惡於捨命時若離阿黎耶識或上或下次第身冷不得成是故若離一切種子果報識生染汙亦不成

釋曰於中造善造惡則有從上從下身冷不同以造善者上昇爲惡者下墜是故若不許有阿黎耶識爲攝持者云何得如此身即隨冷由阿黎耶識爲攝持者故或上或下次第放捨隨所捨處則爲死屍故得身冷

攝大乘論釋卷第二

音釋

蘆 籠都切葦也 縷 力主切綫也 箕 居之切 箒 之九切 屍 升脂切 骸 雄皆切骸骨也 爛 郎旰切糜爛也

攝大乘論釋卷第三

世親菩薩造

隋天竺三藏達摩笈多譯

世間淨章第十四

論曰云何世間淨不成如未離欲界欲未得色界心即以欲界善心修行除欲界欲此欲界修行心與色界心不得俱生俱滅故無熏習種子不成無有色界心爲過去無量生中餘心隔故彼靜心種子不得成就已無有故是故成就彼色界靜心由一切種子果報識次第傳來得爲因緣修行善心爲增上緣如是一切離欲地如其相應知如是世間淨離一切種子果報識亦不成

釋曰如世間淨不成今當顯示如爲離婬欲起修行時修行欲界善心於色界心無有熏習以不同生同滅故彼色界心即是無種子而生以彼過去色界心無量生中餘識所隔已過去無有不成故彼靜心種子爲因緣者從阿黎耶識中自種子生故彼方便善心非無功力得爲增上緣則爲功力但非因緣由彼增上故色界心得生如是破色欲時亦爾故

出世間淨章第十五

論曰云何出世淨不成如世尊說從他聞音及自正思惟由此二因正見得生此他音聲及正思惟爲熏耳識爲熏意識爲熏耳意二識於彼法中起正思時耳識不生意識亦爲餘識別攀緣所聞若於正思惟相應心生時彼意識久滅過去聞所熏及熏習皆不得有何處得種子於後時生正思惟相應心與正

思惟相應者是世間心與正見相應者是出世間心無有共生共滅義故不爲彼所熏既不被熏則爲種子不成是故出世間淨離一種子果報識亦不成彼中攝持聞熏習種子不成故

釋曰如出世淨不成今當顯示於他音聲及正思惟者謂正與聲相應思惟此意識爲餘識別攀緣所聞者謂與正見相應出世心隔絶故若正思惟相應心生者謂於後時正思惟彼久滅過去者謂前意識已謝滅經無量時聞所熏及熏習皆不得有云何得以此爲因生後正思惟相應意識彼中者謂世間意識中聞熏習者由聞他音聲熏習意識中若作是念彼攝持種子不成故謂攝持出世淨種子不成故若有種子生義可成

論曰復次此一切種子果報識既爲染法因云何復成彼對治出世心種子又此出世心昔未曾有故無熏習既無熏習從何種子而生汝今應答善清淨法界所流津液聞熏習爲種子得生

釋曰此果報識既爲障礙因體即不成彼對治因體又此出世心初未曾有者謂昔來未生故無熏習者由昔來未生彼出世心熏習決定未有故善清淨法界所流津液聞熏習爲種子得生者爲別異聲聞故言善清淨法界所流津液聞熏習由善清淨法界滅智障煩惱障故名善清淨法界所流津液者即是所說法謂修多羅等於此法界所流津液修多羅聽聞故名法界所流津液聞即此聞熏習故名法界所流津液聞熏習又復聞即是

熏習故名聞熏習彼聞熏習住阿黎耶識中爲因生起出世心

論曰此聞熏習爲是阿黎耶識自性爲非若是阿黎耶識自性云何得成對治種子若非彼識自性此聞熏習種子依止云何可見乃至佛菩提位所有聞熏習隨在何身中與果報識同相而生猶如水乳然非阿黎耶識以成彼對治種子故

釋曰所有聞熏習爲是阿黎耶識自性爲非設爾何失若是阿黎耶識自性云何阿黎耶識還自成對治種子若非彼識自性此聞熏習應別有依止乃至佛菩提位所有聞熏習者即是善清淨法界所流津液熏習力故隨在何身中者隨於何身中同體而生然非彼自性猶如水乳雖復一體而生然此聞熏習非阿黎耶識以對治阿黎耶識故

論曰於中依下熏習成中熏習依中熏習成上熏習由聞思修數習故

釋曰於中下中中上者應知聞慧思慧修慧一一各有三等復有別義聞慧爲下思慧爲中修慧爲上聞思修數習者於聞等中增上修行以下品爲因得中品中品爲因得上品故

論曰彼聞熏習種子隨下中上應知皆是法身種子是阿黎耶識對治故非阿黎耶識所攝故出世善清淨法界所流津液故雖是世間爲出世心種子體出世心未生時爲現起煩惱對治故惡趣對治故一切惡業朽壞對治故能隨順得親近諸佛菩薩故雖是世間初修行菩薩所得應知皆法身攝聲聞緣覺所得解脫身攝

釋曰現起煩惱對治者謂欲等出生爲除滅因故由除滅煩惱故對治惡趣應受後報惡道業爲彼朽壞因舉要言之過去未來現在一切惡業對治故於未來世自身得親近善友因故初修行者謂凡夫法身攝者爲法身種子體故解脱身攝者謂爲諸聲聞解脱因體故何以故由聲聞唯得解脱身不得法身故

論曰此非阿黎耶識法身解脱身所攝隨下中上次第增如是果報識漸滅依止即轉依止一切轉已此一切種子果報識悉無種子即一切皆滅復次非阿黎耶識與阿黎耶識同處而生猶如水乳云何一切皆滅如鵝飲水中乳又如世間離欲不靜地熏習滅靜地熏習增依止即轉

釋曰如阿黎耶識與非阿黎耶識同處而生然阿黎耶識盡非阿黎耶識在如鵝飲水中乳乳盡水在以此顯示應知又如世間離欲於一阿黎耶識中不靜地煩惱熏習滅靜地善法熏習充滿依止得轉出世熏習亦爾故應知

順道理章第十六

論曰如入滅盡定説識不離身此成立果報識不離身以滅盡定不爲對治此識故生亦非出定時此識復生此果報識斷已非結餘生不得更生

釋曰滅盡定説識不離身者此爲成就有阿黎耶識由世尊説識不離身者若離果報識餘識不成何以故以滅盡定對治生起識故生見此定寂靜故若復執言出定時識更生

由此意故名爲識不離身者此義不成何以故以出定時識不更生此果報識相續斷已若離託生時不得更生

論曰若人執以意識故說滅盡定有心者彼人所執心不成定義不成故攀緣相不可故善根相應過故不善無記不相應故想受共行過故則有觸故三摩提中此有力故唯滅想是過故思惟即與信等善根俱起過故能依離所依不可得故有譬喻故非一切行者亦不有故

釋曰若人執以意識故說滅盡定中有心彼人所執不成心以定義不成故若欲令離如先所說自相阿黎耶識於生起識中隨一識滅盡定中有此心者此義不成何以故定義不成故未曾見心離於心法如餘心法未曾離心若想受不滅不得滅名則此定不復成定若存有阿黎耶識則無此過爲寂靜住故對治彼怨其餘心及心法故滅定生阿黎耶識不分明故不對治此識故生是故此定不得有餘心何以故攀緣相不可得故心及心法若相續不斷必有所緣相滅定若有心亦應不離所緣相此二俱不可得故此定無有餘心若立有阿黎耶識則無此過此識以攝持身得名故復次若滅定中有餘識生者餘識必有善等分謂善不善無記此心不得爲善若善應與善根相應此即相違故亦非識自性是善以離善根相應無得善義故若定心是善則不許義至與無貪等善根相應此不可許即與一切處餘善心不異故亦不得爲不善及無記與不善無記不相應故離欲

界欲時一切不善根已滅不成不善亦非無記以此定是善故又不可以此心爲善與想受共行過故若離善根不得爲善但善必與善根相應如與善根相應必與想受相應無有別因故所治現行復有能治此義不成如欲等現行不得有不淨觀復次定中若離阿黎耶識有餘心者則有觸生過今當以住餘定爲例但有其餘善根相應定心生時必與觸俱謂因定生猗爲相若樂受觸若不苦不樂受觸以此觸爲緣故則有樂受及不苦不樂受生何以故此觸於定中有力故以見此觸於餘定中生二受有力故於滅定中亦應爾無別障礙因故若爾觸緣受則至此義不成何以故唯滅想是過患故若言有觸緣受修行此定唯爲滅想此不可許以說受想俱滅故又復不應有觸於餘識中若有觸則有相應共有思惟信等善根共生過故經說若有識與觸相應生則有思惟俱生是故於定中思惟現行義得成若有思惟現行則是起作善心此必應與信等善根俱生此義不可許若欲離如前所說過失及離阿含相違過失故言拔去心法無有心法唯有心在爲是此亦不成何以故從所依中拔除能依不可得故心是所依心法是能依此能依所依心及心法無始生死已來更互相依未曾相離由此相引故必應與無貪等善根相應若汝言定及定方便並與彼相違故無貪等不生唯善生者餘處未曾見此道理何以故若法相應生必有津液果相應生是故彼義不成復次更有不成如世尊說身行滅乃至言意

行滅於中身行者謂出入息語言行者謂覺觀意行者謂思惟及想等如覺觀滅則語不得生如是意行滅則意不得生若汝言如身行滅住於定中身得不滅如是意行雖滅意猶得在此義不然何以故有因緣故更有別身行爲身得住因如世尊說由飲食命根及識等故雖無出入息身亦得住意則不爾更無餘意行所持故於彼定中不得以意識爲心住如世尊說識不離身此說果報識何以故由有種子故後出定時生起識從此而生此能依所依一切時如是而生雖加功用不能令其相離何以故有譬喻故此於世間中從生至終更互不相離一切時共生無有能拔其能依令離所依譬如四大及四大所造心法亦爾無有道理令其相離留心獨在若言從所依拔除能依不可得但以想受是過患故唯此二法不現行非餘此亦不成何以故非一切處行者此中不有故經說滅盡定中識不離身者即是成就阿黎耶識是有以世尊說識不離身故若離果報識餘識不成何以故由滅盡定對治生起識生以是寂靜故若有執從定起已識還從身生故言不離者此亦不成以出定時識無更生義以彼報識若相續斷已離結後生無更生義若復執離阿黎耶識以意識故言滅盡定中有心者彼心不得爲善不善無記並不成故由此定善故不可爲不善亦不得爲威儀工巧變化等無記若言是果報無記即是阿黎耶識以無第五無記故若言此心是善即應與無貪等善根相應又此心在時染汙意已滅但住

善中此善心即有所依止及有所緣三事和合云何不生觸既生觸云何不生受等若爾則滅盡定義不成於中心及心法不滅故若汝執言善心勢力引此定生由方便善心勢力故此定雖善然不與無貪等善根相應若和合有能得名和合是故此定雖善於三和合無有能故此不爾如津液果生故以彼方便心是善是故此定即與善根相應故

論曰若復執色心次第生爲諸法種子此破如前復有不成於無色界及無想天退墮從滅盡定起此義不成阿羅漢最後心亦不得成唯除次第緣義得成如是若離一切種子果報識染汙清淨皆不得成是故如前所說相阿黎耶識成就是有

釋曰若執色心相續生諸法前刹那色爲後刹那色因得爲種子初刹那識生後刹那識亦爾若從無色界退彼色久已斷絶云何得種子復生於色若從無想天退及從滅定起此心久滅云何得爲後心生因若如是阿羅漢無有得無餘涅槃以色心因不盡故此前刹那色於後刹那色前刹那識於後刹那識應知但得爲次第緣不得爲因緣是故成就阿黎耶識爲有若住生起識中轉依義不得成此義今以三偈顯之

論曰此中有偈

菩薩善心中　則離於五識　無復有餘識
轉依何心作　對治爲轉依　未滅故不成
果因無差別　於滅則有過　無種子無體
許此爲轉依　彼無二無故　轉依則不成

釋曰菩薩善心中者謂善意識中即是出世

對治相應故則離於五識者謂離眼識等五識無餘識者謂離染汙意識及有流善識爲離有流善識故説善心已復説無餘識轉依何心作者謂於阿黎耶識中一切染汙種子無復種子如此作故若言對治生爲轉依者對治爲轉依非滅不成故煩惱滅故名爲轉依非對治即是滅何以故對治但是滅因故若爾則是果因無差別彼滅即有過故果者謂滅名爲涅槃因者謂對治名爲道彼對治與滅則成一體又對治生時即是涅槃故若汝以無種子無體許此爲轉依者於生起識無種子及無體如此爲轉依彼無二無故轉依則不成故於住出世定時諸生趣識並不有故爾時無種子無及無體無是故轉依義不成若有阿黎耶識諸生起識雖不在彼種子在阿黎耶識中住則能作無種子及無體由轉依不成故應知有阿黎耶識

差別章第十七

論曰復次此阿黎耶識差別云何略説或三種或四種應知於中三種者由三種熏習差別故一名言熏習差別二我見熏習差別三有分熏習差別四種者一引生差別二果報差別三緣相差別四相貌差別於中引生差別者謂新生熏習若無此行緣識取緣有不得成果報差別者以行有爲緣於諸趣成熟若無此則無種子後有諸法生不得成緣相差別者此即是意所取我相若無此則我取意念所緣不得成

釋曰如此成就阿黎耶識已今當顯示此所品類差別於此三種熏習差別中名言熏習

分者所謂如眼名熏習在果報識中爲彼眼生因後果報眼根生時由此眼名言說爲因故生耳等諸根一切名言差別亦如是我見熏習差別者由染汙意中身見力故取阿黎耶識爲我熏習生已則有此我彼他差別有分熏習差別者由善不善不動行力故於諸趣中受生如此差別此義如後應知相初廣說引生差別者謂攝聚種類差別所有新生熏習者謂初起熏習時若無此阿黎耶識引生差別則諸行生滅所熏習識由取所攝持故生有現起此有不成能有後生故名此爲有此有即是善不善取之數習果報有差別者由攝聚行有爲緣於諸趣中成熟若無此阿黎耶引攝分則無有因於後有中諸法眼等色根生起不成此即是果報故緣相差別者即此阿黎耶識分與彼依止染汙意我見爲我取緣相若無此緣相阿黎耶識與染汙意意俱身見爲因此我執所緣境不成此即是津液果

論曰於中相貌差別者此識有共相有不共相無受生種子相有受生種子相共相者是器世界種子故不共相者是各別內入種子故此共相是無受生種子若對治起時不共相障礙滅故共相者他分別所持觀行者於中見清淨如於一切物中種種樂欲種種見成故此中有偈

難滅及難知　所謂共相結　觀行者心異
於外大相中　清淨者不滅　於中見清淨
諸佛見清淨　成嚴淨佛剎

復有別偈

隨種種欲樂　種種見得成　觀人於一物
隨種種欲樂　種種見得成　所取唯有識
此不共相是有受生種子此等若不有器世
界及衆生世界轉生差別不成
釋曰相貌差別者有多種於中謂共相不共
相有受生種子相無受生種子相此阿黎耶
識爲一切衆生所共器世界因體即是無受
生種子不共相阿黎耶識者即是各各自身
色等諸入因體即是有受生種子若離如是
相類阿黎耶識則一切衆生所共受用因器
世界則不成如是若離第二阿黎耶識衆生
世界不成即如枯木無所覺知
論曰復有麤惡相輕安相麤惡相者是煩惱
小煩惱種子輕安相者是有流善法種子故
若無此於果報身中有堪能無堪能差別不
成故
釋曰麤惡相者謂身無堪能故輕安相者謂
身有堪能故
論曰復有受用相不受用相受用相者謂果
報已熟善不善種子故不受用相者謂言說
熏習種子無始時戲論生起種子故若無此
數數所作善惡業得果受用此義不成此新
言說熏習出生亦不成
釋曰受用相者若離此阿黎耶識數數所作
善惡業得果而盡不得成無受用相謂言說
熏習種子者如言說熏習差別中說無始時
戲論生起種子故者謂無始已來俗數流布
因故若無此不受用相阿黎耶識則無本新
言說熏習生起不成何以故於世間中無有
見在言說離本得成若本不有今亦不有故

論曰復有相似相謂似幻燄夢翳等故若無此相似相阿黎耶識由虛妄分別種子故成顛倒相此義不成

釋曰相似相者如幻事為因故即得妄見象等相如是如是由阿黎耶識相似相虛妄分別種子故有顛倒相若無此彼顛倒相不成

論曰復有具相不具相具縛者是具相世間離欲者損滅相有學聲聞及諸菩薩一分拔離相阿羅漢辟支佛如來煩惱障具拔離相煩惱障智障具拔相者如其所應若無此次第滅煩惱義不成何因緣故善惡法果報唯是無障無記此果報是無障無記故與善惡不相違善惡更互相違若果報是善惡無有道理得滅煩惱是故果報識唯是無障無記

釋曰無障無記者於中無障者謂無染由無染無記故名為無障無記非如色界生以煩惱不善為無記此果報若是善不善則煩惱滅不得成何以故若是善更生善若是不善更生不善則生死無有盡義生死者即是煩惱及有流善等釋應知依止竟

攝大乘論釋卷第三

音釋

液（羊益切津也）猗（於綺切輕安也）翳（於計切障也）

攝大乘論釋卷第四

世親菩薩造

隋天竺三藏達摩笈多譯

釋應知勝相勝語第二（此品有三章）

差別章第一

論曰已說應知依止應知相云何可見此略說有三種謂依他相分別相成就相此中何者是依他相阿黎耶識爲種子虛妄分別所攝諸識何者是諸識謂身識身者識受者識應受識正受識世識數識處識言說識自他差別識善惡兩道生死識此中身識身者識受者識應受識正受識世識數識處識言說識此等從言說熏習種子生自他差別識從我見熏習種子生善惡兩道生死識從有分熏習種子生此等諸識攝一切界趣及煩惱等依他相虛妄分別故得顯現此等諸識虛妄分別所攝唯是識量無所有不實義顯現依止此是依他相

釋曰今釋應知相中依他相略說者謂總要而說故虛妄分別所攝者虛妄分別體性故此中身識者謂眼等三界身者識者謂染汙意受者識者謂意界應受識者謂色等六外界正受識者謂六識界世識者謂生死相續不斷數識者謂筭計處識者謂器世界言說識者謂見聞覺知四種言說此等九識皆是應知依止見聞等名言熏習差別爲因自他差別識者謂依止身差別以我見熏習爲因善惡兩道生死識者謂生死趣無量種從有分熏習種子生此等諸識者次前所說諸識攝一切界趣煩惱者謂三界五趣及煩惱諸

識攝者彼識體性故依他相者依他爲體故此中虛妄分別所攝者是彼體性故無所有不實義顯現依止者是無所有不實義顯現因故此中無所有者無實體故如我塵無有實義於無所有中執取譬如我即是無所有而有我相顯現此所依止名顯現依止依止者因義故即是依他相

論曰此中何者是分別相於唯是識量無有義中有義顯現故

釋曰分別相中言無有義者譬如實無有我此唯有識量者於無有義中而顯現故譬如我唯相似顯現故爲義顯現者爲所取相顯現譬如無我而我相顯現故

論曰此中何者是成就相即此依他相中彼義相畢竟無所有故

釋曰成就相者此無所有不實義顯現因中彼不實義顯現無所有故如我相似相實無所有然無我是有

論曰此中身識身者識受者識應知是眼等六內界應受識者應知是色等六外界正受識者應知是眼等六識界其餘識即是此等諸識差別應知如是等識唯是識量以無義故此中以何爲譬以夢等譬喻顯示應知譬如夢中離義獨唯有識種種色聲香味觸舍林地山等義相似相顯現此中實無有義以如此譬應知一切處唯有識以此爲首復有幻鹿渴翳等譬喻應知猶如夢等覺時一切處唯有識如夢唯是識者覺時何故不如是轉實智覺者亦如是轉如正夢時此覺不生若夢覺已此智即生如是未得真實智覺此

智不生若得真實智覺此智即生若未有真實智覺云何於唯識得起比知由阿含及道理阿含者如十地經中世尊說三界唯心故又解節經中世尊說時彌勒菩薩問世尊言所有三昧境像云何與定心爲可說異爲不可說異世尊言彌勒不異何以故定心所緣唯識所顯我說爲識世尊若三昧境像不異定心云何彼心還取彼心彌勒無有一法能取餘法然彼心即如是生亦如是顯現譬如因面見影言我見影謂所見影異於自面彼心亦爾如是生起即於彼心謂有别物可見由此阿含及道理故得顯現

釋曰此唯有識者如十地經及解節經所說故此攀緣唯識所顯故我說唯識者此所攀緣唯識所顯此有何義爲顯唯識離義故由是識所攝故佛言我說爲識顯彼三昧境界是識故然如是生起者爲彼相類而生故於中取爲别義者於中謂於三昧境界中取爲别義者於彼識影謂有别物爲所取體故

論曰如是於靜心中若見青等爾焰影像即見自心無别青等義由此道理菩薩於一切識中應須比知唯是識量又此青等非憶持識以所見境界現前住故於聞思中所有憶持識攀緣過去但是彼影故成唯識以此比量雖未得真如智覺於唯識中則得比知

釋曰此三昧境界青等影像亦非憶持識何以故以非如昔所見即於彼方處如是念知故以現前故彼所有憶持識暗昧此現前住者所見明淨若言於聞思中數習故彼雖過去後思念時如昔而生此亦如是者彼聞思

已過去今則無有於無有中若更生此即是識似彼而生非過去已滅聞思是故此義彌成唯識塵無所有即得成就

論曰如前所說種種識譬如夢等者此中眼識等識體唯識得成眼根等識體是色唯識道理復云何可見此等由阿含及道理已如前說此等若是識體何故似色顯現一類堅住相續轉也顛倒等煩惱住持故若異此於無義中義顛倒則不成若無此煩惱障智障等染則不成此若無此清淨亦不成是故眼等如是生起得成此中有偈

亂因及亂體　所謂色識體　及非色識體
前無後亦無

釋曰眼識等識體非色故唯識得成眼根等識體是色云何成唯識也此等如前阿含及道理中已具顯示一類堅住相續轉者一類者相似故堅住者多時住故由煩惱障智障顛倒煩惱爲因故住持者即是因也若離如是等生起則無非義爲義顛倒心若無此煩惱障染智障染則不有此義以偈顯示亂因及亂體者謂色識體及非色識體如其次第此中色識體爲亂因非色識爲亂體此因體色識若不有彼果體非色識亦無

論曰何故身識身者識受者識應受識正受識於一切有身分共有和合生顯生分受用滿足故何故世識等諸識如前所說種種識生無始時生死流轉不斷故無量衆生界故無量世界故無量所作事更互言說故無量攝受受用差別故無量愛非愛業受用果報差別故受無量生老死差別故云何成立此

等諸識令成唯識略說有三相唯量義無所有故唯二謂有相及見識故唯種種謂種種相生起故此等諸識無有義故故名唯量有相及見眼等諸識以色等爲相以彼等識爲見乃至身識爲見故意識者以眼等一切識體乃至法識爲相以意識識爲見意識能分別故又似一切識生起故此中有偈

唯量二種種　觀行人能入　得入唯心時
此心亦滅離

釋曰云何名具足身分受用此身識身者識受者識等五識應知一切有身者一時有故共有者一時生故所顯者因體故立成三種唯識義如前長行及此偈顯示於長行中言唯量者唯是識量故一切所有諸識皆唯識量何以故由所識義無所有故唯二者成立有相及見故即此一識一分成相第二分成見此是眼等識二分故成立種種者還即此一識隨所起一分種種相生第二分爲能取故若意識所取彼一切眼等識乃至法識爲相即此意識爲見故種種者唯意識爲彼事以不定故其餘諸識有定境界又不分別故是故若能分別則名爲見以如是道理得成唯識偈言入唯量者無有義故入唯二者有相及見識故入種種者由識種種相貌生故觀行人能入者謂修行人相應故何故得入唯心時此心亦滅離也由正入唯心時則義無所有識亦不有若無所取義云何得有能取心也唯二及種種者但是說入唯量因緣餘義如前所說

論曰一種論師說即此意識彼彼依止生得

彼彼名如意思得身口業名此意識於一切依止處生種種相貌似二而生唯似義故似分別故一切處亦似觸而生色界中意識依止身故如餘色根依止身故

釋曰有諸菩薩欲令唯有一意識次第生起今當顯示譬如意思得身口業名者如意思於身門中生名身業於口門中生名口業意業亦爾如是一意識若依止眼生則得眼識名如是乃至依止身生得身識名此中離意識外更無餘識唯除阿黎耶識若汝言眼等根無分別若意識依止彼生亦應無分別如染汙意依止染汙故生起亦染汙此亦應爾者如論說於一切依止處生種種相貌似二而生唯似義故似分別故是故無妨於中一切依止處者謂依止眼等處故種種相貌似二而生者唯似義故似分別故由此二句故可得了知此二句所說即是一識一分似唯義而生第二分於彼似義中似分別而生是故前說無過又一切處亦似觸而生謂於有色處心在定中五識不行於色身中有內受生如餘色根依止於身者如眼等根依止於身此諸根由依止身故即於自身能作損益意識亦爾依止身故令身損益應知復有別義如身根依止於身若有外緣來觸即於身根中似觸而生此似觸生時即於自依止身中爲損爲益意識亦爾依止身故似觸生時亦即於身爲損爲益

論曰此中有偈

遠去及獨行　無身住空窟　能伏難伏心
我說爲梵行

釋曰彼諸菩薩成就所說故引諸阿含偈言遠去者攀緣一切境界故獨行者更無第二故無身者離色身故住空窟者隱在色身空窟中故能伏者自在作用故難調伏者鄙惡故

論曰又如經說此五根等所行境界皆意能受用彼等亦依止於意

釋曰復有阿含說此等五根所行境界意能受用者若根所行處名爲境界此意能分別一切法故一一境界各各受用故名能受用彼等亦依止於意者爲彼等諸根生時此爲因體故何以故若意有別緣則眼等不生

論曰又如經說十二入中說六識身爲意入

釋曰復有阿含說六識身說名爲意無別餘識名故佛說六識身名爲意入是故得知唯獨有意

論曰若有安立阿黎耶識識體爲義識體處彼中成立所餘一切識體爲相識體意識識體及所依止成立爲見應知彼等爲相貌識體爲彼見生因似義顯現爲彼見生依止事

釋曰亦成立阿黎耶識爲相見二識意識及依止是阿黎耶識見分眼等識體及一切法是相分此等即是阿黎耶識體故彼等爲相貌識體者謂眼等爲識生因體成彼所攀緣故爲彼見生因者於彼中起見名彼見爲彼所見義顯現故能爲意識見相續住不斷因故名爲能作見生依止事

論曰如是等識體已成立爲唯識諸義既現前可見云何得知非有如世尊說菩薩具足四法得隨順入一切識體無義一知相違識

相如餓鬼畜生人天同於一物識體見有差别二知無境界識生如攀縁過去未來及夢影等三知離功用應得無顛倒如於實有義中攀縁義識則應不成顛倒由不藉功用得真實智四智隨順三慧故如諸菩薩及得定者得心自在故隨其樂欲彼義顯現如有得奢摩他觀行者修法觀時唯以意念義即顯現又得無分别智者住無分别時一切義不顯現諸義由隨順三慧及前因縁故義無所有即得成就此義中應說六偈後於增上慧學勝相中說謂餓鬼畜生人等

釋曰一知相違識相者諸相違者識所縁義名爲相於中知故知無境界識生者謂見無所攀縁而識得生如過去等知離功用應得無倒者若如所顯現義即如是有者則不須起對治無倒得成如此解知故隨順三智者此智知諸義皆隨順三智故及得定者謂聲聞辟支佛等得心自在者謂已得隨心所作故隨心樂欲彼義顯現者若欲令地界成水如念即成火等亦如是故得奢摩他者謂已得三摩提故修行法觀者於諸修多羅等中觀察修行故唯以意念義則顯現者於一義中隨種種作意則種種相顯現故已得無分别智者若如所顯現義是有則不得有無分别智此智實有故應知彼義決定非有

分别章第二之一

論曰若唯有識義顯現所依止名依他性者云何依他何因縁說名依他從自熏習種子生是故依他依他爲縁生已無功能過一剎那自住故說名依他

釋曰若唯有識義顯現所依止者謂離義唯有識體爲義顯現因即此識體是依他若自所攝云何依他何因緣名依他爲自因所生生已無力住故即此自攝說名爲他故名依他

論曰若分別性依止於他實無所有而義顯現者云何成分別何故說分別無量相貌意識分別顛倒生因故成分別無有自相唯見分別故名分別

釋曰依止於他者謂依止依他性唯識故無所有者無自體故爲義顯現者有義可見故何因緣說名分別者如後次第說於中無量相者謂一切境界相故意識分別者即意識是分別故顛倒生因者意識妄倒生時攀緣因故無有自相者無體故唯見分別者唯見亂識故

論曰若成就性分別性畢究無所有爲相云何成成就何因緣說名成就體無變異故得成就清淨境界故一切善法中最勝等故由是最勝義故說名成就

釋曰彼畢 見無所有爲相者以分別性無所有爲性故云何及何因緣等者如前依他性說體不變異者不虛誑故如誠實中由是清淨境界故一切善法中最勝即此清淨境界體最勝故名成就如已成就衣

論曰復次有能分別有所分別有分別性於中何者能分別何者所分別何者分別性意識爲能分別以是分別者故此意識自名言熏習種子故一切識體名言熏習種子故是故有無量種分別生一切處分別故以是能

分別故說名能分別復次依他性是所分別
復次由此因緣故令依他性成所分別此是
分別性由此因緣故令依他性似義顯現者
如義故復次云何分別能分別何所攀緣取
何相貌云何執著云何起言去何流布云何
增益攀緣於名故取依他性爲相故執著於
見故因覺觀起言故見等四種流布爲流布
故實無義中有義增益如此分別
釋曰云何分別作分別者意識名分別依他
性是所分別由此因緣令成分別爲顯示此
故論云攀緣於名如是等取依他性爲相者
即是取依他性中眼等名字爲相故何以故
取彼相已而起分別故見爲執著者謂於彼
所取相決定如是故覺觀起言者如所執著
以覺觀爲因出言語故見等四種言說所言
說者如所言說見聞覺知等四種流布共相
流布實無有義以爲有義是增益者如所流
布實無有義取爲有義故
論曰復次云何此等三性爲有異體爲不異
應言非異非不異此依他性別道理故成依
他別道理故即此成分別別道理故即此成
成就何等別道理此成依他依他熏習種子
生故成依他何別道理即此成分別與分別
爲因緣相故即此是分別故何別道理即此
成成就如所分別畢竟不如是有故何別道
理於一識體爲一切種種識體相貌也阿黎
耶識識體爲彼餘生起識種種相貌應知爲
彼緣相生起故
釋曰與分別爲因緣相者意識名能分別爲
此能分別所取境界體而生故即此是分別

故者即此意識分別彼相取爲所分別境界體以此義故依他性成分別性如分別意識正分別所分別時此分別畢竟無所有由此義故依他性成成就性

論曰依他性幾種略說有二種依他熏習種子故依他染淨性不成就故由此二種依他故名依他分別性亦二種自性分別故差別分別故是名分別成就性亦二種本性成就故清淨成就故是名成就性

釋曰染淨體不成就故名依他者由此依他性爲分別分成染爲無分別分成淨於此二分中一分不成就故自性分別者如眼等有眼自性作此分別故差別分別者如彼眼等自性有無常等差別作此分別故自性成就者謂有垢真如清淨成就者謂無垢真如

論曰復有四種分別謂自性分別差別分別有覺分別無覺分別有覺者謂善知言說衆生無覺者謂不善知言說衆生

釋曰善知言說者謂有言說智不善知言說者如牛羊等雖有分別然於名字無能故

論曰復更有五種分別一依名分別義自性如此名有此義二依義分別名自性如此義有此名三依名分別名自性如不識義之名於中分別故四依義分別義自性如不識名之義於中分別故五依名義分別名義如此義如是體如是名復次總攝一切分別有十種一根本分別所謂阿黎耶識二所緣相分別如色等識體三似相分別所謂共依止眼識等識體四相變異分別謂老等樂受等貪等枉橫及時節變異等地獄趣等欲界等此

諸變異五似相變異分別謂即前所說變異
此中變異六他授分別謂聞非正法因緣聞
正法因緣分別七不正分別謂佛法外人聞
非正法因緣八正分別謂佛法內人聞正法
因緣九執著分別謂不正思惟因緣身見爲
根本與六十二見處相應分別十散亂分別
謂諸菩薩十種分別

釋曰總攝一切分別有十種分別爲說此故於中根本分別者爲諸分別根本自體亦分別即是阿黎耶識故相分別者以相貌爲相分別即是色等識體故似相分別者於彼相種類中若分別生於所分別中能分別故得此名即是眼識等識體及依止故相變異分別者謂彼緣相若變異即此相變異體名爲分別老等者謂身衰朽四大變異於中分別故名相變異分別等者攝病及死等樂受等謂身有變異爲相亦爾等者攝苦及不苦不樂等貪等亦如是等者攝瞋癡等枉橫及時節變異等者謂於如是身變異相中若攀緣生分別故枉橫者謂殺縛等時變者謂寒熱等時節改變爲相故地獄等者等言謂攝畜生餓鬼等故欲界等者等言即是攝色無色界等故似相變異分別者似彼緣相眼識等所有變異於此似相變異體起分別即是如前所說老等中變異何以故以住彼老等時眼識等亦變異生故他授分別者於他所說有二種謂聞非正法因緣聞正法因緣此二種分別諸法由聞法生善不善亦如是解釋不正分別者即是聞非正法爲因此法外者謂諸出家外道正分別者即是聞正法爲因

此法内者謂佛法内人執著分別者不正思惟爲因故我見爲依止六十二見等如修多羅說與此見處相應分別故散動分別者謂諸菩薩十種分別

論曰一無有相散動二有相散動三增益散動四損減散動五一執散動六異執散動七自性散動八差別散動九如名取義散動十如義取名散動爲對治此十種散動一切般若波羅蜜中說無分別智此等障礙及對治般若波羅蜜義中具足應知經云菩薩云何行般若波羅蜜舍利弗此菩薩即於菩薩不見菩薩不見菩薩名不見般若波羅蜜不見修行不見色不見受想行識何以故色自性空非空故空若色空即非色亦非異空故有色色即是空空即是色何以故舍利弗唯有名所謂色自性不生不滅無染無淨假立客名分別諸法以此客名更相流布隨所流布隨起執著菩薩於此名字一切不見以不見故則無執著如色乃至識亦爾應知以此般若波羅蜜文句故得通達此等十種分別義

釋曰於中無有相散動者即緣此無有爲相名爲散動爲對治此散動故般若波羅蜜經中說實有菩薩言實有者顯示菩薩實有空體即空是體故名空體有相散動者緣有爲相名爲散動爲對治此散動故彼經中說不見有菩薩謂不見以分別依他爲體由此意故增益散動者爲對治此故彼經中說色自性空爲顯分別性色空故損減散動者爲對治此故彼經中說不空謂色法如不空故一執散動者爲對治此故經言此色空非色何

以故若依他性與成就性是一者依他性亦應如成就性爲清淨境界異執散動者爲對治此故經言非色異空何以故若此二有異即法與法性亦應有異此異不成如無常法與無常不可有異約分别性故言色即是空空即是色以分别性色無所有即是空此空即是色無所有非如依他與成就性自性散動者爲對治此故經言舍利弗唯有名所謂色以色自性即是無所有故差别散動者爲對治此故經言自性不生不滅無染無淨於中若生即有染若滅即有淨由不生不滅故即無染無淨此等諸句其義如是如名起義散動者謂隨名取義即是散動爲對治此故經言假立種種名字分别諸法種種者謂隨義取名即是散動爲對治此故經言假立客名更相流布謂非義自性有如是名爲對治此十種散動故說般若波羅蜜經由此說爲因故無分别智生

攝大乘論釋卷第四

音釋

窟苦骨切穴也　枉於往切抑枉也　横戶孟切順理也

攝大乘論釋卷第五

世親菩薩造

隋天竺三藏達摩笈多譯

分別章第二之二

論曰若由別道理依他性得成自性此三性云何得不成一也由別道理故成依他性不由此成分別及成就由別道理故成分別不由此成依他及成就由別道理故成成就不由此成依他及分別復次云何得知依他性爲分別性相顯現而住然非分別性體也於名前無智即體相違故多名有多體此相違故名不定雜體相違故此中有偈

於名前無智　多名及不定　同及多雜體成就此相違　法無而可見　無染而有淨應知如幻事　亦復似虛空

釋曰如依他性中雖分別一分可見然不成彼性顯示此故於名前無智同體相違故者若分別與依他是一體則離名於義中智生如瓶離瓶名於瓶義中瓶智不生若瓶名與瓶義是一相者則應智自生以不一相故若言名義同體即是相違此中成立名是依他義是分別何以故此依他由名力故成所分別又一義有多名若名義是一相如名有衆多義亦應衆多若爾此義則應有多體此一義有多體即是相違是故兩性一體即是第二相違又名不定如瞿名能目九義若執名義是一即諸義同體此執是第三相違以無量別相義皆成平等一體故偈中亦說此義於偈中言成就者明依他與分別不同體義成就法無而可見等此一偈爲教諸弟子幻

等譬喻故弟子有二種相違疑難法無而可見無染而有淨於此有疑於中如幻事者如幻像實不有而可見義亦如是雖不有而亦可見又如虚空雲等不能染汙本性清淨然雲等除時名爲清淨諸法亦爾無有染汙本性清淨然除客塵障垢時名爲清淨應知

論曰復次如所顯現旣不有此依他性一切種悉無何故不成若無依他成就性亦無一切無所有此義不成若依他性及成就性俱無則無染汙及清淨過現見染汙及清淨是故非一切無此中有偈

若無依他性　成就性亦無　則亦恒不有

染汙及清淨

釋曰依他性如所顯現不如是有今爲顯一切種悉無不成故説此依他若不有成就亦不有何以故由有染故則有淨是故若二種俱無則一切悉無此義不成今當顯示謗無染淨此是過失何以故現見有染有淨故此依他成就二法現見是有若執言無則是實有染淨而謗言無

論曰於佛世尊大乘方廣經中彼經中説云何應知分別性若説無所有門應知云何應知依他性若説幻燄夢像影響水月化等譬喻應知云何應知成就性若説四種清淨法應知四種清淨法者一本性清淨所謂真如空實際無相第一義法界等二離垢清淨謂即是離一切障垢三至得道清淨謂一切菩提分法波羅蜜等四道生境界清淨謂所説大乘正法此是清淨因故非分別性最清淨法界所流津液故非依他性此等四法中攝

得一切淨法此中有偈
幻等說於生　說無顯分別　四種清淨法
此說成就性　清淨有本性　無垢道攀緣
一切清淨法　此四種所攝
釋曰本性清淨者是自體清淨此自體即是真如一切衆生皆有以平等相故由有此故說一切法爲如來藏離垢清淨者即此真如離煩惱障智障垢已由此真如清淨故得名爲佛至得道清淨者得彼之道亦是清淨即是菩提分念處等波羅蜜故道生境界清淨者是諸菩提分法勝得生緣此生緣亦是清淨故說道生境界清淨即是修多羅等十二部言教此言教若是分別即成染汙因若是依他即成虛妄最清淨法界所流津液故非虛妄由離此二性故得爲成就又此四種相於大乘中隨說一種應知即是說成就性於中初二不變異成就故故名成就後二以不顛倒故名成就於後偈中具明此義幻等說於生者依他性說名爲生隨於何處說一切法如幻乃至如化等應知此說依他性說無顯分別者若說無有色無所有乃至一切法無所有應知此說分別性

論曰復次何因緣故如經所說依他性譬幻事等爲除他人於依他性虛妄疑故又云何他人於依他性中虛妄中生疑他人作如是念云何實無有義而成境界爲除此疑故說幻事譬若實無有義心及心法云何得生爲除此疑故說餤譬若實無有義云何愛非愛受用得成爲除此疑故說夢譬若實無有義善不善業愛非愛果云何得生爲除此疑故

說鏡像譬若實無有義種種識云何得生爲除此疑故說光影譬若實無有義種種流布言說云何得生爲除此疑故說響譬若實無有義取實三摩提中境界云何得成爲除此疑故說水月譬若實無有義得自在菩薩以不顛倒心爲作衆生利益事故生云何得成爲除此疑故說變化譬

釋曰爲顯示依他性故說幻等譬於中虛妄疑者於虛妄體中生疑故於依他性中以幻等譬喻顯示如幻像實無有義而成境界諸法亦爾爲除彼疑故作幻譬若無義則無所攀緣心及心法云何得生爲對治他人此疑故說燄譬於中燄譬心及心法水喻於義如燄動故水義識生實無有水如是心及心法亦爾由動故實無有義而生於識諸小凡夫

又復有疑若無有義云何愛非愛受用得成爲除此疑故以夢譬依他性如夢中實無有義而愛非愛受用得成此中亦爾受用得成又復有疑若善不善業無義云何愛不愛果義得成爲除此疑故以鏡像譬喻依他性如鏡像實無有義即於自面有像智生實無有像義可得此亦如是愛非愛果義實無所有然亦可見應知又復有疑若無有義云何得有種種識生爲對治此故以光影譬依他性如人弄影隨種種相貌則有多種影現然無實影義可得識亦如是實無種種義然有種種義可見又復有疑若無有義云何無量種流布言說得生爲除此疑故以響譬依他性如響實無有義而亦可聞如是流布言說實無有義而亦可得又復有疑若無有義云何

得定者心及心法得見於義由經說得定心者如實知如實見故爲對治此故說水月喻如水月實無有義而亦可見以水潤滑澄清故定心亦爾實無境界義而亦得見三摩提如水體潤滑故又復有疑若無實衆生云何得如實智諸菩薩等先以智慧觀察爲彼等衆生於諸趣受身爲對治此疑故以變化譬喻依他性如變化實無有義隨化者心一切事成非無化事可見如是雖無受身實義然爲一切衆生故受身此義可見應知復次爲何意故世尊說幻等八喻今當顯示於中說幻喻者爲對治眼等六内入由眼等猶如幻像實無所有而亦可見應知以此顯示燄譬喻者喻器世間以體寬大是故如焰由動摇故實無有水而見有水爲對治受用色等故說夢喻如夢中色等實無所有然以此爲因愛憎等受用得成以此顯示爲對治身業故說鏡像喻由善不善身業爲因緣故有餘色像生爲對治口業故說響譬由口業爲因故得口業果猶如響以此顯示意業有三種一欲界二静地三聞等生於中爲對治欲界意業故說光影譬由意業果報猶如光影故以此顯示爲對治静地意業故說水月譬由静地意業果如水中月實無所有然於静心中有種種果顯現爲對治聞等意業故說變化譬於中聞等者謂聞思熏習顯示此聞等意生如化

論曰世尊依何義故於梵天問經中說如來不見生死不見涅槃於依他性中約分別性成就性故生死涅槃體無差別義彼中即此

依他性分別分成生死成就分成涅槃

釋曰此等三性法相如修多羅所說隨順相應今當顯示依何義故梵天問經中說如來不見生死及涅槃依生死涅槃無差別義故依他性非是生死由成就分即是涅槃故亦非涅槃由即彼分別分成生死故是故不可偏說一分世尊見依他中無偏一性由此意故於彼經中說不見生死不見涅槃

論曰如世尊於阿毗達磨經中說三種法染汙分清淨分彼二分依何義故作如此說依他性中分別性是染汙分成就性是清淨分即此依他性是彼二分由此義故作如此說此義以何譬顯示以金土藏爲譬如金土藏有三種可見謂一地界二土三金於地界中土非有而可見金實有而不可見若以火燒土則不現金則顯現復次於地界中土相現時是虛妄體現金體現時是真實體現是故地界有二分如是如是此識性未爲無分別智火所燒時於識性中虛妄分別性顯現成就性不顯現此識性若爲無分別智火所燒於識性中實有成就性顯現虛妄分別性不顯現是故此虛妄分別識體依他性有二分如金藏土中所有地界

釋曰如是阿毗達磨修多羅中說分別者染汙性成就者清淨性依他者彼二分體由此義故說三種法謂染汙分清淨分彼二分以此金藏土譬喻顯示於中金藏者是金種子地界者是堅性土者是所造色於土顏色中則有三種可得彼地界中所有金但土相顯現彼金體以後時可得故知何以故若以火

燒金則得現是故知金本來是有

論曰世尊有處説一切法常或説無常或説非常非無常爲何義故説常於依他性中約成就性故説常約分別性分故説無常約彼二分故説非常非無常爲此義故説如常無常不二苦樂亦不二善不善亦不二空非空不二我無我不二寂靜非寂靜不二有自性無自性不二生無生不二滅無滅不二本寂非本寂不二本性涅槃非本性涅槃不二生死涅槃無二如是等差別諸佛世尊一切密語皆隨順三性如常無常門説此中有偈

如法無所有　而現無量種　非法非非法
故説無二義　依一分顯示　或有或非有
依二分説言　非有非非有　如顯現非有
是故説爲無　由如是顯現　是故説爲有
自顯無所有　自體不住故　如取既不有
故成無自性　由無性故成　前爲後依止
無生滅寂靜　及本性涅槃

釋曰如法無所有而現無量種者此上半偈如其次第即是非法非非法何以故以無所有故名非法以非無顯現法故名非非法以非法非非法故説即是無二義一分者一邊故或有或非有者或於有邊或非有邊顯示者説故依二分説言非有非非有者由依他性具二體取此義故説爲非有非非有如顯現非有者如所見法彼是非有以如是故説名爲無是故説爲有者即以此義故説名爲有今當顯示説無自性意自不有者由一切法無有離因緣能自有者此是一種無自性意體不有者又是一種無自性意若法滅已

彼體不復更生是故無自性自體不住故者諸法即於生時無力能過一刹那住此亦是無自性此等無自性法與聲聞共有如取既不有者此不與聲聞共如凡夫所取分別性不如是有故此意名爲大乘中無自性法又即以此無自性故無生等一切皆得成就何以故由無自性故無生由無生故無滅由無生無滅故本來寂靜由本來寂靜故自性涅槃前爲後依止者即是前爲後因故

四意四合義章第三

論曰復有四種意四種合義一切佛語應隨順入一平等意如言我於昔時名毗婆尸正偏知二別時意如言誦持多寶如來名決定得阿耨多羅三藐三菩提又如經說唯發願得生極樂世界三別義意如經說親近恒伽河沙等諸佛得解大乘法義四隨人心意所謂或爲此人讚歎布施後復爲此人毀呰布施如布施戒及餘修亦如是是名四種意

釋曰如有人取同法故言彼即是我世尊亦爾心在平等法身故說我爲彼時名毗婆尸等非毗婆尸即是釋迦牟尼佛此中以平等爲意故別時意者此意非唯稱佛名決定得阿耨多羅三藐三菩提如言以一金錢得千金錢豈一日得耶此意在別時得故以彼一金錢得千金錢因故如是如是唯發願得生極樂世界意亦如是應知別義意中得解大乘法者謂於三性道理自覺其相若世尊意但以如文詞爲解義者凡夫亦應正解彼解義者必由親近無量諸佛方乃得故此是佛意隨人心意者或於此人讚歎布施又於此

人毀呰布施如是意者隨彼得成若人慳悋於彼讃施若此人於施已得勝欲即於彼所毀呰布施若無此意於一施中或讃或毀即是相違由有此意故若讃若毀皆悉相應戒等亦爾應知一分修者謂世間修故意與義異相者若世尊心有所在而說者爲意由所說決定令入佛教中者名義

論曰四種合義者一令入義所謂如於聲聞乘中若大乘中依世諦道理說人法二種自性及差別二相義謂隨所說法相中皆以三性顯示三對治義所謂說八萬四千諸對治行門故

釋曰於中令入義者於人法二種約世諦道理或說自性或說差別爲令衆生入佛法故是名令入義相義者於中應以相義說其相由說三性故對治義者謂說衆生行對治即是說諸衆生煩惱對治爲安立衆生對治煩惱處故

論曰四翻義如別義語字顯示別義故此中有偈

阿娑犂　娑羅末多耶　毗鉢唎耶斯柘
素悉頡多者　吉犂絁捺柘　素僧吉利瑟
吒　羅槃低菩提沒答靡

釋曰於中阿娑犂者顯了義名不實隱密義名不動即是定以不動故名阿娑犂娑羅末多耶者翻名於定起尊重意毗鉢唎耶斯柘者若顯了義名翻倒隱密義名翻倒素悉頡多者謂善住於翻倒中善住故無常謂常此爲顛倒翻彼無常謂常倒中善住故吉犂絁捺柘者名顯了義名煩惱隱密義名勤苦素

僧吉利瑟吒者謂善染是故經說於生死中久染勤苦羅槃低菩提没答摩者翻云當得勝菩提此句可解

論曰若欲解釋大乘法略說應以三種相解釋一解說緣生二解說因緣所生法三解說言教中義於中解說緣生者如偈說

言熏所生法　此於彼亦爾

此顯果報識及生起識更互爲緣生故彼因緣所生法者生起識爲相有相及見識體性彼以住持相分別相法爾相即此得顯三性相如偈說

有相及有見　是應知三相

復次云何解釋彼相謂分別相於依他相中無體成就相於依他中是有由此二故不有及有不可得可得不見真實見真實此二同時又於依他性中分別無所有成就是有故得彼不得此不得彼得此如偈說

依他無分別　唯成就是有　不得及可得
於中二平等

釋曰言熏所生法者謂外分別熏習阿黎耶識即於識中住以此熏習爲因生一切法即是生起識自性此於彼亦爾者此分別熏習即以彼諸法爲因此顯示阿黎耶識與生起識更互爲因又彼生起識性所有諸法有相有見識體爲性者謂若識體有相及有見即是彼體此諸法有三相所謂住持相者即是依他相由此等所說故三性所有相即得顯現如是等義以偈義顯現有相及有見是應知三相者此等三相如論本解釋中顯示不有及有不可得可得不見真實見真實此二

同時等者以顯示之此中二者謂分別及成就於此二分一不有一是有故說名有不有若得分別則不得成就由不見真實故即於彼時不得分別而得成就由見真實故如是等義又以偈顯示偈中言平等者謂一刹那故於中者謂依他性中故二者謂見真實不見真實故故者有因緣故由依他性中分別是無成就是有故彼諸凡夫顛倒取故見諸聖人正見故見

論曰解釋言教中義者如說初句爲本以餘句顯示其分或功德依止或義依止功德依止者如說佛功德最清淨覺無二法行無相法爲勝道住於佛住得一切佛平等至無障礙處不退轉法無礙境界不可思議成立入三世平等徧行一切世界身一切法無礙智一切行具足知於法智無疑無分別身一切菩薩所受智到無二佛住第一波羅蜜至究竟無差别如來解脫智入無邊無中佛地平等法界第一盡虛空界等最清淨覺爲本其餘諸句是此句差別應知如是等名爲善解釋諸法體最清淨覺者此佛世尊最清淨覺應知攝餘二十一佛功德謂於應知中一向無障礙轉功德令入有無無二相真如最清淨功德無功用佛事不休息佛住功德法身爲依止心業無差別功德修對治一切障功德降伏一切外道功德生在世間不爲世法所礙功德成立法功德授記功德一切世界中示現受用身化身功德斷疑功德令入種種行功德未來法生智功德如所樂欲爲顯示功德無量身爲教化衆生事功德平等法

身波羅蜜成就功德佛刹無差別隨所信樂顯示功德三種佛身無方所限分功德窮生死際恒爲利樂一切衆生功德無盡功德釋曰顯示其分者如所應解釋今顯示此義或功德所攝或義所攝於功德所攝中最清淨覺者此爲初句所餘諸句顯示其義於中無二行者二行不可得是名無二行非如聲聞辟支佛智亦有障礙亦無障礙有無無二相第一清淨者謂清淨真如即是無相法此真如非有相由一切法無所有故亦非無相由有自體相故此真如於無相法中爲第一清淨入處故言令入功德最勝故名爲道道者入處義故名爲道無功用佛事不休息佛住功德者謂於所有佛事常行不住故修對治一切障功德者以一切時恒修覺故能對

治一切障礙生在世間不爲世法所礙功德者凡生在世間必行世境界然雖生世間不爲世間利等八法所染成立法功德者修多羅等諸法無量不可思議以凡夫不能入故名最清淨覺即此最清淨覺句一一句中皆相應未來法生智功德者謂於未來世法如是生皆能知故無量身爲教化衆生相相應功德者謂無量諸菩薩身若作教化衆生事諸佛得自他平等智故彼智即爲佛智所攝故即是佛教化事平等法身波羅蜜成就功德者謂法身無二故名平等以此無二法身故名得最清淨波羅蜜至究竟無差別解脫智者謂於如來無差別智中解脫究竟故此中解脫者即是增上解故二種佛身無方所限分功德者謂法身於若干方處不能分限

如是受用身化身於諸世界亦爾法界第一者最清淨法界第一故名法界第一盡虛空界者佛智如虛空無盡故是故名爲最清淨覺

論曰復次義依止者如經說菩薩具足三十二法者說名菩薩於一切衆生起利樂意故令入一切智智故知我何價故捨憍慢故牢固意故非有所爲作憐愍故於親非親平等心故究竟親友乃至涅槃際故應量而語故微笑先言故無限大悲故荷負重擔無退屈故無疲倦意故聞義無猒故自所作罪能見其過故於他罪失不嫌而誨故一切威儀中修菩提心故不求果報而行施故不依止一切有趣生而持戒故於一切衆生無礙行忍故攝取一切善法而行精進故捨離無色界而修禪故方便相應智慧故以四攝事爲攝方便故持戒破戒慈愛無二故恭敬聽聞正法故恭敬住阿蘭若處故於世間雜事不樂著故於下乘中無悕欲故於大乘中見功德故遠離惡友故親近善友故淨修四梵行故遊戲神通故隨智行故於住正行不住正行諸衆生不棄捨故一向語故重眞實故菩提心爲首故如是諸句皆初句差別應知於一切衆生中利樂意者此利樂意故有十六業差別應知於中十六業者謂展轉起行業不顛倒業他不請作亦自行業不動壞業無所求業此有三句不求返報故於違順衆生無憎愛故生生隨逐故即此類中身口業有二句於苦於樂及非二中平等業不卑劣業不退轉業攝取方便業猒惡障礙業此有二句

無間思惟業進勝業此有七句正修行六波羅蜜及修行四攝事修行成就方便業此有六句親近善丈夫故聽聞正法故住阿蘭若處故遠離惡覺故正思惟功德有二種共事功德有二種成就業有三種無量清淨故得大威德故得勝功德故安立彼業此有四句攝衆功德故決定教授故法財二攝爲一故無染汙心故如是句皆句差別應知如經偈說

初句所攝故　由功德句別　初句所攝故

由義別句別

釋曰義依止者謂一切衆生中利樂意此句義有十六業及餘句顯示此中利樂意作何等業令入一切智智者若令諸衆生入一切智智此是展轉行譬如一燈傳然千燈即是顯示利樂意如是等諸句皆與利樂意相應自知我爲何價者自有利樂意仍是顛倒如有人意欲利樂而以飲酒與之若如實自知稱巳分量教示衆生不以憍慢故自無所知起心利益及成無利捨憍慢者以捨憍慢心故不待勸請自爲說法牢固意者不以衆生顛倒行故牢固利樂心動壞非有所爲作憐愍意者以不爲利養作利益衆生故此利樂意云何可知以順行身口業故於中應量而語及先言等是口業微笑及無限大悲等是身業此中應量語者謂唯作法語故無限悲者愍三苦故苦者苦苦故樂者壞苦故不苦不樂者行苦故非二者不苦不樂故不卑劣業者不自卑劣云我不能成佛如此等類無猒倦意者若不疲倦則能修佛道聞義無猒

者若不多聞則無教化衆生方便智一切威儀中者此句義如淨行修多羅中說進勝業者是利樂意趣向增長因體故修成就方便業有六句者若人親近此行即得成就恭敬住阿蘭若處者由住彼處故能離惡覺世間雜事者歌舞雜戲等成就業者謂表彼成就相故威德者謂六神通隨智慧行者謂隨智不隨識自智慧生故由此智慧正證相應住諸法中安立彼業者由有利樂意故能以利樂安立衆生於中攝衆者於破戒者不捨安立亦不驅擯令離不善令與善合決定教授者由一向與立教誡不自說已後復言我前所說不善故聞者受教財法攝者由誠實告彼等言以法及衣服等財利攝故如言具攝無染汙心者由攝行菩提心作衆生利益事非爲自求供養但念云何以此善令衆生正覺無上菩提如此攝受故偈中義亦爾釋應知相竟

攝大乘論釋卷第五

音釋

甁 薄經切　響 許兩切　潤滑 潤如順切 滑戶刮切　驅擯 驅豈俱切 逐也 擯必刃切 棄也

攝大乘論釋卷第六

世親菩薩造

隋天竺三藏達摩笈多譯

釋入應知勝相勝語第三

論曰如此已說應知相入應知相云何可見多聞所熏習依止非阿黎耶所攝如阿黎耶成種子正思惟所攝似法似義所生似所取物有見意言

釋曰如此等應知相如應得入顯示此故入應知相多聞熏習爲依止者謂大乘法所熏身故非阿黎耶所攝者謂對治阿黎耶識故如阿黎耶識成種子者如阿黎耶識爲染法因此爲淨法因亦爾故正思惟所攝者謂正思惟自性故似法似義所生者謂爲法義相而生故似所取物者謂如色等體故有見者亦似見體故即是成立相及見二識

論曰於中何人能入應知相大乘多聞熏習相續已故得親近無量出世諸佛故一向信解善集善根故善滿足福智資粮諸菩薩

釋曰何人能入應知相者如此相類中若入所有方便今當顯示大乘多聞所熏者爲離聲聞乘等多聞故得親近無量出世諸佛者過數量諸佛出世皆得現前親近故一向信解者於大乘中決定信解不爲惡知識之所動壞故即此次前所說三因縁中善集善根故名爲善集福智資粮菩薩復次福智資粮云何得次第滿足由因力善友力思惟力依持力故於中前二句爲二力如其數應知彼正思惟力即是一向信解此以大乘熏習爲因此一向信解即是修行正行由修行正行

故則得聚集善根由此正思惟力故得善具足福智資粮有此次第由此善具足福智資粮故得入菩薩初地是依持力

論曰於何處入即於彼有見似法及義意言大乘法相所生中故

釋曰入如是相此入行相今當顯示意地分別名意言此意言種類以大乘法爲因生故大乘法相所生者攀緣所說法故

論曰信解行地中見道中修道中究竟道中一切法唯識隨聞信解故如理通達故對治一切障故無障礙故

釋曰何處得入於信解地中得入由但聞一切法唯有識即起增上信解名爲得入故於見道中得入今當顯示如理通達者於意言分別中如理通達故云何如理通達非法非義無能取無所取若如此名通達意言分別故於修道中得入今當顯示對治一切障故者觀此意言非法非義無能取無所取時能對治一切障此名修道中得入究竟道中得入今當顯示無障礙故者住最清淨智處故最微細障滅故名究竟道中得入故

論曰何緣得入善根力持故三種練治心故滅除四處故法義爲所緣故奢摩他毗鉢舍那常修正修無放逸等故無量世界中無量人道衆生刹那刹那正覺阿耨多羅三藐三菩提是爲第一練治心

釋曰何緣得入如所說善根力持等有八處相應於中若常修者一切時作故善修者恭敬作故若作如此相類即是不放逸於中對治三種退屈心故有三種練治心菩薩聞阿

耨多羅三藐三菩提第一甚深寬大難可證得心則退屈爲對治此故有第一練治心云云又云云故有第二練治心

論曰由專心故能行施等諸波羅蜜我已得此專心由此故我修諸波羅蜜當得圓滿不足爲難是爲第二練治心

釋曰由此意故施等波羅蜜即得現行者於中意者謂信及欲菩薩於波羅蜜中信智實有大功德故可得故此是菩薩信由信故喜樂修行名欲菩薩得此信欲意故修行六波羅蜜進趣圓滿不以爲難

論曰雖彼有礙善者善法具足已即於死時隨所念欲一切具足身彼時得生況我此最勝善無礙善於彼時一切具足何爲不得是名第三練治心此中有偈

在於人道中　無量諸衆生　念念得菩提故除退屈心　善心人專意　能行布施等勝人得此意　亦能行施等　善人於死時隨心得果報　既有滅位善　果報云何無

釋曰復次菩薩於諸佛甚深寬大言教中起推尋時作思念阿耨多羅三藐三菩提難可證得一刹那心斷已乃得即生退屈爲對治此故修第三練治心況我此最勝善者況我於一切十地中善具足福智資糧故無障礙善者謂心煩惱微細難破如金剛三摩提能破此障此三摩提後出離一切障礙依止轉已於此云何不得此顯出離障礙與死無異故一切具足者謂得一切種智故善根力持故三種練治心者善根不薄少故菩薩由有此力則能三種練治心令不退屈於中第三

練治心如所練治令當顯示由此念故離諸障礙慳等波羅蜜障無故滿足波羅蜜不以爲難由此滿足故得成菩提第三練治心令當顯示於中有礙善者謂世間善故名爲有礙善我無此礙善此善不得成佛無有是處此義以偈顯示偈言故除退屈心者謂不令下劣心得住云我不能得阿耨多羅三藐三菩提善心者謂非惡無記心故由有無記施故如有人散漫心行施外道等以不善心行施又復求阿耨多羅三藐三菩提者此善最勝勝人得此意亦能行施等者於中得專心時有如是相能修施等六波羅蜜謂得滅慳等障礙心勝人者最上故謂諸菩薩施等者謂攝取戒及智波羅蜜等隨心得果報者乃至得非想非非想處果報故滅善者滅障礙故果報云何無者謂得佛身故

論曰遠離聲聞辟支佛思惟故思惟則滅於大乘中一切疑無疑故邪意及疑則滅於聞思法中離我我所執故法執則滅現前住安立一切相思惟不分別故則滅分別此中有偈

安立及自住　所有現前相　一切不分別
智人得勝覺

釋曰此中論本爲顯四處滅故於中滅思惟者謂滅聲聞等思惟故邪意及疑滅者謂於大乘甚深寬大法中邪意及疑應滅除故邪意者誹嫌意及心動摇惑者疑心故一切疑無疑故者於此大乘中爲安立法相故說有三性所謂一切法無性無生無滅本來寂靜自性涅槃如是等一切法無所有門此就分

別性故若説幻餤夢光影像響水月變化此就依他性故若説真如實際無相第一義法界空等門此依成就性故於此諸法中一切邪意及惑不生故於聞思法離我我所執故者此中爲顯除滅法執故滅除法執者謂於法中若聞若思乃至不令我我所得入故現前住安立一切相思惟不分別故者謂行者修無分別智時在正思惟位滅此等一切寂靜心分別也於現前住色等及靜心所有安立骨瑣等於此一切所緣相中不念不分別時名入無分別方便若分別則不得入此現前安立偈者爲顯最後滅義故

論曰因何入云何入聞熏習所生正思惟所攝故似法及義顯現有見意言

釋曰此中顯示以此入如此入故於中聞熏習所生者聞熏習爲因故即此入道理如前所説即是大乘聞熏習所生應知成就性所攝故

論曰有四種求謂名義自性差別假説相求

釋曰此中爲顯示如此入故四種求者如論本説謂名義自性差別等所説

論曰復有四種如實知謂名事自性差別假相説中如實知彼自性差別不可得故菩薩如是如實爲入意言唯識故修行於彼似字義意言中知彼名字唯是意言知彼名所依義亦唯意言即知彼名自性及差別唯是假相説是時證得唯有意言則於名及義自性差別假相説中不見有性差別義相故由四種求及四種如實知於彼似名及義意言中得入唯識

釋曰四如實知者如論說名事自性差別假說中如實知其自性及差別故者謂各有自性差別作如是假說故名自性差別假說者義不可得故即是知彼名自性及差別唯是假說者以彼名字無有自性及差別故即能於彼名字自性及差別唯是假說中忍受故若如是知是爲求若知不可得名爲如實知

論曰此唯識觀入何法似何法入謂入唯量故相及見爲二故種種相故名義自性差別但假立自性差別六種事無事故爲能取及所取體而住故一時似種種相事生故如闇中繩似蛇譬如繩中蛇是妄以不有故若見實義則無有妄蛇智則滅唯繩智在若細分析繩亦不實以色香味觸相故於中依止色等智故繩智亦得除滅如是如是彼似字及義六種相意言如蛇智以知彼六種相無實義此唯識智亦須除滅由成就性智故

釋曰此中問所入法及入譬唯量者唯識量故有相及見爲二者此顯相及見二識故此似相顯現爲因爲住處爲相爲影顯現故唯是一識種種相生非速疾故次第而生如此三種得入唯識一時似種種相義生故者謂似名句味身種種相義生故彼亦似依名所目義種種相生故於中入三性觀以繩譬顯示六種義中自在者謂於名等六種義中自在言自在者謂除滅故

論曰此菩薩如是入似義相意言故得入分別性入唯識故得入依他性云何入成就性若滅離唯識想彼聞法熏習所生意言是時菩薩滅離義想似一切義無有生處故是故

似唯識顯現亦不得生即住不分別一切義
名中正證法界相應而住是時菩薩於能緣
所緣平等平等無分別智生即是菩薩入成
就性
釋曰入似義相意言故者謂所有義唯是分
別故如是即入分別性入唯識故者此之意
言唯識所攝得入依他性似一切義無有生
處者謂無有似義生種類故唯識種類亦不
得生何以故若起唯識分別時則成義故次
後得證真如此如不可言說唯內自知故是
時菩薩能取所取平等平等無分別智生者
謂能緣智所緣真如二法其體平等猶如虛
空識無有能取所取體而住以不分別能取
所取故名無分別即是得入成就性所言住
無分別一切義名中者謂有何名有幾種此
名差別以偈中顯示
論曰此中有偈
法人及法義　若廣若略性　不淨淨究竟
是名境差別
釋曰於中法名者謂色受及眼如是等人名
者諸佛法受及信行法行如是等復有法名
者謂修多羅等義名者謂依法所顯義總名
者如言衆生別名者即彼衆生各各有名性
名者謂字本不淨名者謂凡夫等淨名者謂
學人至究竟名者謂所緣通相法又略說十
種名字是菩薩攀緣所謂法名者眼等人名
者我等復法名者十二部言教義名者即彼
十二部言教義總名者一切法有爲無爲等
別名者色受等及虛空等性名者阿字爲初
訶爲最後不淨名者凡夫等淨名者見諦等

至究竟名者通相法爲境二智所緣謂出世智及彼後得智緣一切法真如故一切法種種相故如於十地中一切義通相緣智所緣故如是等諸名是諸菩薩境界故

論曰此菩薩如是入唯識故得入應知相由入應知相故即得入歡喜地善通達法界得生如來家得一切衆生平等心得一切菩薩平等心得一切佛平等心此即是菩薩得見道

釋曰得生如來家者由佛種不斷故得一切衆生平等心者如自身欲入涅槃於一切衆生亦爾由此心故名一切衆生平等心得一切菩薩平等心者由同得染淨心故得一切佛平等心者由住此位時得諸佛法身得法身故即得一切佛平等心復次一切衆生平等心者得自他平等故如自身欲盡諸苦於彼亦爾一切菩薩平等心者謂同諸菩薩得染淨心作利益衆生事得一切佛平等心者見諸佛法界與已無差別故

論曰復次何故入唯識觀爲緣通相法故出世奢摩他毗鉢舍那智故彼後得種種相識智故滅有因相阿黎耶識一切因相種子故增長得觸法身種子故轉依止故出生一切佛法故爲得一切智智故入唯識觀

釋曰奢摩他毗鉢舍那智者即奢摩他毗鉢舍那名爲智故於中有因相阿黎耶識一切因相種子滅者於中有相者即是因緣謂阿黎耶識中所有一切染法種子復言相者爲顯示即此種子爲所緣相故如是說已即得顯示此諸種子因果俱滅

論曰復次彼彼得智於阿黎耶識所生一切識性相中由見如幻等故自然不復顛倒是故猶如幻師於幻事中菩薩於諸相中設說因果一切時亦得無倒

釋曰若無分別智滅障礙出生佛法者此後得智復何所用無分別智不能說彼因果法何以故無分別故是故須後得智說彼因果法一切時不顛倒如幻師於所幻事阿黎耶識一切所生者此等皆以阿黎耶識爲因一切識性相中者謂以識性爲因故如所幻事後得智於中不顛倒說亦不倒

論曰於此入唯識觀中有四種三摩提爲四種通達分依止云何可見由四種求義故下品無塵忍得明三摩提爲暖行通達分所依止若增上忍增明三摩提爲頂行通達分所依止由四種如實知故得入唯識決定塵無所有此入真實義一分三摩提是順諦忍所依止此三摩提最後唯識想除是無間三摩提世第一法所依止應如是見此諸三摩提是正位邊應知

釋曰一切處入真實時得通達分今此中亦顯示通達分善根依止者是通達分因故言依止下品無塵忍得明三摩提者謂於無塵中薄少樂欲顯示無塵智名明得明三摩提者顯示無塵智所依止三摩提故增上無塵忍者此中忍還是彼欲故明增三摩提者顯示增上無塵智名明言三摩提者顯示是無塵智所依止故順諦忍所依止者法無我名諦於彼無我隨順忍故此順諦忍云何成以決定無別外物故能取亦不有應知住疾利

隨順忍時得此樂欲正位邊者謂正位時

論曰如是入地菩薩入唯識故得見道云何發起修道隨所成立說十地一切修多羅攝取現住事通相法爲緣出世間及後得奢摩他毗鉢舍那智無量百千俱胝那由他劫數習故爲轉依止得三種佛身故修行

釋曰隨所成立說者謂若爲成立故說十地經中諸地故通相法爲緣者謂一相緣非向別緣故出世者無分別智故彼後得者謂成立智此亦不可說爲世間何以故非世間積習故亦非一向出世間以隨順世間行故是不可定說一相故爲轉依止者由此通相攀緣智故得轉依故爲得三種佛身者謂令我當得三種佛身故修行

論曰聲聞入正位菩薩入正位此二有何差別聲聞正位有十種差別與菩薩正位異應知一所緣差別大乘法爲緣故二住持差別大福智資粮住持故三通達差別通達人法無我故四涅槃差別攝取無住著涅槃故五地差別依十地出離故六清淨差別煩惱斷及佛刹淨故七得一切衆生與自身平等心差別起成熟衆生行不休息故八生差別生如來家故九化現差別佛集輪中一切時化現所攝故十果差別十力無畏不共佛法等無量功德果成就故

釋曰涅槃差別者由菩薩攝取無住著涅槃故聲聞不爾清淨差別者由菩薩滅煩惱及習并淨佛土故聲聞不爾

論曰此中有偈

推尋名及義　各各互爲客　推尋二唯量

二施設亦然　從此生實知　三分別無義
若見彼非有　即入三無性

釋曰如真實入此中説偈推尋名及義各各互爲客者名於義爲客義於名亦爲客各別相故推尋者謂應於靜心中見故推尋二唯量二施設亦然者義無有自性及差別故即應知自性唯是施設差別唯是施設故從此生實知者謂於此中如實知故由四種尋思爲因故得四種如實知三分別無義中見者於三種分別無有義中見故謂名分別自性分別差別分別故彼非有即入三無性者義無所有故分別亦無何以故若所分別義是有分別可得緣彼而生由彼義不有故分別亦不得有應知此義故入三者謂入三性於中由見名義互爲客故得入名義各異分別性若見名自性施設差別施設唯見分別即得入依他性即此能分別識亦不見即得入成就性此名三種入

論曰復有教授偈如觀行差別論説

菩薩靜心中　得見其心影　滅除於義相
但觀於自想　如是心住内　知所取非有
即無能取者　故證無所有

釋曰爲令得入觀故復説此教授偈菩薩見心影者見彼似法義影唯是自心何人見謂菩薩何處見謂靜心中滅除於義想但觀於自想者謂於靜心中義想不起知唯是自心爲法義相顯現如是心住内者若心如是得住於義無所有中即是心住於心中知所取非有者謂解知所取義無所有故即無能取者由所取義不有故則能取心爲能取者亦

不可得故證無所有者既無能取所取已即
說名爲證真如以真如不可得故
論曰復有入正位別偈如大乘線莊嚴論中
所說
菩薩具滿無邊際　福德智慧之資粮
法中思量善決已　則了義類意言生
彼知諸義唯意言　即住似義唯心中
如是正證法界已　是故遠離二種相
以知心外無有他　故得知心亦非有
智者了知二俱無　即住無二法界中
智者無分別智力　平等順行常普徧
所依稠密罪惡聚　如大伽陀拔衆毒
牟尼善說諸正法　安心有根法界中
已知念行唯分別　智者疾至德海岸
釋曰復有入正位偈如線莊嚴論中說若有
最極難知者彼中顯示於中無邊際者謂極
難度彼岸故如言無邊言說非無有邊但以
多故得名無邊此亦如是何者爲資粮謂福
德智慧於中施等三波羅蜜是福德資粮般
若波羅蜜名智慧資粮精進波羅蜜名爲智
慧精進是智資粮若爲福精進是福資粮如
是禪波羅蜜亦二種於中若緣四無量禪名
禪資粮餘名智資粮誰有此資粮謂菩薩法
中思量善決故者由依三摩提後力故思量
諸法得善決定非餘則了義類意言生者謂
了知諸義皆以意言爲因故即住似義唯心
中者由知彼諸義唯意言故即此自心似義
而現故如是正證法界已是故遠離二種相
者知自心似義而現已即於離能取所取真
如中得證又復如所入證今當顯示以知心

外無有他故得知心亦非有者謂離心外無有所攀緣義彼不有故能緣之心則亦不有菩薩知彼二不有故即住無二法界謂離心及義故無分別智力者離分別智力故平等順行者於平等中順行故見修多羅等一切諸法平等猶如虛空故普徧者於若內若外諸法中如是見故常者一切時故所依稠密罪惡聚者此諸染法因名稠密以難可觀解故罪惡聚者即是染法熏習自性爲體故牟尼善說諸正法安心有根法界中者謂以意安住有根心中若攀緣彼心真如此是有根心謂緣如來正說具足無闕總爲一切應知此即是無分別智已知念行唯分別者住此有根心已爲欲正說故於後得智中所憶念義亦知此憶念行唯是分別故由此無分別智及後得二種智故諸菩薩疾至佛果彼岸此等諸偈總集義者初偈明資粮道第二偈義明方便道第三偈義明後見道第四偈義明修道第五偈義明究竟道此釋入應知相竟

攝大乘論釋卷第六

音釋

練 連彥切 精熟也　瑣 蘇果切　繩 食陵切 索也　稠 直由切 密也

攝大乘論釋卷第七

世親菩薩造

隋天竺三藏達摩笈多譯

釋入因果勝相勝語第四（此品有十章）

成立六數章第一

論曰如是已說入應知相說彼因果云何可見由布施持戒忍辱精進禪定智慧等六波羅蜜云何由六波羅蜜得入唯識復云何六波羅蜜得成彼入果此菩薩不著福報不破禁戒於苦不動修道無懈此等諸障礙因不行故心得專一即能如理簡擇諸法故得入唯識菩薩依六波羅蜜入唯識已次第清淨深心所攝六波羅蜜是故於中雖離六波羅蜜現起方便由信解正說故起愛味隨喜慶悅意一切時無間相應熏修六波羅蜜便得圓滿

釋曰若入唯識已於清淨深心六波羅蜜即得現行相應與此現行相應故名現行相應信解正說者謂與六波羅蜜相應言說於此甚深正說中起信解故起愛味意者於諸波羅蜜中見其功德愛味故起願得意者由佛得到此淨心第一彼岸故我及一切衆生亦應當得故生願得心此攝諸波羅蜜清淨深心有何相故次以偈文顯示此相

論曰此中有偈

圓滿白淨法　及得利疾忍　菩薩由自乘
深大正說中　覺知唯分別　得無分別智
樂欲信解淨　名爲清淨意　前及此法流
皆得見諸佛　已知菩提近　得之不爲難

釋曰於中始從信行地善集資粮故圓滿白

淨法及得利疾忍者忍有三品謂軟中上此中住最上忍故名疾利此心由所緣故得清淨今當顯示所謂大乘由說甚深寬大故即是菩薩自乘於中甚深者謂法無我寬大者謂虛空器等三摩提如所思惟淨今當顯示由知一切法唯是分別故淨心體相今當顯示欲及解此二淨故名淨心於中欲者已得勝希望故解者信故淨心相今當顯示前者在淨心前故及此者即此淨心中故得見諸佛此是其相法流者謂住定心時今當顯示此定心利益於住定時見菩提在近以得此能得方便故得之不足爲難

論曰此等諸偈總顯示淨心有七種相一資粮二忍三所緣四思惟五自體六勝相七利益如偈中次第句句說應知

釋曰此等偈中顯淨心有如是資粮如是忍如是攀緣如是思惟如是體性如是表相如是利益如偈顯示即是成立淨心體

論曰何故唯有六波羅蜜成立對治障礙故一切佛法生起住處故隨順成熟一切衆生故對治不發行因緣故立施戒二波羅蜜不發行因緣有二謂著福報及著室家對治發行退轉因緣故立忍進二波羅蜜退轉因緣有二謂於生死衆生違背中生苦故於長時修善分中疲倦故對治發行不退中壞失因緣故立定智二波羅蜜壞失因緣有二謂散亂及惡智故對治此諸障礙故立六數

釋曰於壞失因緣中惡智者顛倒取故如諸外道以惡智故有所壞失餘成立散亂等障礙對治義皆可知

論曰前四波羅蜜爲不散亂因縁故一波羅蜜不散亂成就由依止不散亂故得如理正覺諸法實義故一切佛法則得生起如是一切佛法生起處故成立六數

釋曰一切佛法住處者一切佛法以此爲因故成立第二六數因縁波羅蜜唯六不增由依止不散亂故得如理正覺諸法實義故者由依止禪波羅蜜故般若波羅蜜得如實覺了諸義餘諸句義可知

論曰由施波羅蜜故攝受衆生由戒波羅蜜故不損害衆生由忍波羅蜜故能安受他損害由精進波羅蜜故能作彼所應作事由此等攝受因縁故令所成熟衆生得受調伏彼等未得寂靜心者令得三摩提故已得寂靜心者令得解脱故於教化時即得成熟如是成熟衆生住處故成立六數應如是知

釋曰第三成立六數因縁中一切衆生教化隨順者一切衆生中作教化成熟事隨順相應由此得成故唯有六爲成立令出離故於心未寂靜者以禪波羅蜜令得寂靜心已寂靜者以般若波羅蜜令得解脱故得成熟於教化時者謂教誡教授時

相章第二

論曰此六波羅蜜相云何可見有六種最勝故一依止最勝菩提心爲依止故二事最勝具足修行故三所爲最勝爲欲利益一切衆生故四方便善巧最勝無分別智所攝故五迴向最勝迴向阿耨多羅三藐三菩提故六清淨最勝煩惱障智障等滅平等出生故

釋曰此布施等以何相故得波羅蜜由世間

及聲聞等亦有布施等是故須説其相波羅蜜相有六種依止最勝者由一切處一切時依止菩提心故事最勝者無有一人於若內若外物具足現行唯菩薩能具足現行者謂行布施故所爲最勝者凡所布施唯爲利益安樂一切衆生故方便善巧最勝者謂三輪清淨名善巧方便由無施物及施者受者等分別故如是無分別智所攝故得布施等名迴向最勝者由此布施等迴向無上菩提故清淨最勝者若至佛果施等此時得清淨彼時離煩惱障智障得具足出生故

論曰云何是施即波羅蜜波羅蜜即是施耶自有施非波羅蜜應作四句如施餘波羅蜜作四句亦爾如所應知

釋曰云何是施即是波羅蜜波羅蜜即是施耶者此是問分也答中有布施非波羅蜜謂遠離六種最勝故有波羅蜜非布施者謂戒等波羅蜜爲六種最勝所攝故有施即波羅蜜者謂施是六種最勝所攝故有非施非波羅蜜者謂離六種最勝行持戒等如是一切羅蜜中四句皆爾應知

次第章第三

論曰此諸波羅蜜何故如此次第説前波羅蜜生後波羅蜜隨順故

立名章第四

論曰復次此諸波羅蜜得名云何可見爲出過一切世間聲聞辟支佛施等善趣彼岸故名波羅蜜能破散慳悋貧窮故名陀得大果報及福德資粮故名那是故名陀那能滅破戒及惡趣故名尸得善趣及定故名羅是故

名尸羅能盡瞋忿及怨讎故名羼得住自及他安隱故名提是故名羼提能捨離懈怠及諸惡不善法故名毗得出生無量善法令增長故名唎耶是故名毗唎耶能捨散亂故名地耶得引心住内故名那是故名地耶那能除遣一切見處惡智故名鉢羅得知真如法及種類法故名腎穰是名鉢羅腎穰釋曰今顯示其名諸波羅蜜通名皆以到彼岸故名波羅蜜度一切世間及聲聞辟支佛等施等彼岸故稱波羅蜜各各名者因時破慳何以故由破慳故則能無礙布施果時除貧窮故名陀於果時得大果報及福德資粮故名那是爲陀那因時息惡戒果時滅惡趣故名尸果時得善趣及得現前三摩提故名羅是爲尸羅如是諸波羅蜜釋名如其相應得住自他安隱者由自身不爲瞋恚過失煩惱故又不生他苦故他亦安隱

修習章第五

論曰修諸波羅蜜云何應見略説有五種修應知一方便起行修二信解修三思惟修四巧便修五作所應作修於中四修如前説復次作所應作修者諸佛至諸波羅蜜圓滿位已然以無功用心不捨佛事修諸波羅蜜釋曰於五種修中方便起行修者謂於方便中發起正行故作所應作修者諸佛住於法身無復功用然不捨諸佛事已離現行諸波羅蜜但爲攝化衆生故由此修故得作所應作事

論曰復次思惟修者愛味隨喜願得思惟故有六種深心所攝修一寬深心二牢固深心

三歡喜深心四荷恩深心五大志深心六勝益深心若菩薩齊爾所阿僧祇劫得正覺阿耨多羅三藐三菩提於爾所時念念中捨一切身及以滿恒伽河沙等世界七寶奉諸如來乃至坐道場已來菩薩施心無有猒足亦於爾所時念念中三千大千世界滿中熾火於中行四威儀無有一切資生之具一心現行持戒忍辱精進禪定智慧乃至坐道場此菩薩持戒忍辱精進禪定智慧心無有猒足此是菩薩寬深心復次若此菩薩乃至坐道場不捨此無猒足心此名牢固深心若此菩薩以六波羅蜜攝化衆生時生勝歡喜過於所攝化衆生是名菩薩歡喜深心若此菩薩以六波羅蜜攝化時見衆生於我有勝恩非我於衆生有恩是名菩薩荷恩深心若此菩薩六波羅蜜聚集善根迴與衆生令得可愛果報是名菩薩大志深心若此菩薩以如是六波羅蜜聚集善根與一切衆生共之迴向阿耨多羅三藐三菩提是名菩薩勝益深心此等六種深心所攝名爲愛味思惟復次若此菩薩於餘無量六種深心修習相應菩薩所有善根而生隨喜此名菩薩六種深心所攝隨喜思惟修復次若此菩薩願令一切衆生皆得六種深心所攝六波羅蜜亦願自身乃至坐道場常不離六種深心所攝修六波羅蜜是名菩薩六種深心所攝願得思惟修若但聞此菩薩六種深心所攝思惟修一生念淨信即得出生無量福德朽壞一切極惡業障何況菩薩

釋曰於爾所時念念中者假令三阿僧祇時

量爲一念以如是念亦經爾所時得菩提於爾所時念念中捨自身等其義論本中次第可解亦如此次第乃至爾所時得菩提於爾所時或隨行尸羅等亦爾三千大千世界滿中熾火無有一切資生具者此言顯示住處艱難及無供身之具朽壞一切極惡業障者此中朽壞者由善樂欲故無力能與果報故又對治趣惡道故是名朽壞寬大心者即是此中無猒足心即此等心長時不捨即是牢固心此中牢固者謂長時故餘心義可解

差別章第六

論曰此諸波羅蜜差別云何可見各有三種應知謂法施財施無畏施守護戒攝善法戒作利衆生戒受惡事忍安苦忍法思惟忍被鎧精進發行精進不怯弱不退轉無猒足精進安樂住定出生定作所應作定無分別方便智無分別智無分別後得智

釋曰說諸波羅蜜差別者顯示其體故於中何故有法施等三種由法施故增益他人善根由財施故增益他身由無畏施故增益他心以此因緣故顯示三種施戒三種中守護戒者是依止戒餘三戒依止此住故由住守護戒故攝善法戒得出生佛法及菩提故名依止利衆生戒依止住故得成熟衆生故名依止忍三種中受惡事忍者若他作惡事能忍受之菩薩作衆生利益事時由此忍力故於生死苦不能退轉安苦忍者由有忍力故於生死中病等諸苦不能退轉法思惟忍者由此忍故思惟法時能忍受故此忍即是前二忍依止處於精進中有三種體如世尊修

多羅說是勢力是精進是堪能是牢固超越是不捨重軛此等五句即是解釋精進三種體於中被鎧精進故得勢力以此爲初由發行精進故得正精進於發行時不怯弱不動轉無猒足精進等如其次第即是堪能牢固超越不捨重軛等以此三句釋之由有人初求無上菩提有勢力於發行時有精進但心下劣爲對治此故須堪能若有堪能則心不退屈下劣即是退屈若人雖心不下劣然於生死苦中心則擾動則於佛果生退屈爲對治此故須不動精進及牢固超越是故說此牢固超越由牢固超越故於苦不退有人雖於苦不退然於少生足不能得無上菩提是故說無猒足精進於少不生足故及即顯示不捨重軛精進由此義故說三種精進於定中亦三樂住者由現見法安樂而住故名樂住出生者由出生六神通故作所應作者由依止禪那故作衆生利益事故名作所應作由此等義故定立三種般若中成立三體共義可解

攝章第七

論曰此諸波羅蜜攝義云何可見此等攝一切善法故彼體相故彼隨順故彼津液故

釋曰此等攝義云何可見者問此等波羅蜜攝諸善法云何可見由應知所修善法爲波羅蜜所攝彼所修善法攝波羅蜜亦爾此等攝一切善法者此中一切善法即是菩提分法彼體相故者是般若體相彼津液故者彼六神通十力等諸餘功德皆是此津液彼隨順故者謂信猗等與此相隨順故應如此知

對治章第八

論曰此諸波羅蜜障礙云何可見攝一切煩惱應知彼體相故彼因縁故彼果故

釋曰如所顯示諸波羅蜜攝一切善法如彼所治攝一切染法今當顯示於中彼體相故者是彼欲等體相彼因縁故者謂慳等因縁如不信邪見等故生慳彼果故者如慳恪破戒瞋恚故爲果

功德章第九

論曰此諸波羅蜜功德云何可見菩薩於生死流轉中攝取自在故攝取大生故攝取大伴助大眷屬故攝取大事業方便成就故攝取無惱害少塵垢身故攝取善知一切工巧等明處論故此等果報無可譏嫌乃至坐道場作一切衆生一切利益事現前功德

釋曰諸波羅蜜功德菩薩果報無可譏嫌非如外果報有可譏嫌以染汙故以無常故波羅蜜果報則非無常何以故由說乃至坐道場故又彼唯是自爲不爲於他故說發起利益一切衆生事波羅蜜果即是一切波羅蜜果功德並無譏嫌

互顯章第十

論曰此諸波羅蜜更互相顯云何可見世尊有處一切六波羅蜜或以施名說或以戒名說或以忍名說或以精進名說或以定名說或以智名說此中有何意諸波羅蜜中修一波羅蜜時諸餘波羅蜜皆來助成依此意故此中有攝持偈

數相及次第　名字修功德　差別攝所治

功德更互顯

釋曰於三百偈般若波羅蜜中說一波羅蜜即說一切波羅蜜此有何意行一波羅蜜一切波羅蜜皆來助成以此意故於布施時得守攝身口即是戒波羅蜜事乃至知因果智是般若波羅蜜事餘波羅蜜助成義如其相應釋入因果竟

釋修差別勝相勝語第五 此品有五章

對治章第一

論曰如是說應知相入因果已彼修差別云何可見此修有菩薩十地何者爲十謂歡喜地離垢地照明地焰地難勝地現前地遠行地不動地善慧地法雲地此等諸地成立爲十云何可見對治十種障礙無明故此等十種應知法界亦有十種無明爲障住云何應知十種法界初地徧行義故二地最勝義故三地最上津液所流義故四地無攝義故五地體無差別義故六地無染淨義故七地種種法無差別義故八地不增減義故九地相自在依止義故及剎自在依止義故智自在依止義故十地業自在依止義故陀羅尼門三摩提門自在依止義故此中說偈

徧行最勝義　最上津液流　如是無攝義
及體無差別　無染無淨義　無種種差別
不增不減義　四自在依止　法界中無明
十障非染汙　於十地爲障　對治說諸地

復次此無明於聲聞非染汙於菩薩是染汙應知

釋曰今顯修差別云何十種應知法界謂徧滿義乃至三摩提陀羅尼自在義此十種應知法界於地地中各一種應知然無明力故

不能知爲對治彼無明十障故有十地何者爲十一凡夫性二邪行於衆生身等三闇鈍故於聞思修忘失四微細煩惱現行與身見等共生下品故意念所緣故遠去現行微細故應知此爲微細五下乘般涅槃六麁相行七微細相行八於無相作功用九不作衆生利益事十於諸法不得自在今當釋徧行偈義法界一切處徧行何以故一切法無有一法非無我者故最勝義者知此義於一切法中最勝即是二地所流津液最勝者若知所有大乘正說是最勝所流津液即得三地於中無有我所取如鬱單越人無有我所證法界時即得如是無有我所由此智故即得四地此即是體無差別非如眼色等隨諸衆生體異各各差別由此智得入五地亦無染本性不染故無染即是淨由此智故得六地修多羅等種種義雖復差別成立然無有異由此智得七地煩惱滅時不減淨法長時不增相自在依止刹自在依止故由此智得入八地於相中得自在由隨其所欲相即現前故於刹自在如欲令刹變爲金即得成故名自在於中智自在者依止辯才智自在故得入九地身等業自在依止故陀羅尼三摩提門自在依止義故得入十地復次此無明於聲聞非染汙由不入是諸地故若入初地時即通達一切地者何故復次第安立諸地爲釋此難故隨所行行彼行所入成立爲地雖於初地一切通達然得成立諸地故

立名章第二

論曰復次何故初地名歡喜由最初得自他

利成就功能故何故第二地名離垢由遠離破戒垢故何故第三地名照明由不退三摩地三摩鉢底所依止大法光明所依止故何故第四地名爲焰以菩提分法焚一切障故何故第五地名爲難勝真俗二智更互相違極難而相應故何故六地名爲現前緣生智爲依止令般若波羅蜜行現前故何故七地名爲遠行至功用行後邊故何故八地名爲不動一切相行不動故何故九地名爲善慧辯才智最勝故何故十地名爲法雲由總相緣一切法智爲一切陀羅尼三摩地門藏故如雲又麤重障如虛空雲能覆障故又法身圓滿故

釋曰何故初地名歡喜者由於此時最初得自他利成就功能聲聞證真實時唯得自利成就功能非利他是故不得如是歡喜同諸菩薩何故二地名離垢者由於此地性戒成就非如初地作意持戒由遠離破戒垢性戒成就故何故三地名照明由於此中與三摩地三摩鉢底常不相離以不退故即於大乘法中得大光明何故四地名焰者由於此地得菩提分法行由此行故一切煩惱及隨煩惱皆爲灰燼何故五地名難勝者由於此地出世真智是無分別世智工巧論等是分別應須具修此二相違極難然能具此二故名難勝何故六地名現前者於此地中得緣生行由此智力故無分別行般若波羅蜜得現前故諸法無染無淨當得七地中有功用行八地中無功用行何故七地名遠行者於此地中由方便行究竟故由於一切相中得決

了有功用行故何故八地名不動者於一切相及一切法功用此中皆得不動無分別心自然常流故何故九地名善慧者此慧善故名善慧辯才智說名爲慧由此智故說名善慧何故十地名法雲者一切法總相緣智如雲陀羅尼三摩提等門如水即以此智爲藏如雲藏水又如雲障覆虛空此一切法總相緣智覆諸麤重障亦爾及圓滿法身故者如雲普徧虛空菩薩身中法身圓滿亦爾圓滿者即是普徧義

得相章第三

論曰得此等諸地云何可見有四種相一信解得謂信解諸地故二行得謂得與地相應十種法行故三通達得謂於初地中通達法界時通達一切地故四成就得謂修此諸地得究竟故

釋曰於中成就得者若修此諸地至究竟故是爲成就應知

修相章第四

論曰修此等諸地云何可見此諸菩薩於地地中修奢摩他毗鉢舍那時有五種修所謂總集修無相修無功用修熾然修無猒足修出生菩薩五種果所謂一念念中消滅一切染濁依止故二得出離種種想遊於法樂故三了知一切處無量無分限相法光明故四所有清淨分因緣不分別相而現行故法身圓滿成就五由展轉上上因所攝故

釋曰隨於一地中即有五種修今當顯示修奢摩他毗鉢舍那由五種修故並得成就念念中消滅一切染濁依止者何者名染濁謂

煩惱障智障無始熏習種子彼障礙聚由總相緣奢摩他毗鉢舍那智故得念念損減此聚破散故名消滅又復損減即是消滅離種種相得法樂之樂者於種種體相得成立修多羅等謂法中離種種想於法樂中得樂非謂餘樂此中樂者謂內樂故復有別釋奢摩他毗鉢舍那於法中若受若覺若觀非顯著麤淺領納順行然唯以憶念光明細領納細順行一切處無量無分限相者無十方分限了知一切光明者如善誦經書心則明了故於清淨分中無分別相現前者謂與所應成就相應此清淨分中無分別相而現前故佛果即是所應成就及法身圓滿成就最上上因所攝故者於中圓滿者謂第十地成就者第十一佛地此中所有法身最上上因所攝者由此一切因出生佛地是故得爲最勝

論曰於十地中修十波羅蜜各有增上六地中六波羅蜜如前說後四地中有四波羅蜜方便善巧波羅蜜六波羅蜜所聚集善根與一切衆生共之迴向阿耨多羅三藐三菩提故願波羅蜜者發起未來世種種願諸波羅蜜因緣此能引攝故力波羅蜜者由思量修習等力六波羅蜜得相續現行故智波羅蜜者此成立六波羅蜜智得自受用法樂及成就衆生故復次此四波羅蜜是般若波羅蜜中無分別智後所得智攝應知復次諸十地中一切波羅蜜非不修行此諸地法門爲諸波羅蜜藏所攝

釋曰於十地中修十波羅蜜各有增上者於十地經中說初地檀波羅蜜增勝乃至十地

智波羅蜜增勝是故以增勝故十地中說十波羅蜜於一切地中一切波羅蜜亦皆修習六地中六波羅蜜者如次第顯示初檀波羅蜜乃至第六般若波羅蜜如是等義如十地經中說此中不具足如前說後四地中有四波羅蜜者由隨於何處說六波羅蜜即彼處方便善巧等四波羅蜜皆在其中若說十波羅蜜彼中唯以無分別智爲般若波羅蜜後得智攝餘方便善巧等四波羅蜜是故於後四地中修四波羅蜜得成論說善巧方便波羅蜜中與一切衆生共者於中所有善得與衆生共今當顯示諸願求無上菩提者皆欲作一切衆生利益事要正覺菩提方得此欲是故諸有思量所有善根皆迴向爲作一切衆生利益事此名與一切衆生共又善巧方便者即顯悲智六波羅蜜所聚集善根由悲故與一切衆生共由智故不迴向釋梵等果報是故由此智故不起煩惱及不捨生死於中不染得成方便善巧故名方便善巧波羅蜜由起種種願力故得種種波羅蜜因緣是名願波羅蜜未來中者未來世因相故名未來中住此因中爲彼未來故作種種願有修多羅中說二種力謂思量力及修習力雖無修習力以思量力故與諸波羅蜜相應故得諸波羅蜜相續現行此是力波羅蜜業事如所顯示諸波羅蜜皆是智所建立此是智波羅蜜即是無分別般若波羅蜜自性若爲自受用法樂及爲成就同法衆生故名成立諸波羅蜜此法門爲諸波羅蜜藏所攝者此中波羅蜜藏者謂一切大乘法此十地法門是

波羅蜜藏所攝非聲聞藏所攝故一切波羅蜜於諸地修習得成此諸地法門最高大故一切諸佛徧一切佛刹中演説又此法門勝故於最初時及於最勝處説最牢固住處説以其勝故故言勝

修時章第五

論曰復次於幾時修此諸地得圓滿有五種人於三阿僧祇劫中謂信行地人初阿僧祇劫淨心行有相行無相行六種地及七地第二阿僧祇劫即此無相中無功用行已上乃至十地第三阿僧祇劫修行圓滿此中有偈

淨妙勝上力　牢固心轉勝　菩薩三僧祇
説名正修行

釋曰五種人三阿僧祇者於中信行者謂於彼義中依信而行故此地初阿僧祇劫滿此阿僧祇滿已得淨心地通達真如故即此淨心行於十地中六地已還有相行第七地無相有功用行即得第二阿僧祇滿若入八地得無功用行然未成就彼無功用行九地十地得滿此無功用行此人是第三阿僧祇劫即此一人成立五種如須陀洹斯陀含阿那含等隨位處差別故如所説三阿僧祇滿得菩提於無始生死中修行施等及逢值諸佛齊何已來説爲三阿僧祇劫此義偈中顯示淨妙勝上力者謂得善根力及願力於中善根力者散亂等不能破壞應知願力者恒與善友同聚應知牢固心轉勝者謂發起牢固心及修行轉勝於中牢固心者善友力故不捨菩提心應知行最勝者謂現在及後生生中善根增長無有退減應知餘句可解釋因

果修差別勝相竟

攝大乘論釋卷第七

音釋

穰（汝陽切） 鎧（苦亥切甲也） 軛（於革切） 燼（徐刃切火餘也）

攝大乘論釋卷第八

世親菩薩造

隋天竺三藏達摩笈多譯

釋增上戒學勝相勝語第六

論曰如是說因果修差別已此中增上戒勝相云何可見如經說菩薩地中諸菩薩所受禁戒若略說有四種勝相故名勝相應知謂差別勝相共不共學處勝相曠大勝相甚深勝相此中差別勝相者謂守護戒攝善法戒利益衆生戒故於中守護戒是餘二戒住處應知攝善法戒是出生佛法住處利益衆生戒是成熟衆生住處應知共學者聲聞及菩薩等性罪不行故不共學者謂遮罪不行故此學處或於聲聞是犯菩薩非犯或有於菩薩是犯聲聞非犯菩薩學處謂身口意聲聞學處謂唯身口是故菩薩心亦是犯非餘聲聞等略說但是攝受一切衆生無罪過身口意業菩薩一切所應行者於彼皆應學之即是共不共學處應知

釋曰云何得知菩薩學處與聲聞差別言品類差別者由聲聞等唯有一守護戒無攝善法戒及利益衆生戒共不共學處戒者於中性罪謂殺生等是爲共掘地斷草等制罪是不共此後學處於聲聞有罪菩薩無罪如聲聞於夏中行是犯菩薩見有衆生利益事不去是犯攝受一切衆生無罪過者攝一切衆生而無罪過非如以女色等與之雖是攝受然非無罪過業爲離此過故應說以無罪過攝故心亦是犯者如害覺等但起覺時即是菩薩罪非聲聞故此增上戒等三學即是波

羅蜜體性何故復更建立三學此與波羅蜜差別義今當顯示由展轉相因故別立諸學處依戒故生定依定故生慧

論曰曠大差別者復有四種曠大故一種種無量學曠大二攝無量福德曠大三攝一切衆生利樂心曠大四阿耨多羅三藐三菩提住處曠大

釋曰種種無量學處曠大者謂菩薩學處亦種種亦無量以於衆生行教化及作攝事故攝無量福德者由攝諸菩薩福德資糧不可測量聲聞不爾攝一切衆生利樂意者於中勸令修善是利益意此人以此善故若於果時當得福報此名安樂意阿耨多羅三藐三菩提住處曠大者阿耨多羅三藐三菩提住此戒而得聲聞戒不爾

論曰甚深差別者若菩薩以如是等方便善巧行殺生等十種惡業然不得罪生無量福疾證阿耨多羅三藐三菩提又變化身口業應知是菩薩甚深戒或爲國王顯示種種逼惱衆生事以此成立衆生於律行中又種種本生中示現故顯示逼惱餘衆生攝受餘衆生故先令他心生淨信然後教化成熟此名菩薩戒甚深戒勝相此四種勝相略説菩薩守護戒勝相應知如是等菩薩學處差別復有無量種差別如毗那耶瞿沙方廣經中説

釋曰甚深差別中若菩薩以如是等善巧方便者此中如是菩薩得如是善巧方便勢力今當顯示若如是知此人以此不善與無間地獄相應菩薩以知他心智知更無餘別方便能轉其惡業令不決定墮惡道知決定作

此業已必墮地獄如是知已即起此心設令我作業已墮於地獄去亦何苦殺之雖現世少受苦惱未來當受安樂是故猶如醫師菩薩以利益心殺之無罪得大勝福由此福德故疾得阿耨多羅三藐三菩提如是等行最爲甚深又復菩薩有變化身口業應知是甚深戒由此故或爲國王示現種種逼惱衆生事安立衆生於律行中於中所化體相爲變化如阿那羅王爲善財童子示所現事種種本生中示現者如毗輸安但囉王子（此云多能即是須達拏也）本生經中說菩薩以兒施婆羅門此兒是變化何以故論云顯示不逼惱此衆生攝受餘衆生故以菩薩終不以逼惱此衆生作攝受餘衆生事此亦是甚深此等四種差別即於毗那耶瞿沙十萬偈經中廣說釋增上戒學竟

釋增上心學勝相勝語第七

論曰如是已說增上戒學勝相增上心學勝相云何可見略說有六種差別應知一所緣差別二種種差別三對治差別四功能差別五出生差別六作業差別大乘法爲所緣故大乘光明一切福德聚三昧王賢護首楞伽摩等三摩提種種無量故一切法總相緣智如以楔出楔方便推出阿黎耶識中染濁障故遊禪定樂隨所欲受生故於一切世界中出生無障礙神通故謂震動故熾然故普徧故顯現故轉變故往來故延促故聚散故一切色像入身中故所往同類故隱顯故所爲自在故伏他神通故與辯故與念故與樂故放光故出生如是等大神通故

釋曰今顯增上心學勝相於中大乘法爲所緣者由諸菩薩以大乘法爲所緣非諸聲聞等大乘光明福聚三摩提王等者顯三摩提名以諸聲聞於此種種三摩提中無有一種故對治差別者由能對治一切障礙故如以細物推出麤物如是煩惱種子於阿黎耶識中住名爲熏習此說爲麤對治道說爲細推出彼麤故功能差別者由有此功能故遊禪定樂然有利益一切衆生處於彼受生亦不失禪定聲聞不爾出生差別者於一切世界中得無障礙神通由禪定生故作業差別者於中震動者震動一切世界故燒然者即是燒然一切世界普徧者應知光明徧滿故顯現者若衆生隨所應見以菩薩神通力故得見無量世界及見彼世界中諸佛菩薩等故

轉變者如轉地等爲水等應知往來者一刹那間往無量世界於此刹那間即還來故聚者以無量世界入一微塵中然不增長故散者以此一微塵普徧無量世界故一切色像入身中者如於一身中一切無量種種色像顯現故所往同類者如往三十三天色像音聲皆與彼同爲教化彼故如是往一切處皆爾隱顯者即於一切處或現或不現故所爲自在者如變魔王令作佛身等故伏他神通者於一切神通中得最勝故與辯者令能答問故與念及與樂者由聽菩薩說法故得三摩提故得念得樂放光者放光令他世界住菩薩皆悉來集故出生如是等大神通者此前所說神通大故此等神通聲聞所無故

論曰攝一切難行由出生十種難行故十種

難行者所謂自受難行自受菩提願故不退難行於生死苦中不退轉故不背難行於一切顛倒行衆生不棄背故現前難行若諸衆生觸惱菩薩亦現前作一切利益事故不汙難行生在世間而不爲世法所汙故信樂難行於大乘中雖復未解然於一切甚深廣大生信樂故通達難行通達人法二無我故隨覺難行於如來所説甚深祕密語中隨順覺知故不離不染難行不捨生死而不染故起作難行諸佛於一切障礙解脫中住以無功用盡生死際起作一切衆生一切利益事故

釋曰如經說菩薩有難行於中何者是難行彼一切難行以此十種難行顯示於中不離不染難行者不離者不捨義若於生死不捨亦不染此爲甚難餘九種難行論本可解

論曰於隨覺難行中諸佛何等密語中菩薩隨順覺知如說云何菩薩得成布施若不施一物然於十方世界中成就無量布施事云何得成布施樂欲若於一切布施無所樂欲云何得成施信若於諸如來不行信向云何得成布施策發若自身於布施無所策發云何得成布施遊戲若無有一時布施一物云何得成布施廣大若於布施生不牢想云何得成布施清淨若生慳心云何得成布施究竟若不住於究竟中云何得成施自在若於施不得自在云何得成布施無盡若不住無盡中如施如是持戒乃至智慧皆爾隨其相應應知

釋曰此中顯示密語意於中云何得成布施者菩薩取一切衆生爲己體是故一切衆生

行施即是菩薩行施此是密意云何得成布施樂欲者謂不樂欲有所得施但樂欲菩薩淨施離相及著相是名有所得是故經說有離相著相布施云何得成施信者由自得施心故不藉他爲緣云何得成施策發者此亦顯自性能施若自身無所策發由慳除故雖不策發自能行施云何得成布施遊戲者非一時施常施故不施一物一切施故云何得成布施寬大者於中不牢者若取祕密義名爲不亂此爲顯定心施及破貪欲施云何得成布施清淨者於中生起者若取祕密義名爲拔根謂拔出慳根由迴慳首在下拔根在上故名生起云何得成布施究竟者究竟者名涅槃於中不住故非如聲聞住究竟涅槃云何得成施自在者若於施障中令不得自在故名於施得自在以但於施障不得自在故云何得成施無盡者無盡即是涅槃爲顯不同聲聞住涅槃故

論曰云何得成殺生若斷衆生生死云何得成不與取者若一切衆生無有與者而自取之云何得成欲邪行若於欲邪中行故云何得成妄語若於虛妄中說爲虛妄云何得成破壞語若於第一空行中常行故云何得成麤惡語謂住應知彼岸故云何得成雜亂語若於差別種類法中如其相說故云何得成非分貪若於無上禪定數習令自得故云何得成瞋害心若於一切煩惱心已得殺害故云何得成邪見於一切處徧行邪體如其體見故

釋曰如經中說佛言比丘我爲殺生者今當

顯示此說意云何欲邪行者若念知此欲是邪如是行故住應知彼岸者謂於應知彼岸中住故云何邪見者於色等徧行邪體如其相見故即是見依他性中分別性是邪相餘十不善業道義如論可解

論曰甚深佛法者何者爲甚深佛法今當解說常住法是佛法法身常住故斷滅法是佛法一切障皆斷滅故生起法是佛法化身生起故證見法是佛法衆生八萬四千行并對治皆證見故欲俱法是佛法欲俱衆生攝同自體故如是瞋俱法是佛法癡俱法是佛法凡夫法是佛法應知無染法是佛法成就真如一切不汙故不汙法是佛法生在世間不爲世法所汙故是故名爲甚深佛法爲修波羅蜜爲成熟衆生爲清淨佛刹爲出生一切佛法等故是菩薩三摩提業差別應知

釋曰復有餘經中說常住法是佛法乃至無染法是佛法等者此中說意今當顯示常住者謂法身以此法故說爲常住法斷滅法證見法不汙法者此等爲顯出離一切障染真如以此法故說不汙法前不說作業差別是故今當顯示菩薩三摩提業此中菩薩依止三摩提故得修諸波羅蜜亦以依止三摩提故成熟衆生由神通故攝引令入亦依止三摩提力清淨佛刹亦爾若心得自在即隨所欲令世界成金等如是等由三摩提力故出生佛法是名爲業釋增上心學竟

釋增上慧學勝相勝語第八之一

論曰如是已說增上心學勝相增上慧學勝相云何可見謂無分別智若自性若依止若

因緣若所緣若相貌若建立若釋難若住持若伴類若果報若津液若出離若至究竟若方便無分別後得等功德若差別若無分別智譬喻若無功用作所應作若甚深等此是無分別智增上慧差別應知

釋曰今當說增上慧學勝相此中顯無分別智是增上慧此智復有三種一方便無分別即是尋思二無分別三後得於中求欲智是初增上慧自內智是第二增上慧攝持智是第三增上慧於中唯成就無分別智爲正體由於尋思因智即是彼果故由於後得果智即是彼因故若此智成就前後二智即得成就今應先釋無分別智自性自性即是體相諸菩薩無分別智自性應須離五種相今當說

論曰此無分別智自性離五種相離非思惟故離過覺觀地故離滅受想定故離色自性故離計度真實義種種相故離此等五種相是無分別智應知

釋曰五種相中若不作意是無分別者則重睡躭婬極醉等應是無分別智復次若過覺觀地是無分別者則二禪已上皆應是無分別智若爾世間人亦應得無分別智復次若心及心法不行故是無分別智者住滅受想定等應是無分別智此智不成何以故以住滅定等時無有心故復次若智體性如色者如色頑鈍無知智亦如是頑鈍無知復次若於真實義中取種種相是無分別者此取即是分別以分別言此是真實故若智離此五種相緣真實義於真實義中若不起種種相

言此是真實此是無分別智相故緣真實義
時如眼識緣色無種種相此是其義
論曰此中爲成立如所說無分別智故說偈

諸菩薩自性　出離五種相　是無分別智
於真不計度　諸菩薩依止　非思亦是思
是無分別智　非思義種類　諸菩薩因緣
有意言聞熏　是無分別智　正思惟相應
諸菩薩所緣　不可言說法　是無分別智
無我及真如　諸菩薩相貌　於彼所緣中
是無分別智　爾焰無有相　相應自性義
所分別非餘　字字相應故　是爲義相應
若離於言說　於義智不生　言說不同故
一切不可言　諸菩薩住持　即無分別智
後得智中行　得增長進趣　諸菩薩伴助
說爲二種道　是無分別智　五度之種類
諸菩薩果報　諸佛二輪中　是無分別智
方便及正得　諸菩薩津液　於後生生中
是無分別智　自體轉勝故　諸菩薩出離
得成就相應　是無分別智　應知十地中
諸菩薩究竟　由得三身淨　是無分別智
得最上自在　如虛空不染　此無分別智
種種極惡業　唯信決定故　如虛空不染
此無分別智　解脫一切障　得成就相應
如虛空不染　此無分別智　常行於世間
世間法不染　如瘂求受塵　如瘂正受塵
如非瘂受塵　三智如是說　如愚求受塵
如愚正受塵　如非愚受塵　三智如是說
如五求受塵　如五正受塵　如意識受塵
三智如是說　如未解求解　如知法及義
三智次第爾　當知方便等　如人正閉目

是無分別智　即彼開目時　是爲後得智
此無分別智　應知如虛空　如空中色像
後得智亦爾　如摩尼天樂　作業離分別
諸佛種種業　亦常離分別　非此亦非餘
非智亦是智　與爾焰無別　是無分別智
由說一切法　自性離分別　所分別非有
無無分別智

釋曰此初偈中即顯此義即此所說自性由依止故得生今當說由說此智爲無分別故此智必應依止心生若依止心生由能思念故名爲心若依止思念生則無分別義不成又若依止非心生則不成智爲離此二過故偈說諸菩薩依止等於中此智所依止非思何以故以不思量義故又此所依止亦非非思何以故以思所引生故此所依止生時是思種類故得說名思又此智由因所生起故次以偈顯示其因諸菩薩因緣有意言聞熏者由於他音聲正聞熏習以此熏習爲因生思惟意言名正思惟此智以何爲所緣復以偈顯示諸菩薩所緣等者於中不可言法性謂於分別性一切法不可言復次何法不可說謂無我真如人法體分別性無我此無體之體名爲真如莫作斷取又此所緣有何相貌次以偈顯示諸菩薩相貌等者於中無相者此智與真如平等而生無有別相爲相此是相貌如眼取色於中見青等相貌與色無異此亦如是智與真如無異相貌若所有一切法皆不可說何者爲所分別相應自性義所分別非餘故與彼不別故名非餘復次此云何成爲成就此故偈言字字自相應是爲

義相應者若此字與彼字相應說此中義名和合義如斫芻二字不斷說故即有眼義和合生（斫芻此云眼）是所分別以何道理成就一切法不可說若離於言說於義智不生故如有人未識能說名於所說義智則不生若汝言但得能說名則知所說義者此義不成如偈言言說不同故以能說名與所說義不同名與義各別體故偈言一切不可說由此義故能說與所說俱不可說復次此無分別智何所住持偈言諸菩薩住持即無分別智後得智中行者由無分別後所得智故菩薩得修諸行即依此智得增長進趣菩薩所有諸行此增長義依無分別智住持故復次此智以何爲伴偈言諸菩薩伴助說爲二種道故此無分別智以五波羅蜜爲伴助於中道有二種謂資粮道及依止道資粮道者謂施戒忍精進等諸波羅蜜依止道者謂禪波羅蜜由如前說諸波羅蜜所生善根及依止禪定故無分別智得生此智即是般若波羅蜜復次乃至未得佛果已來所有無分別智能成熟果報偈言諸菩薩果報諸佛二輪中是無分別智者何者諸佛二輪謂受用身輪及化身輪若修方便無分別能成熟化身果若正得無分別能成熟受用身果爲顯示此義故偈言方便及正得復次何者是無分別智津液諸菩薩津液於後生生中者即於彼二輪中於後後生處此無分別智體轉得勝進即此無分別智轉勝進時此是津液果應知復次云何出離諸菩薩出離者究竟名出離即是涅槃得成就相應此無分別智者此智初得

相應從此經無量百千劫得成就相應應知十地中者從初地乃至第十地如是次第初地中唯有得相應爾後無量時得成就相應是故諸菩薩於三阿僧祇劫得涅槃由經爾所時乃得究竟故何者無分別究竟即次前所說得者是偈言諸菩薩究竟由得三身淨是無分別智者此中三身清淨者由此三身初地中唯有得於十地中得善清淨故得最上自在者此無分別智非唯清淨三身得究竟復有十種自在如後說彼亦是得應知復次無分別智有何功德於中有三種無分別一方便無分別二根本無分別三後得無分別此中方便無分別者由此人初於他所聞菩薩無分別已自未見其方便然生信樂依止此信樂修無分別觀此時名方便無分別由此觀行故無分別得生故得無分別名此方便無分別無染功德譬如何等偈言如虛空不染此無分別智故爲顯示何法無染故說種種極惡業爲顯示不染因故說唯信決定故由於此無分別唯信決定故能對治惡趣此即顯示諸惡不染根本無分別功德復何所以偈言如虛空無染此無分別智故何法不染謂一切障礙何故不染得成就相應故顯示於諸地中由得相應及成就相應爲因故此即顯示對治一切障無分別後得智功德復何所以偈言如虛空不染此無分別智常行於世間世法不能染故由此智力故見有利益衆生處隨念往生雖生世間然不爲世法所染世法有八種謂得利不得利好名惡名毀讚苦樂等此即是無分別從無分

别智生故今當顯示此三智差别如其相應知如瘂求受塵無有言說方便無分别亦爾如瘂正受塵無有言說根本無分别亦爾如非瘂受塵如所受塵即有言說無分别後得亦爾名字等名爲言說如愚求受塵者未曾識知名愚此愚等譬三智如瘂中說如五求受塵者無分别五種應知是眼等五數此等求覓及正受此譬三智一切如瘂中說如意識受塵者如意識於塵能分别亦受用後得亦爾於塵亦分别亦受用如未解論求解方便無分别亦爾如誦習論時但受用於法根本無分别亦爾法者謂文字如解論者於法於義皆受用後得亦爾應知復次爲攝此法及義故顯示二智如人正閉目者此偈顯示無分别及後得二種差别相如虛空者如虛空無染無有分别亦不爲他所分别無分别智亦爾徧在一切法一味空中一切法不能汙故名無染自體無分别故名無分别亦不爲他分别成相貌故非所分别此智如是應知如空中色像後得智亦爾者如色顯現亦是能分别亦是所分别復次若以無分别智名爲佛者旣離分别衆生云何得成利益衆生事雖離分别如理得成故以摩尼天樂譬喻偈顯示如摩尼天樂者如如意珠離分别業隨衆生所欲作利益事又如天樂無有作者隨彼天所欲出種種聲諸佛亦爾離於分别而種種事成應知此無分别甚深說中云何爲智緣依他性所分别物爲有别緣若爾何過若分别所攀緣則不得名無分别若言有别攀緣此别攀緣亦非有非此亦非餘者

於中非此者以非分別所能緣以無分別故亦非餘者以即於依他性法中作法如攀緣故此法及法如二種不可說一不可說異故此亦爾不可說爲分別所緣又不可說爲異緣故復云何此爲是智爲非智若爾何過若是智既名爲智云何不分別若非智自性云何說爲無分別智故以非智亦是智偈顯示此不可爲智何以故由方便有分別智自性中不生故亦非非智以方便有分別智爲因生故復有別義非即亦非異非智亦是智者由非即緣分別中生故名非智亦非異由即緣法如中生故非非智即以前句釋後句與爾焰無別是無分別智者非如方便智有能取所取生故名無分別若於所取爾焰中無別異平等平等生是無分別此智不住能取所取中世尊於修多羅中說一切法無分別此中欲顯示此無分別故更說偈由說一切法自性離分別者謂一切法即自性無分別何故如此偈言所分別非有以此顯示由所分別物非有故若所分別非有故即一切法自性無分別者何故一切衆生不即得解脫無分別智者即以此句顯示不得解脫雖一切法自性無分別由一切法自性無分別故無有所分別若於此中通達智生證見此無分別故得解脫若通達智不生即不得解脫所說無分別智即此智有三分今當顯示

攝大乘論釋卷第八

音釋

楔（先結切櫼也）斫（職畧切）㓻（窻俞切）

攝大乘論釋卷第九

世親菩薩造

隋天竺三藏達摩笈多譯

釋增上慧學勝相勝語第八之二

論曰於方便無分別智中有三種謂因緣引攝數習等出生差別故無分別智亦有三種謂知足不顛倒無戲論等無分別故無分別後得智有五種謂通達憶念成立和合如意等顯示差別

釋曰因緣引攝數習等出生差別故者此是方便無分別三種由或以種性力或以現前數習力故得生於中種性力者即是從因得生數習力者即是現在身丈夫力作非從因生知足無顛倒不戲論無分別故者於中知足無分別者應知是聞思體究竟由滿足故不復分別故名知足無分別於聞思位究竟時自知得到究竟處此菩薩住在凡夫地生滿足心作是念聞思事只齊於此以是義故說爲知足無分別復次應知有世間知足無分別若得於有頂處見爲涅槃生知足心謂更無餘處故名知足無分別不顛倒無分別者應知是聲聞等由諸聲聞通達真實故得無常等四無倒智於常等四倒相中不復顛倒分別無戲論無分別者應知是諸菩薩由諸菩薩知一切法乃至菩提無戲論無分別故不復分別無戲論者謂出語言道過世間智由此智非言語所說亦非世智所知故復次無分別後得智有五種差別應知謂通達憶念成立和合如意等顯示差別故者於中通達顯示憶念顯示成立顯示和合顯示如

意顯示等五種差別此中通達顯示者若通達已即於彼時顯示云我已通達作如是顯示顯示者謂決定知故憶念顯示者若出定已憶念言我已通達無分別也成立顯示者如所通達爲他解說和合顯示者以一切法爲一摶相總相攀緣智由此觀智即得轉依如意顯示者由此轉依故即得如意顯示由隨心所念一切自在由此自在若以地等爲金等即得成就由顯示故爲此如意故顯示故名如意顯示何以故由經說以顯示及如意故已成立無分別智未說成就因緣故復以偈顯示

論曰更有別偈成就無分別智

鬼畜人天等　各隨其所應　一切意有異
故知義不成　過去等及夢　并餘二影像
無有爲攀緣　然彼攀緣成　若義成爲境
無無分別智　此智若不有　佛果無可得
得自在菩薩　樂欲自在故　如念地等成
得定者亦爾　成就觀行人　智人得寂靜
思惟一切法　如其義顯現　智行無分別
一切義不現　即知無有義　識亦不得有

釋曰此中鬼畜人天等各隨其所應者畜生以爲水餓鬼爲高原如人見糞爲穢猪等畜生見爲淨妙如人見飲食爲淨於諸天見爲不淨以此道理顯示於一物中各隨其意見有差別是故應知義無所有故彼等所取既不成就若爾義無所有故識應不緣境而生答亦有識不緣境而生如夢及過去未來等無實攀緣即自體攀緣如鏡像及定境亦爾次以偈顯示過去等及夢此偈者於中後半

偈釋前半偈如其次第應知由無實攀緣故無攀緣非無攀緣即自攀緣故謂自心爲境而攀緣故即是過去未來及夢并二影像等次第相應若義成爲境無無分別智者若義有自性則無無分別智若汝言無無分別智有何失者此智若不有佛果無可得若無分別智不有則不能得佛果是故決定應有應知得自在菩薩者謂已得自在力故勝解自在故者得樂欲自在故如念地等成者謂欲以地等諸物成金等相即能成故得定者亦爾者謂得定人及餘聲聞等故成就觀行人者謂成就毗鉢舍那故智人者即是諸菩薩得寂靜者謂得三摩提故思惟一切法如其義顯現者由諸菩薩於如是如是修多羅等法義思念時如念顯現若念佛時隨所思念於彼彼法中佛義顯現如是色受等義顯現亦爾故智行無分別一切義不現者智正行無分別時由一切義不現故即知義無有由義無所有故識亦成無所有此識無所有今當顯示識亦不得有者所識既不有能識則不成是故應知無所有此義應知相中已具解釋

論曰般若波羅蜜與無分別智無有差別如經說菩薩住般若波羅蜜中已與不住相應故修餘波羅蜜得滿足云何不住相應而得滿足謂遠離五種住處故一遠離外道我執處故二遠離不見真實菩薩分別處故三遠離生死涅槃二邊處故四遠離唯斷煩惱障生知足處故五遠離捨衆生利益事住無餘涅槃界處故

釋曰此無分別智即是般若波羅蜜何以故由經說住般若波羅蜜中已與不住相應如是等爲欲令知此義故以經文顯示如是住不住相應中滿足餘波羅蜜遠離外道我執者如外道住般若中有我執念云我住般若中此是般若菩薩遠離如是外道住相故得住無住相應般若中遠離不見真實菩薩分別處者如不見真實菩薩於無分別般若波羅蜜中分別言此是般若波羅蜜無如是分別故名不住相應遠離生死涅槃二邊處者如世間住生死邊聲聞等住涅槃邊菩薩不如是不住此二即是不住相應應知遠離唯斷煩惱生知足者如聲聞唯斷煩惱障生知足菩薩不如是由此意故言諸菩薩不住相應行應知遠離捨衆生利益事住無餘涅槃界處者如聲聞捨利益衆生事於無餘涅槃而取涅槃菩薩不爾如是不住聲聞所住是名不住相應聲聞智與菩薩智有五種差別相今當顯示

論曰聲聞智與此菩薩智有何差別有五種差別應知一無分別差別謂陰等法無分別故二無分限差別謂通達真如入一切種應知爲一切衆生無有分限故三無住差別謂入無住涅槃故四畢竟差別謂趣無餘涅槃界不盡故五無上差別謂最爲勝上無有餘乘勝過故

五種差別智　大悲以爲體　世出世果報　當知不爲遠

釋曰於中無分別差別者由諸聲聞攀緣陰等生分別智諸菩薩智於陰等不生分別故

無分限差別者通達人法二無我故應知無有分限由諸菩薩於一切應知中智生故聲聞唯知苦等諦爲衆生亦無分限菩薩爲一切衆生故求菩提聲聞唯爲自利故無住差別者諸菩薩得無住處涅槃非諸聲聞此差別畢竟差別者於中言差別者於無餘涅槃界中聲聞涅槃則有盡滅菩薩涅槃則不爾無上差別者聲聞乘有上菩薩大乘則無有上是故此爲差別此義偈中顯示五種差別智等中世出世果報者謂色無色界是世間果報聲聞等是出世果報

論曰若菩薩如是增上戒增上心增上慧等功德果報具足已於一切義利中得自在者何故現見有諸衆生受諸貧苦由見是諸衆生於彼義利業障故由見若與其樂果報於諸善法中礙其起善故由見其無有義利則猒惡現前故由見其若得果報爲聚集不善法因故由見其若得果報與餘無量衆生作逼惱因故以是義故現見衆生受諸苦惱此中有偈

見業礙現前　集惡逼惱他　當知是衆生不得菩薩施

釋曰得自在菩薩以此因緣雖有大悲而不與衆生富樂令顯示此意於中見諸衆生業障故者是諸衆生於菩薩威力中有業障礙故由彼等於菩薩智有障礙所礙菩薩雖有堪能見此事故於其貧苦即生捨心此中顯餓鬼見河水爲譬如河有水若欲飲時無人障礙然餓鬼由自罪業故不能得飲此亦如是河喻菩薩財物喻水餓鬼喻衆生猶如彼

水是諸衆生於彼財物不能得受用其義亦爾由見與樂礙其起善者復有餘人雖無業障然此人得見菩薩時於相續中生起善法若與此人果報以受富樂故於起善則斷絶菩薩作是思量寧令貧苦隨順起善以此道理不與富樂由見其猒惡現前故者或復有人猒惡現前菩薩見其貧苦而於善不善中勝上猒惡現前思量是以於彼衆生不與富樂由見其苦受果報增長不善因者又復有人於貧窮時不得聚集不善法菩薩見已作是思量寧令貧窮莫令造作不善故於彼等不與富樂由見其苦得果報與餘無量衆生作逼惱因故者又復有人得大果報則苦惱無量衆生是故寧令一身獨受貧苦於理爲勝莫令苦惱無量衆生是故不與富樂如是等義偈中顯示此中業障礙故生起善根故善現前故聚集不善故逼惱餘衆生故菩薩見其如此不與富樂即是偈中業及礙現前集惡逼惱他以此顯示餘義可解釋增上慧學竟

釋寂滅勝相勝語第九

論曰如是已説增上慧學勝相寂滅勝相云何可見諸菩薩寂滅即是無住處涅槃以捨離煩惱不捨生死共依止轉依爲相此中生死者是依他性染汙分涅槃者即是依他性清淨分依止者即是依他性具二分轉依者即是依他性對治起時染汙分滅清淨分顯

釋曰無住處涅槃相者即是捨離煩惱不捨生死共依止轉依爲相者生此轉時不令煩惱得住然不捨生死染分故名依他即此淨

分故名涅槃二分故即是彼依止轉依亦即此中得成由此中對治起時染分不行淨分行故

論曰復次此轉略說有六種一益力損能轉由信解力住聞熏習故有慚微煩惱行不行故二通達轉謂已入地諸菩薩真實不真實顯現在前故乃至六地三修習轉有障礙一切相不顯現真如顯現故乃至十地四果圓滿轉無障礙一切相不顯現最清淨真如顯現得一切相自在故五下劣轉諸聲聞等通達人無我故一向背生死一向捨離生死六曠大轉諸菩薩通達法無我故見生死即是寂靜滅煩惱而不捨離故諸菩薩於下劣轉中有何過失不念利益衆生事故菩薩法應超過下乘同其解脫此是過失諸菩薩於曠大轉中有何功德於生死法中以自依止轉爲依止故得身自在於一切趣顯示一切身故以種種調伏方便調伏安立於世間果報及三乘中此爲功德

釋曰此轉復有六種益力損能轉者阿黎耶識中染汙熏習損其能益對治力是故得轉住解行地者住聞熏習力已得轉依故若煩惱現行彼有慚愧故現行煩惱熏習薄少通達轉中真實不真實顯現者由正入地時爲真實顯現因故即於彼時得轉依或時出觀此即爲不真實顯現因乃至六地修習轉者於應知障中有礙此菩薩已一切相不復顯現故得轉依此轉乃至十地果圓滿轉中一切障不復障礙者此菩薩已一切相不顯現無有一切障礙見最清淨真如故得此人於

一切相中得自在故得依止由得此相自在故能作隨意利益衆生事曠大轉者由於生死見其寂靜煩惱即滅非有所捨但煩惱不染由處染不染故不捨生死此有何功德此曠大轉諸菩薩以自依止轉依故於一切法得自在於一切趣中顯示同一切身儱悷不調衆生以種種調伏方便智調伏安立於富樂及三乘中此爲功德是中富樂者是世間果報故

論曰爲轉依此中有偈

凡夫覆真實　一切虛妄現　諸菩薩離妄
一切真實現　應知現不現　真實不真實
此依止轉已　名解脱如意　生死及涅槃
若平等智生　生死即涅槃　彼人得如是
即得於生死　非捨非非捨　亦即於涅槃
非得非非得

釋曰爲顯轉依故說偈如諸凡夫由無明故覆障真實虛妄顯現即是衆生等相如是諸聖人真實顯現故捨離衆生等相由斷虛妄無明故得如是應知現不現真實不真實者虛妄分別不顯現真實成就性顯現是名轉依於轉依中虛妄不現行真實現行此即是解脱相應名解脱如意者如意欲行皆得解脱非如聲聞畢竟涅槃猶如斬首得如是解脱生死及涅槃若平等智生者於生死涅槃二種平等智生此二無有差別故者若即於彼時故復次生死涅槃云何得平等由煩惱爲生死煩惱法無我菩薩通達此法無我智生見彼諸法皆無所有諸有生死即是涅槃見生死法即是涅槃寂靜若如是有何所得

即得於生死非捨非非捨故非捨者由諸有生死即是涅槃故非非捨者捨故由於此中不染故見無所有故若得如是亦即於涅槃非得非非得由彼法不異涅槃是故非得由於彼法見其寂靜與涅槃無有差別是故非非得釋學果寂滅竟

釋智勝相勝語第十之一

論曰如是已說寂滅勝相智勝相云何可見三種佛身故應知是智勝相謂自性身受用身變化身此中自性身者即是如來法身一切法中自在依止故受用身者此顯諸佛種種大集輪法身爲依止清淨佛剎中受用大乘法果報故變化身者亦以法身爲依止處兜率陀宮故及降生受欲樂出家往外道中修行苦行正覺菩提轉法輪入大涅槃所顯示故

釋曰智勝相此中解說即以三身顯智勝相自性身爲一切法自在依止受用身者即以前所說自性身爲所依種種諸佛大集輪故得顯於清淨佛剎中大乘修多羅等法爲因故得受用法樂此爲依止復有別義爲受用清淨佛剎故及受用法樂故以此爲依止變化身中始從兜率陀宮乃至入涅槃等者爲顯示同天人法以此爲依止

論曰此中有鬱陀那（此云攝持）

相德及自在　依止與攝持　差別德甚深
念業等佛身

何者爲相諸佛法身略說有五種相應知一轉依相謂一切障染汚分依他性滅處爲解脫一切障於一切法得自在現前清淨分依

他性顯故二白法自體相六波羅蜜滿足得十自在謂命自在心自在衆具自在此陀那波羅蜜滿足故業自在生自在尸羅波羅蜜滿足故勝解自在羼提波羅蜜滿足故願自在毗離耶波羅蜜滿足故神力自在五通所攝禪波羅蜜滿足故智自在法自在般若波羅蜜滿足故三無二相謂有無無二相故一切法無所有此空相不無故有爲無爲無二爲相非業煩惱所爲然似有所爲自在顯示故一異無二相於中一切諸佛依止無差別然無量身相續證正覺故此中有偈

我取無有故　依止無差別　前後次第證
假名說差別　性行別非虛　具無初無別
非一亦非多　無垢依止故

四常相謂真如清淨爲相本願所引佛事不休息故五不思議相此真如清淨唯自證知世間譬喻不可得非分別所行故

釋曰此鬱陀那偈中謂相德等此中相者即法身相有五種應知轉依相謂一切障染汙分依他性滅由染汙分依他分滅故於一切障得解脫一切法中自在現前清淨分依他性顯者由於一切法得自在故依他性一分清淨性即得顯現曰法體相者謂六波羅蜜圓滿故得法身十種自在此是白法體於中命自在者欲得自身齊幾許時住即能顯示應知心自在者於爾許時住不爲生死所染汙故衆具自在者謂食等十種衆具諸佛如念即得應知此三由陀那波羅蜜圓滿爲因應知如偈說

諸菩薩思惟　若淨若不淨　一切皆成善

是爲意自在
業自在生自在由尸羅波羅蜜滿故者攝因及所生果故又以此故身口業自在轉應知由隨欲所生即彼業現前生自在者謂生處自在轉應知由於善惡等趣隨意欲生即能生故尸羅因名爲業尸羅果名爲生由此道理即得顯其自在故信解自在由忍波羅蜜圓滿故者謂法皆隨心轉故得隨所樂欲如所樂欲一切事悉成就故願自在是毗離耶波羅蜜圓滿果者由精進一切發行皆究竟一切思量事悉成就故五通所攝神力自在是禪波羅蜜圓滿果者由心有堪能出生神通故智自在法自在是般若波羅蜜圓滿果者般若力故安立陰等及得此後一切種智
無二相中非有相者一切法無有相故非無相者有空自性故有爲無爲無二相者謂非有爲自性非無爲自性故於中非業煩惱所生故非有爲相亦是有爲相者於有爲中已得自在處處顯示由此義故名有爲相一異無二爲相者於法身中由依止無別是故無異相由無量身得至故不得爲一相於此二中不可偏說故名無二相此義以偈顯示我取無有故依止無差別者於世中我取力故有身差別於法身中無有我取故無差別若身無差別云何有多佛前後次第證假名說差別者由此無量身得故亦有差別如此等義更以偈說性別者諸菩薩有衆多由此差別故發行亦異由發行差別故有衆多人菩提資粮得圓滿是故若唯一佛餘人資粮則應虛作具足者諸佛具作一切衆生利益事

謂安立於三乘中若諸佛唯以佛乘安立衆生則所作佛事不具足是故應有多佛如生死無初佛亦如是若唯一佛即是有初是故非一又彼依止無差別故亦不得爲多即是此無垢法界依止無差別此不一異相由此道理即得顯示常相者三因縁故此體常住爲相真如清淨以爲佛體此即常住由此道理得顯如來常住應知本願所引者由昔發願作一切衆生利益事由此願所引故佛體顯現是故彼願不虛此即常住應知若謂如來作衆生利益事已竟者此義不然以所作未究竟故即於今時有無邊事謂一切衆生未般涅槃故以此因縁故常住爲相應知雖如是等說已彼亦不可思議應知此不可思議因縁今當顯示唯自證知者諸佛自證彼體故由彼體唯自證故非彼覺觀所能思量於世間中亦無此比類以譬喻知故

論曰復次云何得最初證此法身總相大乘法爲所縁故無分別智及彼後得智故五相善修於一切地中善集資粮故破微細難破障故金剛譬三摩提次此三摩提後離一切障即得轉依

釋曰此中說得最初得者由此體無生以無爲故若生即是無常金剛譬三摩提者此三摩提猶如金剛能破微細難破障故即得轉依者謂由此金剛譬三摩提能轉依得法身

論曰復次法身有幾種自在而得至自在略說有五種自在一國土自身相好無邊聲無見頂自在由轉色聚依故二無識嫌無量高大安樂行自在由轉受聚依故三說一切名

身句身味身自在由轉想聚依故四變化變易引大衆引白法自在由轉行聚依故五鏡智平等觀作所應作智自在由轉識聚依故

釋曰此中顯示自在由轉色等五聚依故得自在於中由轉色聚依故得佛刹自在謂顯示金銀等隨意顯示身自在謂於大衆輪隨諸衆生樂欲顯示身應知相好等自在謂隨所樂欲爲彼顯示故即是無邊聲無見頂等自在由轉受聚依故得無識嫌無量高大安樂行自在者謂於無識嫌無量高大等安樂行中得自在行故於中無量者應知是種種故高大者謂此樂超過三界樂故應知由轉想聚依故於説名身等中得自在故由取相想故緣於名言等而取其相轉滅此想故由轉行聚依故於變化變易引大衆引白法等故得自在於中變化自在者謂隨意變化應知變易者謂變易地等令成金等故引大衆者應知隨其意引諸大衆謂引天夜叉等衆故引白法者謂如意所欲則白法現前應知由轉識聚依故得鏡智平等智正觀智作所應作智於中鏡智者所應知法雖不現前無忘失如世間善習經書故平等智者於通達時於一切衆生得平等心此即是淨心應知正觀智者如典庫者於陀羅尼三摩提門隨於何時何法作意思惟於彼中智行無礙故作所應作智者謂顯示如從兜率陀乃至涅槃於中顯現佛事

論曰應知法身爲幾法所依止略説有三種

一種種佛住依止此中有二偈

得受五種自體喜　諸佛由證自界故

遠離五喜由不證　是故爲喜應須證
堪能事成無有量　法味義利功德具
諸佛恒常見無盡　故得歡喜最無嫌

二種種受用身依止成熟諸菩薩故三種種化身依止多爲成熟諸聲聞等故

釋曰應知有幾法依止法身於中種種佛住依止者種種謂聖住天住梵住等諸住所依止故或有人作是念諸佛何須現化身以諸聲聞不證此故離於五喜謂諸聲聞等不能證此法身則遠離五種歡喜是故爲喜應須證者謂若欲求此歡喜取於證者當勤修方便也此五種歡喜以第二偈顯示堪能事成無有量法味義利功德具者於中法身有堪能無量故無量人得正覺者皆悉堪能平等應知由得見此堪能無量故生於歡喜及事成亦無量者若一佛作衆生利益事即是一切佛事由諸佛多故事亦無量由見此故生於歡喜法味者由見了修多羅祇夜等十二部經法故生勝歡喜義利功德具者謂財利具成及功德具成於中財利具成者謂隨所思念即得具足應知功德具成者謂十力十八不共法等具成應知也故得歡喜最無失者最者過三界歡喜故無失者及習氣煩惱滅故應知諸佛恒常見無盡者見此次前所說四種歡喜乃至窮生死後際無有滅盡雖入無餘涅槃亦無盡是故諸佛別得最勝歡喜非餘聲聞法身亦爲受用身所依止何因緣得成受用身依止若離此入地已上諸菩薩不得成熟亦爲化身所依止何因緣得成化身依止多爲成熟諸聲聞故由下願樂諸

聲聞等若離此不得成熟故言多爲者亦攝信行地諸菩薩應知

論曰應知有幾佛法攝法身略説有六種一清淨攝阿黎耶識轉已得此法身故二果報攝色根轉已得果報智故三樂攝轉欲行等樂已得無量智樂故四自在攝種種業所攝自在轉已得一切世界無礙神通智自在故五世流布攝一切見聞覺知世流布言説轉已得令一切衆生心喜正説智自在故六拔濟攝拔濟一切灾横過失轉已得拔濟一切衆生灾横過失智故此等六種佛法攝取諸佛法身

釋曰若有法能攝法身今當顯示轉何法故得此法身阿黎耶識轉已得法身故者謂得法身及清淨故此法身清淨名清淨攝果報攝者即是果報所攝佛法色根轉者謂眼等色根轉故得果報智者謂轉彼色根得果報智故樂攝中欲行等樂轉者謂世間欲行轉已得佛法樂故得無量智故者即是遊於種種樂故自在攝中種種攝業轉者如世間種種業謂田作與生等轉此已得於一切世界中無障礙神通智故世流布攝者謂世間見聞覺知等流布轉已於見聞等中得自在由得歡悦一切衆生智故拔濟攝者如世間王法苦惱事起或以親友力財物力而得拔濟轉此已得拔濟一切衆生一切苦惱智此拔濟智離一切過失故

攝大乘論釋卷第九

音釋

㦕悷　㦕力董切悷郎計切㦕悷[illegible]逿難調也

攝大乘論釋卷第十

世親菩薩造

隋天竺三藏達摩笈多譯

釋智勝相勝語第十之二

論曰此諸佛法身爲說差別爲說無差別依止意用及業無異故不可說差別無量正覺故有差別如法身受用身亦爾意用及業不異故無差別依止有差別無量依止轉故變化身亦如受用身應知

釋曰無量依止轉故者諸菩薩有無量依止由此受用身顯現故是故意用及業無差別然身事有差別於中意用無差別者謂安樂一切衆生意應知業無差別者謂顯示證正覺般涅槃等業此業無別應知

論曰應知法身與幾功德相應與最清淨四無量解脫勝處一切處無諍願智四辯六通三十二大丈夫相八十種好四一切種清淨十力四無畏三不護三念處無忘失法拔除習氣大悲十八不共佛法一切種勝智等相應此中有偈

憐愍諸衆生　捨離結縛意　不捨安樂心
歸命利益意　解脫一切障　牟尼勝世間
智遍滿爾焰　歸命解脫心　能滅諸衆生
一切惑無餘　惑者共歸去　歸命離惑人
無功用無著　無障礙寂靜　常解一切難
歸命釋難者　所依及能依　說言及說智
意常無障礙　歸命善說者　隨彼等語言
行往還出離　知彼諸衆生　歸命善敎者
諸衆生見佛　緣彼大人相　但見得生信
歸命生信者　執持住處捨　變化及變易

三昧智自在　歸命到彼岸　方便歸依淨
及大乘出離　障隔諸衆生　歸命摧魔者
能説智及斷　出離障礙事　外道不能壞
歸命自他利　説法制大衆　遠離二煩惱
無護無忘失　歸命攝衆者　利益諸衆生
所作不過時　所作常不虚　歸命無忘失
行住一切處　無非圓智業　一切時遍知
歸命實義者　於晝夜六時　觀察諸世間
與大悲相應　歸命利益意　修行及證得
智慧與作業　勝一切二乘　歸命最勝者
三身大菩提　具得一切種　歸命斷衆生
一切處疑惑　無畏無過失　無濁無住處
於諸法無動　歸命無戲論

諸佛法身與如是等功德相應復有自性因果業相應行事等功德是故諸佛法身是無上功德應知此中有偈

成就最勝義　出過一切地　至諸衆生上
解脱諸衆生　無盡無等德　相應世間見
衆輪亦不見　一切天人等

釋曰法身與如是等功德相應復有自性因果業相應行事等功德者於中法身自性者以成就最勝義顯示成就最勝義者謂清淨真如此是佛自性故因者顯示出過一切地謂以修一切地得彼佛體故至諸衆生上者此顯示果顯此果在一切衆生上故解脱諸衆生者此顯示業佛是救脱一切衆生故相應者無盡無等功德相應以此顯示於中世間見者謂見化身故諸大衆輪見者謂見受用身故此等諸天人亦不見者謂此諸大衆輪不見性身此等顯示佛身行事差別

論曰然此諸佛法身甚深最甚深此甚深云何可見此中有偈

諸佛不生生　無住處爲處　諸事無功用

受用第四食　無差别無量　無數量一業

不動及動業　諸佛三身具　無有證正覺

非不一切覺　念念不可量　有非有所顯

無欲無離欲　而亦與欲俱　既知欲非欲

得入欲法如　諸佛過諸陰　而亦住陰中

與彼不一異　不捨而寂滅　諸佛同事業

猶如大海水　我巳現當作　他利無是思

諸罪者不見　如破器中月　普遍一切世

法光猶如日　或顯示正覺　或涅槃如火

不生亦不有　如來常住身　佛於非正法

人及惡趣中　於非梵行法　自住最勝者

行於一切處　而亦無所行　一切衆生見

然非六根境　伏斷諸煩惱　如呪制諸毒

以惑至惑盡　佛具一切智　煩惱即菩提

生死寂滅體　有大方便故　如來不思議

此即是十二種甚深應知所謂生成業住甚深安立數業甚深正遍覺甚深離欲甚深滅陰甚深成熟甚深顯現甚深顯示正遍覺般涅槃甚深住甚深顯示自體甚深滅煩惱甚深不思議甚深

釋曰今當顯示大乘甚深即是顯示十二種甚深於中生成業住等甚深以一偈顯示諸佛不生生者此顯生甚深諸佛以不生爲生故無住處爲處者此顯成長甚深諸佛不住生死涅槃處故所作無功用者此顯業甚深諸佛以平等爲業由無功用故所作之業一切處平等受用第四食者此顯住甚深由四

種食是不淨身依止住處諸佛非不淨身依止住處由段等四食是欲界衆生不清淨身依止而住故淨不淨身依止住處者謂色無色界衆生此等於不地煩惱則淨於上地煩惱則不淨此諸淨不淨身唯有觸意思識等三食離於段食彼身得住彼身唯以三食得住故淨身住持者即是段等四食於聲聞緣覺等此等淨身若住於世由此住持故示現住持者即彼段等四食示現即以此住持故諸佛食之此爲等四由示現以此爲住持故諸佛世尊得受衆生所施令生歡喜積聚福德故無有食事復有說言諸佛食時諸天接取施餘衆生以此因緣令彼衆生當得菩提故此等一偈同一甚深又諸佛生相有十因緣應知一愚癡別異故二種種別異故三攝

持自在故四住自在故五捨自在故六無二相故七唯影像故八如幻故九無住爲住故十覺義成就故有十因緣故如來不住生死涅槃應知一非知一非知故二非滅故三非有故四非有自性智故五無得無分別故六離心故七得心故八平等心故九不得於物故十非不得故有十因緣故諸佛無功用而佛事成就一滅離故二無依止故三應作無功用故四作者無功用故五作業無功用故六無所有無功用故七本昔無差別故八所作究竟故九作事未究竟故十由熟修一切法中自在故有十因緣諸佛受用於食一示現以食住持身故二令諸衆生聚集福德故三爲示現同衆生作故四爲令順學正食故五爲令順學知足故六爲令他發起精進故七爲成

熟善根故八爲顯示自身無染著故九爲住持尊重業故十爲圓滿本願故次顯示安立數業甚深偈無差別無量者此是安立甚深於中無差別者法身無別異故無量者無量身證菩提故無數量一業者此是數甚深乘雖無量諸佛一業故不動及動業諸佛三身具者諸佛雖三身相應然受用身業則牢住化身業則不牢住此即是甚深故次顯示證正覺甚深偈無有證正覺者人及法無所有故非不一切覺者由假名說一切覺故此正覺云何偈言念念中無量以此顯示由於念念中無量人得正覺故有非有所顯者此顯真如於諸有非有爲義故次顯離欲甚深偈無欲無離欲者欲無所有故無所染既無染故亦無離何以故欲若是有可有離欲故而亦與欲俱者由唯斷上心欲留隨眠欲故若不留隨眠欲即同聲聞入涅槃故既知欲非欲得入欲法如者謂欲分別中了知非欲即入欲法真如故次顯示滅陰甚深偈諸佛過諸陰而亦住陰中者謂已過色等五取聚但住於無所得法如聚中故與彼不一異者佛已捨彼分別聚然與彼非異以即住彼法如中故又非不異由雖是化身分別即成清淨境界故不捨而寂滅者謂不捨真實性聚即是涅槃故次顯成熟甚深偈諸佛同事業者謂佛作業平等皆爲成熟衆生故此何所似猶如大海水如水入海爲魚鼈等受用如是既入法界同爲成熟衆生故我已現當作他利無是思者無有一念思惟我於三時利益衆生然似摩尼天樂無有功用而作衆生利

益事故次顯示顯現甚深偈若世間不見諸佛又說諸佛是常住身既有常住身何故不見偈言諸罪者不見如破器中月故如器破水則不住以水不住故月則不現如是諸衆生等無有奢摩他滋潤故佛月不現水譬三摩提體滋潤故普遍一切世法光猶如日者雖不見佛亦爲作佛事由說修多羅等法猶如日光以此爲佛事亦於世間得成熟衆生次顯顯示正遍覺般涅槃甚深偈或顯示正覺或涅槃如火者或示正遍覺或示般涅槃其事如火譬如火或時然或時滅諸佛亦爾或有衆生應以涅槃成熟即示涅槃應以正覺成熟即示正覺爲解脱故如火性不異唯一法身亦爾應如是知餘半偈義可解次顯住甚深偈佛於非正法人及惡趣中於非梵行法自住最勝者自體最勝住亦最勝住於聖住故此中聖住者謂住於空故天住者謂住禪那故梵住者謂住慈等四無量故非正法者謂諸不善法諸佛於諸不善法中住於空住是故佛住聖住於人道及惡趣衆生攀緣而住入於禪那是爲天住於非梵行法中自體最勝住如是等空住者即是自體次顯顯現自體甚深偈行於一切處而亦無所行者後得智於善不善等中差別智生若無分別智即無所行化身於一切處行非餘身也第二義中一切衆生見者謂即此化身一切處得見故然非六根境者即此化身若爲地獄衆生所見時爲教化彼故生於彼處非化身自性彼地獄衆生見時謂即是地獄身是故非彼地獄等衆生六根境界次顯滅煩惱

甚深偈伏斷諸煩惱如呪制諸毒者謂現行煩惱在菩薩位時不斷煩惱由有隨眠惑在如呪制諸毒者譬如被毒呪力制之則不爲害煩惱亦爾以智知故則不爲惱以惑至惑盡者謂以留隨眠惑故不同聲聞入般涅槃佛具一切智者謂諸佛煩惱盡時即得一切智具故次顯不思議甚深偈此等煩惱即是彼菩薩分是集諦故生死等苦諦即是涅槃故如來一切所說皆不可思議如前所說三種因緣謂唯自證知等非思量境界

論曰諸菩薩念佛法身以幾種念而念略說諸菩薩修習念佛有七種一諸佛於一切法得自在應如是修習念佛於一切世界得無障礙神通智故此中有偈

障礙及闕因　衆生界普遍　二種決定故

諸佛無自在

二如來身常住真如無間離垢故三如來最無譏嫌離一切煩惱障智障故四如來無功用無有功用而不捨一切佛事故五如來大受用清淨佛土爲大受用故六如來無染汙生在世間不爲一切世法所染故七如來大義利顯示證正覺入涅槃等未成熟衆生而成熟之已成熟者而解脫之此中有偈

隨逐於自心　常具淨相應　無復諸功用

施與大法樂　無依止遍行　平等於多人

一切一切佛　智人如是念

釋曰諸菩薩若念諸佛法身如七相修念今當顯示此修義於中於一切法得自在者以神通故於一切法得自在由諸佛於一切世界中得無障礙神通非如聲聞等有障礙故

若諸佛於一切法得自在者何故一切衆生不得涅槃此義以偈顯示有因緣故不能令得涅槃故說障礙及闕因等偈此中障礙者由業障等所礙故雖無量諸佛不能令其得涅槃是故諸佛於彼衆生無有如上自在闕因者謂無涅槃法性此爲闕因由無彼性故二種決定故者決定有二種一作業決定二受報決定然於此二種決定諸佛無有自在於中報障者謂癡鈍等應知受報決定者謂決定趣地獄等報及受報有此差別常住身者即是真如無間離垢此如常住以此爲身故名如來常住身也如來大受用者諸如來等即以清淨佛刹爲大受用應知大義利者諸佛大義利體謂成熟解脫未成熟衆生以菩提涅槃而成熟之故應知餘四相念佛義可解此七種念佛更以二偈顯示隨逐於自心等偈中說七相成就諸菩薩最初念諸佛果報皆隨逐自心此亦即是常淨相應者謂善是故最無譏嫌無功用者以無功用作諸佛事故施與大法樂者即是清淨佛土應知無依止遍行者若有依止作行則苦是故諸佛無所依止而行教化以如是故利益多人由多人所共故諸菩薩應念此果報

論曰復次云何應知諸佛刹土清淨相如白千偈修多羅菩薩藏緣起中說婆伽婆住於最勝光明七寶莊嚴故放大光明普照無量世界故住於無量妙莊飾處故周圓無限故超過三界行處故出世上上善根所生故最清淨自在識相故如來住持故諸大菩薩所住故無量天龍夜叉乾闥婆阿脩羅迦樓羅

緊那羅摩睺羅伽人非人等所行故大法味悅樂所持故安住一切衆生一切利益事故離一切煩惱逼迫故離一切魔故勝過一切莊嚴如來莊嚴住持故大念慧行出生故大奢摩他毗鉢舍那爲乘故大空無相無願入處故無量功德衆莊嚴大寶蓮華王所建立故遊於大宮殿中故如是等句顯清淨佛刹所謂色類具足相貌具足量具足方所具足因具足果具足主具足助伴具足眷屬具足住持具足業具足順攝具足無畏具足住止具足道路具足乘具足門具足依持具足故如是等皆得顯現又彼清淨佛刹中所有果報一向淨妙一向樂一向無嫌一向自在

釋曰如百千偈修多羅緣起中說佛刹清淨彼清淨佛刹以何等勝功德顯示前二句顯色具足謂七寶等七寶中金銀瑠璃珊瑚碼碯並是石所攝末羅羯多（綠色玉之類）亦是石所攝應知赤寶者謂赤真珠從赤虫所出由於中出珠故此珠寶於一切寶中最勝故光明照無量世界者即前所說七寶出生光明故此是色具足第二句次一句顯莊嚴具足次一句顯量具足次一句顯方所具足此等以何爲因出世無分別及彼出世無分別後得二種善根所生諸善爲因此即是因具足此亦有一句次一句顯果具足彼佛刹中以最清淨識自在轉爲相故次一句顯主具足次一句顯伴具足次一句顯眷屬具足於此眷屬具足中所言摩睺羅伽亦攝在龍中於淨土中若能住持身此是住持具足亦以一句顯示以此爲食已復作何業但成就一切衆

生一切利益事亦以一句顯示順攝具足由淨土中無煩惱無苦故亦以一句顯示彼中無有怨對之怖由無魔故於彼佛土中無陰魔煩惱魔死魔天子魔是故無有怖畏此一句即是無畏具足次一句顯住處具足復以何道得入彼清淨佛刹於大乘中聞思修智爲體即是大念慧行如其次第此一句顯示道具足以何爲乘乘於奢摩他毗鉢舍那而趣於彼此一句顯乘具足以何門得入彼土謂於大乘中空無相無願爲門故此一句顯門具足次一句顯依持具足猶如大地以風輪爲依持彼清淨佛土以何爲依持以無量功德大寶蓮華爲依持此句顯依持具足彼淨土中果報一向淨妙者由彼中無有糞穢等不淨物故一向樂者彼中唯有樂受無有苦及無記等受一向無嫌者於彼中無有不善及無記故一向自在者以自心力不待因緣故

論曰復次此諸佛法界一切時有五業應知一救護一切衆生逼惱中業謂聾盲狂等逼惱唯見即得救護故二救護惡道業從不善處拔出安置善處故三救護非方便業外道等以非方便求於解脫開悟安置於佛正教中故四救護我見業爲令超過三界教示以道故五救護乘業謂發行餘乘諸菩薩及不定性聲聞等安立令修行大乘故此五種業是一切諸佛平等業應知此中說偈

因依事念行　別故業有異　世間有此異
導師無彼別

釋曰諸佛法界者即是法身彼有五業應知

救護一切衆生逼惱業者由見佛故盲等即得眼等故救護惡道業者此業爲救護惡道故謂於不善處移諸衆生置於善處故救護我見業者說超過三界道名爲救護世間名爲三界即說此爲我見餘二句義可解此等五等是一切諸佛平等業應知此等義以偈顯示若諸佛平等業世間衆生不平等業此等因緣以因緣以因依事念行等一偈顯示於世間中因異由地獄因別人天因別乃至餓鬼因別是故業有異依異者由依止身別異故作業有異事異者或有與生或種田此等業由此等事異故世間業體異念異者念名意欲由此意欲異故世間業亦有異行異者即是有爲行由所作有爲行業異故名爲異誰有此異偈言世間有此異故導師無彼別者諸佛一切作事無復功用則無因等五異是故諸佛作業無有差別故

論曰如是諸佛法身功德具足相應不與聲聞辟支佛共若爾者以何意故說一乘此中有偈

爲引攝一分　及安住餘者　於此不定性
說正覺一乘　法無我解脫　等故性不同
得二意涅槃　究竟唯一乘

釋曰此二偈顯說一乘意爲引攝一分者諸不定性聲聞爲引入大乘故云何令彼不定性人於大乘中而般涅槃故及安住餘者不定性菩薩爲令彼安住大乘云何令彼不退捨大乘於聲聞乘而般涅槃爲此義故佛說一乘不定性二句義可解法無我解脫一偈此中顯別意說一乘何者別意法平等故無

我平等故解脫平等故於中法平等者法即是真如此如平等一切聲聞等同趣彼如故名爲乘以平等故名一乘無我平等者無有人我旣無人我仍言此是聲聞此是菩薩者不應道理由依此無我意故說爲一乘解脫平等者聲聞等亦同解脫煩惱依此意故說爲一乘何以故由世尊說解脫與解脫等無有各各相故性別者由根性有差別故於乘不決定性聲聞亦得成佛由此意故說爲一乘二意得者得二種意故平等意者由一切衆生一體攝故我即是彼彼即是我如是攝已此得正覺即是彼得正覺依此意故說爲一乘第二意者如法華經中爲聲聞授記得此意故謂但得諸佛法如平等意不得法身由得此平等意故作如是念諸佛法如即是我等法如也復有別義於彼大衆中有諸菩薩與諸聲聞同名授記得涅槃如佛說我念過去無量百千數於聲聞乘般涅槃由此意故說一乘以見諸衆生應以聲聞乘而調伏者現於彼般涅槃故究竟者此即是一乘以究竟無有別趣故然有差別以聲聞乘等異於佛乘由此意故世尊說爲一乘

論曰如是一切諸佛同一法身而有多佛此以何因緣可見此中有偈

一界無有二　一時多成就　次第非道理
故成有多佛

釋曰由此因緣一切諸佛平等法身或一或多應須了知次當顯示於中應知一者法界平等故諸佛以此爲體由法界平等故諸佛是一應知復次應知一者於一時一世界中

無有二佛並出故是故唯一應知復次若多若一如偈中顯示所謂一界等一界無有二者此一句顯示一義謂於一世界中無有二佛並出世故餘句顯示衆多佛一時多成就者於一時中有無量諸菩薩同修資粮成滿此等若已福智資粮成滿而不得佛果此等資粮則爲虛棄由有衆多菩薩同修資粮成滿故有多佛應知次第非道理者無有次第得正覺義若修菩提資粮時待次第成滿可得證正覺時亦有次第然由衆多菩薩修資粮無有次第故證正覺時亦無次第是故有衆多佛

論曰於法身中諸佛非畢竟涅槃非非畢竟涅槃云何可見此中有偈

解脱一切障　所作未究竟　佛畢竟涅槃亦不般涅槃

釋曰復有別部師説諸佛無有畢竟涅槃有別部聲聞乘人則言有畢竟涅槃有如是等二意以偈顯示解脱一切障等者於中若解脱煩惱障智障由此意故言諸佛畢竟涅槃由所作事未畢竟未成熟者成熟之已成熟者解脱之應作此等事由此意故不畢竟涅槃若異於此則同聲聞涅槃由畢竟涅槃故所作誓願便則無果

論曰何故受用身不即如是成自性身有六因緣故一色身顯示故二無量大衆輪中差別顯示故三隨彼欲樂應現自體不定顯示故四隨異異顯現自體變動顯示故五菩薩聲聞天等種種大衆和雜處和雜顯示故六阿黎耶識及生起識等轉依不相應顯示故

是故受用身非自性身義成
釋曰今次顯示由此道理故自性身不成受用身一色身顯示者諸佛色身非即法身由所見色非即法身故是故受用身不是法身
又此受用身有差别諸佛大衆輪差别故法身則無如是差别由此道理不相應故受用身不成自性身又隨其所欲現受用身故如修多羅説有人見佛黄色有人見佛青色如是等具説受用身則有如是等體相不定若言自性身體性有不定則不應道理自性身由有如此不相應故非受用身即自性身又復受用身有一衆生初見餘色後即於彼身復見餘色若法身自性動異則不相應是故受用身不成自性身又復受用身常與天等諸衆和雜自性身如是和雜則不相應是故受用身不即自性身又復由阿黎耶識轉依已即自性身若即此自性身是受用身者生起識轉依已復得何身是故受用身不即自性身由此六種不相應故不得成一
論曰何因緣故化身亦非自性身有八因緣故一諸菩薩從久遠已來得不退三摩提於兜率天及人中生不成故二於宿命書筭數印工巧雜論等及受用欲行中無智不成故三已知邪説正説法教而往詣外道所不成故四善知三乘道而行苦行不成故五捨萬億閻浮洲於一處證正覺轉法輪不成故六若離如是顯示證正覺等方便其餘皆以化身作佛事者則應於兜率入中證正覺七何不於一切閻浮洲中平等佛出既不如是以無阿含及道理可證八與一世界中無二如

來出世不相違以有衆多化佛故言一世界者是一四洲世界如無二轉輪王並出此中有偈

諸佛微細化　平等入多胎　一切種正覺為顯現受生

釋曰今次顯自性身即是變化身不相應義有八種不相應於中初不相應者諸菩薩從久遠無量劫來得不退三摩提尚不生於兜率陀等諸天中況復人間是故世間所見是化身非自性身復次諸菩薩已得宿命智而不知書筭等事者無有道理是故化身為教化衆生故應作此事復次菩薩於三阿僧祇劫修行時不知正說邪說云何於最後證正覺時乃能知也是故化身非自性身復次捨萬億閻浮洲唯於一處證正覺轉法輪不應道理若化身得成由於一切處同時現化是故化身非自性身若言但一處證正覺餘處顯示化身攝眷屬者何故不即於兜率陀天中住證正覺於一切四洲中示現化身也若言一切四洲中不證正覺者此義不成以無有阿含及道理證說於一佛剎中隨於一四洲中不證正覺若汝言若爾者與修多羅相違何以故以經說無二佛並出者應知彼經中所說以轉輪王為喻如無二轉輪王並出者此說於一四洲中無並出非一佛剎也二佛不並出亦爾所言世界者謂一四洲也此中有偈顯示正覺諸佛微細化等即是其義佛於住兜率陀天宮時若下入胎即於彼時若與上座舍利弗等眷屬俱者應知彼等皆是化所施設如是施設已即得顯示於一切

相中證正覺
論曰爲一切衆生故發願及修行成大菩提畢竟涅槃不應道理發願及修行無果報是過失故
釋曰此中顯示畢竟涅槃不成義諸佛爲一切衆生故發大誓願及修行既作如是利衆生意已隨諸衆生利益事作之若於畢竟涅槃中而般涅槃彼願及行便爲無果若汝言如來法身常住者受用身及化身無常云何名常身今成就此義故
論曰受用身化身二身無常云何言如來身常住依止常住法身故受用身變化身此二身受報不捨故數數化現故如常受樂如常施食佛身常住應如是知
釋曰二身是常由依止常住法身故此二身是常復次受用身者不捨受用故是常化身者常顯示證正覺般涅槃等相續不斷故是常於此二身以譬喻顯示其常如世間言常受樂非即得無間樂而得名爲常受樂又如言此人常施食非即是常施有時不施故然得名爲常施食者二身常義亦爾
論曰有六因緣故諸佛世尊化身不畢竟住一所作究竟謂已成熟解脱衆生故二爲轉樂欲涅槃意令求常住佛身故二爲轉於佛所起循修意令於甚深法正説中生覺了故四爲生渴仰意若數見生無猒足故五爲生自精進由知説者不可得故六爲令得極速成熟自起精進不捨重軛故此中有偈
所作事究竟　轉彼寂滅欲　爲轉輕佛意
令生渴仰心　爲發自精進　令其速成熟

是故佛化身　非畢竟住者
諸佛法身雖無始時無量爲得彼故不應不策勤也此中有偈
佛得無異無量因　衆生於此捨精進
此得一切非因果　如是因斷無道理
阿毗達磨大乘修多羅中攝大乘品解釋竟
阿闍黎阿僧伽造
釋曰此中有難若法身無始時無差别無限量以是故堪能利益衆生者何須爲此故勤精進也爲遮彼難故以偈顯示彼諸佛所得無異無量以此爲因應起正勤是故言諸佛無始時者一切有過何以故此得於一切時不成因過失故如此斷因無有道理諸菩薩大悲在心憐愍一切衆生猶如一子於利益衆生事中餘人自作非我所爲此不應道理餘人作與不作我皆爲之應當如是攝大乘釋論於大乘部中制述無量勝論者阿闍黎婆藪槃豆造竟

攝大乘論釋卷第十

攝大乘論序

沙門　慧愷　述

夫至道弘曠無思不洽大悲平等誘進靡窮德被含生理非偏漏但迷塗易久淪惑難息若先談出世則疑性莫啓故設教立方各隨性欲唐虞之前圖諜簡少姬周以後經誥弘多雖復制禮作訓並導之以俗法而眞假妙趣尚冥然未覩故迹隱葱嶺以西教祕滄海之外自漢室受命方稍東漸爰及晉朝斯風乃盛梁有天下彌具興隆歷千祀其將半涉七代而迄今法蘭導清源於前童壽振芳塵於後安叡騁壯思以發義端生肇擅玄言以釋幽致雖並策分鑣同瀾比泒而深淺競馳昭晦相雜自玆以降篤好愈廣莫不異軌同奔傳相祖習而去取隨情開抑殊軫慧愷志慚負槖勤愧聚螢謬得齒跡學徒稟承訓義遊寓講肆多歷年所名師勝友備得諮詢但綜涉踈淺鑽仰無術尋波討源多所未悟此蓋慮窮於文字思迷於弘旨明發興嗟負心非一每欲順風問道而未知厥路有三藏法師是優禪尼國婆羅門種姓頗羅憧名拘羅那他此土翻譯稱曰親依識鑒淵曠風表俊越天才高槩神辯閑縱道氣逸群德音邁俗少遊諸國歷事衆師先習外典洽通書奧苞四韋於懷抱呑六論於胷襟學窮三藏貫練五部研究大乘備盡深極法師既博綜墳籍妙達幽微每欲振玄宗於他域啓法門於未悟以身許道無憚遠遊跨萬里猶比鄰越四海如咫尺以梁太清二年方屆建業仍值梁季混淆横流荐及法師因此避地東西遂使

大法壅而不暢未至九江及遊五嶺凡所翻譯卷軸未多後適閩越敷説不少法師每懷慷慨所歎知音者希故伯牙絶絃卞和泣璧良由妙旨之典難辯盈尺之珍罕别法師遊方既久欲旋反舊國經塗所亘遂達番禺儀同三司廣州刺史陽山郡公歐陽頠叡表岳靈德洞河府經文緯武匡道佐時康流民於百越建正法於五嶺欽法師之高行慕大士之勝規奉請爲菩薩戒師恭承盡弟子禮愷昔嘗受業已少滌沉蔽服膺未久便致睽違今重奉值倍懷蹈舞復欲餐和稟德訪道陳疑雖慇懃三請而不蒙允遂悅然失圖心寃靡託衡州刺史陽山公世子歐陽紇風業峻整威武貞拔該閲文史深達治要崇瀾内湛清輝外溢欽賢味道篤信愛奇躬爲請主兼申禮事法師乃欣然受請許爲翻譯制旨寺主慧智法師戒行清白道氣宏壯志業閑贍觸途必舉匡濟不窮輪奐靡息征南長史袁敬德履沖明志託夷遠徽猷清簡冰珪齊質弼諧蕃正民譽早聞兼深重佛法崇情至理黑白二賢爲終始檀越辰次昭陽歲維協洽月呂姑洗神紀勾芒於廣州制旨寺便就翻譯法師既妙解聲論善識方言詞有以而必彰義無微而不暢席間函丈終朝靡息愷謹筆受隨出隨書一章一句備盡研覈釋義若竟方乃著文然翻譯事殊難不可存於華綺若一字參差則理趣胡越乃可令質而得義不可使文而失旨故今所翻文質相半與僧忍等同共稟學夙夜匪懈無棄寸陰即以其年樹檀之月文義俱竟本論三卷釋論十二

卷義疏八卷合二十三卷此論乃是大乘之宗正法之祕奥妙義雲興清詞海溢深固幽遠二乘由此迷墜曠壯該含十地之所宗學如來滅後將千一百餘年彌勒菩薩投適時機降靈俯接忘巳屈應爲阿僧伽法師廣釋大乘中義阿僧伽者此言無著法師得一會道體二居宗該玄鑒極凝神物表欲敷闡至理故製造論唯識微言因茲得顯三性妙趣由此而彰冠冕彝倫舟航有識本論即無著法師之所造也法師次弟婆藪盤豆此曰天親道亞生知德備藏性風格峻峙神氣爽發禀厥兄之雅訓習大乘之弘旨無著法師所造諸論詞致淵玄理趣難曉將恐後生復成紕紊故製釋論以解本文籠小乘於形內挫外道於筆端自斯以後迄于像季方等圓教乃盛宣通慧愷不揆虛薄情慮庸淺乃欲泛芥舟於巨壑策駘足於長路庶累毫成刃聚爝爲明有識君子幸宜尋閱其道必然無失墜也

攝大乘論釋卷第一

天親菩薩釋

陳天竺三藏法師眞諦譯

釋依止勝相中衆名品第一

智障極盲闇　謂眞俗別執　由如理如量
無分別智光　破成無等覺　滅心惑無餘
常住德圓智　恒隨行大悲　如衆生根性
極解脱眞道　於十方界説　能無功用心
由無分別智　不住於生死　常起大悲故
不入於涅槃　由攝智方便　至自他極利
我以身口意　頂禮佛世尊　是無上正法
如來自覺説　若人能正行　至甘露妙迹
若誹謗此法　没無底狂坑　由智及信心
頂禮眞實法　住道住果僧　普勝一切衆
智道俗清淨　世無上福田　片善投於中
廣大如空地　成就世間樂　及清涼涅槃
我一心頂禮　佛聖弟子衆　聰明邪慢人
退阿含修得　行説隨自執　正理非所證
事彌勒菩薩　依止日光定　照了實法相
無動及出世　爲我等宣説　正法眞道理
如秋月日光　文詞遍於世　甚深大種種
句義依了經　能令聰慧人　下心起尊敬
細密法難通　智無著無礙　利等八世法
心常無染著　無礙名稱義　通敏者恒誦
天人普識知　頂禮大師足　辯説常無盡
雨甘露文義　依尊隨分聞　猶如乞雨鳥
披閲決定藏　以釋攝大乘　願此言利益
怖畏大海人

釋曰此品有三章一無等聖教二十義次第三衆名

無等聖教章第一

論曰攝大乘論即是阿毗達磨教及大乘修多羅

釋曰此言依何義因何而起依一切所知因甚深廣大諸法實性若離佛菩薩威力何人有此功能能說此義云何造論由此相說若離阿毗達磨名則不知此論是聖教爲此義故又爲顯經名譬如十地經今造此論其用云何衆生無知疑倒欲令得解復次此論說阿毗達磨大乘修多羅名者欲顯如來法門別類及顯此論別名言大乘者欲簡小乘阿毗達磨何故不但說阿毗達磨名復說修多羅名有阿毗達磨非是聖教有復次說阿毗達磨名者顯此論是菩薩藏復次立藏者欲何所爲爲滅自惑於大乘中是菩薩煩惱何以故諸菩薩以分別爲煩惱阿毗達磨者甚深廣大法性爲相此菩薩藏凡有幾種亦有三種謂修多羅阿毗達磨毗那耶此三由上下乘差別故成二種謂聲聞藏菩薩藏此三及二云何名藏由能攝故此攝何法一切應知義云何成三有九種因別立修多羅者爲對治他疑惑若人於此義中起疑爲令得決定智故立修多羅爲對治受用二邊故別立毗那耶由佛遮有罪過受用立毗那耶對治樂行邊由佛隨喜無罪過受用立毗那耶對治苦行邊爲對治自見取偏執故別立阿毗達磨能顯無倒實法相故復次爲說三種修學故別立修多羅爲成依戒依心學故別立毗那耶何以故若人持戒則心無悔由無悔等能次第得定爲成依慧學故別立阿毗達

磨何以故能簡擇無倒義故復決正說法及義由修多羅成就法義由毗那耶何以故若人修行或毗那耶得通達此二法及義法義決定勝智由阿毗達磨由此九因緣故立三藏此三藏通用云何爲解脫生死是其通用云何得解脫能熏覺寂通故得解脫由聞思三藏故能熏由熏故覺由覺故寂由寂故通由通故得解脫若略說三藏各有四義菩薩若能了別此義則具一切智若聲聞能了一句一偈義則至流盡云何一一藏各有四義修多羅四義者一依二相三法四義能顯示此四義故名修多羅依者是處是人是用依此三佛說修多羅故名依相者謂真俗二諦相故名相法者陰界入緣生諦食定無量無色解脫制入徧入助道無礙辯無爭等故名法義者所作事故名義生道滅惑是事阿毗達磨四義者一對二數三伏四解對者是法對向無住處涅槃何以故能顯諦道門故名對數者諸法中隨一法或以名或以別相或以通相等數數顯此一法故名數伏者此法能伏諸說立破二能由正說依止等方便故故名伏解者由阿毗達磨修多羅義易解故名解毗那耶有四義者一由罪過二由緣起三由還淨四由出離罪過者謂五篇七聚罪緣起者或四或八四者一無知二放逸三煩惱熾盛四輕慢八者一由心不由身口二由身不由心口三由口不由身心四由心身不由口五由身口不由心六由心口不由身七由身口心八不由身口心還淨者由善心不由治罰善心者如本受持對治出離者有七

事一各各發露遮相續二受與學罰三先制後開先已制戒後由別意故開四更捨若大衆聚集同意如本更捨先犯罪人是時還淨五轉依比丘比丘尼轉男女二根若不共罪六如實觀由四種法鬱陀那觀察諸法又如對治法相恒觀察自罪七法爾得若見四諦小隨小罪不更故犯由法爾所得復次毗那耶有四義應知一人佛世尊依此立戒二立制已說過失大師集衆立學處三分別已略立制更廣解釋四決判此立制中云何犯罪云何不犯今當釋本文

論曰佛世尊前

釋曰欲顯恭敬及無異言

論曰善入大乘句義菩薩摩訶薩

釋曰已得陀羅尼等功德由此功德於文句及義善能攝持又能如理顯說故名善入何故但言菩薩摩訶薩而不說名欲顯諸菩薩摩訶薩衆通有此能何故說兩名欲顯具足二行

論曰欲顯大乘有勝功德依大乘教

釋曰唯大乘中有勝功德餘乘中無爲明大乘不共德故言欲顯大乘有勝功德依大乘教

論曰說如是言諸佛世尊有十勝相所說無等過於餘教

釋曰此言欲何所明爲顯大乘有勝功德爲實有及利他故諸佛世尊如十號中解

論曰有十勝相者

釋曰由依止等十相異故勝十義爲因言說爲果以義勝故所說無等

論曰一應知依止勝相

釋曰應知者謂淨不淨品法即是三性此三性依止三性因即是勝相由此依止勝相如來言說亦勝即是阿棃耶識依止即是勝相譬如石子乃至智果勝相亦如是

論曰二應知勝相

釋曰應知勝相者謂應知自性或應知即是相

論曰三應知入勝相

釋曰應知謂三性入者謂能成入及所成入即是唯識

論曰四入因果勝相

釋曰入唯識因即是施等世間六波羅蜜在願樂位中入果即入唯識後六波羅蜜在通達位中轉成果名出世間

論曰五入因果修差別勝相

釋曰入因果即世出世六波羅蜜修者謂四德數習此修地地不同故名差別即是歡喜等十地

論曰六於修差別依戒學勝相

釋曰謂於修差別諸地中戒學依戒菩薩修觀即十地中菩薩一切戒於諸惡法無復作心

論曰七此中依心學勝相

釋曰學義如前解心即是定定以一心為體依一心修習謂一切菩薩定名依心學

論曰八此中依慧學勝相

釋曰為能得果名依慧以慧為依止發修行心是依慧即是無分別智

論曰九學果寂滅勝相

釋曰謂滅差別有三種一最勝二品類三自
對解脫定智障滅即是無住處涅槃
論曰十智差別勝相
釋曰謂已離一切障智智即無分別智名對
治道差別即佛如來智已離一切隨眠障此
智無分別智差別
論曰由此十義勝相如來所說過於餘教如
此釋修多羅文句顯於大乘眞是佛說
釋曰云何能顯由此略釋文句顯十義於小
乘中無唯大乘說
論曰復次云何此中略釋能顯大乘勝於餘
教今此略釋顯斯十義唯大乘有小乘中無
何者爲十謂阿黎耶識說名應知依止相三
種自性一依他性二分別性三眞實性說名
應知相唯識教說名應知入相六波羅蜜說
名入因果相
釋曰何以故由唯識道得入三性願樂位六
波羅蜜雖是世法能引出世法能生唯識道
故說是入三性因菩薩已入地出世清淨六
波羅蜜即是入三性果
論曰菩薩十地說名入因果修差別相
釋曰出世十種菩薩地是名入因果修差別
論曰菩薩所受持守護禁戒說名於修差別
戒學相首楞伽摩虛空器等定說名心學相
無分別智說名慧學相無住處涅槃說名學
果寂滅相三種佛身自性身應身化身此三
說名無分別智果相
釋曰於地中有三種修觀說名三種依學此
學果即是滅謂滅三障無分別智名依慧學
此智若約聲聞無四倒分別名無分別若約

菩薩無一切法分別名無分別二無分別異相如此三種佛身是無分別智果若離自性身法身不成譬如眼根若離法身應身不成譬如眼識離根不成應知此二由能依所依故得相應若離應身已入大地菩薩無受用法樂若無受用法樂菩提資糧不具足譬如見色若離應身化身不成若無化身諸菩薩在願樂位中聲聞瘦澀願樂初發修行皆不得成是故決定應有三身

論曰如此十種處唯大乘中有異於小乘故說第一

釋曰此十法是無上菩提因次第相引乃至無上菩提

論曰佛世尊但爲菩薩說此十義

釋曰大乘但是佛說小乘則共說大乘但爲菩薩說不爲二乘說由此三義故勝小乘

論曰故依大乘諸佛世尊有十勝相所說無等過於餘教復次云何此十勝相所說無等能顯大乘是如來正說遮小乘決非大乘於小乘中未曾見此十義隨釋一義但見大乘中釋復次此十義能引出無上菩提成就隨順不相違

釋曰此三義證十義能引無上菩提以是無上菩提因故成就者若約聖教及正理簡擇思惟此十義成就不可破壞譬如已見導師所說道相隨順者若人觀行在修位中此十義隨順修觀而住譬如導師所說道隨順而住不相違者於十地中無障因譬如導師所說道中無劫盜虎狼等障復有地地中生死涅槃不相妨礙是故十義能引無上菩提

論曰爲諸衆生得一切智智

釋曰由此十義具足三德謂無等境無等行無等果若人聞思修此必得無上菩提故言爲諸衆生得一切智智

論曰而説偈言

應知依及相　入因果修異　三學及果滅
智無上乘攝　十義餘處無　見此菩提因
故大乘佛言　由説十義勝

十義次第章第二

論曰云何十義如此次第説菩薩初學應先觀諸法如實因緣由此觀故於十二緣生應生聰慧次後於緣生法應了別其體相由智能離增益損減二邊過失如此正修應通達所緣如實諸相次後從諸障應解脱次心已通達應知實相是先所行六波羅蜜應更成就令清淨無復退失由依意内清淨故次内清淨所攝諸波羅蜜依十地差別應修隨一三阿僧祇劫次菩薩三學應令圓滿圓滿已是學果涅槃及無上菩提次後應得修十義次第如此次第説中一切大乘皆得圓滿

釋曰此十義境界有次第正行有次第果有次第由觀此次第故立十義次第復次若人已了別諸法因於十二緣生則得聰慧何以故由果從因生不從自在天等不平等因生亦不無因生是故立因果兩智次是法從因生菩薩應識其相何者爲相分別性實無有體執言是有名爲增益實有眞實性執言是無名爲損減增無損有是名二邊聰慧能離此二邊次所執唯有識由此智故是相應可通達由此通達無復障礙次隨順入唯識世

間六波羅蜜依俗諦得依眞諦清淨意所攝出世六波羅蜜亦應學次於十地中隨差別應修習各三阿僧祇劫不同聲聞修得何以故聲聞於三生中下對治種成熟對治道對治道成熟故於第三生中解脫三界得阿羅漢果次此差別修中戒等三學應令圓滿次三學果涅槃煩惱障智障等滅無上菩提及三身此等應覺故說如此次第若立大乘不出此法何以故若欲釋緣生義即入阿梨耶識中若欲釋法相即入三性攝若欲釋得即在唯識中若欲釋因果即入唯識觀處若欲釋地即入因果處若欲釋三學即入十地處若欲釋滅即入三學處若欲釋無上菩提及三身即入無住處涅槃攝若說佛體及因果其數如此故說次第復有別釋此十義能引無上菩提生無虛無分別智故名成就與四道理及三量不相違故名隨順非先隨順後相違如偈言

能持愛及悲　隨順於善故　非黑白我見
有益亦有損

故名不相違能生一切智智者於一切法無間如理如量智生故復有別解以後釋前

衆名章第三之一

論曰此初說應知依止立名阿梨耶識世尊於何處說此識及說此識名阿梨耶如佛世尊阿毗達磨略本偈中說此界無始時一切法依止若有諸道有及有得涅槃

釋曰今欲引阿含證阿梨耶識體及名阿含謂大乘阿毗達磨此中佛世尊說偈此即此阿梨耶識界以解為性此界有五義一體類

義一切衆生不出此類由此體類衆生不異二因義一切聖人法四念處等緣此界生故三生義一切聖人所得法身由信樂此界法門故得成就四眞實義在世間不破出世間亦不盡五藏義若應此法自性善故成内若外此法雖復相應則成㲉故約此界佛世尊說比丘衆生初際不可了達無明爲蓋貪愛所縛或流或接有時泥黎耶有時畜生有時鬼道有時阿脩羅道有時人道有時天道此丘汝等如此長夜受苦增益貪愛恒受血滴由此證故知無始時如經言世尊此識界是依是持是處恒相應及不相離不捨智無爲恒伽沙等數諸佛功德世尊非相應相離捨智有爲諸法是依是持是處故言一切法依止如經言世尊若如來藏有由不了故可言生死是有故言若有諸道有如經言世尊若如來藏非有於苦無猒惡於涅槃無欲樂願故言及有得涅槃復次此界無始時者即是顯因若不立因可言有始一切法依止者由此識爲一切法因故說一切法依止若有諸道有及有得涅槃者此一切法依止若有是道則有果報亦有由此果報衆生受生易可令解邪正兩說分別有異後復能得上品正行應得勝德由煩惱依止故生極重煩惱及常起煩惱是果報等四種差別名依止勝能翻此四種名依止下劣生死中不但道等非有涅槃義亦非有何以故若有煩惱則有解脫應知依止中復有阿含能證阿梨耶識名

論曰阿毗達磨中復說偈言諸法依藏住一切種子識故名阿梨耶我爲勝人說

釋曰諸法依藏住者第二句釋第一句謂一切種子識由煩惱業故變阿梨耶識相續前果報後成因故名阿梨耶者顯義證名以名目識我爲勝人說者勝人謂諸菩薩是菩薩境界依止及能障菩薩道故爲菩薩說

論曰此阿含兩偈證識體及名云何佛說此識名阿梨耶

釋曰此語欲顯立名之因

論曰一切有生不淨品法於中隱藏爲果故

釋曰一切謂三世三世中取正生能生不淨品法謂翻五種淨品名不淨品

論曰此識於諸法中隱藏爲因故

釋曰諸法謂阿梨耶識果即不淨品等阿梨耶識藏住此果中爲因

論曰復次諸衆生藏此識中由取我相故是故名阿梨耶識

釋曰藏者以執義約阿陀那識及意識說衆生名何以故一切衆生無無我執我執若起緣何境緣本識起微細一類相續不斷故

論曰阿含云如解節經所說偈

執持識深細　法種子恒流　於凡我不說　彼物執爲我

釋曰前引阿毗達磨偈爲證此中更引經偈爲證阿毗達磨以理爲勝經以教爲勝教必有理理必順教此二名證若離此二證立義不成此證從解節經出佛告廣慧菩薩廣慧於六道生死是諸衆生隨在衆生聚或受卵生胎生濕生化生此中得身及成就初受生時一切種識先熟合大長圓依二種取謂有依色根及相名分別言說習氣若有色界中

有二種取若無色界無二種取廣慧此識或說名阿陀那何以故由此本識能執持身故或說名阿梨耶識何以故此本識於身常藏隱同成壞故或說名質多何以故此識色聲香味觸等諸塵所生長故廣慧依緣此本識是識聚得生謂眼識乃至意識依有識眼根緣外色塵眼識得生與眼識同一時共境有分別意識起若一眼識生是時一分別意識共起是時有一分別意識與五識共緣境生生與眼識共境此眼識若共二識或三四五識緣至則五識起廣慧如此菩薩依法如智如大水流若有一能起浪因至則一浪起若二若多能起浪因至則多浪起是水長流不廢不斷復次於清淨圓鏡面中若有一能起影因至則一影起若二若多能起影因至則多影起是圓鏡面不轉成影亦無損減此本

識猶如水流及鏡面依此本識若有一能眼識緣至則一眼識起乃至若有五能起識因至則五識起廣慧如此菩薩依法如智有聰慧能通達意心識祕密義諸佛如來如理如量由如此義不記說諸菩薩能通達意識心祕密義廣慧諸菩薩由如實不見本識及阿陀那識等於内於外不見藏住不見生及長等不見識眼色及眼識不見耳聲及耳識乃至不見身觸及身識廣慧諸菩薩依法如智有聰慧能通達意心識祕密義諸佛如來如理如量由如此義記說諸菩薩能通達意識心祕密義復次引偈重釋經所說義執持識深細者云何此識或說爲阿陀那識能執持一切有色諸根謂能執持有依五根及相等習氣故此識亦名阿陀那深細者難滅難解

故法種子恒流者一切不淨品法能生熏習所依住如水流念念生滅相續不斷於凡我不説者諸凡夫人無甚深行不求一切智根鈍故不爲凡夫及二乘説彼物執爲我者一相起相續長若衆生依經起邪分別即執此識爲我恐起邪執故我不爲説

論曰云何此識或説爲阿陀那識

釋曰前已引正理及正教證此識名阿棃耶云何今復説此識名阿陀那

論曰能執持一切有色諸根一切受生取依止故何以故有色諸根此識所執持不壞不失乃至相續後際又正受生時由能取生陰故故六道身皆如是取是取事用識所執持故説名阿陀那

釋曰今立道理爲成阿陀那名道理者能執持一切有色諸根由此識執持有色五根不如死人身在黒脹壞等有變異位若至死位阿棃耶識捨離五根是時黒脹壞等諸相即起是故定知由爲此識所執持一期中五根不破壞一切受生取依止故者此言重答前問此識衆生正受生時能取生陰此取體性識所執持由此識是正受生識是故正受生時一切生類皆爲此識所攝一期受身亦爲此識所攝於阿棃耶識中身種子具足故以是義故阿棃耶識亦名阿陀那

論曰或説名心如佛世尊言心意識

釋曰阿棃耶識及意見此二義不同心義亦應有異此三異相云何

論曰意有二種一能與彼生次第縁依故先滅識爲意又以識生依止爲意

釋曰若心前滅後生無間能生後心說此名意復有意能作正生識依止與現識不相妨此二爲識生緣故名爲意正生者名識此即意與識異

論曰二有染汚意與四煩惱恒相應

釋曰此欲釋阿陀那識何者四煩惱

論曰一我見二我慢三我愛四無明

釋曰我見是執我心隨此心起我慢我慢者由我執起高心實無我起我貪說名我愛此三惑通以無明爲因謂諦實因果心迷不解名爲無明

論曰此識是餘煩惱識依止此煩惱識由第一依止生由第二染汚

釋曰此染汚識由依止第一識生由第二識染汚次第已滅說名意餘識欲生能與生依止故第二識名染汚識煩惱依止故若人正起善心亦有此識

論曰由緣塵及次第能分別故此二名意

釋曰以能取塵故名識能與他生依止故名意第二識是我相等惑依止能分別故名意

論曰云何得知有染汚心

釋曰以何道理能成立此義

論曰若無此心獨行無明則不可說有

釋曰獨行無明其相云何若人未得對治道能障實慧惑名獨行無明此無明於五識非有何以故若人在於五識不能爲障何以故若是對治道生處則是障處於染汚意識此亦非有何以故但由此惑心應染汚故與餘惑相應共行獨行名則不成若汝說第六識由獨行無明染汚則第六識一向不清淨以

此無明不暫息云何施等心成善以第六識恒與無明相應故若有人說心與善相應生此人則有過失若第六識恒被染汚則不得引對治道生若有人說染汚心相應有別善心此善心能引生對治道故染汚心即滅若作此說則無過失

論曰與五識相似此法應無何以故此五識共一時有自依止謂眼等諸根

釋曰猶如眼識等五識眼等五根同時爲依止意識必應有同時依止若不立餘識亦無此依止如眼識無依止不得生意識亦應爾

論曰復次意名應無有義

釋曰云何無義若立前滅心爲意此但有名無義何以故意以了别爲義於無中云何可立是識隨六識前已滅此意名不可得不能了别以無體故

論曰復次無想定滅心定應無有異何以故無想定有染汚心所顯滅心定不爾若不爾此二定應不異

釋曰若人立有染汚心此人於無想定則說有染汚心於滅心定則說無染汚心對此人二定則有差别若不如此於二定意識不行故二定則無異

論曰復次於無想天一期應成無流無失無染汚故於中若無我見及我慢等復次一切時中起我執徧善惡無記心中若不如此但惡心與我執等相應故我及我所此惑得行於善無記中則不得行若立二心同時生無此過失若立與第六識相應行有此過失

釋曰於無想天生若無染汚心一期生中則

無我執及我慢等此生便無流失此定不應爲聖人所猒惡既爲聖人所猒惡故知此定有染汚識由我執恒相隨施等諸善常爲我執所雜我執恒隨若離無明則無此事此無明若離依止則不得有此無明依止若離阿陀那識無有別體

論曰

無獨行無明　及相似五識　二定無差別

意名無有義　無想無我執　一期生無流

善惡無記中　我執不應起　離汚心不有

二與三相違　無此一切處　我執不得生

證見眞實義　惑障令不起　恒行一切處

名獨行無明

論曰此心染汚故無記性攝

釋曰此心是無明所依於三性中此心屬何性由染汚故屬有覆無記性何以故有染汚故云何有染汚

論曰恒與四惑相應

釋曰不了無我境故起我執由我執起我愛我慢此四惑一切處恒起

論曰譬如色無色界惑是有覆無記此二界煩惱奢摩他所藏故

釋曰界以生性爲義離婬欲及段食欲由色欲生故名色界離下二界欲由無色欲生故名無色界此二界惑雖與第六麤識相應不失無記性由八定所藏故此惑若在欲界散心應成不善由依止麤故若與第七識相應雖不在定中亦非不善以依止最細故若在色無色界依止雖麤八定所攝心輭滑故亦非不善能生生死亦非是善故屬有覆無記

性第二識所起惑亦爾依止細故非不善是生死因故亦非是善
論曰此心恒生不廢
釋曰此染污心三性中八定無想定無想天處恒生不廢
論曰尋第二體離阿梨耶識不可得
釋曰第二識緣第一識起我執若離第一識此識不得起故知有第一識令成就第二識爲顯第一識故
論曰是故阿梨耶識成就爲意依此以爲種子餘識得生
釋曰離第一識無別識體爲第二識因及生起識因佛說心名此名目第二識佛說識名此名目六識佛說意名此名目第一識何以故第二識及生起識若前已滅後識欲生必依第一識生及能生自類故說名意根
論曰云何此意復說爲心多種熏習種子所聚故
釋曰第一識或名質多質多名有何義謂種種義及滋長義種種者自有十義一增上緣二緣緣三解相四共作五染污六業熏習七因八果九道十地此義中各有多種義故名種種滋長有三義一由此十法聚集令心相續久住二此心能攝持一切法種子三是種種法熏習種子之所滋長種子者謂功能差別因所滋長者謂變異爲三界由此義故佛說第一識亦名質多
論曰云何於聲聞乘不說此心相及說阿梨耶阿陀那名微細境界所攝故
釋曰問名問名體答通答兩問此識於所知

中最微細以非二乘所緣故此識亦是境界若求佛果人必須通達此識此識是應知等九義所依藏故故名所攝復次菩薩有微細境界藏此識難解故屬微細境界藏攝

論曰何以故聲聞人無有勝位爲得一切智智

釋曰何故於聲聞乘不說微細境界聲聞人不作正勤求知如來境界修行唯爲自利故諸聲聞人惑障由苦等智麤淺觀行可得除滅

論曰是故於聲聞人離此說由成就智令本願圓滿故不爲說

釋曰諸佛見聲聞人少欲知足求除自惑障此障若離此智由餘智可得滅除本願得成不爲解脫他障不發願求如來法身修行微細甚深道故不爲說

論曰諸菩薩應有勝位爲得一切智智故佛爲說

釋曰諸菩薩求滅自他惑障及智障故修行正勤故爲諸菩薩說

論曰何以故若離此智得無上菩提無有是處

釋曰若離甚深微細境十種次第修則不得成若離此修心煩惱易除法身易得無有此義

論曰復次此識於聲聞乘由別名如來曾顯聲聞乘此義由別名處處顯現

釋曰復有別道理可信此識是有何以故於

論曰如增一阿含經言於世間喜樂阿梨耶愛阿梨耶習阿梨耶著阿梨耶爲滅阿梨耶

如來說正法

釋曰初句略說根本後以三句約現在過去未來更廣釋之著阿黎耶者約現在世習阿黎耶者約過去世愛阿黎耶者約未來世復有別釋喜樂阿黎耶是現在世云何現在世喜樂阿黎耶由過去世著阿黎耶故由過去現在數習阿黎耶是故未來愛阿黎耶復次或執此四句義不異若不異云何有四句如決定藏論所明有二種愛謂有愛無有愛有愛即三界愛無有愛謂愛三界斷喜樂者若人生在欲界緣巳得塵生喜緣未得塵生樂著者若人生在色界未離欲色界貪著色界生及色界塵由巳得色界定於定生染不樂所未得定於中執爲解脫故說名著習者若人生無色界未離欲無色界先觀欲界過失生色界欲後觀色界過失捨色界欲生無色界欲此欲由習諸定所成故說名習此三名有愛依常見起愛者若人多行惡畏受苦報或執斷見求不更生故說名愛此一即無有愛依斷見起或約四倒釋四句或約四愛釋四句即飲食衣服住處有無有愛或欲顯自法辯令弟子得法辯因或欲顯一義有多名或欲令鈍根人若忘此義由別名還得憶或欲令鈍根人因重說名故得解或欲令別方弟子若不解一名由餘名得解故說四句名異義同

論曰世間樂聽

釋曰依信智兩根

論曰故屬耳

釋曰顯離散亂心即是定根

論曰作意欲知
釋曰顯起恭敬不放逸即是念根
論曰生起正勤
釋曰因此起勇猛捨惡取善即是精進根此中所明即是三慧
論曰方得滅盡阿黎耶
釋曰此明道果即是盡無生智
論曰乃至受行如來正法及似法
釋曰如教而行是名受行如來所說名句味稱正法名句味所目義稱似法復次正法謂正說似法謂正行正得復次正法以阿含爲體似法以所得爲體
論曰由如來出世是第一希有不可思議法於世間顯現如本識此如來出世四種功德經由別義於聲聞乘此識已顯現
釋曰別義有三種一別意如來欲說自出世功德非欲顯阿黎耶識此識與功德相應故說此識二別名如來但說名不說義三別義微細境所攝於二乘不宜說但由義相應故說名不釋義

攝大乘論釋卷第一

音釋

諜他協切與牒同書版也　叡俞芮切　鑣悲嬌切馬銜鐵也　淆戶交切濁也　荐才甸切再至也　閩眉貧切地名　頠五賄切　奐火貫切衆多貌　覈下華切考實也　紕紊紕匹毘切紕繆也紊亡運切紊亂也　駘徒哀切駑馬也　爝即略切火炬也　㲉苦角切

攝大乘論釋卷第二

天親菩薩釋

陳天竺三藏法師眞諦譯

衆名章第三之二

論曰復次摩訶僧祇部阿含中由根本識別名此識顯現譬如樹依根

釋曰此識爲一切識因故是諸識根本譬如樹根芽節枝葉等所依止說名樹根若離此根芽等不成此識爲餘識根本亦爾

論曰彌沙塞部亦以別名說此識謂窮生死陰何以故或色及心有時見相續斷此心中彼種子無有斷絶

釋曰云何說此識爲窮生死陰生死陰不出色心色有時有諸定中相續斷絶如無色界心亦有時有諸定中相續斷絶如無想天等於阿梨耶識中色心種子無有斷絶何以故由此熏習種子於窮生死陰恒在不盡故後時色心因此還生於無餘涅槃前此陰不盡故名窮生死陰

論曰是應知依止阿陀那阿梨耶質多根本識窮生死陰等

釋曰此三是大乘中所立名質多是通大小乘所立名根本識是摩訶僧祇部所立名窮生死陰是彌沙塞部所立名等者正量部立名果報識上座部立名有分識

論曰由此名小乘中是阿梨耶識已成王路

釋曰由此衆名廣顯本識是故易見猶如王路言王路者有三義一直無枝二廣平熟三光明無障本識亦爾直無枝譬定無疑廣平熟譬大小二乘俱弘此義光明無障譬引無

量道理以證此識故譬王路
論曰復有餘師執心意識此三但名異義同
是義不然
釋曰此義約小乘還反質小乘小乘云阿黎
耶識阿陀那識由自僻執於同義異名中立
爲異義此說不然何以故
論曰意及識已見義異當知心義亦應有異
釋曰小乘中立意及識名義俱異能了別名
識若了別已謝能爲後識生方便名爲意故
識以了別爲義意以生方便爲義如小乘中
二名有二義本識有體無名故知心名應目
本識此義不可違
論曰復有餘師執是如來說世間喜樂阿黎
耶
釋曰小乘諸師約阿黎耶名起執不同阿黎
耶者欲顯何義愛著境界名阿黎耶
論曰如前所說此中有五取陰說名阿黎耶
釋曰此愛著境其義不同或執是五取陰取
是貪愛別名貪愛所緣自五陰名爲取陰此
取陰是衆生愛著處故說名阿黎耶
論曰復有餘師執樂受與欲相應說名阿黎
耶
釋曰此五陰非愛著處若無樂受於樂受若
無顛倒云何於五陰生愛著是故於樂受中
由欲顛倒心未滅故此樂受是愛著處五陰
與樂受相應故說五取陰爲愛著處是故樂
受正爲愛著處
論曰復有餘師執身見說名阿黎耶
釋曰若人說樂受是愛著處是義不然此受
由能安樂自我愛自我故愛此樂受譬如人

愛壽故愛壽資糧如此愛我故愛我資糧
論曰如此等諸師
釋曰爲攝餘執有說壽命是愛著處有說道是愛著處有說六塵是愛著處有說見及塵是愛著處
論曰迷阿黎耶由阿含及修得是故作如此執
釋曰如此小乘中諸師不了別阿黎耶識云何不了別不了別有二種一由教二由行教謂小乘阿含是阿含不如理決判此識義故依阿含迷於此識行謂麤淺道無道理能證此識義故由行亦迷此識
論曰由隨小乘教及行是師所立義不中道理
釋曰諸師依小乘教及離阿黎耶識立別名若約小乘道推度此義亦不中小乘理爲自悉檀所違故
論曰若有人不迷阿黎耶識約小乘名成立此識其義最勝
釋曰不迷人是菩薩由阿含及行諸佛觀人根性依根性立阿含於下品者有祕密說於上品者無祕密說是故具明諸識由此阿含菩薩不迷此識由行者若人修行能破欲界惑則見自身爲色惑所縛乃至無色界亦爾若修行出無色界見身被縛在阿黎耶識中爲滅此縛故修十地諸菩薩由甚深行故不迷此識若人能了別此識以小乘名目此識名義相稱故成立名義則爲最勝
論曰云何最勝
釋曰顯示小乘義過失於大乘義中則無過

失是故大乘安立最勝小乘過失者
論曰若執取陰名阿棃耶於惡趣隨一道中一向苦受處於彼受生
釋曰惡趣即四惡趣於四惡趣中隨入一道此道定是純惡業果報無餘受相雜故名一向苦受處於彼中有時生樂受此樂受於惡趣非果報果但名相似果唯以苦受爲果報果是罪人處惡趣受苦報故言於彼受生
論曰此取陰最可惡逆
釋曰生時住時不可忍故言可惡於此苦中恒起滅離貪欲意謂我何時當死何時當捨離此陰故名爲逆
論曰是取陰中一向非可愛衆生喜樂不應道理
釋曰此惡道陰一向是苦惱資糧於中云何生愛故喜樂乖理若說取陰名阿棃耶此義不成
論曰何以故彼中衆生恒願取陰斷絶不生
釋曰彼中衆生因此苦苦願樂滅現在陰願樂令後陰不更生
論曰若是樂受與欲相應從第四定乃至上界皆無此受
釋曰此受不遍三界但生死一分中有此受
論曰若人已得此受由求得上界則生猒惡
釋曰若人已生樂處已得有樂定見此樂麤動心是放逸處難成易壞起猒怖心求得上界寂靜則猒惡此樂於樂處生離欲心於不苦不樂中生喜樂心
論曰是故衆生於中喜樂不稱道理
釋曰若樂不偏三界若受樂人求離此樂立

此樂爲愛著處則不稱道理

論曰若是身見正法内人信樂無我非其所愛於中不生喜樂

釋曰若說身見是愛著處是亦不然何以故佛法内人或約聞慧或約思修慧信無我及樂無我發願修道爲滅我見是故我見非其所愛由求得無生智令我見及我愛未來不更生是故於中不生喜樂此身見爲一分衆生所愛著一分衆生不愛著故不可說身見爲愛著處

論曰此阿黎耶識衆生心執爲自内我

釋曰六道衆生起執著心謂此法是我自内我此内我自在清淨能證爲相由外具故或樂或苦是人若起如此我見

論曰若生一向苦受道中其願苦陰永滅不起

釋曰此人若有惡業因緣故墮一向苦受惡道其計我清淨無變異由外具但證變異及染汚起無有愛願我與外具永絶相離何以故

論曰阿黎耶識我愛所縛故不曾願樂滅除自我

釋曰由不了別此識緣此識起我執由我執起我愛由此我愛不求滅我欲安樂此我故不求滅離外具

論曰從第四定以上受生衆生雖復不樂有欲樂受於阿黎耶識中是自我愛隨逐不離

釋曰前已明衆生於惡道中止求離苦無欲捨我心此中明衆生在捨受處無樂受可愛樂厭惡樂受如惡道人厭惡苦受無因緣於

阿梨耶識中欲捨我愛故阿梨耶識是愛著處
論曰復次正法内人雖復願樂無我違逆身見於阿梨耶識中亦有自我愛
釋曰前復次約佛法外人此復次約佛法内人自有三品一在正思二在正修三在有學此三品人二人伏我見一人滅我見何以故前二人比知無我後一人證知無我故言違逆身見於阿梨耶識中長時數習我愛雖復違逆身見於本識中我愛猶恒隨逐是故身見非愛著處不應名阿梨耶
論曰以阿梨耶名安立此識則爲最勝是名成立阿梨耶別名
釋曰由此愛著處名比度諸師執名義不相稱若取此名比度第一名義相稱故引彼所立名成立本識則爲最勝此品中總攝諸名引道理顯本識故稱衆名品

釋相品第二

釋曰此品有七章一相二熏習三不一異四更互爲因果五因果別不別六緣生七四緣相章第一
論曰復次成立此識相云何可見
釋曰已依衆名成立阿梨耶識由此衆名阿梨耶識體相不可了别若不了别體相此識則難可解今欲令通達此識故次應示其體相
論曰此相略説有三種一立自相二立因相三立果相立自相者依一切不淨品法習氣爲彼得生攝持種子作器是名自相
釋曰決定藏論中明本識有八相異彼廣説

故言略說有三種自相義云何依一切不淨品法熏習此識最勝爲彼得生功能此功能相復云何謂攝持種子云何攝持熏習成一故言攝持

論曰立因相者此一切種子識爲生不淨品法恒起爲因是名因相

釋曰八識中隨一識不淨品法所熏習巳得功能勝異爲生彼法後轉成因是名因相

論曰立果相者此識因種種不淨品法無始習氣方乃得生是名果相

釋曰依止三種不淨品法熏習後時此識得生爲攝藏無始熏習故是名果相

熏習章第二

論曰何法名習氣此習氣名欲顯何義

釋曰此二問有何異前問名所目義後問義所得名

論曰此法與彼相應共生共滅後變爲彼生因此即所顯之義譬如於麻以花熏習麻與花同時生滅彼數數生爲麻香生因

釋曰此謂能受熏習法彼謂能熏習法共謂一時一處同生同滅若法有生滅則有能熏所熏若異此則不然能熏者相續短所熏者相續長是故能熏巳謝所熏恒在後變爲彼生因變即當彼如彼生功能此亦復爾此即所顯之義義即名所目名即義所成

論曰若人有欲等行有欲等習氣

釋曰數起煩惱是名行此行有習氣習氣何相

論曰是心與欲等同生同滅彼數數生爲心變異生因

釋曰同生滅義如前彼者欲等行數數生者或約一生或約一時先未有熏習今變異爲彼生因能變異心是名熏習於不淨品中是一類謂煩惱濁

論曰若多聞人有多聞習氣

釋曰多聞人或在思位或在修位有多聞習氣此有何相

論曰數思所聞共心生滅

釋曰如前所聞名句味引多道理恒思量是思量中正思與意識共生共滅

論曰彼數數生爲心明了生因

釋曰是正思所聞於意識中數數生滅意識於聞中既明了熏習阿梨耶識此意識若滅後更欲起次第轉勝由此熏習成是故聰明事不失

論曰由此熏習得堅住故

釋曰於思慧得堅於修慧得住

論曰故說此人爲能持法

釋曰由此熏習能不忘失若人別縁餘事亦得說名能持法人

論曰於阿梨耶識應知如此道理

釋曰若善惡熏習生起道理應如此知

不一異章第三

論曰此染汚種子與阿梨耶識同異云何

釋曰是不淨品法種子在阿梨耶識中爲有別體故異爲無別體故不異若爾有何失若異者諸種子應有分分差別阿梨耶識亦應如是成無量分若種子自異本識不異刹那刹那滅義則不成若此識與種子異於識中善惡二業熏習隨業或善或惡生起種子汝

許種子是無記云何得異此識與種子若不異彼多此一云何不異此難顯二種過失爲離彼難二過失故須明不一不異義

論曰不由別物體故異如此和合雖難分別而非不異

釋曰此阿梨耶識與種子如此共生雖有能依所依不由別體故異如眼根及眼識眼根以色爲體眼識以無色爲體此識與種子無此異體故不可說異既不可說異何不說一如此和合雖難分別而能依是假無體所依是實有體假實和合異相難可分別以無二體故譬如苦集二諦苦諦實有果報五陰爲體集諦是假名依苦諦得顯無有別體假說爲因五陰雖難分別而非不異識與種子亦爾何以故

論曰阿梨耶識如此而生

釋曰若不異如先熏習未生時此識但是果報不能爲他作因若熏習生時此識亦應如此而生與本無異既無此義故非不異無此義者

論曰熏習生時有功能勝異說名一切種子

釋曰此識先未有功能熏習生後方有功能故異於前前識但是果報不得名一切種子後識能爲他生因說名一切種子前識但生自相續後識能生自他相續故勝於前譬如麥種子於生自芽有功能故說麥是芽種子麥若陳久或爲火所損則失功能麥相不異以功能壞故不名種子此識亦爾若有生一切法功能由與功能相應說名一切種子此功能若謝無餘但說名果報識非一切種子

是故非不異

更互爲因果章第四

論曰云何阿棃耶識與染汚一時更互爲因

釋曰阿棃耶識或爲一切法因或爲一切法果一切法於阿棃耶識亦爾如此義云何可知爲顯此義故應說譬

論曰譬如燈光與燈炷生及燒然一時更互爲因

釋曰由炷體作依止能生光焰故炷是光焰生因光焰即此生剎那中能燒然炷光焰即爲炷燒然因此阿棃耶識與彼一切法共爲有生因應如此義何以故此因現在住未壞果生亦可見

論曰又如蘆束一時相依持故得住立

釋曰如二蘆束一一剎那中互相依互相持

論曰應知本識與能熏習更互爲因其義亦爾如識爲染汚法因染汚法爲識因

釋曰此阿棃耶識爲種子生因若無此識三業生滅無可依處如體謝滅功能亦爾故由此識諸法體生功能亦立是故本識爲彼生因彼法亦爾若彼法無此識起在現在無有道理轉後異前此變異是彼法果

論曰何以故

釋曰何故不別說餘法相對互爲因果而唯明識與染汚法互爲因果或是外道或是二乘作如此問

論曰離此二法異因不可得故

釋曰於世間中離分別依他二法更無餘法阿棃耶識是依他性餘一切法是分別性此二法攝一切法皆盡三界唯有識故是故離

此二法異因不可得若二法爲共有因是功力果隨因品類其品類亦應爾

因果别不别章第五

論曰云何熏習不異不多種而能爲有異多種諸法作生因

釋曰此難欲難俱有因則不成難以執果與因不一時故若難果報因此可成難果報因果必是有記果報果必與因不同時

論曰譬如多縷纈衣衣無多色若入染器後於衣上種種相貌方得顯現

釋曰引此譬欲明果報因果皆得成立如人欲於衣上作諸相貌先以縷纈衣此衣當纈時相貌無異入染器後若解先纈則有多種相現

論曰如此阿黎耶識種種諸法所熏

釋曰阿黎耶識爲善惡不動三業所熏如衣被纈

論曰熏時一性無有多種

釋曰熏時自有三種一方便時二正作時三作後時復有三種一自作時二教他作時三隨喜作時種子與阿黎耶識同無記性離此識無各各異體

論曰若生果染器現前則有不可數種類相貌於阿黎耶識顯現

釋曰若衆緣已具如衣正入染器如此種子與本識於現生後三時隨一時現前則有不可數種果報相貌於此識顯現是故熏時雖復不異果報熟時則有無量差别譬如染衣若汝意謂果報定以有記爲因云何以無記爲因者此義無異何以故彼人於果說因大

乘於果說果

緣生章第六

論曰此緣生於大乘最微細甚深

釋曰欲顯大乘與小乘異大乘具有三種緣生小乘但有二種大乘第一緣生於小乘則無何故大乘有小乘無此第一緣生最微細甚深故於餘乘不說凡夫智不能通達故微細阿羅漢獨覺智不能窮其底故甚深此緣生有幾種若廣說有三種若略說有二種何者爲二

論曰若略說有二種緣生一分別自性緣生二分別愛非愛

釋曰內此二名此二種緣生差別已顯

論曰依止阿棃耶識諸法生起是名分別自性緣生

釋曰由諸法種子依阿棃耶識諸法欲生時外緣若具依阿棃耶識則更得生諸法生以阿棃耶識爲通因是名分別自性何以故種種諸法體性生起分別差別同以阿棃耶識爲因故若分別諸法緣生自性此唯阿棃耶識

論曰由分別種種法因緣自性故

釋曰徧三界諸法品類若分別生起因唯是一識若分別諸法性即是此識若分別諸法差別皆從此識生是故諸法由此識悉同一性二分別愛非愛者

論曰復有十二分緣生是名分別愛非愛

釋曰約三世立十二分爲顯因顯果及顯因果故離根本八分爲十二分根本八分不出三法謂煩惱業果報煩惱者譬如從種子生

芽等從煩惱生煩惱從煩惱生業果從煩惱生果報又如龍在池水恒不竭煩惱若在生續無窮又如樹根未拔時至則生未除煩惱根六道報恒起業者譬如米有糠則能生芽業若有流則能感報又如烏沙絺謂芭蕉竹等果熟則死業若已熟不更生果又如樹華是生果近因業亦如此近能生果果報者譬如成熟飲食飲食若已成熟但應受用不更成熟果報若熟不更結後果報若重結果報則不得解脫故十二緣生不出此三此十二分能分別有二種生身無窮差別由彼緣生故何以故此無明有三品業緣生謂福非福不動行由此行有三品是故識等或生隨福行或生隨非福行或生隨不動行此三品中福及不動是可愛非福是不可愛故言分別愛非愛

論曰於善惡道分別愛非愛生種種異因故

釋曰善道是愛惡道是非愛此善惡道中有無量種差別分別此差別不出十二緣生即以十二緣生爲差別因故說十二緣生分別愛非愛

論曰若人於阿黎耶識迷第一緣生

釋曰迷有三惑一無知二疑知三顛倒知若起此三惑則生二種見或執不平等因或執無因執不平等因者

論曰或執自性是生死因

釋曰僧佉引五義證立自性是實有一由別必有總知有自性於世間中若是別物決定有總譬如以一斤金用作鐶釧等鐶釧等別有數量則知金總亦有數量由見變異別有

數量則知自性總亦有數量二由未似本知有自性譬如一斤白檀分爲多時片片之中香皆似本變異別中悉有三德謂憂喜闇則知自性總中亦有三德三由事有能知有自性譬如鍛師於鍛中有能故能作器由自性於變異中有體故能作萬物此能若無依能則不成四由因果差別知有自性譬如土聚爲因以瓶爲果如此以自性爲因變異爲果五由三有無分別故知有自性若世間壞時十一根壞變爲五大五大壞變成五唯量五唯量壞變成我慢我慢壞變成智智壞變成自性故三有於自性無復分別若世間起時從自性起智從智起我慢乃至從五大起十一根若無自性壞時應盡無更起義若更起無本無次第生義

論曰或執宿作

釋曰路柯耶胝柯說世間一切因唯有宿作現在功力不能感果故現在非因如世間二人同事一主俱有功力一被禮遇一則不爾故知唯由宿作不關現在功力

論曰或執自在變化

釋曰如前所立皆不成因唯有一因名爲自在使我等生善惡輪轉生死後令起猒離求得解脫觀自在因論生於智慧解諸繫縛會自在體

論曰或執八自在我

釋曰如鞞世師那耶修摩執我者何相何德智性爲相八自在爲德如火以熱爲相我亦如此若獨存及雜住智性無改故以智性爲相八自在者一於細最細二於大最大三徧

至四隨意五無繫屬六變化七常無變異八
清淨無愛
論曰或執無因
釋曰由不了別世間果因一分以例餘果皆
謂無因
論曰若迷第二緣生執我作者受者
釋曰亦由二惑故不了別第二緣生若增減
因果及事是名不了別第二緣生增因者除
無明等因立不平等因爲因減因者謂行等
無因增果者謂行等本自有體後緣無明生
減果者謂無行等爲無明果增事者謂無明
等生行等離唯衆緣和合有無明等別事能
作行等別事減事者執無明等無有功能生
行等事無明等無動無作故若離此三處增
減是名分別第二緣生若不能如此分別即
迷緣生起增益執謂我執作者受者執先約
本識起我執後約因果起作者受者執若我
作因名爲作者若我受執名爲受者
論曰譬如衆多生盲人不曾見象
釋曰衆多譬一闡提及外道生盲人譬迷阿
黎耶識體性因果三種無明不曾見譬不能
了別象譬阿黎耶識生盲人於一期報中不
曾見色一闡提及外道從無始生死來未曾
了別阿黎耶識三相
論曰有人示之令彼觸證
釋曰有人譬邪師示之譬爲說邪法令彼觸
證譬令彼生不正思惟及偏見
論曰有諸盲人或觸其鼻或觸其牙或觸其
耳或觸其脚或觸其尾或觸其脊等有人問
之象爲何相盲人答云象如犁柄或說如杵

或說如箕或說如臼或說如帚或說如山石若人不了二種緣生無明生盲或說自性爲因或說宿作或說自在變化或說八自在我或說無因或說作者受者

釋曰六觸譬六徧執一自性二宿作三自在四我五無因六作者受者等者等六十二見等

論曰由不了阿梨耶識體相及因果相如彼生盲不識象體相作種種異說

釋曰品初立自體爲顯自相立因爲顯因相立果爲顯果相此二種人由無明不能了別本識三相故不能通達分別自性緣生起自性等五執不能通達愛非愛緣生起第六作者受者執

論曰若略說阿梨耶識體相是果報識是一切種子

釋曰阿梨耶識因相者一切法熏習於本識中有故名爲因果相者此識餘法所熏故成諸法果體相者謂果報識一切種子是其體相

論曰由此識攝一切三界身一切六道四生皆盡

釋曰三界身謂於六道四生中等類不等類差別此識若成熟能成六道體何以故三業所熏是名諸道種子故由此義故三界一切生一切道皆入此識攝

論曰爲顯此義故說偈曰

外內不明了　於二但假名　及真實一切
種子有六種　念念滅俱有　隨逐至治際
決定觀因緣　如引顯自果　堅無記可熏

與能熏相應　若異不可熏　說是熏體相
六識無相應　三差別相違　二念不俱有
餘生例應爾　此外內種子　能生及引因
枯喪猶相續　然後方滅盡

釋曰已說阿黎耶識爲一切法種子今更欲顯種子義故說斯偈外內不明了於二者種子有二種一外二內外謂穀麥等於善惡二性不明了是有記故內謂阿黎耶識於善惡二性則明了或以染汚清淨爲二但假名及眞實者外種子但是假名何以故一切法唯有識故內種子則是眞實何以故一切法以識爲本故一切種子有六種者如此內外種子不過六種何者爲六念念滅者此二種子剎那剎那滅先生後滅無有間故此法得成種子何以故常住法不成種子一切時無差別故是故一名念念滅俱有者俱有則成種子非過去未來及非相離是時種子有即此時果生是故二名俱有隨逐至治際者治謂金剛心道阿黎耶識於此時功能方盡故名際外種子至果熟及根壞時功能則盡是故三名隨逐至治際決定者由此決定不從一切一切得生因果並決定若是此果種子此果得生是故四名決定觀因緣者由此種子觀別因緣方復生果是故非一切時非一切生是時若有因是時因得生是故不恒生若不觀因而成因者則一因爲一切果因以觀因緣成故不漫爲因是故五名觀因緣能引顯自果者是自種子能引生自果若阿黎耶識能引生阿黎耶識果如穀等種子能引生穀等果是故六名能引顯自果如此六種是

因果生義如此方便令熏習相貌易見今當更說堅無記可熏與能熏相應者熏義有四種一若相續堅住難壞則能受熏若踈動則不然譬如風不能受熏何以故此風若相續在一由旬内熏習亦不能隨逐以散動踈故若瞻波華所熏油百由旬内熏習則能隨逐以堅住故二若無記氣則能受熏是故蒜不受熏以其臭故沉麝等亦不受熏以其香故若物不爲香臭所記則能受熏猶如衣等三可熏者則能受熏是故金銀石等皆不可熏以不能受熏故若物如衣油等以能受熏故名爲可熏四若能所相應則能受熏若生無間是名相應故得受熏若不相應則不能受熏若異不可熏說是熏體相者若異此四義則不可熏是故離阿梨耶識餘法不能受熏以阿梨耶識具前六義一念念生滅二與生起識俱有三隨逐乃至治際窮於生死四決定爲善惡等因五觀福非福不動行爲因於愛憎二道成熟爲道體六能引顯同類果一切生起識雖具六義得爲種子但與熏習四義相反由阿梨耶識具種子六義及熏習四義故能受熏習轉爲種子餘識則不爾何以故六識無相應者六識無前後相應義以易動壞故復次非但易動壞故無相應復有餘義三差別相違者隨一一識別依止生別境界生別覺觀思惟生別想生故名相違六識更互不相通故差別差別故相違經部師說前念熏後念何以故二識一刹那不並起故不得同時此義不然何以故一念二不俱者能熏所熏若在一時同生同滅熏習義得成

若不同時熏義不成何以故能熏若在所熏未生所熏若生能熏已謝前後刹那一時並起無有是處是故六識不並起故無熏習若汝言有識生類其相如此故能受熏是義不然餘生例應爾者若汝執不相應義亦得相熏非汝所執義當例汝所執如眼等諸根與識不同故名爲餘此諸根色清淨同類亦應更互相熏雖同色類不相應故若汝不許相熏六識亦爾雖同識類不相應故云何得説相熏前已説二種種子謂外及内若以因義顯之成二種因一生因二引因爲顯此義故説此外内種子能生及引因外内種子若作生因及引因其相云何能生芽等乃至熟果是外生因能生果報乃至命終是内生因引因者枯喪猶相續然後方滅盡者外種子若穀已陳内種子若身已死由引因故猶相續住若此二種但有生因生因已謝果即應滅不得相續住若汝説由刹那轉轉相生前刹那爲後刹那作因故猶相續住若爾最後不應都盡既無此二義故知别有引因此二種因譬如人射彎弓放箭放箭爲生因彎弓爲引因放箭得離弦遠有所至若但以放箭爲因不以彎弓爲因則箭不得遠若言前刹那箭生後刹那箭故箭得遠則箭無落義外内種子亦爾由生因盡故枯喪由引因盡故滅盡

論曰

譬如外種子　内種子不爾

此義以二偈顯之

於外無熏習　種子内不然　聞等無熏習

果生非道理　已作及未作　失得并相違
由内外得成　是故内有熏
釋曰若内種子與外種子不異眼等根同是清淨四大何故不互相熏爲是外故外種子有三義異内種子是故内熏習依止外則不爾爲顯此義故説二偈於外無熏習種子内不然者外種子如穀麥等由功能故成不由熏習故成内種子則不爾必由熏習故成此義非證比境界云何可知聞等無熏習果生非道理者若於内無熏習昔未學聞慧思慧不生從學聞慧後思慧亦應不生何以故同無熏習故既無此義故知内由熏習成種子無熏習則不成若於内無熏習復有何失已作及未作失得并相違者若内無熏習有二過失一未作應得二已作應失若相續中無熏習爲因此苦樂等果非因所作即是不作而得若已作功用於心無熏習則無因能得果即是已作而失此義於世間中相違與道理亦相違是故本識爲三業熏習故得成因復次云何穀麥等無熏習得成種子由内外復成是故内有熏者外若成種子不由自能必由内熏習感外故成種子何以故一切外法離内則不成是故於外不成熏習一由内有熏習得成種子二若内無種子未作應得已作應失無如此義三外種子由内得成故内異外必有熏習前已説分别自性緣生愛非愛緣生今當更説受用緣生其相云何
論曰所餘識異阿黎耶識謂生起識一切生處及道應知是名受用識
釋曰此六識云何説名生起識自有二義本

識中種子由此識生起故此六識是煩惱業緣起故一能熏習本識令成種子種子自有二能一能生二能引由此二能六識名生起由果有二能故因得二名二者本識中因熟時六識隨因生起爲受用愛憎等報故此識名生起識亦名受用識由宿因所生起令受用果報故得生起受用二名此生起識一切受身四生六道處能受果報故應知此名受用識此受用識相貌云何

論曰如中邊論偈說

一說名緣識　二說名受識　了受名分別起行等心法

釋曰一說名緣識者阿梨耶識是生起識因緣故說名緣識二說名受識者其餘諸識前說名生起識今說名受識能緣塵起於一一塵中能受用苦樂等故名受識即是受陰了受名分別者此三受若有別心能了別謂此受苦此受樂此受不苦不樂此識名分別識即是想識起行等心法者作意等名起行謂此好彼惡等思故名作意此作意能令心捨此受彼故名起行起行即是行陰六識名心從此初心生後三心故名心法

論曰此二識更互爲因如大乘阿毗達磨偈說

諸法於識藏　識於法亦爾　此二互爲因亦恒互爲果

釋曰此言欲顯本識及受用識互爲因果以阿含爲證與阿含不相違則定可信又若不作此言未知此證從何而出爲是聖言爲非聖言故作此說諸法於識藏識於法亦爾者

若本識作識法因諸法爲果必依藏本識中若諸法作本識因本識爲果必依藏諸法中此二互爲因亦恒互爲果者若本識爲彼因彼爲本識果若彼爲本識因本識爲彼果如此因果理有佛無佛法爾常住

四緣章第七

釋曰如此三種緣生一窮生死緣生二愛非愛道緣生三受用緣生此三緣生有四種緣

論曰若於第一緣生中諸法與識更互爲因緣

釋曰因緣已顯不須重問何以故諸法熏習在阿黎耶識中故得互爲因果

論曰於第二緣生中諸法是何緣是增上緣

釋曰由無明等增上故行等得生增上有二種一不相離二者但有不相離者如眼根爲眼識作增上緣但有者如白等能顯黑等若無明等於行等具有二種增上緣若無苦下無明諸行不生若行已生無修道無明諸行不熟何以故須陀洹人不造感生報業故阿那含人不受下界生報故

論曰復次幾緣能生六識有三緣謂增上緣緣緣次第緣

釋曰從根生故是增上緣緣塵故是緣緣前識滅後識生故是次第緣前識能與後識生時中間無隔故名次第

論曰如此三緣生一窮生死緣生二愛憎道緣生三受用緣生具足四緣

釋曰以四緣約三種緣生有具不具若就顯了義皆不具四若就隱密義皆具四緣

攝大乘論釋卷第二

音釋

纈胡結切繒也 鐶釧鐶獲頑切指鐶也釧樞絹切臂鐶也 鍛都玩切冶金曰鍛 鞞駢迷切 蒜蘇貫切葷菜也 麝神夜切獸名臍有香曰麝香

攝大乘論釋卷第三

天親菩薩釋
陳天竺三藏法師眞諦譯

釋引證品第三

釋曰此品有六章一煩惱不淨二業不淨三生不淨四世間淨五出世間淨六順道理

煩惱不淨章第一

論曰此阿棃耶識已成立由衆名及體相

釋曰如此本識衆名已說體相已成立此二義但於本識如理得成非於餘識今爲顯此二義於理非理與諸師共立諍

論曰云何得知阿棃耶識以如是等衆名故如來說體相亦爾不說生起識

釋曰彼云如是等衆名及體相於我法中亦有但無阿棃耶識云何言衆名及體相定屬阿棃耶識不屬餘識爲答此問故

論曰若離此名相所立阿棃耶識不淨品淨品等皆不成就

釋曰若汝離本識安立此名及體相於餘識此安立不成何以故爲三義所違故此三義是如來正法悉檀謂淨不淨品及正道理此義由本識得立若汝撥無本識此三義無安立處義則不成此義如來所立堅實成就違汝所執汝執則壞是故衆名及體相不離本識

論曰煩惱不淨品業不淨品生不淨品世間淨品出世間淨品等皆不成就

釋曰爲開三章爲六章故重說此名

論曰云何煩惱不淨品不成就根本煩惱及少分煩惱所作熏習種子於六識不得成就

何以故眼識與欲等大小二惑俱起俱滅

釋曰欲依心起故隨心世俱起俱滅爲顯欲等熏習心故

論曰此眼識是惑所熏成立種子餘識不爾

釋曰此眼識與欲等俱起俱滅數數被熏故成種子耳識等則不被熏爲餘識所遮故

論曰是眼識已滅或餘識間起熏習及熏習依止皆不可得

釋曰若在無識地中謂無想定等故言是識已滅或在有識地中耳識等間起故眼識滅於此二滅中熏習所生種子及所依止眼識皆不可得

論曰眼識前時已謝現無有體或餘識所間從已滅無法有欲俱生不得成就

釋曰若眼識前時已二種謝滅現在無復眼識及欲體則是已滅無法眼識後若與欲俱生用前時已滅眼識及欲爲種子生現起眼識及欲此義不得成就何以故因已謝滅故

論曰譬如從過去已滅盡業果報不得生

釋曰過去業有二種謂有功能及無功能若果報已熟則無復功能此業有二義一已過去二已滅盡果報果無有從此業生義有欲眼識亦應如此不可説從已滅種子生若人執前已滅識是有以過去法是有故如毗婆沙師所執此執但有語無義何以故若法是有云何言過去諸法由此義故果報果生不如道理以熏習無故

論曰復次眼識與欲等惑俱時生起熏習不成

釋曰眼識前時未入滅心定及未爲餘識所

間與欲俱生後入滅心定及爲餘識所間熏
習不得成
論曰何以故此種子不得住於欲中以欲依
止識故又欲相續不堅住故
釋曰種子若住必依自在法及相續堅住法
此二義於欲中並無故欲非種子所依處
論曰此欲於餘識亦無熏習依止別異故所
餘諸識無俱起俱滅故
釋曰種子若不得依欲中應得住餘諸識中
亦無此義何以故依止別異又生滅不俱故
依止別異者眼識以眼根爲依止耳識以耳
根爲依止乃至意識以意根爲依止由此諸
識依止各處不得相應是故此識熏習不得
住於彼識生滅不俱者根塵作意悉不同故
無俱生滅義生滅既不同時云何得以此識
熏於彼識是故諸熏習義皆不成若汝說此
種子住同類識中此亦不然何以故
論曰同類與同類不得相熏以無一時共生
滅故
釋曰眼識不得熏習眼識何以故一時中二
眼識不得並生若不並生則無俱滅故熏習
義不成
論曰是故眼識不爲欲等大小諸惑所熏亦
不爲同類識所熏
釋曰由前義故眼識不爲別類所熏亦不爲
同類所熏
論曰如此思量眼識所餘諸識亦應如此思
量復次若衆生從無想天以上退墮受下界
生大小惑所染初識此識生時應無種子
釋曰從上界墮受下界生初受生識必爲惑

所染此識及惑從何種子生若言從上界生是義不然何以故上下二界相違不俱起故不得相熏若言從未得上界定前心生下界初生心是亦不然

論曰何以故此惑熏習與依止並已過去滅無餘故

釋曰此初識應但生無因此熏習及依止久已滅盡是故不得以此爲因

論曰復次惑對治識已生所餘世間諸識皆已滅盡若無阿黎耶識此對治識共小大惑種子俱在此義不成

釋曰若汝撥無本識則有二過失不可得離一向中人聖道與餘煩惱俱在此義不成若無此惑則修餘道無用應無四道三果人但有無學人此義與正教相違過失不可得離二無流識已滅世間心更欲起無因能令此心得生若有流心無因從無流心後自然得生則無無學人此失亦不可離如須陀洹向人正生見諦對治道時世間六識與道相違不得俱生故世間諸識皆已滅盡所餘煩惱由依止滅故功能亦滅故對治識與小大惑種子俱在此義不成若爾何用修道

論曰何以故自性解脫故無流心與惑不得俱起俱滅故

釋曰同類爲自性如意識有煩惱無流識無煩惱雖有惑無惑異而同是識類故名自性解脫是離義若煩惱識與無流識俱起則自性不得解脫以無流識起時餘識必不得生既其相離故名解脫

論曰復次後時出觀正起世間心

釋曰須陀洹等學人已得道竟後時出觀爲當起出世心爲當起世間心若起出世心無出觀義若起世間心何因得生

論曰諸惑熏習久已謝滅

釋曰先入觀時諸惑熏習已滅云何無因得生世間心

論曰有流意識無有種子生應得成

釋曰若如此識不由因生則無得解脫義無學人惑心亦應無因而生

論曰是故離阿黎耶識煩惱染污則不得成

釋曰若汝撥無此識煩惱染污義云何可立

業不淨章第二

釋曰若人撥無本識此人無道理能成立業染污義

論曰復次業染污云何不得成緣行生識分無得成義

釋曰行有三品謂福非福及不動念念生滅若離本識於何處安立功能若汝言安立於六識中是義不然六識不能攝持諸業功能前於煩惱染污中已具顯此義

論曰若無此義緣取生有亦無成義故業染污不成

釋曰若無有業功能識謂行緣識緣取生有無道理得成何以故此識三行所熏以隨四取故由熏習圓滿故識成有此識或滅或餘識所間此識體已謝功能亦隨滅當於何處安此行有二業功能故業染污不成言染污者此業與煩惱相應故名染污又從染污生故名染污能感六道生死染污果報故名染污

生不淨章第三

釋曰若離本識生染污無有道理此義不成今當說之

論曰復次云何生染污此義不成結生不成故

釋曰此生若謝由業功能結後報接前報此義則不成就何以故

論曰若人於不靜地退墮心正在中陰起染污意識方得受生

釋曰不靜地退前生墮後生故名退墮受生有二種或有中陰或無中陰今偏說受中陰者若在中陰將欲受生必先起染污識方得受生

論曰此有染污識於中陰中滅

釋曰此中陰染污識緣生有爲境此識於中陰中滅何以故生陰無染污故

論曰是識託柯羅邏於母胎中變合受生

釋曰是識即是意識於一時中與柯羅邏相應故言託柯羅邏此果報識異前染污識故言變由宿業功能起風和合赤白令與識同故言合即名此爲受生

論曰若但意識變成柯羅邏等依止此意識於母胎中有別意識起無如此義

釋曰若汝執此識入柯羅邏數但是意識若是意識根塵生起與餘意識爲同爲異若言是同此識謝時柯羅邏即應壞滅若言不同則不應說名意識何以故意識通以三性識爲根此識但以染污識爲根意識緣三世爲境此識境界不可知意識有時與有時廢此識恒有無廢故不同意識又若同者於無識

地中應無此識若無此識不應言入無心定識不離身又若無識身則應壞是故不可說此爲意識若汝說此意識不可分別根塵生起依止此識於毋胎中別生意識是義不然何以故

論曰於毋胎中二種意識一時俱起無此義故

釋曰此言證前無意識義以二意識同性必不俱生無並作意故此意識託柯羅邏與赤白和合同依止此識有別意識生一時俱起此柯羅邏識不成意識何以故恒以染汚識爲依止此所依止識欲等所染緣生有境起能依止識既是果報但無記性所緣境又不可知不可立爲意識若立此爲意識則無並起義若有並起應同了別應同滅無若同了別無滅心定以一了別心滅一了別心在故若同滅無則無功用自然涅槃以心不更起故

論曰已變異意識

釋曰初受生識已變異爲柯羅邏

論曰不可成立爲意識

釋曰凡有三義不可立初受生識爲意識

論曰依止不清淨故

釋曰意識從三性心生初受生識必從染汚識生即是依止不清淨

論曰長時緣境故

釋曰初受生識從始至終緣境無廢意識緣境易脫不定

論曰所緣境不可知故

釋曰初受生識所緣境不可知意識緣三世

境及非三世境此則可知由此三義有異故
不可立爲意識
論曰若此意識已變異
釋曰若巳受生意識與赤白和合變前識作
後識後識異前識
論曰是時意識成柯羅邏
釋曰由成柯羅邏故變異
論曰爲此識是一切法種子爲依止此識生
餘識爲一切法種子
釋曰爲當以受生識爲一切法種子爲當依
止受生識別生餘識爲一切法種子
論曰若汝執巳變異識名一切種子識即是
阿黎耶識汝自以別名成立謂爲意識
釋曰若汝執受生識爲種子識則與我所說
義同即是說阿黎耶識爲種子識汝自不說
名阿黎耶識別立名意識
論曰若汝執能依止識是一切種子識
釋曰依止受生識更生餘識名能依止識爲
一切種子識
論曰是故此識由依止成他因
釋曰別識既從他生則不能自爲種子是故
此識由依止受生識方成種子得爲他因
論曰此所依止識若非一切種子識能依止
名一切種子識是義不成
釋曰別識不能自爲種子由依他得成種子
所依受生識既非種子能依別識立爲種子
識此義豈成
論曰是故此識託生變異成柯羅邏非是意
識
釋曰此識即是阿黎耶識不得名此爲意識

論曰但是果報亦是一切種子此義得成
釋曰從種子生故稱果報識能攝持種子故
亦名種子識若作此說義乃得成
論曰復次若衆生已託生能執持所餘色根
離果報識則不可得
釋曰前已明正受生義今更明受生後義前
已明衆生在胎中今明衆生出胎外故言衆
生已託生衆生若已託生則定有三義一執
持無廢二通攝持諸根三體是果報無記若
離阿棃耶識此三義不可得
論曰何以故所餘諸識定別有依止
釋曰欲引道理爲證故言何以故六識中隨
一識稱所餘諸識眼識定以眼根爲依止乃
至身識定以身根爲依止明别依止顯不能
通執持

論曰不久堅住
釋曰五識中隨自所依根若能執持此識不
久堅住以相續易壞故或在無識地中故壞
或餘識間起故壞
論曰若此色根無執持識亦不得成
釋曰如死人色根無識執持則便爛壞若離
執持識諸根亦應爾此義亦不成
論曰復次此識及名色更互相依譬如蘆束
相依俱起此識不成
釋曰於經中佛世尊說識依名色生名色依
識生名是非色四陰色即柯羅邏何者是依
名色識由此名色爲依止剎那傳傳生相續
流不斷能攝名色令成就不壞此識名依名
色識若撥無本識以六識爲識此義不成若
離阿棃耶識於六識中是何識此問欲何所

顯欲顯餘識不成識食

論曰復次若離果報識一切求生已生衆生識食不成

釋曰此言欲顯本識能爲名色作識食何以故佛世尊説食有四種爲求生已生衆生相續得住故説四食何者爲四一段食二觸食三思食四識食段食者變成爲相何以故此段若變異能作身利益事是名段食觸食者依塵爲相由緣色等諸塵能作利益身事是名觸食思食者望得爲相此望得意能作身利益事如人饑渴至飲食處望得飲食令身不死是名思食識食者執持爲相由此識執持身故住不壞若無識執持則同死人身即爛壞是名識食是故汝等亦應信受如此識食義以能作利益身事故此四食中觸食屬六識思食屬意望得段食屬色不關心識食於三義中屬何義若汝不説有阿棃耶識依何義説此識食復次若人眠中不夢及心悶絶入滅心定等六識已滅又無段思觸三食何法持此身令不壞若無阿棃耶識執持此身則壞故知定應以阿棃耶識爲識食

論曰何以故若離果報識眼識等中隨有一識於三界中受生衆生爲作食事不見有能故

釋曰若離本識於六識中隨於一識於三界中已受生衆生不見此識有功能能作食事故知説餘識爲識食此義不成

論曰若人從此生捨命生上靜地由散動染汚意識於彼受生

釋曰於靜地中離本識受生此義則不成若

人受生必由染污心若於靜地受生必由染污散動心染污者爲自靜地惑所染污此惑何相餐定味等此惑定在靜地若人從散地死用下散動地心於上受生無可得義何以故凡受生者必在散心故若離本識此散動識不可得若人者是離欲人從此欲界生色無色界染污者即中陰心起上地惑散動者即正受生識於彼受生者即方便生及正生論曰是染污散動識於靜地中離果報識有餘種子此義不成

釋曰若受正生必具四義以染污爲根散動爲位果報爲體有餘種子爲功能若離本識此四義不可得故應信有呵棃耶識何以故於此識中靜地心熏習無始以來有餘未盡由此功能靜地中有種子散動果報識於彼受生

論曰復次若衆生生無色界

釋曰顯已解脫色界

論曰離一切種子果報識

釋曰若無本識若實有汝撥言無故名爲離

論曰若生染污心及善心

釋曰若於定中起餐定味染污心或起上地有流善心

論曰則無種子并依止染污及善二識皆不得成

釋曰無種子謂無因由無因故則無依止復次若無種子是則無因若無因從何而生若無依止云何相續得住何以故此二心由本識所攝是故從自種子生依止本識故得相續住

論曰於無色界若起無流心所餘世間心已滅盡便應棄於此道

釋曰若人已於無色界受生起出世心世間心必滅盡若離本識則應捨無色界報不由功用即入無餘涅槃既無此義故不可撥無此識

論曰若衆生生非想非非想中起不用處心及無流心即捨二處

釋曰若聖人生非想非非想處有時依不用處地起無流心爲不用處心明了非想非非想心闇昧故此人在明了地修無流心若得無流心即捨非想非非想及不用處二地

論曰何以故無流心是出世心故非想非非想道非其依止不用處道亦非依止

釋曰第一第二道是世間法故不得爲無流心作依止是人於餘地生別取餘地心此二道亦非此心依止何以故此心明了故不依止第一道已捨第二道生第二道亦不得爲此心作依止

論曰直趣涅槃亦非依止

釋曰由有無流心以煩惱有餘故此三義明依止既不成若離本識如此無流心依止何法

論曰復次若人已作善業及以惡業

釋曰若人於世間中作不殺生等十善業決定應得人天生報若作殺生等十惡業決定應得四趣生報

論曰正捨壽命離阿梨耶識或上或下次第依止冷觸不應得成

釋曰是人於死時中若有善業定應向上若

有惡業定應向下若汝不信有本識云何此依上身或下冷觸或上冷觸次第得成若無有本識云何得成本識能執持五根本識若捨依止身隨所捨處冷觸次第起所捨之處則成死身

論曰是故生染汚離一切種子果報識不可得立

釋曰生染汚即是受生得生依止執持等是染汚因果故通名染汚又生死對涅槃故名染汚本識是集諦故名種子是苦諦故名果報他因故名種子他果故名果報若離此識生染汚此義不成

世間淨章第四

釋曰由如此道理世間淨品不得成今當説之

論曰云何世間淨品不成若衆生未離欲欲界未得色界心

釋曰若人爲離欲欲界得色界心故修加行是修行人有二種一在觀行人二初發修行人在觀行人者在聞思慧中聞思慧各有三品修習使增長故名加行初發修行者即初修聞慧此二人並未離欲欲界悉未得未來定未來定即色界心

論曰先起欲界善心求離欲欲界修行觀心

釋曰若人未得色界心在聞慧中名先起欲界善心於聞慧中求離欲欲界觀心是思修慧爲離欲欲界故修行思修慧

論曰此欲界加行心與色界心不俱起俱滅故非所熏

釋曰聞思慧各有三品即是加行何故此心

與色界心不俱起俱滅一麤細異二動靜異三自性修異四繫縛出離異故不得俱起俱滅若不俱有則色界心不得熏欲界心

論曰是故欲界善心非是色界善心種子

釋曰欲界心既不爲色界心所熏故非色界心種子則色界心生無有因緣若無因緣云何得生若汝言無始生死中已生色界心果報未熟此種子未滅能爲今色界心作因是義不然何以故

論曰過去色界心無量餘生及別心所隔後時不可立爲靜識種子已無有故

釋曰無始生死中先所生色界心用此爲種子此種子既無法攝持生即謝滅於六道中有無量生於一一生中有無量心隔先所起心此種子久已滅盡云何得立此爲色界心因

論曰是故此義得成

釋曰由汝所立義不成故我所立義得成云何得成

論曰謂色界靜心一切種子果報識次第傳來立爲因緣

釋曰無始生死中所得非至定及四定熏習本識以爲種子爲本識所攝持次第相續傳來于今不滅故得立此爲色界靜心因緣色界靜心若生即從此自種子生是故不同汝所執無有因緣若以宿世種子爲因緣現在所修聞思慧此復何用

論曰此加行善心立爲增上緣

釋曰此加行心不無功用由此增上力故色界心生若無此加行心則不得破欲界欲若

欲界欲不滅前色界種子不得生現在色界心故加行但得爲色界心作增上緣不得爲因緣

論曰如此於一切離欲地中是義應知如此世間清淨品義離一切種子果報識則不可立

釋曰若約四定離欲欲界若約四空離欲色界色界心因緣增上緣無色界心因緣增上緣悉應如此了別

出世間淨章第五

論曰云何出世間淨品離阿梨耶不可得立

釋曰今當說此義

論曰佛世尊說從聞他音及自正思惟由此二因正見得生

釋曰清淨品以正見爲上首此正見以何法爲增上緣謂從他聞音及正思惟此二因即是正見增上緣此兩因各有四義一有正見是聞慧攝以從他聞音爲因有正見是思慧攝以正思惟爲因二若聲聞正見以從他聞音爲因若獨覺菩薩正見以正思惟爲因三約鈍根爲第一句約利根爲第二句四約思慧爲第一句約修慧爲第二句由此二因正見得生此二因於正見是增上緣今所言因是通名即說緣爲因

論曰此聞他音及正思惟不能熏耳識及意識或耳意二識

釋曰他音謂佛菩薩所立法門聞他音謂如所聞而解即是聞慧正思惟謂如所聞簡擇是非即是思慧此兩慧無有單熏耳意二識義亦無雙熏義

論曰何以故
釋曰此二慧何故不能熏耳等識
論曰若人如聞而解及正思惟法爾時耳識不得生
釋曰若人已聞他音後在聞思慧中聞思慧是意識爾時耳識不得生故聞思慧不得熏耳識
論曰意識亦不得生
釋曰將生正見思慧相應之意識亦不得生
論曰以餘散動分別識所間故
釋曰何故不得生由中間有散動分別識間起故此思慧不得即生
論曰若與正思惟相應生
釋曰此明將生未知欲知根時之思慧
論曰此意識久已謝滅
釋曰初已生之思慧久已謝滅
論曰聞所熏共熏習已無
釋曰前初得多聞所熏思慧與熏習俱謝過去
論曰云何後時以前識爲種子後識得生
釋曰不可以初得之思慧爲種子得生後思慧前思慧旣久滅中間爲餘心所間不得度前思慧功能於後思慧中後思慧薄弱復不能引正見令起亦不得說此爲種子生正見之識此中明無前後相熏義未論無同時相熏
論曰復次世間心與正思惟相應出世淨心與正見相應無時得共生共滅
釋曰正思正修慧從四念處至世第一法是其位此心未證見四諦故名世間心已證見

四諦故名出世離自性法是修得法故名淨心正見即八聖道中之第一分此正見與三十七品不相離由修得淨心故三十七品生由三十七品生故得出世從無始以來世出世心無有俱生俱滅義以性相違故

論曰是故此世間心非關淨心所熏

釋曰既不俱生滅故無相熏義

論曰既無熏習不應得成出世種子

釋曰思慧若爲出世心所熏可得成出世種子既無被熏義故出世種子義不成

論曰是故若離一切種子果報識出世淨心亦不得成

釋曰若離本識出世心既無因緣故不得成

論曰何以故此中聞思熏習無有義能攝出世熏習種子

釋曰此中即思慧中思慧中有多聞熏習若本來已起出世心熏習此思慧可得有義將思慧攝持出世熏習爲種子既本來未曾起出世心熏習思慧故無道理得說思慧攝持出世熏習爲種子

論曰云何一切種子果報識成不淨品因若能作染濁對治出世淨心因

釋曰本識不應得作不淨品因若立本識是染濁對治出世因則不得以本識爲不淨品因不淨品即集諦及苦諦是業煩惱種子故是集諦能生生死即是苦諦染濁對治即除或爲出世心因即生道滅惑生道與不淨品相違既立爲染濁對治及出世心因故不應復說爲不淨品因

論曰此出世心昔來未曾生習是故定無熏

習

釋曰無始來未曾生出世心既不生何況修習是故出世心決定無疑不得熏於本識

論曰若無熏習此出世心從何因生

釋曰若有熏習爲種子出世心可得有因既無熏習出世心則無因而生

論曰汝今應答

釋曰未見有因之道理故責令答

論曰最清淨法界所流正聞熏習爲種子故出世心得生

釋曰欲簡異二乘所得法界故名最清淨法界云何異二乘所得此法界惑障及智障滅盡無餘故言最清淨法界者如理如量通三無性以爲其體所流者正説正法謂十二部經正聞者一心恭敬無倒聽聞從此正聞六種熏習義於本識中起出世心若生必因此得生

論曰此聞慧熏習爲與阿梨耶識同性爲不同性

釋曰若爾何失

論曰若是阿梨耶識性云何能成此識對治種子若不同性此聞慧種子以何法爲依止

釋曰若是本識性云何自性能作對治滅於自性若不同性此聞慧熏習應別有依止

論曰至諸佛無上菩提位是聞慧熏習生隨在一依止處此中共果報識俱生

釋曰此聞功能從何而生相續至何位諸菩薩從十信以上乃至無上菩提位此聞功能相續住不失未有初有爲生已有未滅爲住此生及住於六道中隨依止一道五陰身處

於六道身中與本識俱生相續不盡雖與本識不同性而與本識俱生

論曰譬如水乳

釋曰水與乳雖復和合其性不同而得俱生

論曰此聞熏習即非本識已成此識對治種子故

釋曰此聞功能是本識對治故與本識不同性雖不同性以不相離故性俱起云何爲本識對治

論曰此中依下品熏習中品熏習生依中品熏習上品熏習生

釋曰此中即此依止處中及本識中聞熏習功能有三品謂下中上下即聞慧中即思慧上即修慧復有三品就三慧中各開爲三品復有三品謂解脫分品通達分品決擇分品

聞有三義一聞資糧謂音聲所詮名句味二聞體謂耳識三聞果謂聞慧及聞慧所了法門此三品聞熏習隨一品生隨能對治本識一品若下品生能對治上品本識乃至若上品生能對治下品本識

論曰何以故

釋曰此有三義一何以故有三品二何以故相生三何以故能對治

論曰數數加行聞思修故

釋曰數數顯恒行無間加行顯作功用非悠悠修學由數數加行故有三品故得相生故得對治若由數數加行故成三品及相生此義非疑云何由數數加行成本識對治

論曰是聞熏習若下中上品應知是法身種子

釋曰何法名法身轉依名法身轉依相云何成熟修習十地及波羅蜜出離轉依功德爲相由聞熏習四法得成一信樂大乘是大淨種子二般若波羅蜜是大我種子三虛空器三昧是大樂種子四大悲是大常種子常樂我淨是法身四德此聞熏習及四法爲四德種子四德圓時本識都盡聞熏習及四法旣爲四德種子故能對治本識聞熏習正是五分法身種子聞熏習是行法未有而有五分法身亦未有而有故正是五分法身種子聞熏習但是四德道種子四德道能成顯四德四德本來是有不從種子生從因作名故稱種子

論曰由對治阿黎耶識生是故不入阿黎耶識性攝

釋曰此聞熏習非爲增益本識故生爲欲滅損本識力勢故生故能對治本識與本識性相違故不爲本識性所攝此顯法身爲聞熏習果

論曰出世最清淨法界流出故

釋曰出七種苦諦滅三種集諦故名出世謂三無性眞如本無染汚後離三障垢故名最清淨三乘道從此法生故名爲界是聞熏習從最清淨法界流出故不入本識性攝此顯法身爲聞熏習因聞熏習因異本識聞熏習果亦異本識聞熏習體與本識爲同爲異

論曰雖復世間法成出世心

釋曰如意識雖是世間法能通達四諦眞如對治四諦障故成出世心聞熏習亦爾雖是世間法以因果皆是出世法故亦成出世心

論曰何以故
釋曰何以故此法但是出世非世間法有四種對治故
論曰此種子出世淨心未起時一切上心惑對治
釋曰此第一爲顯猒惡對治由此聞熏習明了正理能知諸塵過患於非理及諸塵生猒惡此猒惡心能對治上心惑即是聞熏習功能故名猒惡對治種子即是聞熏習菩薩未知欲知根名出世淨心此心未起之前是聞熏習屬聞思慧位在聞思位中昔未得聞思慧時由見倒及想倒見修所破煩惱恒起上心生四惡業感四惡道報由得此法未生煩惱及業果報悉不得起
論曰一切惡道生對治
釋曰此第二爲顯除滅對治由聞熏習起附相續令相續入正定聚聞熏習隨生隨滅惡法能斷塞四惡道生引善道生昔曾起惡業應引四惡道生由此法故滅不復受
論曰一切惡行朽壞對治
釋曰此第三爲顯遠離對治無始生死中所造後報惡業能令於後報時中墮四惡趣此法能轉令後報無報即是朽壞義
論曰能引相續令出生是處隨順逢事諸佛菩薩
釋曰此第四爲顯依攝對治能引五陰相續令生有佛菩薩處爲隨順逢事非意相遇名逢始終承奉不相離名事是人依善知識善知識爲生善根故修布施及愛語攝爲令成熟善根故修利行攝令得解脫善根故修同

利攝依攝爲顯多聞四義一多聞依止謂善知識二多聞因謂菩提心三多聞清淨謂如教修行四多聞果謂自利利他初一是逢義後三是事義又前三對治依第四對治第四對治攝前三對治何以故若無善知識前三不得成故前三依第四前三即善知識功能故爲第四所攝

論曰此聞熏習雖是世間法初修觀菩薩所得應知此法屬法身攝

釋曰耳識聞聲引意識起依文句了别其義數數習之生功能執持不忘名聞熏習由此義故說是世間法菩薩有二種一在凡位二在聖位從初發心訖十信以還並是凡位從十解以上悉屬聖位初修觀者即是凡夫菩薩若初修觀菩薩所得聞熏習說名世間法雖是世間法而爲法身至得因故屬法身攝

論曰若聲聞獨覺所得屬解脫身攝

釋曰若已得二乘究竟果人所有聞熏習尚屬解脫身攝何況聲聞獨覺菩薩何以故此三人但得解脫身不能得如來法身此三人由解脫身故得與如來等不由法身如來由得法身故於一切衆生中無等本識與聞熏習雖相應共起共滅而本識漸減非本識相續漸增此義我今當說

論曰此聞熏習非阿梨耶識屬法身及解脫身攝如是如是從下中上次第漸增如是如是果報識次第漸減

釋曰聞熏習體是出世法聞熏習因果屬法身及解脫身攝本識體是世間法因是集諦果是苦諦故此兩法自性相違由此義故聞

熏習漸增本識漸滅聞熏習下品上本識上品滅聞熏習增至中品本識中品滅聞熏習增至上品本識下品滅

論曰依止即轉

釋曰由道諦增集諦滅道諦即是福德智慧集諦即是本識中種子由福慧漸增種子漸滅故得轉依

論曰若依止一向轉是有種子果報識即無種子一切皆盡

釋曰依止即如來法身次第漸增生道次第漸滅集諦是名一向捨初地至二地乃至得佛故名爲轉煩惱業滅故言即無種子此顯有餘涅槃果報悉滅故言一切皆盡此顯無餘涅槃由此義故本識與道雖復俱生而有增減之異

論曰若本識與非本識共起共滅猶如水乳和合云何本識滅非本識不滅

釋曰前舉水乳和合譬本識與非本識和合故還舉此爲難水乳和合既生滅必俱無有水乳偏滅盡義本識非本識和合亦應爾云何一滅一在

論曰譬如於水鵝所飲乳

釋曰即以譬釋難水乳雖和合鵝飲之時唯飲乳不飲水故乳雖盡而水不竭本識與非本識亦爾雖復和合而一滅一在

論曰猶如世間離欲時不靜地熏習滅靜地熏習增世間轉依義得成出世轉依亦爾

釋曰前引世間所了事爲譬後引世間智人所了事爲譬如世間離欲人於本識中不靜地煩惱及業種子滅靜地功德善根熏習圓

滿轉下界依成上界依出世轉依亦爾由本
識功能漸減聞熏習等次第漸增捨凡夫依
作聖人依聖人依者聞熏習與解性和合以
此爲依一切聖道皆依此生
攝大乘論釋卷第三

攝大乘論釋卷第四

天親菩薩造

陳天竺三藏法師眞諦譯

順道理章第六

論曰若人入滅心定由說識不離身是故果報識於定中應成不離身

釋曰此章復引不違道理以顯實有本識若人謂第三第四果獨覺菩薩等爲得寂靜住及離退失過故聖人修滅心定非滅心體稱滅心滅心法故名滅心以能依從所依故立心名佛世尊說是人於入定時識不離身此識但是果報識若離此識說六識中隨一餘識不離於身此義不成何以故修此滅心定爲對治生起識由觀生起識有不寂靜過失故言過失者六識緣外塵有起不正思惟義由不正思惟退失定此是第一過失由生起識在散動位中障不得最細寂靜處此是第二過失已得退失未得不得爲對治此二過失故修滅心定若立識不離身應知即是本識

論曰何以故

釋曰復以何義證知識不離身但是本識

論曰滅心定非此識對治故

釋曰若人欲得寂靜住不觀此識過失不爲對治此識故修滅心定故正入滅心定時不滅此識即說此識不離於身

論曰云何知然

釋曰如此義云何可知何故不言入滅心定時實無復心心非永滅後時更生故說識不離身佛世尊說若人入第四定身行則斷若

人入第二定等言行則斷若人入滅心定心行則斷如此身行斷身不滅心亦應爾但心行滅心不滅故說識不離身何故不作如此說若人執入滅心定後出定時心則還生由此義故說識不離身是義不然何以故

論曰若從此定出識不應更生

釋曰若在此定識相續斷無復所餘故無復從此定出及識更生義

論曰何以故

釋曰欲更引道理以成此義

論曰此果報識相續已斷若離託生時不復得生

釋曰如人一期報已盡果報識相續永斷無還生義識若更生必託餘生身若離託餘生身果報識還於本身中生無有是處故知入滅心定時說識不離身唯是本識

論曰若人說滅心定有心此人所說則不成心

釋曰言有第六心名爲有心約第六心說識不離身如彼所說則不成心

論曰何以故

釋曰欲更引道理破第六識立本識明不離身若離如前所立相本識生起識中隨執一識言滅心定中有是義不然何以故

論曰定義不成故

釋曰此下以十義顯滅心定中立有心義過失此即第一過失心與心法未曾見其相離如餘心法與餘心法如想無時離受受亦無時離想心與心法亦爾無時得相離若不相離滅受想定及滅心定悉不得成由滅三法

故此定得成三法旣不滅故此定不成若人執有本識言識不離身則無此過何故餘識皆滅此識獨不滅修滅心定者求得寂靜住爲對治能障寂靜住心及心法故滅心定生不爲對治不明了本識修滅心定故餘識滅此識不滅復次此定中若離本識餘識不成

論曰解相及境不可得故

釋曰此第二過失若人執心及心法是有此有必有解相及境界解相有二種一無分別二有分別無分別即是五識意識或有分別或無分別若無分別六識同是證知若有分別則是比知境界即是六塵及六塵眞如故心及心法解相及境界皆可了別解相及境界於此定中旣不可得故知此定中決無餘識若說此定中有本識則無此妨此識能生依止所顯故

論曰與善根相應過故

釋曰此第三過失復次若執此定有餘識生此識不出三性謂善惡無記此心不可立爲善性與善根相應過故由此與彼相違故若識不與善根相應自性是善則無此義故此心善決定與善根相應若說由定心是善故說定是善是義不然非汝所許與無貪等善根相應此義應至以失滅心定義故何以故善心通無有別一切心法皆不相離故若不相離則受想亦不滅是故不可立此心爲善

論曰與惡及無記不相應故

釋曰此第四過失復次亦不可立此心爲惡及無記性此二性不成就故離欲欲界時一切惡法皆滅故非惡性由此定是善故不可

立此心爲無記性
論曰想及受生起過故
釋曰此第五過失復次不可説此心爲善有想受等生過失故離善根善性不成是故善心必與善根相應如必與善根相應亦應必與受想相應無異因故此義不成所對治是有能對治亦是有譬如欲等正生不淨觀等則不得有若汝不許此義故知不成善心
論曰於三和合必有觸故於餘定有功能故
釋曰此第六過失復次若信受本識此定中無有觸生過患故譬如於餘定若滅心定中異本識有別善心生此心必不離觸因定生安爲相能生樂受等樂觸不苦不樂觸應生因此安觸樂受不苦不樂受必應生何以故於餘定爲生樂捨二受已見有功能此定亦爾以無遮障故是故此定亦應依觸生受是義不然何以故
論曰但滅想是過患故
釋曰此第七過失復次若信由觸故此定有受則此定唯無有想是義不然何以故佛世尊説想受俱無故
論曰作意信等善根生起過故
釋曰此第八過失復次此觸不應有於餘識處俱有相應觸生時有作意信等善根生起過故若有觸與心相應生佛世尊説作意受等必與觸俱生若有作意必能生善等心故信等善根即隨作意起是義不然以不免前所説過失若汝欲離如前所説過失及與阿含相違過失由猒惡心法是故但拔除心法故此定唯有心無有心法是義不然何以故

從所依拔除能依無道理故
論曰拔除能依離所依不可得故
釋曰此第九過失復次是義不然何以故從所依拔除能依無道理故若汝言由此定方便中猒惡觸受想等故拔除心法但有心無觸等者是義不然何以故從所依拔除能依不可得故所依是心能依是心法心及心法是所依能依事從無始生死來更互恒不相離由此相引是故心應成就與無貪等善根相應若汝言定及定方便起必與無貪等善根相違故無貪等善根不生但善心生於餘處未曾見有此義諸法若因有相應其相似果亦有相應故此執不然
論曰有譬喻故
釋曰此第十過失復次佛世尊說於此定中一切身行語言行心行皆滅不起身行謂出入兩息語言行謂覺觀思惟心行謂作意想受等如覺觀思惟滅盡語言則不生如是心行若滅心亦隨滅若汝言如身行滅時人住定中身不壞滅如此於定中心行雖滅而心不滅此義亦不然何以故
論曰如非一切行一切行不如是故
釋曰身行滅時有別住因能持令此身不壞滅如佛世尊說若離出入兩息飲食壽命識等能持此身令不壞滅如身行滅時有別法持身令住心行滅時無有別法持心令不滅是故汝所立並此義不齊是故此位由此道理定無有心若無有心云何佛世尊說識不離身是果報心佛世尊說名爲識若出觀時意識從此一切種子識生由後識有因及在

定身有識食故知本識定有若彼本來是能依所依作大功用拔除能依令離所依無如此義何以故由譬成故於世間中從本以來乃至盡際互不相離恒共生起無道理拔除能依令離所依猶如四大及四大所造色無道理令所造離能造心法亦爾不可令離依止是故於無心定但有心無心法是義不然若汝執從所依拔除能依此義不成由但猒惡受及想故唯此二法滅於此定中二法不得行餘法不爾是義不然何以故若非一切行可得如此滅非於一切行中得有如此滅若遍行滅心必隨滅佛世尊不應說識不離身由有此說故知如來爲成立本識於此定中是有復次經言識不離身此言若離本識約餘識則不成何以故此滅心定爲對治生起識故生由觀此生起識不寂靜故若有人執出定時心則還生約此義故有不離之言此亦不然何以故若有如此義出定人心不更生果報識若相續斷離託後生時無還生義若有人離本識由意識計滅心定有心是人所執心則不成心善惡無記性不成故由說此定是善爲性故非是惡無記亦爾威儀工巧變化心此定中不得有故若說有果報無記心即是本識以無第五無記故若汝說此心是善則應與無貪等善根相應何以故染污心已滅善心正起意根亦有境界亦有三法和合云何不生觸若有觸云何無受若爾滅心定義不得成以心及心法於中不滅故若有人執此定是善由引因故在方便有善心功用能引此定心定心是相似果雖復

是善不與無貪等善根相應是故如來欲顯觸生受故先欲簡別和合依根緣塵生識由三有能和合故觸生受若三和合無能則但生觸不生受是故此定雖復是善不能作有能和合故無受想是方便心有三善根相應相似果則不如此是義不然何以故從所依拔除能依不可得故此等難具如前說

論曰若有人執色心次第生是諸法種子此執不然

釋曰若有人執前刹那色是後刹那色因能爲後色作種子故前刹那識是後刹那識因能爲後識作種子故此執不然

論曰何以故已有前過復有別失

釋曰前過謂若識相續斷後識無因應不得生又一期報盡離託後胎無更生義有如此失前已具明有作如是執者若人從無色界退還生下有色界後色若應生前種子久滅此色從何因生

論曰別失者若人從無想天退及出滅心定此中所執不成

釋曰生無想天及入滅心定心已久滅後若退生及出定云何得成就先心爲後當生心因若定如此

論曰阿羅漢最後心亦不得成

釋曰阿羅漢無有入無餘涅槃義何以故後色後心爲因不盡故是故應知此義

論曰若離次第緣此執不成

釋曰此前刹那色由次第緣故與後色相應識亦如此不由因緣故前後相應是故此執若離次第緣立因緣義此執不成以違解脫

故

論曰如此若離一切種子果報識淨不淨品皆不得成是故此心有義成就應當信知依前所說相今更作偈

釋曰此義具如前釋若人但在生起識不在本識轉依義則不成爲顯此義故說三行偈

菩薩於善識　則離餘五識　無餘心轉依

以何方便作　若對治轉依　非滅故不成

因果無差別　於滅則有過　無種子無法

若許爲轉依　於無二無故　轉依義不成

釋曰菩薩有二種謂凡夫聖人十信以還是凡夫十解以上是聖人今欲明轉凡夫依作聖人依此轉依於何識得成但是本識中成若無本識於餘識不得成云何知然此義三偈次第顯之離惡無記故言善是第六識故言識此善是出世心與三十七品等助道法相應名爲善識此善識離五種散動法亦與五識恒不相應故言則離餘五識云何得相離生一切時如此生故

論曰無餘心

釋曰離染污意識及有流善識若但說善識不說無餘心有流善識則在其中

論曰轉依以何方便作

釋曰一切染濁種子滅離故唯本識在是名轉依相何方便作如後偈說

論曰若對治轉依

釋曰若汝說由對治生故依止轉異說對治爲轉依此義不然

論曰非滅故不成

釋曰不以滅爲轉依有二義不成一若對治

生而種子不滅依義如本非謂轉依二對治是轉依了因非轉依體對治是道諦轉依是解脱及法身即是滅諦故應以種子滅爲轉依若汝執對治生染濁種子滅一切時中有此二義何故以滅爲轉依不取道爲轉依此執有過

論曰果因無差别於滅則有過

釋曰果是滅諦説名涅槃因是道諦説名對治若對治是滅諦因果則成一若成一復有何過若得對治即般涅槃若有人立滅諦爲轉依爲當以種子滅爲轉依爲當以識滅爲轉依

論曰無種子無法若許爲轉依

釋曰若有人説能依所依滅名轉依意識中能依種子滅能依種子既滅所依意識亦滅故名轉依若許此二義爲轉依是則不然

論曰於無二無故轉依義不成

釋曰第六生起識於定位中若不在時無種子無無作亦無無故轉依義不成若有本識生起識熏習所生種子於本識中住生起識雖復不在可得令種子無及令生起識無説爲轉依若離本識則無二無故轉依義不成以是義故定應信有本識

釋差别品第四

釋曰此品總有二章别有七章總有二章者一熏習二事用别有七章者一言説二我見三有分四引生五果報六縁相七相貌前三品已成立本識是有品類差别今當更説

言説章第一

論曰此阿梨耶識差别云何

釋曰此問本識爲性有差別爲事有差別
論曰若略說或三種或四種差別
釋曰今就事明差別唯一本識其性不異約事或三種或四種或七種差別
論曰三種者由三種熏習異故謂言說我見有分熏習差別
釋曰論本所以不釋此三者後解應知勝相初分別此三義故今不釋由言說熏習差別者唯一本識由熏習差別故有三種言說以名字爲體名有二種謂言說名思惟名此二種名以音聲爲本約能見色根有聲說謂眼數習此言說於中起愛熏習本識此熏習是眼根生因若果報眼根應生從此本識中言起愛熏習生是故立言說熏習爲眼根因如眼根於耳等根一切言說熏習生應作如此知是本識第一差別

我見章第二

論曰由我見熏習差別
釋曰有染污識由我見等依止故於本識起我我所等熏習由此熏習故起分別謂自爲我異我爲他是名本識第二差別

有分章第三

論曰由有分熏習差別
釋曰由隨善惡不動業於六道中所受六根有差別是故本識有三有六道差別是名本識第三差別

引生章第四

論曰四種者謂引生果報緣相相貌差別引生差別者是熏習新生若無此緣行生識緣取生有是義不成

釋曰引生種類差別此有何相是熏習新生若無引生本識差別行生滅所熏習識由取所攝故對生有起此有不得成從此有生起故說此爲有法取及善惡等是宿世所數習果

果報章第五

論曰果報差別者依行於六道中此法成熟若無此後時更生所有諸法生起此義不成

釋曰行有爲引因於六道中成熟是本識說名爲引若無此更生爲法眼等諸根色等諸塵更生不得成此法即果報果

緣相章第六

論曰緣相差別者於此心中有相能起我執若無此於餘心中執我相境此義不成

釋曰此本識爲第二識我執第六識我見作緣相是本識若無緣相差別以身見爲因我執所緣境不得成是名相似果

相貌章第七

論曰相貌差別者此識有共相有不共相無受生種子相有受生種子相

釋曰相貌差別品類有多種若略說有四種

論曰共相者是器世界種子不共相者是各別內入種子復次共相者是無受生種子不共相者是有受生種子

釋曰本識與一切衆生同功能是衆生所共用器世界生因復次共相是無受生種子者此本識是無覺受法謂外四大五塵等生因若無如此相貌本識是器世界衆生同用因則不成不共相是各別內入種子者各別是約自他立境界不同種類不同取相不同故

言各别又約自爲内約他爲外是内根塵等生因爲不共相是有受種子者此本識是有覺受法生因若無第二相貌衆生世界不得成若自别因得成如木石等無覺無受此二種子何種子爲聖道所破

論曰若對治起時不共所對治滅

釋曰此不共種子若道起時與道相違必爲道所破何以故無一人得道餘人得解脱於共種子道有何功用

論曰於共種子識他分别所持正見清淨

釋曰道於共種子無功用亦有功用如於不共種子功用此中則無故言無功用得道以後所見清淨與前見有異故言亦有功用云何道於共不共不同功用由他分别所持故若爾道於共種子有何功用但除分别於境界中起無分别故法眼於境界清淨但緣無性故若約慈悲般若更起分别此分别由依止眞如故則所分别成清淨土唯一境界云何衆生所見不同

論曰譬如修觀行人於一類物種種願樂種種觀察隨心成立

釋曰由觀行人變化心於一切類衆生見不同如此境界他分别所持故觀行人中得清淨見

論曰此中偈説

難滅及難解　說名爲共結　觀行人心異

由相大成外　清淨人未滅　此中見清淨

成就淨佛土　由佛見清淨

釋曰結有二種一相結二麤重結相結難解麤重結難滅心分别諸塵名相結由此分别

起欲瞋等或説名麤重結若得無分別智即解相結相結不起麤重結即隨滅又釋難滅約無間道無間道難得故難解約解脱道由無間道難得故解脱道難得於共境界中起結故名共結若約自相續則不名爲共云何此惑難滅難解

論曰觀行人心異由相大成外

釋曰離識無別外境是故觀行人但觀内法是無不觀外法故言心異分別相通十方世界故言相大觀心與内種子正相違與外不相關故言成外由此三義故外結難解難滅若此結有三義難滅難解觀行修道於此結有何功能

論曰清淨人未滅此中見清淨

釋曰對治道生不共種子滅時是觀行人或分分清淨或具分清淨雖復未滅外相於中法眼慧眼清淨無執

論曰成就淨佛土

釋曰若有智慧慈悲起分別爲利他成就淨佛土是其能此淨佛土何因緣得成

論曰由佛見清淨

釋曰初地是菩薩見位初地中清淨是見道清淨見道清淨是名佛見清淨由此清淨能得佛土清淨何況修位及究竟位又眞如觀是名佛見何以故若至究竟位所得眞如觀不異於此故名佛見又由依佛正教修能得此見故名佛見又菩薩亦得名佛以定應得佛故因受果名故稱佛見又菩薩對治道生不共種子滅則具三清淨一法眼清淨二佛土清淨三見佛清淨謂見三身菩薩緣佛起

見故名佛見
論曰復有別偈
釋曰此偈欲何所顯爲顯二義一菩薩於内
修觀不依外二由此觀唯有識無有外塵是
二義互相顯
論曰種種願及見觀行人能成
釋曰觀行人或爲成自自在或欲引他令受
正教故願種種變異願皆得成若願已成自
見他見如所願亦皆得成此願爲有別境爲
是一境
論曰於一類物中
釋曰若多觀行人別願同能變異一境此變
異得成何故得成
論曰隨彼意成故
釋曰實無外境唯有識故是故各隨彼意變
異得成若實有外境觀行人願則不成因不
成故自他所見變異亦不得成
論曰種種見成故所取唯有識
釋曰由觀行人識爲增上緣故餘人識變異
如觀行人願顯現故知定無外塵唯有本識
前已明覺受因定是不共種子不覺受因定
是共種子今當更說共不共因同生一果
論曰是不共本識差別有覺受生種子若無
此衆生世界生緣不成是共阿黎耶識無受
生種子若無此器世界生緣不成
釋曰共不共二因生内五根及内五塵爲自
六識作依止故爲不共因感爲他六識境界
故爲共因感若不雙爲二因所感則無色陰
及互相見
論曰復次麤重相識細輕相識

釋曰此文顯本識是善惡二業相似果亦是善惡二業生因

論曰麤重相識者謂大小二惑種子

釋曰於理及事心無功能故稱麤重一切未來惑及業皆從此識生故稱種子

論曰細輕相識者謂一切有流善法種子

釋曰於理及事心有功能故稱細輕一切未來信等五根善皆從此識生故稱種子

論曰若無此由前業果有勝能無勝能依止差別不得成

釋曰若無此識分習果及果報果皆不得成習果是相似果果報果是六道本識於本識中更有麤重相及細輕相習果亦名相似果勝能是相似果依止是果報果善道中有人天異惡道有地獄畜生等異故言依止差別善道依止有勝能惡道依止無勝能名本識無此二相因果義皆不得成

論曰復次有受不受相二種本識

釋曰欲顯本識中功能有盡不盡

論曰有受相者果報已熟善惡種子識

釋曰此本識昔有善惡種子果報若皆熟用種子盡但有本識在識此本識爲有受相

論曰不受相者名言熏習種子

釋曰此本識在生死中受用無盡同業種子由是有相續不斷因故名不受相不受相其體云何謂名言熏習種子先以音聲同一切法爲言後不發言直以心緣先音聲爲名此名以分別爲性若以此名分別內法或增或減壞正理立非理名內煩惱若以此名分別外塵起欲瞋等名皮煩惱若以此名分別一

切世出世法差別離前二分別名心煩惱是故一切煩惱皆以分別爲體障無分別境及無分別智云何說此爲不受相

論曰無量時戲論生起種子故

釋曰四種世間言說名戲論謂見聞覺知但以名言分別有此四種不緣實義故名戲論約前後際戲論不窮故言無量時戲論此戲論若生若起由名言熏習生故說名言熏習爲戲論種子若無此二分有何過失

論曰若無此識有作不作善惡二業由與果報故受用盡義不成

釋曰若無有受相本識善惡二業數數有作及不作由施與果報功能滅盡不更受報故名受用此義不成以失解脫義故若無不受復有何失

論曰始生名言熏習生起亦不得成

釋曰若離先名言熏習今時未來時未曾有而有此名言熏習則不得成何以故等流果若無同類因則不得生若得生阿羅漢緣覺斷煩惱盡應更生煩惱若不生應無根本煩惱若無根本煩惱則無業若無煩惱業則無有及差別則集苦二諦自然滅盡即入涅槃不勞修道由此二義無無解脫及自然解脫故知定有有受不受二相

論曰復次有譬喻相識

釋曰譬如幻事爲象馬等亂心因如此譬相本識是虛妄分別種子故爲一切顛倒亂心因

論曰如幻事鹿渴夢想翳闇等譬第一識似如此事

釋曰此四事譬四倒幻事譬我執鹿渴譬我愛夢想譬我慢翳闇譬無明此四譬同譬本識本識即似此四事幻事能生衆生邪執鹿渴能生衆生貪愛夢想能生衆生亂心翳闇能障衆生明了見境阿陀那識若未滅能變異本識生六識起四種上心顛倒故言本識似如此事

論曰若無此虚妄分别種子故此識不成顛倒因緣

釋曰若無本識一分與阿陀那識相應則本識不成四顛倒因緣何以故如此本識是虚妄分别種子因緣故一切虚妄分别皆從此本識生

論曰復有具不具相

釋曰約此譬喻生相識本識更成二相一具縛相二不具縛相

論曰若具縛衆生有具相

釋曰謂未離欲欲界衆生具三煩惱故名具相

論曰若得世間離欲有損害相

釋曰若衆生離欲欲色界肉心煩惱具足皮煩惱有漸被損害義此二約凡夫

論曰若有學聲聞及諸菩薩有一分滅離相

釋曰肉煩惱一分盡皮煩惱或被損或未被損

論曰若阿羅漢獨覺如來有具分滅離相何以故阿羅漢獨覺單滅惑障如來雙滅惑智二障

釋曰阿羅漢獨覺但滅離見修二道所破惑盡故無解脱障如來具滅離三煩惱盡故如

來本識永離一切解脱障及智障此識或名無分別智或名無分別後智若於衆生起利益事一分名俗智若緣一切法無性起一分名眞如智此二合名應身

論曰若無此煩惱次第滅盡則不得成

釋曰若無此具相不具相凡夫有學聖人無學聖人次第滅此義不成本識於三性中何故但是無記性是果報故

論曰何因緣善惡二法果報唯是無覆無記

釋曰非煩惱染汚故名無覆無記不同上界煩惱是有覆無記何故不同因是善惡而果是無記

論曰此無記性與善惡二法俱生不相違

釋曰由無覆無記性與善惡二性不相違故於無記果報中善惡二業得生由業生故有善惡二道

論曰善惡二法自互相違

釋曰若果報是善惡善惡性互相違若是善惡不得生應無惡道若是惡善不得生應無善道善惡二道則隨一無道

論曰若果報成善惡性無方便得解脱煩惱無得解脱義

釋曰若果報是善惡性從善更生善果報從惡更生惡果報由報更有報則生死不斷故

論曰又無方便得起善及煩惱

釋曰若定是善煩惱不得起若定是惡善不得起

論曰故無解脱及繫縛

釋曰若無善則無解脱若無煩惱則無繫縛

論曰無此二義故是故果報識定是無覆無

記性
釋曰無無解脫義無無繫縛義既定有解脫及繫縛故知本識定是無記性

攝大乘論釋卷第四

攝大乘論釋卷第五上

天　親　菩　薩　釋

陳天竺三藏法師眞諦釋

釋應知勝相品第五之一

釋曰此義有四章一相二差別三分別四顯了意依

相章第一

論曰如此已說應知依止勝相云何應知應知勝相

釋曰前說次第有十義已釋第一依止勝相次應釋第二應知勝相此義有幾數有何名有何相此三云何可見

論曰此應知相略說有三種

釋曰此下答前三問明略說第二勝相數有三即是三名三相何等爲三

論曰一依他性相二分別性相三眞實性相

釋曰此語先顯數三及三數所目之名三相次後文別解一二三是數依他分別眞實是名

論曰依他性相者

釋曰此下釋三相

論曰本識爲種子虛妄分別所攝諸識差別

釋曰由本識能變異作十一識本識即是十一識種子十一識既異故言差別分別是識性識性何所分別分別無爲有故言虛妄分別爲因虛妄爲果由虛妄果得顯分別因以此分別性攝一切諸識皆盡

論曰何者爲差別

釋曰此不問通性但問諸識差別

論曰謂身識身者識受者識應受識正受識

世識數識處識言說識自他差別識善惡兩道生死識身識身者識受者識應受識正受識世識數識處識言說識如此等識因言說熏習種子生自他差別識因我見熏習種子生善惡兩道生死識因有分熏習種子生

釋曰身識謂眼等五界身者識謂染污識受者識謂意界應受識謂色等六外界正受識謂六識界世識謂生死相續不斷識數識謂從一乃至阿僧祇數識處識謂器世界識言說識謂見聞覺知識如此九識是應知依止言說熏習差別爲因自他差別識者謂自他依止差別識我見熏習爲因善惡兩道生死識者謂生死道多種差別識有分熏習爲因

論曰由如此等識一切界道煩惱所攝

釋曰一切界即三界十八界一切道即六道於此界此道中有三煩惱即惑業果報此三亦名煩惱亦名爲濁俗諦不出此等法即以前十一識攝此等法以其同性故得相攝

論曰依他性爲相虛妄分別即得顯現

釋曰欲顯虛妄分別但以依他性爲體相亂識及亂識變異即是虛妄分別分別即是亂識虛妄即是亂識變異虛妄分別若廣說有十一種識若略說有四種識一似塵識二似根識三似我識四似識識一切三界中所有虛妄分別不出此義由如此識即得顯現雖說如此識攝一切虛妄分別皆盡就此虛妄分別中何者爲依他性何者爲分別性

論曰如此等識虛妄分別所攝唯識爲體

釋曰如此等識即顯十一識及四識一切法中唯有識更無餘法故唯識爲體此體由有

故異分別性由虛妄分別性攝故異眞實性此性非實有非實無故不免虛妄此虛妄是其性故說虛妄分別所攝

論曰非有虛妄塵顯現依止是名依他性相

釋曰定無所有故言非有非有物而爲六識緣緣故言虛妄塵似根塵我識生住滅等心變異明了故言顯現此顯現以依他性爲因故言依止譬如執我爲塵此塵實無所有以我非有故由心變異顯現似我故說非有虛妄塵顯現此事因依他性起故依他性爲虛妄塵顯現依止說此爲依他性相

論曰分別性相者實無有塵唯有識體顯現爲塵是名分別性相

釋曰如無我等塵無有別體唯識爲體不以識爲分別性識所變異顯現爲我等塵無而似有爲識所取名分別性

論曰眞實性相者是依他性由此塵相永無所有此實不無是名眞實性相

釋曰虛妄義求不有顯現因由顯現體不有故亦不可得譬如我等塵顯現似實有由此顯現依證比聖言三量尋求其體實不可得如我塵法塵亦爾永無有體故人法皆無我如此無我實有不無由此二種塵無有體故依他性不可得亦實有不無是名眞實性相

論曰由身識身者識受者識應知攝眼等六內界以應受識應知攝色等六外界以正受識應知攝眼等六識界由如此等識爲本其餘諸識是此識差別

釋曰此言欲顯何義欲顯眞實性義若不定明一切法唯有識眞實性則不得顯現若不

具說十一識說俗諦不盡若止說前五識唯得俗諦根本不得俗諦差別義若說俗諦不徧眞諦則不明了眞不明了則遣俗不盡是故具說十一識通攝俗諦爲當如十八界具有根塵識爲當不爾
論曰如此衆識唯識以無塵等故
釋曰識所變異雖有内外事相不同實唯一識無有塵等別體故皆以識爲名若無塵此識離塵愛憎等受用云何得成
論曰譬如夢等於夢中離諸外塵一向唯識種種色聲香味觸舍林地山等諸塵如實顯現此中無一塵是實有
釋曰夢中所見有種種差別並無實塵悉是識之所作愛憎等受用此義亦成
論曰由如此譬一切處應知唯有識由此等言應知幻事鹿渴翳闇等譬若覺人所見塵一切處唯有識譬如夢塵如人夢覺了別夢塵但唯有識於覺時何故不爾不無此義若人已得眞如智覺不無此覺譬如人正在夢中未覺此覺不生若人已覺方有此覺如此若人未得眞如智覺亦無此覺若人已得眞如智覺必有此覺若人未得眞如智覺於唯識中云何得起比智由聖教及眞理可得比度聖教者如十地經中佛世尊言佛子三界者唯有識又如解節經中說
釋曰由此夢譬於十八界等處應知唯識無塵等何故引二阿含明聖教前是略說後是廣說即以前證後
論曰是時彌勒菩薩摩訶薩問佛世尊世尊此色相是定心所緣境爲與心異與心不異

釋曰是時有三義一平等時謂無沉浮顚倒二和合時謂令聞能聞正聞三轉法輪時謂正說正受色相者謂十一切入中前八入等此色相是定心所緣境爲當心別境別爲當是心是境

論曰佛世尊言彌勒與心不異何以故我說唯有識此色相境界識所顯現

釋曰佛說唯有識無塵故若爾此色是觀行人所見爲是何法如經言此色相境界識所顯現實無境界是識變異所作先說唯識後說境界識此二識有何異欲顯有兩分前識是定體後識是定境此體及境本是一識一似能分別起一似所分別起

論曰彌勒菩薩言世尊若定境界色相與定心不異云何此識取此識爲境

釋曰若有別識爲識境則唯識義不成若緣自體爲境事亦不成以世間無此類故

論曰佛世尊言彌勒無有法能取餘法雖不能取此識如此變生顯現如塵

釋曰此識如此相貌生於定中起二種相一由能取相起不同二所取相起不同此二相從一識俱時顯現此青等色相是定境非所憶持識由此色不在定處如前所證後更憶持無有此義塵起現前分明顯現此憶持識有染污此起現前所見分明清淨若汝言聞思二境數數所習今時已過追更思惟如昔所見今時重見是義不然何以故此聞思二境由過去故今則非有此非有時若似昔起非昔所見則唯識之旨於此彌彰是故唯識義及塵無所有義得成

論曰譬如依面見面謂我見影此影顯現相似異面

釋曰此譬爲顯但有自面無有別影何以故諸法和合道理難可思議不可見法而今得見由如水鏡等影實無別法還見自面謂有別影

論曰定心亦爾顯現似塵謂異定心

釋曰定心有二分一分似識二分似塵此二種實唯是識

論曰由此阿含及所成道理唯識義顯現

釋曰阿含即前二經道理謂憶持識過去色及面影譬等道理顯唯識義

論曰云何如此

釋曰此問云何言唯有識

論曰是時觀行人心正在觀中若見青黃等徧入色相即見自心不見餘境青黃等色

釋曰若在散心五識可言緣現在外塵起若散心意識緣過去塵起若在觀中必不得緣外色爲境色在現前又非緣過去境當知定心所緣色即見自心不見別境

論曰由此道理一切識中菩薩於唯識應作如此比知於青黃等識非憶持識以見境在現前故於聞思兩位憶持意識此識緣過去境似過去境起是故得成唯識義由此比知菩薩若未得眞如智覺於唯識義得生比知

釋曰前明十一識通說十八界十八界中有根有塵菩薩於唯識義中應觀定中色既無別境以定中色比定外色應知亦無別境

論曰是種種識前已說

釋曰十一識前已具說將欲立難故須先明

前已說十一識

論曰譬如幻事夢等於中眼識等識唯識義可成

釋曰前舉幻等以譬無別根塵今欲難唯識有成不成故須引前所舉譬於十一識中具十八界前明正受識即六識界可說唯識義

論曰眼色等識有色唯識義云何可見

釋曰此難餘十界不應說唯識前明身識即是五根謂眼識乃至身識前明應受識即是五塵謂色識乃至觸識故言眼色等識有色有三義一眼識未生時先已有色二識變異爲色亦是有色三由有色境眼識似色起名了別色若無色境何所了別約此十界唯識義應不成

論曰此等識由阿含及道理如前應知

釋曰此答向問由前二經及前所引譬等道理應作如此知

論曰若色是識云何顯現似色

釋曰此問若言無別色塵唯是本識何故顯現似色等

論曰云何相續堅住前後相似

釋曰此問若是識變異所作則應乍起乍滅改轉不定云何一色於多時中相續久住前後一類無有改轉故知應有別色

論曰由顛倒等煩惱依止故

釋曰能顛倒是煩惱根本由識變異起諸分別分別即是顛倒顛倒故生諸煩惱依他性與分別性相應即是顛倒煩惱所依止處由顛倒煩惱令依他性與分別性相應顛倒煩惱又是識變異所依止處

論曰若不爾於非義義顛倒不得成
釋曰若無互爲依止義則識無變異於非物中分別爲物不應有此顛倒
論曰若無義顛倒惑障及智障二種煩惱則不得成
釋曰若識不變異分別非義爲義豈有顛倒若無顛倒則不生煩惱若無煩惱聲聞無解脱障菩薩無一切智障
論曰若無二障清淨品亦不得成是故諸識如此生起可信是實
釋曰若無煩惱豈有聖道故此義亦不成是故應信離識無別法
論曰此中說偈
亂因及亂體　色識無色識　若前識不有後識不得生
釋曰無中執有名亂此亂識因何法生因色識生何者爲色識若約五識五根五塵名爲色識此色識能生眼等識識此色識即是亂因若此識不起不得於無中執有何法名亂體謂無色識若約五根即是五識若約意根但是意識非法識法識及色識無色識悉是亂因
論曰若前識不有後識不得生
釋曰前識是亂因若本不有亂體是果即是後識無因則不得生
差別章第二
論曰云何身識身者識受者識應受識正受識於一切生處更互密合生
釋曰此五識即十八界於三界六道四生一切生處此十八種云何得更互密合生

論曰具足受生所顯故
釋曰於一切生處一刹那中具足有十八界十八界既不相離能爲顯因顯更互密合生又根塵識必不相離無有受生有根而無塵及識受餘二亦爾受一必具餘二用餘二以顯此一爲不相離故得更互密合生
論曰云何世識等如前說有種種差別生
釋曰此更問前五識即十八界攝法已盡何用更說生後六識
論曰無始生死相續不斷絕故
釋曰爲明衆生果報無始以來三世生死相續不斷故須立世識
論曰無量衆生界所攝故
釋曰爲明衆生果報有諸界多少不同如四界六界十八界等故須立數識攝一切數
論曰無量器世界所攝故
釋曰爲明衆生所居處如人天惡道有無量差別故須立處識攝一切處
論曰無量作事更互顯示所攝故
釋曰爲明見聞覺知各有多種因此有無量言說作事言說與見等更互相顯示故須立言說識攝一切言說
論曰無量攝及受用差別所攝故
釋曰攝約自他攝受用自他所受用爲明衆生各各計我有多種我所亦然故須立自他差別識攝一切自他差別
論曰無量受用愛憎業果報所攝故
釋曰善業果爲愛惡業果爲憎衆生受用此二業果有無量種
論曰無量生及死證得差別所攝故

釋曰此二果中有生有死初受爲生生後相續爲得將死爲證命斷爲死爲明衆生受用二業果有生有死攝一切善惡兩道生死

論曰云何正辯如此等識令成唯識義

釋曰前説五識已成唯識後説六識云何亦令成唯識

論曰若略説有三相諸識則成唯識

釋曰此六識若安立使成唯識有三種道理道理即是三相一入唯量二入唯二三入種種類入者通達義云何入唯量

論曰唯有識量

釋曰於六識中若如理研尋但唯見識不見餘法何以故

論曰外塵無所有故

釋曰所識諸法離識實無所有故説六識唯有識量云何入唯二

論曰唯有二謂相及見識所攝故

釋曰若能通達世等六識一分成相一分見名入唯二此義云何諸識中隨一識一分變異成色等相一分變異成見故名唯二由世等六識不出此二識性故説唯二所攝云何入種種類

論曰由種種相生所攝故此義云何此一切識無塵故成唯識有相有見眼等諸識以色等爲相故眼等諸識以諸識爲見故意識以一切眼識乃至法識爲相故意識以意識爲見故云何如此意識能分別故似一切識塵分生故

釋曰是一眼識如所應成一分能起種種相一分能取種種相能取者即名見若意識取

意識一切眼等識及法識爲相意識爲能見復次種種相生者但意識是種種相生以緣境不定故其餘諸識定緣一類塵不能分別能分別則成見不能分別則成相由此三相成立世等六識爲唯識此義顯現

論曰此中說偈

入唯量唯二　種種觀人說　通達唯識時
及伏離識位

釋曰此偈顯三種通達唯識義一通達唯量外塵實無所有故二通達唯二相及見唯識故三通達種種色生但有種種相貌而無體異故如此三相何人能通達但觀行人觀行人自有二種一入見位菩薩二得四空定等觀行人先已通達後爲他說此通達及說何位得成

論曰通達唯識時及伏離識位

釋曰從初地乃至正覺地爲通達唯識位從空處乃至非想非非想無想定滅心定爲伏離識位所取塵若無云何說識爲能取則唯量義不成是義不然何以故唯識義不失亦不無能取所取義爲立此義故顯三相入唯量者爲顯唯識無塵所識既無云何成唯識爲立此義故說唯二及種種唯二謂相及見相是所取見是能取種種亦爾是故唯識及能取所取此義悉成後半偈如前解

論曰諸師說此意識隨種種依止生起得種種名

釋曰諸師謂諸菩薩成立一意識次第生起意識雖一若依止眼根生得眼識名乃至依止身根生得身識名此中更無餘識異於意

識離阿梨耶識此本識入意識攝以同類故此意識由依止得別名

論曰譬如作意業得身口等業名

釋曰此作意業雖復是一若依身門起名身業若依口門起名口業意識亦爾隨依止得別名若有人說眼等五根無有分別若意識依止此生亦無分別譬如依止意根惑所染污由所依止有染污能依止識住時亦有染污意識亦爾

論曰此識於一切依止生

釋曰謂依止眼等諸根生

論曰種種相貌似二種法顯現一似塵顯現二似分別顯現

釋曰意識依六根生顯現似二種法一多類法二一類法多類法此分屬塵一類法是分別屬見由此兩句識雖一法一分似塵顯現一分似分別塵顯現是故前說無失

論曰一切處似觸顯現

釋曰一切處謂有色處有色處必有身若有身必似觸顯現

論曰若在有色界意識依身故生

釋曰何故有身處必似觸以意識必依身生故似觸顯現由此意識依身似觸生故觀行人正入觀時五識雖復不起中間於色身有喜樂受生

論曰譬如有色諸根依止身生

釋曰有色諸根即眼等根異於色身依止於身由諸根依止身故因此諸根於身或損或益意識亦爾依止身故似觸顯現於身亦有損益復次譬如身根依止於身若有外觸緣

身根似觸而起若似觸起於自依止中或損或益意識亦爾依止身故似觸而起

論曰此中説偈

釋曰諸菩薩説但有意識無別五識故引法足經偈以成立此義

論曰遠行及獨行無身住空窟調伏難調伏則解脱魔縛

釋曰能縁一切境界故名遠行無第二識故名獨行無身有二義一無色身二無生身身内名空窟識在身内故名住空窟二五藏中心藏其中有孔意識在此孔中故名住空窟三諸法實無所有而執爲有識在此無所有中故名住空窟本來鄙惡煩惱爲因故名難調伏若人能調伏此識令不隨順惑業而得自在故名調伏三界惑障名魔縛此人調伏難調伏則得解脱復有別聖言以證此義

論曰如經言此眼等五根所縁境界一一境界意識能取分別意識爲彼生因

釋曰此五根所縁色等境若識能縁色則立爲眼識一一境意識既悉能取又能分別是故五識無用又意識若亂眼等識則不生由意識變異生眼等根及識是故意識爲彼生因

論曰復有別説分別説十二入中是六識聚説名意入

釋曰此更引聖言證唯有意識無別有餘識如來於經中分別十二入合六識聚以爲意入以此三義故知唯有意識無別餘識

論曰是處安立本識爲義識此中一切識説名相識意識及依止識應知名見識何以故

此相識由是見生因顯現似塵故作見生依止事

釋曰是本識於二識中可得安立爲相識及見識不是安立本識爲塵識此中一切識說名相識本識可得安立於相見二識處此本識以意識及依止識爲見識以眼識等識及一切法爲相識爲此生因由緣緣故於彼處中是見生因故彼法爲見顯現似塵故意識見相續住不斷因故作此識依止事

論曰如此諸識成立唯識云何諸塵現前顯現知其非有如佛世尊說若菩薩與四法相應能尋能入一切識無塵

釋曰四法是智菩薩若與四智相應在方便中能尋理得正解能入理故知一切唯識無塵

論曰何者爲四一知相違識相譬如餓鬼畜生人天於同境界由見識有異

釋曰於一境界分別不同故名相違相違識境名相此境實無所有但隨識變異故分別不同菩薩若通達此理則解唯識故名爲智

論曰二由見無境界識譬如於過去未來夢影塵中

釋曰有時見離境界識得生譬如識過去等境

論曰三由知離功用無顛倒應成譬如實有塵中緣塵起識不成顛倒不由功用如實知故

釋曰菩薩作如此解若塵如所顯實有離修對治自然應成無顛倒智由如實知故既無此義故知實無有塵但於無中執有故成顛

倒
論曰四由知義隨順三慧
釋曰一切塵義悉隨逐三慧菩薩能如此知
論曰云何如此
釋曰云何一切義隨逐三慧
論曰一切聖人入觀
釋曰聖人謂聲聞縁覺菩薩此等聖人正在定中名爲入觀
論曰得心自在
釋曰已得心隨事成謂入住出位中
論曰由願樂自在故
釋曰如所願樂諸塵皆隨願樂變異
論曰如願樂塵種種顯現故
釋曰若欲令地界成水界如意即成火等界亦爾
論曰若觀行人已得奢摩他
釋曰觀行人有二種一得正思二得正修今明得正修人
論曰修法觀加行
釋曰法謂修多羅等十二部經依十二部經所顯法相熟修行毗婆舍那
論曰隨唯思惟義顯現故
釋曰於一五陰中隨心思惟或顯現如不淨苦無常空無我等乃至十六諦相悉隨思惟顯現及餘一切法相亦爾
論曰若人得無分別智未出無分別觀一切塵不顯現故由境界等義隨順三慧由前引證成就唯識義故知唯識無塵此中有六偈重顯前義此偈後依智學中當廣分別說謂餓鬼畜生人天如是等

釋曰若菩薩已得無分別智正在觀中若塵如所顯現實有無分別智則不得成既實有無分別智故知道理實無所有

攝大乘論釋卷第五上

攝大乘論釋卷第五下

天親菩薩釋

陳天竺三藏法師真諦譯

分別章第三之一

論曰若唯識似塵顯現依止說名依他性云何成依他何因緣說名依他

釋曰離塵唯有識此識能生變異顯現似塵如此體相及功能亂識說名依他性唯見亂識有自體不見有他云何成立此識爲依他性若言能生變異變異依此識乃是爲他所依云何說此識爲依他性

論曰從自熏習種子生故繫屬因緣不得自在若生無有功能過一剎那得自住故說名依他

釋曰由自因生故生已無有自能停住過一剎那自所取故由約他說故名依他

論曰若分別性依他實無所有似塵顯現云何成分別何因緣說名分別

釋曰此問有三一問依止此分別性既依止於他應成依他性云何名分別次問無所有此分別既實無所有無所有中有何分別後問似塵此分別既似塵顯現云何稱分別何因緣故說名分別性

論曰無量相貌意識分別顛倒生因故成分別

釋曰一切塵相貌是分別說名意識意識顛倒生境界故名生因由此道理故成分別

論曰無有自相唯見分別故說名分別

釋曰自體既無唯見亂識故說名分別

論曰若眞實性分別性永無所有爲相云何

成眞實何因緣說名眞實

釋曰分別性於依他性一分永無若以無所有爲相何故立爲眞實不立爲非眞實說亦如此

論曰由如無不如故成眞實

釋曰此下三義答兩問此是第一以不相違義顯眞實如世間說眞實友

論曰由成就清淨境界

釋曰此是第二以無顛倒義顯眞實由境界無顛倒故得四種清淨如世間說眞實物

論曰由一切善法中最勝

釋曰此是第三以無分別義顯眞實即五種無分別謂五種眞實如世間說眞實行

論曰於勝義成就故說名眞實

釋曰於前三勝無有壞失故說成就由成就故眞實

論曰復次若有分別及所分別分別性成

釋曰欲問此三種分別義故先列出此三分別名

論曰此中何法名分別何法所分別何法名分別性

釋曰一一別問求其異相

論曰意識是分別具三種分別故

釋曰此下答三問此即答第一問六識之中但以意識爲分別以意識具自性憶持顯示三分別故五識則不爾

論曰何以故

釋曰何以故意識具三分別

論曰此識自言熏習爲種子

釋曰如說根塵名數習此名熏習於本識以

爲種子由此種子後時意識以根似塵而起名爲色識自有二義一如眼名熏習唯生眼不生餘法餘熏習亦爾故稱自二本無法體言語是自分別所作故名自

論曰及一切識言熏習爲種子

釋曰如說六識名數習此名熏習本識爲種子由此種子意識後時似六識而起名爲識

論曰是故此生

釋曰由二種熏習種子故此意識得生

論曰由無邊分別一切處分別

釋曰意識爲此二種種子所變分別功能無邊故似一切境界起

論曰但名分別說名分別

釋曰由此義故但意識名分別故三種分別中說意識名分別

論曰此依他但是所分別

釋曰此下答第二問所分別一切法離識無別體故以依他爲所分別

論曰是因能成依他性爲所分別

釋曰若不藉因依他性不成若無依他性則無所分別由六種因成依他性故得以依他性爲所分別

論曰此中名分別性

釋曰此中成依他性因說此因爲分別性

論曰云何分別能計度此依他性但如萬物相

釋曰此下答第三問先更問後次第答此語先總問云何意識由分別故能計度此依他性但如萬物相貌不但如一物相貌

論曰緣何境界
釋曰此下別舉六因爲問緣何法爲境界計度依他性
論曰執何相貌
釋曰執何相貌計度依他性
論曰云何觀見
釋曰先以何方便推尋後決斷計度依他性
論曰云何緣起
釋曰藉何緣發起計度依他性
論曰云何言說
釋曰以何言說計度依他性
論曰云何增益
釋曰云何於無中執有計度依他性意識名分別依他是所分別由此六因意識能分別依他性今當顯說此義

論曰由名等境界
釋曰由依他性離一切分別無分別爲體故立名等爲境界分別計度此性
論曰於依他性中由執著相
釋曰先約名分別串習此名故執著此名以爲相貌後時分別此相謂爲眼等諸根色等諸塵識等諸心執相貌已
論曰由決判起見
釋曰先思量是非後時決判如我所見眼等諸根乃至識等諸心悉是實有所餘妄言由此見故意識計度依他堅實起執已
論曰由覺觀言說緣起
釋曰如自所執起覺觀思惟爲自計度或如自所執起覺觀言說令他計度云何言說令他計度

論曰由見等四種言說

釋曰如所說言不出見等四種此四種約根塵識成就故攝一切所說分別品類皆盡約此言說起顛倒

論曰實無有塵計實有爲增益

釋曰如四種言說實無有法此中起執謂爲實有此名增益執

論曰由此因故能分別

釋曰由此六因意識能分別依他性令成所分別故故以此因爲分別性

論曰此三種性云何

釋曰問此三性一異義云何

論曰與他爲異爲不異

釋曰如依他性與餘二性爲一爲異餘二性互論亦爾

論曰不異非不異應如此說

釋曰答問明亦一亦異應如此說

論曰有別義依他性名依他

釋曰此下總標亦一亦異義唯是一識識即依他性於依他性中以別道理成立爲三性三性互不相是即是不異非不異義

論曰有別義此成分別有別義此成眞實

釋曰有別道理此依他性成分別性眞實性亦爾

論曰何者別義說名依他從熏習種子生繫屬他故

釋曰此下正釋三種別義熏習有三種一名言熏習識熏習二色識熏習識識熏習見識熏習三煩惱熏習業熏習果報熏習從此三種種子生繫屬於因故成依他非餘二性

論曰復有何義此成分別此依他性爲分別因

釋曰識以能分別爲性能分別必從所分別生依他性即是所分別爲分別生因即是分別緣緣依他性有兩義若談識體從種子生自屬依他性若談變異爲色等相貌此屬分別性色等相貌離識無別體今言依他性爲分別因取依他變異義爲分別因不取識體從種子生義爲分別因

論曰是所分別故成分別

釋曰變異相貌是識所分別以此義故成立所分別爲分別性

論曰復有何義此成眞實此依他性或成眞實如所分別實不如是有故

釋曰依他性變異爲色等所分別塵此塵實不如所分別是有約依他性明塵無所有即以依他性成眞實性爲存有道故不明依他性是無爲眞實性

論曰復有何義由此一識成一切種種識相貌

釋曰此更問復以何道理惟是一識或成八識或成十一識故言一切於一一識中如眼識分別青黃等差別有種種識相貌惟是一識復是何識所以更爲此問者前已釋異義此下釋不異義欲顯依他性具有三性一識從種子生是依他有種種識相貌是分別分別實無所有是眞實性

論曰本識識

釋曰一識謂一本識本識變異爲諸識故言識識今不論變異爲根塵故但言識識

論曰所餘生起識種種相貌故
釋曰所餘即阿陀那識生起識即六識變異
爲七識即是本識相貌
論曰復因此相貌生故
釋曰以七識熏習本識爲種子以種子復變
異本識爲七識後七識即從前相貌種子生
論曰依他性有幾種
釋曰此問體類及義並有幾種
論曰若略說有二種一繫屬熏習種子
釋曰此先明依他體類從二種熏習生一從
業煩惱熏習生二從聞熏習生由體類繫屬
此二熏習故稱依他性若果報識體類爲依
他性從業煩惱熏習生若出世間思修慧體
類從聞熏習生
論曰二繫屬淨品不淨品性不成就是故由
此二種繫屬說名依他性
釋曰此次釋依他義若識分別此性或成煩
惱或成業或成果報則屬不淨品若般若緣
此性無所分別則成淨品謂境界清淨道清
淨果清淨若有自性不依他則應定屬一品
旣無定性或屬淨品或屬不淨品由此二分
隨一分不成就故名依他
論曰分別性亦有二種一由分別自性
釋曰如眼等諸界中分別一界或眼或耳等
名分別自性
論曰二由分別差別
釋曰約無常等更分別此眼等名分別差別
論曰眞實性亦有二種一自性成就
釋曰謂有垢眞如
論曰二清淨成就

釋曰謂無垢眞如
論曰復有分別更成四種一分別自性二分別差別三有覺四無覺有覺者能了別名言衆生分別
釋曰若衆生先了別見聞等四種言説因名言起分別故名有覺
論曰無覺者不能了別名言衆生分別
釋曰若衆生如牛羊等先不能了別見聞等四種言説由彼如所分別不能由言語成立故名無覺
論曰復次分別有五種一依名分別義自性
釋曰義謂名所目之法先已知此物名後以此名分別物此物
論曰譬如此名目此義
釋曰此名本來主此體故得以此名分別此體
論曰二依義分別名自性
釋曰先識此物體未知其名後聞説其名即以先所識體分別取此名
論曰譬如此義屬此名
釋曰此體本主此名故得將此體分別取此名
論曰三依名分別名自性
釋曰如異國物名始聞未解後以常所習名分別此名方解此名
論曰譬如分別未識名義
釋曰未識此名所訓之義故不解此名
論曰四依義分別義自性
釋曰如見此物體未識其名以此物類分別此物方識其體

論曰譬如分別未識名義
釋曰由未識名故以義分別義
論曰五依二分別二自性
釋曰如金銀二名有金銀二體於此名體並
未了金名爲目赤體爲目白體銀名亦爾赤
體爲主金名爲主銀名白體亦爾
論曰譬如此名此義何義何名
釋曰意如向釋
論曰若攝一切分別復有十種
釋曰如前已有具攝義但未明品類具攝義
此十種分別更顯品類攝義又明攝一切皆
盡
論曰一根本分別謂本識
釋曰是一切分別根本自體亦分別即是阿
梨耶識

論曰二相分別謂色等識
釋曰此分別以相爲相即是色等塵識
論曰三依顯示分別謂有依止眼等識識
釋曰此分別以依及顯示爲相亦是所分別
亦是能分別即是六根及六識六根是所依
止六識是能依止
論曰四相變異分別
釋曰相謂六塵此分別以相變異爲相
論曰謂老等變異
釋曰是身四大前後變異名老若識分別此
老名老相變異分別等言攝病及死
論曰苦樂等受
釋曰身心苦樂受前後變異識分別此受名
受相變異分別等言攝不苦不樂受
論曰欲等惑

釋曰心欲前後變異識分別此欲名欲相變異分別等言攝瞋癡等惑

論曰及枉時節等變異

釋曰非理逼害縛録爲枉不乖候寒熱豐儉爲時節枉及時節前後變異識分別此枉及時節名枉時節相變異分別等言攝有因緣逼害縛録乖候寒熱豐儉

論曰地獄等

釋曰是道變異捨此五陰受地獄道五陰諸道前後變異故名道變異識分別此道故名道相變異分別等言攝餘五道

論曰欲界等變異

釋曰謂具縛離縛生變異受三界生有具縛及離縛前後變異識分別此生名生相變異分別等言攝色無色界

論曰五依顯示變異分別

釋曰謂眼等識變異此分別以眼等識變異相爲相

論曰謂如前所說變異

釋曰如前所說老等變異於變異位中如眼等識變異

論曰起變異分別

釋曰意識亦如此依顯示變異而分別故名依顯示變異分別

論曰六他引分別

釋曰此分別因他言說生

論曰謂聞非正法類聞正法類分別

釋曰此分別有二種一聽聞非正法爲類分別二聽聞正法爲類分別謂行惡法類分別行善法類分別思修亦爾此分別以聞他言

說爲相故名他引分別
論曰七不如理分別
釋曰是前分別聽聞非正法爲因
論曰謂正法外人非正法類分別
釋曰謂九十六種外道在正聞思修法外
論曰八如理分別
釋曰是前分別聽聞正法爲因
論曰謂正法內人聞正法類分別
釋曰謂聲聞緣覺菩薩人在正聞思修法中
論曰九決判執分別謂不如理思惟種類
釋曰以不正思惟爲因
論曰身見爲根本與六十二見相應分別
釋曰依止我見如梵網經所明見類謂六十二見相應分別
論曰十散動分別謂菩薩十種分別
釋曰菩薩分別不與般若波羅蜜相應悉名散動般若波羅蜜經說十種法對治此十種散動初二法正是般若波羅蜜事謂顯眞空遣俗有即是實有菩薩不見有菩薩次有五事有三解第一解云遣名事物初兩遣名即是不見菩薩名不見般若波羅蜜初遣人名後遣法名次兩遣事即是不見行不見不行此有三義一不見菩薩能行二乘不能行二不見正勤助道爲行不見懶惰等所對治爲不行三不見菩薩修道未滿故行不見菩薩修道已滿故不行後一遣物此名此事以何物爲根本以五陰爲根本亦不見五陰即是不見色不見受想行識第二解云初二明不見人法次二明不見人行法爲行不見人不行法爲不行後一明行所對治即五陰五陰

即苦集二諦不見集可斷不見苦可離第三
解云初二明不見能行人及所行道次二不
見助道後一明不見所對治此五事中一一
事皆具八法
論曰無有相散動
釋曰無有相是散動因爲對治此散動故
經言是菩薩實有菩薩
釋曰由説實有顯有菩薩以眞如空爲體
論曰有相散動
釋曰有相是散動因爲對治此散動故
經言不見有菩薩
釋曰不見有菩薩以分別依他爲體
論曰增益散動
釋曰以有增益無所有此執即是散動爲對
治此散動故

經言何以故色由自性空
釋曰由分別色性色性空
論曰損減散動
釋曰以無損減實有此執即是散動爲對治
此散動故
經言不由空空
釋曰此色不由眞如空故空
論曰一執散動
釋曰謂依他分别即是空此執即是散動爲
對治此散動故
經言是色空非色
釋曰若依他性與眞實性是一眞實性是清
淨境界依他性亦應如此
論曰異執散動
釋曰謂色與空異此執即是散動爲對治此

散動故
經言無色異空故色即是空空即是色
釋曰若色與空異此空則不成色家法空不
成色通相此義不成譬如有爲法與無常相
不異若捉分別性說言色即是空空即是色
何以故此分別色永無所有此永無所有即
是有即是空此空即是色無所有不如依他
性於眞實性不可說一由清淨不清淨境界
故
論曰通散動
釋曰執色有通相爲性謂有礙此執即是散
動爲對治此散動故
經言何以故舍利弗此但有名所謂色
釋曰唯有名是色通相何以故若離名色實
無本性

論曰別散動
釋曰已執色有通相又分別色有生滅染淨
等差別此執即是散動爲對治此散動故
經言是自性無生無滅無染無淨
釋曰此色無所有爲通相若有生即有染若
有染即有淨由無此四義故色無別相
論曰如名起義散動
釋曰如名執義於義散動爲對治此散動故
經言對假立名分別諸法
釋曰名是虛假所作對諸名分別一切法
論曰如義起名散動
釋曰如義於名起舊執此執即是散動爲對
治此散動故
經言由假立客名隨說諸法
釋曰名不與法同相

經言如如隨說如是如是生起執著
釋曰隨假所立名說諸法計名與法不異
經言如此一切名菩薩不見若不見不生執
著
釋曰爲對治十種散動故說般若波羅蜜以
此說爲因無分別智生由無分別智滅諸分
別惑
論曰爲對治此十種散動分別故於一切般
若波羅蜜教中佛世尊說無分別智能對治
此十種散動應知具足般若波羅蜜經義如
般若波羅蜜經言云何菩薩行於般若波羅
蜜舍利弗是菩薩實有菩薩不見有菩薩不
見菩薩名不見般若波羅蜜不見行不見不
行不見色不見受想行識何以故色由自性
空不由空空是色空非色無色異空故色即
是空空即是色何以故舍利弗此但有名所
謂色是自性無生無滅無染無淨對假立名
分別諸法由假立客名隨說諸法如如隨說
如是如是生起執著如此一切名菩薩不見
若不見不生執著如觀色乃至識亦應作如
此觀由此般若波羅蜜經文句應隨順思惟
十種分別義
釋曰如八種觀色陰亦應作八種觀餘四陰
乃至前四事亦應作八種觀
論曰若由此別意依他性成有三性是三性
云何性有三異不成相雜
釋曰此問先分三性異次明依他性有別義
成三性若於依他性中明三性有三異則三
性成相雜不可偏說爲一性云何不相雜
論曰無相雜義

釋曰道理有異故不相雜

論曰由此道理此性成依他不由此成分別及眞實

釋曰此即如前所明由繫屬種子及繫屬淨品不淨品等道理故成依他不可以此道理令成分別及眞實性

論曰由此道理此性成分別性不由此成依他及眞實

釋曰此即如前所明由分別自性分別差別等道理故成分別性不可以此道理令成依他及眞實

論曰由此道理此性成眞實不由此成依他及分別

釋曰此即如前所明由自性成就清淨成就等道理故成眞實性不可以此道理令成依他及分別

攝大乘論釋卷第五下

音釋

鍊（連彥切，鍛鍊也）絺（丑知切）擯（必刃切，斥也）

攝大乘論釋卷第六

天親菩薩釋

陳天竺三藏法師眞諦譯

分別章第三之二

論曰云何得知此依他性由分別性顯現似法不與分別性同體

釋曰此問言分別性顯現似法此似法不離依他性應與依他性同體云何言不同體

論曰未得名前於義不應生智故法體與名一則此義相違

釋曰依他性雖復由分別性一分所顯不與分別性同體爲顯此義故立三證此即第一證若依他與分別共一體此執相違若依他與分別共一體此智不開名於義應生譬如離瓶名於瓶義瓶智不生若瓶義與瓶名一體此事不應成名義不同相故若執名義共一體此執則相違此證顯名是依他顯義是分別何以故此依他由名所分別故

論曰由名多故若名與義一名既多義應成多此義體相違

釋曰此即第二證或一義有多名若名與義共一體如名多義亦應成多若爾一義應有多體一物多體此義相違是故若兩性一體則成第二相違

論曰由名不定體相雜此義相違

釋曰譬如瞿名目九義若言名與義一體是兩體相違則成第三相違瞿名所目諸義相貌不同由許一體相違法一處得成無如此義是故兩性不可爲一體

論曰此中說偈

釋曰重顯前義是故說偈初偈顯依他分別不共一體此義得成由三相違故

論曰

於名前無智　多名及不定　義成由同體

多雜體相違　法無顯似有　無染而有淨

是故譬幻事　亦以譬虛空

論曰義成

釋曰即明依他性與分別性不同體義成

論曰於名前無智同體相違

釋曰此即第一相違

論曰多名同體多體相違

釋曰此即第二相違

論曰及不定同體雜體相違

釋曰此即第三相違後偈爲教弟子弟子於二事生疑

論曰法無顯似有　無染而有淨

釋曰此明於兩種相違生疑無法顯似有法是第一相違於無染中而有淨是第二相違

論曰是故譬幻事　亦以譬虛空

釋曰即以此譬釋弟子疑譬如幻象實無顯現爲有諸分別法亦爾實無而顯現似有此有亦可見譬如虛空非雲等五障所染自性清淨雲等障後滅時亦說空爲淨諸法亦爾本無有染自性清淨客塵障蓋後滅則見清淨

論曰云何如此顯現而實非有依他性一切種非不有

釋曰此問若依他性如所顯現如此無所有一切一切種此性亦不無此意云何

論曰若無依他性眞實性亦無一切無不成

若無依他性及眞實性則無有染汚及清淨品過失此二品可知非無是故非一切皆無

此中說偈

若無依他性　眞實性亦爾　則恒無二品

謂染汚清淨

諸佛世尊於大乘中說鞞佛略經此經中說云何應知分別性由說無有品類此性應知云何應知依他性由說幻事鹿渴夢相影光影響水月變化如此譬應知其性云何應知眞實性由說四種清淨法應知此性

釋曰若無此性眞實性亦無何以故若有染汚則有清淨若兩法悉無則一切皆無此一切無由此方便能顯其不成何者爲方便撥無生死涅槃此義不可立由染汚品及清淨品可見是故兩法顯現若撥言無則成邪見亦名損滅謗是故分別性是無依他性不可撥言無故知依他分別不得同體

論曰四種清淨法者一此法本來自性清淨謂如如由空實際無相眞實法界

釋曰由是法自性本來清淨此清淨名如如於一切衆生平等有以是通相故由此法是有故說一切法名如來藏

論曰二無垢清淨謂此法出離一切客塵障垢

釋曰是如來藏離惑智兩障由此永清淨故諸佛如來得顯現

論曰三至得道清淨謂一切助道法及諸波羅蜜等

釋曰爲得清淨菩薩行道此道能得清淨故亦名清淨道即般若波羅蜜及念處等諸助

道法
論曰四道生境界清淨謂正說大乘法
釋曰道及助道法生所緣境界謂修多羅等
十二部正說是清淨資糧故亦名清淨
論曰何以故
釋曰云何說生道境界清淨是眞實性攝非
分別及依他
論曰此說是清淨因故非分別清淨法界流
故非依他由此四種清淨法攝一切清淨法
皆盡
釋曰此正說若屬分別性應成染污因是清
淨因故非分別性若屬依他性如依他性亦
應成虛此清淨法界流爲體是故非虛以出
二性外故屬眞實性若說四清淨中隨一清
淨此說於大乘中應知屬眞實性第一第二
清淨由無變異故成眞實第三第四由無顛
倒故成眞實
論曰此中說偈
釋曰欲重明此義令顯了故更說偈
論曰
幻等顯依他　說無顯分別　若說四清淨
此說屬眞實　清淨由本性　無垢道緣緣
一切清淨法　四皆攝品類
論曰幻等顯依他
釋曰是處如來說一切諸法如幻事乃至如
變化譬應知此言是說依他
論曰說無顯分別
釋曰若說無色乃至無一切法應知此言是
說分別爲此意用如來說依他性以幻事等
爲譬今當說此義

論曰若說四清淨　此說屬眞實　清淨由本性　無垢道緣緣　一切清淨法　四皆攝品類　何因何緣是依他性如經所說幻事等譬所顯於依他性中爲除他虛妄疑惑云何他於依他性中生虛妄疑惑諸說於依他性中有如此虛妄疑心若實無有物云何成境界爲決此疑故說幻事譬

釋曰於虛妄起疑謂爲實有不信是虛妄故名虛妄疑此法若顯現成境界云何言虛妄故以幻事譬依他性譬如幻象塵實不有亦成境界諸法亦爾爲除此疑故須立譬

論曰若無境界心及心法云何得生爲決此疑故說鹿渴譬

釋曰鹿渴譬心及心法以水譬塵鹿渴動搖生識緣水爲境實無有水如此心及心法起變異事於無有塵生緣塵識

論曰若實無塵愛非愛受用云何得成爲決此疑故說夢相譬

釋曰譬如於夢中無有實塵亦見有愛憎受用此依他性中亦爾無有實塵亦見有愛憎受用

論曰若實無法善惡二業愛非愛果報云何得生爲決此疑故說影譬

釋曰譬如鏡中無實影塵於面相起影識此影塵非不顯現愛憎兩果亦爾實非有而顯現似有

論曰若實無法云何種種智生爲決此疑故說光影譬

釋曰譬如人弄影見影有種種相貌隨影起種種識無實影塵種種識塵亦爾實無所有

而有種種塵顯現
論曰若無實法云何種種言說起爲決此疑故說谷響譬
釋曰譬如實無響塵而顯現可聞言說事亦爾實無所有而顯現可聞
論曰若實無法云何成緣眞實法定心境界爲決此疑故說水月譬
釋曰譬如無水月實塵而顯現可見由水潤滑澄清故若人心得定無實塵爲境亦顯現可見水譬定以定心潤滑澄清故
論曰若實無法云何諸菩薩故作心無顚倒心爲他作利益事於六道受生爲決此疑故說變化譬
釋曰譬如無實變化塵隨變化者所作一切所作事皆成可化塵非不顯現菩薩受生亦爾實無六道受生身作利益一切衆生事及受生身亦顯現復有何義佛世尊說幻事等譬更有別義今當說佛意幻事譬爲對治眼等六內根諸根如幻象實非有而顯現似有鹿渴譬器世界由此大故顯現如水實無所有而於鹿渴顯現似有以動搖故此器世界衆生執爲色等可受用法如執鹿渴中水謂爲可飲爲對治此執故說夢相譬譬如於夢中色等諸塵無所有因此有愛憎受用爲對治身業故說影譬依善惡身業有別色似影生爲對治口業故說谷響譬由此譬顯口業爲因有口業果報由如谷響意業有三種一不寂靜地即是欲界散動業二寂靜地即修慧三聞思二慧爲對治不寂靜地意業故說光影譬由此譬顯意業果報譬如光影爲對

治寂靜地意業故說水月譬顯意業果報譬如水月如水中月實無有月而顯現似月寂靜心亦爾實無所有於寂靜心中而有動搖現在及未來世果顯現離此寂靜心無有別果爲對治聞思品類意業故說變化譬若是聞思熏習生業果報譬如變化品類非有亦有顯現聞思生業果報亦爾由此法爾三性爲相如來所說經悉皆隨順今當說隨順經義

論曰婆羅門問經中言世尊依何義說如此言如來不見生死不見涅槃於依他性中依分別性及依眞實性生死爲涅槃依無差別義何以故此依他性由分別一分成生死由眞實一分成涅槃

釋曰依他性非生死由此性因眞實性成涅槃此性非涅槃何以故此由分別分即是生死故是故不可定一分若見一分餘分性不異是故不見生死亦不見涅槃由此意故如來答婆羅門如此

論曰阿毗達磨修多羅中佛世尊說法有三種一染污分二清淨分三染污清淨分依何義說此三分於依他性中分別性爲染污分眞實性爲清淨分依他性爲染污清淨分依如此義故說三分

釋曰阿毗達磨修多羅中說分別性以煩惱爲性眞實性以清淨品爲性依他性由具兩分以二性爲性故說法有三種一煩惱爲分二清淨爲分三二法爲分依此義故作此說

論曰於此義中以何爲譬以金藏土爲譬譬如於金藏土中見有三法一地界二金三土

於地界中土非有而顯現金實有不顯現此土若以火燒鍊土則不現金相自現此地界土顯現時由虛妄相顯現金顯現時由眞實相顯現是故地界有二分
釋曰如來爲顯此義故說金藏土譬金爲藏者地界是金種子故說名金藏土以堅觸爲地界以所造色爲土謂色塵等此三可了別此地界先由土相顯現後由金相顯現何以故此地界若爲火所鍊金相則顯是故於地界實有金此義可信
論曰如此本識未爲無分別智火所燒鍊時此識由虛妄分別性顯現不由眞實性顯現若爲無分別智火所燒鍊時此識由成就眞實性顯現不由虛妄分別性顯現是故虛妄分別性識即依他性有二分譬如金藏土中所有地界復次有處世尊說一切法常住有處說一切法無常有處說非常非無常依何義說常此依他性由眞實性分常住由分別性分無常由二性分非常非無常如依此義說常無常無二如此說苦樂無二善惡無二空不空無二有我無我無二淨不淨無二有性無性無二有生無生無二有滅無滅無二本來寂靜不寂靜無二本來涅槃非涅槃無二生死涅槃無二由如此等差別諸佛如來依義密語由此二性應隨決了常無常等正說如前解釋此中說偈
如法實不有　如彼種種現　由此法非法故說無二義
釋曰諸法非法非非法由此法實無所有故非法如有顯現故非非法由非法非非法故

說無二義

論曰

依一分說言　或有或非有　依二分說言

非有非非有

釋曰若依一一分不可說諸法有及非有如所顯現不如是有故不可說有雖實非有如有顯現故不可說非有若捉一一分應如此判若約依他性具有二分說諸法非有非非有

論曰

如顯現不有　是故說永無　如顯現實有

是故說非無

釋曰如所顯現不如此有依不有義故說永無雖復不有非不顯現依唯有顯現義故說非無

論曰

由自體非有　自體不住故　如取不有故

三性成無性　由無性故成　前爲後依止

無生滅本淨　及自性涅槃

論曰由自體非有

釋曰今當顯如來所說無性意初句一分明無性通大小乘此正是顯無性意自體非有者顯通無性由諸法離因緣和合不關外緣自然成無有此義故一切法無性體非有者亦是無性此有別意謂約過去未來此體已滅由此體更立法爲有無如此義此體未有由此體預立法爲有亦無此義是故去來二世並無自性

論曰自體不住故

釋曰若諸法已生過唯生時無能住義既不

能住故現在亦無體此三世無性亦通大小二乘

論曰如取不有故　三性成無性

釋曰由分別性所顯現實無所有故無相性分別性無體相故依他無所依止故無生性此二無性無無性故眞實無性性此三無性但大乘中有餘乘則無

論曰由無性故成　前爲後依止　無生滅本淨　及自性涅槃

釋曰由諸法永實無性一切無生等四義得成何以故若諸法無性是故無生若無生則無滅由無生無滅故本來寂靜由本來寂靜故自性涅槃成者前爲後成立依止謂無性成立無生故爲無生依止後三亦爾

顯了意依章第四

論曰復次有四意四依一切佛世尊教應隨決了

釋曰如來所說正法不出四意四依此意及依由三性故可決了若離三性無別道理能決了此法

論曰一平等意

釋曰譬如有人執平等法爾說彼即是我世尊亦爾平等法身安置心中說如是言

論曰譬如有說昔是時中我名毗婆尸久已成佛

釋曰非昔毗婆尸即是今釋迦牟尼此說中以平等爲意是名通平等若說別平等謂因果恩德皆同是名平等意

論曰二別時意

釋曰若有衆生由懶惰障不樂勤修行如來

以方便說由此道理於如來正法中能勤修行方便說者
論曰譬如有說若人誦持多寶佛名決定於無上菩提不更退墮
釋曰是懶惰善根以誦持多寶佛名爲進上品功德佛意爲顯上品功德於淺行中欲令捨懶惰勤修道不由唯誦佛名即不退墮決定得無上菩提譬如由一金錢營覓得千金錢非一日得千由別時得千如來意亦爾此一金錢爲千金錢因誦持佛名亦爾爲不退墮菩提因
論曰復有說言由唯發願於安樂佛土得往彼受生
釋曰如前應知是名別時意
論曰三別義意

釋曰此言顯自覺了實相由三性義道理若但如聞覺了義是如來意者嬰兒凡夫亦能覺了是故如來意不如此如來意云何
論曰譬如有說事如是等恒伽所有沙數諸佛於大乘法義得生覺了
釋曰此覺了非聞得成若人尸事恒伽沙數佛方得成就是名別義意
論曰四衆生樂欲意譬如如來先爲一人讚歎布施後還毀呰
釋曰有衆生如來先爲讚歎布施功德後時或爲此人毀此布施如此意隨人得成何以故若人於財物有慳悋心爲除此心故先爲讚歎布施若人已欲樂行施施是下品善根如來後時更毀呰此施令渴仰其餘勝行若不由此意讚毀則成相違由如來有別意故

於一施中讚毀而不相違
論曰如施戒等餘修亦爾是名四種意
釋曰戒等亦如是有人如來爲讚毀於修此是世間修故可毀眥若出世間修則無可毀
義意及依異相云何如來心先緣此事後爲他說故名爲意由此因衆生決定入正定聚故名此因爲依
論曰四依者一令入依譬如於大小乘中佛世尊說人法二種通別二相所攝俗諦
釋曰於正說中約世諦理說有人法及通別二相爲令衆生入於正義故名令入依
論曰二相依譬如隨所說法相中必有三性
釋曰於正說中若應說法相必說三性此三性是一切法總相若欲了別一切法必須依此三相故名相依

論曰三對治依此中八萬四千衆生煩惱行對治顯現
釋曰於正說中若說衆生行對治不出八萬四千謂說四諦等此說能除衆生因果中身見戒取疑以能成立衆生煩惱對治故名對治依
論曰四翻依此中由說別義言詞以顯別義譬如偈言
釋曰於正說中由顯說別義文字但說別義故名翻依如偈言
阿浰離浰羅摩多耶毗跋耶斯者修絺多離施那者僧柯履多羅槃底菩提物多摩
論曰阿浰離
釋曰謂定何以故浰離者有二義一實二動阿浰離謂不實不動不實是文句明了義不

動是祕密義不動故名定
論曰娑羅摩多耶
釋曰名起實心謂於定起尊重心
論曰毗跋耶斯者
釋曰謂四念處智慧何以故毗跋耶斯者亦
有二義一倒謂於無常起常倒等二翻倒謂
於常作無常解倒是文句明了義翻倒是祕
密義
論曰修絺多
釋曰謂善住善住於念處
論曰離施那者
釋曰謂正勤何以故離施那者亦有二義一
煩惱二苦難煩惱是文句明了義苦難謂正
勤是祕密義
論曰僧柯履多
釋曰亦有二義一染污二疲倦染污是文句
明了義疲倦是祕密義菩薩爲衆生於生死
長時恒行苦行是故疲倦如羅睺羅法師言
世尊長時於生死劬勞但由大悲不由餘事
論曰羅槃底菩提物多摩
釋曰羅槃底言得菩提言覺物多摩言勝若
取此偈明了義判文則成相違若取祕密義
判文則是正說欲令衆生依理判文以理爲
依不應依文故說此偈或有人憍慢輕懱說
者自不能如理判義欲破彼慢心故說此偈
是名翻依
論曰若人欲廣解釋大乘法略說由三相應
當如此解釋一廣解緣生體相二廣解依因
緣已生諸法實相三廣解成立所說諸義廣
解緣生體相者如偈說言熏習所生諸法此

從彼如此果報識及以生起識由更互因生

釋曰外塵分別所生本識中熏習種子故稱言說熏習一切餘法以此爲因得生謂生起識爲性言說熏習以諸法爲因故言此法從彼生由此言說已顯本識與生起識更互爲因

論曰廣解釋依因緣已生諸法實相者諸法者謂生起識爲相有相及見識爲自性

釋曰是諸法有相有見爲自性生起識爲相應如此知諸法有兩體若塵識以相爲體若識識以見爲體從因緣生果法性相有三種

論曰復次諸法依止爲相

釋曰謂依他性

論曰分別爲相

釋曰謂分別性

論曰法爾爲相

釋曰謂眞實性

論曰由此言說於三性中諸法體相則得顯現

釋曰由此言說一切從因緣所生法由法爾故虛虛故成倒由倒故得虛果由有果故有分別由分別故有法爾是故或順相成或逆相成此三種性相遍攝一切果

論曰如偈言

釋曰爲顯此義故重說偈

論曰

從有相有見　應知法三相

釋曰諸法不出二種一相二見於相見中應了別三性爲相此三相如此方便應解釋今當顯說

論曰云何得解脫此法相分別性於依他性實無所有眞實性於中實有由此二不有有故非得及得未見已見眞如一時自然成於依他性中分別性無故眞實性有故若見彼不見此若不見彼即見此

釋曰二謂分別性及眞實性此二第一無第二有故言此二不有有由見分別不見眞實謂未見眞實人是凡夫不見時聖人不見分別即見眞實

論曰如偈言

釋曰爲顯此義故重說偈

論曰

依他中分別　無但眞實有　故不得及得

於中二平等

釋曰於中謂於依他性中此二平等謂於依他性中分別無眞實有故故凡夫人顛倒執如此得不得聖人正見故於依他中亦有得不得義

論曰廣解成立所說諸義者譬如初所說文句由所餘諸句顯示分別或由功德依止或因事義依止功德依止者廣說佛世尊功德最清淨慧

釋曰因前二義一切所說應如此解釋今當說此方便此中所說或依功德義或依因事義依功德義中最清淨慧是初句所餘諸句各顯此義

論曰無二行謂於所知一切無障行起功德

釋曰不如聲聞獨覺智慧有障無障由有障故不清淨由無障故清淨如來智慧於一切處悉無障是故無淨不淨由此義故無二

論曰無相法爲勝依意行謂於有無無二相眞如最清淨令入功德

釋曰即是無垢清淨眞如說名無相法由此一切法無所有爲體故此法離有相由自體實有故此法離無相於無相法由最清淨是故自能通達亦能令他通達故說無相法爲勝依意行

論曰住於佛住謂不由功用不捨如來事佛住功德

釋曰此顯無住處涅槃不在生死故無功用心不在涅槃故不捨如來利益衆生事如此二義由無住處涅槃故得成立故說此涅槃名爲佛住

論曰至得諸佛平等謂於法身依止及意事無差別功德

釋曰依止即法身意是應身事是化身如此三身一切十方三世如來平等無異如此平等一切如來皆已至得

論曰行無礙行謂修習一切障對治功德

釋曰爲對治一切三障如來恒修對治慧是故如來智於法體及法相皆無障礙

論曰不可破無對轉法謂降伏一切外道功德

釋曰於世間中無有天魔及外道諸說能如理破如來所說正法安立自法亦無有能以自所立法對翻如來心法何以故如來所說無失本性故

論曰不可變異境謂生於世間非世間法所染污功德

釋曰世間是如來出生處如來雖復生於世

間貪愛等八法及四倒不能染污境即四念處謂眞如空

論曰不可思惟所成立法謂安立正法功德

釋曰修多羅十二部正法不可量不可思非凡夫所能知如來安立此法竟乃至嬰兒等亦能通達如鳩摩羅迦葉等是前清淨慧句於餘句一一應知相應

論曰至三世平等謂四種善巧答他問功德

釋曰如來於現在證一切法於過去未來亦證無比由證此智平等若他約三世問難無不依證智作四種答故智答皆等如來至此二種平等

論曰於一切世界現身謂於一切世界中顯現應化身功德

釋曰爲化菩薩及二乘隨衆生根性顯現二身爲說爲行

論曰於一切法智慧無礙謂能決他疑功德

釋曰由得四無畏故自決無疑由得四無礙辯故能決他疑是故能答難決疑

論曰一切行與智慧相應謂由種種行能令他入功德

釋曰如來欲行他利益事此事先是智所緣由此事他得入眞位則與他智慧相應此事以自智慧爲因以他智慧爲果一切如來所行方便謂神通輪記心輪說法輪乃至出入息等無不自與智慧相應無不令他得智慧無有空過

論曰於法智無疑謂於未來世法生智慧功德

釋曰此法於未來應生能如此智是故於未

來世法無疑爲令他得此法隨衆生根性能立教

論曰不可分別身謂隨衆生樂顯現功德

釋曰衆生界過數量意欲及入道方便亦過數量處所亦過數量如來能隨此事差別示現化身數量相貌時節處所並不可分別

論曰一切菩薩所受智慧謂能行無量依止衆生正教化事功德

釋曰由無量菩薩依止是衆生教化事應可依此事由得佛無我爲勝我此智但是菩薩所受故但佛能化菩薩但菩薩能受佛化無量菩薩依止者此有二義無量或屬菩薩或屬依止若屬菩薩一切菩薩同一依止謂以無我爲勝我若屬依止顯法身遍滿通爲一切菩薩依止

論曰至無二佛住波羅蜜謂平等法身波羅蜜成就功德

釋曰如來法身名佛住三世如來此住不異故言無二無二故平等四德究竟故名波羅蜜成就有二義一清淨佛法身已離一切障究竟清淨故名成就二四德是法身所成就

論曰至無差別如來解脱智究竟謂隨衆生意顯現純淨佛土功德

釋曰於無相雜如來智中至解脱究竟如來智慧與眞如無差別隨衆生所願樂能顯現清淨佛土等爲生善心及成熟解脱故

論曰已得無邊佛地平等謂是三種佛身無離無別處功德

釋曰如來三種身中法身約處所不可度量應化兩身亦爾不可言但此世界有彼世界

無無有一法出法身外無有衆生界出應化
兩身外
論曰法界爲勝謂窮生死際能生一切衆生
利益安樂功德
釋曰如來以法界爲勝法界有二種一有染
二無染無染清淨法界爲後最勝何以故如
來窮生死際利益安樂衆生功能無盡所以
無盡者由體由能體即法界能即應化兩身
因化身得如來應身因應身後轉得成如來
法身若成法身則無窮盡
論曰虛空界爲後邊謂由無盡功德
釋曰如來智慧無盡譬如虛空虛空遍滿一
切色際無有生住滅變異如來智亦爾遍一
切所知無倒無變異故說如虛空
論曰最清淨慧如此初句由所餘句次第應
知分別解釋若如此正說法義得成
釋曰由二十道理成就如來智慧最清淨故
如來自利滿足由智慧清淨如來所說法教
理圓正故利他得成第一句爲本餘二十二
句爲能成就
論曰因事義依止者如經言若菩薩與三十
二法相應說名菩薩
釋曰因事有二義一以意爲因以十六業爲
事二以諸句爲因所成業爲事菩薩有二種
一在正定位二在不定位若入正定位者與
三十二法相應得菩薩名若在不定位未與
三十二法相應不得名菩薩
論曰於一切衆生與利益安樂意相應
釋曰於一切衆生求欲起眞實道有方便故
名利益意於一切衆生求欲起現在未來二

世拔苦施樂方便故名安樂意菩薩與此意恒不相離故名相應此初句明利益安樂意後有十六業及十六句合三十二法並顯了初句義

論曰令入一切智智意謂傳傳行業

釋曰若菩薩有意欲令衆生入一切智智由此意傳傳化度衆生令得一切智智譬如一燈傳然千燈由此句及業菩薩利益安樂意則得顯現如此於一切句及業各顯初句悉應知之

論曰我今令於何處中當相應如此智謂無倒業

釋曰若菩薩有利益安樂意菩薩不如實識自身則不能中道理安立衆生譬如有人有利益安樂意安立衆生於飲酒是顛倒業若如實識自身能中道理爲衆生説無增上慢安立衆生令入中善處此利益安樂名無倒業

論曰捨高慢心謂不由他事自行業

釋曰此人捨離高慢心不待他請若衆生是法器則自往爲説正法

論曰堅固善意謂不可壞業

釋曰由菩薩心堅固若衆生有過失不能破壞菩薩利益安樂心

論曰非假作憐愍意謂無求欲業有三句解釋應知

釋曰前有三句後更以三句釋前三句

論曰不貪報恩

釋曰此釋初句非爲自求利養故憐愍他

論曰於親非親所平等意謂有恩無恩衆生

不生愛憎心
釋曰親名有恩怨及中人是非親名無恩若使非親堪受利益安樂事菩薩則捨不平等心起平等親友心行利益事
論曰永作善友意乃至無餘涅槃謂隨順行乃至餘生
釋曰隨順行利益安樂事從今生乃至窮未來生永不捨離故名無求欲業此無求欲意云何可知由隨處相應身口二業是故可知
論曰稱量談說懽笑先言謂隨處相應言說業有二句解釋應知
釋曰此二句約法及安慰以顯口業稱量談說是約法懽笑先言是約安慰稱量有二種一稱法不離餘語二稱所解離非所解及疑如此稱量談說懽笑令他無疑畏心先言是引他所作之方便此二稱口業於怨親中三人無有別異即成就無求欲業
論曰於諸衆生慈悲無異謂有苦有樂無二衆生平等業
釋曰於有苦衆生由苦苦起慈悲於有樂衆生由壞苦起慈悲於無二衆生由行苦起慈悲無二謂無苦無樂即是捨受慈悲平等是身口業何以故菩薩於衆生先起意地慈悲後隨時隨處行拔苦與樂行故是身口業此身口業於怨親中三人無有別異亦成就無求欲業
論曰於所作事無退弱心謂無下劣業
釋曰若菩薩輕賤自身云我今於無上菩提無有功能一切所作皆不成就名退弱心菩薩不生此心故所作皆得成就名無退弱心

論曰無猒倦心謂不可令退轉業

釋曰菩薩於無上菩提起正勤無有猒倦無猒倦有二種一見因定二知果希有故於難行中心無猒倦

論曰聞義無足謂攝方便業

釋曰若人多聞能了別化他方便由聞解義則於正行無有疑心故自能修行亦教他修行

論曰於自作罪能顯其過於他作罪不恠訶責謂猒惡所對治業有二句解釋應知

釋曰由智及大悲故有此能由智能了別因果故不覆藏自所作惡由大悲不忍見他作苦因雖恒訶責而不瞋恠

論曰於一切威儀中恒治菩提心謂無間思量業

釋曰此顯無間修無間修爲遮一切放逸行譬如威儀清淨品中所明菩薩所作無不爲令衆生得無上菩提

論曰不求果報而行布施不著一切怖畏及道生受持禁戒於一切衆生忍辱無礙爲引攝一切善法行於精進修三摩提滅離無色定與方便相應智四攝相應方便謂行進勝位業有七句解釋應知正修加行六波羅蜜依恭敬行四攝

釋曰前有七句後總舉六度四攝結前七句此業能增長利益安樂意若未生由此業得生若已生由此業得增廣即是生長之因

論曰於持戒破戒中善友無二謂成就方便業有六句解釋應知

釋曰前有六句後更以六句釋前六句

論曰事善知識

釋曰此釋初句若人持戒破戒不觀其過但取其德若未得彼德則依彼修學若已得彼德則共彼數習令堅固若自有德令彼修學同我所得此彼互相事故言爲善友無二

論曰恭敬心聽法謂聽聞正法

釋曰爲得未得爲修治已得是故依善友聽聞正法

論曰恭敬心樂住阿蘭若處謂住阿蘭若處

釋曰欲修行如所聞法故恭敬住阿蘭若處若住此中一切邪覺觀不得起

論曰於世間希有不生安樂心謂遠離邪覺觀

釋曰譬如妓樂等是世間所愛於中不生喜樂心是名遠離邪覺觀

論曰於下品乘不生喜樂心於大乘教觀實功德謂正思惟功德有二句

釋曰離小修大此二句名正思惟

論曰遠離惡友敬事善友謂顯事善友功德有二句

釋曰遠惡親善此二句名近善友功德由治此六法故利益安樂事得成就故名成就方便業成就體相云何

論曰恒治四種梵住謂顯成就業有三句解

釋應知

釋曰前有三句後更以三句釋前三句

論曰治無量心清淨

釋曰此釋初句

論曰恒遊戲五通慧謂得成德恒依智慧行謂證得功德

釋曰先於衆生起無量心由無量心欲引衆生令入正位故現五通慧若衆生巳入正位欲令修正行故依智慧令行不應依識由證智生故能了別善惡兩法

論曰於住正行不住正行衆生無捨離心謂安立他業有四句解釋應知

釋曰前有四句後更以四句釋前四句欲令衆生離惡法住善法爲安立此二事故作安立他業

論曰引攝大衆

釋曰此釋初句於破戒人不棄捨亦不永擯從惡處濟拔安置善處於持戒人隨其根性令進修定慧等行

論曰一向決定言說謂無有疑心立正教學處

釋曰由智慧決了無疑一向立教及學處故可信受若先說如此教如此學處後言先所說爲非由此事不定言說則不可信受無不定故不信受

論曰恭敬實事謂法財兩攝

釋曰由此人以實語依眞實道理說法是名法攝如法所得衣服等財物以此攝衆生是名眞實財攝

論曰先恭敬行菩薩心謂無染汚心

釋曰由此人攝持菩薩心能作一切衆生利益事不爲衆生敬事於我云何彼衆生由我利益信受正教當來得無上菩提爲此善意故行法財二攝是名無染汚心

論曰與如此等法相應說名菩薩由如此文句前說初句應知解說初句者謂於一切衆

生利益安樂意此利益安樂意文句別有十六文句所顯業應知解說十六業者如此等應知解釋初句

釋曰初句明利益安樂所餘十六業及十六句皆是利益安樂別義故以別釋總

論曰此中說偈

釋曰以一偈顯前所說德因總別義

論曰

取如前說句　隨德句差別　取如前說句

由義別句別

攝大乘論釋卷第六

攝大乘論釋卷第七

天　親　菩　薩　釋

陳天竺三藏法師眞諦譯

釋應知入勝相品第六

釋曰此品有十章一正入相二能入人三入境界四入位五入方便道六入資糧七入資糧果八二智用九二智依止十二智差別

正入相章第一

論曰如此已說應知勝相云何應知入勝相

釋曰一切法名應知三性名諸法勝相復次三性名應知同一無性故名勝相復次應知有二種一淨品二不淨品淨品者謂依他性無分別不淨品者謂依他性有分別於依他有三種性應知一依他性二依他性中分別三依他性中無分別眞如餘義如分別章中說前已顯此義若人有如此行得入應知相今當說此義此問但問入體相不問應知及勝相復次此問問唯識觀中緣何法爲境故答此問

論曰多聞所熏習依止

釋曰於大乘法中多聞所熏習此熏習有說即是依止又別說依止者謂身體相續

論曰非阿黎耶識所攝

釋曰顯此多聞熏習是阿黎耶識對治故非阿黎耶所攝

論曰如阿黎耶識成種子

釋曰如阿黎耶識爲一切不淨品法因故成種子多聞熏習亦爾爲一切淨品法生因如阿黎耶識成種子何法以多聞熏習爲種子爲答此問故

論曰正思惟所攝
釋曰此下四法並以多聞熏習爲種子若覺觀思惟依大乘多聞熏習生此覺觀離邪思惟及偏思惟以正思惟爲性類故言正思惟所攝
論曰似法及義顯相所生
釋曰似法謂十二部方等教似義謂方等教所詮之理心相似此理教顯現此理教爲緣緣生覺觀分別
論曰似所取種類
釋曰此覺觀若起似此所取以爲體相此二句同顯識相分
論曰有見
釋曰此觀覺能了別即是識見分此義成立識二法謂相識及見識

論曰意言分別
釋曰意識覺觀思惟但緣意言分別無别有義可緣又必依名分別諸法故言意言分別多聞熏習依止爲此法因
能入人章第二
論曰何人能入應知相
釋曰此問修何觀行人能入唯識觀人是菩薩觀行有四種力菩薩者何相善得福德智慧二種資糧此資糧以何次第修令得圓滿有四種力一因力二善知識力三正思惟力四依止力
論曰大乘多聞熏習相續
釋曰爲離小乘多聞故云大乘顯非一生於無窮生處數習多聞熏習心相續是名因力
論曰已得承事無量出世諸佛

釋曰過數量諸如來出現於世是人依佛聽受正教如教正修行故名承事先已得如此承事故名善知識力

論曰已入決定信樂正位

釋曰若人於大乘中信樂非惡知識等所能轉壞故名決定信有三種一信有二信可得三信有無窮功德若已有信求修行得因故名爲樂從十信至十回向是信樂正位今所明位但取十回向決定信樂名思惟力大乘多聞熏習爲此力因

論曰由善成熟修習增長善根是故善得福德智慧二種資糧

釋曰若人已一向決定信樂爲得所樂法慇懃恭敬修觀行法若修觀行法增長功德善根如此由思惟力是善成熟福德智慧資糧次第成熟用此福德智慧作依止得入初地故名依止力此四種力顯能入人

入境界章第三

論曰諸菩薩於何處入唯識觀

釋曰此問有二意一問何處是唯識境界二問何處是唯識位

論曰有見似法義顯相意言分別大乘法相所生

釋曰此法名唯識觀持亦名境界意言分別者是心覺觀思惟此思惟有二相一有見識爲相故說有見二有相識爲相謂顯現似十二部大乘教及似大乘教所詮理說名有相大乘法相所生者大乘法爲因故得生此中顯境界體謂意言分別顯境界相謂有見有相顯境界因謂大乘法相

入位章第四

此意言分別有四位爲顯此四位故

論曰於願樂行地入謂隨聞信樂故

釋曰有意言分別在願樂行地中何以故有諸菩薩由但聽聞一切法唯有識依此教隨聞起信樂心於一切法唯有識理中意言分別生由此願樂意言分別故說菩薩已入唯識觀作如此知名入唯識願樂位

論曰見道謂如理通達故

釋曰如此方便菩薩入唯識見位今當說此方便即如理通達此意言分別如顯現相通達實不如是有但唯有識此識非法非義非能取所取如此通達名入唯識見位

論曰修道謂能對治一切障故

釋曰意信分別顯入修道中今當說此方便此意言分別非法非義非能取非所取如此觀察能對治一切三障是名入唯識修位此修道與見道不異由智由境故若爾見修二道差別云何昔未見眞如今始得見名見道先已見眞如後更數觀名修道又能除三乘通障名見道但除菩薩障名修道又觀未圓滿無退出義名見道觀未圓滿有退出義名修道又但觀通境名見道備觀通別境名修道又事不成名見道事成名修道

論曰究竟道中謂出離障垢最清淨故

釋曰究竟道有二種一有學究竟二無學究竟此位最清淨智慧生處故最微細障滅盡無餘故故名究竟位諸地乃至如來地皆有此究竟義若人入此四位緣何境界

論曰一切法實唯有識如說隨聞信樂故如

理通達故能對治一切障故出離障垢最清淨故

釋曰此言顯入四種位境界云何得爲四位境界一切法謂有爲無爲有流無流及四界三乘道果等如此等法實唯有識何以故一切法以識爲相真如爲體故若方便道以識爲相若入見道以真如爲體依此境界隨聞信樂入信樂位如理通達得入見位能對治一切障得入修位出離障垢得入究竟位

入方便道章第五

因此方便菩薩得入四位今當顯說此義

論曰云何得入

釋曰此問欲顯八處持善根力爲入方便何者爲善根力何者爲八處善根力有四種一因力二善知識力三正思惟力四依止力如前所明

論曰由善根力持故

釋曰未有令生已有令增長故名持菩薩善根或說爲六波羅蜜或說爲福慧二行能破對治非對治所遮故名爲力持善根力應知有八處何者爲八

論曰由有三相練磨心故由滅除四處障故緣法義爲境無間修恭敬修奢摩他毗鉢舍那無放逸故

釋曰此即三處此三相練磨心能對治三種退屈心何者三一輕賤自身等退屈心爲除此心故顯第一練磨心何以故有諸菩薩聞無上菩提廣大甚深難修難得我今云何能得如此難得無上菩提由有此執故於自身心則退屈爲除此心故須修第一練磨心

論曰十方世界無數量故
釋曰此顯無上菩提非定一處修得隨處修學悉皆可得
論曰不可數量在人道衆生
釋曰此顯無上菩提等類皆得是故此身不可輕賤
論曰刹那刹那　釋曰此顯得無上菩提無有定時非待時修得
論曰證得無上菩提是名第一練磨心
釋曰此顯菩提無可與等必假勤修方可證得由此練磨心於方便中第一退屈心則滅不生二輕賤能得方便退屈心爲除此心故顯第二練磨心何以故由有菩薩作如此心此施等是菩提資糧若離菩薩意欲則不可得此意欲我等云何應得故施等法非我等所能行由有此執故於能得方便心則退屈爲除此心故須修第二練磨心
論曰由此正意
釋曰此顯方便譬體相三世諸菩薩若得如此正意是眞方便體
論曰施等諸波羅蜜必得生長是我信樂
釋曰此顯方便譬功能功能有三種一平等功能二生功能三長功能由此正意若生長諸波羅蜜無不具足故名平等功能未有令有名生功能已有令圓滿名長功能如三世諸菩薩方便體及功能決定無二我等亦應同彼何以故我之信樂即彼正意爲所譬方便體此體已定何以故故無動失故
論曰已得堅住
釋曰此即釋不動失義貪悋等所不能壞故

名堅小乘惡知識等邪化不能令退故名住論曰由此正意我修習施等波羅蜜進得圓滿則爲不難是名第二練磨心釋曰此顯所譬三種功能由此正意我修習施等波羅蜜明平等功能進得明生功能圓滿明長功能此三功能必定可得故說則不爲難復次由此正意者此有何義謂信及樂信有三處一信實有二信可得三信有無窮功德信實有者信實有自性住佛性信可得者信引出佛性信有無窮功德者信至果佛性起三信已於能得方便施等波羅蜜中求欲修行故名爲樂此信及樂爲正意體由得此信樂修行施等波羅蜜則不爲難能令究竟圓滿復次菩薩有正意謂我有能生六度心出離貪悋等諸障能遮諸波羅蜜障滅盡無餘是故不因大功用六度易可圓滿由六度圓滿無上菩提自然成就我已得此堅位正意是故修行六度不以爲難由第二練磨心於方便中第二退屈心則滅不生三疑應得退屈心爲除此心故顯第三練磨心何以故有諸菩薩思量諸佛甚深廣大功德菩薩作是念無上菩提最難可得一刹那心所障謂金剛心無有生死心除此心亦應可得比義難思由有此執於得無上菩提心則退屈爲除此心故須修第三練磨心

論曰若人與衆善法相應

釋曰人即凡夫及二乘凡夫有施戒修三種善法此善法或數偏修或圓滿修若偏數數修及圓滿修施戒修則成衆善以品類多故二乘有三十七品善法由無間修及恭敬修

則成衆善亦以品類多故
論曰後捨命時於一切受生中可愛富樂自
然而成
釋曰若凡夫先修施滿足後捨命時即生人
中受可愛富樂果此事無差若先持戒滿足
後捨命時即生天中受可愛富樂果此事無
差若修定滿足後捨命時即生色無色界受
可愛富樂果此事無差此就死墮明得果若
二乘修三十七品滿足後捨凡夫壽得聖人
壽受六通等可愛富樂果此事無差此就移
位明得果
論曰是人得有礙善此義尚應成云何我得
圓滿善及無礙善一切如意可愛富樂而當
不成是名第三練磨心
釋曰於十地中好生長福德智慧二品菩提法
故名圓滿心麤重難破障由金剛定所破壞
故金剛定後能離一切障轉依成時名無礙
善佛果名富樂自在故稱樂具德故稱富此
富樂是一切如意可愛法若約小乘以智斷
爲如意恩德爲可愛若約大乘法身爲富樂
應身爲如意化身爲可愛此三攝無上菩提
盡故言一切前言捨命者譬離智障智障旣
滅云何我如意可愛富樂而當不成由第三
練磨心於方便中第三退屈心則滅不生
論曰此中說偈
釋曰偈中更顯前三義
論曰
人道中衆生　念念證菩提　處所過數量
故無下劣心　善心人信樂　能生施等度
勝人得此意　故能修施等　若善人死時

即得勝富樂 滅位圓淨善 此義云何無

論曰人道中衆生

釋曰此顯同類能得無等果故不應輕賤自身

論曰念念證菩提

釋曰此顯時無定修因及得果並無定時是故恒須勤修無時而不可修修因既爾得果亦然是故不應謂時有障而輕賤自身

論曰處所過數量

釋曰顯處所無定隨處立因皆可得成得果亦爾

論曰故無下劣心

釋曰此明解前三義故退屈心不生謂我無有功能應得無上菩提故心不下劣

論曰善心人信樂能生施等度

釋曰非惡心及無記心能信樂何以故有諸人以散漫無記心行施等行復有諸外道以惡心行施等行爲離此惡無記故說善心求得無上菩提者名善心人復次施等是善若無善心爲因則不成施等行是故須勝因以生勝果勝因即信樂由信樂故生施等諸度此兩句顯三義一顯增上緣二顯同類因三顯等流果

論曰勝人得此意故能修施等

釋曰諸菩薩名勝人此意即是菩薩正意謂信及樂由有此意於修施等有能是故我修施等不以爲難

論曰若善人死時

釋曰善人有二種即凡夫及二乘凡夫修施戒修二乘修道品死時亦有二種即死墮及

移位

論曰即得勝富樂

釋曰亦有二種凡夫得人天梵世富樂二乘得六通等富樂若立此因必定得果

論曰滅位圓淨菩 此義云何無

釋曰我今修十地福慧及無流道品圓約諸地淨約道品金剛心滅後名爲滅位此即無上菩提果名勝富樂我決定應得此云何言無

論曰由滅除四處障故

釋曰此即八處中第四處此四種障菩薩皆應滅除今當說之

論曰由捨離聲聞獨覺思惟故邪思惟滅

釋曰二乘思惟謂數觀苦無常等生死過失及數觀涅槃寂靜功德此觀但愛自身捨利益衆生事若離此觀名滅邪思惟

論曰於大乘中生信心及決了心故滅一切邪意及疑

釋曰於大乘甚深廣大法中於眞諦生信心於俗諦生決了心故於眞如捨非撥意於如來所說大乘十二部經捨如文判義意故滅一切邪意及疑復次於大乘中依所安立法相如來說三性謂一切法無性一切法不生不滅本來寂靜自性涅槃如是等無有品類是依分別性說若說幻事鹿渴夢相光影鏡像谷響水月變化是依依他性說若說眞如實際無相眞實法界空等是依眞實性說此三性說中不信及疑不得生故說滅邪意及疑

論曰是所聞思諸法中捨離我及我所邪執

故是故滅除法執

釋曰聞思境界名所聞思諸法文句所顯義是聞慧境界依此義如理如量推尋道理此道理是思慧境界於中若執法體是有名法我執譬如執有涅槃謂集諦無生寂靜爲體若執法體有用名法我所執譬如執涅槃用謂能離二苦如此等執名爲邪執若未滅此執不能得入唯識四位由滅除法執故能得入唯識四位復次遠離所聞及所思法我及我所執此中但執法體及用爲有說名我我所不執人我我所何以故此人我執前十解中已滅除故唯法我未除故顯入唯識方便

論曰安立現前住一切相思惟悉不分別是故能滅除分別

釋曰於散亂位中色等六塵自所證知爲現前住於寂靜位中骨鎖聚等從定心起爲安立如此等一切相是散亂寂靜二心境界思惟謂覺觀思惟觀苦無常無我等此心緣內境由見境無相見識無生是故能滅分別由無分別爲方便故得入四位若起分別則不得入復次現前住及所立一切相思惟悉不分別者是人在分別觀方便道中故作無分別意若方便已熟不須功用自然能無分別

論曰此中說偈

釋曰此偈顯最後所滅

論曰

現住及安立　一切相思惟　智人不分別
故得無上覺

論曰現住及安立一切相思惟

釋曰一切相有二種謂現住及所立散心所

緣六塵名現住定心所緣骨等爲所立復次
一切相有二種一如外顯現二如内顯現如
外是相如内是思惟
論曰智人不分別
釋曰菩薩名智人已聞思惟識道理由此聞
思故名智人作意不分別乃至無功用不分
別
論曰故得無上覺
釋曰由不分別故成就無分別智得入初地
即初地以上爲無上覺
論曰緣法及義爲境
釋曰此即八處中第五處因及方便能令入
唯識觀今當說之
論曰何因何方便得入
釋曰此問有兩意先問因後問方便

論曰由聞熏習種類正思惟所攝顯現似法
及義有見意言分別故
釋曰此即答第一問因大乘十二部經所生
聞慧熏習此熏習有種類種類即是聞慧以
此爲生因依此聞慧發起正思惟增長令堅
住故名攝持令堅住正思惟爲長因有憶念
攝持或似正教顯現或似正教所詮義顯現
意識覺觀思惟名意言分別此意言分別有
二種謂相及見今但取見不取相何以故此
觀緣識遣塵故
論曰由四種尋思謂名義自性差別假立尋
思
釋曰此即八處中第六處若菩薩於名唯見
名於義唯見義於名義自性言說唯見名義
自性言說於名義差別言說唯見名義差別

言說於此四處見度疑決了說名尋思菩薩見名義相各異及見相應依義相應菩薩見自性言說及差別言說皆屬義故名與義相應云何得知名義互爲客先於名智不生故若名與義同體未聞名時於義中名智應成又名多故若名與義同體名多義亦應多又名不定故若名與義同體名既不定義亦應爾若不成一物相違法則應同體又此名爲當於有義中起於無義中起若已有若未有義中名起則一體義不成又若汝說先已有義後以名顯義譬如燈照色若爾此不先已執義後方立名非未執義時立名此執即應能了義何須後更立名顯義此執若不能了義名豈能了復次由此名有餘人不達執義以未了此名故若名定能了義則不應如此若名定能了義由此名不應有人有識物有不識物復次若有執義異名異由此名於義無有邪執譬如凡夫人識五陰但是行聚由數習故於自他相續起我執於義中不無邪執若義與名一此二事不應成由如此等義是故知名於義爲客義於名爲客亦爾

入資糧章第六

論曰由四種如實智謂名義自性差別如實智四種不可得故

釋曰此即八處中第七處何者名尋思所引如實智若菩薩於名色尋思唯有名後如實知唯有名世間爲顯此義故於此義中立此名爲想見言說故若世間不安立色等名於色類中無有一人能想此類是色若不能想則不增益若不增益不起執著若不執著不

能互相教示若菩薩如此知名是名名尋思所引第一如實智何者義尋思所引如實智若菩薩於義已尋思唯有義如實知義離一切言說不可言說謂色受等類色非色不可說法非法不可說有非有不可說是名義尋思所引第二如實智何者自性尋思所引如實智若菩薩於色名等類自性言說中已尋思唯有言說由自性言說此類非其自性如其自性顯現菩薩如實通達此類譬如變化鏡像谷響光影夢想幻事等非類似類顯現是名自性尋思所引第三如實智以甚深義爲境界何者差別尋思所引如實智若菩薩於差別言說中已尋思唯有言說於色等類中菩薩見差別言說無有二義此類非有非非有由可言體不成就故非有非非有由不可言體成就故如此非色由眞諦故非非色由俗諦故於中有色言說故如有非有及色非色如此有見無見等差別言說別類由此道理應知皆爾若菩薩如實知差別言說無有二義是名差別尋思所引第四如實智先已說名及義後說自性及差別此四中皆假立言說欲何所顯爲顯義不可得由義不可得名亦無自性及差別是故菩薩尋思此名唯假立自性差別如此度疑決了等說名尋思因此尋思菩薩觀名義等二無所有是名如實智

論曰若菩薩已入已解如此等義

釋曰已入謂已得四種尋思已解謂已得四種如實智

論曰則修加行爲入唯識觀

釋曰地前六度及四種通達分善根名加行從願樂位乃至究竟位通名唯識觀若欲入唯識觀修加行緣何境界

論曰於此觀中意言分別以字言及義顯現

釋曰從願樂位乃至究竟位名觀中緣意言分別爲境離此無別外境何以故此意言分別似文字言說及義顯現故

論曰此中是字言相但意言分別得如此通達

釋曰唯有意言分別無別有名菩薩能通達名無所有則離外塵邪執

論曰此義依於名言唯意言分別亦如此通達

釋曰前已遣名此下依名以遣義義者即六識所緣境離名無別此境是故依名以遣義名言既唯意言分別故義亦無別體菩薩能通達義無所有亦離外塵邪執

論曰此名義自性差別唯假說爲量

釋曰前已遣名義名義既無名義自性及差別云何可立若離假說無別名義自性及名義差別由證見此二法不可得故名爲通達

論曰亦如此通達次於此位中但證得唯意言分別

釋曰是觀行人已遣外塵於此觀中復緣何境觀一切境唯是意言分別故此觀行人緣意言分別爲境未能遣於此境若未能遣唯識境在此位中已遣何境皆盡無餘此位但不見四境何者爲四

論曰是觀行人不見名及義不見自性差別假說由實相不得有自性差別義已

釋曰名義是本名義各有自性及差別假說即是名不見自性差別假說即是不見自性差別名遣此四法永盡無餘由心緣意言分別爲境決定堅住是故不復分別餘境由四種尋思及四種如實智已了別此四法決定無所有故心不緣此相不緣此相故不得此四種分別若由二種方便遣外塵分別復有何別方便及別境界得入眞觀

論曰由四種尋思及四種如實智

釋曰先答前問無別方便由以四種尋思及四種如實智四種三摩提所攝爲入方便

論曰於意言分別顯現似名及義

釋曰次答後問無別境界凡夫從本來意言分別有二種一似名二似義名義攝一切法皆盡此名義但是意言分別所作離此無別餘法

論曰得入唯識觀

釋曰依此方便緣此境界得入唯識眞觀

論曰於唯識觀中入何法如何法得入

釋曰此下明八處中第八處此中有兩問一問所入法二問所入譬

論曰但入唯量

釋曰此下先答第一問但入唯識量此唯識量攝幾種法

論曰相見二法

釋曰此唯識不出二法一相識二見識復次似塵顯現名相謂所緣境似識顯現名見謂能緣識此二法一是因一是果又一是所依一是能依

論曰以種種相貌

釋曰此二法由無始生死來數習故速疾是故於一時中有種種相貌起如此三法於唯識觀觀行人得入

論曰名義自性差別假說自性差別義六種相無義故

釋曰名義各有三爲六名三者一名二自性三差別義三亦爾此六種相並無義何以故名本自義義無所有故名無義此名爲自有義爲當無義若有義義無所有故名無義若名無義亦無無所有故名無義義亦無義離識量外無別有義故義亦無義名既無義名自性及名差別亦無有義義既無義義自性及義差別亦無有義明此六相無義顯入唯量觀明入唯量觀已云何入相見觀

論曰由此能取所取非有爲義故

釋曰此即此於相見相非能取所取何以故似塵顯現故非能取離識無別塵故非所取見亦非能取所取顯現似識故非所取所取塵既無識亦是無故非能取既無能取所取故非有義由不見能取所取有體名入相見觀已明入相見觀云何入種種相貌觀

論曰一時顯現似種種相貌及生故

釋曰若菩薩見依他性顯現似種種相貌實無有相見依他性顯現似生實無有生於一時中能觀種種相貌無相無生名種種相貌觀爲顯入三性觀故說藤譬

論曰譬如暗中藤顯現似蛇

釋曰人見藤相執言是蛇此下答第二問衆生從本以來不聞大乘十二部經說三無性義未得聞慧爲三煩惱所覆譬之如闇有人

譬二乘凡夫藤相譬依他性蛇譬分別性二乘凡夫不了依他性執分別性有人法

論曰猶如於藤中蛇即是虛實不有故

釋曰於依他性中分別性是虛實無人法故

論曰若人已了別此藤義

釋曰譬菩薩已得聞思二慧入唯識方便觀

論曰先時蛇亂智不緣境起即便謝滅唯藤智在

釋曰未得聞思慧時於凡夫位中執有人法此執本無有境得聞思慧後了別依他性此執即滅唯依他性智在

論曰此藤智由微細分析虛無實境

釋曰若人緣四塵相分析此藤但見四相不見別藤故藤智是虛虛故是亂無有實境妄起境執

論曰何以故但是色香味觸相故

釋曰何以故藤非實有以離四塵外無別有藤故

論曰若心緣此境藤智亦應可滅

釋曰此明藤智雖能遣麤亂執而自是細亂執故應可除在方便中雖以依他性遣分別性麤亂執而見有依他性自不免是細亂執後入眞觀即遣此執故應可除

論曰若如此見已伏滅六相顯現似名及義意言分別

釋曰一切法但有六相此六但是意言分別離意言分別有六相實無所有由如此智觀行人得入分別性

論曰塵智不生譬如蛇智

釋曰入分別性時塵智不得生如了別藤時

蛇智不生此言及譬顯入分別性

論曰於伏滅六相義中是唯識智亦應可伏滅譬如藤智

釋曰於入分別性位中菩薩已證無相性此無相性能引無生性智故唯識智應可伏滅如了別四微時藤智不生

論曰由依眞如智故

釋曰依無相性智得入無生性此言及譬顯入依他性及眞實性

論曰如此菩薩由入似義顯現意言分別相故得入分別性由入唯識義故得入依他性云何得入眞實性

釋曰若菩薩已了別一切法但是意言分別離此以外實無所有由依意言分別得了別分別無相性若菩薩不見外塵但見意言分別即了別依他性云何了別此法若離因緣自不得生根塵爲因緣根塵既不成此法無因緣云何得生故菩薩能了別依他性及無生性即是了別眞實性

論曰若捨唯識想已

釋曰若菩薩依初眞觀入依他性由第二眞觀除依他性別捨唯識想

論曰是時意言分別先所聞法熏習種類

釋曰是入眞觀時故言是時從初修學乃至入眞觀前意識覺觀思惟憶持昔所聞正教及正教所顯義故言意言分別先所聞法數習所生故言熏習後時所憶持境界猶是時境界所流故名種類

論曰菩薩已了別伏滅塵想

釋曰菩薩依四尋思已了別六塵依四如實

智已伏滅塵想
論曰以一切義顯現無復生緣故不得生
釋曰昔意言分別顯現似所聞思一切義乃至以唯有識想皆不得生何以故以無得生緣故生緣有二種謂分別性及依他性分別性已滅依他性又不得生既無二境故一切義乃至似唯識想皆不得生復次是時無一塵品類而非菩薩所了別猶得似此塵起意言分別意言分別生緣皆盡既無生緣故此時中一切意言分別悉不得生
論曰是故似唯識意言分別亦不得生
釋曰此言欲顯何義此唯識想若爲心分別此想則成境界此境界執由一向伏滅故乃至唯識想尚不得起何況餘意言分別而當得生

論曰由此義故
釋曰由菩薩依依他性除分別性依真實性除依他性若悉被除菩薩住在何處菩薩心緣何境界
論曰菩薩唯住無分別一切義名中
釋曰無分別智是名此名其相云何謂不分別一切義義即是境此智於一切境無復能取所取二種分別即立此智爲菩薩復次名者謂至究竟名通一切法於一切法無有差別此名即是法界此法界以通一切法不分別一切義爲相或說名無分別境菩薩唯於此法中住此兩復次答第一問
論曰由無分別智得證得住真如法界
釋曰不分別能取所取及人法乃至想生性差別得如此無分別智故得證住真如法界

地地皆有三分謂入住出得證得住即前二分未得令得爲證已得令不失爲住又初得名入得已相續名住此即答第二問

論曰是時菩薩平等平等

釋曰是入眞觀時菩薩智依十種平等如十地經說又依二種平等謂能緣所緣能緣即無分別智以智無分別故稱平等所緣即眞如境境亦無分別故稱平等又此境智不住能取所取義中譬如虛空故說平等平等以於平等中最上無等故作重名

論曰能緣所緣無分別智生

釋曰無分別智生有何相貌依十種平等能緣所緣悉平等故無分別智生又無分別智依二種平等謂智及境能緣所緣悉平等故無分別智生又無分別智依最極平等不住能緣所緣故無分別智生

論曰由此義故菩薩得入眞實性

釋曰如前來次第釋諸方便義及後所應說義故言由此義故向初地人名菩薩由此諸義得證見眞實性此位不可言說何以故以自所證故證時離覺觀思惟分別故前說菩薩唯住無分別一切義名中此名有幾種復次以何法爲名

論曰此中說偈

釋曰爲答此問故說此偈

論曰

法人及法義　性略及廣名　不淨淨究竟

十名差別境

釋曰名有十種是菩薩境界何等爲十一法名謂色受等眼耳等二人名謂信行法行等

三法名謂修多羅祇夜等四義名謂十二部經所顯諸義名五性名謂無義文字六略名謂衆生等通名七廣名謂衆生各有别名八不淨名謂凡夫等九淨名謂聖人等十究竟名謂通一切法眞如實際等

論曰十名差别境

釋曰此十種差别名悉是菩薩境界菩薩所住唯在第十通一切法名中復次略説名有十種是菩薩境界法名謂眼等人名謂我衆生等法名謂十二部正教義名謂十二部正教義性名謂阿阿爲初訶爲最後音字合三十七略名謂有爲無爲廣名謂色受等及空等不淨名謂凡夫等淨名謂須陀洹等究竟名謂緣極通境出世智及出世後智所緣一切法眞如境

論曰如此菩薩由入唯識觀故得入應知勝相

釋曰如此謂方便次第時節捨得等菩薩由如此義得入唯識觀或入唯識方便觀或入唯識眞觀由唯識觀能通達三無性故得入應知勝相

攝大乘論釋卷第七

攝大乘論釋卷第八

天親菩薩釋
陳天竺三藏法師眞諦譯

釋應知入勝相品第六之餘

入資糧果章第七

釋曰由入應知勝相菩薩得何果菩薩得資糧果有八種

論曰由入此相得入初歡喜地

釋曰此文即顯三果一得勝時二得勝方便三得勝果初即第一明得勝時果從始發心修行求至此時今始得之故名爲初所求之時是入眞觀時此明得住眞如果又捨凡夫二乘位始得菩薩眞位故名勝時此時是轉依時故名此初時爲勝時即是明轉依果歡喜即第二明得勝方便果捨自愛名歡生他愛名喜若不惜自身不憎惡他於衆行中無難行者此心於方便中最勝以爲衆行根本故故初地從此立名又未曾得大用及出世心得時有大欣慶故名歡喜地即明第三得勝果住攝是地義出離眞如是地體住於此體故名勝果地因名攝謂福德智慧二種資糧又所攝名攝謂所利益衆生又果名攝謂無上菩提又障名攝謂三煩惱如此等義說名爲地以是地所攝故

論曰善通達法界

釋曰即明第四得勝通達果勝通達有三義一由得四依故菩薩依法不依人等由此通達如來所說一切三乘三藏菩薩如理釋文是故由文能令自他解眞如法界二如來安立十地約法界有十重從初通達乃至上地

皆善通達三約四種方便故善通達法界謂能通達生死苦而能恒入是二方便能通達涅槃而不速求是二方便能通達苦異凡夫入苦而不猒怖異二乘能通達涅槃樂異凡夫而不速求涅槃異二乘

論曰得生十方諸佛如來家

釋曰即明第五得勝定位果由入此勝相是人決定應破無明鷇不於卵中爛壞捨命復次是人由入此勝相決定應續十方諸佛種性令不斷絕以自應成佛又令他成佛故復次佛子有五義一願樂無上乘爲種子二以般若爲母三以定爲胎四以大悲爲乳母五以諸佛爲父由此等義故說得生佛家

論曰得一切衆生心平等

釋曰即明第六得勝恩養果恩養有四種一廣大二最極三無邊四無倒由此四義故於衆生得平等恩養心復次如菩薩於自身起般涅槃心於一切衆生平等起般涅槃心復次由菩薩已得自他平等求滅他苦如求滅自苦

論曰得一切菩薩心平

釋曰即明第七得勝意用果菩薩若欲有所爲作必先思量故名爲意後如所思量而作故名爲用復次求得三事爲意謂未下種令下種未成熟令成熟未解脫令解脫行四攝爲用由前二攝令發心由利行令成熟由同利令解脫

論曰得一切諸佛如來心平等

釋曰即明第八得勝至得果菩薩在見位中已得如來法身由得此法身是故與諸佛心

平等復次於自身見法界無差別故不見三世諸佛法界異自法界故得諸佛心平等

論曰此觀名菩薩見道

釋曰菩薩見有三種一除方便見二應除見三除滅見除方便見者謂四種如實智應除見者謂分別依他二性除滅見者謂三無性此三見皆同唯識觀得成故名此觀爲見道相生明次第

二智用章第八

論曰復次何故菩薩入唯識觀

釋曰此問顯二義一顯唯識觀難入二顯若得入有無窮利益用

論曰由緣極通法爲境

釋曰先明入前後兩觀方便答第一問入唯識觀道此智有四德一無倒二清淨三寂靜四微細此即明第一無倒通法有四品謂下中上上上下品謂一切有流苦中品謂一切有爲無常上品謂一切法無我上上品謂三無性緣三無性爲境是故無倒

論曰出世

釋曰即第二清淨由是出世無流智故清淨

論曰奢摩他

釋曰即第三明寂靜由此智依奢摩他起離散動地是奢摩他智故名寂靜

論曰毗鉢舍那智故

釋曰即第四微細顯是菩薩修慧非聞思慧及二乘修慧此即初入唯識觀方便

論曰由無分別智後所得

釋曰欲顯此智從無倒智生故無倒無倒故是如理智

論曰種種相識爲相智故
釋曰此顯如量智似一切境起以一切境識爲相於一切所知無礙由此智得入唯識後觀此即入後觀方便由前後方便難入故唯識觀難得
論曰爲除滅共本阿棃耶識中一切有因諸法種子
釋曰此下正明二智用此智用有三種一滅障二立因三得佛法用此文即明第一滅障用現在惑未滅令滅故言除未來惑未生遮令不生故稱滅唯識道通滅不淨品種子因果因有三種一因緣二增上緣三緣緣果即是不淨品種子既通滅種子因果故稱共阿陀那識及六識爲不淨品因緣故名本阿棃耶識是不淨品增上緣緣緣即是六塵六塵爲種子緣緣故一切法種子即是一切不淨品法種子種子即是果此果有緣緣等三因阿棃耶識既是種子增上緣故種子在阿棃耶識中
論曰爲生長能觸法身諸法種子
釋曰即明第二立因用諸法即是六度菩薩所行六波羅蜜熏習能爲無上菩提因故名種子此種子若生若長能證得如來法身故名爲觸爲生長如此福慧二因故入唯識觀故唯識觀能立因令得無上菩提
論曰爲轉依
釋曰此下明第三得佛法用爲得如來無垢清淨法身即滿盡無畏
論曰爲得一切如來正法
釋曰即是能說障道能說盡苦道二無畏爲

利益他爲安立正法
論曰爲得一切智智
釋曰即是一切智無畏此三句即顯三德初
明斷德次明恩德後明智德
論曰故入唯識觀
釋曰爲成就前三用故入唯識觀若由無分
別智滅障立因得果故入唯識觀入觀後無
分別後智其用云何若依無分別智正說諸
法因果無有功能以此智無分別故由無分
別後智於諸法相中菩薩自無顛倒如自所
證亦能爲他說諸法因果爲得此兩用故菩
薩修無分別後智
論曰無分別智後所得智者於本識及所生
一切識識及相識相中
釋曰此文顯菩薩由此智於因果中無倒本
識是依他性即是正因所生一切識識即是
本識所生果謂七識即是分別性相識即是
器世界及六塵亦是本識果亦是分別性此
文具明三相謂內相外相及內外相故言相
中菩薩於如此因果中無復顛倒
論曰由觀似幻化等譬自性無顛倒
釋曰菩薩以無分別後智觀此因果相自然
無顛倒不執有外塵內根唯識是實有法何
以故菩薩已了別此等法似幻化等譬故不
可依見聞覺知相判諸法爲實有何以故此
心是清淨本所流故
論曰由此義故菩薩如幻師於一切幻事自
了無倒
釋曰如幻師於幻事生見聞等四識不依此
識了別幻事如本所解了別幻事故於幻事

中無倒菩薩亦爾由依本智了別故於一切相及因果中無復顛倒是名菩薩自利

論曰於一切相因緣及果中若正說時常無偏倒

釋曰若菩薩依本智作利他事謂正說三乘三藏及五明等義常無偏倒相違不實不定名偏符理眞實不可動爲無偏處時相濫名倒隨處隨時隨相名無倒是名菩薩利他

二智依止章第九

論曰是時正入唯識觀位中有四種三摩提是四種通達分善根依止菩薩云何應見

釋曰此問欲顯入觀有三義一眞境二奢摩他三毗鉢舍那爲明應入處故言正入唯識觀位中唯識處即三無性眞如此眞如非散動智境故說四種三摩提爲依止是境與智智不可分別故說四種通達分善根爲能證云何應見此法

論曰由四種尋思於下品無塵觀忍

釋曰樂觀無塵義故名爲忍此忍未離三相謂觀善成就因緣惑汚清淨未隨意修習故是下品

論曰光得三摩提

釋曰無塵智名光此定以無塵智爲所得此定爲無塵智依止故名光得定即奢摩他智即毗鉢舍那若具五分五智此定名三摩提

論曰是暝行通達分善根依止

釋曰福德智慧二行爲暝行體即是三十七品此行是能燒惑薪道火前相故名暝此暝行已過地前四位決定了別眞如智名通達此方便道能助成通達智故名分能資生究

竟位故名善根此定能爲通達分增上緣故名依止又三十七品中立定爲所依止餘三十六爲能依止就三十六中般若是通達餘三十五爲分三十六通名善根又四善根即是四分

論曰於最上品無塵觀忍光增三摩提是頂行通達分善根依止

釋曰已離三相故是最上品無塵觀忍如前釋無塵智名光此智於方便中勝進故名增此定爲無塵勝進智依止故名光增亦以福德智慧二行爲頂行體頂有三義一如人頭頂能持身命修道者亦爾若至此位善根則不可斷二如山頂是退際有人至山頂而退還修道者亦爾或有至此位住方便中不進故名退三如山頂是進際或有人至山頂而更昇進修道者亦爾或有至此位而進入勝位故立頂名已説菩薩於四種尋思修暖頂二種方便道於四種如實智中修道云何

論曰於四種如實智菩薩已入唯識觀了別無塵故

釋曰若菩薩過四種尋思度暖頂兩位則在四種如實智位中菩薩緣何境菩薩但緣唯識爲境緣唯識境復何所得了別無塵義除無明及疑惑故名了別此三句顯位及境智

論曰正入眞義一分

釋曰由此智故菩薩入眞義一分謂無相性未入無生性及無性性

論曰通行三摩提是隨非安立諦忍依止

釋曰體無塵智名通此定以無塵智爲行即爲無塵智行依止故名通行三無性所顯人

法二空名非安立諦何以故此諦通一切法無有差別故名非安立無倒無變異故名諦忍能符從此義故名隨亦以福德智慧二行爲忍體菩薩已決了無外塵義於無能取所取義中心生信樂故名忍又能安受上品諦義故名忍於上品諦中心無退失故名忍

論曰此三摩提最後刹那了伏唯識想

釋曰此三摩提即是通行三摩提取通行上上品最後一刹那定由先了別無相性後更思量所緣既無所有能緣必不得生由此了別故能伏滅唯識想唯識想既滅從最後刹那更進第二刹那即入初地

論曰轉名無間三摩提

釋曰此定與初地相鄰不爲餘心所隔故名無間又下地惑不能礙其入初地不如下地道隔勝方便不得即入初地故稱無間

論曰應知是世第一法依止

釋曰菩薩以地前爲世法登地爲出世法此無間定猶是世法於世法中無等故名第一何以故世間衆生無有修行能等此法者又此定雖是世法能爲菩薩出世道增上緣餘世法則無此義故名第一又唯一刹那故名第一

論曰此四種三摩提是菩薩入非安立諦觀前方便

釋曰前二定是無間修後二定是恭敬修欲顯此四定非眞道故故說是前方便

二智差別章第十

論曰若菩薩如此入初地已得見道得通達入唯識

釋曰此下顯見道爲修道依止由先成立見道故修道得成若菩薩於願樂地中具修諸方便得入初地所以得入初地由得見道故見道即無分別智所以得無分別智由通達眞如及俗諦故知塵無所有是通達眞如唯有識是通達俗復知此識無有生性是通達眞如此識是假有爲通達俗若不通達俗無以能得見眞以離俗無眞故若不通達眞無以遣俗以俗無別體故所以能通達眞俗由能解唯識理故此文即顯四義一出世果二出世行三出世境四出世方便初地是果總有爲無爲法爲體福德智慧行是有爲眞如及煩惱不生是無爲初地是假名由是總故見道是行所通達眞俗是境入唯識是方便由入唯識爲方便故能通達眞俗境由通達眞俗境故得無分別智行由得勝行故得初地果

論曰云何菩薩修習觀行入於修道

釋曰此云何凡問十義一相二次第三修四差別五攝相助六攝相礙七功德八更互觀察九名十淨不淨數修所得爲修習福德智慧爲行般若爲觀一切行悉是般若事皆屬般若故名觀行又六度之中般若爲第一故名觀行又見道名觀從見道後所得悉名爲行菩薩依止見道以何相等得入初地

論曰如佛廣說所安立法相於菩薩十地

釋曰此中先明三慧境後明三慧功能此文即明三慧境佛廣說是聞慧境所安立法相即相等十種法相是思慧境於菩薩十地即修慧境小乘亦有十地故以菩薩標之地地

皆有十相故言十地
論曰由攝一切如來所說大乘十二部經故
得現前
釋曰此下明三慧功能此即明聞慧功能聞
慧能通達十二部教故言攝
論曰由治所說通別二境
釋曰此明思慧功能通別二境即相等十法
思慧能研習此十法故言法
論曰由生起緣極通境
釋曰此下明修慧功能方便爲生正觀爲起
無間道爲生解脱道爲起入分爲生出分爲
起見道爲生修道爲起出世道爲生世間道
爲起如理如量智所緣爲極通境
論曰出世無分別智及無分別智後所得
釋曰此正明修慧體

論曰奢摩他毗鉢舍那智
釋曰顯此二智寂靜無倒由奢摩他故寂靜
由毗鉢舍那故無倒
論曰由無量無數百千俱胝大劫中依數數
修習
釋曰此文顯三慧具四種修不可以譬類得
知爲無量不可數知爲無數百億爲一俱胝
非一俱胝故言千亦非一千故言百非小劫
故言大此即明長時修數數修習即顯無間
恭敬無餘三修
論曰由昔及今所得轉依
釋曰先於入見位時所得轉依此法是修道
攝持故一切所修皆成聖道已過願樂地故
論曰爲得三種佛身更修加行
釋曰是修道攝持究竟用由如此道理菩薩

更修加行先修道爲見眞如今重修道爲得三身故言更修復次

論曰云何

釋曰云何是問詞凡約六義爲問一約修位境界爲問修道境界自有三種一加行依止謂文教二修行資糧謂依理判義三修行所通達處謂修慧境界後三句明三慧境界以答此問二約修位三慧功能爲問後三句明三慧功能以答此問初明聞慧是修慧方便次明思慧是修慧資糧後明無分別智是修慧體三約修位修慧因果爲問後明無分別智後所得以答此問由修慧此智得生故是修慧果若無此智不得進後道故是修慧因四約修位四修爲問後明長時修乃至無餘修以答此問五約修位依止爲問後明轉依以答此問若無此轉依爲依止修位不成聖道何以故凡夫依未轉故六約修位勝用爲問後明三身以答此問爲圓滿自利利他兩用故修加行復次

論曰云何

釋曰通問修位次第後具明次第從初起修心乃至修位究竟以答此問先以三句明聞思修位即三慧境次三句顯能入三境功能即是三慧次顯利他功能即無分別智後所得如自所證爲他解說次明四修顯修位由四修得成滿次明轉依顯自利轉依是得法身四德之本故是自利次明三身三身於究竟修位得成能平等利益自他法身是自利應化二身是利他復次

論曰如佛廣說所安立法相於菩薩十地

釋曰十地即華嚴經中十地品所顯文句此文句中如來廣説隨所安立道理復次

論曰由攝一切如來所説大乘十二部經故得現前

釋曰合如來所説一切法通爲一境復次

論曰由治所説通别二境

釋曰所合之境爲單爲複欲顯雙觀眞俗通一無相復次

論曰由生起緣極通境出世無分别智及無分别智後所得奢摩他毗鉢舍那智

釋曰顯道二體更互相攝由奢摩他故智不散由毗鉢舍那故定無戢味等染污復次

論曰無分别智後所得奢摩他毗鉢舍那智由無量無數百千俱胝大劫中依數數修習由昔所得轉依爲得三種佛身更修加行

釋曰此智爲是世智爲出世智不可説是世智以非世間所習故不可説是出世智以於世間心中起故故此心異無分别智心此心亦可説世出世及非世非出世此二智於長時數習故得轉依由轉依故菩薩作心云我今必定應得三種佛身爲此義故更修加行

論曰是聲聞見道是菩薩見道此二見道差别云何

釋曰聲聞見道是他道菩薩見道是自道此二見道道差别及果差别其相云何

論曰聲聞菩薩見道應知有十一種差别

釋曰前五明道差别後六明果差别前五明道差别者

論曰何者爲十一一由境界差别謂緣大乘法爲境

釋曰如來所說大乘十二部經說修行法緣此法爲境故發道心小乘道則無此事

論曰二由依止差別謂依大福德智慧資糧爲依止

釋曰此道與二乘及世間道有異世間但修福德而無智慧二乘但修智慧而無福德菩薩具修福德智慧故明道得成助道即是依止此依止在道方便中即思修二慧

論曰三由通達差別謂通達人法二無我

釋曰先於方便中已得思修慧從此得入眞觀能通達人法二無我理故於人法不生愛著凡夫著人二乘著法菩薩並不著故言離欲人法此即明菩薩所得眞修慧是正道體異於小乘

論曰四由涅槃差別謂攝無住處涅槃以爲住處

釋曰此涅槃非是道果是道住處何以故由菩薩行般若觀察生死過失故修道不在生死由菩薩行大悲觀衆生苦起救濟心雖不在生死而不捨生死故不住涅槃由道住此處不執眞俗二相生故名無相道小乘道則無此事

論曰五由地差別謂依十地爲出離

釋曰道有下中上上即是十地此十地出離四種生死爲通功能依此十地菩薩道能出離異於小乘後六明果差別者

論曰六七由清淨差別謂滅煩惱習氣及治淨土爲清淨

釋曰前有五事已明道差別此下六事次明修道所得果與二乘有異第六明内清淨第

七明外清淨内由自相續中修道滅除煩惱習氣故名内清淨外由修淨土行所居之土無有王濁如玻瓈珂等世界故名外清淨内爲自清淨外爲清淨他小乘則無此事

論曰八由於一切衆生得平等心差別謂爲成熟衆生不捨加行功德善根

釋曰菩薩如自身應般涅槃欲般涅槃一切衆生由此平等心故不捨加行功德善根餘度爲功德般若爲善根又五度爲功德精進爲善根又般若精進爲善根餘度爲功德小乘則無此事

論曰九由受生差別謂生如來家爲生故

釋曰見眞如理證佛法身能使如來種性不絶故稱生如來家由生如來家乃至當來得成佛故言爲生故小乘則無此事

論曰十由顯現差別謂於佛子大集輪中常能顯現爲攝受正法

釋曰諸菩薩通稱佛子衆多菩薩聚會故言大集如來所說法有三義故名輪一能上下二未得能得已得能守三能從此到彼菩薩常於大集中顯現示不破僧常於法輪中顯現示能護持正法已得令不失爲攝未得令得爲受小乘則無此事

論曰十一由果差別謂十力無畏不共如來法及無量功德生爲果故

釋曰菩薩修道皆爲得如來如此等果小乘則無此事

論曰此中說兩偈

釋曰此中即見道中說兩偈顯從見道方便入眞如觀

論曰

名義互爲客　菩薩應尋思　應觀二唯量

及彼二假說　從此生實智　離塵分別三

若見其非有　得入三無性

論曰名義互爲客　菩薩應尋思

釋曰名於義中是客義於名中亦是客以非本性類故菩薩入寂靜位應觀此道理此即第一尋思方便

論曰應觀二唯量　及彼二假說

釋曰菩薩應觀名義二法唯無所有爲量何以故義有二種一自性二差別悉無所有但是假說此假說若與義同義無所有假說亦無所有若與義不同則自然無所有假說即是名名無所有故於義是客義無所有故於名是客無所有是名義本性故以本性爲唯量若分別作名義此分別本性無相故以無相爲名義唯量此即第二如實智方便

論曰從此生實智　離塵分別三

釋曰從四種尋思生四種如實智何人能得此四智若人能見三種但是分別實無外塵此人則得一分如實智何者是三分別一分別名二分別自性三分別差別

論曰若見其非有

釋曰前二句明了達三分別得入無塵觀依依他性以遣分別性此句明依眞如遣依他性云何能遣由名義無所有能分別亦不得是有何以故若所分別名義是有能分別緣此名義可說是有由名義無所有所分別因緣既是無能分別體亦無所有若菩薩見義無所有故能分別亦無所有此菩薩得入何

觀
論曰得入三無性
釋曰菩薩見名義更互爲客入異名義分別
性若菩薩見名自性假說差別假說唯分別
爲體得入分別無相性若菩薩但見亂識無
六種相此亂識體不成故不可說因緣不成
故不可執有生起此中分別既無言說亦不
可得則入依他無生性若菩薩見此二義有
無無所有則入三無性非安立諦
論曰又正教兩偈如分別觀論說
釋曰令此論中顯入見道境智不圓滿故引
分別觀論兩偈顯成此義何人何位能見此
心但是影無實法義
論曰
菩薩在靜位　觀心唯是影　捨離外塵相
唯定觀自想　菩薩住於內　入所取非有
次觀能取空　後觸二無得
論曰菩薩在靜位　觀心唯是影
釋曰唯菩薩人在寂靜位能作此觀法義實
無所有心似法義顯現故說唯是影
論曰捨離外塵相　唯定觀自想
釋曰若人在寂靜位中已了別心唯是影能
除外塵相是自心似法及義相起作如此觀
論曰菩薩住於內
釋曰若菩薩心如此得住實無有塵心緣內
心起不緣外塵故住於內若住於內此心定
何所觀
論曰入所取非有
釋曰是所取義實無所有菩薩能見所取境
空

論曰次觀能取空

釋曰由所取義既實非有世間所說心是能取如此道理亦不得成是故觀行人亦不見有能取心前已不見所取後又不見能取是時觀行人有何所得

論曰後觸二無得

釋曰眞如非所取非能取以無所得爲體故說眞如爲二無得是人先已入無相性次入無生性後入眞如無性性觸以入得爲義由入得眞如故名爲觸前兩偈與後兩偈異相云何前兩偈約名義及假說顯四尋思及四如實智爲方便得入眞觀後兩偈明三性體及三無性又前兩偈顯正教明入三性 及三無性後兩偈顯所入三性及三無性

論曰復有大乘莊嚴經論所說五偈爲顯此道

釋曰經義深隱難解如實顯了經中正義故名莊嚴經論論解此經故得莊嚴名莊嚴經論中有衆多義今但略取五偈此偈欲何所顯此偈爲顯於修道中難覺了義

論曰

菩薩生長福及慧　二種資糧無量際
於法思惟心決故　能了義類分別因

論曰菩薩生長福及慧

釋曰菩薩如前釋生在見位長在修位又初刹那名生後刹那名長又單名生複名長菩薩所修唯複無單故生長一時而成所生長何法謂福及慧施等三度名福般若名慧精進及定若爲生福則屬福若爲生慧則屬慧所以爾者精進若爲生布施持戒忍辱則屬

福若爲生聞思修慧則屬慧定若依四無量起緣衆生爲境則屬福若爲生盡智無生智及無分別智等則屬慧誰能生長謂菩薩人

論曰二種資糧無量際

釋曰此福及慧有二種功用一能助道二能成道體由此二故道得成就故説此二爲道資糧此二用幾功力凡經幾時得成就道功力無量時節無際無言顯長遠譬如説大海無量大劫無際以長遠故資糧亦爾修一一度皆遍一切衆生故功力無量修一一度經三阿僧祇劫故經時無際

論曰於法思惟心決故

釋曰由定後心觀察諸法是故於法心得決定又菩薩備修五明於度量方便具足自能故於思惟心得決定

論曰能了義類分別因

釋曰菩薩能比能證故名能了眞俗二諦名爲義類知此義類但以分別爲因是故能了

論曰

　已知義類但分別　得住似義唯識中

　故觀行人證法界　能離二相及無二

論曰已知義類但分別

釋曰由菩薩已於義類及分別心決定故

論曰得住似義唯識中

釋曰由菩薩如此思惟但識似塵顯現故菩薩心住唯識中不緣外起

論曰故觀行人證法界

釋曰由觀行人離外塵但緣識住知塵無相名證法界

論曰能離二相及無二

釋曰所證法界有何相離能取所取二相及無人法二分別如此法界菩薩已證

論曰

若離於心知無餘　由此即見心非有
智人見此二不有　得住無二眞法界

論曰若離於心知無餘

釋曰由此方便令法界可證令顯此方便知離唯識外無別有餘法

論曰由此即見心非有

釋曰由見所緣義非有知能緣心亦非有

論曰智人見此二不有

釋曰智人謂諸菩薩見境及心二皆非有

論曰得住無二眞法界

釋曰菩薩若見二皆非有則得住眞法界眞法界者無塵無識故言無二離顛倒及變異二虛妄故名眞是諸法第一性故名法界

論曰

由無分別智慧人　恒平等行遍一切
染依稠密過聚性　遣滅如藥能除毒

論曰由無分別智慧人　恒平等行遍一切

釋曰此已見眞如菩薩說名慧人已於見道中得無分別智此智何相一以無退爲相不退故稱恒二以平等行爲相此智見一切法平等理猶如虛空於如來所說十二部修多羅三乘等法同見一味無有差別內外法名一切內外諸法同一如性故名爲遍平等行顯智慧體遍一切顯智慧境界由如此無分別智菩薩欲何所作

論曰染依稠密過聚性

釋曰三種不淨品名染此染以過聚性爲依

止從過聚性生故此過聚性名稠密以難解難破故離如來正教餘教不能令解故言難解離無分別智餘智不能破故言難破一切染污法熏習種子是過聚性體

論曰遺滅如藥能除毒

釋曰此性是三品不淨法因難解難破惑等熏習種子爲性由無分別智聰慧人能遣能滅此過聚性如阿伽陀藥能除諸毒遣約現在滅約未來即是菩薩盡無生智

論曰

佛說正法善成立　安心有根於法界

已知憶念唯分別　功德海岸智人至

論曰佛說正法善成立

釋曰一切三世諸佛共說此法所說理同不相違背故名正法又欲顯說者勝故言佛說由所說道理勝及所得果勝故名正法如來成立正法有三種一立小乘二立大乘三立一乘於此三中第三最勝故名善成立

論曰安心有根於法界

釋曰菩薩先已得聞思二慧安心於如來正法中後合觀如來一切正說爲境界即是無分別智此智名有根得此智已餘智皆滅唯此智不可動壞故名有根復次於三無流根中此智爲第一謂未知欲知根故名有根復次解脫有三事一能生解脫二能持解脫令住不失三能用解脫自利利他此解脫三事即配三無流根此無分別智遍於三處得名自體是根又能爲他作根故名有根此有根心安住法界中

論曰已知憶念唯分別

釋曰菩薩已住有根心中後出觀時在無分別後智心中如前入觀事皆能憶念知此憶念非實有唯是分別由無分別智及無分別後智菩薩得進何位

論曰功德海岸智人至

釋曰如來功德因中有十地十波羅蜜等果中有智德斷德恩德如此諸德唯佛一人餘人所不能得故名爲海因果究竟名之爲岸智人即是菩薩菩薩乘前二智能至未曾至功德海岸此中五偈總明衆義第一偈顯道資糧第二偈顯道加行第三偈顯見道第四偈顯修道第五偈顯究竟道

攝大乘論釋卷第八

音釋

暝乃管切温也　稠直由切密也

攝大乘論釋卷第九

天親菩薩釋

陳天竺三藏法師眞諦譯

釋入因果勝相品第七

釋曰此義有十一章一因果位二成立六數三相四次第五立名六修習七差別八攝九對治十功德十一互顯

因果位章第一

論曰如此已說入應知勝相云何應知入因果勝相

釋曰總舉前所明四位入唯識觀故云如此前已說於方便道見道修道究竟道四位中入應知勝相云何廣說入此勝相因及入後所得果令其開顯易見

論曰由六波羅蜜謂陀那尸羅羼提毗梨耶持訶那般羅若波羅蜜

釋曰此答向問明因果勝相易可得見六度爲因果體先以六度爲因後以六度爲果

論曰云何由六波羅蜜得入唯識復云何六波羅蜜成入唯識果

釋曰向雖說六度爲因果體未釋義意故更問以何義故說六度爲因復以何義說六度爲果此六度能除六種入唯識障故六度爲入唯識因第一障者喜樂欲塵於冨財物自身受樂中不見勝功德由此障故不得入唯識施能除此障故施是入唯識因第二障者縱心起身口意業由此障故不得入唯識戒能除此障故戒是入唯識因第三障者不能安受輕慢毀辱寒熱等苦由此障故不得入唯識忍能除此障故忍是入唯識因第四障

者執不修行爲樂未得計得於得不見功德由勝障故不得入唯識精進能除此障故精進是入唯識因第五障者諸樂相雜住於世間希有事及散亂因緣見有功德由此障故不得入唯識定能除此障故定是入唯識因第六障者於見聞覺知計爲如實於世間戲論勤心修學於不了義經如文判義由此障故不得入唯識智慧能除此障故智慧是入唯識因

論曰此正法内有諸菩薩

釋曰唯依正法内修行能成立入唯識因若依正法外二乘教及外道世間教無有得立此因義故先明正法内爲立因之所能立因人非二乘等所能故言菩薩菩薩行何法能入唯識

論曰不著富樂心乃至云如理簡擇諸法得入唯識觀

釋曰此明離布施障乃至離智慧障具如前釋故以六度爲入因

論曰由依止六波羅蜜菩薩已入唯識地次得清淨信樂意所攝六波羅蜜

釋曰若菩薩由依六度除六障已入唯識是時菩薩更得清淨信樂意所攝六波羅蜜於六度正教中心決無疑故名爲信如所信法求欲修行故名爲樂此信樂意有五因緣故稱清淨一無著清淨謂不起與波羅蜜相違法二不觀清淨謂於自身及波羅蜜果報報恩中心常不觀三無失清淨謂離與波羅蜜相雜染汚法及離非方便行四無分別清淨謂離如言執波羅蜜相五回向清淨謂於六

度已生長及未生長中常求得大菩提一波羅蜜皆具此五種清淨信樂所攝復有清淨信樂意謂已過願樂地入見地等得聖人信樂異地前信樂故名清淨復有清淨信樂意謂由奢摩他毗鉢舍那入眞如觀得無分別智及無分別後智所攝信樂意故名清淨

論曰此正法內有諸菩薩不著富樂心於戒無犯過心於苦無壞心於善修無懶惰心於此散亂因中不住著故常行一心如理簡擇諸法得入唯識觀由依止六波羅蜜菩薩已入唯識地次得清淨信樂意所攝六波羅蜜是故於此中間設離六波羅蜜加行功用

釋曰已入唯識觀故言是故從見位乃至究竟位爲中間假設此人於其中間不作功用修行六度六度自然滿足何以故

論曰由信樂正說愛重隨喜願得思惟故

釋曰如來正說與六度相應雖甚深難解此人亦信樂無疑由此信樂無不行義於六度行中見無窮功德心生愛重由此愛重無不行義如此信樂意何人能得唯諸佛如來已至究竟波羅蜜位能得此意知是勝人所得成於勝人深心欣讚故名隨喜由此隨喜無不行義願衆生及我平等得此清淨信樂意故名願得由此願得無不行義如佛所立大乘法門依施等六度及十二部阿含由聞思修慧數數思惟由聞慧思惟境界得圓滿由思慧思惟於所聞法心得入理由修慧思惟由事得成以能入地及治地故由此四種思惟無不行義

論曰恒無休息行故修習六波羅蜜究竟圓

滿
釋曰由此四思惟菩薩恒無放逸無放逸故修習六度在因究竟至果圓滿此位能攝六度令悉具足五種清淨故名清淨意位其相云何爲顯此相故次長行後更說三偈
論曰此中說偈
修習圓白法　能得利疾忍　菩薩於自乘
甚深廣大說
論曰修習圓白法
釋曰先於願行位中善生長道資糧爲顯此義故說初句所修之行已過四十心位故名圓施戒修三品清淨法名白復有白法謂信根智根精進根定根此四根即是四位念根通四位能除一闡提外道聲聞獨覺四種黑障能得淨我樂常四德故名白法若資糧圓滿更何所得
論曰能得利疾忍
釋曰能樂受行是忍義於廣大甚深法難受難行而能受行故名利數起不息故名疾此句顯忍是上上品若菩薩在此忍位由此境界必得清淨爲顯此境界故
論曰菩薩於自乘　甚深廣大說
釋曰大乘唯是菩薩境界故名自乘大乘能令菩薩清淨於此乘中有別境界一法無我名甚深虛空器等定名廣大前是智境後是定境此二境能令菩薩清淨由此思惟菩薩得清淨爲顯此義故說第二偈
論曰
覺唯分別故　得無著智故　是樂信清淨
名清淨意地

論曰覺唯分別故

釋曰菩薩覺了大乘一切法乃至甚深廣大皆是分別所作如此覺了名爲思惟此思惟能令菩薩清淨菩薩清淨爲何所得

論曰得無著智故

釋曰菩薩見一切法但是分別無復外境外境不成故分別亦不成若菩薩見內外無所有則無所著即是無分別智此智即是清淨此清淨體性云何爲顯此義故說第三句偈

論曰是樂信清淨

釋曰樂信即是無分別智體不愛七有故名樂於三種佛性心決無疑故名信離七愛故樂清淨離虛妄故信清淨

論曰名清淨意地

釋曰由樂信清淨故此位得清淨名又此位是菩薩見位無分別智境清淨處此智以樂信爲體故說此位名清淨意地清淨樂信其相云何

論曰

菩薩在法流　前後見諸佛　已知菩提近

無難易得故

論曰菩薩在法流　前後見諸佛

釋曰清淨樂信有二種相一恒在寂靜爲相二恒明了見佛爲相由樂捨七愛故恒入觀修道故說恒在法流若菩薩在法流爲何所見由信三種佛性故先思惟法身後證法身先以此智見法身後以證智見法身此樂信有何功德

論曰已知菩提近　無難易得故

釋曰若人在清淨樂信位中明了見無上菩

提已近已身過四十心是故無難入正方便所以易得由此三偈成就資糧忍境界思惟體性相貌皆得顯現

成立六數章第二

論曰何故波羅蜜唯有六數

釋曰此問波羅蜜何故定立六數不增不減

論曰爲安立能對治六種惑障故爲一切佛法生起依處故爲隨順成熟一切衆生依止故

釋曰立波羅蜜其數有六凡爲此三義一爲除惑二爲生起佛法三爲成熟衆生除惑現在自得利益生起佛法成熟衆生未來得自他利益若惑已永滅則於現在得安樂住何以故不須更起功用爲滅此惑及遮此惑令不復生故於現在得自利益惑障既滅於未來世必自具足佛法又能成熟衆生故得自他利益

論曰爲對治不發行心因故立施戒二波羅蜜不發行心因者貪著財物及以室家

釋曰貪著財物障施貪著室家障戒因此貪著不能發修行心

論曰若已發修行心爲對治退弱心因故立忍精進二波羅蜜

釋曰雖已能行施戒若不忍受苦事則施戒心退弱雖能忍苦若不勤修諸善息一切惡則施戒忍心皆退弱故爲對治退弱心須立此二度

論曰退弱心因者謂生死衆生違逆苦事

釋曰不得理者名生死衆生乖反菩薩教爲違侵毀菩薩身爲逆此並是苦事若不能忍

受此苦事則生瞋心瞋即是退弱心因
論曰長時助善法加行疲怠
釋曰精進行於久遠時中修一切善若於衆生無慈悲心愛惜自身不見所修行有勝功德故於所修行中生疲怠心由有此心不能精進即是懶惰懶惰即是退弱心因
論曰壞失心因者謂散亂邪智
釋曰由散亂故壞靜心由邪智故失正解
論曰是故爲對治六種惑障立波羅蜜有六數爲一切佛法生起依處故者
釋曰六度是生長佛法因
論曰前四波羅蜜是不散亂因
釋曰有四障爲散亂因一棄捨障二遠離障三安受障四數治障由貪著故不能棄捨由貪瞋癡生十惡故不能遠離由瞋恚故不能安受由貪瞋癡等煩惱故不能數治由此四障故心散亂前四度能對治此四障故四度是不散亂因復次以五蓋爲定障四蓋障定因一蓋障正定及定所發慧貪掉悔瞋睡眠四蓋是散亂因障前四度四度對治此四蓋故四度是不散亂因疑緣境不決故心散亂定心決守一境故疑障正定由疑不見理故障定所發慧故以定慧對治於疑
論曰次一波羅蜜是不散亂體由依止此不散亂故能如實覺了諸法眞理一切如來正法皆得生起是故爲一切佛法生起依處立波羅蜜有六數爲隨順成熟一切衆生依止故者由施波羅蜜利益衆生由戒波羅蜜不損惱衆生由忍波羅蜜能安受彼毀辱不起報怨心由精進波羅蜜生彼善根滅彼惡根

由此利益因一切衆生皆得調伏次彼心未得寂靜爲令寂靜已得寂靜爲令解脱故立定慧二波羅蜜由此六度菩薩善教衆生

釋曰善教有二義一如理爲説故名教二恒爲説故言善教

論曰故得成熟是名爲隨順成熟一切衆生依止立波羅蜜有六數由如此義是故應知成立波羅蜜有六數

相章第三

論曰此六波羅蜜相云何可見

釋曰何故作如此問世間二乘菩薩皆有施等六行若不明菩薩所行六波羅蜜相云何得知此是波羅蜜此非波羅蜜是故須問波羅蜜相

論曰由六種最勝六波羅蜜通相有六一由依止無等謂依止無上菩提心起

釋曰此明所依止有異世間及二乘行施等不依止無上菩提心起唯菩薩行施等必依止無上菩提心起故以依止無等爲菩薩所行六度相

論曰二由品類無等謂一一波羅蜜略説皆有三品菩薩皆具修行

釋曰此明所緣事有異不等世間及二乘無有能行施等具足品類謂外内及内外若菩薩行施等必皆具足品類故以品類無等爲菩薩所行六度相

論曰三由行事無等謂安樂利益一切衆生事菩薩所行諸度皆爲成此二事故

釋曰此明行事有異菩薩行六度有何能先爲生衆生現在未來世間樂後隨根性生衆

生三乘道果異世間及二乘行施等但爲安樂利益自身尚不成就何況能安樂利益衆生故以行事爲菩薩所行六度相

論曰四由方便無等謂無分別智菩薩所行諸度皆是無分別智所攝故

釋曰此明方便有異於三輪清淨名菩薩方便於三輪清淨即是無分別智菩薩由此智不分別能施受施及所施財物世間及二乘不能捨三輪分別是故起我愛及著財物於他不能平等故以方便爲菩薩所行六度相戒三輪者離衆生事時分別忍三輪者離自他過失分別精進三輪者離衆生高下事用分別定三輪者離境衆生惑分別般若三輪者離境智衆生分別

論曰五由回向無等謂回向無上菩提菩薩所行諸度決定轉趣一切智果故

釋曰菩薩若行施等先作是心我以此物施與一切六道衆生此是衆生財物我爲彼行施願彼皆得無上菩提此施由回向令他得無上菩提故此施行永無有盡若行餘度亦皆回向世間及二乘無回向故以回向爲菩薩所行六度相

論曰六由清淨無等謂惑智二障永滅無餘菩薩所行諸度分分除二障乃至皆盡故

釋曰此中顯二種清淨一顯清淨因二顯清淨位清淨因者因滅惑智二障故施等事清淨清淨位者先於地前漸除惑障後登初地漸除智障此兩處名分分清淨即是因位若至佛果六度圓滿名具分清淨即是果位

論曰施即是波羅蜜波羅蜜即是施耶

釋曰此問欲何所顯欲揀别是波羅蜜及非波羅蜜相

論曰有是施非波羅蜜

釋曰謂離依止無等等六相行施此施非六度所攝故但是施非波羅蜜

論曰有是波羅蜜非施

釋曰謂具依止無等等六相行戒等餘度

論曰有是施是波羅蜜

釋曰謂具依止無等等六相行施

論曰有非施非波羅蜜

釋曰謂離前三句别行無記及不善等皆是第四句攝

論曰如施中四句應知餘度亦有四句

釋曰如施簡别是非餘度亦應如此簡别

次第章第四

論曰云何說六波羅蜜如此次第

釋曰此或由疑故問或由不解故問疑故問者一切所行必先由智知因果已方起正勤由此二因隨其所欲則皆能行是故應倒次第及無次第由有此疑是故須問由不解故問者若人欲修衆行未知淺深難行易行淺則易行深則難行易應先學難應後學爲知此義是故須問

論曰前前波羅蜜隨順次生後後波羅蜜故

釋曰菩薩不能忍見衆生貧窮困苦數習捨財以串能捨故不欲作損惱衆生事即捨家持戒故因施生戒菩薩爲愛護所愛戒不欲以忿恨衆生事毀破淨戒即習行忍故因戒生忍由煩惱不盡或成不成菩薩爲愛護此忍即行精進故因忍生精進若人恒行精進

則能治心由此精進若心沉沒則拔令起若心掉動則抑令不起若心平等則持令相續中心調和所以得定故因精進生定若心得定則能通達眞如故因定生慧此即前能生後

論曰復次前前波羅蜜由後後波羅蜜所清淨故

釋曰施由戒故清淨若人不持戒身口意業則不清淨所有之施亦不清淨以依止不清淨故由能持戒依止清淨故施得清淨戒由忍故清淨若人能忍身口意業皆得清淨忍由精進故清淨精進能生善滅惡故精進由定故清淨若精進不在修位則不能除惑故定由智慧故清淨若不了別眞如雖復得定以有流故即生死法若見眞如所得之定則成無流爲涅槃道此即後能清淨前由此二義故有次第

立名章第五

論曰依何義立六度名此義云何可見

釋曰世間立名自有多因有因生類立名有因相立名有因假立名有因輕賤立名有因敬重立名於此五因中六度從何義立名從二因立名種性異故從生類立名功德多故從敬重立名所立之名自有通別六種皆稱波羅蜜是通名施戒等有異是別名何故通名波羅蜜

論曰於一切世間聲聞獨覺施等善根中最勝無等故

釋曰有六種及三種最勝無等六種如前六相中釋三種者一時無等二加行無等三果

無等一一度皆三阿僧祇劫修行故時無等加行無等者有四種五種復有五種復有六種四種即前所明四修五種即前所明五種清淨復有五種即五修復有六種即六意五修六意後文自説果無等者謂三身所顯無上菩提

論曰以能到彼岸故是故通稱波羅蜜

釋曰到彼岸自有三種一隨所修行究竟無餘爲到彼岸世間及二乘亦有應所修行修之不盡故非到彼岸二如衆流以歸海爲極施等亦爾以入眞如爲究竟即以入眞如爲到彼岸世間及二乘雖修施等不能入眞如故非到彼岸三以應得無等果爲到彼岸更無別果勝於此果爲諸果中上故名彼岸世間及二乘雖修施等不求此果故非到彼岸

菩薩所修彼岸皆具此三義故通稱波羅蜜何故別名陀那等

論曰能破滅恪惜嫉妬及貧窮下賤苦故稱陀

釋曰恪惜是多財障嫉妬是尊貴障因時能滅恪惜障果時得多財故離貧窮苦因時能滅嫉妬障果時得尊貴故離下賤苦何以故若人未破恪惜嫉妬心則不能行施故説能破此障若人行施能破此障此人後受貧窮下賤苦無有是處

論曰復得爲大富主及能引福德資糧故稱那

釋曰能施能用名大富主由是主故能引福德資糧由具此義故稱陀那

論曰能寂靜邪戒及惡道故名尸

釋曰因時能破邪戒果時能離惡道若人不捨惡業而能持戒無有是處故先破邪戒若人破邪戒持正戒墮四趣者無有是處故果時能離惡道

論曰復能得善道及三摩提故稱羅

釋曰由先持戒後受人天善道果或在因中或在果中由持戒故身口清淨清淨故無悔無悔故心安心安故得喜喜故得猗猗故得樂樂故得定定故見如實見如實故得猒離猒離故得解說故因持戒得三摩提由具此義故稱尸羅

論曰能滅除瞋恚及忿恨心故名羼

釋曰因時由觀五義故滅除瞋恚及瞋恚所生忿恨心五義者一觀一切衆生無始以來於我有恩二觀一切衆生恒念念滅何人能損何人被損三觀唯法無衆生有何能損及所損四觀一切衆生皆自受苦云何復欲加之以苦五觀一切衆生皆是我子云何於中欲生損害由此五觀故能滅瞋恚瞋恚既滅故能除忿恨

論曰復能生自他平和事故稱提

釋曰此事通達因果此忍能令自身不爲瞋恚過失所染即是於自平和既不忿恨不生他苦即是於他平和如經言若行忍者則有五德一無恨二無訶三衆人所愛四有好名聞五生善道即此五德名平和事由具此義故稱羼提

論曰滅除懶惰及諸惡法故名毗

釋曰於惡處沉沒故稱懶惰又不猒惡惡行故稱懶惰由懶惰故離諸善行生諸惡法三

業恒起過故名惡法由滅懶惰故能除懶惰所生諸惡此名滅黑法精進
論曰復行不放逸生長無量善法故稱黎耶
釋曰此約信樂因果以明精進信因可行樂果可得是故恒行恭敬行名不放逸由行恭敬未生善能令生已生善能令增長此即生得法精進由具此義故稱毗黎耶
論曰能滅除散亂故名持訶
釋曰散亂有五一自性散亂謂五識二外散亂謂意識馳動於外塵三內散亂謂心高下及噉味等四麤重散亂謂計我我所等五思惟散亂謂下劣心菩薩捨大乘思惟小乘
論曰復能引心令住內境故稱那
釋曰引心令住五種寂靜名爲內境中具此義故稱持訶那

論曰能滅一切見行能除邪智故稱般羅
釋曰見行謂六十二見邪智謂世間虛妄解見行即是惑障邪智即是智障
論曰能緣眞相
釋曰謂緣眞如即如理智
論曰隨其品類
釋曰品類有二種謂有爲無爲及名等五攝若知此法即如量智
論曰知一切法故稱若
釋曰眞如相及品類名一切法如理智名般若如量智是般若果亦名般若此二智爲三義所顯一對治即二障二境界即眞相三果即如量智由具此義故稱般羅若
修習章第六
論曰云何應知諸波羅蜜修習

釋曰世間及二乘皆有施等修習菩薩施等修習異世間及二乘云何可知
論曰若略說應知修習有五種
釋曰若廣說修有十二種一顯示修二損減修三治成修四後行修五相應修六勝修七上上修八初際修九中際修十後際修十一有上修十二無上修顯示修者謂修四念處以能顯示四諦義故損減修者謂四正勤以能漸滅諸惡法故治成修者謂四如意足以能治成定故爲除五失及持八滅資糧故後行修者謂修五根以具解脱分善根故相應修者謂修五力以應續見道故勝修者謂七覺分以入四諦觀故上上修者謂八分聖道以勝見道故初際修者謂凡夫位修戒乃至得不淨觀及數息觀以隨順顛倒故中際修者謂有學位此中無倒倒所隨故後際修者謂無學位此中無倒非倒所倒故有上修者謂聲聞獨覺修及等彼位故無上修者謂菩薩十地等以最勝故
論曰一加行方法修
釋曰謂身口意業能成廣大清淨最勝故
論曰二信樂修
釋曰約聞教如初章釋
論曰三思惟修
釋曰思惟修中自有三種謂愛重隨喜願得合名思惟修亦如初章釋
論曰四方便勝智修
釋曰即無分別智有三義一廣大二清淨三速成具此三義故立方便勝智名
論曰五修利益他事此中前四修應知如前

利益他事修者謂佛無功用心不捨如來事
釋曰明大乘教中所説諸佛雖已般涅槃猶
更起心般涅槃即法身更起心即應化二身
諸佛已住法身由本願力離三業隨利益衆
生事自然顯現應化二身恒不捨如來正事
及行諸波羅蜜是故諸佛有諸波羅蜜修習
論曰修習諸波羅蜜至圓滿位中更修諸波
羅蜜
釋曰佛及菩薩或隨分圓滿或具分圓滿於
此圓滿位若修諸波羅蜜自事已成故不自
爲見衆生由此行得離四趣入三乘道果故
更修諸波羅蜜即是利益他事
論曰復次思惟修習者愛重隨喜願得思惟
六意攝所修
釋曰此章通明修習義前明五修未分別修
位有異云何得知願行位修異清淨位修若
六意攝三思惟修諸波羅蜜應知在清淨位
願行位中則無此義三思惟是修行本以六
意莊嚴攝持此三
論曰六意者一廣大意二長時意三歡喜意
四有恩德意五大志意六善好意廣大意者
若菩薩若干阿僧祇劫能得無上菩提
釋曰總舉劫數無限多少故言若干以大小
乘經説劫數不同故不定説劫數多少小乘
明三阿僧祇劫得成佛大乘明或三或七或
三十三阿僧祇劫得成佛
論曰以如此時爲一剎那剎那
釋曰或合三阿僧祇劫爲一剎那或合三十
三阿僧祇劫爲一剎那故再稱剎那如此從
一剎那至無量剎那爲一日一月乃至一阿

僧祇劫從一阿僧祇劫至三十三阿僧祇方得成佛欲顯菩薩意無猒足故說此長時

論曰菩薩於此時中刹那刹那常捨身命

釋曰此時即總舉長時刹那明世間所說刹那於向所說長時中如世間所說刹那於一一刹那中常捨身命及以外財乃至成佛無有猒足心

論曰及等恒伽沙數世界滿中七寶奉施供養如來從初發心乃至入住究竟清涼菩提

釋曰有餘涅槃名清以離煩惱濁故無餘涅槃名涼以離衆苦熱惱故又菩提以淨樂爲體欲顯淨德故言清欲顯樂義故言涼

論曰是菩薩施意猶不滿足如此多時刹那刹那滿三千大千世界熾火菩薩於中行住坐卧爲四威儀離一切資生之具

釋曰此下欲明菩薩修餘五度於此長時一一刹那中常在極苦難處資身之具恒不供足菩薩雖受此苦於此時中修諸波羅蜜未常猒足

論曰戒忍精進三摩提般若心菩薩恒現前修乃至入住究竟清涼菩提是菩薩戒忍等意亦不滿足是無猒足心是名菩薩廣大意

若菩薩從初發心乃至成佛不捨無猒足心是名菩薩長時意若菩薩由六波羅蜜所作利益他事常生無等歡喜衆生得益其心歡喜所不能及是名菩薩歡喜意若菩薩行六波羅蜜利益衆生已見衆生於已有大恩德不見自身於彼有恩是名菩薩有恩德意若菩薩從六波羅蜜所生功德善根施與一切衆生以無著心回向爲令彼得可愛重果報

是名菩薩大志意若菩薩所行六波羅蜜功德善根令一切衆生平等皆得爲彼回向無上菩提是名菩薩善好意由此六意所攝愛重思惟菩薩修習

釋曰愛重思惟者爲顯求得心見有大功德故求欲得之

論曰若菩薩隨喜無量菩薩修加行六意所生功德善根是名菩薩六意所攝隨喜思惟

釋曰爲顯無疑心既隨喜勝人所行故決定無疑

論曰若菩薩願一切衆生修行六意所攝六波羅蜜及願自身修行六意所攝六波羅蜜修習加行乃至成佛是名菩薩所意所攝願得思惟

釋曰願得思惟者爲顯大悲無獨求之心此三思惟即除三心一除不行心二除進退心三除偏進心

論曰若人得聞六意所攝菩薩思惟修習生一念信心是人則得無量無邊福德之聚諸惡業障壞滅無餘

釋曰有二義一能壞業令盡二業雖在以善力大故能遮惡道報令永不受業亦有壞滅義若人但聞尚得無量無邊福德何況菩薩盡能修行

差別章第七

論曰云何應知諸波羅蜜差別

釋曰此問欲何所顯諸波羅蜜品類不可數量欲顯真體故作此問由明諸波羅蜜差別故真體顯現

論曰由各有三品知其差別

釋曰此總標數以答問

論曰施三品者一法施二財施三無畏施

釋曰法施利益他心由法施故他聞慧等善根得生財施利益他身無畏施通利益他身心復次由財施有向惡者引令歸善由無畏施攝彼令成眷屬由法施生彼善根及成熟解脫由具此義故說施有三品

論曰戒三品者一守護戒二攝善法戒三攝利衆生戒

釋曰守護戒是餘二戒依止若人不離惡攝善利他則不得成若人住守護戒能引攝善法戒爲佛法及菩提生起依止若住前二戒能引攝利衆生戒爲成熟衆生依止復次守護戒由離惡故無悔惱心能得現世安樂住由此安樂住故能修攝善法戒爲成熟佛法若人住前二戒能修攝利衆生戒爲成熟他此三品戒即四無畏因何以故初戒是斷德第二戒是智德第三戒是恩德四無畏不出此三德故言即四無畏因由具此義故說戒有三品

論曰忍三品者一他毀辱忍二安受苦忍三觀察法忍

釋曰由毀辱忍能忍他所起過失何以故由菩薩爲作利益他事發心修行雖爲他毀辱不由著此過失還退本行心由安受苦忍雖復墮在生死諸苦難中不由此苦退本行心由觀察法忍菩薩能入諸法真理此忍即是前二忍依處以能除人法二執故由具此義故說忍有三品

論曰精進三品者一勤勇精進二加行精進

三不下難壞無足精進

釋曰云何得知精進有此三體由佛世尊於經中說經言此人有貞實有勝能有勇猛有强制力不捨善枙爲顯三體說此五句爲顯勤勇精進說有貞實爲顯加行精進說有勝能何以故此人於加行時有勝能如前所欲皆能行故爲顯不下難壞無足精進次第說有勇猛有强制力不捨善枙三句何以故有人始時爲得無上菩提先有貞實加行時有勝能爲時長遠所求果相未現於此中間生下劣心爲對治此心顯不下精進故說勇猛若人雖復勇猛心無退弱若遭生死苦難沮壞其心則退菩提願爲對治此心顯難壞精進故說有强制力由有强制力生死苦難不能令退若人雖復遭苦不退於少所得便生足想由此知足不能得最上菩提爲對治此心顯無足精進故說不捨善枙由具此義故說精進有三品

論曰定三品者一安樂住定二引神通定三隨利他定

釋曰有定爲現世得安樂住何以故能離一切染污法故依此定爲生自利謂三明故能引成六神通因引成通定生隨利他定利他即是三輪一神通輪謂身通天眼通天耳通此輪爲引向邪者令其歸正二記心輪謂他心通天眼天耳通此輪爲引已歸正者若未信受令其信受三正教輪謂宿住通漏盡通由宿住通識其根性由漏盡通如自所得爲說正教令得下種成熟解脫由具此義故說定有三品

論曰般若三品者一無分別加行般若二無分別般若三無分別後得般若
釋曰從聞無相大乘教得聞思修慧入分別想空通名無分別加行般若已入三無性即無分別智名無分別般若得無分別智後出觀如前所證或自思惟或爲他說名無分別後得般若般若復有三品謂未知欲知根知根已知根爲性住用出世間事故由具此義故說般若有三品

攝章第八

論曰云何應知諸波羅蜜攝義
釋曰餘一切善法與諸波羅蜜互相攝義云何應知
論曰一切善法皆入六波羅蜜攝
釋曰一切善法謂願乃至四無礙解六通慧如來所有祕密法藏等皆是六波羅蜜所攝
論曰以爲彼性故
釋曰由波羅蜜是願等法性故此願等亦攝諸波羅蜜由願等是波羅蜜性故諸波羅蜜同以無分別智爲性故得相攝
論曰彼是六波羅蜜所流果故
釋曰彼即六通十力四無畏乃至不共法等諸佛法皆是六波羅蜜所流之果以與波羅蜜同性故
論曰一切善法所隨成故
釋曰信輕安等諸善法是菩薩道所攝隨菩薩所欲行波羅蜜皆能成就波羅蜜即是彼所流果故得相攝

對治章第九

論曰云何應知諸波羅蜜所對治攝一切惑

釋曰如波羅蜜能攝一切清淨品盡波羅蜜所對治亦應能攝一切不淨品盡云何應知
論曰以爲彼性故
釋曰如波羅蜜以無著爲性故攝一切善法盡波羅蜜所對治以著爲性故攝一切不淨品盡
論曰爲彼生因故
釋曰不信邪見身見等諸法能生慳惜嫉妬邪行瞋恚等果以同性故得爲彼因
論曰爲彼所流果故
釋曰此者慳惜嫉妬邪行瞋恚等由著自他故生諸惡行謂十惡等亦以同性得爲彼果由此諸義故得相攝
功德章第十
論曰云何應知諸波羅蜜功德
釋曰行世間施等行亦有功德菩薩波羅蜜功德云何應知菩薩波羅蜜功德與世間有同有異同有六種異有四種同有六種者
論曰若菩薩輪轉生死大富位自在所攝
釋曰轉輪王天帝梵王等爲大富位於中爲主故名自在菩薩凡夫行施同得此報
論曰大生所攝
釋曰大生有三種一道勝二性勝三威德勝菩薩凡夫持戒同得此報
論曰大眷屬徒衆所攝
釋曰親戚名眷屬所攝領者名徒衆眷屬及徒衆亦有三勝如前所說故稱爲大皆相親愛不生憎嫉恒共歡聚未嘗違離菩薩凡夫行忍同得此報
論曰大資生業事成就所攝

釋曰資生業有四種一種植二養獸三商估四事王和同乖諍名事如所欲爲無不諧遂故名成就菩薩凡夫行精進同得此果
論曰無疾惱少欲等所攝
釋曰四無量所攝定此定得果身無諸病心離衆惱故恒歡悦其餘諸定所得果報雖復在家與離欲仙人不異以少煩惱故等謂得好形相及長壽等菩薩凡夫修定同得此果
論曰一切工巧明處聰慧所攝
釋曰爲立資生故須工巧明處即十八明處能立現在未來及解脱法此中有立破二理若有聰慧則能成此事菩薩凡夫若修般若同得此報異有四種者
論曰如意
釋曰菩薩行施等得富樂等報於中常離過失謂無染污利益自他故世間行施等雖有功德則無此事是名第一異相
論曰無失富樂
釋曰菩薩行施等得富樂等報於中如意謂自用及爲他用常生三種歡喜故世間行施等雖有功德則不如此是名第二異相
論曰利益衆生爲正事故
釋曰菩薩行施等所生功德常爲衆生作世出世利益事不爲自身世間行施等雖有功德則不如此是名第三異相
論曰菩薩修行六度功德乃至入住究竟清涼菩提恒在不異故
釋曰菩薩行施等所生功德從初發心乃至極果如本恒在利他不異此即常住功德世間行施等雖有功德則不如此是名第四異

相

互顯章第十一

論曰云何應知諸波羅蜜更互相顯

釋曰如般若波羅蜜等經中說三十六句顯說一一波羅蜜即說餘五波羅蜜云何應知

論曰世尊或以施名說諸波羅蜜或以戒名或以忍名或以精進名或以定名或以般若名說諸波羅蜜

釋曰五波羅蜜入一波羅蜜攝一波羅蜜中則具有六但以施等一名說之

論曰如來以何意作如此說於諸波羅蜜修行方便中一切餘波羅蜜皆聚集助成故此即如來說意

釋曰若菩薩於一一波羅蜜修加行餘波羅蜜皆助成此一如諸菩薩正行施時守護身口離七支惡即持正語正業正命戒由此戒故施得成就故戒能成施若菩薩正行施時能安受受施人相違言語及相違威儀乃至安受行施苦事由此忍故施得成就故忍能成施若菩薩正行施時由欲行施心能除貪愛由有大悲能除瞋恚由下身心能除憍慢欲令受者安樂能除慳貪嫉妬知施有因果能除無明邪見精進能生如此善對治如此惡由精進施得成就故精進能成施若菩薩正行施時一心相續緣利樂衆生事由此定故施得成就故定能成施若菩薩正行施時由了別因果不著三輪故般若能成施是名餘波羅蜜助成一波羅蜜故合說六波羅蜜總名爲施如施戒等亦爾一度具六故成三十六句

論曰此中説鬱陀那偈

位數相次第　名修差別攝　對治及功德

互顯諸度義

攝大乘論釋卷第九

音釋

羼提（梵語也此云忍羼初限切）掉（徒弔切搖也）揀（古限切擇也）

枙（於革切與軛同）諧（雄皆切和也）鬱（紆勿切）

是故二空離此戲論

攝大乘論釋卷第十上

天親菩薩釋

陳天竺三藏法師眞諦譯

釋入因果修差別勝相品第八

釋曰此義有五章一對治二立名三得相四修相五修時

論曰如此已說入因果勝相云何應知入因果修差別

釋曰前已總說六度因果差別在願行位爲因在清淨位爲果未約地辯修差別故目前總說爲如此唯識智名入三無性爲勝相六度即是唯識智入三無性因果欲顯諸波羅蜜修習差別故問云何應知

論曰由十種菩薩地何者爲十一歡喜地二無垢地三明焰地四燒然地五難勝地六現前地七遠行地八不動地九善慧地十法雲地

釋曰若欲知修差別觀十地差別即知因果修差別

論曰云何應知以此義成立諸地爲十

釋曰此問欲顯何義若菩薩入初地見眞如即盡何以故眞如無分數故若見眞如不盡眞如則有分數若有分數則同有爲法若見已盡何故說有十地

對治章第一

論曰爲對治地障十種無明故

釋曰眞如實無一二分數若約眞如體不可立有十種差別眞如有十種功德能生十種正行由無明覆故不見此功德由不見功德故正行不成爲所障功德正行有十種故分

別能障無明亦有十種

論曰於十相所顯法界

釋曰十相謂十種功德及十種正行此相皆能顯法界

論曰有十種無明猶在爲障

釋曰此十種相雖復實有由無明所覆不得顯現故知菩薩初入眞如觀障見道無明即滅所餘無明猶在未滅故十無明覆十功德障十正行何者爲十種無明一凡夫性無明二依身業等於諸衆生起邪行無明三心遲苦無明聞思修忘失無明四微細煩惱行共生身見等無明此煩惱最下品故隨思惟起故已遠離隨順本所行事故故名微細煩惱五於下乘般涅槃無明六麤相行無明七微細相行無明八於無相作功用心無明九於衆生利益事不由功用無明十於衆法中不得自在無明凡夫性無明是初地障此無明即是身見身見有二種一因二果法我執是因人我執是果因即凡夫性迷法無我故稱無明二乘但能除果不能斷因若不斷此無明則不得入初地故此無明爲初地障依身業等於諸衆生起邪行無明是二地障菩薩未入二地生如此想謂三乘人有三行差別迷一乘理故稱無明又釋一切衆生所行之善無非菩薩大清淨方便何以故清淨既一未至大清淨位無住義故若悉應同歸菩薩大道云何修方便不修正道未入二地則無此智由迷此義故稱無明若不斷此無明則不得入二地故此無明爲二地障心遲苦無明聞思修忘失無明是三地障未至智根位

爲遲未得菩薩微妙勝定爲苦以障根及修故稱無明障聞持等陀羅尼不得成就令所聞思修有忘失故稱無明若不斷此無明不得入三地故此無明爲三地障微細煩惱行共生身見等無明爲四地障煩惱行者法執分别種子爲體生住滅不停故名行此種子爲身見因此種子體亦即是身見以是法分别種類故此煩惱最下品故者此釋微細義由是最下品不能染汙菩薩心故名微細隨思惟起故者此釋共生義雖復不能染菩薩心隨正思惟起與正思惟相應故不可説無以能障菩薩一切智故已遠離隨順本所行事故者此釋離伴義昔在凡夫共位中及地前隨順本所行一切煩惱事今修行四地離之已遠由不了法無我空故稱無明若不斷此無明則不得入四地故此無明爲四地障於下乘般涅槃無明是五地障若人依四諦觀修行五地見生死爲無量過失火之所燒然見涅槃最清涼寂靜功德圓滿不欲捨生死此行難行不欲取涅槃此行亦難行若人修行五地心多求般涅槃故稱無明若不斷此無明不得入五地故此無明爲五地障麤相行無明是六地障若人修行六地一切諸行相續生如量如理證已多住猒惡諸行心中未能多住無相心中故稱無明若不斷此無明不得入六地故此無明爲六地障微細相行無明爲七地障若人修行七地由心於百萬大劫中未能離諸行相續相謂生及滅故不能通達法界無染淨相如經言龍王十二緣生者或生或不生云何生由俗諦故云

何不生由眞諦故於十二緣生中未能離生相住無生相不得入七地故稱無明若不斷此無明不得入七地故此無明爲七地障於無相作功用心無明爲八地障若人修行八地由作功用心爲除微細相行無明及爲住無相心中未能自然恒住無間缺無相心故稱無明若不斷此無明不得入八地故此無明爲八地障於衆生利益事不由功用無明是九地障若人修行九地心自然恒住無相但於利益衆生事四種自在中未能自然恒起利益衆生事故稱無明若不斷此無明不入九地故此無明爲九地障於衆法中不得自在無明是十地障若人修行十地於成就三身業及微細秘密陀羅尼三摩提門未得自在故稱無明若不斷此無明不得入十地故此無明爲十地障

論曰何者能顯法界十相

釋曰此問欲顯眞如有十功德相此十功德能生十正行及十不共果以顯法界體十功德是顯法界之本故先問十功德相

論曰於初地由一切遍滿義應知法界

釋曰眞如法界於一切法中遍滿無餘何以故諸法中無有一法非無我故人法二執所起分別覆藏法界一切遍滿義由此障故顚行位人不得入初地若除此障即見眞如遍滿義人法二執永得清淨由觀此義得入初地

論曰於二地由最勝義

釋曰人法二空攝一切法盡是遍滿義此義於一切法中最勝清淨由觀此義得入二地

論曰於三地由勝流義

釋曰眞如於一切法中最勝由緣眞如起無分別智無分別智是眞如所流此智於諸智中最勝因此智流出無分別後智所生大悲此大悲於一切定中最勝因此大悲如來欲安立正法救濟衆生説大乘十二部經此法是大悲所流此法於一切説中最勝菩薩爲得此法一切難行能行難忍能忍由觀此法得入三地

論曰於四地由無攝義

釋曰於最勝眞如及眞如所流法菩薩於中見無攝義謂此法非我所攝非他所攝何以故自他及法三義不可得故譬如北鬱單越人於外塵不生自他攝想菩薩於法界亦爾故法愛不得生由觀此義得入四地

論曰於五地由相續不異義

釋曰此法雖復無攝三世諸佛於中相續不異不如眼等諸根色等諸塵及六道衆生相續有異何以故如此等法分別所作故相續有異三世諸佛眞如所顯故相續不異若觀此義得入五地

論曰於六地由無染淨義

釋曰三世諸佛於此法中雖復相續不異此法於未來佛無染以本性淨故於過去現在佛無淨以本性無染故由觀此義得入六地

論曰於七地由種種法無別義

釋曰十二部經所顯法門由種種義成立有異由一味修行一味通達一味至得故不見有異由觀此義得入七地

論曰於八地由不增減義

釋曰菩薩見一切法道成時不增惑滅時無減如此智是相自在及土自在依止相自在者如所欲求相以自在故即得現前土自在者若菩薩起分別願願此土皆成頗棃珂等以自在故如所願即成初自在爲成熟佛法後自在爲成熟衆生此二自在由不增減智得成即以不增減智爲依止由觀此義得入八地

論曰於九地由定自在依止義由土自在依止義由智自在依止義

釋曰初二依止義如前釋智自在者四無礙解所顯名智此智以無分別後智爲體何以故遍一切法門悉無倒故由得此智故成大法師能令無窮大千世界衆生入甚深義如意能成故名自在此自在以無分別智爲依止由得此自在故入九地又釋通達法界爲智自在依止故得四無礙解由觀此義得入九地

論曰於十地由業自在依止義由陀羅尼門三摩提門自在依止義應知法界

釋曰通達法界爲作衆生利益事若得諸佛三業及得陀羅尼門三摩提門則能通達如來一切秘密法藏得入十地又釋通達法界爲業自在依止通達法界爲陀羅尼門三摩提門自在依止由此通達爲化度十方衆生得三身三業故名業自在由得陀羅尼門三摩提門如來一切秘密法藏如意通達故名自在此三自在並以眞如爲依止由觀此義得入十地若通達法界眞如十種功德爲得何果若通達法界遍滿功德得通達一切障

空義得一切障滅果若通達法界最勝功德得於一切衆生最勝無等菩提果若通達法界勝流文句功德得無邊法音及能滿一切衆生意欲果何以故此法音無邊無倒故若通達法界無攝功德得如所應一切衆生利益事果若通達法界相續不異功德得與三世諸佛無差別法身果若通達十二緣生真如無染淨功德得自相續清淨及能清淨一切衆生染濁果若通達種種法無別功德得一切相滅恒住無相果若通達不增減功德得共諸佛平等威德智慧業果若通達四種自在依止功德得三身果若通達無分別依止得法身果若通達土及智自在依止得應身果由此應身於大集中得共衆生受法樂果若通達業依止得化身果因於此果能作無量衆生無邊利益果

論曰此中說偈

遍滿最勝義　勝流及無攝　無異無染淨

種種法無別　不增減四種　自在依止義

業自在依止　總持三摩提

如此二偈依中邊分別論應當了知

復次此無明應知於二乘非染汙於菩薩是染汙

釋曰二乘修行不爲入十地此無明不障二乘非二乘道所破故不染汙二乘菩薩修行爲入十地此無明障菩薩十地爲菩薩道所破故染汙菩薩若菩薩於初地能通達一切地云何次第制立諸地差別由此住故菩薩修行十度通別二行因此住修別行故次第制立十地差別

立名章第二

論曰云何初地名歡喜由始得自他利益功能故

釋曰菩薩於初登地時即具得自利利他功能昔所未得此時始得是故歡喜聲聞於初證眞如時但得自利功能無利他功能聲聞亦有歡喜義不及菩薩故唯菩薩初地立歡喜名聲聞初果不立此名復次昔所未證出世法今始得證無量因緣有大慶悅恒相續生故稱歡喜

論曰云何二地名無垢由此地遠離犯菩薩戒垢故

釋曰菩薩於此地中有自性清淨戒非如初地由正思量所得故稱無垢復次於此地中一切微細犯戒過失垢離之已遠自性清淨戒恒相續流故稱無垢

論曰云何三地名明焰由無退三摩提及三摩跋提依止故大法光明依止故

釋曰菩薩於此地中未曾離三摩提及三摩跋提以不退此定故所說大乘教是此定依止大法謂大乘法無分別智及無分別後智名光明菩薩亦恒不離此智聞持陀羅尼爲此智依止以定爲明以智爲焰故稱明焰又釋定爲智根故名依止智爲定根故名依止復次此地是無量智慧光明無量三摩提聞持陀羅尼依止故稱明焰

論曰云何四地名燒然由助菩提法能焚滅一切障故

釋曰菩薩於此地中恒住助道法故名然由住此法能焚滅大小諸惑故名燒故稱燒然

復次道火熾盛能燒惑薪故稱燒然
論曰云何五地名難勝眞俗二智更互相違
能合難合令相應故
釋曰眞智無分別俗智如工巧等明處有分
別分別無分別此二互相違令相應此事
爲難菩薩於此地中能令相應故稱難勝
論曰云何六地名現前由十二緣生智依止
故能令般若波羅蜜現前住故
釋曰菩薩於此地中住十二緣生觀由十二
緣生智力得無分別住無分別住即是般若
波羅蜜此般若波羅蜜恒明了住故稱現前
論曰云何七地名遠行由至有功用行最後
邊故
釋曰菩薩於此地中作功用心修行已究竟
思量一切相皆決了此思量由功用得成於
加行功用心中最在後邊故稱遠行復次無
間缺思惟諸法相長久入修行心與清淨地
相隣接故稱遠行
論曰云何八地名不動由一切相及作意功
用不能動故
釋曰於無相及一切相作功用心及惑不能
動故菩薩於此地有二種境一眞境二俗境
眞境名無相菩薩住此境一切相及功用所
不能轉俗境名一切相即利益衆生事菩薩
於此境一切惑不能染菩薩心由此二義故
稱不動復次一切相一切法一切功用不能
轉菩薩無分別心何以故此無分別心自然
相續恒流故稱不動
論曰云何九地名善慧由最勝無礙辯智依
止故

釋曰菩薩於此地中所得四辯名慧此慧圓滿無退無垢名善故稱善慧復次菩薩於此地中能具足說一切法由得無失廣大智慧有此功能故稱善慧

論曰云何十地名法雲由緣通境知一切法一切陁羅尼及三摩提門爲藏故譬雲能覆如虛空麤障故能圓滿法身故

釋曰菩薩於此地中得如此智能緣一切法通爲一境此智有勝功能譬雲有三義謂能藏能覆能益如淨水在雲内爲雲所含即是淨水在此智内爲此智所含故有能藏義雲能藏義此智亦爾陁羅尼門及三摩提門如能覆空一分此智亦爾能覆一切麤大惑障爲能對治故作自地滅道作餘地不生道復次如雲能遍滿虛空此智亦爾能圓滿菩薩轉依法身由此二意故有能覆義菩薩由有此智如大雲於一切衆生隨根隨性常雨法雨能除衆生煩惱燋熱能脱衆生三障塵垢能生長衆生三乘善種故有能益義法目此智以雲譬智故稱法雲通名地者有四義一住義二處義三攝義四治義是十一無流勝智住位故以住爲義是受用現世安樂住成熟佛法成熟衆生處故以處爲義總攝一切福德智慧故以攝爲義能對治惑流故以治爲義

得相章第三

論曰云何應知得諸地相

釋曰若菩薩已得歡喜地所得實相此相能發起菩薩自精進心能生衆生信樂能令菩薩離增上慢心須說所得地相故問云何應

知

論曰由四種相

釋曰四種相中隨一相顯現即驗此人已入菩薩地何以故此四相離登地人於餘處則無

論曰一由已得信樂相於一一地決定生信樂故

釋曰有五種信樂如地持論說一無放逸二遭苦難衆生無救無依爲作救濟依止之所三於三寶起極尊重心窮諸供養四知所有過不一念覆藏即皆發露五於一切事及思修中先發菩提心於此五中隨一顯現即驗已入菩薩地譬如須陀洹人得四不壞信何以故此五是菩薩常所行法是故能顯菩薩已入地相

論曰二由已得行相得與地相應十種法正行故

釋曰若菩薩修行十地不出十種正行此十種正行是十地依止十種法正行如十七地論說諸菩薩於大乘中爲成熟衆生有十種善法正行與大乘相應十二部方等經菩薩藏所攝何等爲十一書持二供養三施他四若他正說恭敬聽受五自讀六教他令得七如所說一心習誦八爲他如理廣釋九獨處空閑正思稱量簡擇十由修相入意如此十種正行幾是大福德道幾是加行道幾是淨障道一切是大福德道第九是加行道第十是淨障道

論曰三由已得通達相先於初地通達眞如法界時皆能通達一切地故

釋曰由四尋思四如實智所得眞如地地不異

論曰四由已得成就相此十地皆已至究竟修行故

釋曰成就心有四種所緣境亦有四種菩薩於願樂地中善增長善根已依菩提道出離二執是菩薩心緣四種境起何者爲四一緣未來世菩提資粮速疾圓滿二緣作衆生利益事圓滿三緣無上菩提果四緣諸如來具相佛事圓滿緣此四境即有四心一精進心二大悲心三善願心四善行心

攝大乘論釋卷第十上

攝大乘論釋卷第十下

天親菩薩釋

陳天竺三藏法師眞諦譯

修相章第四

論曰云何應知修諸地相

釋曰已說得諸地相復以何方便修能得諸地故問云何應知

論曰諸菩薩先於地地中修習奢摩他毗鉢舍那各有五相修習得成

釋曰三世菩薩修行悉同爲得未曾得爲先此顯修時在清淨意位故言於地地中所修十波羅蜜通有二體一不散亂爲體二不顚倒爲體不散亂屬奢摩他不顚倒屬毗鉢舍那諸地若各具五相修習得成菩薩地若無此五修不得入菩薩地

論曰何者爲五一集總修

釋曰依佛所說大乘正教種種文句種種義理種種法門由四尋思及四如實智觀察名義法門自性及差別皆不可得此不可得不可說有離三性故不可說無是清淨梵行果故如來所說通是一味故名總修此修依智慧行

論曰二無相修

釋曰如前所說無著等五種清淨故名無相又於自身報恩果報不著故名無相此修依大悲行

論曰三無功用修

釋曰菩薩不由作功用心自然在菩提行若於餘事須作功用心此修依自在及正見行

論曰四熾盛修

釋曰菩薩不以悠悠心修道捨下中心依上品心修行之時於身命財無所恪惜故名熾盛此修依精進行

論曰五不知足修

釋曰如前所說於長時修施等行不生疲猒故名不知足此修依信行如經言若人有信心則於善無猒

論曰應知於諸地皆有此五修

釋曰諸地皆須五修有二義一未得令得二已得令不失

論曰此五修生五法爲果

釋曰五修是因五法爲果果有二種一眞實果二假名果五法是眞實果地是假名果以五法成地故地是假名果

論曰何者爲五一刹那刹那能壞一切麤重依法

釋曰惑障爲麤智障爲重本識中一切不淨品熏習種子爲此二障依法初刹那爲次第道第二刹那爲解脱道初刹那壞現在惑令滅第二刹那遮未來惑令不生復次由奢摩他毗鉢舍那智緣總法爲境刹那刹那能破壞諸惑聚是所對治者令滅非所對治者令贏此惑滅不生果是總修所得

論曰二能得出離種種亂想法樂

釋曰能得出離種種立相想現受法樂何以故如來隨衆生根性及煩惱行立種種法相若人如文判義此種種法前後相違若執此相不離疑惑於正法中現世無有得安樂住義若依無相修於正法中出離種種立相想觀此正説同一眞如味心無疑猒於正法中

縱任自在故現世得安樂住此成熟佛果是無相修所得

論曰三能見一切處無量無分別相善法光明

釋曰約三乘法説一切處又約内外法説一切處又約眞俗説一切處如此一切處菩薩能見無量相如佛所説法相及世間所立法相菩薩皆能了達即是如量智如其數量菩薩以如理智通達無分别相此二智能照了眞俗境故名善法光明此二智果是無功用修所得

論曰四如所分别法相轉得清淨分恒相續生爲圓滿成就法身

釋曰如昔所聞於思量覺觀中奢摩他毗鉢舍那未滿未大未隨緣行以未有熾盛修故得此修已由離障故轉得清淨分由相續生故得圓滿由圓滿得觸法身至究竟位故得成就謂起時圓滿時究竟時復次如來有二種身一解脱身二法身由滅惑故解脱身圓滿由解脱身圓滿故法身成就此出離果是熾盛修所得

論曰五於上品中轉增爲最上上品因緣聚集

釋曰菩薩登地已得上品由於善法不知足故更進修集從初地轉觸二地乃至從十地轉觸佛果成最上上品先所修福德智慧資粮無分别智爲因諸助道法爲緣一時滿足故言因緣聚集此圓滿果是不知足修所得所餘諸地義應知如十七地論説謂有能無能等於十地中有幾種法未滅爲滅未得爲

得故菩薩修十地行菩薩先在願行地中於十種法行修願忍得成由願忍成過願行地入菩薩正定位願者有十大願一供養願願供養勝緣福田師法主二受持願願受持勝妙正法三轉法輪願願於大集中轉未曾有法輪四修行願願如說修行一切菩薩正行五成熟願願成熟如器世界衆生三乘善根六承事願願往諸佛土常見諸佛恒得敬事聽受正法七淨土願願清淨自土安立正法及能修行衆生八不離願願於一切生處恒不離諸佛菩薩得同意行九利益願願於一切時恒作利益衆生事無有空過十正覺願願與一切衆生同得無上菩提恒作佛事此十願至登初地乃得成立何以故此願以眞如爲體初地能見眞如故忍者即無分別智由願忍成故有二種勝能謂能滅能得何者是耶有二十二無明十一麤重報障十一地諸地各能滅三障各得勝功德初地能滅三障者一法我分別無明二惡道業無明此二無明感方便生死名麤重報爲滅三障故修正勤因修正勤滅三障已得入初地得十分圓滿一入菩薩正定位以入菩薩初無流地故二生在佛家如諸菩薩生法王家具足尊勝故三種性無可譏嫌以過二乘及世間種性故四已轉一切世間行以決定不作殺生等邪行故五已至出世行所得諸地必無流故六已得菩薩法如由得自他平等故七已善立菩薩家處由證眞實菩薩法故八已至三世平等由覺了一切法無我眞如故九已決定在如來性中當來必成佛故十已離壞

卯事由佛道破無明㲉於外般涅槃故菩薩於初地由見法界遍滿義得此十分如聲聞在初果有十分功德由此分故初地圓滿菩薩於初地未有勝能未能了達菩薩戒中微細犯戒過行故所以未能者由三障故一微細犯過無明二種種相業行無明此二無明感方便生死故名麤重報爲滅三障故修正勤因修正勤滅三障已入第二地得八種清淨功德一信樂清淨二心清淨三慈悲清淨四波羅蜜清淨五見佛事清淨六成熟衆生清淨七生清淨八威德清淨於上上地離如來地此八種功德轉上轉勝由此分故二地圓滿菩薩於二地未有勝能未得世間四定四空三摩跋提及聞持陀羅尼具足念力所以未得者由三障故一欲愛無明二具足聞持陀羅尼無明此二無明所感方便生死名麤重報爲滅三障故修正勤因修正勤滅三障已入第三地得八種轉勝清淨及四定等乃至通達法界勝流義由此分故三地圓滿菩薩於三地未有勝能未能隨自所得助道品法中如意久住未能捨離三摩跋提法愛心清淨住所以未能者由三障故一三摩跋提愛無明二行法愛無明此二無明所感方便生死爲麤重報爲滅此三障故修正勤因修正勤滅三障已入第四地得八種轉勝清淨及於助道品法中如意久住等乃至通達法界無攝義由此分故四地圓滿菩薩於四地未有勝能菩薩正修四諦觀於生死涅槃不能捨離一向背取心未能修四種方便所攝菩薩道品所以未得者由三障故一生死

涅槃一向背取思惟無明二方便所攝修習道品無明此二無明所感因緣生死名麤重報爲滅此三障故修正勤因修正勤滅三障已入第五地得八種轉勝清淨及得捨離背取心等乃至通達法界相續不異義由此分故五地圓滿菩薩於五地未有勝能諸行法生起相續如理證故由多修行猒惡有爲法相故未能長時如意住無相思惟故所以未能者由三障故一證諸行法生起相續無明二相想數起無明此二無明感因緣生死名麤重報爲滅此三障故修正勤因修正勤滅三障已入第六地得八種轉勝清淨及不證諸行生起相續等乃至通達法界無染淨義由此分故六地圓滿菩薩於六地未有勝能未能離有爲法微細諸相行起未能長時如意住無間無流無相思惟中所以未能者由三障故一微細相行起無明二一向無相思惟方便無明此二無明所感因緣生死名麤重報爲滅三障故修正勤因修正勤滅三障已入第七地得八種轉勝清淨及離有爲法微細行起諸相乃至通達法界種種法無差別義由此分故七地圓滿菩薩於七地未有勝能未能離功用心得住無相修中未能於自利利他相中心得自在所以未能者由三障故一於無相觀作功用無明二於相行自在無明此二無明所感有有生死名麤重報爲滅三障故修正勤因修正勤滅三障已入第八地得八種轉勝清淨及離功用心得住無相修中等乃至通達法界無增減義由此分故八地圓滿菩薩於八地未有勝能未得

於正說中具足相別異名言品類等自在未得善巧說陀羅尼所以未得者由三障故一無量正說法無量名句味難荅巧言自在陀羅尼無明二依四無礙辯決疑生解無明此二無明所感有有生死名麤重報爲滅此三障故修正勤因修正勤滅三障已入第九地得八種轉勝清淨及於正說中得具足相自在等乃至通達法界智自在依止義由此分故九地圓滿菩薩於九地未有勝能未能得正說圓滿法身未得無著無礙圓滿六通慧所以未得者由三障故一六神通慧無明二入微細秘密佛法無明此二無明所感有有生死名麤重報爲滅此三障故修正勤因修正勤滅三障已入第十地得八種轉勝清淨及能得正說圓滿法身等乃至通達法界業自在依止義由此分故十地圓滿菩薩於十地未有勝能未得清淨圓滿法身未能於一切應知境得無著無礙見及智所以未得者由三障故一於一切應知境微細著無明二於一切應知境微細礙無明此二無明所感無有生死名麤重報爲滅此三障故修正勤因修正勤滅三障已入如來地得七種最勝清淨離生清淨及得清淨圓滿法身無著無礙見智等由此分故如來地圓滿十地功德皆是有上如來地功德悉是無上諸波羅蜜是菩薩學處何故或說有六或說有十說有六者凡有二義一前三成他世間利益二後三成他煩惱對治由菩薩行施立衆生資生具故令他離貧窮苦由菩薩行戒離逼害損惱衆生故令他無怖畏由菩薩行忍不報衆

生逼害損惱惡事故令他無疑安心故此三是成他世間利益菩薩行精進若他未伏惑及未斷惑能安立此人於善及助善處由此精進諸惑不能令彼退善及助善處菩薩行定能伏滅他煩惱菩薩行般若能斷除他煩惱是故後三爲成他煩惱對治或說有十更立後四波羅蜜數者爲助成前六故立後四前三波羅蜜所利益由四攝所顯方便波羅蜜能安立彼於善處故方便波羅蜜是前三波羅蜜助伴若菩薩於現世或爲煩惱多或由願生下界或由心羸弱於恒修習及心住內無有功能定緣菩薩藏文句生無有功能引出世般若菩薩行薄少善根功德願於未來世煩惱薄少無力等是菩薩願波羅蜜力令煩惱薄少等能起菩薩精進波羅蜜自爲

既爾令他亦然故願波羅蜜是精進波羅蜜助伴此已得精進菩薩由事善知識得聞正法如聞正思惟故能除羸弱心地於美妙境得强勝心地是菩薩力波羅蜜由此修力菩薩能引心令住內境故力波羅蜜是定波羅蜜助伴此已得力菩薩緣菩薩藏文句所生聞思修慧及緣五明智此智能如理簡擇真俗境此智或在無分別智前或在無分別智後是菩薩智波羅蜜由此智能生定及引出般若故智波羅蜜是般若波羅蜜助伴復次菩薩十種學處次第云何前前波羅蜜能攝成後後波羅蜜爲彼依止故若菩薩不惜六度及自身樂得受持禁戒菩薩爲護惜戒故忍受他毀辱由能忍受故精進不懈由此精進息惡生善故觸三摩提若定成就則能引

出世般若由般若回向前六度爲得大菩提故施等無盡故般若能引方便因此方便發諸善願能攝隨順生處一切生處恒值如來出世是故常行施等故方便能引願因此願故得二種力謂思擇力及修習力破施等對治決定常能修行施等是故願能引力因此力故如言執義無明則滅得受施等增上緣正說法樂因此法樂能成熟衆生善根故力能引智初地通達遍滿義得出世智菩薩見道所攝法界所謂二空故能了知自他平等由得平等不愛自憎他於自他利益能平等行是故初地行施圓滿二地由通達最勝義謂自性清淨菩薩作如此意如經言我等同得此清淨故出離是故應唯修眞道此經顯二義一顯法界自性清淨最勝無別二顯眞道歸趣法界既不見法界有上中下品故不求二乘果但求無上菩提此清淨道即是菩薩戒是故二地行戒圓滿三地由通達勝流義故行忍何以故如來所說十二部經是法界勝流從通達法界生故若人如理依文修行得證此希有法菩薩作是思惟如經言爲得此文無有難忍而不能忍假使三千大千世界滿中盛火菩薩爲求此法能投身火中是故三地行忍圓滿四地由通達無攝義觀法界無所繫屬以是無分別智境故如經言由此通達持訶那三摩提三摩跋提及善法愛滅不更生此地中一切定及三十七道品法極成就於中愛樂不可捨離何以故過失難見故若無最勝正勤此愛不可滅此愛若滅知正勤已成是故四地行精進圓滿五地

由通達相續不異義謂一切諸佛法身自性無別異菩薩得十種清淨意平等此意平等即是菩薩定何以故菩薩定者境界平等由緣眞如及衆生故由行平等通攝六度故由方便平等離高下心故由道平等離有無二邊故如此等十種意平等爲定體是故五地行定圓滿六地由通達無染淨義菩薩在六地觀十二緣生此觀中不見一法有淨有染何以故法界自性清淨故無明等十二分唯分別爲性分別既無相爲性故不見法有染染既不成故不見法有淨如經言龍王十二緣生或生或非生約世諦說生約眞諦說不生復次於十二緣生無法名染無法名淨法性無別異故是故六地行般若圓滿七地由通達種種法無別異義謂如來說三乘無量法門同一眞如味十二部經所說種種相想永不復生由知諸法無別異義所有眞俗諸行一向迴向無上菩提即是方便迴向勝智爲方便體令他得益爲方便用施等善根不滅不盡爲方便事此方便但爲利他非爲自利以不盡故利他無窮是故七地行方便行圓滿八地由通達不增減義菩薩觀煩惱滅時無減道生時無增法界有兩位一有垢位二無垢位菩薩不見法界垢位有增不見法界無垢位有減又不見無垢位道生有增有垢位道不生爲減不見一法有增減故依此法界勝願得成菩薩於八地緣眞俗境二智相違若離願力無並成義何以故緣眞是無分別智自在以無功用心故緣俗是淨土自在以清淨有功用心故此二自在必依願力

得成此願以何法爲體未得求得是願體如先所求自然而成是願用一切生處恒值諸佛常行施等善根成立不斷是願事此願但爲利他非爲自利以不斷故一切生處利他無窮是故八地行願圓滿九地由通達智自在依止義於九地中得二種力謂思擇力及修習力由此力故能伏一切正行對治能令善行決定此力以何爲體無邊智能是力體能伏對治令不起是力用令所行善決定清淨無雜無礙是力事此力但爲利他非爲自利以決定故利他無窮是故九地行力圓滿十地由通達業自在依止義菩薩觀眞如遍滿是應化身依止故得隨眞如於十方世界顯現二身作自他利益事此業是應化二身所顯此智以何爲體般若及定是智體不住生死涅槃是智用利益凡夫及聖人是智事此智但爲利他非爲自利二身所顯故利他無窮是故十地行智圓滿故

論曰於十地中修十波羅蜜隨次第成於前六地有六波羅蜜如次第說

釋曰前六地通達法界六種功德故各行一波羅蜜此義如前說

論曰於後四地有四波羅蜜

釋曰若說六波羅蜜方便勝智等四波羅蜜應知攝在六中攝義如前說若說十波羅蜜前六波羅蜜是無分別智攝後四波羅蜜是無分別後智攝後四地依無分別後智修行四波羅蜜云何知方便勝智是無分別後智攝此波羅蜜復以何法爲體爲荅此二問故

論曰一漚和拘舍羅波羅蜜六波羅蜜所生

長善根功德施與一切衆生悉令平等爲一切衆生迴向無上菩提

釋曰若人求得無上菩提先自思惟凡是一切衆生利益事我悉應作是故求無上菩提一切行菩薩道人其心皆爾由爲欲利益衆生故所作善根功德悉迴向無上菩提因果皆同是名平等此平等是方便勝智用般若大悲以爲其體何以故是六波羅蜜依般若生長依大悲爲衆生迴向無上菩提令平等皆得由般若故不迴向梵釋等富樂果由大悲故不迴向二乘果是故不捨生死於中不被染汙是名方便勝智波羅蜜若離分別此事不成故是無分別後智攝復云何知願波羅蜜是無分別後智攝復以何法爲此波羅蜜體爲荅此二問故

論曰二波尼他那波羅蜜此度能引攝種種善願於未來汝感六度生緣故

釋曰此願於現在世依諸善行能引攝種種善願此願於未來世能感隨六度生緣謂好道器及外資粮善知識正聞等是名善願因果事清淨意欲以爲其體依般若故得清淨依大悲故有意欲若離分別此事不成故是無分別後智攝此波羅蜜復以何法爲體爲答此二問故

論曰三婆羅波羅蜜由思擇修習力伏諸波羅蜜對治故能引六波羅蜜相續生無有間缺

釋曰於餘經中說力有二種一思擇力二修習力思擇力者正思諸法過失及功德此思

擇力若增勝非自地或所能動堅强故名力修習力者心緣此法作觀行令心與法和合成一猶如水乳亦如熏衣是名爲修此修若增成上上品能斷除下地惑亦以堅强故名力此中但取思擇力伏滅諸波羅蜜對治惑行六波羅蜜令相續無間缺此即是力波羅蜜事既但取思擇力故以思慧爲其體爲利益他伏惡行善故兼屬大悲若離分別此事不成故是無分別後智攝云何知智波羅蜜是無分別後智攝復以何法爲此波羅蜜體爲答此二問故

論曰四若那波羅蜜此度是能成立前六度智能令菩薩於大集中受法樂及成熟衆生

釋曰此度謂智波羅蜜智有二種一有分別二無分別今明有分別智何以故以能成立前六波羅蜜故能成立者如來依六波羅蜜所說一切正法菩薩能思量簡擇自得通達及令他得通達能成立六度故菩薩於大集中得受法樂令自他通達爲欲成熟衆生此即智波羅蜜事亦以思慧爲體此體此智既爲利物故兼屬大悲若離分別此事不成故是無分別後智攝

論曰後四波羅蜜應知是無分別後智攝一切波羅蜜於一切地中不同時修習

釋曰隨別義諸地各修一度故不同時

論曰從波羅蜜藏藏經應知此法門廣顯諸義

釋曰一切大乘法名波羅蜜藏爲利益他故佛說大乘攝藏諸波羅蜜非聲聞乘得此藏名以聲聞乘不爲利他說故若一切大乘皆

名波羅蜜藏此法門爲從何出此法門是十地波羅蜜藏所攝以文攝義故名藏部黨義類相攝又名藏故有重藏名復次佛不爲二乘說於三乘有隱秘義故名爲藏此經中說一切波羅蜜地地各各修習得成此地諸佛於一切土處恒爲勝行人說此正說地義如來法中爲無等說以無義無行得勝此地此地能爲一切義作依止故何以故由如來揀擇於勝處說故所以勝者以外塵及能住衆生所住之處皆勝故

攝大乘論釋卷第十下

攝大乘論釋卷第十一上

天親菩薩釋

陳天竺三藏法師眞諦譯

修時章第五

論曰於幾時中修習十地正行得圓滿

釋曰此十地是菩薩大地修行之時不可因於二乘何以故不唯爲自身所濟度多故所修方便多故所應至處最高遠故譬如王行不可同於貧人故大小乘修行時有長短欲顯此義故問修行時

論曰有五種人於三阿僧祇劫修行圓滿或七阿僧祇劫或五十三阿僧祇劫何者爲五人行願行地人滿一阿僧祇劫行清淨意行人行有相行人行無相行人於六地乃至七地滿第二阿僧祇劫從此後無功用行人乃至十地滿第三阿僧祇劫

釋曰何等爲五一有一人謂願樂行人二有三人謂清淨意行人有相行人無相行人三有一人謂無功用行人是名五人願樂行人自有四種謂十信十解十行十迴向爲菩薩聖道有四種方便故有四人如須陀洹道前有四種方便此四人名願樂行地於第一阿僧祇劫修行得圓滿此地若已圓滿此觀人未得清淨意行以未證眞如未得無分別智故無分別智即是清淨意行又猶同二乘心故非清淨意行又未至菩薩不退位故非清淨意行如世第一人未得無流心說爲不清淨無流心所緣法相無有忘失故得無流心說爲正定位有流心有忘失故不得受正定名菩薩亦爾未入初地不得正定名此不清

淨意行人若見眞如即見清淨意行地從初地至十地同得此名清淨意行人自有四種初一從通立名諸清淨意行後三從別立名謂有相行無相行無功用行此清淨意行人從第六地以還説名有相行有相行者境界相有四種一有分別相二無分別相三品類究竟相四事成就相有分別相者定所縁境等分爲毘鉢舍那境若無分別爲奢摩他境縁此境生捨是定相縁定境無分別眞如起名無分別相品類究竟相者謂如理如量二修事成就相者謂菩薩地地中轉依第七地是無相行有功用如來所謂十二部法門相乃至十二縁生相熟思量故不縁法門相直通達眞如味此通達離功用則不成故説此地爲無相行有功用清淨意行有相行無相行三人第二阿僧祇劫修行得圓滿若人入八地有無相行無功用未成就若八地圓滿於八地無相行無功用已成於九地十地無相行無功用未成滿第三阿僧祇劫此無相無功用乃成譬如須陀洹斯陀含阿那含三位製立爲五人若三位立何製立爲五人由位差別故成五人從初方便至須陀洹爲第一人家家爲第二人斯陀含爲第三人一種子爲第四人阿那含爲第五人菩薩位亦爾初地爲第一位從二地至七地爲第二位從第八地至第十地爲第三位亦得製立爲五人從方便至初地爲第一人從二地至四地爲第二人五地至六地爲第三人七地爲第四人八地至十地爲第五人復次由等聲聞位地應知菩薩十二地次第亦如此如聲聞

性地菩薩初位亦如此如聲聞修正定位加行謂苦法忍等菩薩第二位亦如此如聲聞已入正定位菩薩第三位亦如此如聲聞已得不壞信住聖所愛戒位爲滅上地惑菩薩第四位亦如此如聲聞依戒學引攝依心學菩薩第五位亦如此如聲聞已得依慧學位菩薩第六第七第八位亦如此如聲聞不復思量境界是無相三摩提加行菩薩第九位亦如此如聲聞已成就無相定位菩薩第十位亦如此如聲聞已出無相三摩提位解脱入位菩薩第十一位亦如此如聲聞位具相阿羅漢住菩薩第十二位亦如此此十二人菩薩五位所攝第一位攝第一第二第三三人第二位攝第四第五第六三人第三位攝第七第八兩人第四位攝第九一人第五位攝第十第十一第十二三人若約聲聞五位亦得攝十二人不異菩薩位攝

論曰復次云何七阿僧祇劫

釋曰欲顯餘部别執故言復次七阿僧祇劫時與前三阿僧祇劫時爲等爲有短長此執等三阿僧祇劫但有别義開爲七數第一大劫阿僧祇度願行地得行歡喜地第二大劫阿僧祇從歡喜地度依戒學地依心學地得行燒燃地第三大劫阿僧祇從燒燃地度依慧學地得行遠行地又一大劫阿僧祇名無相不定行度無相有功用地又一大劫阿僧祇名無相定行度無相無功用地又一大劫阿僧祇名無相勝行度無礙辯地又一大劫阿僧祇名最勝住度灌頂地阿僧祇有二種一謂阿僧祇劫何以故由此劫日夜半月月

時行年雙等時不可數故名阿僧祇劫二謂劫阿僧祇何以故於此劫中菩薩修行若以劫爲量此劫又不可數故名劫阿僧祇由前阿僧祇劫中時不可數由後阿僧祇劫又不可數經若干大劫阿僧祇得無上菩提令定三大劫阿僧祇得無上菩提不過不減若菩薩修行最上品正勤能超無數小劫或超無數大劫唯不能超大劫阿僧祇約除皮肉心三煩惱故立三阿僧祇劫第一劫阿僧祇菩薩心未明利方便未成正勤猶劣是故實經一大劫阿僧祇時方度願行地此位功行與時相符第二大劫阿僧祇若以功行約時應經九劫阿僧祇由菩薩心用明利方便已成正勤又勝經時雖少得功行多功超八大劫阿僧祇止經第二一大劫阿僧祇第三大劫阿僧祇若以功行約時應經二十一大劫阿僧祇由菩薩智慧方便正勤最勝經時雖少功行彌多功超二十大劫阿僧祇止經第三一大劫阿僧祇

論曰地前有三地中有四地前三者一不定阿僧祇二定阿僧祇三授記阿僧祇

釋曰復有別部執七劫阿僧祇爲行有淺深境有俗眞及第一義故地前經三劫阿僧祇緣此三境有三種行一依第一境有白法與黑法相雜名少分波羅蜜二依第二境有非黑白法與白法相雜名波羅蜜三依第三境有非黑白無雜法名眞波羅蜜即約此三立三阿僧祇一不定阿僧祇以黑白相雜與凡夫不異故二定阿僧祇已得無流法與有流法相雜已得無流法定猶相雜故未可授記

三授記阿僧祇但是無流法不雜餘法但無流法故定不雜餘法故可授記故地前經三劫阿僧祇

論曰地中有四者一依實諦阿僧祇二依捨阿僧祇三依寂靜阿僧祇四依智慧阿僧祇

釋曰初地至三地名依實諦地初地發願二地修十善法三地修習諸定並依境界故名依實諦地四地至六地名依捨地四地修道品五地觀四諦六地觀十二緣生並依道捨惑故名依捨地七地八地名依寂靜地以七地無相有功用八地無相無功用故名依寂靜地九地十地名依智慧地以九地自得解脱十地令他得解脱故名依智慧地諦有三種一誓諦二行諦三慧諦誓諦者從初發心立誓爲利益他行諦者如所立誓修行與誓相應如誓實行亦實慧諦者爲成就此行及安立前誓於方便中智慧與相行誓相應智慧爲勝此三皆實無倒不相違故名爲諦菩薩如昔所立誓今作衆生利益事故依諦住菩薩能捨六度障故依捨住菩薩六度功德相應故依寂靜住菩薩由自行六度善解利他方便故依智慧住菩薩立誓不違求者之心必皆施與由立此誓不違誓故實能施與隨其所施悉生歡喜故依諦行施菩薩能捨財捨果故依捨行施菩薩於財物受者行施及減盡中不生貪瞋無明怖畏故依寂靜行施如應如時如實施與於前三中此用最勝故依智慧行施如昔所立誓不違先所受戒捨離惡戒一切惡行寂靜此中智慧爲勝故依諦等行戒如昔所立誓能忍能捨分別他

過失瞋恚上心寂靜此中智慧爲勝故依諦等行忍如昔所立誓能作利益他事能捨離憂弱心惡法寂靜此中智慧爲勝故依諦等行精進如昔所立誓能思修利益衆生事捨離五蓋等心常寂靜此中智慧爲勝故依諦等行定如昔所立誓了達利益他方便捨離偏非方便無明燋熱已得寂靜能證一切智故依諦等行般若隨應知境及昔誓應知是依諦義捨離類欲惑欲應知是依捨義一切邪業永息應知是依寂靜義隨覺及通達應知是依慧義三諦所攝能違三失是名依諦三捨所攝能違三失是名依捨三寂靜所攝能違三失是名依寂靜三慧所攝能違三失是名依智慧依諦攝依捨寂靜慧隨順昔誓故不相違故依捨攝依諦寂靜慧能捨所對治故是一切捨果故依寂靜攝依諦捨慧惑及業燋熱寂靜故依慧攝依諦捨寂靜智慧爲先故智慧所隨故是故六波羅蜜依諦所生依捨所攝依寂靜所長依智慧所淨何以故依諦是彼生因依捨是彼誓因依寂靜是彼長因依慧是彼淨因初以諦爲依誓言眞實故中以捨爲依先已立誓爲他能捨自愛故後以寂靜爲依一切寂靜爲後故初中後以慧爲依若此有彼有若此無彼無故四依與十地相攝云何從初地至三地依諦爲勝何以故此中菩薩但修治觀眞境於道品等功行未成故依諦攝三地從四地至六地依捨爲勝何以故此中菩薩修治觀眞境已成於眞境無功用心但爲對治惑成就道品等由修治道品觀行四諦觀行十二緣生觀行

能捨一切惑故依捨又攝三地七地八地依寂靜爲勝何以故由菩薩道已成就諸惑多滅多伏不復能觸心此二地無相及無功用觀行已成就心地轉細安住寂靜故依寂靜又攝一地九地十地依智慧爲勝一自解勝二令他解勝皆能自利利他已度寂靜位多行利益他事若離智慧行無別利他方便由此二地多行智慧故依智慧又攝二地爲此義故別部執有七阿僧祇

論曰復次云何三十三阿僧祇

釋曰有諸大乘師欲顯行有下中上欲顯爲行未得方便欲顯已得不失方便欲顯已得不失增上方便欲顯入住出三自在故分阿僧祇爲三十三

論曰方便地中有三阿僧祇一信行阿僧祇二精進行阿僧祇三趣向行阿僧祇

釋曰地有二種一方便地二正地未入正地於方便中有三阿僧祇此中菩薩奉事諸佛心發願口立誓信如來正說及信如來修信根爲勝何以故未證法明故約修信根立一阿僧祇名爲信行若菩薩已證法明信根轉堅決定知果必應可得此中菩薩精進爲勝何以故於得方便心已明了不惜樂猒苦修精進故約修精進又立一阿僧祇名精進行若菩薩精進成就心得清淨惑障已除此中菩薩趣向爲勝何以故於眞如觀求得之心生起相續無背捨故約此趣向又立一阿僧祇名趣向行

論曰於十地中地地各三阿僧祇謂入住出

釋曰爲除皮煩惱障入初地爲除肉煩惱障

住初地爲除心煩惱障出初地何以故地地菩薩煩惱有三品上品名皮中品名肉下品名心上品者下品道所破中品者中品道所破下品者上品道所破乃至第十地其義亦爾約此三品故各立三阿僧祇是故異部執有三十三阿僧祇此三十三阿僧祇與前三阿僧祇亦等無有短長義如前釋前已說有三種阿僧祇劫竟菩薩經如此劫修行得無上菩提菩薩於無始生死中恒行施等行恒奉事出世諸佛從何時修行爲始或說三阿僧祇或說七阿僧祇或說三十三阿僧祇爲顯此義故

論曰如三此阿僧祇修行十地正行圓滿有善根願力

釋曰菩薩有二種力一善根力二善願力善根力者一切散亂所不能違善願力者於一切時中恒值佛菩薩爲善知識

論曰心堅進增上　釋曰由事善知識不捨菩提心生生及現世恒增長善根無復減失

論曰三種阿僧祇說正行成就

釋曰若具善根力善願力心堅增上四義以此時爲阿僧祇之始諸師說不同故有三種經如此阿僧祇時說修心行得成就

釋依戒學勝相品第九

論曰如此已說入因果修差別云何應知依戒學差別

釋曰前於入因果修差別中已約諸地明修差別未明菩薩依戒學與二乘有差別故問云何應知

論曰應知如於菩薩地正受菩薩戒品中說

釋曰地有二種一十地經二地持論十地經於二地品中廣說正受菩薩戒法地持論於尸羅波羅蜜品中廣說正受菩薩戒法應如此知

論曰若略說由四種差別應知菩薩戒有差別

釋曰若廣釋戒有十一種義一名二名義三相四因五果六對治七清淨八不清淨九得方便十立難十一救難若不依此解名爲略說又若具明九品差別爲廣若說四品差別爲略

論曰何者爲四一品類差別

釋曰一切菩薩戒若以品類攝之不出三種

論曰二共不共學處差別

釋曰於性戒中名共學處於制戒中名不共學處此二中菩薩與二乘皆有差別

論曰三廣大差別

釋曰此戒與二乘一向不同

論曰四甚深差別

釋曰如來不於二乘中說亦非二乘所行

論曰品類差別者有三種一攝正護戒

釋曰論比丘比丘尼式叉摩尼沙彌沙彌尼優婆塞優婆夷此戒是在家出家二部七衆所持戒

論曰二攝善法戒

釋曰從受正護戒後爲得大菩提菩薩生長一切善法謂聞思修慧及身口意善乃至十波羅蜜

論曰三攝衆生利益戒

釋曰略說有四種謂隨衆生根性安立衆生

於善道及三乘復有四種一拔濟四惡道二拔濟不信及疑惑三拔濟憎背正故四拔濟願樂下乘云何此三與二乘有差別二乘但有攝正護戒無餘二戒何以故二乘但求滅解脫障不求滅一切智障但求自度不求度他不能成熟佛法及成熟衆生是故無攝善法戒及攝衆生利益戒

論曰此中攝正護戒應知是二戒依止

釋曰若人不離惡能生善及能利益衆生無有是處故正護戒是餘二戒依止

論曰攝善法戒是得佛法生起依止攝衆生利益戒是成熟衆生依止

釋曰攝善法戒先攝聞思修三慧一切佛法皆從此生起何以故以一切佛法皆不捨智慧故攝衆生戒所謂四攝初攝令成自眷屬背惡向善第二攝未發心令發心第三攝已發心令成熟第四攝已成熟令解脫此三種戒以何法爲因三根爲別因二根爲通因三根爲別因者精進根爲第一戒因智根爲第二戒因定根爲第三戒因二根爲通因者信念二根通爲三戒因復次六法爲因一依善知識二依正聞三依正思四依信根五依猒惡生死六依慈心復次有四種因一從他正受得二從清淨意得三從猒怖對治得四從不犯戒起恭敬憶念得復次有四種因能令菩薩戒清淨一能離犯戒因二依止破戒對治謂念處等三依止寂靜謂不依止勝生處迴向爲一切衆生得涅槃故四由具根本十善所成方便所隨非覺觀所損憶念所攝迴向佛果故此三種戒以何法爲體不起惱害

他意生善身口意業爲體離取爲類此三種戒以何法爲用正護戒能令心安住攝善法戒能成熟佛法攝衆生戒能成熟衆生一切菩薩正事不出此三用由心得安住無有疲悔故能成熟佛法由成熟佛法故能成熟衆生

論曰共學處戒者是菩薩遠離性罪戒

釋曰殺生等名性罪性罪必由煩惱起染汙心地後則作殺等業又有制無制若作此業皆悉成罪故名性罪又如來未出世及出世後未制戒若人犯此罪於世間中王等如理治罪外道等爲離此罪立出家法故名性罪於性罪中菩薩與二乘同離故名共學處

論曰不共學處戒者菩薩遠離制罪所立戒

釋曰謂立掘地拔草等制菩薩遠離與二乘不同何以故

論曰此戒中或聲聞是處有罪菩薩於中無罪或菩薩是處有罪聲聞於中無罪

釋曰如來制戒有二種意一爲聲聞自度故制戒二爲菩薩自度度他故制戒聲聞菩薩立意受戒亦復如是故此二人持犯有異如聲聞若安居中行則犯戒不行則不犯菩薩見遊行於衆生有利益不行則犯戒行則不犯

論曰菩薩有治身口意三品爲戒聲聞但有治身口爲戒

釋曰戒類不同菩薩戒以三業善行爲體聲聞戒以身口善行爲體

論曰是故菩薩有心地犯罪聲聞則無此事

釋曰菩薩若有七種覺觀等起菩薩心地罪

犯菩薩戒聲聞則不如此菩薩戒通相云何
論曰若略說所有身口意業事能生衆生利
益無有過失此業菩薩皆應受學修行
釋曰若有利益有過失不應行譬如女人語
菩薩言汝取我若汝不取我有是處我應死
若我不死必當殺汝菩薩若隨其語彼則不
死又不起惡事則有利益但取女人則成過
失故不應行若無利益無過失亦不應行如
二乘不能利他亦無過失有利益無過失即
是菩薩戒應生聞慧爲受應生思慧爲學應
生修慧爲修行
論曰如此應知共不共戒差別
釋曰如此菩薩與二乘於性戒中亦有差別
即心所持及非心所持於制戒中亦有差別
謂利他不利他故菩薩與二乘戒有差別菩
薩與二乘戒復有差別謂廣大差別此廣大
有何義復有幾種
論曰廣大差別者應知有四種由四種廣大
故
釋曰廣大有四義一以最勝義專爲他不求
報恩及生死果又利益無窮由此二義故名
爲勝二長遠義三大劫阿僧祇修行故三以
圓滿義依眞俗及利益他事三境生福德智
慧具足故四以自在義依大乘光等四種三
摩提爲利益他能行種種方便故
論曰一種種無量學處廣大
釋曰菩薩學處有二義一種種二無量種種
種顯多無量顯大一切惡無不離一切善無
不修一切衆生無不度故名種種持此三戒
時節無際功用無餘故稱無量

論曰二能攝無量福德廣大
釋曰六度四攝因果各有九品是名無量福德如地持論說如此無量福德聚悉是菩薩戒攝
論曰三攝一切衆生利益安樂意廣大
釋曰善教衆生令離惡處安立善處是名利益意此功德於未來所得果報願一切衆生如意受用是名安樂意又大悲拔苦名利益意大慈與樂名安樂意又令得一切出世事名利益意令得世間勝事名安樂意又此廣大以四攝爲體前二攝名安樂意後二攝名利益意
論曰四無上菩提依止廣大
釋曰由菩薩戒有三品及九品戒能攝如來三種勝德及九種勝德故正護戒爲如來斷德因攝善法戒爲如來智德因攝衆生戒爲如來恩德因九品戒爲如來九德因此如前說由果廣大故因廣大果廣大有三義一從廣大因生謂三十三大劫阿僧祇修行十度十地等爲因二所得廣大謂一切智一切種智所攝如來恒伽沙數功德三利益廣大謂利益凡夫及三乘乃至窮生死後際此四種廣大戒並是無上菩提依止但菩薩能修二乘悉無此事故稱差別
論曰甚深差別者若菩薩由如此方便勝智行殺生等十事無染濁過失生無量福德速得無上菩提勝果
釋曰如菩薩能行如所堪行方便勝智令顯此二義若菩薩能知如此事有人必應作無間等惡業菩薩了知其心無別方便可令離

此惡行唯有斷命爲方便能使不作此惡又知此人捨命必生善道若不捨命決行此業墮劇難處長時受苦菩薩知此事已作如是念若我行此殺業必墮地獄願我爲彼受此苦報當令彼人於現在世受少輕苦於未來世久受大樂譬如良醫治有病者先加輕苦後除重疾菩薩所行亦復如是於菩薩道無非福德故離染濁過失因此生長無量福德故能疾證無上菩提如此方便最爲甚深行盜等行亦復如是

論曰復次有變化所作身口業應知是菩薩甚深戒

釋曰前明實事非顯通慧此下明通慧不論實事菩薩戒有三品即身口意業除意業以無變化故身口二業有時變化所作亦是菩薩戒此身口戒或現爲善或現爲惡或生怖畏或生歡喜皆令衆生遠離惡處安立善處此戒難思量故言甚深非本身口所作云何成戒以能成就戒事令衆生離惡生善故又此變化從菩薩意業生菩薩以意業爲戒故

論曰由此戒有時菩薩正居大王位或現種種逼惱衆生爲安立衆生於戒律中

釋曰衆生有二種或宜歡喜教化譬如拘物頭花因涼月開敷或宜逼惱教化譬如蓮花因烈日開敷菩薩亦爾如那羅王及善財童子或現可愛事或現可畏事安立衆生於善處

論曰或現種種本生由逼惱他及逼惱怨對令他相愛利益安心

釋曰爲化邪見衆生不信因果令得正信離

惡修善故化現種種本生如毗荀陀王捨兒與婆羅門是逼惱他此兒是化作何以故菩薩無逼惱此人生彼人安樂故又如藥藏菩薩令眉絺羅王與毗提訶王互相逼惱此亦是化作後悉令相愛利益安心菩薩行如此事有何利益

論曰生他信心爲先後於三乘聖道中令彼善根成熟

釋曰先令於菩薩生信後則能如菩薩教修行故三乘善根皆得成熟

論曰是名菩薩甚深戒差別

釋曰此實行及化身所行戒非下地所能行非二乘所能通達故名甚深差別

論曰由此四種差別應知是略說菩薩受持戒差別

釋曰從他得名受自清淨意得名持又初得名受受後及至成佛名持又修行戒法名受憶念文句名持

論曰復次由此四種差別更有差別不可數量菩薩戒差別如毗那耶瞿沙毗佛略經中說

釋曰從此四種差別更有差別不可數量何以故但於品類差別中取正護一戒依二乘教分別則成四萬二千若以此戒及餘二戒依菩薩教分別不可數量毗那耶瞿沙毗佛略經中廣說菩薩戒有十萬種差別

攝大乘論釋卷第十一上

攝大乘論釋卷第十一下

天　親　菩　薩　釋

陳　天　竺　三　藏　法　師　真　諦　譯

釋依心學處勝相品第十

論曰如此已說依戒學差別云何應知依心學差別

釋曰菩薩戒與二乘戒既有差別戒爲定依止定依戒得成菩薩定與二乘定亦應有差別云何可知

論曰略說由六種差別應知

釋曰若廣說如大乘藏所立三摩䟦提體類差別有五百種小乘清淨道論所立三摩䟦提體類差別有六十七種今略說止明六種差別應知此義

論曰何者爲六一境差別二衆類差別三對治差別四隨用差別五隨引差別六由事差別境差別者由緣大乘法爲境起故

釋曰所緣有三境一緣一切眞如境二緣一切文言境三緣一切衆生利益事境此三境名大乘法但是菩薩定所緣非二乘定境故言差別復有十二種境如中邊論說一所成立境謂十波羅蜜是眞如十種功德所成立故二能成立境謂法界十種功德能成立十波羅蜜故三持境謂聞慧所緣法門聞慧能得阿含體即說聞慧爲持四決定持境謂思慧所緣如理如量境思慧能簡擇阿含及道理是熟慧故名決定持五證持境謂修慧所緣修慧與道理一體故名證能攝文及義故名爲持六通達境謂初地所見眞如七相續境謂二地以去所緣眞如已通達眞如傳流

名相續此相續所緣名相續境八勝行境謂無相無功用心所緣即八地境九生智境謂九地所緣智自在依止眞如得四無礙解能生他智又緣如來法藏能自生世出世智十勝境謂上上品智所緣此智無復有上即十地境此智以十力爲體無邊智能名力此智約十境說名十力此十力能成就菩薩十地及如來九種正事乃至無邊化身十一十二境謂一切智一切種智所緣境即如理如量境此十二境通爲奢摩他毗鉢舍那所緣一切定慧所緣不出此十二境

論曰衆類差別者

釋曰有四三摩提是五百定品類故名衆類於小乘中乃至不聞其名何況能修習故言差別此四種三摩提能破四德障即四種生死能得四德果即淨我樂常故立此四定爲四德道

論曰大乘光三摩提

釋曰大乘有三義一性二隨三得性即三無性隨即福德智慧行所攝十地十波羅蜜隨順無性得即所得四德果此定緣此三爲境故名大乘依止此定得無分別智由無分別智照眞如及佛不異故名光又有十五種光功德勝於外光故名光又此定能破一闡提習氣無明闇是闇對治故名光此定緣眞如實有易得有無量功德故能破一闡提習氣即是方便生死障於大淨由破此障故得大淨果

論曰集福德王三摩提

釋曰一切善法唯除般若所餘悉名福德此

福德有四品謂凡夫二乘菩薩菩薩由此定故於四福德未生能生未長能長未圓能圓故名集於生長圓三處自在故名王由自在故能行施等十度圓滿菩提資粮福德行故能破外道我見習氣即是因緣生死障於大我由破此障故得大我果復次一切善法依止眞如眞如能集一切善法名眞如爲集福德此定於眞如中得自在故名爲王

論曰賢護三摩提

釋曰賢有二義一能現前安樂住二能引攝諸功德現前安樂住者此定能令菩薩身不捨虛空性免離三際故得安樂住引攝諸功德者能引攝不可數量諸定非二乘所聞知因此一一定起無量通慧由此二義是故菩薩能離聲聞怖畏習氣即是有有生死障於大樂由破此障故得大樂果此定緣眞如爲菩薩體故不離智能引諸定及通慧故以定爲體

論曰首楞伽摩三摩提等

釋曰此定是十地菩薩及佛所行故得此名何以故十地菩薩及佛有四種勝德故名首楞一無怖畏由得一切智故二無疑於清淨衆生見自身無等故三堅實功德恒在觀無散亂故四有勝能能破難破無明住地障故具四德人於此定能得能行故稱伽摩此定多行他利益事能破獨覺自愛習氣即是無有生死障於大常由破此障故得大常果等言通舉諸定

論曰攝種種三摩提品類故

釋曰五百定名種種皆是四定品類悉爲四

定所攝

論曰對治差別者由緣一切法爲通境智慧

釋曰無分別智緣一切有爲無爲等諸法眞如通爲一境此智與境無復分別

論曰如以楔出楔方便故

釋曰如世間欲破木先用細楔後用麤楔觀行人破煩惱亦爾先用劣道次用中道後用勝道

論曰於本識中拔出一切麤重障故

釋曰本識相續中有煩惱業報三品染濁種子既名習氣能障四德由此定故未滅令滅已滅令不生能對治所對治及對治所得與二乘悉不同故言差別

論曰隨用差別者於現世久安住三摩提樂中如意能於勝處受生

釋曰菩薩種種方便治心令熟猶如金師鍊金使眞巳熟治心說名隨用何以故由此定故菩薩若欲成熟佛法緣一境如意能得久住未得令得已得令滿巳滿令不退於現在世有如此能於未來世所受生處能多行利益衆生事及值佛出世得聞正法名勝生處由此定故菩薩於勝生處得取住捨三能隨意運用無退無盡聲聞乘中無如此定故言差別

論曰隨引差別者能引無礙通慧於一切世界

釋曰菩薩有大事定謂於一切事及一切處悉無有礙引有二義一能引謂定勢力或隨人或隨境或隨修若利根人緣無爲境得入住出三種自在二所引謂定所成事動地放

光等於此事中勝通慧不能奪所現事悉如
心惑不能障業不能阻故稱無礙引但有體
無用用即事差別但菩薩有此定非二乘所
修故言差別
論曰由事差別者
釋曰由如此事應知菩薩定與二乘定有差
別何者爲事
論曰令動
釋曰如意能動十方世界
論曰放光
釋曰如意能照十方世界
論曰遍滿
釋曰光明法音分身如意能遍滿十方世界
論曰顯示
釋曰餘衆生承菩薩通慧能見無量世界及

諸佛菩薩隨所應見如意皆覩
論曰轉變
釋曰四大等性互令改異
論曰往還
釋曰於一刹那中能往還無量世界此通慧
自有三種一心疾通慧如心所緣應念即至
二將身通慧猶如飛鳥三變異通慧謂縮長
爲短
論曰促遠爲近
釋曰使遠成近無復中間此有三事謂見聞
及行
論曰轉麤爲細
釋曰令無數世界細於隣虛入隣虛中隣虛
如本
論曰變細爲麤

釋曰令一隣虛苞無數世界世界如本
論曰令一切色皆入身中
釋曰一切希有有多種事皆現身中
論曰似彼同類入大集中
釋曰如諸菩薩往忉利天同彼形飾及以音
聲入大集中教化度彼
論曰或顯或隱
釋曰能於無中現一現多爲顯能於有中無
一多相爲隱
論曰具八自在
釋曰八數如前說又如佛世尊令魔王修行
佛道後得成佛等亦名自在
論曰伏障他神力
釋曰由菩薩定力令他通慧皆不成就
論曰或施他辯才

釋曰若人欲問難亂情拙訥菩薩能施其辯
才
論曰及憶念
釋曰若人邪見令識宿命自驗因果
論曰喜樂
釋曰菩薩或入地獄或生飢饉世或在有疾
處如菩薩所受喜樂令此衆生平等皆爾或
但與樂或先與定或正聞法時令由此喜樂
經六十小劫謂如刹那
論曰或放光明
釋曰爲引他方菩薩皆來集會
論曰能引具相大通慧
釋曰如聲聞聖通慧能作百一事菩薩通慧
所現之事不可稱數復欲顯未說事故先標
此總句

論曰能引一切難行正行

釋曰成就他事已如前説此下更明菩薩自行此定能引菩薩正行非二乘所能行

論曰以能攝十種難修正行故

釋曰此十種正行是定種類故定能攝此正行

論曰何者爲十一自受難修自受菩提善願故

釋曰若依他發十願此非難行以未成立故菩薩自有三能一有智慧能了别方便二有慈悲能攝衆生三有正勤能成滿十願此三難得菩薩能得由具此三能故不依他自能發願又若爲自身受善願此不爲難若無因緣但爲他受此則爲難

論曰二不可迴難修由生死衆苦不令退轉故

釋曰無始生死八苦及發心後當受長時八苦不能違菩薩慈悲退菩薩菩提行廣説如地持論是故難修

論曰三不背難修由衆生作惡一向對彼故

釋曰衆生於生死中恒起惡行菩薩不觀過失爲令解脱恒向彼行善是故難修

論曰四現前難修於有怨衆生現前爲行一切利益事故

釋曰若衆生對菩薩作極重惡菩薩對彼以大恩德報之是故難修

論曰五無染難修菩薩生於世間不爲世法之所染故

釋曰菩薩由愛故入生死入生死已不爲世間八法之所染汙愛而不染是故難修

論曰六信樂難修行於無底大乘能信樂廣大甚深義故

釋曰無底有三義一教難思二道難行三果難得威德圓滿故廣大理微細故甚深威德有三種一如意二清淨三無變異理即三無性理並非下地境界是故難修

論曰七通達難修能通達人法二無我故

釋曰先於十解已通達人無我今於初地又通達法無我此二空離有無性若能通達則與此法同是故難修

論曰八隨覺難修諸佛如來甚深不了義經能如理判故

釋曰如來所說正法不出了義及不了義若衆生但有信根未有智根如來爲成其信根故作不了義說如二乘教又欲伏憍慢衆生故作不了義說廣說如十七地論爲生聞思修慧故說了義經不了義經其言祕密能如理判是故難修

論曰九不離不涤難修不捨生死不爲生死涤汙故

釋曰由慈悲故不捨生死由般若故不被涤汙於生死涅槃無著無住是故難修

論曰十加行難修諸佛如來於一切障解脫中住不作功用能行一切衆生利益事乃至窮生死後際

釋曰具顯三身故言諸佛如來一切障謂三障四障三十障等法身已得無垢清淨是故住於一切障解脫中法身常住解脫中窮生死後際依法身起應身於一切正事自然恒流不作功用依應身起化身行一切衆生利

益事隨根性令下善種乃至得解脱
論曰樂修如此加行故
釋曰欲得爲樂起正勤爲修性修恭敬修爲
加行是故難修
論曰於隨覺難修諸佛如來説不了義經其
義云何菩薩應隨理覺察
釋曰十難修中九義易解故不重釋第八難
解菩薩應隨覺察故須更示其相
論曰如經言云何菩薩不損一物不施一人
若菩薩善能行施無量無數於十方世界修
布施行相續生起
釋曰菩薩捨自愛攝一切衆生爲自體一切
行道一切財物悉屬衆生故財非巳有用者
非他彼物彼用豈關於我若能如此運心則
是善能行施復次菩薩捨自愛攝一切衆生
爲自體一切衆生行施即菩薩行施故菩薩
起隨喜心得無量施福亦是不損一物不施
一人名善能行施
論曰云何菩薩樂行布施若菩薩不樂行一
切施
釋曰若菩薩不樂行隨至等八施義至但樂
行菩薩淨心施復次若菩薩不樂世間著三
輪施樂行不著三輪施復次著名爲樂若菩
薩著施因或著施果名樂行施若菩薩不著
行施名不樂行施
論曰云何菩薩行信施心若菩薩不行諸佛
如來信心
釋曰由菩薩自證施故行施不由信他故行
施前有根故成信後信無根故不成信
論曰云何菩薩發行布施若菩薩於布施中

不策自身

釋曰若菩薩自性能行施無有貪悋嫉妬等障非策自身方能行施

論曰云何菩薩恒遊戲布施若菩薩無布施時

釋曰菩薩非時施不隨一物施

論曰云何菩薩大能行施若菩薩於施離娑羅想

釋曰娑羅名目二義一目貞實二目散亂貞實是直語散亂是客語若取直語離貞實則與大施相違若取客語離散亂則與大施相符若離欲三界後行施時名爲大施何以故離欲菩薩行施具縛凡夫行施百千萬倍所不能及若施定互相妨不名大施由不相妨故得大名

論曰云何菩薩於施清淨若菩薩鬱波提貪悋

釋曰鬱波提名目二義一目生起二目拔根棄背生起是直語拔根棄背是客語若取直語生起貪悋則與清淨施相違若取客語拔根棄貪背悋則與清淨施相符拔根是除身見身見是貪悋根本棄背是除貪悋體由菩薩能斷身見滅貪悋故於施清淨

論曰云何菩薩能住於施若菩薩不住究竟後際

釋曰究竟後際有二義一施有初中後以最後爲究竟後際若依此義不住施最後分豈得言能住於施此則相違二若有餘涅槃名究竟無餘涅槃名究竟後際若聲聞住無餘涅槃不更起心無利益衆生事則不能住施

菩薩依大悲不同聲聞住無餘涅槃故恒起六度無有窮盡若依此義則與能住施相符

論曰云何菩薩於施自在若菩薩於施不得自在

釋曰若菩薩不得施障自在菩薩於施則得自在昔在凡夫地中見修二惑無道對治欲起便起故得自在令入聖位爲道對治故菩薩於惑不得自在於施能得自在

論曰云何菩薩於施無盡若菩薩不住無盡中

釋曰無餘涅槃名爲無盡菩薩不同聲聞入無盡中無利益他事是故菩薩於施無盡

論曰如施經於戒乃至般若如理應知

釋曰如施經説施有不了義語説餘度亦有不了義語皆須如理分判

論曰復有經言云何菩薩行殺生若菩薩有命衆生斷其相續

釋曰若有命則知有業若有業則知有惑由具此三六道四生相續不斷若菩薩隨其根性爲説三乘聖道令彼修行斷此三法得無餘涅槃果不相續即是斷命故名殺生

論曰云何菩薩奪非他所與若菩薩自奪非他所與衆生

釋曰菩薩以大悲攝一切衆生爲自眷屬令離生死險難非彼父母及人主等所與故名奪非他所與

論曰云何菩薩行邪婬若菩薩於欲塵起邪意等

釋曰菩薩三業與婬欲相反意知其虚妄不實爲衆惡本口亦作如此説身不行其事亦

是相反即是於欲塵起邪意等故名行邪婬
論曰云何菩薩能說妄語若菩薩是妄能說
爲妄
釋曰一切法皆是虚妄菩薩如虚妄而說故
名能說妄語
論曰云何菩薩行兩舌若菩薩恒住最極空
寂處
釋曰兩舌令彼此不和菩薩思空說空令自
他不見此彼何況和合故名行兩舌
論曰云何菩薩能住波留師若菩薩住所知
彼岸
釋曰若依直語波留師名目惡口住惡口人
不爲他所親近菩薩住所知彼岸即三無性
理亦不爲衆生所親近以此理非凡夫二乘
所行處故故名能住惡口又若依密語波留
師名目彼岸住即以密語顯於直語
論曰云何菩薩能說不相應語若菩薩能分
破語法隨類解釋
釋曰菩薩能分破諸法謂根塵識皆無所有
此無所有非定是無亦非定有有無悉不可
得故名能說不相應語
論曰云何菩薩行阿毗持訶婁若菩薩數數
令自身得無上諸定
釋曰若依直語阿毗持訶婁名目貪欲得貪
欲者必愛樂外塵菩薩恒樂令自身得最勝
定故名行貪欲又若依密語阿毗持訶婁名
目數數得定即以密語顯於直語
論曰云何菩薩起憎害心若菩薩於自他心
地能害諸惑
釋曰瞋恚以憎害爲相菩薩作意欲斷自他

一切煩惱故名起憎害心
論曰云何菩薩起邪見若菩薩一切處遍行邪性如理觀察
釋曰大乘以有分別爲邪性分別性遍行於依他性即是邪性若離分別名人法空眞性小乘以身見爲邪性因此身見生諸惑故若離身見一切邪執皆不得起得人空眞性菩薩能如理觀察此邪性見其是邪故名起邪

有經言佛法甚深
故言甚要次顯十惡此下明道及道果
論曰何者甚深
常住爲性由法身常住廣分別一切佛法
釋曰諸佛法身常住一切佛法皆依法身以法身爲上首故法身常住爲一切佛法性
論曰一切佛法皆斷由一切障皆斷盡故
釋曰一一佛法悉無惑障及智障故障斷盡爲一切佛法性現在煩惱滅爲斷未來煩惱不生爲盡即是盡無生智
論曰一切佛法生起爲性由化身恒生起故
釋曰由慈悲本願生起化身相續無盡故化身生起爲一切佛法性
論曰一切佛法皆得爲性能得共對治衆生八萬四千煩惱行故
釋曰一切佛法以無所得爲性此是正説由三無性不可定説有無故雖以無得爲性亦有能得義若離佛法不能得了別所對治惑不能得安立能對治道故
論曰一切佛法有欲爲性有欲衆生愛攝令

成自體故一切佛法有瞋爲性[illegible]切佛法有
癡爲性一切佛法凡夫法爲[illegible]一切有欲衆生爲
釋曰此有二義一菩[illegible]體故二大悲爲愛愛
自體一切佛法悲攝一切衆生依大悲生
即是欲[illegible]故瞋癡及凡夫法亦爾
[illegible]佛法無染著爲性成就眞如一切
[illegible]能染故
釋曰道後眞如斷一切障盡是無垢清淨故
名成就一切障所不能染一切佛法以此眞
如爲體性故
論曰一切佛法不可染著諸佛出現於世非
世法所能染故
釋曰前明眞如境此明眞如智諸佛菩薩以
眞如智爲體即是應身此體是唯識眞如所
顯非根塵分別所起非八種世法及世法所
起欲瞋等惑所能染著何以故是彼對治故
修得無分別智成就名諸佛出現於世
論曰是故說佛法甚深
釋曰此語結前意示難思難行難得具三義
故甚深
論曰爲修行波羅蜜爲成熟衆生爲清淨佛
土爲引攝一切佛法故菩薩三摩提業差別
應知
釋曰此論中明菩薩三摩提不別說事差別
但通說業差別諸菩薩修定有總有別總有
此四別有五百此四是諸定通業何以故諸
菩薩修得定已依此定修行十度依此定成
熟衆生云何成熟衆生依此定起通慧引令
入正定位又依此定力清淨佛土何以故由

心自在如意能成金寶等淨土故又依此定得現在安樂住能引攝成熟一切佛法故此四事是一切定通差別業應如此知

攝大乘論釋卷第十一下

音釋

楔先結切櫼也　苞班交切包容也　訥奴骨切蹇訥也　嶮虛檢切危也

攝大乘論釋卷第十二

天親菩薩釋

陳天竺三藏法師眞諦譯

釋依慧學差別勝相品第十一

論曰如此已說依定學差別云何應知依慧學差別

釋曰菩薩定與二乘定既有差別定爲慧依止慧依定得成菩薩慧與二乘慧亦應有差別云何可知以何法名依慧學無分別智名依慧學是無分別智差別應知即是依慧學差別此無分別智有三種一加行無分別謂尋思等智即是道因二無分別智即是道正體三無分別後智即是出觀智謂道果此三智悉是依慧學體尋思智爲依慧學者觀行人依當來無分別智故修方便智由求未來無分別智果故現世方便得成以是能依故名依慧學又此方便智能引當來無分別智無分別智起必依此方便得成以是所依故名依慧學道正體爲依慧學者謂依內起智在觀離散動故名爲內此智依觀起故名依慧學又自有體爲內因已謝果未起道體自相續即說自體爲內依自體起故名依慧學出觀智爲依慧學者依無分別智成此智名依慧學何以故入觀時所緣境後得智緣此生故此三智中應成立何智應但成立無分別智若成立此智即成立餘智若成立前智但因義顯果義不顯自性等十九差別義亦不成若成立後智但果義顯因亦不顯自性等十九差別義亦不成何以故此智以尋思智爲因此智是尋思智果此智是後智因後

智是此智果由此智成立前後智亦得成立是故但應成立此智於成立中先應説無分別智自性自性即是體相

論曰由無分別智自性依止緣起境界相貌立救難攝持伴類果報等流出離究竟行善加行無分別智後得智功德無分別差別加行無分別智及後得智譬威德無功用作事甚深義故應知依慧學差別由依慧學差別應知無分別智差別

釋曰謂由無分別智自性應知依慧學差別由依慧學差別應知無分別智差別者若是次第説十九義悉須作此語今爲存略故以一由無分別智標初次列出十九義竟後總云應知依慧學差別由依慧學差別應知無分別智差別以十九義成立無分別智此智即是慧學體慧學差別即是此智差別應作如此知無分別智自性云何

論曰無分別智自性應知離五種相

釋曰若具離五相則是無分別智若不具離五相則非無分別智

論曰五相者一離非思惟故二離非覺觀地故三離滅想受定寂靜故四離色自性故五於眞實義離異分別故

釋曰此智若由離思惟故得無分別智熟眠放逸狂醉同離思應得無分別智若由過覺觀地故名無分別智從二定以上已過覺觀地應得無分別智若依此二義凡夫應得無分別智是處能離心及心法應説名無分別智謂想受滅定等若人在此位中得無分別智此則不成智何以故於滅定等位無心及

心法故若言如色自性智自性亦如此如色鈍無知此智應鈍無知若於眞實義由已分別顯現是分別應成無分別智何以故此分別能分別眞實義謂此義眞實

論曰是五相所離智此中應知是無分別智

釋曰若智離五相緣眞實義起若不異分別眞實義謂此法眞實但緣眞實義如眼識不以分別爲性是名無分別智相

論曰於此中如所說無分別智性中故說偈言

釋曰於此依慧學中如前說十九義所顯無分別智性更說偈成立此義此偈欲何所顯欲顯無分別智最勝於所修衆行中最爲上首

論曰

諸菩薩自性　五種相所離　無分別智性
於眞無分別

釋曰菩薩以無分別智爲體無分別智與菩薩不異無分別智自性即是菩薩自性無分別智離五相即是菩薩離五相由於眞無分別故離五相得無分別名衆生是假名法是實有若離此智無有別法應菩薩名盡無生智是菩提此衆生以菩提爲體菩提即是無分別智無分別智即是菩薩欲示無分別智即是菩薩故說菩薩自性離五相不言無分別智後得例爾如此說菩薩自性已由此依止是性得生爾當說此依止前說此智名無分別此智爲依止心生爲不依止心生若依止心生能思故名心思即是分別此智若依分別生非謂無分別若不依止心生則同色

等法復不應名智欲顯離此二失故重說偈
論曰
諸菩薩依止　非心非非心　是無分別智
非思疾類故
釋曰此智不以心爲依止由此智不思議故
亦不以非心爲依止由以心疾利類相續爲
依止故疾類是心種性既以此爲依止故不
可說非心爲依止爲顯因緣生起此智故重
說偈
論曰
諸菩薩因緣　有言聞熏習　是無分別智
如理正思惟
釋曰四緣中除三緣但取因緣因緣何相若
因與果同類名因緣譬如先善心爲後善心
作因依從他所聞法音起聞熏習因此熏習
後生正思惟是正思惟從聞他正說起故稱
有言此智因緣即以有聞熏習正思惟爲體
由此因緣無分別智因有言未生令生已生
令堅住若無此熏習無分別智不得生是故
說此爲因緣此智因聞熏習起緣何法爲境
論曰
諸菩薩境界　不可言法性　是無分別智
二無我眞如
釋曰前偈說菩薩因緣此偈說菩薩緣緣境
界即是緣緣緣緣有何相若法緣此生猶如
羸人因杖得起若觀此法彼法得生故此爲
彼緣如五塵生五識此境有二義一依止緣
緣二比度緣緣如人依止心無常相比度色
等餘法皆是無常不可言法性是菩薩緣緣
一切法由分別性不可言說何以故諸法由

自體無所有由心分別顯現故一切法不可說有亦不可說無如此顯現不如此有是故不可說有如此不有不無顯現故不可說無知識所緣法不如此有故是故分別無體相是分別無體相爲當有爲當無若無無體體則還有若有無體不可言無由此義故法性約眞俗皆不可言有無法性　以二無我眞如爲體由分別性故依他性無人無法名二無我爲離斷見此無我不無故說名眞如此眞如是菩薩境何以故是無分別智若起必緣此境起故此智緣不可言眞如起其取境相貌云何

論曰

諸菩薩相貌　於眞如境中　是無分別智
無相無差別

釋曰是智於眞如境中平等平等生無異相無相爲相即是其相譬如眼識取色如青等相顯現不異青等色此智與眞如境亦爾又不同眼識與色色無體有色眼識有體無色此智與眞如境相稱不可說異若一切法不可言說爲性何法是所分別

論曰

相應自性義　所分別非他

釋曰一切言說有三種相應謂數習相續次第此三不相離故名相應又三法和合能自義故名相應此相應是自性義此義即是所分別若離此義無別餘義是故一切法不可言說云何知離此性無別餘義爲成立此義故

論曰

字字相續故　由相應義成
釋曰字字相續即第一相應由相應即餘二相應具此三相應故得自義由相應說此義得成譬如眼根等於言辭相續說中衆生執以爲義故說名相應此義是所分別是故所分別但有言說義亦但有言說若一切法不可言說此義云何成
論曰
離言說智慧　於所知不起
釋曰若人未了別方言於所言境智慧不生若汝言於言說中所言智生此義不然何以故
論曰
於言不同故　一切不可言
釋曰是言說與所言不同以相貌異故言相異所言相異是故一切言及所言同不可言何法是無分別智所攝持
論曰
諸菩薩攝持　是無分別智　此後得行持
爲生長究竟
釋曰是無分別智後所得智能得菩薩福慧二行二行依止此智得生長相續乃至究竟故無分別後智能生長菩薩正行無分別後智是能攝持菩薩是所攝持何法是無分別智伴類
論曰
諸菩薩伴類　說是二種道　是無分別智
五度之品類
釋曰伴類以相助爲相相助共成一事故名相助一事是菩提果二種道是菩薩伴類謂

資粮道及依止道施等四波羅蜜是資粮道定波羅蜜是依止道何以故從四波羅蜜所生善法此善法生般若波羅蜜此般若波羅蜜依止定生般若波羅蜜即是無分別智未得無上菩提於其中間常能生起無分別智乃至極果離則有五度合則成二道能助第六度共成一極果故說爲伴類若無分別智依二道成得何果報

論曰

諸菩薩果報　於佛二圓聚　是無分別智由加行至得

釋曰有但果非報有是果是報若從因生共用者名果若從因生獨用者名果報果是生義報是熟義化應二身名佛二圓聚無分別智果報成熟在佛二圓聚中若果在無分別智加行中生此果屬化身若果在無分別智至得中生此果屬應身云何知耶

論曰

由加行至得

釋曰前說無分別有三種一加行二正體三後得加行無分別自有二種一在地前二在登地以上若依此二處加行所得果是化身正體無分別從初地乃至佛果皆名至得若依正體無分別所得果報是應身果報果若爾此等流果云何

論曰

菩薩等流果　於後後生中　是無分別智由展轉增勝

釋曰果或等因或勝因此果以同類爲因是名等流果無分別智等流果於二圓聚中轉

初地爲二地乃至轉十地成佛於後後位中轉增轉勝如初地爲二地同類因二地是初地等流果諸地悉爾於利他爲增於自利爲勝又學位爲增無學位爲勝無分別智出離得成就義云何

論曰

諸菩薩出離　得成相應故　是無分別智

應知於十地

釋曰滅惑業爲出滅果報爲離即是有餘無餘二種涅槃出是離義離是出義何故重説由離有三義故作重名一永離二上離三決離無分別智於出離中與二義相應一與得相應二與成就相應此二相應應知不出十地初地始得無分別智名得相應從初地後乃至十地於無數劫修無分別智乃至究竟名成就相應此無分別智藉二道於三阿僧祇劫修學以何法爲究竟

論曰

諸菩薩究竟　由得淨三身　是無分別智

至勝自在故

釋曰究竟有二種一清淨究竟二自在究竟清淨究竟者初地始得清淨後於地地中轉轉清淨至十地究竟清淨譬如鍊金由此清淨菩薩所得三身後後轉清淨自在究竟者不但得三種清淨身究竟復有別究竟謂十自在如論後説此十自在後後轉勝此二種法最後極勝是無分別智所得究竟名增上果無分別智功德云何無分別有三種一加行無分別二根本無分別三後得無分別云何加行得無分別名先從他聞無分別智是

眞菩薩菩薩自未證眞道理但於此智起信樂心由依止此信樂後方得入度此無分別智理無分別智從此信樂生起故說此信樂爲加行無分別此加行無分別功德謂無染其譬云何

論曰

不染如虛空　此無分別智　種種重惡業

由唯信樂故

釋曰此無分別智清淨無染譬如虛空不爲四塵所染何法不能染謂種種重惡業從身口意生有見修道異有十惡差別故名種種極重煩惱爲緣起恒作若作無悔心無對治有伴類故名重因此惡業不能染汙若人從聞正說於無分別智生信樂由此信樂破壞四惡道業何以故惡業從非理起信樂從是理生依非理起故虛從是理生故實虛不能對實是故破壞此偈顯加行無分別智能對治四惡道業由與惡業不相雜故此即加行功德根本無分別智功德及清淨云何

論曰

清淨如虛空　此無分別智　解脫一切障

由得及成就

釋曰如虛空離煙雲等四障世間說爲清淨無分別智清淨亦爾離何法故得清淨

論曰

解脫一切障

釋曰一切障謂皮肉心三障一闡提外道聲聞獨覺四德障由解脫如此障故清淨此解脫何因得成

論曰

由得及成就

釋曰由與諸地至得相應由於第十地中因成就由於佛地中果成就故得解脱一切障此偈顯根本無分別智能對治一切障此障根本功德無分別後得智功德及無染云何

論曰

如虚空無染　是無分別智　若出現於世

非世法所染

釋曰虚空水不能濕火不能然風不能動無分別智無染亦爾無變異故説無染何以故菩薩依此智觀一切衆生利益事由此智力菩薩故作心入三界現種種本生雖生在世中不爲世間八法之所變異八法謂得不得好名惡名讃毁樂苦因此八法故起欲瞋欲瞋不能變異欲瞋根本無明不能令動何以故虚妄不能對真實故此智從無分別智生故名無分別此偈爲顯後得智能免報障於生死涅槃二處不住但爲利他此即後得智功德此三種無分別差別云何爲顯此差别令不相濫是故立譬

論曰

如瘂求受塵　如瘂正受塵　如非瘂受塵

三智譬如此

釋曰譬如瘂人求覔諸塵不能説塵加行無分別亦爾在方便道中尋思真如而不能説譬如瘂人正受諸塵雖已得塵不能説塵根本無分別亦爾正在真如觀如所證見亦不能説譬如非瘂人正受諸塵又能説塵後得智亦爾如其所見能立正教爲他解説初來得向得離分別無説因縁故不能説次正得

離分別無説因緣故不能説後已得由出觀故如前所見能説無倒此偈顯三種無言説有言説異故有差別

論曰

如愚求受塵　如愚正受塵　如非愚受塵

三智譬如此

釋曰未識物類名之爲愚愚譬次第譬三義如前

釋曰偈顯無分別有分別異故有差別無言説以無分別爲因由無分別故無言説有言説以有分別爲因由有言説故有分別愚譬即顯無分別此三智境虛實云何

論曰

如五求受塵　如五正受塵　如非五受塵

三智譬如此

釋曰五名自無分別眼等五識譬如人在五識中求覓五塵或緣實或緣虛意識與五識相間起故加行無分別智亦爾或證一分爲實或不證爲虛譬如人正在五識中得眞實境無分別無言説根本無分別智亦爾得眞實境無分別無言説譬如人在意識中但緣先所受塵名緣虛境有分別有言説無分別後後智亦爾緣虛境有分別有言説此偈顯三種所緣境有實有虛故有差別

論曰

如未識求解　如讀正受法　如解受法義

次第譬三智

釋曰譬如有人未識文字但求識文字加行無分別智亦爾未識眞如但學見眞如方便此顯未解譬如人已識文字未了文字義正

讀文字但能受法未能受義根本無分別智亦爾自利功用已成未有利他功用此顯已解譬如人已識文字又已了義正在思中是人具有二能能識文字又能了義以功用究竟故無分別後智亦爾已通達眞如又已出觀如前所見解說無倒此顯解已究竟此偈顯學功有異故有差別前已明三種次第謂未解已解解究竟前一無境後二有境謂法及義後二有境異相云何

論曰

如人正閉目　無分別亦爾　如人正開目
後得智亦爾

釋曰此偈但顯根本智及後得智由依止不同故有差別根本智依止非心非非心後得智則依止心故二智於境有異根本智不取境以境智無異故後得智取境以境智有異故根本智不緣境如閉目後得智緣境如開目此偈顯不取境取境有異故有差別此二智威德差別云何

論曰

如空無分別　無染礙異邊　如空中色現
後得智亦爾

釋曰譬如虛空有四種德一無染二無礙三無分別四無邊根本智亦爾一切世間八法七流等所不能染由是彼對治故說無染於一切境如理如量無障無著故說無礙於一切法一味眞如空遍滿故故說無分別離一切諸邊中道不可量故故說無邊譬如色於空中顯現空不可分別色可分別後得智亦爾因不可分別此智可分別謂此是能分

別亦是所分別若佛果是分別智所顯離分別衆生云何得作衆生利益事如理不倒爲顯無功用作事故重説偈

論曰

譬摩尼天鼓　無思成自事　如此不分別
種種佛事成

釋曰譬如如意寶無有分別能作如衆生所願求事譬如天鼓無人扣擊能隨彼衆生所欲之意出四種聲謂怨來怨去受欲生猒諸佛亦爾已離分別能起種種利益衆生事利益事有二種一化身利益如如意寶一説法利益猶如天鼓此無分別智甚深義云何約境立甚深義此智爲當緣所分別依他性起爲當緣餘境起若爾何妨若取所分別依他性爲境此智無分別義不成若緣餘境起離此境則無別餘境緣餘境義亦不成復次若緣餘境起境智無差別義則不成

論曰

非此非非此　非智非非智　與境無差別
智名無分別

釋曰此智不緣依他性爲境何以故此智不以分別爲境故故言非此亦不緣餘境何以故此智但緣依他性法如爲境故法及法如不可説一異非清淨清淨境故爲通相不通相故非不緣識故言非非此復次此智爲當是智爲當非智若爾何妨若智爲性云何不分別以智是分別性故若非智爲性云何稱智無分別非智性故云何説爲無分別智

論曰

非智非非智

釋曰云何說非智於加行及後得智中不生故言非智若爾云何不成非智或此義亦不成何以故非智或從不正思惟生能起欲等流此從無分別加行智生能生無分別後得智故說非非智復次由此智於分別中不生故說非智由此智不於餘處生但於分別法如中生故說非非智此偈前句即釋後句

論曰

與境無差別　智名無分別

釋曰若智由能取所取二相起有分別如加行智不名無分別若智與所取不異平等平等起是名無分別智於餘經中佛說一切法無分別欲顯此道理故重說偈

論曰

佛說一切法　自性無分別　所分別無故

彼無無分別

釋曰一切法自性無分別此義云何可知爲證此義故立第三句由可分別類實不有義至無分別法眞實是有故說一切法自性無分別若由所分別不有故一切法自性無分別者云何衆生不自性解脱

論曰

彼無無分別

釋曰由諸法自性無分別智如境無分別若爾何故不自性解脱實爾諸法自性無分別智如境亦自性無分別而不得自性解脱修得智能證此法由非智障故智不得起必須修智滅障方得解脱故無自性解脱義於自性無分別中若起分別此爲非智即是無明於自性無分別法中所有無分別智今當說

其差別

論曰此中無分別有三種一加行無分別智二無分別智三無分別後智

釋曰於自性無分別中若總說有此三種此三種即顯道方便道正事道究竟謂入方便住方便出方便若約因約人約事別說則有十一種

論曰加行無分別有三種謂因緣引通數習力生起差別故

釋曰此三約因有差別加行無分別由三力成或由因緣力或由引通力或由數習力由此三力成故生起有差別若由因緣力成即是由性力成若由引通力成即是由宿生力成若由數習力成即於現在由作功力成

論曰無分別智亦有三種謂知足無顛倒無戲論無分別差別故

釋曰此三約人有差別即凡夫二乘菩薩知足無分別應知由得聞思二慧究竟故由知足故無分別故說知足無分別若凡夫菩薩至聞思慧究竟事有所應得皆悉已得生知足心故無分別復次世間衆生有知足無分別由此知足彼衆生上生有頂於中計爲出離究竟過此更無行處起知足心不復進修故無分別無顛倒無分別謂二乘由彼已通達眞境無常等四種無倒相由無常等四無倒相永不更分別故無分別無戲論無分別謂諸菩薩諸菩薩不分別一切法乃至不分別無上菩提何以故諸法無言說故於無言說中強立言說故名戲論言說有四種即是四謗若說有即增益謗若說無即損減謗若

說亦有亦無即相違謗若說非有非無即戲論謗菩薩得無分別智不可以言說顯示故稱無戲論無分別何以故出過世間智故又非世間智所知故

論曰無分別後智有五種謂通達憶持成立相雜如意顯示差別故

釋曰此五約事有差別後得智以能顯示爲性此中顯示以覺了爲義由此智於通達後時顯示如此事云我於觀中知見如此如此事故稱通達顯示由此智出觀後時如所通達憶持不退失故稱憶持顯示由此智如自所通達能立正教令他修行故稱成立顯示由此智菩薩如先緣一切法爲境謂如先雜境界智觀察此境由此觀察即得轉依故稱相雜顯示由此智菩薩已得轉依如菩薩所思欲如意皆成謂於地等諸大轉爲金等故稱如意顯示

論曰爲成立無分別智復說別偈

釋曰已說無分別智差別義更欲成立無分別義故重說偈

論曰

餓鬼畜生人　諸天等如應　一境心異故
許彼境界成

釋曰譬如一江約四衆生分別則成四境餓鬼謂爲膿血魚等畜生謂爲住處人謂爲水天謂是地隨所分別各成一境若境是實應互相妨不應一處一時並成四境當知皆是意識分別所作若汝許四識並緣識不離境汝亦應許一時一處並有四境若許並有四境則應信一切分別皆非實有若無實境識

應自生不緣境起若爾唯識中四難還成四義不成此難如彼論釋有識無境斯有何失爲顯此義故重說偈

論曰

於過去未來　於夢二影中　智緣非有境
此無轉爲境

釋曰過去未來事但有名無體若心緣此二世但有識無境夢中所緣亦爾影有二種一鏡中影二定中影定心所起青黃等相離心無別此法故說名影若心緣此二影亦但有識無境若無此四境識何所緣

論曰

此無轉爲境

釋曰外塵本來是無識變異所作識即緣此爲境故言無轉爲境此義已立不應復疑何以故若撥無此理無成佛義爲顯此義故重說偈

論曰

若塵成爲境　無無分別智

釋曰若塵有體爲境義成則無有無分別智何以故所分別境若實有能分別則不成倒無分別則成倒若爾一切凡夫皆離顛倒一切聖人皆成顛倒斯有何失

論曰

若此無佛果　應得無是處

釋曰無分別智是正道若言無此智而說應得佛果無有是處此執爲阿含及道理所違是故應知諸塵無體可分別由可分別體無故分別亦無故無分別智如理無倒復次有別道理證諸塵無體可分別

論曰

得自在菩薩　由願樂力故　如意地等成

得定人亦爾

釋曰菩薩於定得入住出自在於通慧得變異折伏通達自在於諸地得十自在菩薩先發願作衆生利益事得無分別智後出觀隨菩薩意欲有所作一切皆成或由現在願或由本願願爲因樂爲果先發願作衆生利益事後隨心所欲樂無不皆成謂轉變地等若淺行菩薩欲作衆生利益事於現在先發願發願竟即入眞觀出觀後隨所欲樂方得成遂若深行菩薩欲作衆生利益事現在不須發願及入觀出觀但由本願力隨所欲作一切皆成若聲聞等得九定自在因此定自在得六通自在於一物中隨願樂力各能變異爲無量種若諸塵實有自性此事則不得成譬如二空一切自在所不能變異何以故以眞實故此偈約外境顯諸塵無自性於內境無自性其義云何

論曰

成就簡擇人　有智得定人　於內思諸法

如義顯現故

釋曰簡擇人即是毗婆舍那得三無流根名成就從須陀洹向乃至阿羅漢果名成就簡擇人有智人謂菩薩欲顯不以聞思位爲智人但取入修位爲智人故言得定聲聞及菩薩於內思量一切法時如如二人思惟十二部經法所顯義如此如此其義於此二人得顯現若其思惟佛義於種種法中佛義顯現如佛義顯現色等五陰及無常等十想亦如

此顯現此偈約内境顯諸塵無自性云何如外内境皆無自性

論曰

無分別修時　諸義不顯現　應知無有塵

由此故無識

釋曰若菩薩在無分別觀中一切義或内或外或内外不復顯現是故應知諸塵皆實非有若無外塵則無内識何以故所識既不有能識云何有此義實爾所識非有故能識亦非有應知勝相中已具顯此義此智與般若波羅蜜爲一爲異

論曰此無分別智即是般若波羅蜜名異義同

釋曰不以名不同爲異以義同爲一以一故言即是若名異義云何同如來立法約自性義攝諸法爲同不以名攝爲同何以故名於諸方不同義於諸方則同名是假立爲自此義故隨方不同義有定性故義是同行依義成不依名成云何知義是同

論曰如經言若菩薩住般若波羅蜜由非處修行能圓滿修習所餘波羅蜜

釋曰欲成就無分別智與般若波羅蜜不異故引般若波羅蜜經爲證菩薩修般若波羅蜜無退失故名住又菩薩欲修餘波羅蜜先修般若波羅蜜爲方便餘波羅蜜住般若波羅蜜中成故言住菩薩住般若波羅蜜中離五處修行餘波羅蜜於一一波羅蜜中經若干時修習令得成就故稱圓滿

論曰何者非處修行能圓滿修習所餘波羅蜜謂離五種處一離外道我執處

釋曰如外道住彼般若起我執謂我今住般若般若即是我所諸菩薩住般若則不如是故言離我見執處以不應彼處故

論曰二離未見眞如菩薩分別處

釋曰如地前菩薩未見眞如分別無分別爲般若波羅蜜謂此是般若波羅蜜若菩薩已見眞如在般若波羅蜜中則無此分別故言離分別處以不應彼處故

論曰三離生死涅槃二邊

釋曰如凡夫衆生住生死邊聲聞人住涅槃邊菩薩住般若波羅蜜離此二邊故言離二邊處以不應彼處故

論曰四離唯滅惑障知足行處

釋曰如聲聞於惑障滅處生知足於餘處無復欲樂謂智障滅處菩薩則不如是爲滅智障修學般若波羅蜜故言離知足行處不應彼處故

論曰五離不觀利益衆生事住無餘涅槃處

釋曰如獨覺不觀衆生利益事住無餘涅槃菩薩則不如是住般若波羅蜜不捨衆生利益事般涅槃亦有餘亦無餘於法身是無餘於應化身是有餘故言離住無餘涅槃處以不應彼處故無分別智有五種差別異前所離五處一無倒差別此無倒彼有倒故二無分別差別此無分別彼有分別故三無住處差別此無住處彼有住處故四正行差別此正行能滅惑智二障彼正行但能滅惑障故五至得果差別此得常住三身爲果彼得求斷涅槃爲果故

論曰聲聞智慧與菩薩智慧差別云何

釋曰已說無分別智與般若波羅蜜是一今欲更顯無分別智般若波羅蜜與二乘智有差別

論曰應知由無分別差別

釋曰聲聞有分別菩薩無分別應知由此義故有差別

論曰不分別陰等諸法門故

釋曰聲聞由智慧取陰等諸法門爲境有分別相起菩薩不分別陰等諸法門無分別相起故有差別

論曰由非一分差別通達二空眞如入一切所知相故依止一切衆生利益事故

釋曰分有二種一所知分二利益衆生分所知分中復有二種謂人法二空利益衆生分中亦有二種謂自身他身聲聞於所知分中但通達人空止於苦等四諦生無流智於利益衆生分中但依止自身利益事發願修行於此二分中各有一分菩薩於所知分中具通達人法二空於一切所生如理如量智於利益衆生分中依一切衆生利益事謂自他身發願修行於此二分中各具二分二分異一分故言非一分差別

論曰由無住差別住無住處涅槃故

釋曰聲聞住著涅槃如凡夫住著生死菩薩不爾見生死涅槃俱是分別所作同無相性故不住二處

論曰由恒差別於無餘涅槃不墮斷盡邊際故

釋曰二人於無餘涅槃有差別故智慧有差別二乘於無餘涅槃無應化二身以不觀他

利益事故無應身故墮斷無化身故墮盡菩薩於無餘涅槃恒起二身無有邊際何況法身以自利利他圓滿故有應身故不墮斷有化身故不墮盡

論曰由無上差別實無異乘勝此故

釋曰聲聞獨覺乘有上以不及大乘故菩薩乘無上以無別乘勝大乘故乘以智爲體於大乘中智爲上首故由此五義故二乘智與菩薩智有差別

論曰此中說偈

釋曰爲攝前五義及顯五義功德故重說偈

論曰

由智五勝異　依大悲修福

釋曰諸菩薩智慧由五種差別故勝二乘不但於勝智慧知足復依智慧修福德福德即餘五度此句顯自利勝異二乘復有勝異義謂爲利他依大悲修福德福德即餘五度若人具此二能得何果報

論曰

世出世富樂　說此不爲遠

釋曰作轉輪王欲界上五天王色界梵王乃至無色界定及菩薩獨所得世間定名世富樂二乘解脫及無上菩提名出世富樂如此果如意易得故不爲遠諸菩薩已至極自在位恒行慈悲於世間貧苦衆生菩薩由此意不施財物此意用云何

論曰若菩薩於世間實有亦復可知

釋曰此顯菩薩有體有恩有體故言實有有恩故言可知

論曰若菩薩如此依戒定慧學功德聚相應

至十種自在於一切利他事得無等勝能
釋曰三學攝十度及世間一切功德故名功
德聚若菩薩未得已得不失名相應即因圓
滿至十種自在即果圓滿利益他事或有二
種或有四種二種謂先思後行復有二種即
後二無畏或有四種如前說得如此無等勝
能即恩德圓滿此三德中因果二德顯自利
恩德顯利他已說三竟學欲顯菩薩三德圓
滿故明此義
論曰云何於世間中見有衆生遭重苦難
釋曰此次立難若菩薩如此三德皆拔濟一
切衆生云何衆生遭世苦難若視苦苦不救
則無勝能若無勝能亦無菩薩苦難有二種
謂内及外内外此二苦難有輕有重若可對
治爲輕若不可對治爲重

論曰由菩薩見彼衆生有業能感苦報障勝
樂果故
釋曰菩薩見有衆生有業障菩薩勝能感
苦報菩薩於彼有此業智雖懷勝能捨而不
用此即菩薩業力譬如有江有八功德水隨
衆生飲無人遮護餓鬼由業障故不能得飲
菩薩如江財物如水有業障衆生猶如餓鬼
由業障故不得受用菩薩財物
論曰由菩薩見如此若施彼樂具則障其生
善
釋曰菩薩見有衆生無業障若貧窮能生長
善法若富樂則放逸造罪菩薩願彼於現在
世受貧窮苦隨順成就生起善法是故菩薩
不施其樂具此即菩薩處非處力
論曰由菩薩見彼無樂具能現前猒惡生死

釋曰菩薩見有衆生由貧窮苦猒惡生死心恒現前菩薩願彼無樂具成就猒惡心隨順善行故不施其樂具此即菩薩根欲性力

論曰由菩薩見若施彼樂具則是生長一切惡法因緣

釋曰菩薩見有衆生乃至恒受貧窮報於此時中不長惡法菩薩願彼恒受貧窮報不願彼於一刹那中受富樂報而作諸惡法因緣謂自愛憎他此二因緣能生長惡法菩薩若施彼財物則成就彼愛憎是故菩薩不施其樂具此即菩薩遍行道智力

論曰由菩薩見若施彼樂具則是逼害餘無量衆生因緣

釋曰菩薩見有衆生若得大富非止自損復能損惱無量衆生菩薩願彼受貧窮苦不願彼由大富樂損惱衆生身心及以善根是故菩薩不施其樂具此亦是菩薩遍行道智力

論曰是故菩薩不無如此能世間亦有如此衆生顯現

釋曰勝能有三即是三德一能得因謂三學處二能得果謂十自在三能利他謂了別衆生根欲性等若見施有利益則施若見不施有利益則不施菩薩以利益爲定不以施不施爲定由施無利益故世間有受苦衆生

論曰此中說偈

釋曰爲攝前五義故重說偈

論曰

見業障礙善　猒現及惡憎　害他彼衆生
不感菩薩施

釋曰有衆生有業障不感菩薩施有衆生有

樂具則礙善有衆生由貧窮猒惡生死心恒現前有衆生有樂具生長惡法有衆生由大富樂能逼害他菩薩見如此事欲令離自損損他故不施其樂具是故彼衆生不感菩薩施

攝大乘論釋卷第十二

攝大乘論釋卷第十三

天親菩薩釋

陳天竺三藏法師眞諦譯

釋學果寂滅勝相品第十二

論曰如諸已說依慧學差別云何知寂滅差別

釋曰菩薩與二乘道既有差別由道得滅菩薩滅與二乘滅亦應有差別云何可知

論曰諸菩薩惑滅即是無住處涅槃

釋曰二乘與菩薩同以惑滅爲滅諦二乘惑滅一向背生死趣涅槃菩薩惑滅不背生死不背涅槃故異二乘菩薩此滅於四種涅槃中是無住處一本來清淨涅槃二無住處涅槃三有餘四無餘菩薩不見生死涅槃異由般若不住生死由慈悲不住涅槃若分別生死則住生死若分別涅槃則住涅槃菩薩得無分別智無所分別故無所住

論曰此相云何

釋曰無住處涅槃以何法爲相

論曰捨離惑與不捨離生死二所依止轉依爲相

釋曰若菩薩在轉依位不與諸惑緣起處故名捨離或在出觀位必起分別故名不捨離生死若偏觀前後明此二義亦得一時具二義若雙觀二義必在一時此二義並以依他性爲依止無住處涅槃以轉依爲相即轉二著凡夫著生死二乘著涅槃菩薩得無分別智不見生死涅槃有差別雖滅惑不住涅槃雖起分別不住生死故此涅槃以轉依爲相此轉依即依止依他性

論曰此中生死是依他性不淨品一分爲體涅槃是依他性淨品一分爲體

釋曰此釋二所依止義本識名依他性本識若起分別即是不淨品說此一分爲生死體如分別依他性此性不如此有此分別無所有即是淨品依此一分爲涅槃體

論曰本依者是具淨不淨品二分別依他性

釋曰分別性是生死眞實性是涅槃從本以來此二品以依他性爲依止即說依他性爲本依

論曰轉依者對治起時此依他性由不淨品分永改本性由淨品分永成本性

釋曰轉依亦屬依他性三乘道是對治此依他性道未起時如見諦等或能起諸業感惡道報名不淨品道起已後如此不淨品滅不更生故言永改本性此依他性道及道果名淨品道即戒定慧道果有二種謂有爲無爲有爲即解脫解脫知見無爲即本惑滅及未來惑不生道未起時戒等淨品未成立但有本性清淨由道起故與五分法身及無垢清淨相應如此相應乃至得佛無有變異故言永成本性

論曰此轉依若略說有六種轉

釋曰若約三乘道及道果廣說別有轉依義今略說故但有六種

論曰一益力損能轉由隨信樂位住聞熏習力故

釋曰由三乘聖道起阿黎耶識中聞熏習功能更增說名益力於阿黎耶識中所有諸惑熏習由對治起故無復本用說名損能此二

事何位何因得成若人住願樂位中聞如來
說廣大甚深正教於中起三信願樂修行隨
順不違此損益以聞熏習力爲因聞思慧爲
聞熏習體因此二慧生修慧修慧是聞熏習
力若無修慧本依則不得轉由此力故損益
義成若人已得如此轉依煩惱行於此人云
何
論曰由煩惱有羞行慚弱行惑永不行故
釋曰若人已得此轉依煩惱若起即生慚羞
起亦不久又復微弱惑永不起何以故能羞
自身深見諸過故
論曰二通達轉謂已登地諸菩薩由眞實虛
妄顯現爲能故
釋曰得無分別智證眞如故名通達由此通
達有別轉異於地前若已登地有時入觀此
通達爲眞實顯現因何以故如初通達明了
證眞如後入觀亦爾有時出觀此通達爲虛
妄顯現因何以故如先未入觀以散心修自
利利他俗行今出觀亦爾
論曰此轉從初地至六地
釋曰此中同有出入觀異故以六地爲其位
論曰三修習轉由未離障人是一切相不顯
現眞實顯現依故
釋曰前位修習依相起此位修習依無相起
已離惑障離一切智障未盡是有學大乘人
能得此轉一切相謂相相生相眞實相此三
相體不顯現依止此轉依得成三無相得顯
現亦依止此轉依得成
論曰此轉從七地至十地
釋曰此中同修無相行故以四地爲其位

論曰四果圓滿轉由已離障人一切相不顯現清淨眞如顯現至得一切相自在依故

釋曰三德具足名果圓滿已離一切障人即是諸佛能得此轉一切相不顯現即是斷德以一切相滅故清淨眞如顯現即是智德如理如量智圓滿故謂具一切智及一切種智至得一切相自在即是恩德依止一切相中所得自在由得此自在如意能作一切衆生利益事三德並以此轉爲依止

論曰五下劣轉由聲聞通達人無我故由一向背生死爲永捨離生死故

釋曰人境功能三義皆下劣是聲聞人故人下劣但觀人無我故境下劣自求免離生死心出三界未得究竟又不能兼濟衆生故功能下劣身見是聲聞繫縛爲除此見故修人無我觀苦集通名生死若得人無我則能背苦捨集

論曰六廣大轉由菩薩通達法無我故

釋曰人境功能三義皆廣大是菩薩人故人廣大觀法無我故境廣大自度度他又能究竟故功能廣大分別是菩薩繫縛爲除此繫縛故修法無我觀法無我是本人無我是末若得法無我必先得人無我雖復先得猶未清淨以根本未除故證法無我後方得清淨法無我境能顯四德故觀此境得離八倒

論曰於中觀寂靜功德故

釋曰謂於生死中觀法無我故稱寂靜功德

論曰爲捨不捨故

釋曰此顯法無我觀功能於生死中由觀寂靜能離分別不爲惑染故捨煩惱由見生死

寂靜與眞如不異故不捨生死
論曰若菩薩在下劣轉位有何過失
釋曰欲顯有三失故爲此問
論曰不觀衆生利益事故
釋曰此明失菩薩恩德
論曰過離菩薩法
釋曰如理如量智及隨智所起福德是菩薩法不行菩薩智慧法爲過捨遠菩薩福德法爲離此明失智德
論曰與下乘人同得解脫此爲過失
釋曰但滅惑障不滅智障此明失斷德
論曰諸菩薩若在廣大轉位有何功德
釋曰欲顯有三德故更爲此問
論曰於生死法中由自轉依爲依故得諸自在
釋曰得無分別智滅智障種子此滅即是轉依以此轉依爲依止菩薩於一切法中得十種自在
論曰於一切道中能現一切身
釋曰以自在爲依止於六道中隨彼形類現種種身
論曰於世間富樂及於三乘由種種教化方便勝能能安立彼於正教是廣大轉功德
釋曰富樂是三界善道先令得世間善道後令得三乘聖道以三道化度令住正法何法爲大菩提自性轉依異二乘是大菩提自性此轉依應知有四相一生起依止爲相二永不生依止爲相三成熟思量所知果爲相四法界清淨爲相生起依止爲相者是佛相續所攝出世道依止若不爾未至此轉依佛聖

道不成不應道理若佛道離此轉依成依未
轉道應先成永不生依止爲相者一切惑及
習氣永不生依止若不爾因緣巳聚集未至
此轉依諸惑及習氣永不生不成不應道理
成熟思量所知果依止爲相者成熟尋思及
善通達所知眞如所知實際界若不爾諸佛
自性應更尋思應更滅障法界清淨爲相者
伏滅一切相最清淨法界所顯若不爾諸佛
自性應無常應可思佛自性常住不可思爲
相亦不可說
論曰此中說偈
釋曰爲顯此轉依故重說偈
論曰
於凡夫覆眞　於此顯虛妄
釋曰見諦無明於凡夫覆一切法人無我眞

空於彼謂於凡夫此無明倒彼心令見我相
衆生相等及六塵相諸虛妄法因此顯現無
明爲其依止
論曰
於菩薩一向　捨虛顯眞實
釋曰菩薩無分別智由滅無明故捨一切虛
妄法謂我相等顯二空眞如無明生是凡夫
依無明滅是菩薩依此偈明滅爲轉依相
論曰
不顯現顯現　虛妄及眞實
釋曰虛妄是分別性分別不起即虛妄不顯
現眞實是三無性虛妄不顯故眞實顯現
論曰
是菩薩轉依　解脫如意故
釋曰不顯現顯現是菩薩轉依此轉依即菩

薩解脱得解脱已無復繫縛爲利他故如意
遍行於六道中不同二乘解脱永滅無利他
義如被斬首命必不續此偈明解脱虚妄清
淨法身此二由無分別智得成就即三德明
轉依
論曰
於生死涅槃　若智起平等
釋曰生死涅槃並是分別所作同一眞如若
得無分別智緣此平等起
論曰
生死即涅槃　二無此彼故
釋曰不淨品名生死淨品名涅槃生死虚妄
無人法二我即是涅槃得無分別智見生死
無所有即是見涅槃無所有故無此彼之異
若得此智有何功能

論曰
是故於生死　非捨非非捨
釋曰雖觀無我不離生死是非捨義雖在生
死常觀無我是非非捨若爾於涅槃云何
論曰
於涅槃亦爾　無得無不得
釋曰離生死無別法名涅槃菩薩既不得生
死亦不得涅槃是無得義菩薩於生死常觀
勝妙寂靜是無不得義
釋智差別勝相品第十三之一
論曰如此已説寂滅差別云何應知智差別
釋曰前已説菩薩解脱與二乘解脱差別菩
薩解脱知見與二乘解脱知見亦應有差别
云何可知
論曰由佛二身應知智差別

釋曰智差别是菩薩解脱知見即菩提道究竟果如二乘道究竟果名解脱知見二乘解脱知見中無三身菩薩解脱知見中有三身差别何以故二乘不能滅智障無一切智故不得圓滿清淨法身無大慈悲不行利益他事故無應化兩身菩薩具此二義故有三身故以三身顯智差别何法名三身

論曰一自性身二受用身三變化身

釋曰身以依止爲義由能持諸法諸法隨身故得成不隨則不成故身爲諸法依止譬如身根爲餘根依止故得身名法身亦爾應化身乃如來一切功德所依故名爲身又身以實爲義不破壞故名實身即體體以性爲義此性於一切位中不改故名實實故不破壞身有二種一自然得二人功得自然得者如經言若佛出世若不出世法性常然謂一切法由二空不空二空由虚妄不空此二法皆自然得故説名自性人功得者諸六道身由依惑起善惡不動業由業得七種果依果更生惑是名人功所得如來身亦有二種得一自性得是法身二人功得是應化兩身爲顯異人功所得故立自性身依止自性身起福德智慧二行二行所得之果謂淨土清淨及大法樂能受用二果故名受用身於他修行地中由佛本願自在力故彼識似衆生變異現故名變化身

論曰此中自性身者是諸如來法身

釋曰此三身中若以自性爲法身自性有二種定以何自性爲法身一切障滅故一切白法圓滿故唯有眞如及眞智獨在説名法身

身以依止爲義何法爲依止
論曰於一切法自在依止故
釋曰一切法自在謂十種自在又因中十波羅蜜果中一切不共法皆得已不失如意運用故名自在自在不可數量隨諸法數量自在亦爾云何知此法依止法身不離清淨及圓智即如如如如智故
論曰受用身者諸佛種種土及大人集輪依止所顯現
釋曰土有衆寶差別不可數量故稱種種此無量寶土依佛應身得成諸菩薩名大人集是菩薩衆親近善友正聞正思正修等是輪體如聖王金輪能從此至彼未得令得已得令不失能上下平行此是輪用菩薩亦爾若離應身則二事不成故此二事以應身爲依止由能依止成故所依止顯現
論曰此以法身爲依止
釋曰法身無依止此身有依止如前言於一切法自在依止故此即明應身依止法身故二身有異
論曰諸佛土清淨大乘法受樂受用因故
釋曰菩薩於諸佛淨土中自聽受大乘法受法樂爲他說大乘法亦受法樂菩薩備受用此二法樂若無應身則無此二受用法樂故應身爲此二受用法樂因又釋受用有二義一受用塵即受用淨土二受用法樂即受用大乘法樂若無應身則無此二受用故以應身爲此二受用因變化身與法身應身異相云何
論曰變化身者以身爲依止

釋曰法身無依止此身有依止如前言於一切法自在依止故此即明變化身依止法身故二身有異

論曰從住兜率陀天及退受生

釋曰此下明化身體異應身應身以大智大定大悲爲體化身但以色形爲體所現色形先住兜率陀天中後生人中先二十年受中陰生故言退後於釋迦家受生

論曰受學受欲塵

釋曰修習王秘密巧六十四能等爲受學納妃等爲受欲塵

論曰出家往外道所修苦行

釋曰捨王位往欝陀阿羅羅仙人所備修外道一切苦行

論曰得無上菩提轉法輪大般涅槃等事所顯現故

釋曰後捨外道法修不苦不樂行成無等覺說三乘教後方捨化變化事非一乃至滅後猶有遺形爲佛事故言等事以此等事顯於化身佛何故先住兜率陀天後生人中欲顯自身是天人類以天人是聖道器故亦欲爲天人師攝利同類故爲斷外道毀謗故

論曰諸佛如來所有法身其相云何

釋曰欲引相等十義證成法身法身若成餘二身亦成故爲此問

論曰若略說其相應知有五種

釋曰若廣說如無生無滅等有無量相今略說故言有五相即十義中第一相義

論曰此中說欝陀那偈

釋曰爲攝持散義故說此偈偈中十義後次

第釋
論曰
相證得自在　依止及攝持　差別德甚深
念業明佛身
五相者一法身轉依爲相
釋曰法身即是菩薩轉依
論曰一切障及不淨品分依他性滅巳
釋曰障有二種一具分障二一分障菩薩所斷一切智障通三界内外故名具分即是一切障二二乘所斷惑障唯在三界内名一分障即是不淨品分並以依他性爲依止治道起時即斷此二障故言滅巳
論曰解脫一切障
釋曰由二分障巳滅依他性一分解脫一切障
論曰於一切法得自在爲能
釋曰此依他性一分能通達一切法同一無性巳得無失故名自在
論曰清淨性分依他性轉依爲相故
釋曰欲顯異無分別後智離一切分別故言清淨性分此無分別智又是依他性一分依他性有二分前明滅障顯無分別境後明於一切法得自在爲能顯無分別智此二分是轉依轉依爲法身相
論曰二清白法爲相
釋曰一切法有二種一黑二白黑即是惡白即是善善中自有四種法身是眞實善故言白淨法爲相
論曰由六度圓滿於法身至得十種自在勝能爲相故

釋曰由修六度究竟於法身得十自在此十自在是法身勝能即以法身爲性由六度究竟得十自在其義云何

論曰何者爲十一命自在

釋曰於壽命中脩短及捨如意得成

論曰二心自在

釋曰於生死受生不爲生死染汙

論曰三財物自在

釋曰十種財物飲食爲初隨時隨處如意能得

論曰此三由施度圓滿得成

釋曰若人一切處施一切物施以大悲施則施圓滿由大悲行施爲因得心自在由一切處施爲因得命自在由一切物施爲因得財物自在

論曰四業自在五生自在此二由戒度圓滿得成

釋曰業爲因生爲果故此二相應由能制身口業故得業自在乃至若分分斷身心無變異身口業由此心成故戒度圓滿由戒度圓滿若欲受餘生如意解引此業悉令現前故名業自在由業自在於業果生中亦得自在隨六道類如意往生利益若竟如意能捨取捨二事功能無礙故名生自在

論曰六欲樂自在由忍度圓滿得成

釋曰忍有三種一忍辱忍二安受忍三通達忍於他毀損事心不壞名忍辱忍於自苦事心無變異名安受忍於正法甚深道理心能明證名通達忍由此三忍諸法皆隨逐心後於諸法中隨所欲樂如意得成

論曰七願自在由精進度圓滿得成
釋曰由精進波羅蜜能度一切所作事於未來世一切所願如意得成故名願自在
論曰八通慧自在此五通所攝由定度圓滿得成
釋曰於五通中未得得已得不失故名自在又於五通能自用亦能令他如我所用故名自在由菩薩能得諸菩薩諸甚深定心隨事調伏若引五通處於自他如意皆成
論曰九智自在十法自在此二由般若波羅蜜圓滿得成
釋曰菩薩由般若波羅蜜圓滿以無分別智於陰等法門心通達無餘得一切種智名智自在以無分別後智通達一切法品類得一切智名智自在以無分別後智如自所證爲他安立法門如理得成名法自在
論曰三無二爲相由無有無無二相故
釋曰無二謂無有無無有爲常無爲斷無有無無即是不常不斷離於二邊
論曰一切法無所有空相不無爲相故
釋曰更釋上語一切法皆分別所作悉無所有即是二空相故無有不無二空相故無無法身即是二空故以無二邊爲法身相
論曰復次有爲無爲無二爲相
釋曰無二謂無有爲無無爲一切有流法必以有爲爲相一切無流法有二種若道等以有爲爲相擇滅等以無爲爲相法身與有爲無爲不一不異是故不得偏以有爲無爲爲相由眞如是有爲無爲通相不可說異眞如是清淨境有爲無爲非清淨境不可說一法

身非有爲無爲爲相非非有爲無爲爲相何以故

論曰非惑業集所生故

釋曰一切有爲法皆從惑業生法身不從業惑生故非有爲

論曰由得自在能顯有爲相故

釋曰法身由得自在能數數顯有爲相謂應化二身故非無爲

論曰復次一異無二爲相諸佛如來依止不異故

釋曰無二謂無一無異三世諸佛由法身無異法身即是依止是故不異

論曰由無量依止能證此故

釋曰由此法身無量已成熟善根諸菩薩無間所證故不可說一若一餘人修行則應無用

論曰此中說偈

釋曰爲顯法身不一異義故重說偈

論曰

我執不有故　於中無依別

釋曰於世間由隨我執分別衆生依止有差別於法身無有我執分別故如來依止無差別若爾云何立有多佛

論曰

如前多依證　假名說不一

釋曰如前因地無量依止能證故若一一世間身無有法身菩薩則無所證由菩薩各各依自身證此法身故約假名不可說一

論曰

性行異非虛　圓滿無初故　不一無異故

不多依眞如
釋曰諸菩薩發心多故名性異由性異故加行亦不同由加行異故有功力由有功力故能得果有因義故非虛若但有一佛諸餘菩薩修行則空無所得諸佛作衆生利益事無不圓滿由安立彼於三乘故若諸佛不安立他於無上菩提則所作佛事不圓滿由利益事圓滿故佛不一如生死無初無量諸佛亦爾無初無量若唯一佛成前後佛不成則於一佛立始立終義則可成由此五義故諸佛不一
論曰無異故不多
釋曰依止不異故諸佛不多不多故無異何者爲依止
論曰依眞如
釋曰眞如即清淨法界法界無異故諸佛依止無差別此二偈顯法身無一異相
論曰四常住爲相眞如清淨相故
釋曰此下引三證立法身常住義眞如若出離一切垢無垢清淨說名佛果此眞如常住諸佛是清淨眞如所顯故法身常住
論曰昔願引通最爲極故
釋曰從初發心乃至八地經二十七大劫阿僧祇於中如來依法界發願成就願乘持願是名引於一切處無礙故名通窮生死際故名最極田依法界起此願法界若無常願則有盡願既無盡故如法界常住又由此願引通最極不空無果故得法身願既無盡故法身常住
論曰應作正事未究竟故

釋曰若言佛作衆生利益事竟先願應窮不可以願證法身常住者是義不然何以故由正事未究竟故從今時乃無窮世正事無邊若衆生未皆得佛未悉般涅槃此正事無息正事由法身成正事不盡故法身常住

論曰五不可思議爲相是眞如清淨自證智所知故無譬喻故非覺觀行處故

釋曰法身有三因緣故不可思議一非三慧境界故不可思議非覺觀行處故非聞慧境無譬喻故非思慧境自證智所知故非世間及二乘修慧境是故不可思議二無分別最上眞實故不可思議無分別者菩薩自證智所知非凡夫分別境界凡夫如生盲不能分別色以未曾見色故亦非二乘分別境界此境最極非二乘所證故不分別二乘如新生嬰兒不見日輪以根弱故最上者無譬喻故法身於一切法中最極無等無餘法可爲譬喻故非有上人所能知眞實者不可言說故若不可言說未曾見眞實衆生不能分別一切覺觀隨言說起既無言說故非覺觀行處是故不可思議三法身是諸佛證智所知非世間聰慧人所能分別於世間中無物可等法身由見此物以比知法身於法身中一切心行皆絶以境智無差別故是故不可思議

論曰復次此法身證得云何

釋曰有證不得有得不證有亦證亦得不證不得今欲顯亦證亦得一切衆生在於生死無有衆生本無法身恒與法身相應故此相應無始法自然成如此相應說名爲得此得非觸得非根識所證故爲離相應得故立此

問如經言於衆生聚中無衆生在法身外如無一色在虛空外以一切衆生皆不離法身故法身於衆生本來是得得義如此證義云何

論曰是觸從初所得

釋曰爲顯觸得有始由方便成利益無窮故如眼證見色必具五義一有實境對根二根不壞三有覺觀四識不亂五無闇等障五義若不具則不能證色證知法身亦爾必須具五義

論曰由緣相雜大乘法爲境

釋曰眞如是大乘法大乘十二部經所說法門皆共顯此眞如一切正說於眞如法則同一味故名相雜如衆流歸海相雜共爲一味智與境無差別故言緣菩薩緣相雜大乘中眞如法爲境此即第一顯境實有最勝

論曰無分別智無分別後所得智

釋曰證智以無分別爲相由此智於眞如境起離分別故清淨成證智此即第二顯智清淨如根不壞無分別後所得智是前後助法由此智後更入眞觀後轉勝此即第三明助法如覺觀若有毗鉢舍那無奢摩他無證得義故須修奢摩他修奢摩他有三相一得因二得伴類三得功能

論曰五相修成熟修習

釋曰此明得因五修及五修所得五果如因果修差別中說得無退失名熟得最上上品名成數數觀察名修習此明二種因一不失因二圓滿因故名得因

論曰於一切地善集資粮

釋曰此明得伴類從初地乃至十地聚集福德智慧行爲資粮故名得伴類

論曰能破微細難破障故

釋曰此明得功能由前二義故能破智障此煩惱與二乘無流道俱起故名微細非二乘道所能破故名難破故名得功能此即第四明得定知識不亂

論曰金剛譬三摩提

釋曰有四義故以金剛譬三摩提一能破煩惱山二能弘無餘功德三堅實不可毀壞四用利能令智慧通達一切法無礙

論曰次此三摩提後滅離一切障故

釋曰得此定竟滅一切障方盡此即第五明滅惑如無閡等障

論曰是時由依止轉成證得應知

釋曰金剛心滅時名是時是時第十地依止轉成佛依止名證得應知如此知

論曰此法身有幾自在於中得自在　釋曰欲顯約五陰轉依明法身自在故爲此問

論曰若略說有五自在於中得自在

釋曰若廣說有無量自在今略說止明五種

論曰一淨土顯示自身相好無邊音不可見頂自在　釋曰如意能現玻璨珂等淨土隨衆生類如意現身於大集中皆對衆生無有背者又稱衆生所樂見現種種身稱衆生所樂見現種種相好所說法音如意遍滿十方世界於一音中隨諸衆生所欲聞法各各得聞諸梵天等見佛之時如來身量倍高於彼故頂不可見於此等事皆得如意故名自在如此自在何因能得

論曰由轉色陰依故
釋曰一一陰皆有如滅差別中所說前四轉依色識名色陰形礙是已體對治起時由分別性不淨品一分永得相離淨品一分恒得相應即是色陰轉依於此轉依中得淨土等自在
論曰二無失無量大安樂住自在
釋曰不爲諸惑及習氣染汙故名無失如來安樂住不可數量故言無量過三界樂最勝無等故名大安樂住於此等事皆得如意故名自在
論曰由轉受陰依故
釋曰受識名受陰領苦樂是受體由轉受陰依故得此自在
論曰三具足一切名字文句聚等中正說自在
釋曰一切諸法名字及諸言教文句從偈以去一章一品乃至一部皆名爲聚悉能了知如意正說故名自在
論曰由轉想陰執相差別依故
釋曰想識爲想陰執相差別爲想體由轉想陰依故得此自在
論曰四變化改易引攝大集羣白淨品自在
釋曰未有現有及分一爲多是變化轉其本性爲改易所欲見衆生隨其遠近如意引導天人夜叉等來大集中隨彼所宜以四攝攝化有流善爲白無流善爲淨羣此白淨品法生相續中於此等事皆得如意故名自在
論曰由轉行陰依故
釋曰行識爲行陰作意爲行體由轉行陰依

故得此自在
論曰五顯了平等迴觀作事智自在
釋曰如來於一切法無有過失證知非現前境如對現前譬如人憶持熟習文句是名顯了智從通達眞如以來於一切衆生得平等心由證平等清淨法故是名平等智能守三摩提陀羅尼門於此法門中所欲取法如意無礙譬如財主守其庫藏取用無礙是名迴觀智能受兜率陀天生及般涅槃爲立聲聞及下地菩薩無流善根能顯如來事是名作事智於此等事皆得如意故名自在
論曰由轉識陰依故
釋曰識識爲識陰了別爲識體故轉識陰依得此自在
論曰此法身應知爲幾法依止
釋曰欲顯如來無量功德皆從法身生以法身爲依止故爲此問
論曰若略說唯三
釋曰若廣說爲無量法依止今略說唯三
論曰諸佛如來種種住處依止故
釋曰住有四種謂天住梵住聖住佛住於諸住中如來多住此四法故偏說此四得有二種一自在得二現前得初成佛時一切如來法具足皆得名自在得後時隨所正用者名現前得若證法身一切如來法皆自在得故法身爲住等法依止何以故無離法身得此法故
論曰此中說偈
釋曰欲顯法身爲住等法依止故重說偈
論曰

諸佛如來受五喜
釋曰菩薩亦有此德但未圓滿唯佛具足故言諸佛如來喜體唯一但以無失最勝爲體由五因所得故言五喜諸佛自得解脱以化身教二乘人令得解脱何故如來自受五喜而二乘不得
論曰　皆因證得自界故　二乘無喜由不證
釋曰由因有異故得果不同以證自界爲因五喜爲果界是如來性即性淨法身如來自大功能所證不由無因不由他得故言證自界由證自界故得五喜果二乘不證此界故無五喜
論曰　求喜要須證佛界
釋曰若人欲求五喜等法必須修道以證法身何以故以果無離因得故此偈顯法身爲五喜依止由證法身故得五喜不證法身則無五喜
論曰　由能無量作事立　由法美味欲德成
釋曰此偈示由五因故稱五喜何者爲五一因自能無量故生喜一切佛同覺了法身一切佛同得勝能一切佛勝能即是一佛勝能一佛勝能等一切佛勝能何以故諸佛同一法身爲體體既是一故餘佛勝能即是一佛勝能諸佛勝能無量一佛勝能亦無量故一佛勝能得等諸佛勝能諸佛法身同得勝能是故生喜由見證自界得此勝能是故生喜二因作事立故生喜一佛所作衆生利益事

是一切佛正事是一切衆生利益事何以故一切佛所作淨土等利益衆生正事即是一佛所作正事諸佛設皆不作正事一佛所作正事通等諸佛所作正事若利益一衆生即是利益一切衆生若一衆生成佛此衆生復能教化一切衆生如此轉相利益若諸佛已證自界則成立此正事由見證自界作正事立是故生喜三同法美味故生喜由如來昔時學三乘十二部經後成佛時各觀一切法無不從此法身生無不還證此法身故一切法門同一法身爲味由見修多羅祇夜等經同一法身味是故生喜四因欲德成故生喜所欲得成功德亦成所欲成者如佛所思無不成就謂淨土及大集等事功德成者謂十力四無畏等一切如來不共法無不圓滿由見此二事成是故生喜

論曰　得喜最勝無有失

釋曰過三界喜樂故最勝一切惑乃至習氣皆盡無餘故無失

論曰　諸佛恒見四無量

釋曰復次如來見前四喜乃至窮生死際無有滅盡設入無餘涅槃亦無滅盡是故生喜此喜何相一最勝爲相以過三界及二乘喜故二無失爲相一切惑乃至習氣滅盡無餘此顯最圓滿及最清淨是名第一自利依止

論曰種種受用身依止爲成熟諸菩薩善根故

釋曰諸佛應身無量故言種種又一一佛應

身品類不可説故言種種此法身爲應身依止何故爲依止爲生此身故若離應身登地菩薩善根則不得成熟故須應身應身由法身立故法身爲應身依止此即第二利益菩薩依止

論曰種種化身依止爲多成熟聲聞獨覺善根故

釋曰此法身不但爲應身依止亦是化身依止何以故若離化身下願衆生謂聲聞獨覺所有善根不得成熟多言顯不止利益二乘願樂此中菩薩善根亦因化身成熟故法身爲化身依止此即第三利益二乘依止

攝大乘論釋卷第十三

攝大乘論釋卷第十四

天親菩薩釋

陳天竺三藏法師眞諦譯

釋智差別勝相品第十三之二

論曰有幾種佛法應知攝此法身

釋曰不爲顯攝法身體故爲此問爲顯攝法身證得故爲此問

論曰若略說有六種

釋曰若廣說有無量種今略說故止言六種

論曰一清淨類法

釋曰滅不淨品盡證得法身名爲清淨法云何得此清淨法

論曰由轉阿黎耶識依故

釋曰對治起時離本識不淨品一分與本識淨品一分相應名爲轉依

論曰由證得法身故

釋曰由此轉依金剛道後證得法身滅德以外其餘諸德名清淨法是證得類故名清淨類法

論曰二果報類法

釋曰有如來法是果報類如見色等智名果報法云何得此果報法

論曰由轉有色根依故

釋曰對治起時滅眼等五根色識名爲轉依

論曰由證得果報勝智故

釋曰由此轉依諸佛得果報類智此智於五塵中當十方世界衆生五根所生識此智於五塵中起故名果報類此果報類法是證得類故名果報類法

論曰三住類法

釋曰如來遍證得一切法名爲住法云何得此住法
論曰由轉受行欲塵依故
釋曰對治起時滅世間受行欲塵識故名轉依
論曰由無量智慧住故
釋曰由此轉依如來得無量智住無量境皆不忘失此智即當受行欲塵觸中有忘失識即是四不護體此住法是證得類故名住類法
論曰四自在類法
釋曰於一切處勝能無礙名爲自在法云何得此自在法
論曰由轉種種業等攝自在依故
釋曰於世間中有種種諸業如耕種商估等或蓄聚財物攝此種種事對治起時滅此業等識名爲轉依
論曰由此於一切十方世界無礙六通智自在故
釋曰由此轉依於十方世界得無礙六通智此自在法是證得類故名自在類法
論曰五言説類法
釋曰如來有不共得四無礙解於正説中具足勝能名言説法云何得此言説法
論曰由轉一切見聞覺知言説依故
釋曰於世間中有見聞覺知四種言説依六識境起意識分别由此分别生四種言説對治起時滅此言説識名爲轉依
論曰由此能飽滿一切衆生心正説智自在故

釋曰由此轉依如來於四言說中得不共四無礙解能稱衆生根性如意說法皆令得果此言說法是說得類故名言說類法

論曰六拔濟類法

釋曰是諸佛利益安樂衆生意即是大悲云何得此拔濟

論曰由轉一切災橫過失拔濟意依故

釋曰於世間中如王等所起災橫菩薩昔由善友力自勢力財物力等拔濟衆生災橫過失對治起時滅此拔濟識名爲轉依

論曰由此一切衆生災橫過失濟拔智自在故

釋曰由此轉依能如意拔濟一切衆生災橫過失此拔濟法是證得類法故名拔濟類法

論曰如此六種類法所攝諸佛如來法身應知

釋曰此六法前四是自利後二是利他利他有二種一永利二暫利永利是眞實暫利是假名並是法身證得類故言攝法應如此知

論曰諸佛法身爲可說有差别爲無差别

釋曰十方諸佛爲同一法身爲當有異

論曰由依止意用業無異故應知無差别

釋曰諸佛同以法身爲依止於衆生利益安樂意用亦同於衆生中現成正覺乃至般涅槃此業亦同由此義故應知諸佛法身無差别

論曰由無量正覺等事故應知有差别

釋曰有諸佛於法身已得正覺乃至已般涅槃有諸佛正得正覺有諸佛當得正覺乃至般涅槃亦爾如此等有無量事前後不同是

故應知法身有差別
論曰如法身受用身亦爾
釋曰諸佛應身無差別有差別義如法身
論曰由依止業不異故應知無差別
釋曰十方諸佛應身同依止法身依止不異故應身無差別應身以化身爲業諸佛應身無不皆爲化身依止起於化身以業同故無有差別
論曰不由能依止差別故無差別無量依止轉依故
釋曰無量菩薩修道轉依如菩薩數量應身亦爾不由依止無差別說無差別由身各異應身亦爾故有差別
論曰變化身應知如受用身
釋曰由依法身故無差別由依應身故有差別
論曰此法身應知與幾種功德相應與最清淨四無量相應與八解脫八制入十一切入無諍三摩提願智四無礙解六通慧三十二大人相八十小相四種一切相清淨十力四無畏四不護三念處拔除習氣無忘失法大悲十八不共法一切相最勝智等諸法相應
釋曰此身與諸功德法相應故名法身欲顯相應法故爲此問
論曰此中說偈
釋曰偈有兩義一顯如來功德二顯恭敬有功德人
論曰
於衆生大悲　離諸結縛意　不離衆生意
利樂意頂禮

論曰於衆生大悲
釋曰此下一偈顯四無量此句即明大悲
論曰離諸結縛意
釋曰此句明大慈離染著意與衆生樂
論曰不離衆生意
釋曰此句明大喜衆生若已離苦受樂則恒
於彼起歡喜心
論曰利樂意頂禮
釋曰此句明大捨捨不拔苦與樂意常懷利
樂意又捨怨親等相常懷平等利樂意由有
此德是故頂禮復次離諸結縛意者明離外
道及二乘悲心外道悲心緣衆生起爲結二
乘悲心緣法起爲縛如來大悲不緣此二起
故言離大悲既爾慈等亦然不離衆生意者
雖離衆生及法緣如來於衆生常不離四無
量意於有苦者不離拔苦意於無樂者不離
與樂意於已離苦受樂者不離歡喜意於如
此衆生不離平等意利樂意頂禮者令得出
世益爲利令得世間益爲樂四無量具有二
益
論曰
解脱一切障　降伏世智者　應知智遍滿
心解脱頂禮
論曰解脱一切障
釋曰此一偈顯三德此句明八解脱八解脱
除二種障一修習障二勝類障八解脱具二
義一是無流二是究竟是無流故除修習障
即見諦等惑是究竟故除勝類障即下劣心
論曰降伏世智者
釋曰此句明八制入是無流非究竟是究竟

非無流屬八制入故異八解脱心能制境使境從心故名降伏世智者即是佛
論曰應知智遍滿
釋曰此句明十一切入應知是十境智緣十境遍一切處故言遍滿
論曰心解脱頂禮
釋曰心於此三處皆得解脱
論曰
諸衆生無餘　能滅一切惑　害惑有染汙　常憐愍頂禮
論曰諸衆生無餘　能滅一切惑
釋曰此偈明無諍三摩提凡有所作不起一切衆生煩惱諍
論曰害惑有染汙　常憐愍頂禮
釋曰佛能害衆生惑衆生有染汙如來常起憐愍心
論曰
無功用無著　無礙恒寂靜
釋曰此半偈明願智於三世一切事欲知爲願如來皆能證知爲智修習熟故無功用習氣盡故無著由此二義故皆能證知於三世境如量能知故無礙如來恒不出觀故寂靜寂靜顯無功用無礙顯無著
論曰
一切衆生難　能釋我頂禮　於依及能依　應説言及智　能於説無礙　説者我頂禮
論曰一切衆生難　能釋我頂禮
釋曰此下一偈半明四無礙解由具四解故能釋衆生難
論曰於依及能依　應説言及智

釋曰於依是義能依是諸法門應說言是方言及智是巧辯

論曰能於說無礙

釋曰於此四中功能無礙爲他說亦無礙

論曰說者我頂禮

釋曰已離惑愛所說無垢有能說之德故名說者

論曰

攝壽住及捨　變化及改性　得定智自在世尊我頂禮

釋曰此偈明通慧若壽命應盡能更攝受令長乃至經八萬大劫等非止八萬劫而已欲住多劫亦如意能住欲捨亦如意能捨又於諸定中亦有此三能從一身中分出無量身爲變化轉金土等爲改性通慧皆由定成如意無礙故言得定智自在

論曰

諸衆生見尊　信敬調勝士　由他見能生淨心我頂禮

釋曰此一偈合明三十二大人相八十小相衆生見佛大小相生信心及敬心謂如來是最勝之士如來大小相並能生衆生清淨心

論曰

故隨彼類音　行往還出離　證知諸衆生正教我頂禮

釋曰此偈明四種一切相清淨隨衆生形類及音辭示現如彼衆生過去受生爲往現在受生爲還行於二世之中得三乘道果爲出離佛皆證知此事如所應爲說正教由四清淨故有此能

論曰

方便歸依淨　於中障衆生　於大乘出離

摧魔我頂禮

釋曰從出家受戒乃至世第一法悉名方便苦法忍乃至第二果爲歸依以得四不壞信故第三第四果爲淨以離欲欲界乃至無色界故魔於此中能障衆生令不得此道果若大乘中修十地行出離三障魔亦於中能爲障礙由如來具十力故能爲衆生摧伏衆魔

論曰

智滅及出離　障事能顯說　於自他兩利

降邪我頂禮

釋曰此偈明四無畏智即一切智無畏滅即流盡無畏出離即說盡苦道無畏障事即說障道無畏若有外道難佛言非一切智或言諸流未盡或言如來說盡苦道修之不能令離苦說障道法起此障不妨得道如來於中無畏能降邪難

論曰

無制無過失　無染濁無住　於諸法無動

無戲論頂禮

釋曰此偈明四不護無師制止身口意命自無十惡等過失非但無貪瞋邪見煩惱一切煩惱皆已滅盡不著諸法故言無染濁無住不作意知諸法知諸法無復學義離於分別智慧遍滿故言無動過失已除故無戲論

論曰

於衆伏他說　二惑所遠離　無護無忘失

攝衆我頂禮

釋曰此偈明三念處若有衆生於大集中聞

如來說法生毀謗如來亦不瞋若能信受如來亦不愛若無毀無信如來亦不捨於此三處常起大悲以方便力巧說正法令其入理於大衆中能降伏如此衆生爲說正法不起瞋欲二惑既不瞋欲即知無無明不由守護心故不忘失大念大悲常自堅固故無忘失以此大悲能攝大衆

論曰

於利益他事　導不過待時　所作恒不虛

無迷我頂禮

釋曰十方無量衆生於一刹那中應得利益如來以大悲力於一刹那中悉令得利益無空過者亦無一衆生得道時未至預往其所待時至方爲說法凡有所作皆應時得益故所作無虛迷是無明無明即習氣體由習氣盡故利益不虛

論曰

於一切行住　無非圓智事　遍知一切世

實體我頂禮

釋曰此偈明無忘失已受生及未受生爲行正受生爲住衆生三世事皆是圓智境故能遍知三世眞如爲體故名實體由體實智圓故無忘失復次佛在因位修十地爲行得佛爲住圓智能通達此自因果事遍知一切世明能通達衆生三世事此解通明能知自他

論曰

日夜六時觀　一切衆生界　與大悲相應

利樂意我禮

釋曰此偈明大悲佛常觀衆生而言六時者欲爲物作軌模示修道有自利利他行以六

時修利他行六時修自利行衆生界即衆生性衆生性不同或因惡生善或因善事生善或因怖畏事生善或因歡喜事生善大悲能稱此性化度故皆與大悲相應根及欲樂亦爾

論曰

由行及由得　由智及由事　於一切二乘無等我頂禮

釋曰此偈明十八不共法行是因得是果智是如理如量智事即利益衆生事十八不共法不出四義不與二乘等故名不共

論曰

由三身尊至　具相無上覺　一切法他疑能除我頂禮

釋曰此偈明一切相最勝智三身即是三德法身是斷德應身是智德化身是恩德由此身故至具三德相果由得無上覺故最勝衆生於一切法中生疑如來悉能爲除斷

論曰

無繫無過失　無麤濁無住　於諸法無動無戲論頂禮

釋曰此偈顯如來六種清淨一惑障清淨即無繫由滅惑等三障故二業障清淨謂無過失由滅二十二業障故三報障清淨謂無麤濁由除七種生死故四利益清淨謂無住由於生死涅槃無隔礙故五自在清淨謂於諸法無動不由功用於一切法如意能現故六無戲論清淨由過言語覺觀思惟境界故前三明自利後三明利他故言等即等此六清淨

論曰諸佛法身不但恒與如此等功德相應復與餘功德相應
釋曰前所明功德通大小乘已說法身與此功德相應復有大乘不共功德與法身相應
論曰謂自性因果業相應行事功德相應
釋曰此中略說大乘六種功德與法身相應謂法身自性法身因法身果法身業法身相應身生起
論曰是故應知諸佛法身有無上功德
釋曰於大小乘中不與他共故無有上
論曰此中說偈
釋曰爲顯此六種功德是故說偈
論曰
尊成就眞如　修諸地出離　至他無等位
解脫諸衆生

論曰尊成就眞如
釋曰此句明法身自性成就眞如是無垢清淨若在道前道中垢累未盡未得名成就道後垢累已盡故名成就此眞如爲法身自性
論曰修諸地出離
釋曰此句明法身因在因位修眞如所顯十地究竟出離皮肉心三障即是智斷二種轉依由此轉依故得法身
論曰至他無等位
釋曰此句明法身果若證法身果則得淨我樂常四德果淨不與闡提等我不與外道等樂不與聲聞等常不與獨覺等
論曰解脫諸衆生
釋曰此句明法身業若得此果解脫衆生解脫有四種謂安立善道及三乘業解脫凡夫

及三乘人
論曰
無盡等功德　相應現於世　於三輪易見
難見人天等
論曰無盡等功德　相應現於世
釋曰此兩句明法身相應無盡等有五種功德與法身相應一清淨爲勝二一切爲勝三無量爲勝四難思爲勝五無盡爲勝從初地至七地嫉妬等所對治習氣垢永滅不生爲依止故諸德清淨爲勝與法身相應於第八地無分別無間缺自然無流道爲依止故諸佛於無流界諸功德一切爲勝與法身相應於第九地不可數量三摩提陀羅尼門海能攝無量法智爲依止故從此海生一一功德皆無量爲勝與法身相應於第十地一切如來所有秘密處現前證智爲依止故難思爲勝與法身相應次此後證得佛地時解脱一切障智爲依止故諸功德無盡爲勝與法身相應無盡即是常住爲顯常住故言現於世前四功德雖約諸地明其差别同至果方究竟故悉與法身相應
論曰於三輪易見　難見人天等
釋曰此兩句明生起三輪即是三身於三身中應化二身易見法身難見又法身於深行菩薩及諸佛爲易見於四種衆生爲難見一凡夫二聲聞三獨覺四始修行菩薩如經言如來藏非墮身見衆生境界非遊戲顛倒衆生境界非於空散亂菩薩境界何以故凡夫人於色等諸法無如此性執有我及我所性不能信樂身見滅離處甘露界何況能正覺

諸佛境界如來藏二乘人於常住最勝應修中倒修常住相遊戲無常相修樂我淨亦爾如此二乘人由倒修不能得諸佛法身道於中遊戲故四德相應法身非其境界始修行菩薩迷如來藏空道理信樂空解脱門計滅有物以爲空謂諸法先時是有後則斷滅即是空復有諸菩薩由得空相思擇空義謂離色等法有別物爲空我今修行爲證此空當來必應得如來藏非有非無爲理故非散亂心偏執有無境界人天等即前四衆生法身甚深非其境界故生起此四種衆生迷惑行於法身有此四事故自性身於三輪中非人天能見

論曰復次如來法身甚深最甚深

釋曰以難行難通達難得故甚深最甚深復次言說難了達故稱甚深義理無底故稱最甚深復次文義難量故稱甚深品類非一故稱最甚深

論曰此甚深云何可見

釋曰以何相能顯此甚深令得可見

論曰此中說偈　釋曰如大乘中所顯法身甚深義有十二種今以偈說此義

論曰

佛無生爲生　以無住爲住　作事無功用
第四食爲食

論曰佛無生爲生

釋曰此下一偈明第一甚深此甚深中復有四種甚深一生二不住三業四住此句明生甚深諸佛受生無生爲相有十種因以證此義一與無明不同相故二種種不同故三攝

受自在故四於住自在故五於捨自在故六無二相故七唯似顯現故八同幻化譬故九無住處爲住處故十能成就大事故

論曰以無住爲住

釋曰此句明不住甚深諸佛於生死涅槃悉無所住亦有十種因以證此義一非永所離故二滅不盡故三由諸佛非有法故四由知非有爲性故五無所得無分别故六由已離心故七由得心故八由心平等故九住因不可得故十不住因不可得故

論曰作事無功用

釋曰此句明業甚深亦有十因爲證一一切礙滅故二無依止故三應作無思故四作者不作心故五業非運動故六於非有無功用故七由宿願疾利故八所作已辦故九應作未辦故十由熟修一切法中自在故

論曰第四食爲食

釋曰此句明住甚深亦有十因爲證一示諸佛不資四食以顯自身由食住故二爲長衆生善根故三爲顯因諸人故四欲令弟子如法學受用四種命縁故五欲令他學知足行故六令他起正勤方便故七爲成熟他善根故八欲顯自身無染著故九爲治正法恭敬心故十爲圓滿本願生故若如來由此義故食於四食中是何食是第四食四食者一非清淨依止住食謂段等四食令欲界衆生身得相續住欲界衆生具見修二縛故依止不清淨此依止由四食得住故名非清淨依止住食二淨不淨依止住食謂業識觸三食令色無色界衆生身得相續住此二界衆生已

離下界惑未離自地及上界惑故依止亦淨不淨此依止由三食得住故名淨不淨依止住食三清淨依止住食謂段等四食令聲聞緣覺身得相續住二乘人三界惑已盡故依止清淨此依止由四食得住故名清淨依止住食四能顯依止住食段等四食悉是諸佛食何以故諸佛由此食故顯自身得住於世爲生長施主淨信爲因功德善根故此食不作如來食事如來食時諸天爲受施諸衆生是如來意所許故衆生由此食當得成佛爲令衆生得成佛故如來示現以手觸食如此等義悉是甚深

論曰

無異亦無量　無數量一事　最堅不堅業

無上應三身

論曰無異亦無量

釋曰此下一偈明第二甚深此甚深中復有三種甚深一安立二數三業此句明安立甚深諸佛法身無差別故無異衆多依止法證得此法身故無量

論曰無數量一事

釋曰此句明數甚深三乘衆生無有數量於中諸佛一事

論曰最堅不堅業　無上應三身

釋曰此兩句明業甚深諸佛有三身相應實體常住故稱無上由應身如來業堅固不可改轉以眞實故由化身如來業不堅固由權以方便引出二乘後以應身教彼修菩薩道

故

論曰

無一法能覺　一切無不覺　一一念無量
有不有所顯
論曰無一法能覺
釋曰此下一偈明第三正覺甚深人法二非
有所覺既無故能覺亦無
論曰一切無不覺
釋曰諸佛由假名故無非是佛是故無一非
覺覺此法云何
論曰一一念無量
釋曰一一刹那無量諸佛正覺眞如若爾諸
佛與眞如爲一爲異若一則無覺若異則無
眞如
論曰有不有所顯
釋曰一切法名有不有謂一切法空諸佛是
諸法空所顯是故不可説能覺不可説不覺

論曰
無欲無離欲　依欲得出離　已知欲無欲
故入欲法如
論曰無欲無離欲
釋曰此下一偈明第四離欲甚深由欲不有
故如來無欲從本無欲故亦無離欲若欲是
有可有離欲欲既本無故無離欲
論曰依欲得出離
釋曰由諸菩薩永除上心欲但留隨眠欲故
諸菩薩得出離成佛何以故若不留此隨眠
欲則同二乘涅槃若不除上心欲則與凡夫
不異如無上依經説菩薩作是念諸惑本來
不入衆生自性清淨心諸惑唯是客塵自分
別所起我今有能爲除諸衆生客塵煩惱能
説如理正教由此念菩薩不起下劣心菩薩

由此念於衆生生貴敬心諸菩薩復作是念諸惑無力無能何以故諸惑無眞實依止但虛妄分別諸惑如理正思惟所觀不更起乖違是故我等應作如此如此觀由此觀諸惑不更生染著若諸惑無復染著是爲最善非是染著若我受惑染著我云何能爲衆生解煩惱繫縛說如理正教此惑能令生死相續與善根相應成熟衆生是故我今應攝留此惑

論曰已知欲無欲　故入欲法如

釋曰菩薩見欲是分別性故欲不有欲無相性即是欲法眞如菩薩知欲不有得入此眞如故於欲得出離

論曰

諸佛過五陰　於五陰中住　與陰非一異

不捨陰涅槃

論曰諸佛過五陰　於五陰中住

釋曰此下一偈明第五滅陰甚深諸佛已過色等五取陰由不得五陰於陰法如中住

論曰與陰非一異

釋曰諸佛已捨陰分別依他性與陰非一非異何以故佛所住五陰眞如是分別依他陰家法故不異由此義雖一非不異眞如是清淨境界陰非清淨境界故非一

論曰不捨陰涅槃

釋曰由與陰眞如永相應無捨離義故如來般涅槃最勝

論曰

諸佛事相雜　猶如大海水　我已正應作

他事無是思

論曰諸佛事相雜　猶如大海水
釋曰此下一偈明第六成熟甚深諸佛於衆生共同利益事譬如衆流入於大海同於龜魚等受用如此諸佛共入法界眞如平等作利益事成熟衆生
論曰我已正應作　他事無是思
釋曰我已作他利益事正作當作於三世中並無作意思量雖不作意利益事如法得成譬如摩尼寶及天鼓無有作意而所作事成
論曰
由失尊不現　如月於破器　遍滿諸世間
由法光如日
論曰由失尊不現　如月於破器
釋曰此下一偈明第七顯現甚深諸佛於世間不顯現而世間說諸佛身常住若身常住云何不顯現譬如於破器中水不得住由水不住故於破器中實有月不得顯現如此諸衆生無奢摩他輭滑相續但有過失相續於彼實有諸佛亦不顯現水譬奢摩他輭滑性故若佛不顯現可無佛耶
論曰遍滿諸世間　由法光如日
釋曰若諸佛於非有過失衆生所見亦恒作諸佛正事說三乘十二部經猶如光明定是諸佛應作下種成熟解脫等諸利益事如世間中生盲人雖不見日日光恒照一切色像爲令有目者得見故
論曰
或現得正覺　或涅槃如火　此二實不有
諸佛常住故
論曰或現得正覺　或涅槃如火

釋曰此下一偈明第八菩提般涅槃甚深諸佛有處現得正覺有處現般涅槃譬如火性有處然有處滅諸佛亦爾有諸衆生已成熟如來於彼現般涅槃於未成熟現得正覺爲令彼得成熟及解脱故譬如火性由種類是一法身亦爾由真如性是

論曰此二實不有　諸佛常住故

釋曰菩提般涅槃爲二但變異他心令他謂二體實不有由如來法身常住無前後故

論曰

如來於惡事　人道及惡道　於非梵行法住第一住我

釋曰此一偈明第九住甚深諸佛如來住最勝住住最勝我諸佛若住不離此二處或住最勝住或住最勝我惡事謂一切不善法如來於不善法恒住最勝住最勝住謂真空定即是聖住衆生若在人道中若在惡道中如來緣彼衆生住或由第四定即是天住謂最勝住或由大悲即是梵住謂最勝住於非梵行法謂六塵染著此中佛住最勝我最勝我即法界清淨如來恒觀六塵空爲體爲境即是佛住

論曰

佛一切處行　亦不行一處　於一切生現非六根境界

論曰佛一切處行

釋曰此下一偈明第十顯現自體甚深如來後智於善惡無記法中遍滿恒行

論曰亦不行一處

釋曰由無分別智離智境界不可分別故無

一處行復次由化身無處不行由法身應身無有行處

論曰於一切生現　非六根境界

釋曰諸佛如來由化身於一切衆生中顯現具相諸佛由化身乃至地獄道等衆生亦現在彼受生爲化度彼故由諸佛不現似變化性彼衆生雖見不能了別謂是已同類故佛化身非地獄等衆生六根境界

論曰

諸惑已滅伏　如毒呪所害　留惑至惑盡佛證一切智

論曰諸惑已滅伏　如毒呪所害

釋曰此下一偈明第十一滅惑甚深諸惑謂見修煩惱於菩薩地中先已滅盡餘心煩惱雖復未滅由智念所伏廢其功用譬如衆毒呪力所害無復本能心惑亦爾智念所守不能復生二惑染汙

論曰留惑至惑盡　佛證一切智

釋曰諸菩薩留隨眠惑爲助道分不同二乘速般涅槃由此事故修道究竟得習氣滅盡及證圓智

論曰

諸惑成覺分　生死爲涅槃　得成大方便故佛難思議

論曰諸惑成覺分

釋曰此下明第十二不可思議甚深若由留惑故得惑盡者二乘集諦成菩薩覺分如二乘覺分能滅彼集諦菩薩用彼集諦以滅心惑故成覺分

論曰生死爲涅槃

釋曰若集諦是覺分苦諦即是涅槃何以故諸菩薩在生死不被染汙起自他兩利皆得圓滿譬如二乘在有餘涅槃不爲三惑所染汙能得自利

論曰得成大方便　故佛難思議

釋曰在因位得大方便謂般若大悲在果位得大方便謂三身法身是自利方便餘二身是利他方便是故如來不可思議

論曰由此義故十二種甚深應知謂生不住業住甚深安立數業甚深正覺甚深離欲甚深陰滅甚深成熟甚深顯現甚深菩提般涅槃顯現甚深住甚深顯現自體甚深滅惑甚深不可思議甚深

釋曰佛有三身諸菩薩若念佛應緣何身應緣法身

論曰諸菩薩緣法身憶念佛此念緣幾相

釋曰法身有無量甚深道理若緣法身應緣幾相

論曰若略說諸菩薩依法身修習念佛有七種相

釋曰此七相是法身正用即是法身圓德爲顯念佛須緣此圓德故略說七相一諸佛圓德屬自心由六通自在故二此德常住是眞實善故三最無過失滅習氣盡故四無倦無難無功用故五受大法樂由諸土清淨故六無苦無難無染障故七有大事用平等利他故若菩薩憶念此七種圓德則能通達法身須依法身修習念佛者爲顯學一切觀行門皆緣眞如得成若不緣眞如則觀行不清淨

論曰何等爲七一諸佛於一切法至無等自

在
釋曰三世諸佛於六通境得最極自在同類人不能爲礙下類人非所能及在有心無心位中恒不廢以修習成熟故故名自在非聲聞獨覺菩薩所得又於世間無可譬故名無等

論曰如此修習念佛

釋曰念此念與法身成一故名修習

論曰於一切世界至得無礙無邊六通智故

釋曰諸佛成就六通於十方世界無能沮損無有限極不同二乘有礙有邊故如來通慧自在無等

論曰此中說偈

釋曰若諸佛於一切法有無等自在云何一切衆生不悉般涅槃爲釋此難是故說偈此偈爲顯此因由此因故彼不般涅槃

論曰

被障因不具　一切衆生界　住二種定中
諸佛無自在

論曰被障因不具

釋曰一切衆生若有業等諸障諸佛於此位中不能令彼般涅槃通慧由被障故不得自在若衆生無涅槃性名因不具諸佛於此位中不能令彼般涅槃通慧亦無自在無涅槃性謂貪著生死不信樂大乘

論曰一切衆生界　住二種定中　諸佛無自在

釋曰衆生界謂四大空識六界是實依此六界假立衆生衆生是假名有六通差別故言一切如此衆生若在二種定中一所作業定

二受果報定作業定謂凡夫所作十惡等業決定應感四惡道報果報定謂極鈍根顛狂衆生及正受四惡道報如來於此衆生亦無自在何以故以無外緣故

論曰二如來身常住

釋曰以十種因共證法身及衆德常住三因證法身七因證餘身三因證法身者

論曰由眞如無間解脫一切垢故

釋曰此即三因中一因眞如謂道後眞如無間位即佛金剛心能滅最後微細無明及無有生死苦集二諦故言解脫一切垢此無垢清淨眞如是常住法諸佛以此爲身故諸佛身常住由此身常住依此身有衆德故衆德亦常住此常住以眞實性爲相

論曰三如來最無失一切惑障及智障永相離故

釋曰一切有失無失衆生中如來最無失由過失因緣已滅盡故現世已滅未來不生故言永相離

論曰四一切如來事無功用成

釋曰作意名功用緣三世起謂我已作正作當作離如此作意名無功用但由本願力所欲作事自然皆成

論曰不由功用恒起正事永不捨故

釋曰若由功用有正事則有起不起以不由功用是故恒起由本願無盡故永不捨以衆生不盡故本願不盡

論曰五如來大富樂位

釋曰大富由外財大樂由正法

論曰一切佛土最微妙清淨爲富樂故

釋曰淨土中有八不可得二可得故名最微妙清淨八不可得者一外道二有苦衆生三生姓家富等差別四惡行人五破戒人六惡道七下乘八下意下行諸菩薩二可得者一最上品意行諸菩薩二諸如來顯現於世所住爲最微清淨能住爲最妙清淨

論曰六如來最無染著　釋曰上心惑爲染隨眠惑爲著又約惑障爲染智障爲著又煩惱有二相一以喜爲相二以憂爲相欲慢見等以喜爲相瞋疑無明等以憂爲相喜相惑爲染　憂相惑爲著二惑皆滅盡故名無染著

論曰　出現世間非一切世法所染如塵不能染空故

釋曰　因立故名出世果成故名現世又自利圓滿　故名出世利他圓滿故名現世或佛出世未現於世如已成道未轉法輪若轉法輪世間方能了別是佛是一切智世間所了別故名現世如來雖受用衣食等四緣爲生長衆生善根非爲資益自身於此緣中不生憂喜故不爲世法之所染汙空以非有爲體體無礙故不爲有物所染如來亦爾

論曰七如來於世間有大事用

釋曰如來出世以化身成道乃至般涅槃名大事　此身所作衆生利益事名用

論曰由現成無上菩提及大般涅槃未成熟衆生令成熟已成熟衆生令解脫故

釋曰爲未下種及未成熟衆生令下種成熟故現成菩提爲已成熟未解脫衆生令解脫故現般涅槃

論曰此中說偈

釋曰此中說二偈重明七相顯法身七種圓德

論曰

隨屬如來心　圓德常無失　無功用能施衆生大法樂

論曰隨屬如來心　圓德

釋曰諸佛圓德謂六通等但屬自心不關外緣

論曰常

釋曰此圓德由依常住法身眞實善爲性故衆德皆常

論曰無失

釋曰由法身離一切障所依無失故能亦無失

論曰無功用

釋曰由修因及本願成熟所作佛事皆自然成無倦無難故言無功用

論曰能施　衆生大法樂

釋曰由得淨土自在有大人能受大法得弘自如理行令他如理行故名法樂

論曰

遍行無有礙　平等利多人　一切一切佛智人緣此念

論曰遍行無有礙

釋曰於八世法如來後智恒分別此事於中無憂喜心故遍行無礙若有礙則有苦無礙故安樂諸佛雖行六塵過於言說以離有無執故

論曰平等利多人

釋曰凡夫二乘新行菩薩及深行菩薩名多

人如來能平等利益說大富行善道行安樂
行自利行二利行此即是有大事用
論曰一切一切佛智人緣此念
釋曰一切者即自智人謂諸菩薩諸菩薩緣
此七相念一切佛法身

攝大乘論釋卷第十四

音釋

蓄（勑六切積也止也）軌模（軌矩鮪切模蒙晡切軌模法度也）沮（在呂切遏也）

攝大乘論釋卷第十五

天親菩薩釋

陳天竺三藏法師真諦譯

釋智差別勝相品第十三之三

論曰復次諸佛如來淨土清淨其相云何應知

釋曰前於七念中明如來大富樂即是淨土前但說八人不可得二人可得未明不可得及可得所在之處今欲顯示此處故問淨土相

論曰如言百千經菩薩藏緣起中說

釋曰總舉諸經故稱如言菩薩藏中有別淨土經經有百千偈故名百千經又華嚴經有百千偈故名百千經於此經緣起中廣說淨土相如此淨土文句顯何功德

論曰佛世尊在周遍光明七寶莊嚴處

釋曰一金二銀三瑠璃四摩娑羅五阿輸摩竭婆六因陀羅尼羅七盧嬉胝柯目多此一一寶光明皆周遍一切處此處以七寶爲莊嚴佛住其中

論曰能放大光明普照無量世界

釋曰此明七寶光明所照之處釋周遍義此兩句明色相圓淨

論曰無量妙飾界處各各成立

釋曰此莊嚴希有無等故言妙飾有衆多妙飾故言無量所遊行地爲界所居地爲處一一界一一處莊嚴具足故言成立此句明形貌圓淨

論曰大城邊際不可度量

釋曰徑度爲度周圍爲量一一佛淨土邊際

非凡夫以由旬等數所能度量此句明量圓淨

論曰出過三界行處

釋曰三界集諦爲行三界苦諦爲處淨土非三界苦集所攝故言出過三界行處此句明處圓淨若非苦集諦攝以何因得生以何法爲體

論曰出出世善法功能所生

釋曰二乘善名出世從八地以上乃至佛地名出出世出世法爲世法對治出出世法爲出世法對治功能以四緣爲相從出出世善法功能生起此淨土故不以集諦爲因此句明因圓淨何者爲出出世善法無分別智無分別後智所生善根名出出世善法

論曰最清淨自在唯識爲相

釋曰菩薩及如來唯識智無相無功用故言清淨離一切障無退失故言自在此唯識智爲淨土體故不以苦諦爲體此句明果圓淨

論曰如來所鎭

釋曰如此相淨土如來恒居其中最爲上首故言鎭此句明主圓淨

論曰菩薩安樂住處

釋曰自受行正教教他受行正教名安樂菩薩於淨土助佛助道具此二事故名安樂住處此句明助圓淨

論曰無量天龍夜叉阿脩羅迦樓羅緊那羅摩睺羅伽人非人等所行

釋曰淨土中實無此衆生欲令不空故佛化作如此雜類此句明眷屬圓淨若有如此衆生諸菩薩等皆何所食

論曰大法味喜樂所持
釋曰大乘十二部經名大法眞如解脫等爲味緣此法味生諸菩薩喜樂長養諸菩薩五分法身此句明持圓淨餐此法味作何等業
論曰一切衆生一切利益事爲用
釋曰凡夫二乘名一切衆生隨其所能爲說正教令如說修行離四惡道離生死離二乘自愛行名一切利益此句明業圓淨若菩薩於衆生行如此業能行及行處得何利益
論曰一切煩惱災橫所離
釋曰三界集諦名一切煩惱三界苦諦名一切災橫此二悉離能行行處此句明利益圓淨若離如此法有餘怖畏不
論曰非一切魔所行處
釋曰淨土中無陰魔煩惱魔死魔天魔故離一切怖畏此句明無怖畏圓淨若淨土中無一切怖畏六根所受用法悉具有不
論曰勝一切莊嚴如來莊嚴所依處
釋曰非惟是有一切所受用具最勝無等是如來福德智慧行圓滿因所感如來勝報依止此處是故最勝此句明住處圓淨淨土中以何法爲出入路
論曰大念慧行出離
釋曰大乘正法名大法於大法中聞慧名念思慧名慧修慧名行此三於淨土是往還道故名出離此句明路圓淨若有此路爲乘何法
論曰大奢摩他毗鉢舍那乘
釋曰大乘中五百定等名奢摩他如理如量智名毗鉢舍那以此二爲乘此句明乘圓淨

若有此乘從何門入
論曰大空無相無願解脱門入處
釋曰於大乘中三解脱門一體由無性故空
空故無相無相故無願若至此門得入淨土
此句明門圓淨世間世界地輪依水輪水輪
依風輪淨土爲依何法
論曰無量功德聚所在莊嚴大蓮華王爲依
止
釋曰以大蓮華王譬大乘所顯法界眞如蓮
華雖在泥水之中不爲泥水所汙譬法界眞
如雖在世間不爲世間法所汙又蓮華性自
開發譬法界眞如性自開發衆生若證皆得
覺悟又蓮華爲群蜂所採譬法界眞如爲衆
聖所用又蓮華有四德一香二淨三柔輭四
可愛譬法界眞如總有四德謂常樂我淨於
衆華中最大最勝故名爲王譬法界眞如於
一切法中最勝此華爲無量色相功德聚所
莊嚴能爲一切法作依止譬法界眞如能爲
量出世功德聚所莊嚴此法界眞如能爲淨
土作依止復次如來願力所感寶蓮華於諸
華中最大最勝故名王無量色相等功德聚
所莊嚴能爲淨土作依止此句明依止圓淨
淨土中何法是如來住處
論曰大寶重閣如來於此中住
釋曰此別明如來住處如世間受用器世界
有無量過失若受用淨土有何功德
論曰如此淨土清淨顯色相圓淨形貌量處
因果主助眷屬持業利益無怖畏住處路乘
門依止圓淨由前文句如此等圓淨皆得顯
現復次受用如此淨土清淨一向淨一向樂

一向無失一向自在

釋曰恒無雜穢故言一向淨但受妙樂無苦無捨故言一向樂惟是實善無惡及無記故言一向無失一切事悉不觀外緣皆由自心成故名一向自在復次依大淨說一向淨依大樂說一向樂依大常說一向無失依大我說一向自在菩薩若憶念如來富樂應如此知

論曰復次諸佛法界恒時應見有五業

釋曰此中應明法身業而言諸佛法界者欲顯法身含法界五義故轉名法界五義者一性義以無二我爲性一切衆生不過此性故二因義一切聖人四念處等法緣此生長故三藏義一切虛妄法所隱覆非凡夫二乘所能緣故四眞實義過世間法世間法或自然壞或由對治壞離此二壞故五甚深義若與此相應自性成淨善故若外不相應自性成穀故由法身含法界五義諸菩薩應見法身恒與五業相應無時暫離

論曰一救濟災橫爲業由惟現盲聾狂等疾惱災橫能滅除故

釋曰此明大悲力若定業報衆生如來於中則無自在此如前釋若不定業報或現在過失或有對治業如此衆生若至佛所如來作意及不作意皆能令離此等災橫

論曰二救濟惡道爲業從惡處引拔安立於善處故

釋曰此明正行力如來作意及不作意一切衆生若至佛所無不息惡行善

論曰三救濟行非方便爲業諸外道等加行

非方便降伏安立於佛正教故
釋曰此明威德力諸外道多行非方便若常見外道多行苦行以計有未來生故斷見外道多行樂行以計無未來生故或思惟自在天爲道或思惟我爲道或思惟自性爲道或思惟我自性中間爲道如此等悉是非方便行如來以通慧導降伏其高慢以記心導降伏其不信以正教導降伏其邪見既降伏已隨其根性安立於三乘正教中
論曰四救濟行身見爲業爲過度三界能顯導聖道方便故
釋曰此明方便力一切三界衆生無離身見身見者若爲多物所成體是無常故名身爲五陰等和合所成故名多物未有有已有滅故名無常外道於多計一於無常執常謂是一是常爲我爲破此見亦非一非常故名身見若離身見則得過三界集度三界苦說正教名顯生彼三慧爲導苦法忍以去乃至阿羅漢果名聖道從出家受戒乃至世第一法爲聖道方便顯導令修方便得聖道又如來令衆生離身見出三界此未是眞實聖道但是聖道方便先顯導令修此方便聖道爲得眞實聖道緣由
論曰五救濟乘爲業諸菩薩欲偏行別乘及未定根性聲聞能安立彼爲修行大乘故
釋曰此明眞實教力乘有人法有大乘人有小乘人法有方便乘法有正乘法轉方便乘修治正乘故名救濟乘摩訶般若經說乘有三義一性義二行義三果義二空所顯三無性眞如名性由此性修十度十地名行由

修此行究竟證得常樂我淨四德名果又中邊論說乘有五義一出離爲體謂眞如二福慧爲因能引出故三衆生爲攝如根性攝令至果故四無上菩提爲果行究竟至此果故五三惑爲障除此三惑前四義成故諸菩薩在十信位中修大行未堅固多猒怖生死慈悲衆生心猶劣薄喜欲捨大乘本願修小乘道故言欲偏行別乘小乘說聲聞若得信等五根名不定根以未得聖故若得未知欲知等三根則名定根以得聖故若至頂位不名定性以不免四惡道故若至忍位名爲定性以免四惡道故若依小乘解未得定根性則可轉小爲大若得定根性則不可轉如此聲聞無有改小爲大義云何得說一乘今依大乘解未專修菩薩道悉名未定根性故一切聲聞皆有可轉爲大義安立如此大小乘人令修行大乘

論曰於如此五業應知諸佛如來共同此業

釋曰世間衆生於五業不同諸佛五業無不同義

論曰此中說偈

釋曰欲顯衆生不同業諸佛同業是故說偈

論曰

因依事意及諸行　異故世間許業異

釋曰此明衆生五業不同一因二依三事四意五行因不同者如別因成地獄別因成天別因成人畜生餓鬼等亦爾由因不同故作業不同依不同者依即彼身由身不同故作業不同事不同者如人道中或商估或耕種或事王如此等事不同故業不同意不同者

一切衆生根欲性名意此等種種不同故業不同諸行不同者色等五陰名諸行色陰中如火所作異水等所作受所作異想等所作故業不同由此五事此作非彼作世間愚智皆許其業有異

論曰

此五種異於佛無　是故世將同一業

釋曰前五種事於諸佛悉無何以故諸佛因同同修福德智慧行故諸佛依同同一法身故諸佛事同同有自利利他事故諸佛意同同有利益安樂衆生意故諸佛無諸行同同出離有爲法故由無此五異故皆同一業大悲引導衆生俱向涅槃故名世將

論曰若爾聲聞獨覺非所共得如此衆德相應諸佛法身諸佛以何意故說彼俱趣一乘與佛乘同

釋曰若諸佛無前五異由法身五業是同二乘人有五業異不得法身無五業同如來爲何義故說二乘人同趣一乘皆得成佛

論曰此中說偈

釋曰爲顯說一乘意是故說偈前偈以了義說一乘後偈以密義說一乘

論曰

未定性聲聞　及諸餘菩薩　於大乘引攝定性說一乘

釋曰有諸聲聞等於小乘根性未定欲引令信受大乘攝令修行大乘謂未得令得已得令不退云何彼捨小乘道於大乘般涅槃佛爲此意故佛說一乘引攝令入住大乘

論曰及諸餘菩薩於大乘引攝

釋曰有諸菩薩於大乘根性未定云何安立彼於大乘令不捨大乘於小乘般涅槃爲此意故佛說一乘引攝令入住大乘

論曰定性說一乘

釋曰有諸菩薩於大乘根性已定無退異意爲此菩薩故說一乘

論曰

法無我解脫　等故性不同　得二意涅槃
究竟說一乘

釋曰有法等無我等解脫等故說一乘此中法即眞如一切三乘皆不離眞如是彼所應乘法由眞如法同故說一乘一切法惟法無人若人實無云何分別此人是聲聞此人是獨覺此人是菩薩如此分別不稱道理由無我義同故說一乘三乘人同解脫惑障如佛言解脫與解脫無有差別由滅惑義同故說一乘三義同故名等

論曰性不同

釋曰有二乘人於自乘位根性未同此人雖求二乘道未得二乘由二乘根性未定故可轉作大乘根性爲化此人故說一乘

論曰得二意涅槃

釋曰二意中初名於衆生平等意諸聲聞等人於一切衆生作如此意彼即是我我即是彼由此意故謂彼得正覺即是我得正覺我得正覺即是彼得正覺如我應解脫自身亦應如此解脫衆生爲如此意故說一乘後名於法如平等意諸聲聞等人如來於法華經中爲其受記已得佛意但得法如平等意未得佛法身若得此法如平等意彼作是思惟

如來法如即是我法如由如此意故說一乘

復次於法華大集中有諸菩薩名同舍利弗等此菩薩得此意佛爲受記故說一乘復次佛化作舍利弗等聲聞爲其受記欲令已定根性聲聞更練根爲菩薩未定根性聲聞令直修佛道由佛道般涅槃如佛言曰我令覺了過去世中已經無量無數及依聲聞乘般涅槃欲顯小乘非究竟處令其捨小求大故現爲此事由如此義故說一乘

論曰究竟說一乘

釋曰若說乘義惟一乘是乘所餘非乘若過此乘無別行故餘乘有上所謂佛乘由此義故若彼乘比此乘此乘無等彼乘失沒故名究竟由如此義故說一乘

論曰三世諸佛若共一法身云何世數於佛不同

釋曰諸佛既同得一法身云何有三世復有衆多若有三世及衆多云何言一

論曰此中說偈

釋曰有因證諸佛或一或多今欲顯示此義是故說偈云何或一

論曰

於一界中無二故　同時因成不可量

次第成佛非理故　一時多佛此義成

釋曰一法界平等諸佛是法界所顯由法界一故諸佛是一復有一時中於一世界無二佛俱出故說或一云何或多

論曰同時因成不可量

釋曰於一時有無數諸菩薩同時修福德智慧二行因已成熟若不同時得無上菩提果

則修行唐捐以諸菩薩修因同時成熟同時得果故一時有多菩薩成佛不可度量若言因雖俱成必前後次第成佛是義不然何以故

論曰次第成佛非理故

釋曰諸菩薩不作是願我當相待次第成佛由此願故因雖成熟故待次第既無此願云何因俱成熟不同時得果云何多人俱時修因不觀次第得果之時必觀次第故此義非理

論曰一時多佛此義成

釋曰此句明一時中十方世界有無量佛同時出世若言有佛經證於世間但一如來無俱出義是義不然經言無處無位非前非後二如來阿羅訶三藐三佛陀出現於世有處有位若一如來出現於世譬如二轉輪王不得同時共生一處此經爲當說大三千世界無二如來爲當說一切世界無二如來宜應詳釋此經說一切世界何以故不應限礙世尊勝能惟世尊一人於一切處有勝能若一佛不能於餘處化度衆生餘佛亦應不能復有經言舍利弗若人至汝所作如是問大德舍利弗於今時有沙門婆羅門與沙門瞿曇平等平等於無上菩提不汝得此問當云何荅舍利弗言若有人至我所作如是問我當如是荅善男子於今時無沙門婆羅門與世尊平等平等於無上菩提何以故世尊我從世尊吉祥口聞從世尊所得無處無位無前無後二如來竝出於世有處有位惟一如來出現於世若爾云何於梵王經中佛說但大

三千世界中我自在成如此言教別有密意若世尊不作意但在自性中無功用心於大三千世界言語光明五識等事自然得成若有功用心無邊世界是如來境復有餘部說於餘世界別有諸佛出世何以故有無量菩薩同時修行六度因已成熟不可數量無有道理諸佛於一處一時共生無有別法能礙彼於餘處出世是故定知於餘世界別有諸佛出世此經證諸佛不同一時出世譬如轉輪王今當詳辯此經此經若說一世界一佛出世不妨餘處若說一切世界一佛出世餘轉輪王於別世界不應得生既說轉輪王不俱生譬諸佛汝若忍許餘世界有別轉輪王云何不忍許諸佛出餘世界佛出於世是大吉祥何故不許於多世界有多佛出世 此無過咎世間有多衆生與最勝利益相應故云何於一世界二佛不俱出現以無用故又隨宿願故諸菩薩昔作是願願我於盲闇世界無人將導處得成正覺爲作光明爲彼將導由此願故無二佛俱出若爾何故惟說一佛不說多佛爲令衆生起極尊重及急修行故何以故若但於一佛則起極尊重心謂他無如此德亦能急修行如來正教何以故佛若涅槃我等則無歸依處故偈言一時多佛此義成

論曰云何應知諸佛法身非一向涅槃非非一向涅槃

釋曰有諸師說諸佛如來不永般涅槃別部聲聞乘人說諸佛如來永般涅槃此二執非了義說是密意所顯

論曰此中說偈

釋曰爲顯此義是故說偈

論曰

由離一切障　應作未竟故　佛一向涅槃
不一向涅槃

釋曰諸佛永解脫惑障及智障是故一向涅槃如來應作正事未究竟謂未成熟令成熟已成熟令解脫此二事不可休廢是故如來不一向涅槃若如二乘一向涅槃如來本願但有願無果若了義說應言有涅槃有不涅槃

論曰云何受用身不成自性身

釋曰應身不成法身是道理應身成法身非道理此是非義云何可知

論曰由六種因故

釋曰有六種因證是非義

論曰一由色身及行身顯現故

釋曰十入名色身受等名行身諸佛以眞如法爲身於法身中色行不可得應身則不爾此義云何一切智大定大悲等恒伽沙等如來功德雖依法身若顯現時不離化身此化身以佛異一切衆生爲應身事相故色行於應身有於法身無是故應身不成法身是道理成則非道理

論曰二由無量大集處差別顯現故

釋曰應身有差別由佛弟子大集輪差別故應身能集菩薩弟子衆法身不爾何以故大通慧能集菩薩衆大通慧即是應身能說正法立義釋疑此是般若功用般若即是應身日夜六時觀衆生根性往彼爲作利益事是

大悲功用大悲即是應身若以應身即是法身則不能集化菩薩若法身即是應身則諸佛非常住由此差別顯現故應身不成法身

論曰三隨彼欲樂見顯現自性不同故

釋曰彼謂無量菩薩欲樂觀如來衆德但依應身觀隨其欲樂所見衆德顯現不同如此應身自性不定以多種類故法身不爾是故應身不成法身復有別經爲證應身隨衆生欲樂現相不同何以故有諸衆生於應身欲見黃色青色等及樂受捨受等有識無識等種種不同皆悉得成此經顯應身自性不定法身則不爾故應身不成法身

論曰四別異別異見自性變動顯現故

釋曰有一衆生先見此應身別異相顯現此衆生後見此應身更有別異相顯現如一人見不同餘衆生見亦爾爲成熟此衆生善根故初現麤相次現中相後現微妙相應身有此變動相法身不爾故應身不成法身

論曰五菩薩聲聞天等種種大集相雜和合時相雜顯現故

釋曰應身恒時由菩薩等種種大集相雜聽法時應身有三相雜一一切衆生各各見佛皆對其前故名相雜二隨無量衆生色相不同佛如其色相故名相雜三隨其根性所宜大智大定大悲有無量事用故名相雜應身有此相雜法身不爾若以法身爲應身佛無利益衆生事若以應身爲法身佛無現世安樂義以恒諠動離寂靜故是故應身不成法身

論曰六阿黎耶識及生起識見轉依非道理

故
釋曰阿黎耶識及生起識即是受用身此二識轉依名法身若自性身即是受用身轉二識依復得何身由此非道理故受用身不成自性身若受用身即是自性身則無大智等衆德由不無衆德故自性身不成受用身
論曰是故受用身無道理成自性身
釋曰由此六因證知是道理非道理義
論曰云何變化身不成自性身
釋曰變化身不成法身是道理變化身成法身非道理是非義云何可知
論曰由八種因故
釋曰有八種因證是非義
論曰一諸菩薩從久遠來得無退三摩提於兜率陀天道及人道中受生不應道理
釋曰菩薩從得初地乃至十地經三十大劫阿僧祇得五百不退定久已離欲三界無有道理生天道中何況有道理於人間在釋迦王種中生爲化下衆生故現受人身此身無因而於世間是有故非果報身及自性身但是變化身
論曰二諸菩薩從久遠來恒憶宿住
釋曰菩薩從初地至十地於長時中恒憶宿命先所修得無量伎能悉不忘失
論曰方書筭計數量印相工巧等論行欲塵及受用欲塵中菩薩無知不應道理
釋曰六十四種方土異書乘除等十六種筭計法離乘除等十六種觀聚知數多少觀聚知量多少以印印物爲相或增或減或守或相六十四能十八明處六十四王伎秘巧術

法未得令得已得令長已長付囑善人爲行欲塵於六塵中如歌舞和合衣著調鼎等事名受用欲塵菩薩於無量劫來常憶宿世所修一切伎能悉無忘失無有道理於此等事不知不憶爲化衆生示下品人可轉成上品故顯自身未有此能方須修學是故此身是變化身非自性身及受用身

論曰三諸菩薩從久遠來已識别邪正法教往外道所事彼爲師不應道理

釋曰菩薩於三十二大劫阿僧祇於正行中修正勤福德智慧行悉已圓滿無有道理於最後身不能了别邪正説異若無此知得佛之時爲知何法爲欲降伏諸外道故現爲此事是故此身是變化身非餘二身

論曰四諸菩薩從久遠來已通達三乘聖道正理爲求道故修虚苦行不應道理

釋曰諸菩薩從三十三大劫阿僧祇來在十解十行初地已通達三乘聖道正理離斷常執不行苦樂邪行是三乘聖道正理捨有無執離一切分别修無分别境智正行是菩薩聖道正理外道苦行能滅已得法不能得未得法於三世中但損無益故名爲虚無有道理菩薩應習行此事爲化衆生示修苦行無有果報故現行此事是故此身是變化身非餘二身

論曰五諸菩薩捨百拘胝閻浮提於一處得無上菩提及轉法輪不應道理

釋曰諸菩薩修道之時遍滿萬億閻浮提成熟萬億閻浮提衆生成佛之時則應遍滿受身然果報身惟得有一不得有多若爾何故

不別於一勝處受身以化身遍一切處行化無有道理捨萬億閻浮提偏於一閻浮提成佛轉法輪爲化衆生令知佛出世故現爲此事是故此身是變化身非餘二身

論曰六若離顯無上菩提方便但以化身於他方作佛事若爾則應於兜率陀天上成正覺

釋曰若汝執但於一閻浮提處得無上菩提餘處則離入胎等方便於餘處惟現化身作佛事云何不執如此菩薩在兜率陀天上得無上菩提於餘處現化身作佛事是故此身是變化身非餘二身

論曰七若不爾云何佛不於一切閻浮提中平等出現若不於他方出現無阿含及道理可證此義

釋曰若不於天中得菩提則應遍得而菩薩於一切四天下不遍得無上菩提但於一處得無阿含及道理能證此義是故此身是變化身非餘二身

論曰八二如來於一世界俱現此不相違若許化身成多

釋曰一娑訶世界有二如來俱出世此與義不相違何以故以許化身成多故化身既多處處有化身此無所妨是故此身是變化身非餘二身

論曰由四天下攝一世界如轉輪王於一世界或一主或別主俱生不應道理諸佛亦爾

釋曰因此證可說如此有一世界在百拘胝世界中於中不見佛若汝說如此則與經相違有如此說謂二佛不一時俱生大三千世

界譬如轉輪王此中汝應判此經同轉輪王義如兩轉輪王於一世界不得俱生不妨於餘世界俱生兩如來俱生非道理判義亦應如此

論曰此中說偈

釋曰爲顯具相無上覺義故說此偈

論曰

佛微細化身　多入胎平等　爲顯具相覺於世間示現

釋曰佛在兜率陀天上下閻浮提受胎是時中如來化作一切佛弟子如淨命舍利弗等受胎若安立彼具相無上覺則得顯現若無下中二乘則不得顯佛是無上若無二乘智慧淺狹則不得顯佛是具相爲顯此義故化身出現於世諸佛如來非一向涅槃今當顯示此義

論曰有六種因諸佛世尊於化身中不得永住

釋曰有六因證佛須捨化身

論曰一正事究竟故由已解脫成熟衆生故

釋曰如來化身正事已究竟故化身不永住成熟衆生令得解脫是化身正事衆生既悉成熟解脫故名正事究竟

論曰二若已得解脫求般涅槃爲令彼捨般涅槃意欲求得常住佛身故

釋曰若已解脫惑障求無餘涅槃爲轉其意欲示化身非實有故捨化身示别有常住法身是眞實有應轉求小乘無餘涅槃心求常住法身故化身不永住

論曰三爲除彼於佛所有輕慢心故爲令彼

通達甚深眞如法及正說法故
釋曰彼謂一切衆生計佛有生老病死等與已不異故於如來起輕慢心欲令衆生識如來眞實身及假名身眞身即眞如法及正說法正說法從眞如法流出名正說身此二名法身此法最甚深難可通達非下位人境界若通達此身則於如來起極尊重心假名身即化身示此身是分別所作非眞實有故化身不永住
論曰四爲令衆生於佛身起渴仰心數見無猒足故
釋曰若恒住一化身衆生始見生渴仰後則猒薄若色形改變種種希有衆生數見新新渴仰則無猒足故化身不永住
論曰五爲令彼向自身起極精進由知正說者不可得故
釋曰若佛恒住化身衆生則不起難遭想故如來捨化身令其知佛不久住世起極正勤急度自身不觀於他又以自身證其是非名向自身故化身不永住
論曰六爲令彼速得至成熟位向自身不捨荷負極精進故
釋曰前明爲未修正勤令修正勤此明若已修正勤令不捨正勤修習定慧疾得圓滿故化身不永住
論曰此中說偈
釋曰爲攝前六因令多忘失者易得憶持故重說偈
論曰
由正事究竟　爲除樂涅槃　令捨輕慢佛

發起渴仰心　令向身精進　及爲速成熟
諸佛於化身　許非一向住
釋曰如來不永般涅槃今當顯示此義
論曰爲度一切衆生由發願及修行尋求無
上菩提一向般涅槃此事不應道理
釋曰如來昔在願樂地中爲度衆生發諸勝
願求無上菩提於見等位中爲度衆生修諸
勝行尋無上菩提若得極果而捨衆生般涅
槃不應道理何以故
論曰本願及修行相違無果故
釋曰菩薩昔爲度衆生發願及修行令我當
來常能利益一切衆生利益衆生即願行果
令得極果若棄捨衆生永般涅槃則違發願
修行本意願行但有自利益果無利益他果
由如來不永般涅槃是故相應有果

論曰復次受用身及變化身無常故云何諸
佛以常住法爲身
釋曰若如來不永般涅槃則如來以常住法
爲身受用身及變化身不應是無常若是無
常云何復言以常住法爲身
論曰由應身及化身恒依止法身故
釋曰法身爲二身本本既常住末依於本相
續恒在故末亦常住
論曰由應身無捨離故
釋曰如來自圓德及利益諸菩薩此二事與
如來恒不相離此二事即是應身故應常住
論曰由化身數起現故
釋曰化身爲度衆生乃至窮生死際無一剎
那時不相續示現得無上菩提及般涅槃何
以故所度衆生恒有如來大悲無休廢故是

故化身亦是常住
論曰如恒受樂如恒施食二身常住應如此
知
釋曰爲顯二身常住故引此二事爲譬如世
間說此人恒受樂此人恒施食非受樂施食
二事無間名之爲恒由本及事二義不斷故
名爲恒二身亦爾由本及事二義不斷故名
常住
論曰若法身無始時無差別無數量
釋曰若法身無始本有於一切衆生無差別
不可度量諸佛由法身於利益他事具足勝
能衆生爲得法身何用精進修道
論曰爲得法身不應不作功用
釋曰雖爾不應不作功用無自然證得法身
故

論曰此中說偈
釋曰爲釋此難是故說偈
論曰
諸佛證得等無量　是因衆生若捨勤
證得恒時不成因　斷除正因不應理
論曰諸佛證得等無量是因
釋曰過去現在佛證得法身證得無高下故
言平等所得功德無定齊限故言無量如此
證得是衆生求得法身正勤之因不須自作
正勤由他得度故
論曰衆生若捨勤
釋曰此證得若是衆生捨正勤因如前所許
論曰證得恒時不成因
釋曰諸佛證得法身一切是有若離自正勤
此證得則不成自證得因何以故若是因者

從昔以來無復凡夫皆由他得度故既無此義是故雖有證得不成自因

論曰斷除正因不應理

釋曰正勤與證得相應名正因若斷除此二則不應道理復次因有二種一方便因二正因諸佛證得爲方便因以屬他故自修正勤爲正因以依自身故若斷除正因留方便此事不應道理以不能成就自所願故復次有諸菩薩慈悲莊飾相續於衆生起愛念心皆如子想不作此意是衆生利益事願他作我不作常作是意若他或作或不作我必應作若衆生不應菩薩心作正勤無得菩薩利益義是故正勤是證得法身第一正因此因不可斷除若斷除此因由他得法身無有是處

論曰阿毗達磨大乘藏經中名攝大乘此正說究竟

由依佛言及道理　說論爲自得清淨
爲利智信正行人　爲立正法令久住
依燈電寶日月光　如淨眼人見衆色
依具智悲三解尊　通達說論亦復爾
若眞實義應法句　能除皮肉心煩惱
能顯涅槃道功德　此是聖言餘悉非
若亂心人作是說　能顯佛是無上師
隨順涅槃道資粮　頂戴此言如佛教
世無慧人能勝佛　具智通眞理無餘
是佛自了法叵動　若違正法由佛教
若謗聖人及正法　迷人見執之所作
於此生智離三汙　如衣受染淨非垢
智鈍離信及白法　邪慢法災不了執
貪利邪見事法怨　離勝下願謗正法

於火蛇怨及霹靂　法殤可畏此非畏
火等但斷世間命　無間可畏不由此
若人數事諸惡友　邪見五逆斷善根
思法速離無間苦　謗法何因得解脱
衆寶界如覺德業　我說句義所生善
因此願悉見彌陀　由得淨眼成正覺

如此十偈總義爲顯此總義重說三偈

從此及爲此　由此是所說　此流說四偈
爲顯前五義　守自身方便　是故說兩偈
傷法因說一　傷法果說二　至大集法忍
證無上菩提　略明此三法　是重說勝果

三藏法師翻譯論竟說此三偈

若思了義論　智人信三寶　由智信二根
得入眞如觀　故我依本記　翻解攝大乘
凡所生功德　迴向爲三能　供養佛法僧
降伏邪行者　救拔衆苦難　願此能無窮

攝大乘論釋卷第十五

音釋

胝（張尼切）　餐（千安切食也）　觳（克角切）　叵（普火切不可也）　霹靂（霹匹辟切靂狼狄切霹靂雷之急激者）

無相思塵論

觀所緣緣論

觀所緣緣論釋

陳三藏眞諦譯

唐三藏法師玄奘奉詔譯

唐三藏法師義淨奉制譯

清刻龍藏佛說法變相圖

三論同卷

無相思塵論

觀所緣緣論

觀所緣緣論釋

無相思塵論

陳那菩薩造

陳三藏眞諦譯

若說隣虛 是根等因不似起故 非境如根

識似聚起 不從彼生 聚無有體 譬如二月

由此二義 外物非塵 有說隣虛 聚成萬物

識似彼起 故立爲塵 隣虛體相 若是實有

識不似故 非境如塵 隣虛如塵 則識無別

若言相異 則識不同 異相在假 故體非眞

隣虛體量 衆處無別 若除隣虛 萬識不起

是故萬物　悉是假名　於内塵相　如外而顯
立爲識塵　識似現故　是識緣緣　隨生決定
共立功能　令次第起　二根共生　勝能爲根
於識無礙　更互爲因　勝能爲塵　互生無始
若有人執眼等六識緣外境起是人或分别
隣虚爲境是識因故或分别隣虚聚爲境似
聚識起故塵者何相若識能了其體相如其
體相識起是故説此名塵隣虚無此事若隣
虚實是識因譬如五根是隣虚非塵若爾隣
虚聚應是境如聚識起故雖復如此如其相
起識不從此生是故聚亦非塵何以故若塵
能生識似其體相可信爲塵何以故可説此
塵爲識生緣故聚者則不如此非實有故譬
如二月由眼根亂識似二月起二月非識境
界實無有故聚亦如此離隣虚無有實體故
聚非識境界是故外塵由此二義非識境界
一一分不具故有諸師説隣虚聚集成萬物
有多種相具足立根爲境界何以故有别相
生證智非但隣虚及隣虚聚是故於隣虚及
隣虚聚中有相爲六識作境隣虚相者非塵
譬如堅等隣虚中有堅濕熱動觸此物實有
非眼識境界眼識不如其起故隣虚中萬物
亦如此何以故隣虚者於萬物中若生識是
識則無差别以萬物中隣虚無有異故若汝
言由相差别故生識異瓶等諸物相貌不同
緣此相起故識有異是義不然何以故如此
相貌差别於瓶等假名物中不無隣虚實物
中則無隣虚體量不異故於萬物中隣虚體
量所謂圓細無有差别是故萬物相貌非是
實有是假名有是假名相者謂瓶等諸物若

除隣虛似瓶等識不生故實物者若析相應法似實物識不滅如未析時於瓶中五塵識生析竟五塵識亦不滅故五塵等是實有由此隣虛及聚萬物不能生識是故外塵非識境界若爾何法名塵於內塵相如外顯現是名識塵實無所有於內識中衆生亂心分別故起六塵分別此分別如在於外如此顯現是四緣中名識緣緣以是識體相故由此識生故所以者何是識作內塵相從內塵生具二法故是故內塵名境界問曰如塵起識是亦可然內塵是識一分共一時起云何得作緣緣荅曰立緣緣者識緣此生無有二故緣者或一時共起能成餘法從他生決定隨逐生不生故問曰若次第生所緣能緣相云何荅曰因在前果在後果隨因因不隨果若因有果必有若因無果必無果隨因或有或無是名因果相復次爲安置功能次第故立所緣能緣是似塵識次第起爲生似果起功能識相續問曰若內塵是識緣緣是緣生經當云何釋經言依根緣色眼識得生廣說如經荅曰功能體相能共造果說名爲根問曰根者體用云何荅曰勝能爲體此體因何法可比度知有由生自故是其勝能可得了別非有四大色此功能於識中無有妨礙此功能在識中離識其體不可顯示如我所立根與汝所立根同功能爲體此有何異如此功能及似塵相更互爲因如此功能及似塵相生從無始來悉爾依功能說名根緣內塵相名境是亂識不可言其相得生此法更互爲因亦無有始何以故或功能成熟故起似塵識

或似塵識故功能得成識者或異二或不異二或不可説如此内塵具二法故可爲識境

無相思塵論

觀所緣緣論

陳 那 菩 薩 造

唐三藏法師玄奘奉詔譯

諸有欲令眼等五識以外色作所緣緣者或執極微許有實體能生識故或執和合以識生時帶彼相故二俱非理所以者何

極微於五識　設緣非所緣　彼相識無故　猶如眼根等

所緣緣者謂能緣識帶彼相起及有實體令能緣識託彼而生色等極微設有實體能生五識容有緣義然非所緣如眼根等於眼等識無彼相故如是極微於眼等識無所緣義

和合於五識　設所緣非緣　彼體實無故　猶如第二月

色等和合於眼識等有彼相故設作所緣然無緣義如眼錯亂見第二月彼無實體不能生故如是和合於眼等識無有緣義故外二事於所緣緣互闕一支俱不應理有執色等各有多相於中一分是現量境故諸極微相資各有一和集相此相實有各能發生似已相識故與五識作所緣緣此亦非理所以者何

和集如堅等　設於眼等識　是緣非所緣　許極微相故

如堅等相雖是實有於眼等識容有緣義而非所緣眼等識上無彼相故色等極微諸和集相理亦應爾彼俱執爲極微相故執眼等識能緣極微諸和集相復有別生

瓶甌等覺相　彼執應無別　非形別故別　形別非實故

瓶甌等物大小等者能成極微多少同故緣彼覺相應無差別若謂彼形物相別故覺相別者理亦不然項等別形惟在瓶等假法上有非極微故彼不應執極微亦有差別形相所以者何

極微量等故　形別惟在假　析彼至極微
彼覺定捨故

非瓶甌等能成極微有形量別捨微圓相故知別形在假非實又形別物析至極微彼覺定捨非青等物析至極微彼覺可捨由此形別惟世俗有非如青等亦在實物是故五識所緣緣體非外色等其理極成彼所緣緣豈全不有非全不有若爾云何

內色如外現　爲識所緣緣　許彼相在識
及能生識故

外境雖無而有內色似外境現爲所緣緣許眼等識帶彼相起及從彼生具二義故此內境相既不離識如何俱起能作識緣

決定相隨故　俱時亦作緣　或前爲後緣
引彼功能故

境相與識定相隨故雖俱時起亦作識緣因明者說若此與彼有無相隨雖俱時生而亦得有因果相故或前識相爲後識緣引本識中生似自果功能令起不違理故若五識生惟緣內色如何亦說眼等爲緣

識上色功能　名五根應理　功能與境色
無始互爲因

以能發識比知有根此但功能非外所造故本識上五色功能名眼等根亦不違理功能發識理無別故在識在餘雖不可說而外諸

法理非有故定應許此在識非餘此根功能與前境色從無始際展轉爲因謂此功能至成熟位生現識上五内境色此内境色復能引起異熟識上五根功能根境二色與識一異或非一異隨樂應説如是諸識唯内境相爲所縁縁理善成立

觀所緣緣論

觀所緣緣論釋

護法菩薩造
唐三藏法師義淨奉制譯

若言能令毒智人　爲令其慧極明了
及爲消除於罪惡　稽首敬已觀其義

論曰諸許眼等識者於所棄事及所收事或捨或取是觀察果故所捨事體及顛倒因是所顯示此中等言謂攝他許依其色根五種之識由他於彼一向執爲緣實事故意識不然非一向故許世俗有緣車等故縱許意識緣實事境有其片分亦能將識相似之相離無其境於眼等識境不相離得成就已方爲成立是故於此不致慇懃又復於慣修果智所了色誠非咀迦所行境故及如所見而安立故今此但觀聞思生得智之境也如斯意識所緣之境全成非有此於自聚不能緣故復緣過未非實事故猶若無爲爲此等言攝五識身若爾根識引生所有意識斯乃如何非此共其根識同時或復無間皆滅色等爲所緣故或緣現在此非根識曾所領故斯乃意識自能親緣外境體性此則遂成無聾盲等復違比量知有别根此遮增色是所欲故然於意識不復存懷眼等諸識色爲依緣而方有故無表但是不作性故自許是無本意如此此於所緣將爲現量是所取性故深履邪途故爲此正意遮所緣性因便方遮斯所依性同時之根功能之色將設許之言外境者彼執離斯而有别境此顯其倒顯彼執有異事可取故言境也如何當説或緣總聚由非總聚實事應理誠如來難彼自前後道理

相違余復何失緣其實事及緣總聚是所許故將欲叙其別過爲此且放斯憿或許極微雖復極微唯共聚已而見生滅然而實體一一皆緣不緣總聚猶如色等設自諸根悉皆現前境不雜亂彼根功能各決定故而於實事斷割有能一一極微成所緣境彼因性故彼眼等識之因性故是彼生起親友分義然而有說其所緣境是識生因在諸緣故或復於彼爲總聚者彼諸論者執衆極微所有合聚爲此所緣相識生故由於總聚而生其智是故定知彼爲所緣如有說云若識有彼相彼是此之境此二論者咸言彼相應斯理故若不言因此因無喻猶如因等成因等性極微總相是所緣性而成立之又若自許不於識外緣其實事應有有法自相違過然法稱不許斯乃於他亦皆共許即以爲喻若但如所說應於所立義而屬當之前量意云論本二因但是明因所以不即是因以無共成之喻爲此須出彼相應因何以如此

次復顯已所論之理是無謬妄明他共許置第五聲設許爲因猶如共許諸非有事非有性故非因極微而且縱許諸極微體是其因性但說不合是所緣性由非彼相極微相故此云根識極塵非境如根者言猶如於根縱實是識親依之因無根相故非彼之境極微亦爾諸無其相彼非斯境者何謂也爲此說其名境者等言自性者謂自共相了者定也如何此復名爲了耶如彼相生故此言意者同彼相貌而識生起由隨彼體故此則說名了彼境也而實離識無別所了可與其識爲

因性耶然而但有前境相狀於其自己猶如鏡像而安布之共許名斯爲了其境然非極微一一自體識隨彼狀由此極微而爲境體縱有因性由非因義所縁如根雖是因性不爲所縁若由因性許作所縁根亦同斯應成彼也斯言前說彼相應理故因有不成過然而意顯非唯因性即是其根所縁之相若如所說因將爲能立者則彼因性故爲所縁性耶於根亦有成不定過若如是者由非彼相其義何也爲明成立自己之宗由非但述他宗過故已義便成此言爲彰非即能生自識相故境非極微猶如眼等若其是彼因性之言將爲論主前立他宗明他共許此時意在遮他顯已能破義成置斯言矣宗許定彼不定他宗恐其不許向者與他出不定成即是能破何假自宗更伸比量凡言不定未必決定不成恐致疑惑是故更須立量或可由斯非彼相者於諸極微非定了性如相識生是謂決了既彼非故明知決了此亦無由應可說非決了性故唯出此因不是所縁如根極微有餘復作諸識差別顯其成立眼識不能了極微色無彼相故如餘根識如是餘識翻此應言如根之言誠爲乘也其喻別須義准而出又復縱是因性之言爲無用矣彼雖因用非所縁性此亦如是實爲有用然非聲等所有極微可是餘根之識生因有說於識自體無聚現故非是所縁如根衆微由境相狀安布於識是彼相性此非有故理即說其無有聚現如是且述鉢羅摩怒不是所縁彼之能立不相應故及非境性量善成故若爾總

聚是境然由所說諸有能立若望謨阿宗皆有不成性理實如此然而總聚實有彼相可是所緣無因性故由彼相識不能生其總聚相識總聚不生彼既不生此識如何令此緣彼所緣之相不相應故非所緣義由此前云彼相應理斯乃不成若爾何謂所緣之相凡是境者理須生其似自相識隨境之識彼是能生彼是所緣有說凡爲境者理必須是心及心生起之因也此既生已隨境領受而與言論于時名此爲所緣境若義具斯二種相者此乃方合名爲所緣是能生性所緣之境引阿笈摩此即便是說生緣性由是生因彼識生緣共許是其所緣之境自體相現此中無益故不言之能非總聚是能生者非實事故由其總聚不是實事此於有聚一異二性

不可說故又復無有不實之事能有生起果用功能猶如二月如第二月不能生識第二月相若爾何因有斯相現根損害故若時眼根由瞖等害損其明德遂即從斯損害根處見二月生非實境故由此二月縱有彼相然非斯境如第二月縱令此識有彼相狀由不生故不名斯境此由非實事有性等總聚不是識之生因非實性故如第二月由斯方立非因性故不是所緣還如二月又復將此第二月喻於彼相因應知說其不定之過復由識義理成就故過是相違復緣眼識不緣青等聚集極微爲由彼體非生性故如餘根識此喻共許故不別言第二月喻非實事故應知此是於非因性而成立之如所說之縱有相性然非彼境斯言復是

非彼因義若言無有第二月者如何現見有二相生謂從内布功能差别均其次已似相之識而便轉生猶如夢時見有境起由此令似妄作斯解於其月處乘更覩餘諸有説云而於眼識雙現之時此二次第難印定故將作同時於斯二種相貌之後意識便云我見月之第二月也或復有云於共許月數有錯亂由根損故若望不許外境之宗如斯衆見但是妄執由非眼識所緣無間引生意識能於一時雙緣二相作如斯解見二月耶又於聲等緣彼之識不知其次應有二聲等見同時起耶好眼之人意識次第尚多難解何況依於色根之識測其差别便成多有二相等見一旃達羅若時離識許實有者斯乃何勞妄增二月而言於數有其錯亂離識之外執

有二種極微總聚此皆闕其一分義故又如所説能立能斥道理力故以之爲境成不相應闕一分故自體相現及能生性具斯二分方是所緣於極微處即闕初支於第二邊便亡第二若如是者如向所論二種過失重更收攝令使無差有説集相者於諸極微處各有集相即此集塵而有相現隨其所有多少極微此皆實有在極微處有總聚相生自相識實有性故應是所緣斯乃雙支皆是有故此即於前所有成立求進無由爲聚集相即是極微爲不爾耶由諸境義有衆多相即此諸微許有微狀亦有集相如何得令二相共居一事爲應理乎有衆多相凡諸有色合聚之物皆以地等四大爲性彼皆自性有勝功能青美等相隨事隨根而爲了别即此於其

衆多相處極微之處有總集相即將此相爲眼等識所行境故是現量性若如是者於諸微處識有聚相何不言之塵有聚相何不言識有聚相耶所以復云然於微處有總聚相即以此言爲其方便亦顯識有極微總相若爾一一極微有此相者何故復云總集相也色聚衆多極微分别是論所許此即是其總聚性故不是實有如前已陳何勞重述有别意趣縱令實事别别體殊然此相狀但於集處更相藉故而可了知説觀集相更無餘矣又復設使諸有極微合聚爲性然而一事有其勝劣隨事觀之且如蒼色是其地界如是等説誠爲應理縱許如是如極赤物初生起時多事皆强遂無容矣依容有處作此𧩃議若爾如何説諸極微非根所見又復如何唯

有如知能見極微由其塵相非是識義非是依根識之境界故曰非根非根之義獨是如知之所觀察復如何理現見極微塵形不覩如堅性等如堅潤等於彼青等縱有其事非是眼等識之境界根之功能各決定故塵亦如是無違共許豈非顯微無其堅性由别體故此對宗法許其十處但是大種斯言無過然此已陳汝瓨甌等覺者汝如是證者於瓨及甌便成根覺相似而觀於其自境識不差故復由根覺隨現有境而相生故識境不别如何得知由匪於其瓨甌等處衆微有别而此言説然諸極微以總聚相而爲其境固非於彼瓨等自體了别之時於衆多聚體有片别彼之實事相貌之外無别積聚體可得故緣彼根識便成相狀無有差殊由此方成於

塵自體是所緣性復非於彼無別相處覆審之緣異解性故如緣青等若相殊故所言殊者相謂形狀布置有殊於其瓶甌胭腹底等殊異狀故由境有別覺乃遂殊誠爲應理無如是事非於根識所觀境處極微有殊然此總聚是三佛栗底而此總聚非根識境此已斥破復非非境有別而令識相有殊可爲應理復如何知諸極微處別狀非有極微形相無別異故凡諸事物有支分者必有別狀於方處轉然諸極微體無方分至窮極處斯即何曾得有形別於瓶甌等縱令事別而極微性曾無有殊斯乃一體無增減故是故定知於總聚處非實物有凡有方隅布列形狀皆非根識所行之境上來如此衆多詰責意欲顯其有別相故瓶甌等覺非以別事爲所緣

境猶若蘇佉毒佉情矣然而極微是不別境即是彰其非彼境性若相殊故方言殊者此言意顯向云非以不別之事而爲境者是立已成彼意説言極微爲境其實無殊然爲形相別故別也極微無殊我亦共許是立已成由諸極微量無別故此顯殊事是其別境答非已成或可此明諸根之識於瓶甌等無有極微相狀性故非是所緣猶如餘識餘識謂意或餘根識但緣青時無黄相故於諸極微雖體衆多無差別故而諸根識差別相故斯乃共成非塵狀性須於極微差別之言同前問答若其總聚許覆相已形非實境理方可成如斯勝理是應成立若言離極微如是等如離彼者彼覺便無故猶如軍等此言瓶等是非實義由非實事此顯餘宗諸非不實皆

非捨彼相違事也如於聲等青覺非有此形相别是覆相有以其瓶等爲境性故雖引衆多異見道理而竟不能顯其極微實事之體有其差别據内境體謂立自宗所緣之事若也總撥無所緣境便有違世自許宗過四種緣性於經説故此中内聲爲顯不離於識而有所緣言境體者是所取分是識變爲境相之義然在識外别分而住將以爲境違世之過如前尚在由諸世俗共許於境在外而住應云如外此不離識其所取分如外而現云我見境生其慢想實此爲因如於眼識現其髮等外境雖無謂實無其在外之境非了性故以理究尋不可了其自體定在於外縱令許彼實有外相然非識緣非彼相性故非極微相現如似外相顯現之時此即是其所緣

緣也彼相相應故由若與相理相應故者此即是此如因性等由與自相理相應故復顯所緣差别體相如云識有彼相故等明不假藉外事爲境如情所計境相隨生又情所計若離於識非外有故此之境相元不離識由此名爲内境相也此中内聲言不離識本無其外望誰爲内及從此生有此方生或可從此由第六五義有别故由非離境得有其識是故有此方乃識生不言第五二法合故明其所緣道理合故顯能立也此即但以共相之境爲其能立若差别者其仳若南不緣外事於其夢位以爲顯示如説二種爲一能立識有彼相復是識生緣此二用方成一量且復縱許有其内相但觀外境妄有相故言無地相如情計境生其領受境之相狀列在於

內將爲應理如何是彼一分得作同生之緣其所取分離識無故斯之一分復還生識便成自體相違之過復還是彼一分性故如能取分斯乃便成匪能生性但由外相染識而生此即相分與識同起非二同時有因果性如牛兩角又匪於其不異之事同在一時以同伴聲而合說之亦非於識別說有境斯乃如何名同伴性理實如是然由相狀差別力故猜卜爲異而表宣之由有見分析分之殊遂將此識而有差別若如是者緣性亦應但是所執非分別事有自性體斯乃應成非眞緣性此罔相違由其緣義於餘所執差別之境亦共許之如等無間滅同分之識爲斷割時此識亦以四種多緣而爲緣也

觀所緣緣論釋

音釋

析 先的切分也 甌 烏侯切小碗也 慣 古患切習也 笈 極曄切 玒 戶江切長頸瓶也 譸 直由切詶也 仳 普彌切別也 猜 倉才切測也疑也

大乘廣五蘊論

中天竺國沙門地婆訶羅奉詔譯

大乘五蘊論

唐三藏法師玄奘奉詔譯

清刻龍藏佛說法變相圖

二論同卷

大乘廣五蘊論

大乘五蘊論

大乘廣五蘊論

安慧菩薩造

中天竺國沙門地婆訶羅奉詔譯

佛說五蘊謂色蘊受蘊想蘊行蘊識蘊云何色蘊謂四大種及大種所造色云何四大種謂地界水界火界風界此復云何謂地堅性水濕性火煖性風輕動性界者能持自相所造色故

云何四大所造色謂眼根耳根鼻根舌根身根色聲香味及觸一分無表色等造者因義

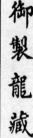

根者最勝自在義主義增上義是爲根義所言主義與誰爲主謂即眼根與眼識爲主生眼識故如是乃至身根與身識爲主生身識故

云何眼根謂以色爲境淨色爲性謂於眼中一分淨色如淨醍醐此性有故眼識得生無即不生

云何耳根謂以聲爲境淨色爲性謂於耳中一分淨色此性有故耳識得生無即不生

云何鼻根謂以香爲境淨色爲性謂於鼻中一分淨色此性有故鼻識得生無即不生

云何舌根謂以味爲境淨色爲性謂於舌上周徧淨色有說此於舌上有少不徧如一毛端此性有故舌識得生無即不生

云何身根謂以觸爲境淨色爲性謂於身中周徧淨色此性有故身識得生無即不生

云何色謂眼之境顯色形色及表色等顯色有四種謂青黄赤白形色謂長短等

云何聲謂耳之境執受大種因聲非執受大種因聲謂心心法是能執受蠢動之類是所執受執受大種因聲者如手相擊語言等聲非執受大種因聲者如風林駛水等聲俱大種因聲者如手擊鼓等聲

云何香謂鼻之境好香惡香平等香好香者謂與鼻合時於蘊相續有所順益惡香者謂與鼻合時於蘊相續有所違損平等香者謂與鼻合時無所損益

云何味謂舌之境甘醋鹹辛苦淡等

云何觸一分謂身之境除大種謂滑性澀性重性輕性冷飢渴等滑謂細軟澀謂麤强重

謂可稱輕謂反是暖欲爲冷觸是冷因此即於因立其果稱如說諸佛出世樂演說正法樂衆僧和合樂同修精進樂精進勤苦雖是樂因即說爲樂此亦如是欲食爲飢欲飢爲渴說亦如是已說七種造觸及前四大十一種等

云何無表色等謂有表業三摩地所生無見無對色等有表業者謂身語表此通善不善無記性所生色者謂即從彼善不善表所生之色此不可顯示故名無表三摩地所生色者謂四靜慮所生色等此無表色是所造性名善律儀不善律儀等亦名業亦名種子如是諸色略爲三種一者可見有對二者不可見有對三者不可見無對是中可見有對者謂顯色等不可見有對者謂眼根等不可見無對者謂無表色等

云何受藴受有三種謂樂受苦受不苦不樂受樂受者謂此滅時有和合欲苦受者謂此生時有乖離欲不苦不樂受者謂無二欲無二欲者謂無和合及乖離欲受謂識之領納

云何想藴謂能增勝取諸境相增勝取者謂勝力能取如大力者說名勝力

云何行藴謂除受想諸餘心法及心不相應行云何餘心法謂與心相應諸行觸作意思欲勝解念三摩地慧信慚愧無貪無瞋無癡精進輕安不放逸捨不害貪瞋慢無明見疑無慚無愧惛沉掉擧不信懈怠放逸失念散亂不正知惡作睡眠尋伺是諸心法五是徧行此徧一切善不善無記心故名徧行五是別境此五一一於差別境展轉決定性不相

離是中有一必有一切十一爲善六爲煩惱餘是隨煩惱四爲不定此不定四非正隨煩惱以通善及無記性故觸等體性及業應當解釋

云何觸謂三和合分別爲性三和謂眼色識如是等此諸和合心心法生故名爲觸與受所依爲業

云何作意謂令心發悟爲性令心心法現前警動是憶念義任持攀緣心爲業

云何思謂於功德過失及以俱非令心造作意業爲性此性若有識攀緣用即現在前猶如磁石引鐵令動能推善不善無記心爲業

云何欲謂於可愛樂事希望爲性愛樂事者所謂可愛見聞等事是願樂希求之義能與精進所依爲業

云何勝解謂於決定境如所了知印可爲性決定境者謂於五蘊等如世親說色如聚沫受如水泡想如陽炎行如芭蕉識如幻境如是決定或如諸法所住自相謂即如是而生決定言決定者是印持義餘無引轉爲業此增勝故餘所不能引

云何念謂於慣習事心不忘失明記爲性慣習事者謂曾所習行與不散亂所依爲業

云何三摩地謂於所觀事心一境性所觀事者謂五蘊等及無常苦空無我等心一境者是專注義與智所依爲業由心定故如實了知

云何慧謂即於彼擇法爲性或如理所引或不如理所引或俱非所引

即於彼者謂所觀事擇法者謂於諸法自相

共相由慧簡擇得決定故如理所引者謂佛弟子不如理所引者謂諸外道俱非所引者謂餘衆生斷疑爲業慧能簡擇於諸法中得決定故

云何信謂於業果諸諦寶等深正符順心淨爲性於業者謂福非福不動業於果者謂須陀洹斯陀含阿那含阿羅漢果於諦者謂苦集滅道諦於寶者謂佛法僧寶於如是業果等極相契順亦名清淨及希求義與欲所依爲業

云何慚謂自增上及法增上於所作罪羞恥爲性罪謂過失智者所猒患故羞恥者謂不作衆罪防息惡行所依爲業

云何愧謂他增上於所作罪羞恥爲性他增上者謂怖畏責罰及譏論等所有罪失羞恥於他業如慚說

云何無貪謂貪對治令深猒患無着爲性謂於諸有及有資具染著爲貪彼之對治說爲無貪此即於有及有資具無染著義徧知生死諸過失故名爲猒患惡行不起所依爲業

云何無瞋謂瞋對治以慈爲性謂於衆生不損害義業如無貪說

云何無癡謂癡對治如實正行爲性如實者略謂四聖諦廣謂十二緣起於彼加行是正知義業亦如無貪說

云何精進謂懈怠對治善品現前勤勇爲性謂若被甲若加行若無怯弱若不退轉若無喜足是如此義圓滿成就善性爲業

云何輕安謂麤重對治身心調暢堪能爲性謂能棄捨十不善行除障爲業由此力故除

一切障轉捨麤重
云何不放逸謂放逸對治依止無貪乃至精進捨諸不善修彼對治諸善法故謂貪瞋癡及以懈怠名爲放逸對治彼故是不放逸謂依無貪無瞋無癡精進四法對治不善法修習善法故世出世間正行所依爲業
云何捨謂依如是無貪無瞋乃至精進獲得心平等性心正直性心無功用性又復由此離諸雜染法安住清淨法謂依無貪無瞋無癡精進性故或時遠離昏沉掉舉諸過失故初得心平等或時任運無勉勵故次得心正直或時遠離諸雜染故最後獲得心無功用業如不放逸說
云何不害謂害對治以悲爲性謂由悲故不害群生是無瞋分不損惱爲業
云何貪謂於五取蘊染愛耽著爲性謂此纏縛輪迴三界生苦爲業由愛力故生五取蘊
云何瞋謂於群生損害爲性住不安隱及惡行所依爲業不安隱者謂損害他自住苦故
云何慢慢有七種謂慢過慢過過慢我慢增上慢卑慢邪慢云何慢謂於劣計已勝或於等計已等如是心高舉爲性云何過慢謂於等計已勝或於勝計已等如是心高舉爲性云何過過慢謂於勝計已勝如是心高舉爲性云何我慢謂於五取蘊隨計爲我或爲我所如是心高舉爲性云何增上慢謂未得增上殊勝所證之法謂我已得如是心高舉爲性增上殊勝所證法者謂諸聖果及三摩地三摩鉢底等於彼未得謂我已得而自矜倨
云何卑慢謂於多分殊勝計已少分下劣如

是心高舉爲性云何邪慢謂實無德計已有德如是心高舉爲性不生敬重所依爲業謂於尊者及有德者而起倨傲不生崇重

云何無明謂於業果諦寶無智爲性此有二種一者俱生二者分別又欲界貪瞋及以無明爲三不善根謂貪不善根瞋不善根癡不善根此復俱生不俱生分別所起俱生者謂禽獸等不俱生者謂貪相應等分別者謂諸見相應與虛妄決定疑煩惱所依爲業

云何見見有五種謂薩迦耶見邊執見邪見見取戒禁取云何薩迦耶見謂於五取蘊隨執爲我或爲我所染慧爲性薩謂敗壞義迦耶謂和合積聚義即於此中見一見常異蘊有我蘊爲我所等何故復如是說謂薩者破常想迦耶破一想無常積集是中無我及我所故染慧者謂煩惱俱一切見品所依爲業

云何邊執見謂薩迦耶見增上力故即於所取或執爲常或執爲斷染慧爲性常邊者謂執我自在爲徧常等斷邊者謂執有作者丈夫等彼死已不復生如瓶既破更無盛用障中道出離爲業云何邪見謂謗因果或謗作用或壞善事染慧爲性謗因者因謂業煩惱性合有五支煩惱有三種謂無明愛取業有二種謂行及有有者謂依阿賴耶識諸業種子此亦名業如世尊說阿難若業能與未來果彼亦名有如是等此謗名爲謗因謗果者果有七支謂識名色六處觸受生老死此謗爲謗果或復謗無善行惡行名爲謗因謗無善行惡行果報名爲謗果謗無此世他世無父無母無化生衆生此謗爲謗作用謂從此

世往他世作用種子任持作用結生相續作用等謗無世間阿羅漢等爲壞善事斷善根爲業不善根堅固所依爲業又生不善不生善爲業云何見取謂於三見及所依蘊隨計爲最爲上爲勝爲極染慧爲性三見者謂薩迦耶邊執邪見所依蘊者即彼諸見所依之蘊業如邪見說云何戒禁取謂於戒禁及所依蘊隨計爲清淨爲解脱爲出離染慧爲性戒者謂以惡見爲先離七種惡禁者謂牛狗等禁及自拔髮執三交杖僧佉定慧等此非解脱之因又計大自在或計世主及入水火等此非生天之因如是等彼計爲因所依蘊者謂即戒禁所依之蘊清淨者謂即說此無間方便以爲清淨解脱者謂即以此解脱煩惱出離者謂即以此出離生死是如此義能與無果唐勞疲苦所依爲業無果唐勞者謂此不能獲出苦義

云何疑謂於諦寶等爲有爲無猶豫爲性不生善法所依爲業諸煩惱中後三見及疑唯分別起餘通俱生及分別起

云何忿謂依現前不饒益事心憤爲性能與暴惡執持鞭杖所依爲業云何恨謂忿爲先結怨不捨爲性能與不忍所依爲業云何覆謂於過失隱藏爲性謂藏隱罪故他正教誨時不能發露是癡之分能與追悔不安隱住所依爲業云何惱謂發暴惡言陵犯爲性忿恨爲先心起損害暴惡言者謂切害麤獷能與憂苦不安隱住所依爲業又能發生非福爲業起惡名稱爲業云何嫉謂於他盛事心妒爲性爲名利故於他盛事不堪忍耐妒忌

心生自住憂苦所依爲業云何慳謂施相違心悋爲性謂於財等生悋惜故不能惠施如是爲慳心偏執著利養衆具是貪之分與無猒足所依爲業無猒足者由慳悋故非所用物猶恒積聚云何誑謂矯妄於他詐現不實功德爲性是貪之分能與邪命所依爲業云何諂謂矯設方便隱巳過惡心曲爲性謂於名利有所計著是貪癡分障正教誨爲業復由有罪不自如實發露歸懺不任教授云何憍謂於盛事染著倨傲能盡爲性盛事者謂有漏盛事染著倨傲者謂於染愛悅豫矜恃是貪之分能盡者謂此能盡諸善根故云何害謂於衆生損惱爲性是瞋之分損惱者謂加鞭杖等即此所依爲業

云何無慚謂所作罪不自羞恥爲性一切煩惱及隨煩惱助伴爲業云何無愧謂所作罪不羞他爲性業如無慚說

云何惛沉謂心不調暢無所堪任蒙昧爲性是癡之分與一切煩惱及隨煩惱所依爲業

云何掉舉謂隨憶念喜樂等事心不寂靜爲性應知憶念先所遊戲歡笑等事心不寂靜是貪之分障奢摩他爲業

云何不信謂信所治於業果等不正信順心不清淨爲性能與懈怠所依爲業

云何懈怠謂精進所治於諸善品心不勇進爲性能障勤修衆善爲業

云何放逸謂依貪瞋癡懈怠故於諸煩惱心不防護於諸善品不能修習爲性不善增長善法退失所依爲業

云何失念謂染汙念於諸善法不能明記爲

性染汙念者謂煩惱俱於善不明記者謂於正教授不能憶持義能與散亂所依爲業
云何散亂謂貪瞋癡分令心心法流散爲性能障離欲爲業
云何不正知謂煩惱相應慧能起不正身語意行爲性違犯律行所依爲業謂於去來等不正觀察故而不能知應作不應作致犯律儀
云何惡作謂心變悔爲性謂惡所作故名惡作此惡作體非即變悔由先惡所作後起追悔故此即以果從因爲目故名惡作譬如六觸處說爲先業此有二位謂善不善於二位中復各有二若善位中先不作善後起悔心彼因是善悔亦是善若先作惡後起悔心彼因不善悔即是善若不善位先不作惡後起悔心彼因不善悔亦不善若先作善後起悔心彼因是善悔是不善
云何睡眠謂不自在轉昧略爲性不自在者謂令心等不自在轉是癡之分又此自性不自在故令心心法極成昧略此善不善及無記性能與過失所依爲業
云何尋謂思慧差别意言尋求令心麤相分别爲性意言者謂是意識是中或依思或依慧而起分别麤相者謂尋求瓶衣車乘等之麤相樂觸等所依爲業
云何伺謂思慧差别意言伺察令心細相分别爲性細相者謂於瓶衣等分别細相成不成等差别之義
云何心不相應行謂依色心等分位假立謂此與彼不可施設異不異性此復云何謂得

無想定滅盡定無想天命根衆同分生老住無常名身句身文身異生性如是等

云何得謂若獲若成就此復三種謂種子成就自在成就現起成就如其所應

云何無想定謂離徧淨染未離上染以出離想作意爲先所有不恒行心心法滅爲性

云何滅盡定謂已離無所有處染從第一有更起勝進暫止息想作意爲先所有不恒行及恒行一分心心法滅爲性不恒行謂六轉識恒行謂攝藏識及染汙意是中六轉識品及染汙意滅是滅盡定

云何無想天謂無想定所得之果生彼天已所有不恒行心心法滅爲性

云何命根謂於衆同分先業所引住時分限爲性

云何衆同分謂諸群生各異自類相似爲性

云何生謂於衆同分所有諸行本無今有爲性

云何老謂彼諸行相續變壞爲性

云何住謂彼諸行相續隨轉爲性

云何無常謂彼諸行相續謝滅爲性

云何名身謂於諸法自性增語爲性如說眼等

云何句身謂於諸法差別增語爲性如說諸行無常等

云何文身謂即諸字此能表了前二性故亦名顯謂名句所依顯了義故亦名字謂無異轉故前二性者謂詮自性及以差別顯謂顯了

云何異生性謂於聖法不得爲性

云何識蘊謂於所緣了別爲性亦名心能採集故亦名意意所攝故若最勝心即阿賴耶識此能採集諸行種子故又此行相不可分別前後一類相續轉故又由此識從滅盡定無想定無想天起者了別境界轉識復生待所緣緣差別轉故數數間斷還復生起又令生死流轉迴還故阿賴耶識者謂能攝藏一切種子又能攝藏我慢相故又復緣身爲境界故又此亦名阿陁那識執持身故最勝意者謂緣藏識爲境之識恒與我癡我見我慢我愛相應前後一類相續隨轉除阿羅漢聖道滅定現在前位如是六轉識及染汙意阿賴耶識此八名識蘊

問蘊爲何義答積聚是蘊義謂世間相續品類趣處差別色等總略攝故如世尊說比丘所有色若過去若未來若現在若内若外若麤若細若勝若劣若近若遠如是總攝爲一色蘊

復有十二處謂眼處色處耳處聲處鼻處香處舌處味處身處觸處意處法處眼等五處及色聲香味處如前已釋觸處謂諸大種及一分觸意處即是識蘊法處謂受想行蘊并無表色等及諸無爲云何無爲謂虛空無爲非擇滅無爲擇滅無爲及眞如等虛空者謂容受諸色非擇滅者謂若滅非離繫云何非離繫謂離煩惱對治諸蘊畢竟不生云何擇滅謂若滅是離繫云何離繫謂煩惱對治諸蘊畢竟不生云何眞如謂諸法法性法無我性

問處爲何義答諸識生長門是處義

復有十八界謂眼界色界眼識界耳界聲界耳識界鼻界香界鼻識界舌界味界舌識界身界觸界身識界意界法界意識界眼等諸界及色等諸界如處中說六識界者謂依眼等根緣色等境了別爲性意界者即彼無閒滅等爲顯第六識依止及廣建立十八界故如是色藴即十處十界及法處法界一分識藴即意處及七心界餘三藴及色藴一分幷諸無爲即法處法界

問界爲何義荅任持無作用性自相是界義問以何義故說藴界等荅對治三種我執故所謂一性我執受者我執作者我執如其次第

復次此十八界幾有色謂十界一少分即色藴自性幾無色謂所餘界幾有見謂一色界幾無見謂所餘界幾有對謂十色界若彼於此有所礙故幾無對謂所餘界幾有漏謂十五界及後三少分謂於是處煩惱起故現所行處故幾無漏謂後三少分幾欲界繫謂一切幾色界繫謂十四除香味及鼻舌識幾無色界繫謂後三幾不繫謂即彼無漏幾藴所攝謂除無爲幾取藴所攝謂有漏幾善幾不善幾無記謂十通三性七心界色聲及法界一分八無記性幾是內謂十二除色聲香味觸及法界幾是外謂所餘六幾有緣謂七心界及法界少分心所法性幾無緣謂餘十及法界少分幾有分別謂意識界意界及法界少分幾有執受謂五內界及四界少分謂色香味觸幾非執受謂餘九及四少分幾同分謂五內有色界與彼自識等境界故幾彼同

分謂彼自識空時與自類等故

大乘廣五蘊論

大乘五蘊論

世親菩薩造

唐三藏法師玄奘奉詔譯

如薄伽梵略説五蘊一者色蘊二者受蘊三者想蘊四者行蘊五者識蘊

云何色蘊謂四大種及四大種所造諸色云何四大種謂地界水界火界風界云何地界謂堅強性云何水界謂流濕性云何火界謂温燥性云何風界謂輕等動性云何四大種所造諸色謂眼根耳根鼻根舌根身根色聲香味所觸一分無表色等云何眼根謂色爲境清淨色云何耳根謂聲爲境清淨色云何鼻根謂香爲境清淨色云何舌根謂味爲境清淨色云何身根謂所觸爲境清淨色云何爲色謂眼境界顯色形色及表色等云何爲聲謂耳境界執受大種因聲非執受大種因聲俱大種因聲云何爲香謂鼻境界好香惡香及所餘香云何爲味謂舌境界甘味醋味鹹味辛味苦味淡味云何名爲所觸一分謂身境界除四大種餘所造觸滑性澀性重性輕性冷飢渴等云何名爲無表色等謂有表業及三摩地所生色等無見無對

云何受蘊謂三領納一苦二樂三不苦不樂樂謂滅時有和合欲苦謂生時有乖離欲不苦不樂謂無二欲

云何想蘊謂於境界取種種相

云何行蘊謂除受想諸餘心法及心不相應行云何名爲諸餘心法謂彼諸法與心相應彼復云何謂觸作意受想思欲勝解念三摩地慧信慚愧無貪善根無瞋善根無癡善根

精進輕安不放逸捨不害貪瞋慢無明見疑忿恨覆惱嫉慳誑諂憍害無慚無愧惛沉掉舉不信懈怠放逸忘念散亂不正知惡作睡眠尋伺是諸心法五是徧行五是別境十一是善六是煩惱餘是隨煩惱四是不決定

云何爲觸謂三和合分別爲性

云何作意謂能令心發悟爲性

云何爲思謂於功德過失及俱相違令心造作意業爲性

云何爲欲謂於可愛事希望爲性

云何勝解謂於決定事即如所了印可爲性

云何爲念謂於慣習事令心不忘明記爲性

云何三摩地謂於所觀事令心一境不散爲性

云何爲慧謂即於彼擇法爲性或如理所引或不如理所引或俱非所引

云何爲信謂於業果諸諦實中極正符順心淨爲性

云何爲慚謂自增上及法增上於所作罪羞恥爲性

云何爲媿謂世增上於所作罪羞恥爲性

云何無貪謂貪對治令深猒患無着爲性

云何無瞋謂瞋對治以慈爲性

云何無癡謂癡對治以其如實正行爲性

云何精進謂懈怠對治心於善品勇悍爲性

云何輕安謂麤重對治身心調暢堪能爲性

云何不放逸謂放逸對治即是無貪乃至精進依止此故捨不善法及即修彼對治善法

云何爲捨謂即無貪乃至精進依止此故獲得所有心平等性心正直性心無發悟性又

由此故於已除遣染汙法中無染安住

云何不害謂害對治以悲爲性

云何爲貪謂於五取蘊染愛耽著爲性

云何爲瞋謂於有情樂作損害爲性

云何爲慢所謂七慢一慢二過慢三慢過慢四我慢五增上慢六卑慢七邪慢云何慢謂於劣計已勝或於等計已等心高舉爲性云何過慢謂於等計已勝或於勝計已等心高舉爲性云何慢過慢謂於勝計已勝心高舉爲性云何我慢謂於五取蘊隨觀爲我或爲我所心高舉爲性云何增上慢謂於未得增上殊勝所證法中謂我已得心高舉爲性云何卑慢謂於多分殊勝計已少分下劣心高舉爲性云何邪慢謂實無德計已有德心高舉爲性

云何無明謂於業果及諦寶中無智爲性此復二種所謂俱生分別所起又欲纏貪瞋及欲纏無明名三不善根謂貪不善根瞋不善根癡不善根

云何爲見所謂五見一薩迦耶見二邊執見三邪見四見取五戒禁取云何薩迦耶見謂於五取蘊隨觀爲我或爲我所染汙慧爲性云何邊執見謂即由彼增上力故隨觀爲常或復爲斷染汙慧爲性云何邪見謂或謗因或復謗果或謗作用或壞善事染汙慧爲性云何見取謂即於三見及彼所依諸蘊隨觀爲最爲上爲勝爲極染汙慧爲性云何戒禁取謂於戒禁及彼所依諸蘊隨觀爲清淨爲解脫爲出離染汙慧爲性

云何爲疑謂於諦等猶豫爲性諸煩惱中後

三見及疑惟分別起餘通俱生及分別起
云何爲忿謂遇現前不饒益事心損惱爲性
云何爲恨謂結怨不捨爲性
云何爲覆謂於自罪覆藏爲性
云何爲惱謂發暴惡言尤蛆爲性
云何爲嫉謂於他盛事心妬爲性
云何爲慳謂施相違心悋爲性
云何爲誑謂爲誑他詐現不實事爲性
云何爲諂謂覆藏自過方便所攝心曲爲性
云何爲憍謂於自盛事染著倨傲心恃爲性
云何爲害謂於諸有情損惱爲性
云何無慚謂於所作罪不自羞恥爲性
云何無愧謂於所作罪不羞恥他爲性
云何惛沉謂心不調暢無所堪能蒙昧爲性
云何掉舉謂心不寂靜爲性

云何不信謂信所對治於業果等不正信順心不清淨爲性
云何懈怠謂精進所治於諸善品心不勇猛爲性
云何放逸謂即由貪瞋癡懈怠故於諸煩惱心不防護於諸善品不能修習爲性
云何失念謂染汙念於諸善法不能明記爲性
云何散亂謂貪瞋癡分心流蕩爲性
云何不正知謂於身語意現前行中不正依住爲性
云何惡作謂心變悔爲性
云何睡眠謂不自在轉心極昧略爲性
云何爲尋謂能尋求意言分別思慧差別令心麤爲性

云何爲伺謂能伺察意言分別思慧差別令心細爲性

云何心不相應行謂依色心心法分位但假建立不可施設決定異性及不異性彼復云何謂得無想等至滅盡等至無想所有命根衆同分生老住無常名身句身文身異生性如是等類

云何爲得謂若獲若成就此復三種謂若種子若自在若現前如其所應

云何無想等至謂已離徧淨貪未離上貪由出離想作意爲先不恒現行心心法滅爲性

云何滅盡等至謂已離無所有處貪從第一有更求勝進由止息想作意爲先不恒現行及恒行一分心心法滅爲性

云何無想所有謂無想等至果無想有情天中生已不恒現行心心法滅爲性

云何命根謂於衆同分中先業所引住時決定爲性

云何衆同分謂諸有情自類相似爲性

云何爲生謂於衆同分中諸行本無今有爲性

云何爲老謂即如是諸行相續變異爲性

云何爲住謂即如是諸行相續隨轉爲性

云何無常謂即如是諸行相續謝滅爲性

云何名身謂諸法自性增語爲性

云何句身謂諸法差別增語爲性

云何文身謂諸字爲性以能表彰前二種故亦名爲顯由與名句爲所依止顯了義故亦名爲字非差別門所變易故

云何異生性謂於諸聖法不得爲性如是等

類已說行蘊

云何識蘊謂於所緣境了別爲性亦名心意由積集故意所攝故最勝心者謂阿賴耶識何以故由此識中諸行種子皆積集故又此行緣不可分別前後一類相續隨轉又由此故從滅盡等至無想等至無想所有起者了別境名轉識還生待所緣緣差別轉故數數間斷還復轉故又令生死流轉旋還故阿賴耶識者謂能攝藏一切種子故又能攝藏我慢相故又復緣身爲境界故即此亦名阿陀那識能執持身故最勝意者謂緣阿賴耶識爲境恒與我慢我癡我見及我愛等相應之識前後一類相續隨轉除阿羅漢果及與聖道滅盡等至現在前位

問以何義故說名爲蘊答以積聚義說名爲蘊謂世相續品類趣處差別色等總略攝故

復有十二處謂眼處色處耳處聲處鼻處香處舌處味處身處觸處意處法處眼等五處及色聲香味處如前已釋言觸處者謂四大種及前所說所觸一分言意處者即是識蘊言法處者謂受想行蘊無表色等及與無爲

云何無爲謂虛空無爲非擇滅無爲擇滅無爲及眞如等云何虛空謂若容受諸色云何非擇滅謂若滅非離繫此復云何謂離煩惱對治而諸蘊畢竟不生云何擇滅謂若滅是離繫此復云何謂由煩惱對治故諸蘊畢竟不生云何眞如謂諸法法性法無我性

問以何義故名爲處耶答諸識生長門義是處義

復有十八界謂眼界色界眼識界耳界聲界

耳識界鼻界香界鼻識界舌界味界舌識界
身界觸界身識界意界法界意識界
眼等諸界及色等諸界如處中說六識界者
謂依眼等根緣色等境了別爲性言意界者
謂即彼識無間滅等爲欲顯示第六意識及
廣建立十八界故如是色蘊即十處十界及
法處法界一分識蘊即意處及七心界餘三
蘊及色蘊一分并諸無爲即法處法界
問以何義故說名爲界荅以能任持無作用
性自相義故說名爲界
問以何義故宣說蘊等荅爲欲對治三種我
執如其次第三種我執者謂一性我執受者
我執作者我執
復次此十八界幾有色謂十界一少分即色
蘊自性幾無色謂所餘界幾有見謂一色界
幾無見謂所餘界幾有對謂十有色界若彼
於是處有所障礙是有對義幾無對謂所餘
界幾有漏謂十五界及後三少分由於是處
煩惱起故現所行處故幾無漏謂後三少分
幾欲界繫謂一切幾色界繫謂十四除香味
鼻舌識幾無色界繫謂後三幾不繫謂即彼
無漏界幾蘊所攝謂除無爲幾取蘊所攝謂
有漏幾善幾不善幾無記謂十通三種七心
界及色聲法界八無記幾是內謂十二除色
聲香味觸及法界幾是外謂六即所除幾有
緣謂七心界及法界少分心所有法幾無緣
謂餘十及法界少分幾有分別謂意識界意
界法界少分幾執受謂五內界及四界少分
謂色香味觸幾非執受謂餘九四少分幾同
分謂五內有色界由與自識等境界故幾彼

同分謂即彼自識空時與自類等故

大乘五蘊論

音釋

蠢尺尹切蟲動也駛疏吏切疾也磁墻之切石名倨慠倨居御切慠疑到切倨慠不遜也獷古猛切麤惡也矯舉夭切詐也燥先到切乾也悍侯旰切勇也蛆子余切

顯揚聖教論

唐三藏法師玄奘奉詔譯

清刻龍藏佛說法變相圖

顯揚聖教論卷第一

此論一部總二十卷乃是瑜伽師地論之樞要也

無著菩薩造

唐三藏法師玄奘奉詔譯

攝事品第一之一

善逝善說妙三身　無畏無流證教法
上乘真實牟尼子　我今至誠先讚禮
稽首次敬大慈尊　將紹種智法王位
無依世間所歸趣　宣說瑜伽師地者
昔我無著從彼聞　今當錯綜地中要
顯揚聖教慈悲故　文約義周而易曉
攝事淨義成善巧　無常苦空與無性
現觀瑜伽不思議　攝勝決擇十一品

一切界雜染　諦依止覺分　補特伽羅果
諸功德九事

論曰一切者有五法總攝菩薩藏何等爲五
頌曰
心心所有色　不相應無爲
論曰心者謂心意識差別名也問何等爲識答識有八種謂阿賴耶識眼耳鼻舌身識意及意識阿賴耶識者謂先世所作增長業煩惱爲緣無始時來戲論熏習爲因所生一切種子異熟識爲體此識能執受了別色根根所依處及戲論熏習於一切時一類生滅不可了知又能執持了別外器世界與不苦不樂受等相應一向無覆無記與轉識等作所依因與染淨轉識受等俱轉能增長有染轉識等爲業及能損減清淨轉識等爲業云何知有此識如薄伽梵說無明所覆愛結所繫愚夫感得有識之身此言顯有異熟阿賴耶識又說如五種子此則名爲有取之識此言顯有一切種子阿賴耶識又說阿陀那識甚深細一切種子如瀑流我於凡愚不開演恐彼分別執爲我眼識者謂從阿賴耶識種子所生依於眼根與彼俱轉緣色爲境了別爲性如薄伽梵說內眼處不壞外色處現前及彼所生作意正起如是所生眼識得生又說緣眼及色眼識得生如是應知乃至身識此中差別者謂各依自根各緣自境各別了別一切應引如前二經意者謂從阿賴耶識種子所生還緣彼識我癡我愛我我所執我慢相應或翻彼相應於一切時恃舉爲行或平等行與彼俱轉了別爲性如薄伽梵說內意處不壞外法處現前及彼所生作意正起如是所生意識得生意識者謂從阿賴耶識種

子所生依於意根與彼俱轉緣一切共不共法爲境了別爲性心心所有法者謂若法從阿賴耶識種子所生依心所起與心俱轉相應彼復云何謂徧行有五一作意二觸三受四想五思別境有五一欲二勝解三念四等持五慧善有十一一信二慚三愧四無貪五無瞋六無癡七精進八輕安九不放逸十捨十一不害煩惱有六一貪二瞋三慢四無明五見六疑隨煩惱有二十一忿二恨三覆四惱五嫉六慳七誑八諂九憍十害十一無慚十二無愧十三惛沉十四掉舉十五不信十六懈怠十七放逸十八失念十九心亂二十不正知不定有四一惡作二睡眠三尋四伺作意者謂從阿賴耶識種子所生依心所起與心俱轉相應動心爲體引心爲業由此與心同緣一境故說和合非不和合如經中說若於此作意即於此了別若於此了別即於此作意是故此二恒和合非不和合此二法不可施設離別殊異復如是說心心法行不可思議又說由彼所生作意正起如是所生眼等識生觸者謂三事和合分別爲體受依爲業如經說有六觸身又說眼色爲緣能起眼識如是三法聚集合故能有所觸又說觸爲受緣受者謂領納爲體愛緣爲業如經說有六受身又說受爲愛緣想者謂名句文身熏習爲緣從阿賴耶識種子所生依心所起與心俱轉相應取相爲體發言議爲業如經說有六想身又說如其所想而起言議思者謂令心造作得失俱非意業爲體或爲和合或爲別離或爲隨與或爲貪愛或爲瞋恚或

爲棄捨或起尋伺或復爲起身語二業或爲染汙或爲清淨行善不善非二爲業如經說有六思身又說當知我說今六觸處即前世思所造故業

欲者謂於所樂境希望爲體勤依爲業如經說欲爲一切諸法根本勝解者謂於決定境如其所應印解爲體不可引轉爲業如經說我等今者心生勝解是內六處必定無我念者謂於串習境令心明記不忘爲體等持所依爲業如經說諸念與隨念別念念及憶不忘不失法心明記爲性等持者謂於所觀境專住一緣爲體令心不散智依爲業如經說諸令心住與等住安住近住及定住不亂不散攝寂止等持心住一緣性慧者謂即於所觀境簡擇爲體如理不如理非如理非不如理悟入所知爲業如經說簡擇諸法最極簡擇極簡擇法徧了近了黠了通達審察聰叡覺明慧行毗鉢舍那

信者謂於有體有德有能心淨忍可爲體斷不信障爲業能得菩提資粮圓滿爲業利益自他爲業能趣善道爲業增長淨信爲業如經說於如來所起堅固信慚者謂依自增上及法增上羞恥過惡爲體斷無慚障爲業如前乃至增長慚爲業如經說慚於所慚乃至廣說愧者謂依世增上羞恥過惡爲體斷無愧障爲業如前乃至增長愧爲業如經說愧於所愧乃至廣說無貪者謂於有有具猒離無執不藏不愛無著爲體能斷貪障爲業如前乃至增長無貪爲業如經說無貪善根無瞋者謂於諸有情心無損害慈愍爲體能斷

瞋障爲業如前乃至增長無瞋爲業如經說無瞋善根無癡者謂正了眞實爲體能斷癡障爲業如前乃至增長無癡爲業如經說無癡善根精進者謂心勇無墮不自輕賤爲體斷懈怠障爲業如前乃至增長精進爲業如經說起精進住有勢有勤有勇堅猛不捨善軛輕安者謂遠離麤重身心調暢爲體斷麤重障爲業如前乃至能增長輕安爲業如經說適悅於意身及心安不放逸者謂總攝無貪無瞋無癡精進爲體依此能斷惡不善法及能修彼對治善法斷放逸障爲業如前乃至增長不放逸爲業如經說所有無量善法生起一切皆依不放逸根捨者謂總攝無貪無瞋無癡精進爲體依此捨故得心平等得心正直心無發動斷發動障爲業如前乃至增長捨爲業由不放逸除遣染汙由彼捨故放己除遣不染汙住如經說爲除貪憂心依上捨不害者謂由不惱害諸有情故悲哀惻愴愍物爲體能斷害障爲業如前乃至增長不害爲業如經說由不害故知彼聰叡乃至廣說

貪者謂於五取蘊愛樂覆藏保著爲體或是俱生或分別起能障無貪爲業障得菩提資糧圓滿爲業損害自他爲業能趣惡道爲業增長貪欲爲業如經說諸有貪愛者爲貪所伏蔽瞋者謂於有情欲與損害爲體或是俱生或分別起能障無瞋爲業如前乃至增長瞋恚爲業如經說諸有瞋恚者爲瞋所伏蔽慢者謂以他方己計我爲勝我等我劣令心恃舉爲體或是俱生或分別起能障無慢爲

業如前乃至增長慢爲業如經說三種慢類我勝慢類我等慢類我劣慢類無明者謂不正了眞實爲體或是俱生或分別起能障正了爲業如前乃至增長無明爲業如經說諸有愚癡者無明所伏蔽見者謂五見爲體一薩迦耶見謂於五取蘊計我我所染汙慧爲體或是俱生或分別起能障無我無顛倒解爲業如前乃至增長薩迦耶見爲業如經說如是知見永斷三結謂身見戒禁取疑二邊執見謂於五取蘊執計斷常染汙慧爲體或是俱生或分別起能障無常無顛倒解爲業如前乃至增長邊執見爲業如經說迦多衍那一切世間依止二種或有或無三邪見謂謗因謗果或謗功用或壞實事染汙慧爲體唯分別起能障正見爲業如前乃至增長邪見爲業如經說有邪見者所執皆倒乃至廣說四見取謂於前三見及見所依蘊計最勝上及與第一染汙慧爲體唯分別起能障苦及不淨無顛倒解爲業如前乃至增長見取爲業如經說於自所見取執堅住乃至廣說五戒禁取謂於前諸見及見所依蘊計爲清淨解脫出離染汙慧爲體唯分別起能障如前無顛倒解爲業如前乃至增長戒禁取爲業如經說取結取繫疑者謂於諸諦猶豫不決爲體唯分別起能障無疑爲業如前乃至增長疑爲業如經說猶豫者疑

忿者謂於現在違緣令心憤發爲體能障無瞋爲業乃至增長忿爲業恨者謂於過去違緣結怨不捨爲體能障無瞋爲業乃至增長恨爲業覆者謂於過犯若他諫誨若不諫誨

秘所作惡爲體能障發露悔過爲業乃至增長覆爲業惱者謂於過犯若他諫誨便發麤言心暴不忍爲體能障善友爲業乃至增長惱爲業嫉者謂於他所有功德名譽恭敬利養心妬不悅爲體能障慈仁爲業乃至增長嫉爲業慳者謂積聚希著爲體能障無貪爲業乃至增長慳爲業誑者謂爲惑亂他現不實事心詭爲體能障愛敬爲業乃至增長誑爲業諂者謂爲欺彼故詐現恭順心曲爲體能障愛敬爲業乃至增長諂爲業如經說忿恨覆惱嫉慳誑諂憍者謂暫獲世間興盛等事心恃高舉無所忌憚爲體能障猒離爲業乃至增長憍爲業如經說無正聞愚夫見少年無病壽命等暫住而廣生憍逸乃至廣說害者謂逼惱有情無悲無愍無哀無憐無惻

爲體能障不害爲業乃至增長害爲業如經說諸有害者必損惱他無慚者謂於自及法二種增上不恥過惡爲體能障慚爲業乃至增長無慚爲業如經說不慚所慚無慚生起惡不善法乃至廣說無愧者謂於世增上不恥過惡爲體能障愧爲業乃至增長無愧爲業如經說不愧所愧無愧生起惡不善法乃至廣說惛沉者謂依身麤重甘執不進以爲樂故令心沉沒爲體能障毗鉢舍那爲業乃至增長惛沉爲業如經說此人生起身意惛沉掉舉者謂依不正尋求或復追念曾所經見戲樂等事心不靜息爲體能障奢摩他爲業乃至增長掉舉爲業如經說汝爲掉動亦復高舉乃至廣說不信者謂於有體有德有能心不淨信爲體障信爲業乃至增長不信

爲業如經說若人不住不淨信心終無退失所有善法乃至廣說懈怠者謂躭著睡眠倚卧樂故怖畏升進自輕懱故心不勉勵爲體能障發起正勤爲業乃至增長懈怠爲業如經說若有懈怠必退正勤乃至廣說放逸者謂總貪瞋癡懈怠爲體由依此故心不制止惡不善法及不修習彼對治法障不放逸爲業乃至增長放逸爲業如經說夫放逸者是生死迹乃至廣說失念者謂於久所作所說所思若法若義染汙不記爲體障不忘念爲業乃至增長失念爲業如經說謂失念者無所能爲乃至廣說心亂者謂於所修善心不喜樂爲依止故馳散外緣爲體能障等持爲業乃至增長心亂爲業如經說若於五欲其心散亂流轉不息乃至廣說不正知者謂於身語意行不正了住染汙慧爲體能障正知爲業乃至增長不正知爲業如經說有失念者住不正知乃至廣說

惡作者謂於已作未作善不善事若染不染悵怏追變爲體能障奢摩他爲業乃至增長惡作爲業如經說若懷追悔則不安隱乃至廣說睡眠者謂略攝於心不自在轉爲體能障毗鉢舍那爲業乃至增長睡眠爲業如經說貪著睡眠味如大魚所吞尋者謂或時由思於法造作或時由慧於法推求散行外境令心麤轉爲體障心內淨爲業乃至增長尋爲業伺者謂從阿賴耶識種子所生依心所起與心俱轉相應於所尋法略行外境令心細轉爲體餘如尋說乃至增長伺爲業由此與心伺緣一境故說和合非不和合如薄伽

梵說若於此伺察即於此了別若於此了別即於此伺察是故此二恒和合非不和合此之二法不可施設離別殊異復如是說心心法行不可思議證有此二阿笈摩者如薄伽梵說由依尋伺故發起言說非無尋伺諸心法中略不說者如其所應廣說應知如識與心法不可思議是諸心法展轉相望應知亦爾

色者有十五種謂地水火風眼耳鼻舌身色聲香味觸一分及法處所攝色地有二種一內二外內謂各別身內眼等五根及彼居處之所依止堅鞕所攝有執受性復有增上積集所謂髮毛爪齒塵垢皮肉筋骨脉等諸不淨物是內地體形段受用爲業外謂各別身外色等五境之所依止堅鞕所攝非執受性復有增上積集所謂礫石丘山樹林甎等水等災起彼尋壞滅是外地體形段受用爲業依持受用爲業破壞受用爲業對治資養爲業水亦二種一內二外內謂各別身內眼等五根及彼居處之所依止濕潤所攝有執受性復有增上積集所謂涕淚涎汗膏髓痰等諸不淨物是內水體潤澤聚集受用爲業外謂各別身外色等五境之所依止濕潤所攝非執受性復有增上積集所謂泉源溪沼巨壑洪流等火等災起彼尋消竭是外水體依持受用爲業變壞受用爲業對治資養爲業火亦二種一內二外內謂各別身內眼等五根及彼居處之所依止煖熱所攝有執受性復有增上積集所謂能令有情徧溫增熱又能消化凡所飲噉諸如是等是內火體成熟

和合受用爲業外謂各別身外色等五境之所依止煖熱所攝非執受性復有增上積集所謂炎燎村城蔓莚洲渚乃至空逈無依故滅或鑽木擊石種種求火此火生已不久灰燼是外火體變壞受用爲業對治資養爲業風亦二種一内二外内謂各別身内眼等五根及彼居處之所依止輕動所攝有執受性復有增上積集所謂上下橫行入出氣息諸如是等是内風體發動作事受用爲業外謂各別身外色等五境之所依止輕動所攝非執受性復有增上積集所謂摧破山崖偃拔林木等彼既散壞無依故靜若求風者動衣搖扇其不動搖無緣故息諸如是等是外風體依持受用爲業變壞受用爲業對治資養爲業眼謂一切種子阿賴耶識之所執受四大所造色爲境界緣色境識之所依止淨色爲體色蘊所攝無見有對如眼如是耳鼻舌身亦爾此中差別者謂各行自境緣自境識之所依止

色謂眼所行境眼識所緣四大所造若顯色若形色若表色爲體色蘊所攝有見有對此復三種謂妙不妙及俱相違彼復云何謂青黄赤白如是等顯色長短方圓麤細高下正及不正煙雲塵霧光影明闇若空一顯色若彼影像之色是名爲色聲謂耳所行境耳識所緣四大所造可聞音爲體色蘊所攝無見有對此復三種謂可意不可意及俱相違或因手等相擊出聲或由尋伺扣絃擗華或依世俗或爲養命或宣暢法義而起言說或依託崖谷而發響聲如是若自相若分別若響

音是名爲聲香謂鼻所行境鼻識所緣四大所造可齅物爲體色蘊所攝無見有對性此復三種謂好香惡香及俱非香彼復云何所謂根莖皮葉華果煙末等香若俱生若和合若變異是名爲香味謂舌所行境舌識所緣四大所造可嘗物爲體色蘊所攝無見有對性此復三種謂甘不甘及俱相違彼復云何所謂酥油沙糖石蜜熟果等味若俱生若和合若變異是名爲味觸一分謂身所行境身識所緣四大所造可觸物爲體色蘊所攝無見有對性此復三種謂妙不妙及俱相違彼復云何所謂澀滑輕重緩急煖冷饑渴飽悶强弱癢病老死疲息粘勇或緣光澤或不光澤或緣堅實或不堅實或緣執縛或緣增聚或緣乖違或緣和順若俱生若和合若變異是名觸一分法處所攝色謂一切時意所行境色蘊所攝無見無對此復三種謂律儀色不律儀色及三摩地所行境色律儀色云何謂防護身語業者由彼增上造作心心法故依彼不現行法建立色性不律儀色云何謂不防護身語業者由彼增上造作心心法故依彼現行法建立色性三摩地所行境色云何謂由下中上三摩地俱轉相應心心法故起彼所緣影像色性及彼所作成就色性是名法處所攝色心不相應行者謂諸行與心不相應於心心法及色法分位假施設性不可施設與心等法若一若異彼復差別有二十四種謂得無想定滅盡定無想天命根衆同分生老住無常名身句身文身異生性流轉定異相應次第勢速時方數和合不和合

復有諸餘如是種類差別應知得者此復三種一諸行種子所攝相續差別性二自在生起相續差別性三自相生起相續差別性無想定者謂已離徧淨欲未離上地欲觀想如病如癰如箭唯無想天寂靜微妙由於無想天起出離想作意前方便故不恒現行心心法滅性滅盡定者謂已離無所有處欲或入非想非非想處定或復上進或入無想定或復上進由起暫息想作意前方便故止息所緣不恒現行諸心心法及恒行一分諸心心法滅性無想天者謂先於此間得無想定由此後生無想有情天處不恒現行諸心心法滅性命根者謂先業所引異熟六處住時決定性衆同分者謂諸有情互相似性異生性者此有二種一愚夫異生性二無聞異生性愚夫異生性者謂無始世來有情身中愚夫之性無聞異生性者謂如來法外諸邪道性生者謂諸行自相發起性老者謂諸行前後變異性住者謂諸行生時相續不斷性無常者謂諸行自相生後滅壞性名身者謂詮諸行等法自體想號假立性句身者謂聚集諸名顯染淨義言說所依性文身者謂前二所依字性流轉者謂諸行因果相續不斷性定異者謂諸行因果各異性相應者謂諸行因果相稱性勢速者謂諸行流轉迅疾性次第者謂諸行一一次第流轉性時者謂諸行展轉新新生滅性方者謂諸色行徧分齊性數者謂諸行等各別相續體相流轉性和合者謂諸行緣會性不和合者謂諸行緣乖性無爲者此有八種謂虛空非擇滅擇滅不動

想受滅善法眞如不善法眞如無記法眞如虛空者謂諸心心法所緣外色對治境界性非擇滅者謂因緣不會於其中間諸行不起滅而非離繫性擇滅者謂由慧方便有漏諸行畢竟不起滅而是離繫性不動者謂離徧淨欲得第四靜慮於其中間苦樂離繫性想受滅者謂離無所有處欲入滅盡定於其中間不恒現行心心法及恒行一分心心法滅而離繫性善不善無記法眞如者謂於善不善無記法中清淨境界性復次如是五法復有三相應知一增益相二增益所起相三法性相增益相者謂諸法中徧計所執自性增益所起相者謂諸法中如其所應依他起自性法性相者謂諸法中圓成實自性如是已說一切界今當說頌曰

界謂欲色等　及與三千界

論曰界有二種一欲等三界二三千世界欲等三界者一欲界謂未離欲地雜衆煩惱諸蘊差別二色界謂已離欲地雜衆煩惱諸蘊差別三無色界謂離色欲地雜衆煩惱諸蘊差別如是三界復有五種差別應知一相差別二麤重差別三方處差別四受用差別五任持差別相差別者謂欲界中色多相不鮮淨相種種雜相色界中色少相鮮淨相非種種雜相無色界中雖無業所生色而有定所生色無見無對又欲界中有苦受相應相瞋恚相應相多隨煩惱相應相色無色界中有苦受不相應相瞋恚不相應相少隨煩惱相應相麤重差別者謂欲界中麤重麤重而損害色無色界中麤重細而不損害方處差別者

謂欲界居下方色界居上方無色界無方處受用差別者謂欲界受用外門境界色無色界受用內門境界任持差別者謂欲纏諸蘊依四食住色無色纏諸蘊依三食住三千世界者一小千世界二中千世界三大千世界謂一日月之所照臨名一世界如是千世界中有千日月千蘇迷盧山王千南贍部洲千東毗提訶洲千西瞿陀尼洲千北拘盧洲千四大王衆天千三十三天千夜摩天千覩史多天千樂化天千他化自在天千梵世天合名第一小千世界復千小千世界名爲第二中千世界復千中千世界名爲第三大千世界問何因緣故小千世界名爲卑小答猶如特牛斷去兩角以缺減故名爲卑小如是梵世已下其中所有千世界不如土地故名卑小如是三千世界三災所壞謂火水風災復有三種三災之頂謂第二第三第四靜慮彼第四靜慮諸天法爾與所居宮俱起俱滅復有中三劫起所謂饑饉疫病刀兵二十中劫世間正壞二十中劫壞已而住二十中劫世間正成二十中劫成已而住如是合有八十中劫名爲大劫譬如天雨滴猶車軸無有間斷從空而注如是東方無邊世界無有間斷或成或壞或有正壞或壞已住或有正成或成已住如是乃至十方世界

如是已說界雜染今當說頌曰

煩惱業生性　雜染相應知

論曰雜染性有三種一煩惱雜染二業雜染三生雜染煩惱雜染者謂一切煩惱及隨煩惱合名煩惱雜染煩惱者略有十種一薩迦

耶見二邊執見三邪見四見取五戒禁取六貪七瞋八無明九慢十疑或復二種一見所斷二修所斷或復三種一欲界繫二色界繫三無色界繫復有七種顛倒行一邪解行二不解行三非解非不解行四執邪解行五彼因依處行六彼怖生行七任運起行邪解行者所謂薩迦耶見邊執見邪見於所知事起邪執故不解行者所謂無明非解非不解行者所謂疑也執邪解行者所謂見取戒禁取及於諸見所起貪等彼因依處行者謂見苦集所斷彼怖生行者謂見滅道所斷任運起行者謂修所斷見所斷有百一十二煩惱修所斷有十六煩惱如是見修所斷合有一百二十八煩惱如是煩惱雜染種種義差別故立種種名所謂結縛隨眠隨煩惱纏暴流軛取繫蓋株杌垢燒害箭所有惡行漏匱熱惱鬬諍熾然火稠林拘礙如是等義名差別業雜染者謂或因煩惱所生或因煩惱緣助善法所生如其所應三界所攝身業語業意業此復二種一思二思所起此業差別復有多種欲界所攝名福非福色無色界所攝名爲不動復有引業謂作及增長能引種種有情世間及器世間果及異熟復有生業謂前所引助令生故生雜染者謂因煩惱及業故生因生故苦苦復多種謂胎藏所迫苦老病死苦怨憎會苦愛別離苦求不得苦與麤重行俱生長苦數死生苦生諸難苦是名爲生

顯揚聖教論卷第一

音釋

瑜伽梵語也此云相應瑜雲居切
樞抽居切戶樞也
錯綜錯七各切雜也綜足用切集也
阿賴耶梵語也此云藏識
懱彌列切陵也
悵怏悵尺亮切怏於亮切悵怏情不滿足也
笈極曄切
鞕魚孟切堅也
礫郎狄切小石也
洟他計切鼻液也
壑黑各切谷也
燎慮皎切放火也
鑽祖官切穿也
燼徐刃切火餘也
拊斐古切按也
齅許救切以鼻擥氣也
粘尼占切
癰於容切癕也
軛乙革切
杌五忽切木無枝也

顯揚聖教論卷第二

無著菩薩造

唐三藏法師玄奘奉詔譯

攝事品第一之二

如是已說雜染諦今當說頌曰

諸諦有六種

論曰諦有六種一世俗諦二勝義諦三苦諦四集諦五滅諦六道諦世俗諦者謂名句文身及依彼義一切言說及依言說所解了義又曾得世間心及心法及彼所行境義勝義諦者謂聖智及彼所行境義及彼相應心心法等苦諦者此有二種一世俗諦所攝二勝義諦所攝世俗諦所攝者如經中說生苦老苦病苦死苦怨憎會苦愛別離苦求不得苦勝義諦所攝者如經中說略攝一切五取蘊苦集諦者此有四種一全攝二勝攝三世俗諦攝四勝義諦攝全攝者謂一切三界煩惱及業皆名集諦勝攝者謂緣已得未得自體及境所起愛後有愛喜俱行愛處處喜愛皆名集諦世俗諦攝者若因能感世俗諦所攝苦諦勝義諦攝者若因能感勝義諦所攝苦諦滅諦者亦有四種如前所說全攝者謂全攝集諦無餘斷棄吐盡離欲滅沒寂靜勝攝者謂勝攝集諦無餘斷棄如是廣說世俗諦攝者謂於世俗諦所攝集諦無餘斷棄如是廣說勝義諦攝者謂於勝義諦所攝集諦無餘斷棄如是廣說道諦者亦有四種如前所說全攝者謂一切覺分勝攝者謂八聖道支世俗諦攝者謂於世俗諦所攝苦諦集諦滅諦爲徧知故爲永斷故爲作證故一切聖道

勝義諦攝者謂於勝義諦所攝苦諦集諦滅諦爲徧知故如是廣説苦集滅道聖諦義者若於此處聖智所行此處苦集滅道是諦由諸聖者咸謂此是諦是故説名聖諦

如是已説諦依止今當説頌曰

依止八與二

論曰依止有八種何等爲八謂四靜慮及四無色復有二種何等爲二謂初靜慮有二種世及出世乃至無所有處有二種世及出世非想非非想處唯是世間世間初靜慮者謂或緣離欲界欲增上教法或緣離彼增上教授爲境界已由世間道作意觀察熾然修習等故而得轉依然不深入所知義故不能永害隨眠自地煩惱之所依處是退還法自地三摩地心及心法之所依止如世間初靜慮如是乃至世間非想非非想處各緣離下地欲增上教法廣説如前出世間初靜慮者謂先以如是行如是狀如是相作意入初靜慮根不以如是行如是狀如是相作意然或於色受想行識所攝諸法思惟如病如癰如箭障礙無常苦空無我或復思惟苦是苦集是集滅是滅道是道或復思惟真如法性實際如是於諸法中思惟如病乃至實際已於如是法心生猒怖生猒怖已於不死界攝心而住或於真如法性實際攝心而住此處無分別智及彼相應心及心法及彼所依止轉依由深入所知義故則能永害隨眠非一切煩惱之所依處不退轉法如是名爲出世間初靜慮乃至無所有處應當廣説於諸靜慮及與無色復有四種應知一雜染二潔白三建

立四清淨雜染者謂於上靜慮起深愛味見慢及疑愛味者謂有十種一俱生作意愛味二分别所起作意愛味三自地作意愛味四異地作意愛味五過去愛味六未來愛味七現在愛味八下愛味九中愛味十上愛味潔白者謂淨及無漏淨者復有三種一引發故二上練故三除垢所攝堪任故無漏者此亦三種一出世間無漏二此等流無漏三離繫無漏建立者此復四種一建立近分二建立根本三建立定四建立生建立近分及根本者如經中說所謂此身離生喜樂之所滋潤徧滋潤徧適悅徧流布者是謂初靜慮近分如經又說即此身中一切處無有少分離生喜樂所不徧滿者是謂初靜慮根本如經中說即於此身等持所生喜樂之所滋潤徧滋潤徧適悅徧流布者是謂第二靜慮近分如經又說即此身中於一切處無有少分等持所生喜樂所不徧滿者是謂第二靜慮根本如經中說即於此身離喜之樂之所滋潤徧滋潤徧適悅徧流布者是謂第三靜慮近分如經又說即此身中於一切處無有少分離喜之樂所不徧滿者是謂第三靜慮根本如經中說即於此身清淨心及潔白心意解徧滿具足住者是謂第四靜慮近分如經又說即此身中於一切處無有少分清淨心及潔白心所不徧滿者是謂第四靜慮根本如經中說一切色想出過故一切有對想滅没故一切種想不作意故入無邊虚空虚空無邊處者是謂虚空無邊處近分如經又說具足住者是謂虚空無邊處根本如經中說出過

一切處空無邊處入無邊識識無邊處者是謂識無邊處近分如經又說具足住者是謂識無邊處根本如經中說超過一切識無邊處入無少所有無所有處者是謂無所有處近分如經又說具足住者是謂無所有處根本如經中說超過一切無所有處入非有想非無想非想非非想處者是謂非想非非想處近分如經又說具足住者是謂非想非非想處根本建立定者如經中說離欲惡不善法故有尋有伺離生喜樂初靜慮具足住離欲者謂或緣離欲界欲增上教法或緣彼教授爲境界已斷欲界煩惱雜染離惡不善法者謂斷欲界業雜染法能墮惡趣故名爲惡能障於善故名不善尋者謂能對治二種雜染出離尋無恚尋無害尋伺者謂能對治二

種雜染出離伺無恚伺無害伺離者謂由修習對治斷所治障所得轉依生者謂從此所生喜者謂已轉依者依於轉識心悅心勇心適心調安適受受所攝樂者謂已轉依者依阿賴耶識能攝所依令身怡悅安適受受所攝初者謂次第定中此數最先故靜慮者謂已斷欲界雜染之法尋伺喜樂所依依於轉依心住一境性具足者謂修習圓滿住者謂於入住出隨意自在又如經說尋伺寂靜故內等淨故心定一趣故無尋無伺三摩地生喜樂第二靜慮具足住尋伺寂靜者謂或緣離初靜慮欲增上教法或緣彼教授爲境界已初靜慮地尋伺寂靜不復現行內等淨者謂爲對治尋伺故攝念正知於自內體其心捨住遠離尋伺塵濁法故名內等淨心定一

趣者謂如是入時多相續住諸尋伺法恒不現行無尋無伺者謂證得尋伺斷法三摩地者謂已轉依者心住一境性生者謂從三摩地所生喜及樂已如前說第二靜慮者謂尋伺寂靜內體徧淨三摩地所生喜樂所依依於轉依心住一境性餘如前說又如經說由離喜故住捨念正知及樂身正受聖者宣說成就捨念樂住第三靜慮具足住離喜者謂或緣離第二靜慮欲增上教法或緣彼教授爲境界已見第二靜慮喜相過失住捨者謂於已生喜想及作意不忍可故有猒離故不染汙住心平等心正直心無轉動而安住性念者謂於已觀察喜不行相中不忘明了令喜決定不復現行正知者謂或時失念喜復現行於現行喜相分別正知樂者謂已轉依者離喜離身安適受受所攝身者謂已轉依者若轉識若阿賴耶識心性無別總名爲身正受者謂已轉依者能攝受身令身怡悅總集說爲樂身正受此處樂受深極寂靜最勝微妙上下所無聖者謂佛及佛弟子宣說者謂顯示施設成就捨念樂住者謂此地已上無妙樂故下地亦無如是勝樂及無捨念以爲對治第三靜慮者謂離喜已捨念正知樂所依止依於轉依心住一境性餘如前說又如經說由斷樂故及先已斷苦喜憂故不苦不樂捨念清淨第四靜慮具足住斷樂者謂入第四靜慮時先已斷苦者謂入第二靜慮時先已斷喜者謂入第三靜慮時先已斷憂者謂入初靜慮時不苦不樂者謂已轉依者非安適非不安適受受所攝色界最極增上

寂靜最勝攝受無有動搖捨清淨者謂超過尋伺喜樂三地一切動故心平等性心正直性心無轉動而安住性念清淨者謂超過尋伺喜樂三地一切動故心不忘失而明了性第四者由次第定中第四數故靜慮者謂樂斷故不苦不樂捨念清淨之所依止依於轉依心住一境性餘如前說又如經說一切色想出過故有對想滅沒故種種想不作意故入無邊虛空虛空無邊處具足住一切者謂諸行相色想者謂顯色想出過者謂離彼欲故如出過義有對想滅沒種種想不作意如是應知有對想者謂彼所依四大想及餘所造色想種種想者謂即於四大及造色中長短麤細方圓高下正及不正光影明闇如是等類假色所攝種種想若正入無邊虛空處時有對之想不現前故滅及種種想不起作意由如是故超彼能依一切色想無邊者謂十方諸相不可分別虛空者謂色對治所緣境界虛空無邊處者謂此處轉依及能依定餘如前說又如經說超過一切虛空無邊處入無邊識識無邊處具足住超過一切虛空無邊處者謂超過近分及與根本無邊識者謂緣無邊虛空之識今緣此爲境界識無邊處者謂此處轉依及能依定餘如前說又如經說超過一切識無邊處入無少所有無所有處具足住超過一切識無邊處者謂超過近分及與根本無少所有者謂於識處上境界推求之時無少所得除無所有無別境界由唯見此境極寂靜故無所有處者謂此處轉依及能依定餘如前說又如經說超過一

切無所有處入非有想非無想非想非非想處具足住超過一切無所有處者謂超過近分及與根本非有想者謂超過無所有想非無想者謂於無所有處上境界推求之時唯得緣無所有極細心及心法由唯見此境極寂靜故非想非非想處者謂此處轉依及能依定餘如前説建立生者謂先於此間修下中上初靜慮者後生彼處受三天果謂梵身天梵輔天大梵天若善修習無尋有伺初靜慮者生大梵天果更無異所勝彼處故若先於此間修下中上第二靜慮者後生彼處受三天果謂少光天無量光天極淨光天若先於此間修下中上第三靜慮者後生彼處受三天果謂少淨天無量淨天徧淨天若先於此間修下中上第四靜慮者後生彼處受三天果謂無雲天福生天廣果天從是已上離色貪故無方處差別雖有修習下中上因然不建立生果差別若下中上修虛空無邊處者受虛空無邊處天生果若下中上修識無邊處者受識無邊處天生果若下中上修無所有處者受無所有處天生果若下中上修非想非非想處者受非想非非想處天生果由定寂靜有差別故及由住時滿不滿故彼有差別又由多住愛味初靜慮乃至非想非非想處故不盡壽命而有中夭若雜修下品世間及無漏第四靜慮者受無煩淨宮天生果若雜修中品者受無熱淨宮天生果若雜修上品者受妙現淨宮天生果若雜修上勝品者受妙見淨宮天生果若雜修上極品者受無礙究竟淨宮天生果若善修習菩薩無

量不思議三摩地所引第十地中第四靜慮者受出過淨宮大自天生果清淨者謂邊際初靜慮依此引生一切勝德及速疾神通如初靜慮清淨之想餘靜慮及諸無色應如是知此中無色差別者謂發彼地解脫等功德如是彼諸靜慮及無色定雜染潔白建立清淨差別應知

如是已說依止覺分今當說頌曰

覺分有衆多　最初三十七

論曰菩提分法品類多種最初勝者有三十七謂四念住等廣說如經四念住者一身念住謂或緣於身或復緣身增上教法或緣彼教授爲境界已由聞思修之所生慧或唯影像或事成就於身境處善安住念爲令於身得離繫故如於身念住如是於受心法念住應知亦爾此中差別者謂各於自境如其所應乃至爲令於法得離繫故又一切處應說與念相應心及心法如是發起觀察心時所緣之境有四種事一心所執事二心領納事三心了別事四心染淨事四正斷者廣說如經一已生惡不善法爲令斷故生欲策勵發起正勤策心持心已生者謂麤纏所攝惡不善法者謂能起惡行欲界煩惱及隨煩惱惡不善義已如前說爲令斷故者謂修彼對治令微薄故生欲者謂起證斷樂欲策勵者謂不忍受惡及歸趣斷故發起正勤者謂多種堅固修彼對治此上三句顯不定地中聞思兩慧下品對治策心者謂修彼對治修慧現行若心沉沒煩惱染汙策心令舉故持心者謂即此對治現行之時若心浮舉煩惱染汙

持心令下故二未生惡不善法爲不生故乃至廣說未生者謂增盛隨眠所攝能起麤纏之因爲不生故者謂令麤纏不現行故生欲者謂起爲證不現行欲策勵者謂由不忘住爲令不現行善住念故發起正勤策心持心皆如前說三未生善法爲令生故乃至廣說未生者謂所未得善法者謂聞思修所生三慧由無過義故名爲善爲令生故者謂令彼得故生欲者謂起證得欲策勵者謂求彼攝受正方便故發起正勤者謂長時殷重多堅修習此上三句顯得不定地對治惡不善法聞思兩慧所攝善法策心持心者謂爲得修慧故餘如前說四已生善法令住令不忘令修滿令倍修令增長令廣大生欲策勵乃至廣說已生者謂已得故令住者謂聞慧令不忘者謂思慧令修滿者謂修慧此上三句顯唯守護已所得善令倍修令增長令廣大者如其次第不唯於彼生知足故生欲者謂起證得欲餘如前說四神足者廣說如經一欲增上故得三摩地如有行者先世修習上品善根於大師所或於有智同梵行處生信生欲聽聞正法如所信欲聞正法已展轉證得心住一境性由此欲故三摩地成就已生未生惡不善法令斷令不起故生欲乃至持心若未生彼對治善法令其生故若已生者令住令不忘令修滿令倍修令增長令廣大故生欲乃至持心如是行者復修欲策勵信安正念正知思捨八種斷行由此欲故三摩地成就者謂於此中而得自在已生未生惡不善法者謂彼下品諸纏所攝及彼微薄未損

未害隨眠所攝令斷令不起者謂爲離已生輭品纏故及爲損害微薄隨眠故生欲乃至持心如前廣説若未生彼對治善法令其生故若已生者令住令不忘令修滿令倍修令增長令廣大故生欲乃至持心如前廣説應知如是行者謂如是修行多時住者復修欲者謂欲證彼不現行及損害故策勵者謂欲爲因於奢摩他毗鉢舍那發起正勤故信者謂生欲之因於彼損害及所得中決定信故安者謂因策勵除身心麤重令身心堪任故正念者謂於防護沉下浮舉隨煩惱中令心不忘故正知者謂或時失念隨煩惱現行之時分別正知故思者謂於止舉中造作心故捨者謂於不染住心平等心正直心無轉動性如是一切諸神足中八種斷行應知此中

差別者第二勤增上故得三摩地如有行者依於教授及教誡法或在空閑或居林樹或止靜室於如是處長時勇猛純熟熾然正勤證得心住一境性由正勤故三摩地成就餘如前説第三心增上故得三摩地如有行者先已修習奢摩他行由此因緣思惟内法速疾證得心住一境性由修心故三摩地成就餘如前説第四觀增上故得三摩地如有行者多聞聞持其聞積集獨處閑靜即於彼法以慧簡擇極細簡擇徧覺觀察因此證得心住一境性由觀察故三摩地成就餘如前説五根者廣説如經一信根由世間道令心清淨鮮白無穢離隨煩惱得住不動從是已後求諦現觀修習方便爲永斷隨眠故爲得彼對治故起增上信二正勤根謂依信根增進

勇猛與信俱行三念根謂依正勤明了不忘與彼俱行四等持根謂依念根心住一境與彼俱行五慧根謂依等持根簡擇諸法與彼俱行五力者廣說如經即信根等由善修習多修習故不復爲彼不信等法之所雜亂復能對治諸雜亂法不可伏義說名爲力七徧覺支者廣說如經一念徧覺支謂由世間道得備善力見道現前由先修習世間念徧覺支引得出世無功用無分別於諦明了於諦不忘二擇法徧覺支謂由先所引無功用無分別依止於念與念俱行於諦解了於諦覺悟如是一切諸徧覺支由先所引無功用無分別後依止前與彼俱行皆應了知是中差別者第三正勤徧覺支於諦心勇第四喜徧覺支於諦心悅第五安徧覺支於眞諦中身心堪任第六三摩地徧覺支於眞諦中心住一境第七捨徧覺支於眞諦心平等心正直心無轉動性又如經說即於是中復善修習寂靜依止乃至廣說寂靜依止者謂欲界寂靜依故離欲依止者謂色無色界離欲依故滅依止者謂已得蘊界處無餘永斷依故趣向棄捨者謂未來蘊界處不相續故八聖道支者廣說如經一正見謂於見道中得徧覺支時見清淨及於修道中安立後得徧覺支見清淨總合此二名爲正見二正思惟謂依正見與彼俱行離欲思惟無恚思惟無害思惟於修道中相續作意思惟諸諦與無漏作意相應令心趣入極趣入尋求極尋求現前尋求覺了計算觀察思惟思惟性三正語謂於修道中依正思惟由相續無漏作意思惟

諸諦故得四種語業聖愛戒所攝不樂離樂除滅種種離澄淨防護不作離作不行不毀不犯橋梁船筏遠離不違越不種種違越性四正業謂於修道中由相續無漏作意思惟諸諦故得三種身業聖愛戒所攝不樂離樂除滅種種離廣說如前五正命謂於修道中乃至思惟諸諦故遠離所作邪命惡法聖愛戒所攝廣說如前六正策勵謂於修道中乃至思惟諸諦故於所修習念住正斷神足根力之中欲樂正勤策勵勇猛堪任難制心正奮發相續精進性七正念謂於修道中乃至思惟諸諦故或依奢摩他道或依毗鉢舍那道或依雙道於所修習擇法正勤喜安等持捨徧覺支中念及正念隨念諸念不忘念心明了性及不忘失極不忘失極不忘失諸法性八正等持謂於修道中乃至思惟諸諦故又依三道於所修中正念攝故心住安住近住正住不亂不散正攝持奢摩他心住一境性此諸道支後依於前相應俱起應知

復次頌曰

智與解脫門　行迹及止觀

論曰智者謂十種智廣說如經一法智謂於内共了現見所知諸義境界無漏之智二種類智謂於不共了不現見所知義境無漏之智三他心智謂修所生修果能知他心及心法智及諸如來知諸衆生隨其意解隨其隨眠教授教誡轉起妙智四世俗智謂世間慧由依此故如來爲諸衆生隨其意解隨其隨眠宣說妙法五苦智謂於有漏諸行之中無常苦空離我思惟若知若見明了覺悟慧觀

察性六集智謂於有漏諸行因中因集生緣思惟若知若見餘如前說七滅智謂於有漏諸行滅中滅靜妙離思惟若知若見餘如前說八道智謂於能斷有漏諸行無漏道中道如行出思惟若知若見餘如前說九盡智謂苦已知集已斷滅已證道已修或緣盡境或復爲盡若知若見餘如前說十無生智謂苦已知不復當知集已斷不復當斷滅已證不復當證道已修不復當修或緣無生境或爲無生若知若見餘如前說解脫門者謂三解脫門一空解脫門二無相解脫門三無願解脫門空有二種一所知二智所知者謂於衆生徧計性所執法中及法徧計性所執法中此二徧計性俱離無性及彼所餘無我有性於諸法中徧計性無即是無我性有於諸法中無我性有即是徧計性無即於此中有及非有無二之性無分別境智者謂緣彼境如實了知無相亦有二種一所知二智所知者謂即所知空境由此境相一切諸相之所不行智者謂如前說無願亦有二種一所知二智所知者謂由無智故顛倒所起諸行相貌智者謂緣彼境伏惡了知空行者謂於諸行我不可得及諸相中世俗分別法不可得無相行者謂即於諸行中衆生無我性可得及諸相中世俗分別法無我性可得及於滅中滅靜妙離行無願行者謂無常苦不淨如病如癰如箭因集生緣行緣智空道作道如行出行此亦是空行緣智無相道作道如行出行此亦是無相行緣智無願道作道如行出行此亦是無願行若無差別總名空無相無

願者此通聞思修所生之慧世及出世應知若名空無相無願三摩地者唯是修所生慧通世出世應知若名空無相無願解脫門者此唯出世應知行者謂四種行廣說如經一苦遲通謂鈍根者未得現法樂住爲盡諸漏苦道苦行二苦速通謂利根者餘如前說三樂遲通謂鈍根者已得現法樂住爲盡諸漏苦道若行四樂速通謂利根者餘如前說迹者謂四法迹廣說如經一無貪迹謂能持尸羅蘊法義故名迹若未受者令進受若已受者令守護令增長令廣大如無貪第二無瞋亦爾三正念迹謂能持三摩地蘊法義故名迹未生者令生已生者令增廣四正等持迹謂能持慧蘊解脫解脫知見蘊法義故名迹若未生未證者令生令證若已生已證者令增令廣止者謂於如所聞思法中正修行時由緣三摩地影像境作意故得安三摩地故住心於內觀者謂於如所聞思法中正修行時由緣三摩地影像境作意故得安三摩地故簡擇諸法

復次頌曰

居處及所依　發心與悲愍　諸行通達性
地波羅蜜多

論曰居處者謂四居處廣說如經一慧居處謂諦觀方便世間之慧爲安立證諦出世智義故二諦居處謂已得諦觀出世慧爲安立有事顛倒斷義故三捨居處謂有事顛倒斷爲安立無餘煩惱息滅義故四寂靜居處謂無餘煩惱寂靜爲安立一切苦不生義故所依者謂四種依廣說如經一依法不依衆生

謂若法是如來所說或弟子說十二分教隨學隨轉不隨衆生所行行學亦不隨轉二依義不依文謂若法非飾詞者所造綺文字句唯能顯了獨滿清淨鮮白梵行於此法中恭敬信解非於能顯顛倒梵行及不顯了梵行但飾詞者所造綺文字句三依了義經不依不了義經謂於如來所說相似甚深空性相應隨順諸緣緣起法中不妄執著如言淺義亦不住自內見取心唯勤尋究顯了義經四依智不依識謂不唯聽聞而生知足便不進修法隨法行然爲盡諸漏勤求自內證眞諦智發心者謂諸菩薩發菩提心若諸菩薩住菩薩法性爲欲利益十方世界所有有情依彼行相强勝因緣於阿耨多羅三藐三菩提發大誓願受發心法謂我必定當證阿耨多羅三藐三菩提爲度十方一切有情令離諸煩惱故及離諸苦難故此受發心復有二種一世俗發心二證法性發心世俗發心者謂如有一隨智者前恭敬而住起增上意發誓願言長老憶念或言聖者憶念或言鄔波柁耶我如是名從今日始發阿耨多羅三藐三菩提心爲欲饒益諸有情故從今已往凡我所修布施持戒忍辱正勤靜慮及慧一切皆爲證得阿耨多羅三藐三菩提故我今與諸菩薩摩訶薩和合出家願尊證知我是菩薩第二第三亦復如是證法性發心者謂如有一已過第一劫阿僧企耶已證菩薩初極喜地已入菩薩定無生位已如實知無上菩提及菩提方便已悟自身將近等近大菩提果證解自他悉平等故得大我意已至不住流

轉寂滅菩薩道故得廣大意由如是故於大菩提願不退轉是謂證法性發心悲愍者謂如是已發心菩薩於十方世界或三種退墮苦有情或五趣定苦有情或四種極苦有情或六種重苦苦有情或三種相苦苦有情諸如是所令離苦行不害爲性諸行者謂十種法行廣說如經一於菩薩藏法若多若少尊重恭敬書持法行二若劣若勝諸供養具供養法行三若自書已由矜愍心施他法行四若他發意恭敬尊重以微妙聲宣揚闡讀由宗仰故諦聽法行五發淨信解恭敬重心披讀法行六爲欲修習法隨法行從師受已諷誦法行七既諷誦已爲堅持故以廣妙音溫習法行八悲愍他故傳授與彼隨其廣略開演法行九獨處閑靜極善研尋稱理觀察思惟法行十如所思惟修行奢摩他毗鉢舍那爲欲趣入乃至爲令諸所求義成就法行

顯揚聖教論卷第二

音釋

策勵（策耻格切使進也　勵力霽切勉也）算（蘇貫切計數也）筏（房月切箄也）綺（墟里切綺麗也）鄔波柁耶（梵語也此云親教　鄔安古切）阿僧企耶（梵語也此云無央數　企丘智切）

顯揚聖教論卷第三

無著菩薩造

唐三藏法師玄奘奉詔譯

攝事品第一之三

通達者謂七種通達廣說如經一字通達謂於三十二字無分別故所行相義如實覺了先已於心增上法行善修治故二字相通達謂於師子之形諸字相等有分別故所行相義如實覺了餘如前說三能取通達謂於所緣相應心法唯了別相如實覺了餘如前說四所取通達謂於一切諸識境界唯識影相如實覺了餘如前說五繫縛通達謂於相縛及麤重縛如實覺了餘如前說六解脱通達謂於相縛解脱及麤重縛解脱如實覺了餘如前說七法性通達謂於繫縛解脱無始世來諸行緣起及彼寂滅眞如法性如實覺了先已於心增上法行善修治故地者謂菩薩十地廣說如經一極喜地謂諸菩薩住此地中先已於心增上法行善修治故超過一切聲聞獨覺現觀得諸菩薩現觀由正證得無上現觀故諸大菩薩於此地中住增上喜是故此地名爲極喜二離垢地謂諸菩薩住此地中先善修治初地行故超過一切聲聞獨覺地證得極淨妙尸羅蘊對治一切微犯戒垢是故此地名爲離垢三發光地謂諸菩薩住此地中先善修治第二地故超過一切聲聞獨覺地證得極淨三摩地蘊大智光明之所依止是故此地名爲發光四焰慧地謂諸菩薩住此地中先善修治第三地故超過一切聲聞獨覺地證得極淨緣諸覺分能取法

境微妙慧蘊能現前燒一切煩惱是故此地名爲焰慧五極難勝地謂諸菩薩住此地中先善修治第四地故超過一切聲聞獨覺地證得極淨緣諦所知諸法微妙慧蘊成極難成不住流轉寂滅聖道是故此地名極難勝六現前地謂諸菩薩住此地中先善修治第五地故超過一切聲聞獨覺地證得極淨緣智非智二種所作諸行流轉止息法境微妙慧蘊多分有相任運相續妙智現前是故此地名爲現前七遠行地謂諸菩薩住此地中先善修治第六地故超過一切聲聞獨覺地證得極淨微妙解脱解脱解脱智見蘊由已遠入一切現行諸相解脱是故此地名爲遠行八不動地謂諸菩薩住此地中先善修治第七地故超過一切聲聞獨覺地證得極淨微妙解脱解脱智見蘊解脱一切相自在障故得無功用任運相續道之所依止是故此地名爲不動九善慧地謂諸菩薩住此地中先善修治第八地故超過一切聲聞獨覺地證得極淨微妙解脱解脱智見蘊解脱一切無礙辯障無過廣慧之所依止是故此地名爲善慧十法雲地謂諸菩薩住此地中先善修治第九地故超過一切聲聞獨覺地證得極淨微妙解脱解脱智見蘊解脱發起大神通智障如雲法身圓滿所依是故此地名爲法雲地波羅蜜多者謂十波羅蜜多廣説如經一施波羅蜜多謂依菩提心悲爲導首十種法行助善修治七種通達爲堅固根或因資財或因正法或因無畏五種功德大我所攝性一無著故捨二不觀故捨三無失故捨四無

分別故捨五迴向故捨由此行故而諸菩薩以資生具攝諸有情及由親近多修習故令彼資糧圓滿當成無上正徧知果如施波羅蜜多如是戒乃至慧應知此中差別者第二戒波羅蜜多謂或因息離不善或因攝受善法或因利益有情律儀戒所攝身語意業性由此行故諸菩薩以不恚不惱攝諸有情第三忍波羅蜜多謂或因忍受他不饒益不恚性或因安受諸苦不亂性或因審察諸法正慧性由此行故諸菩薩以忍受一切不饒益事及損害事攝諸有情第四勤波羅蜜多謂或因被發心鎧或因方便加行或因利益有情相續純熟心勇猛性爲欲引生一切善根由此行故而諸菩薩雖未伏惑而能一向專修諸善第五靜慮波羅蜜多謂或因對治煩惱或因發起功德或因利益有情心住一緣性由此行故而諸菩薩伏諸煩惱令住不現行法第六慧波羅蜜多謂或因對治煩惱或因發起功德或因利益有情簡擇諸法性由此行故而諸菩薩永斷一切煩惱障所知障種子第七善巧方便波羅蜜多謂諸菩薩以此方便或由隨順或由違逆或由不同意樂或由作恩報恩或由威逼或由清淨以三種利益攝諸有情於種種善處令受令調令安住令成立第八願波羅蜜多謂諸菩薩中隨有其一爲性懈怠煩惱多故遂發正願而修諸善令我未來獲得自性勇猛正勤煩惱微薄由此因故於餘生中如所發求咸果其願於修善法得强盛力第九力波羅蜜多謂諸菩薩由於所修善法得强盛力依此力故速

疾發起靜慮波羅蜜多第十智波羅蜜多謂諸菩薩於菩薩藏靜慮波羅蜜多所攝法則智所引世間慧依此慧故而諸菩薩速能發起出世無分別不住流轉寂滅道所攝慧波羅蜜多如是十波羅蜜多於一切地中皆具修習若增上者施波羅蜜多唯在初地如其次第乃至智波羅蜜多在第十地應知復次頌曰

菩薩行攝事　及彼陀羅尼　三摩地等門
諸無量作意

論曰菩薩行者謂四種菩薩行廣說如經一到彼岸行謂十波羅蜜多總攝說爲到彼岸行皆是大乘出離義故二遍覺分行謂三十七菩提分法總攝說爲遍覺分行如實覺了一切所知義故三神通行謂六神通總攝說爲神通行皆爲引攝所化有情界令生恭敬入聖教義故四成熟有情行謂四攝事總攝說爲成熟有情行若已入聖教所化有情界以財法二種攝受義故此中財攝者謂助攝受方便令成熟故法攝者謂正攝受轉及隨轉方便令成熟故如是四攝事依五種攝行說爲攝事五攝行者一令附已攝二令受善攝三令起善正勤攝四令善成熟攝五令善解脫攝攝事者謂四攝事廣說如經若安立彼如安立成熟有情行應知陀羅尼門者謂諸菩薩無量陀羅尼門廣說如經若欲略說陀羅尼相者謂諸菩薩成就字類通達於名句文身如意自在得如是種類念持之力由念力故隨一字中而能顯示分別開演一切種染淨之義是故說名陀羅尼門三摩地門

者謂諸菩薩無量三摩地門廣説如經若欲略説復有八種謂初靜慮乃至非想非非想處諸菩薩摩訶薩依此一一三摩地門出生無量三摩地諸聲聞獨覺不達其名此諸三摩地悉能建立十方世界一切三摩地所作之事是故説名三摩地門無量作意者謂五無量作意廣説如經一有情無量作意謂諸菩薩以增上法行所善修治微妙作意思惟十方無量世界所攝一切有情世間不可言説種種業報差別之相或一足二足四足多足或有色無色有想無想非有想非無想或欲界色界無色界或那落迦傍生餓鬼人天或卵生濕生胎生化生既思惟已如實了知如是有情轉如是有情還如是染汙如是清淨如是邪行如是正行如是如是行差別故如是如是諸異熟生二世界無量作意謂諸菩薩乃至思惟十方無量世界器世間相既思惟已如實了知此世界染此世界淨如實了知皆如幻化唯是虛妄分別影像虛僞不實隨相流轉或成或壞種種形貌差別建立或勝或劣或麤或細或遠或近或復分析至於極微或於廣略或於現化或於變異或於遠近或於隱顯如是等事而得自在如實了知三界法無量作意謂諸菩薩乃至思惟十方無量世界一切諸法自相共相既思惟已如實了知此法是色此法非色如色非色如是有見無見有對無對有漏無漏有爲無爲善不善無記有過失無過失欲繫色繫無色繫學無學非學非無學見斷修斷無斷轉法還法染法淨法流轉法寂滅法異生法賢聖

法聲聞法獨覺法如來法如是等法如實了知四所調伏無量作意謂諸菩薩乃至思惟十方無量世界所化有情種種行種種性或聲聞種性或獨覺種性或如來種性諸如是等所調種性既思惟已如實了知所調伏者此輭根此中根此利根此下劣勝解此廣大勝解此貪行貪阿世耶此瞋行瞋阿世耶此癡行癡阿世耶此等分行等分阿世耶此升進阿世耶此不升進阿世耶此微薄塵垢賢善阿世耶此增盛隨眠此微薄隨眠此極細隨眠此羸損隨眠此不羸損隨眠此全隨眠此不全隨眠此廣說方解此略聞即解此擯遣所調伏此攝受所調伏此輭所調伏此麤所調伏此麤輭俱調伏此應捨置方乃調伏如是等處如實了知五調伏方便無量作意謂諸菩薩乃至思惟十方無量世界所化有情調伏方便既思惟已如實了知此因說秘密之法方能調伏此因說顯了之法方能調伏此因攝受方便此因折伏方便此轉方便此隨轉方便此應隨順此應違逆此因不同分阿世耶此應作恩報恩此應示威奮威此因清淨此因示現奇特神變此因示現奇特記別此因示現奇特教誡此因示現種種威勢此因善誘種種教授此因麤相此因輭相此因麤輭俱相此因捨置此因略說法要能令調伏此因廣演法要方令調伏如是等方便如實了知復次頌曰

眞如作意相　信解不思議　廣大阿世耶
應知諸自數

論曰眞如作意相者謂緣七種徧滿眞如作

意廣說如經一流轉眞如作意謂已見諦諸菩薩以增上法行善修治作意於染淨法時思惟諸行無始世來流轉實性既思惟已離無因見及不平等因見二實相眞如作意謂如前說乃至於染淨法因思惟諸法衆生無我性及法無我性既思惟已一切身見及思惟分別衆相作意不復現行三唯識眞如作意謂如前說乃至於染淨法所依思惟諸法唯識之性既思惟已如實了知唯心染故衆生染唯心淨故衆生淨四安立眞如作意謂如前說乃至於染汙法體思惟苦諦既思惟已欲令知故爲有情說五邪行眞如作意謂如前說乃至於染汙法因思惟集諦欲令斷故爲有情說六清淨眞如作意謂如前說乃至於清淨法體思惟滅諦既思惟已欲令證故爲有情說七正行眞如作意謂如前說乃至於清淨行思惟道諦既思惟已欲令修故爲有情說信解不思議者謂諸菩薩於難思處已得信解廣說如經若欲略說此信解相謂於最極甚深所知之義已入地諸菩薩及諸如來所行境界及於諸佛菩薩最極廣大威德起淳直信此難思議非擬度境界既了達已而生信解廣大阿世耶者謂大我阿世耶及廣普阿世耶大我阿世耶者謂諸菩薩由得自他平等解故爲諸有情皆得解脱清淨信欲廣普阿世耶者謂諸菩薩於流轉寂滅得無分別平等解故爲利有情二俱不住清淨信欲應知諸自數者謂應知種種覺分自數如是已說覺分補特伽羅今當說頌曰

隨信行等七　復八種應知　及極七反等

退法等有六

論曰補特伽羅當知多種今最初釋七種賢聖謂隨信行等七廣說如經一隨信行謂如有一性是輭根純熟相續自昔已來恒信解行由此因緣今於諸諦隨信解行趣向諦觀二隨法行謂如有一性是利根純熟相續自昔已來恒擇法行由此因緣今於諸諦隨擇法行趣向諦觀三信解即隨信行已見聖諦四見至即隨法行已見聖諦五身證謂於八解脫身證具足住未得諸漏無餘盡滅六慧解脫謂已得諸漏無餘盡滅未得八解脫身證具足住七俱解脫謂已得諸漏無餘盡滅及於八解脫身證具足住八種者謂預流果向等八廣說如經一預流向謂如有一純熟相續超過一切外異生地入正性離生若未證得初預流果終無中夭二預流果若隨勝攝永斷三結若全攝者永斷一切見所斷惑由此聖者已見諦故最初證得逆流行果三一來向謂如有一或世間道倍離欲界貪已趣入正性離生或預流果爲斷欲界上中品惑修對治行四一來果或倍離欲已入正性離生然後證得或預流果進斷欲界上中品惑故得即依此斷說名微薄欲貪瞋癡此云何知謂以籌慮作意觀察境時心生於捨無習向心無習趣心無習著心應知是人三毒微薄五不還向謂如有一或世間道先離欲界貪已趣入正性離生或一來果進斷欲界餘煩惱故修對治行六不還果或先離欲入正性離生然後證得或一來果盡斷欲界餘煩惱故得七阿羅漢向謂如有一學已見迹

爲斷非想非非想地煩惱故修對治行八阿羅漢果謂永斷一切非想非非想地煩惱故得極七返等者謂極七返等八依生建立廣說如經一極七返謂即預流果由善修聖道故或於天上或於人間或天上人間受七有生已得盡苦際二家家謂即預流果由善修聖道故或生天上或生人間從家至家得盡苦際三一間謂即一來果由善修聖道故或生天上即於彼處定證寂滅或生人間即於此處定證寂滅四中間證寂滅謂即不還果已斷根本生結未斷趣向生結上品修習聖道力故生中有中即證寂滅或有不進向生處而證寂滅或有進向生處未至本生而證寂滅五生證寂滅謂即不還果中品修習聖道故未斷二種生結隨生一處意生天中初生之時即證寂滅六無行證寂滅即此聖者行少行已及少精進而證寂滅餘悉如前七有行證寂滅謂即不還果下品修習聖道故未斷二結隨生一處意生天中行多行已及多精進而證寂滅八上流謂即不還果隨生一處意生天中於彼不能得諸漏盡復進生上於餘身中方證寂滅退法等有六者謂退法等六無學果廣說如經一退法謂成就如是輭根若思自害不思自害若放逸若不放逸俱可退失現法樂住及世間功德不能練根不能發起勝品功德二思法謂成就如是輭根若思自害即能不退不思害時即可退失此人作是思惟寧使我勝諸魔不令諸魔勝我如是思已而思自害此亦不能練根不能發起勝品功德三護法謂成就如是輭根

雖不思自害不放逸故能不退失若心放逸即可退失不能練根不能發起勝品功德四住不動謂成就如是輭根雖不思自害及行放逸然皆不退不能練根不能發起勝品功德五堪能通達謂成就如是輭根堪能不退能練諸根及能發起勝品功德六不動法謂從先來自性成就利根此人於諸善根不爲已得退法之所揺動亦不爲發勝功德及上練根之所動揺是故説名爲不動法復次頌曰

輭根等七種　在俗及出家　聲聞乘等三

可救不可救

輭根等七種者一輭根謂成就信等五根或自性輭或未增長求勝進時加行遲鈍第二利根應知反此三貪行謂於前世久習貪欲及不修習貪欲對治是因緣故於此生中雖逢下劣可愛境界亦起猛利相續貪愛難離難猒於修善法加行遲鈍如貪行第四瞋行第五癡行亦爾此中差別者雖逢微小可瞋境界亦起猛利相續瞋恚雖逢麤淺可癡境界亦起猛利相續愚癡六等分行謂於前世不習上品貪欲瞋癡設有習者復已修習彼對治法是因緣故於此生中逢可愛等三種境界隨境品類起貪瞋癡三種纒惑非難離非易離非難猒非易猒於修善法不遲不速七薄塵行謂如有一於過去生不久數習貪欲瞋癡然已修習彼對治法是因緣故於此世中雖逢勝上可愛等境而能不起猛利相續貪恚癡纒雖或時起下品中品然易離易猒於修善法加行速疾在俗人者謂處家白

衣受用五欲營搆俗業以自活命出家人者謂持出家威儀相貌棄捨俗境受持禁戒如法乞求清淨自活聲聞乘等三者一聲聞乘謂住聲聞法性爲令自身證寂滅故發正願已修方便行二獨覺乘謂住獨覺法性爲令自身證寂滅故不由師教發正願已修方便行三大乘謂住大乘法性爲令自他證寂滅故不由師教發正願已修方便行可救者謂有三乘寂滅法性不可救者謂無三乘寂滅法性復次頌曰

入方便等九　生差别故二　復由諸界别
應知十三種

論曰入方便等九者一已入方便謂於如來自覺自説法毗柰耶得堅淨信已受尸羅已聞正法已增長捨已具正見第二未入方便應知亦此三有障謂有三障一煩惱障二業障三報障由能障礙修習善法第四無障應知亦此五未成熟謂未得善根資心相續不能現法證見諦理不得現法下中上乘所證寂滅第六已成熟應知亦此七具縛所謂異生八不具縛謂彼六種有學聖者從預流果乃至第六阿羅漢向九無縛謂彼無學阿羅漢果生差别故二者一人趣謂生人趣得人種類二非人趣謂生餘趣那落迦傍生及與鬼趣天龍藥叉阿素洛揭路荼緊捺洛牟呼洛伽等生類差别復由諸界别應知十三種者一欲界異生謂生欲界未見諦者二欲界有學謂生欲界已見聖諦六種有學謂從預流果乃至第六阿羅漢向三欲界無學謂生欲界阿羅漢果四色界異生謂生色界未見

諦者五色界有學謂生色界已見聖諦二種有學一不還果二阿羅漢向六色界無學謂生色界阿羅漢果七無色異生謂生無色未見諦者八無色有學謂生無色已見聖諦二種有學一不還果二阿羅漢向九無色無學謂生無色阿羅漢果十欲界獨覺謂住獨覺法性於前生中或未見諦或已見諦今生欲界不由師教依先因力修覺分法證得一切諸結永盡此復二種一如揭伽獨一而行二獨勝部衆而行十一欲界菩薩謂生欲界住菩薩法性爲令自他證寂滅故已發正願修習一切無上菩提諸方便行十二色界菩薩謂生色界中住菩薩法性遠離無色修諸靜慮爲令自他證寂滅故已發正願修習一切無上菩提諸方便行十三不可思議諸佛如來謂依修習不住流轉及與寂滅無分別道證得諸佛共有解脫法身所攝無上轉依徧行十方一切世界作一切有情一切利益事無有斷盡如是已說補特伽羅果今當說頌曰

果斷有五種　徧知及清淨　淨果界菩提
無學由自數

論曰果斷有五種者謂諸果中斷有五種一諸纏斷謂由四種對治故遠離現行諸煩惱纏四對治者一散亂對治二顯了對治三羸劣對治四摧伏對治散亂對治者謂於前八妙法行中方便修習或復於餘定地善法方便修習顯了對治者謂於第九法行方便修習羸劣對治者謂由先善根資助心故煩惱羸弱摧伏對治者謂由世間道隨力制伏煩

惱種子二隨眠斷謂由出世間道隨力永斷煩惱種子三永盡貪斷謂由永斷隨眠惑故貪煩惱斷如永盡貪斷如是第四永盡瞋斷第五永盡癡斷應知由極淨善通達見力諸事煩惱畢竟斷故名永盡斷徧知者謂九徧知諸果所攝依斷徧知說一欲繫見苦集所斷煩惱斷徧知由此二諦有漏攝故二色無色繫見苦及集所斷煩惱斷徧知由此二界定地攝故三欲繫見滅所斷煩惱斷徧知由此無漏無爲攝故四色無色繫見滅所斷煩惱斷徧知由此定地增上攝故五欲繫見道所斷煩惱斷徧知由此無漏有爲攝故六色無色繫見道所斷煩惱斷徧知由此定地增上攝故七五順下分結斷遍知由出過下界故八色貪盡徧知由出過中界故九無色貪盡徧知由出過妙界故清淨者謂九種清淨廣說如經一尸羅清淨謂如有一善住尸羅及善守護別解脫戒如法威儀行處具足於小罪中見大怖畏受學學處二心清淨謂如有一依戒清淨遠離欲惡不善法如前所說初靜慮第二第三第四靜慮具足住三見清淨謂如有一具心清淨鮮白無穢離諸煩惱得住不動爲欲證得漏盡智故觀察諸諦如實了知此苦聖諦此苦集聖諦此苦滅聖諦此趣苦滅行道聖諦四度疑清淨謂如有一依見清淨於佛法僧無惑無疑五道非道智見清淨謂如有一依度疑清淨得妙智見唯佛所說僧所行道能得出離此復云何謂能盡苦及證苦邊若諸外道所說之道不能盡苦及證苦邊六行智見清淨謂如有一依道

非道智見清淨得妙智見知出離道有下中上下者苦遲通行所攝中者苦速通行樂遲通行所攝上者樂速通行所攝七行斷智見清淨謂如有一依行智見清淨得妙智見謂我應斷下中之行及爲發起上妙聖行八無緣寂滅清淨謂如有一依行斷智見清淨證得無餘諸漏永盡九國土清淨謂諸佛共有無上功能果能示現不可思議國土莊嚴極淨佛思及極淨菩薩思及思眷屬法淨者謂四證淨廣說如經一佛證淨謂已見諦者於如來所善住出世間信及後所得善住世間信如佛證淨如是第二法證淨第三僧證淨應知四聖所愛戒證淨謂已見諦者於已得決定不作律儀聖所愛戒所善住出世間信及後所得善住世間信果者謂四沙門果廣說如經一預流沙門果若隨勝攝三結永斷謂身見戒禁取及疑若全分攝一切見道所斷煩惱永斷由彼斷故得預流果不墮落法或極七返或復家家二一來沙門果若隨勝攝三結永斷薄貪瞋癡若全分攝一切見道所斷煩惱永斷及欲界繫修道所斷上品中品煩惱永斷由彼斷故得一來果或復一間三不還沙門果若隨勝攝五順下分結永斷所謂身見戒禁取疑貪欲瞋恚若全分攝一切見道所斷煩惱永斷及欲界繫修道所斷煩惱永斷或色界繫煩惱永斷或無色界一分煩惱永斷由彼斷故得不還果或中間寂滅或生寂滅或無行寂滅或有行寂滅或復上流四阿羅漢沙門果若隨勝攝貪欲瞋癡無餘永斷若全分攝見修所斷一切煩惱永

斷無餘由彼斷故得阿羅漢諸漏永盡乃至廣說阿羅漢六恒住法界者謂三種界廣說如經一斷界謂斷見道所斷諸行二離界謂離修道所斷諸行三滅界謂滅所依所攝諸行菩提者謂三種菩提如經廣說一聲聞菩提謂聲聞乘轉依所得寂滅及趣寂滅道二獨覺菩提謂獨覺乘轉依所得寂滅及趣寂滅道三無上正等菩提所謂大乘轉依所得寂滅趣寂滅道及作一切有情利益安樂道無學者謂十無學法廣說如經一無學正見謂阿羅漢於苦思惟苦乃至於道思惟道無漏作意相應擇法極簡擇等如前廣說如無學正見如是乃至第八正三摩地如前應知九無學正解脫謂離一切煩惱麤重無學心上離煩惱障調堪任法十無學正智謂阿羅漢盡智及無生智由自數者前所說果各由自數差別應知復次頌曰

斷多因故斷　建立斷所從　由作意依修
及得斷次第

論曰斷多因故斷者斷果多因故煩惱斷謂四種因諸煩惱斷一所依滅故二所依轉故三知所緣故四樂所緣故復有五因斷諸煩惱一知彼體故二知彼事故三知彼過故四避彼緣故五修彼對治作意法故復有四因煩惱已斷一依無餘滅故二依無餘轉故三對治無餘修故四心無餘解脫故建立斷所從者謂從所緣境斷諸煩惱於所緣境斷煩惱已無繫縛故諸相應法亦復隨斷未來現在煩惱可斷永害麤重說煩惱斷由作意者謂由總緣諦修作意故斷諸煩惱由依者謂

由依止七依定故斷諸煩惱謂初靜慮乃至第七無所有處由修者謂修四念住及四正斷乃至修習八聖道支故斷煩惱及得斷次第者有五種次第諸煩惱斷一先斷見道所斷煩惱二後斷修道所斷煩惱三先漸調伏諸現煩惱四然後永斷一切煩惱五最後超過一切煩惱復次頌曰

斷差別應知　及斷相利益　如是如所說
復應知多種

論曰斷差別應知多種者諸煩惱斷多種差別謂有諸纒斷有隨眠斷有由世間道有由出世間道有由聲聞乘作意有由獨覺乘作意有由菩薩乘作意有暫時斷有畢竟斷諸如是等煩惱斷滅差別應知斷相利益復應知多種者諸煩惱斷有多種相利益應知如經廣說謂不墜墮法定趣菩提已至正法臨至正法證解正法得證源底得徧證源底聖智見成就不復能計苦樂等法自作他作及自他作及非自他二種共作亦不復計諸苦及樂無因而生不復故斷傍生等命不復故越諸所學處不復能起五無間業不復求請諸外道師亦不以彼爲眞福田不復瞻仰觀察餘沙門婆羅門等邪衆顏面不復於彼三世法中生疑生惑不復受彼第八有報如是證得阿羅漢果永盡諸漏已作所作所作已辦得阿羅漢六恒住法廣說如經謂成就六種相續住法若眼見色心不憂喜捨念正知如是耳鼻舌身若意識法心不憂喜捨念正知諸所行行爲自利益爲利益他爲利衆生爲樂衆生爲愍世間爲諸天人得義利樂諸

如是等煩惱永斷有多種相利益應知

顯揚聖教論卷第三

音釋

鎧（可亥切甲也）阿世耶（梵語也此云五種子）羸（力追切劣也）擯（必刃切逐也）

顯揚聖教論卷第四

無著菩薩造
唐三藏法師玄奘奉詔譯

攝事品第一之四

如是已說果諸功德今當說頌曰

無量諸解脫　勝處與徧處　無諍妙願智
無礙解神通

論曰無量者謂四無量廣說如經一慈無量謂慈心俱無怨無憎無有損害廣大無量極善修習於一方面如是次第乃至十方一切無邊世界意解徧滿具足住慈心俱者於無苦無樂衆生欲施樂具阿世耶心相應故無怨者即彼對治欲加苦具瞋故無憎者即彼對治障礙樂具瞋故無損害者即彼對治欲與不宜瞋故廣者於見所行作意故大者於聞所行作意故無量者於覺知所行作意故極善修習者由串習相應離諸蓋故於一方面如是次第乃至十方一切無邊世界者徧緣器世間及有情世間故意解者緣意解思惟境界故徧滿者緣無間有情境界故具足住者如前靜慮中說二悲無量謂悲心俱乃至廣說悲心俱者於有苦衆生欲拔苦具阿世耶心相應故無怨者即彼對治與苦害故無憎者即彼對治障礙拔苦害故無損害者即彼對治欲與不宜不喜樂害故餘如前說三喜無量謂喜心俱乃至廣說喜心俱者於有樂衆生隨喜彼樂阿世耶心相應故無怨者即彼對治欲與苦具不喜樂故無憎者即彼對治障礙樂具不喜樂故無損害者即彼對治欲與不宜不喜樂故餘如前說四捨無

量謂捨心俱乃至廣說捨心俱者欲令不染阿世耶心相應故無怨者即彼對治令染貪瞋故無憎者即彼對治障礙除染貪瞋故無損害者即彼對治顛倒不染貪及瞋故餘如前說此四無量體性云何謂慈以無瞋善根爲體悲以不害善根爲體喜以不嫉善根爲體捨以無貪無瞋善根爲體皆是憐愍衆生法故於此四中慈唯無瞋次二無量無瞋一分捨是無貪無瞋一分又復與彼相應等持諸心心法并彼眷屬皆是四無量體當知先由增上法行善修治心復依清淨靜慮方得清淨無量應知諸解脱者謂八解脱廣說如經一有色諸色觀解脱有色者依有色定意解思惟故諸色者若色如勝處中廣自分別觀者於諸色中爲變化自在故意解思惟顯示彼相故二内無色想外諸色觀解脱内無色想者依無色定意解思惟故外者除眼等根意解思惟餘色故諸色觀者如前說三淨解脱身作證具足住解脱淨者一向意解思惟淨妙色爲得增上安樂住故解脱者解脱淨不淨色功德障礙心故身者意身故作證者由智斷得作證故具足住者如前說無色諸解脱如前分別此中差別者爲欲證得一切種身業自在故及爲解脱彼障故復除先色作無邊虚空意解思惟故名第四無邊虚空處解脱爲欲發起聖神通無諍願智無礙辯等諸功德故又爲證得能助發起彼諸功德心自在故又爲解脱彼障故復作無邊識意解思惟故名第五無邊識處解脱行者作如是發起功德方便已令第四靜慮起現在

前發諸功德爲欲證得最勝無漏住自在故又爲解脱彼障故復作無所有意解思惟故名第六無所有處解脱爲欲證得最第一有住自在故又爲解脱彼障故復作非想非非想意解思惟故名第七非想非非想處解脱爲欲證得最勝寂靜住自在故又爲解脱彼障故復從非想非非想處心進止出又息滅攀緣故名第八想受滅解脱勝處者謂八勝處廣説如經一內有色想外諸色觀少若好若惡若劣若勝於彼諸色勝知勝見得如是想名初勝處內有色想者如解脱中説外者謂除眼等根顯餘色故諸色觀者如前説少者謂資具攝色意解思惟故若好若惡者謂淨不淨色之所攝色意解思惟故若劣若勝者謂淨不淨聲香味觸之所攝色意解思惟故於彼諸色勝者謂能治所治作意思惟障礙功用所不惱故知者用奢摩他道見者用毗鉢舍那道得如是想者謂於實勝中得實勝無慢想故於不勝中得實不勝無慢想故二內有色想外諸色觀多乃至名第二勝處內無色想中觀少觀多二種亦爾內有色想外諸色觀者如前説多者顯示有情世間器世間色徧思惟故餘如前説五內無色想外諸色觀青青顯青可見青光猶如烏莫迦華或如婆羅痆斯染青衣色如是黃赤白色皆應廣説此中差別者黃色如羯尼迦羅華或如婆羅痆斯染黃衣色赤色如槃豆時縛迦華或如婆羅痆斯染赤衣色白色如烏奢那華或如婆羅痆斯鮮白衣色青者謂總句青顯者謂俱生青青可見者謂和合成青青光

者謂彼二所出鮮淨光青如青色黃赤白色亦復如是廣說應知餘如前說於一處說二譬喻者此顯俱生和合二種色故此八勝處與修三種緣色解脫作所依止後四勝處意解思惟欲界天色及色界色又復應知是諸勝處爲治下地種子隨逐作意思惟非爲對治自地所治作意思惟徧處者謂十徧處廣說如經謂地徧處一能解了上下及傍無二無量如是水火風徧青黃赤白虛空識徧上下及傍無二無量地遍處者由色所依遍滿故彼能依色亦遍滿由彼增長故一能解了者謂能證此觀補特伽羅上下及傍者謂徧滿諸方及四維故無二者離餘諸界及不雜顯色徧滿故無量者無有分齊相徧滿故如地徧處餘水火風青黃赤白亦復如是如其

所應虛空徧處者謂對治一切色相作意思惟徧滿故餘如前說識徧處者謂緣無量識作意思惟徧滿故餘如前說此中由三解脫故得勝色自在由得彼已方可說言勝色自在極成就故識處已上無有徧滿所緣無量形段依止分別遠離故應知勝處及與徧處是諸解脫能清淨道由諸勝處勝所緣故由諸徧處所緣徧故能令解脫清淨應知無諍者謂能守護他煩惱行之所引攝無癡智見性及彼相應等持諸心心法由此行多所行故妙願智者謂於三世及非世攝所知法中無餘如實了知之所引攝無癡智見性及彼相應等持諸心心法由此行多所行故無礙解者謂四無礙解廣說如經一法無礙解謂於一切種一切法差別名中如實覺悟之所

引攝無癡智見性及彼相應等持諸心心法二義無礙解謂於一切種一切法種種相中如實覺悟之所引攝無癡智見性餘如前說三訓詞無礙解謂於一切種一切法訓釋詞中如實覺悟之所引攝無癡智見性餘如前說四辯才無礙解謂於一切種一切法通達中如實覺悟之所引攝無癡智見性及彼相應等持諸心心法由此行多所行故神通者謂六神通如經廣說一神境智見作證通謂爲示現一切種身業自在無癡智見性及彼相應等持諸心心法由此行行多決定境界故二天耳智見作證通謂爲隨聞一切種語業無癡智見性餘如前說三心差別智見作證通謂爲入一切種他心行無癡智見性餘如前說四宿住隨念智見作證通謂爲入一切種前際趣行無癡智見性餘如前說五死生智見作證通謂爲入一切種有情趣行無癡智見性餘如前說六漏盡智見作證通謂爲入出離一切煩惱及無餘苦無癡智見性及彼相應等持諸心心法由此行行多決定境界故復次頌曰

諸相好清淨　及諸力無畏　不護與念住
永斷諸習氣

論曰諸相者謂三十二大丈夫相廣說如經一善安立足大丈夫相由如來菩提資糧善圓滿故具足受持平等行故感得此相由此相故有暫見者即信如來是大丈夫足相足幖幟足形貌如善安立足相如是諸餘大丈夫相如其所應盡當知謂於手中應說手相手幖幟手形貌如是於頭頂等所餘支節各

隨其名應當廣說好者謂八十種好廣說如經是諸好等若具足相攝如菩薩地中說若隨衆生所宜隨勝相攝如大慧度經說若廣分別諸好應知如廣分別相中說清淨者謂四一切相清淨廣說如經一依止清淨謂由如來證得一切相清淨智及一切相清淨斷故於依止取住捨中究竟無上自在二境界清淨謂由如來證得一切相清淨智及一切相清淨斷故於一切事變化境界中究竟無上自在三心清淨謂由如來證得一切相清淨智及一切相清淨斷故於一切相世出世善根增長心中究竟無上自在四智清淨謂由如來證得一切相清淨智及一切相清淨斷故於一切相所知中無著無礙智究竟無上自在諸力者謂如來十力廣說如經一處

非處智力謂於一切相因果中能如實問說無礙智性及彼相應等持諸心心法二自業智力謂於一切相各別處所相續所起業及所得報中無礙智性餘如前說三靜慮解脫三摩地三摩鉢底智力謂於攝受一切相世間清淨功德方便中無礙智性餘如前說四根上下智力謂於出世間功德所依一切相所化有情根差別中無礙智性餘如前說五種種勝解智力謂於一切相所化有情阿世耶差別中無礙智性餘如前說六種種界智力謂於一切相所化有情隨眠差別中無礙智性餘如前說七徧趣行智力謂於一切相乘出離差別中無礙智性餘如前說八宿住隨念智力謂於一切相前際趣差別中無礙智性餘如前說九死生智力謂於一切相後

際趣差別中無礙智性餘如前說十漏盡智力謂於一切相趣非趣出離方便差別中無礙智性及彼相應等持諸心心法又諸力中一切應說能如實問記無畏者謂四無畏廣說如經一佛作誠言我是正等覺者若有難言於是法中不正等覺我於此難正見無緣是故無畏謂如來證得妙善清淨一切種智故二佛作誠言我諸漏已盡若有難言如是如是諸漏未盡我於此難正見無緣是故無畏謂如來證得妙善清淨一切種斷故此二無畏依自利德三佛作誠言我爲弟子說障礙法染必爲障若有難言染習此法不能爲障我於此難正見無緣是故無畏謂依如來爲所化有情說一切種所對治法四佛作誠言我爲弟子說出離道修定出離若有難言雖修此道不能出離不正盡苦及證苦邊我於此難正見無緣是故無畏謂依如來爲所化有情說一切種能對治法此二無畏依利他德不護者謂三不護廣說如經一如來現行身業妙善清淨無不清淨現行身業可須覆藏是故不護謂如來一切種一切時身業妙善清淨故爲所化有情正說法時能以勝力折伏攝受一切徒衆如身業不護如是第二語業不護第三意業不護應知念住者謂三念住廣說如經此即攝受所化衆時於三種徒衆行差別中住最勝捨不愛不恚不染心性永斷諸習氣者謂諸如來出離無始無量無數大劫生死爲證自性不隨轉故證得如來妙淨智斷復次頌曰

無忘失妙法　及如來大悲　佛不共德法

一切種妙智

論曰無忘失妙法者謂爲證一切種一切所化有情一切所作事不過時故證得如來妙淨智斷及如來大悲者謂如來悲由四種因緣說名大悲一依止一切種妙善清淨轉依所作成就故二長時修習所得故三妙善清淨智所引故四緣極深固種種堅牢一切相苦境界故佛不共德法者謂十八不共佛法廣說如經超過一切聲聞獨覺地故彼建立應知一如來無誤失業謂無不染汙誤犯失故二無卒暴音謂無不染汙高笑暴音故三無忘失念謂無不染汙久作久說不隨念故四無不定心謂於一切威儀行住等中作意等持恒隨轉故五無種種想於流轉寂滅中證得無分別無差別智故六無不擇已捨謂究竟不捨有情事故七欲無退謂得所知障清淨故如欲無退如是八正勤無退九念無退十等持無退十一慧無退十二解脱解脱知見無退應知十三於過去世無著無礙智謂欲作意頃一切種知故如於過去如是十四於未來十五於現在無著無礙智應知十六如來一切身業智爲導首隨智而行謂由智發起攝受於一切時善方便故如身業如是十七語業十八意業應知一切種妙智者謂證得如來最極清淨智斷故謂於染汙清淨二法一切種數相差別中無礙智性及彼相應等持諸心心法又復如來住無漏界爲作一切有情所作事故於十方土示佛生有現身言說心有所行有所宣說成等正覺轉妙法輪入大寂滅無礙智性及彼相應等持

諸心心法是亦名爲一切種妙智又相好等諸佛功德爲釋經義略已示現若廣分別如菩薩地應知

如是已別說　九事總分別　今當說頌曰
當知前九事　初爲二所依　次二後六種
攝雜染清淨　染依差別故　清淨所緣故
心不流散故　正修方便故　彼位差別故
言說等因故　彼果功德故　數次第唯爾

論曰前九事中初一切事爲二所依一雜染所依二清淨所依由次二事攝諸雜染一由界事二由雜染事由後六事攝諸清淨一由諦事二由依止事三由覺分事四由衆生事五由果事六由功德事由二種事攝雜染中雜染所依故雜染差別故由六種事攝清淨中清淨境界故於境界中心不流散故由不散亂於所緣境正方便故正方便者位差別故及言說等因故正方便果故彼果功德故此中位差別故言說等因故此二建立衆生事應知言說等因故者爲言說易故爲隨順世間故爲避怖畏故爲令信知自他功德過惡成就故由是因緣此九種事數決定及次第決定應知爲欲思量如此九事復應廣說頌曰

欲思量無量　諸問答差別　由諸佛語言
事與想攝故

論曰若欲思量如上九事無量問答差別者由二種攝故應可思量一由一切佛語言事攝故二由一切佛語言想攝故此中一切佛語言事攝者謂由三種經應知一由增十經二由廣義經三由集異門經一切佛語言想

攝者由四種嗢陀南伽他何者爲四頌曰
句迷惑戲論　住眞實淨妙　寂靜性道理
假施設現觀　方所位分別　作執持增減
闇語所覺上　遠離轉藏護　簡擇與現行
睡眠及相屬　諸相攝相應　說任持次第
所作境瑜伽　奢摩他與觀　諸作意教授
德菩提聖教
論曰句者所謂六處無量境界無量方所無量時節復有三界一欲界二色界三無色界復有三界一小千世界二中千世界三大千世界復有四輩一在家輩二出家輩三鄔波索迦輩四非人輩復有三受謂苦受樂受不苦不樂受復有三世謂過去世未來世現在世復有三寶謂佛寶法寶僧寶復有三法謂善法不善法無記法復有三種雜染謂煩惱雜染業雜染生雜染復有四聖諦謂苦集滅道復有九次第定謂初靜慮乃至滅受想定復有三十七菩提分法謂念住正斷神足根力覺支道支復有四種沙門果謂預流果一來果不還果最勝阿羅漢果復有衆多最勝功德謂無量解脫勝處徧處無諍願智無礙辯六神通等復依廣乘有五種事一相二名三分別四眞如五正智復有二種空性一衆生空性二法空性復有二種無我性一衆生無我性二法無我性復有遠離二邊處中之行謂遠離增益邊及損減邊復有四種眞實一世間所成二道理所成三煩惱障淨智所行處四所知障淨智所行處復有四種尋思謂名尋思事尋思自性假立尋思差別假立尋思復有四種如實徧智謂名尋思所引如

實徧智事尋思所引如實徧智自性假立尋思所引如實徧智差別假立尋思所引如實徧智復有三種自性一徧計所執自性二依他起自性三圓成實自性復有三種無自性性一相無自性性二生無自性性三勝義無自性性復有五相大菩提謂自性故功用故方便故轉故還故復有五種大乘一種子二趣入三次第四正轉五正轉果謂最初發心故於諸有情起大悲故波羅蜜多故攝事故自他相續成熟故復有五無量想一有情界無量想二世界無量想三法界無量想四所調伏界無量想五所調伏方便界無量想復有眞實義隨至謂於一切無量法中隨至眞如及此中智復有不思議威德信解復有無障礙智復有三十二大丈夫相及八十種隨形好復有四種一切相清淨十力四無所畏三念住三不護大悲無忘失法永斷習氣一切種妙智如上所說略唯二種一聲聞乘中所釋句二大乘中所釋句迷惑者謂四顛倒一於無常中計常顛倒二於苦中計樂顛倒三於不淨中計淨顛倒四於無我中計我顛倒戲論者謂諸煩惱及雜煩惱諸蘊住者謂四識住及七識住眞實者謂眞如及四聖諦淨者謂三種淨性一自體淨性二境界淨性三階位淨性妙者所謂三寶處勝建立故名爲妙寂靜者謂自善法欲乃至一切菩提分法及所證果皆名寂靜性者謂諸法相若自相若共相若假立相若因相若果相總名爲性道理者謂諸緣起及四道理假施設者謂唯於法假立衆生及唯於相假立諸法現觀

者謂六種現觀如成現觀品當說方所者所謂色蘊位者所謂受蘊分别者所謂想蘊作者謂諸行蘊執持者所謂識蘊增者此有二種應知一煩惱增二業增如增減亦二種謂煩惱減業減闇者謂無明疑語者謂十二分語趣說名爲語所覺者謂種種所說法義名爲所覺上者謂沙門果遠離者謂五種遠離一惡行遠離二婬欲遠離三衆具遠離四聚會遠離五煩惱遠離轉者所謂三界及與五趣藏護者所謂戀過去希未來著現在簡擇者所謂一行順前句順後句四句無事句色法非色法有見無見有對無對有漏無漏有爲無爲有諍無諍有味著無味著依耽嗜依出離世間出世間攝屬不攝屬内外麤細勝劣遠近有所緣無所緣相應不相應有行無行有所依無所依因非因果非果異熟非異熟有因無因有果無果有異熟無異熟有執受無執受四大種造非四大種造同分彼同分有上無上過去未來現在善不善無記欲繫色繫無色繫學無學非學非無學見斷修斷無斷復有四緣一因緣二等無間緣三所緣緣四增上緣復有四依一依法不依衆生二依義不依文三依了義經不依不了義經四依智不依識復有四無量四念住四正斷四神足五根五力七徧覺支八聖道支四種行四法迹奢摩他毗鉢舍那增上戒增上心增上慧解脱勝處徧處等現行者謂煩惱纏隨眠者謂煩惱隨眠相屬者所謂六處同一依止相屬應知復有諸法能引攝法彼亦展轉相屬應知復有諸根境界能取所取相屬

應知諸相攝者有十一種相攝一更互攝二界攝三相攝四種類攝五分位攝六不相離攝七時攝八方攝九一分攝十全分攝十一勝義攝相應者所謂五種應知一與他性相應非自性二於他性相應中與不相違法相應非相違法三於不相違相應中下中上品相似相應非不相似四於下中上品相似相應中同時相應非不同時五於同時相應中同地相應非不同地說者所謂四種言說一見言說二聞言說三覺言說四知言說任持者所謂四種食一段食二觸食三意思食四識食次第者所謂五種次第一流轉次第二成所作次第三說次第四生次第五現觀次第所作者謂八種所作一依止滅二依止轉三徧知所緣四喜樂所緣五得果六離欲七轉根八發起神通境者謂四種所緣一徧所緣二令行淨所緣三善巧所緣四令煩惱淨所緣瑜伽者此或四種或九種四種者一信二欲三正勤四方便九種者一世間道二出世間道三方便道四無間道五解脫道六昇進道七下品道八中品道九上品道奢摩他者謂九種心住觀者謂三種事觀或四種觀或六事差別所緣觀應知三事觀者一有相觀二尋求觀三審察觀四種者一簡擇諸法觀二極簡擇諸法觀三徧籌量觀四徧審察觀六事差別所緣觀者一義所緣觀二事所緣觀三相所緣觀四分所緣觀五時所緣觀六道理所緣觀諸作意者謂七種作意一了相作意二勝解作意三遠離作意四攝樂作意五觀察作意六方便究竟作意七方便究

竟果作意教授者謂五種教授一教教授二證教授三隨次教授四不顛倒教授五神變教授德者謂如前所說無量解脫等諸功德法菩提者謂三種菩提一聲聞菩提二獨覺菩提三無上正等菩提聖教者謂授歸依制立學處施設聽者建立師資施論戒論生天之論訶欲愛味示欲過失顯說雜染及清淨法教導出離稱讚功德廣說一切清淨分法

復次頌曰

若欲正修行　徧知等功德　由十種法行
及六種理趣

論曰若諸行者於前九事欲正修行徧知永斷作證修集諸功德等由十法行及六理趣應當修學十種法行已如前說六種理趣者一真義理趣二證得理趣三教導理趣四離二邊理趣五不思議理趣六意樂理趣

顯揚聖教論卷第四

音釋

串（古患切習也）疕（女黠切）慓幟（慓毗遙切幟昌志切）卒暴（卒蒼沒切暴蒲報切卒暴倉遽貌）躭嗜（躭都含切樂也嗜時吏切好也）

顯揚聖教論卷第五

無著菩薩造

唐三藏法師玄奘奉詔譯

攝淨義品第二之一

如是已說九事淨義今當說頌曰

諸論中勝論　亦善入瑜伽　清淨義應知
由具四淨德

論曰此顯揚聖教論於諸論中最爲殊勝何者諸論略有四種一像正法論謂依聖教倒顯法相二外醫治論謂外醫方三誥諍論謂諸外道虛妄推度四矯誑論謂婆羅門諸惡呪術云何此論能勝諸論由此論中能顯無倒諸法相故究竟能治內心病故對治誥諍惡呪術故又此論中四論可得非於餘論是故最勝何者四論一非二邊論二非一向論三一切取斷徧知論四立正相論非二邊論者謂非有非無非異非不異非我非無我非常非斷如是等論非一向論者非一切樂悉應習近謂能引無義利者非一切樂悉不習近謂能引有義利者如樂苦亦爾如是等論一切取斷徧知論者謂欲取見取戒禁取我語取斷徧知論立正相論者謂無倒施設一切諸法自相共相因相果相如是等論亦善入瑜伽者有四種瑜伽一信二欲三正勤四方便此論善順彼故名善入瑜伽清淨義應知者應知建立能顯不共德第二名由具四淨德者欲顯此名如義建立云何此論具四淨德頌曰

攝一切義故　彼外不壞故　易入故入已
行不失壞故

論曰攝一切義故者由此論中攝一切義謂九種義或十種義或五種義或四種義或三種義九種義者已如攝事品中説十種義者一盡所知義二如所知義三能取義四所取義五所依住義六所受用義七顛倒義八不顛倒義九雜染義十清淨義此中盡所知義者謂於雜染清淨法中窮一切種差别邊際是名盡所知義如五數蘊六數内處如是等如所知義者即於雜染清淨法中眞如實性是名如所知義此復七種謂流轉眞如乃至正行眞如能取義者謂五内色處心意識及諸心法所取義者謂外六處又能取義亦是所取所依住義者謂外世界依此所住有情界可得所謂村田百村田千村田百千村田如是廣説乃至三千大千世界乃至無數百千世界極微塵等十方無量無數世界所受用義者謂所攝受衆具顛倒義者謂即於能取等義中於無常常想顛倒心顛倒見顛倒如是乃至於無我我想顛倒心顛倒見顛倒不顛倒義者謂對治如前所説顛倒應知雜染義者有三種於三界中煩惱雜染業雜染生雜染清淨義者謂爲證三種雜染離繫故所修一切菩提分法此十種義攝一切義應知五種義者一所徧知事二所徧知義三應徧知四得徧知果五受用徧知果所遍知事者謂一切所知事若諸蘊事若内處事若外處事如是等所徧知義者謂盡一切種如所應知若世俗諦若勝義諦若功德若過失若諸緣若三世若起住壞相若如病等若苦集若眞如實際法性若廣若略若一向記若分

別記若反問記若置記若隱若顯如是等所徧知義應知徧知者謂能取前二境菩提分法得徧知果者謂永滅貪欲瞋恚愚癡及無遺餘貪瞋癡斷四沙門果及諸聲聞獨覺如來共不共世出世功德具足作證受用徧知果者謂即於所證法中解脱智及廣爲他開示演說分別此五種義亦攝一切義應知四種義者一心所執義二領納義三了別義四雜染清淨義此四種義亦攝一切義應知三種義者一文義二義義三界義文義者謂名身等義義者謂十種義應知一眞實相二徧知相三永斷相四作證相五修習相六即於眞實等相種種差別相七所依能依相屬相八能障礙徧知等法相九能隨順徧知等法相十於不徧知等及徧知等過失功德相界義者謂五種界一器世界二有情世界三法界四所調伏界五所調伏方便界此三種義亦攝一切義應知彼外不壞故者彼上諸義一切外道所不能壞正道理論不可制伏故一切外道略有五種一說我外道二說常外道三說斷外道四說現法涅槃外道五說無因外道易入故者由此論中文圓顯故其義易入非如婆羅門諸惡呪論文缺隱故義難可入入已行不失壞故者由此論中義圓正故若已入者如說修行自義不失非如外道邪論彼自入已雖如說行空無自義如是此論攝義淨故不可壞淨故易入淨故行清淨故名清淨義應知今此論中顯薄伽梵所說何法頌曰

諸佛說妙法　正依於二諦　一者名世俗

二者名勝義
論曰世俗及勝義二諦之相如前已說復次
頌曰
初說我法用　爲隨餘故說　七種及四種
眞如名勝義
論曰初世俗諦說我說法及說作用說我者謂說有情命者生者補特伽羅人天男女佛友法友如是等說法者謂說色受如是等說作用者謂說能見能聞能生能滅如是等是謂世俗諦應知此雖非實有然依世俗故說有問若世俗諦非勝義故有爲何義故說答爲隨餘故說謂爲欲隨順勝義諦故說世俗諦問何等爲勝義諦答七種及四種眞如名勝義如攝事品中說如是已略說二諦此中如來復有廣說頌曰
自性義建立　數次第善巧　想差別應知
顯蘊世俗義
論曰自性者謂變壞領納了置造作了別是諸蘊自性義者謂聚積義是蘊義此聚積義有四種如成善巧品當說建立者謂於色蘊有四種建立一相建立二生建立三損減建立四差別建立相建立者色蘊相略有五種一自相二共相三所依能依相屬相四受用相五業相自相者謂堅等是地等相各別清淨是眼等相共相者謂一切色變壞相所依能依相屬相者謂大種是所依造色是能依受用相者謂內處受用增上力故各別外色境界得生或有色聚唯有堅生或唯有濕或唯有煖或唯有動或復雜生由隨順內處受用故業相者如地等大種有依持攝受成熟

增長相如是等生建立者有五種生一依止生二種子生三勢引生四順益生五違損生依止生者謂依止大種即於大種處所有餘所造色生由是因故説四大種造所造色攝在一處是造義種子生者謂從自種子生如堅鞕聚或時遇緣變生流濕或流濕聚變生堅鞕或不煖聚變生煖熱或有煖聚變生於冷或從不動變生於動或復從動變生不動如是好色惡色等展轉相生差別應知如是若就自相則互無若就其種則互有是故從彼彼聚如是如是差別色法生如是等類名種子生應知勢引生者謂內色根增上力故現常相續外物得生如器世間又先業勢引故諸內處生若樂欲現前諸天及北洲人所有衆具多分由勢引生故流轉應知若人中器世間唯常相續如是等類勢引生應知順益生者謂得自順益緣彼彼色法展轉滋長展轉增勝而生猶如水等潤洽芽等如是等類名順益生翻此故名違損生應知損減建立者謂建立極微復由五種極微建立應知一由分析故二由差別故三由獨一故四由助伴故五由無分性故由分析故者謂由慧分析諸麤色法漸漸轉減至最細邊建立極微非由體故由如是因故説極微無起無滅又亦非謂集諸極微以成麤色由差別故者略有十五種極微謂眼等根極微有五種色等境極微有五種地等界極微有四種法處所攝實有色極微有一種由獨一故者謂建立實極微自相由助伴故者謂建立聚極微由於地等一極微處有餘色法同處不相離

故建立聚極微由無分性故者非一極微復有餘細分由非聚故若聚極微可有衆分若一極微所住之處此處不可分析更立餘分是故極微無有細分差別建立者有二十六種色一欲界繫色謂具諸色二色界繫色謂除香味三無色界繫色謂等持自在色非業異熟色四清淨界色謂出世法增上所生如靜慮解脫色及佛菩薩色五內色謂根及根所居處色六外色謂除根及根所居處餘色聲香味觸七所依色謂眼等五根八所緣色謂五境界及法處所攝色九能取色謂即所依色十所取色謂即所緣色十一執受色謂受起所依如諸色根及根所居處色心及心法所居處故同一損益是執受義十二無執受色謂此外餘色十三同分色謂自識不空根色由與識同境轉故十四彼同分色謂自識空根色唯自類相續相似轉故十五有見有對色謂色處色十六無見有對色謂餘九處色十七無見無對色謂法處所攝色十八清淨色謂五內處十九清淨所取色謂五外處二十意所取色謂法處所攝色二十一所依住色謂風輪乃至大地二十二覆護色謂宅舍等二十三資具色謂十種資具一飲食二衣及莊嚴具三衆具四戲笑五鼓舞六歌詠七音樂八香鬘塗飾九衆明十男女承事二十四根所居色謂五種色根之所居處二十五根色謂五種色根二十六等持境界色己如攝事品中說受蘊建立有六種一差別建立二出離建立三觀察建立四生建立五相建立六師句建立差別建立者或立一受

如說諸所有受悉皆是苦或立二受謂身受及心受或立三受謂樂受苦受不苦不樂受或立四受謂欲繫色繫無色繫及不繫受或立五受謂樂根苦根喜根憂根捨根或立六受謂眼觸所生受乃至意觸所生受或立十八受謂十八意近行六喜近行六憂近行六捨近行或立三十六受謂六依躭嗜喜六依出離喜如喜憂捨亦爾或立一百八受謂三十六受各依三世或開無量受如其所受起無數受出離建立者謂初靜慮出離憂根第二靜慮出離苦根第三靜慮出離喜根第四靜慮出離樂根無相心法三摩地出離捨根觀察建立者謂八種觀察於受何者是受何者是受集何者是受滅何者是趣受集行何者是趣受滅行何者是受味何者是受過何者是受出離生建立者謂從十六觸諸受生何等十六一眼觸二耳觸三鼻觸四舌觸五身觸六意觸七有對觸八增語觸九順樂受觸十順苦受觸十一順不苦不樂受觸十二愛觸十三恚觸十四明觸十五無明觸十六非明非無明觸相建立者謂八種相一異熟相二非異熟相三有味著相四無味著相五依躭嗜相六依出離相七動相八住相異熟相者謂阿賴耶識相應受非異熟相者謂轉識相應受有味著相者謂欲繫受無味著相者謂色無色繫及不繫受依躭嗜相者謂欲貪相應受依出離相者謂出家所引不定地善法相應受動相者謂經中風喻所顯受不久相續住義故住相者謂經中客舍喻所顯受繫相續住義故師句建立者謂三十六師

句六依躭嗜喜六依出離喜六依躭嗜憂六依出離憂六依躭嗜捨六依出離捨依躭嗜喜云何謂於眼所識色可喜可樂可意可愛能引起欲染可染著或由得現所得或由隨念先時所得而生於喜如是相喜名依躭嗜喜依出離喜云何謂即於諸色了知無常苦變離欲滅靜没已又於先及今所有諸色了知無常苦變等法已而生於喜如是相喜名依出離喜如是於耳所識聲鼻所識香舌所識味身所識觸意所識法可喜可樂可意可愛能引起欲深可染著或由得現所得或由隨念先時所得而生於喜如是相喜名依躭嗜喜如是即於耳所識聲乃至意所識法了知無常苦變離欲滅靜没已又於先及今所有諸法了知無常苦變等法已而生於喜如是相喜名依出離喜依躭嗜憂云何謂於眼所識色可喜可樂乃至可染或由不得現所得或由隨念先時所得若已過去若盡若滅若離若變而生於憂如是相憂名依躭嗜憂依出離憂云何謂即於諸色了知無常乃至没已又於先及今所有諸色了知無常苦變等法已於勝解脱起欲證願謂我何時當具足住如諸聖者所具足住處如是於勝解脱欲證求願懼慮之憂是名依出離憂如是於耳所識聲乃至意所識法可喜可樂乃至可染或由不得現所得或由隨念先時所得若已過去乃至若變而生於憂如是相憂名依躭嗜憂如是即於耳所識聲乃至意所識法了知無常乃至没已又於先及今所有諸法了知無常苦變等法已於勝解脱起欲證願

謂我何時當具足住如諸聖者所具足住處如是於勝解脱欲證求願懼慮之憂是名依出離憂依躭嗜捨云何謂愚癡無智無聞異生於眼所識色顧戀於捨執著諸業趣向於色依止於色不捨於色不超過色於此中捨是名依躭嗜捨依出離捨云何謂即於諸色了知無常乃至没已又於先及今所有諸色了知無常苦變等法已簡擇修捨是名依出離捨如是愚癡無智無聞異生於耳所識聲乃至意所識法顧戀於捨執著諸業趣向於法乃至不超過法於此中捨是名依躭嗜捨如是即於耳所識聲乃至意所識法了知無常乃至没已又於先及今所有諸法了知無常苦變等法已簡擇修捨是名依出離捨是中六依躭嗜喜六依出離喜六依躭嗜憂六依出離憂六依躭嗜捨六依出離捨總攝爲三十六師句是中依止六依出離喜住故捨除吐害六依躭嗜喜如是依止六依出離憂住故捨除吐害六依躭嗜憂如是依止六依出離捨住故捨除吐害六依躭嗜捨又此中依止六依出離喜住故捨除吐害六依出離憂依止六依出離捨住故捨除吐害六依出離喜復有二種捨一依種種性二依一種性依種種性捨者謂依於色乃至依於法依一種性捨者謂依虚空無邊處乃至依非想非非想處此中依止依一種性捨住故捨除吐害依種種性捨想蘊建立有三種一依差別二作意差別三境界差別依差別者謂六想身眼觸所生想乃至意觸所生想作意差別者有二種一有相想二無相想有相想者謂

除欲界中未善言說者想第一有想及出世間想餘有相作意相應想無相想者謂前所除無相作意相應想境界差別者有四種一小想二大想三無量想四無所有想如其次第緣欲界緣色界緣無色界緣無所有處想應知行蘊建立有三種一勝差別二依差別三諸行施設差別勝差別者唯思最勝行蘊所攝由造作心令成雜染及清淨法轉故依差別者謂六思身眼觸所生思乃至意觸所生思諸行施設差別者有三種一雜染施設二清淨施設三分位施設雜染施設者謂煩惱及隨煩惱清淨施設者謂信等分位施設者謂生等心不相應行即此三蘊法處所攝色及與無爲總名法界亦名法處識蘊建立有三種一種類差別二依差別三雜染清淨差別種類差別者有二種一阿賴耶識二轉識依差別者謂六識身問阿賴耶識於六識中何識所攝答通六識所攝藏彼種故由此識客記攝故薄伽梵不爲一切說若善巧者即由此隨解雜染清淨差別者如經中說有貪心如實知有貪心離貪心如實知離貪心如是有瞋離瞋有癡離癡乃至廣說此中有三品心一未發趣三摩地心二已發趣而未得三摩地心三已得三摩地心此復二種一不清淨心二極清淨心第一品心者謂或時起染汙心由貪等纏所纏故或時起善無記心遠離貪等纏故第二品心者謂或時繫心內靜或時失念馳散五欲或時攝令靜故復爲昏沉睡眠之所纏覆或時爲斷彼故復策心安置於勝淨境或時復於彼境不正安故

其心掉動或正安故心不掉動或時未斷沉掉蓋故於二分中俱不寂靜或斷彼故其心寂靜能得根本靜慮作意故名定心未得彼故名不定心道究竟故名極修心斷究竟故名極解脱心翻彼二種名不修心不解脱心始從定心乃至於此是第三品心應知數者由五種事總攝一切流轉事故何等五事一所受用事二能受用事三受用執取事四受用雜染事五彼所依徧行法事所受用者謂色蘊五種色根依執門故爲所受用諸色境界所緣門故爲所受用能受用者謂受蘊受用執取者謂想蘊受用雜染者謂行蘊彼所依徧行法者謂識蘊由計此識是受用者乃至是所雜染者故即由是義次第得成復由餘五因緣建立次第一由生起故二由對治故三由流轉故四由識住故五由顯了故由生起故者如經説緣眼及色眼識得生乃至緣意及法意識得生此中初説色蘊次説識蘊此二種蘊是諸心法之所依止依此故起受等心法故次經言三事合故觸觸爲緣故受等法生由此生起因緣説諸蘊次第由對治故者爲對治四顛倒故説四念住四顛倒者一於不淨計淨顛倒二於苦計樂顛倒三於無常計常顛倒四於無我計我顛倒此中先説色蘊次後受蘊次後識蘊最後想行二蘊如是由對治故説諸蘊次第由流轉故者諸根境界爲所依故能起二蘊謂領納境界及采畫境界由此因緣能起受用現法境界諸惱亂法及能造作善不善業由此因故能感後世生等苦惱識蘊一種是所惱亂故最

後説由識住故者謂四識住由彼次第起能住識由顯了故者謂見補特伽羅已先記識其色是故先説色蘊次由受蘊顯彼貴賤苦樂次由想蘊顯彼如是名如是姓如是種類次第由行蘊顯彼如是愚癡如是聰慧後由識蘊顯彼内我差别謂於前諸蘊中所記識者有苦樂者所言説者愚癡聰慧者是名由顯了故説諸蘊次第復由依止二種事故建立次第一資助我事二自内我事謂初依止身於諸境界次受苦樂次隨説自他如是名如是姓如是種類等次依此二集起一切法非法行如是等名助我事最後一蘊是内我事應知善巧者成善巧品中當廣説想差别者謂有色無色有見無見有對無對有漏無漏有爲無爲如是等問何義幾種是有色答即以有色自體義故一蘊是有色問何義幾種是有見答眼所行義故一少分是有見問何義幾種是有對答更相觸對各據處所及麤義故一少分是有對言麤義者離三種細何者爲三一損減細二種類細三心自在轉細問何義幾種是有漏答麤重隨逐故與諸煩惱互依生義故一切少分是有漏復有餘有漏義謂若處煩惱於中能起四種過是處名有漏何等爲四一不寂靜過二内外變異過三發起惡行過四因攝受過此中初過謂諸纏現行所作應知第二過謂煩惱所依緣事隨順煩惱所作應知第三過謂由煩惱所作應知第四過謂牽引後有應知問何義幾種是有爲答從因已生正生可生義故一切是有爲問何義幾種是有諍答瞋多分自在

轉義故一切少分是有諍問何義幾種是有味著答愛見多分自在轉義故一切少分是有味著問何義幾種是依躭嗜答欲貪多分自在轉義故一切少分是依躭嗜問何義幾種是世間答言論所依義故一切少分是世間問何義幾種是界攝答三界中世間義故一切少分是界攝問何義幾種是過去答因果已受用盡義故一切少分是過去問何義幾種是未來答因果未受用盡義故一切少分是未來問何義幾種是現在答因已受用盡果未受用盡義故一切少分是現在問何義幾種是內答內六處及彼不相離義故四全一少分是內問何義幾種是外答翻內義故一少分是外問何義幾種是麤答不細滑聚集充滿相義故一切少分是麤問何義幾種是細答翻麤義故一切少分是細問何義幾種是劣答無常苦不淨染汙義故一切少分是劣問何義幾種是勝答翻劣義故一切少分是勝問何義幾種是遠答處所及過去未來時遥義故一切少分是遠問何義幾種是近答翻遠義故一切少分是近問何義幾種是欲界繫答若生於此未得對治或得已出三時現行義故一切少分是欲界繫問何義幾種是色界繫答已得色界對治若住彼定若生於彼未得上地對治或得已出三時現行義故一切少分是色界繫問何義幾種是無色繫答已得無色對治若住彼定若生於彼未得上地對治或得已出三時現行義故一切少分是無色繫復有餘義謂安俱定不相應共有法及彼果法所攝義故是欲界

繫依色煩惱及翻前所攝義故是色界繫已離色界所餘煩惱及如前所攝義故是無色繫應知問何義幾種是善答感後樂果義煩惱苦斷義及彼對治義故一切少分是善問何義幾種是不善答感後苦果義及起惡行義故一切少分是不善問何義幾種是無記答彼俱相違義故一切少分是無記復有餘義謂無過失義對治過失義隨順功德義故是善與此相違義故是不善彼俱相違義故是無記問何義幾種是學答方便修學善義故一切少分是學問何義幾種是無學答修學究竟善義故一切少分是無學問何義幾種是非學非無學答除前二種餘善染汙無記所攝義故一切少分是非學非無學問何義幾種是見所斷答由現觀智現觀諦所斷義故一切少分是見所斷問何義幾種是修所斷答由現觀智現觀諦後修道所斷義故一切少分是修所斷問何義幾種是無斷答究竟對治一切染汙義及一切染汙永斷義故一切少分是無斷問何義幾種是無色乃至廣說答翻前所說色等義故是無色等義應知

顯揚聖教論卷第五

音釋

詰（起一切　責問也）矯（居小切　詐也）

顯揚聖教論卷第六

無著菩薩造

唐三藏法師玄奘奉詔譯

攝淨義品第二之二

論曰如是廣說世俗諦已勝義諦云何頌曰

五三法真實　彼復四應知　及四種尋思

四種如實智

論曰五法者一相二名三分別四真如五正智相者若略說謂一切言說所依處名者謂於諸相中依增語分別者謂三界所攝諸心心法真如者謂法無我所顯聖智所行一切言說所不依處正智者略有二種一唯出世間二世間出世間唯出世間正智者謂由正智聲聞獨覺諸菩薩等通達真如又諸菩薩以世出世智於五明處精勤學時由徧滿真如智多現在前故速疾證得所知障淨世間出世間正智者謂諸聲聞及獨覺等初通達真如已由初一向出世間正智力後所得世間出世間正智故於諸安立諦中起猒怖三界心及愛味三界寂靜處又由彼正智多現在前故速疾證得煩惱障淨三法者謂三自性一徧計所執自性二依他起自性三圓成實自性徧計所執自性者謂依名言假立自性爲欲隨順世間言說故依他起自性者謂從緣所生法自性圓成實自性者謂諸法真如聖智所行聖智境界聖智所緣爲欲證得極清淨故爲令一切相及麤重二縛得解脫故爲欲引發諸功德故彼復四應知者彼真實復有四種一世間真實二道理真實三煩惱障淨智所行真實四所知障淨智所行真

實世間眞實者謂一切世間於諸事中由串習所得悟入智見共施設世俗性如於地謂唯是地非火等如是於水火風色聲香味觸飲食服乘諸莊嚴具及諸什物香鬘塗飾歌舞音樂衆明男女威儀諸行田宅財物及苦樂等於苦謂苦非樂於樂謂樂非苦又若略說者謂此是此非彼如是謂彼是彼非餘若事世間有情決定勝解所行一切世間自昔傳來名言決定自他分別共爲眞實非邪思搆觀察所取是名世間眞實道理眞實者謂諸正智者有道理義諸聰叡者諸黠慧者諸推求者諸審察者住尋思地者具自辯才者處異生位者隨觀察行者依證比至教三量極善思擇決定智所行所知事以如實因緣證成道理所建立故是名道理眞實煩惱障淨智所行眞實者謂一切聲聞獨覺無漏方便智無漏正智無漏後所得世間智等所行境界是名煩惱障淨智所行眞實由緣此故於煩惱障智得清淨及後證住無障礙性是故說爲煩惱障淨智所行眞實問此中何者是眞實答謂苦集滅道名之所顯四種聖諦由簡擇如是四聖諦故得入現觀位於現觀位後眞實智生所知障淨智所行眞實者謂於所知中能礙智故名所知障若眞實性是解脫所知障智所行境界是名所知障淨智所行眞實應知此復云何謂諸菩薩佛薄伽梵爲入法無我及已入極清淨者依一切法離言說自性假說自性無分別平等智所行境界謂最勝眞如無上所知究竟性此性一切正法簡擇不能迴轉不能過越是名所知

障淨智所行眞實四種尋思者一名尋思二事尋思三自性假立尋思四差別假立尋思名尋思者謂諸菩薩於名唯見名事尋思者謂諸菩薩於事唯見事自性假立尋思者謂諸菩薩於假立自性唯見假立自性差別假立尋思者謂諸菩薩於差別假立唯見差別假立是名差別假立尋思此諸菩薩於名事二種或離相觀或合相觀依名事合觀故通達自性假立差別假立四種如實智者一名尋思所引如實智二事尋思所引如實智三自性假立尋思所引如實智四差別假立尋思所引如實智名尋思所引如實智者由諸菩薩於名尋思唯有名已於名如實了知謂此名爲此義故於此事中建立爲令世間起想見言說故若於色等所想事中不爲建立色等名者一切世間無有能想此事是色等若無想者無有能起增益執著若不執著則無言說若如是如實了知是名第一名尋思所引如實智事尋思所引如實智者由諸菩薩於事尋思唯有事已如實了知色等所想事性離一切言說不可言說是名第二事尋思所引如實智自性假立尋思所引如實智者由諸菩薩於色等所想事假立自性中尋思唯假立故如實通達假立自性非實彼事自性而似彼事自性顯現又能了知彼事自性猶如變化影像響應光影水月焰水夢幻似有體性是名第三自性假立尋思所引甚深義所行境如實智差別假立尋思所引如實智者由諸菩薩於差別假立尋思唯假立性故於色等所想事差別假立中善能通達

不二之義謂彼諸事非有性非無性由可言說自性不成就故非有性由不可言說自性成就故非無性如是非有色由勝義諦故非無色由世俗諦中假立色故如有性無性有色無色如是有見無見等諸差別假立法門彼一切由是理趣盡應知若能如實了知差別假立如是不二之義是名第四差別假立尋思所引如實智如是顯了所入事能入因及能入已復次頌曰

三自性成立　差別業隱密　方便攝別異
是各有多種

論曰彼三種自性成立差別業用隱密方便攝別異應知各有多種成立多種者如成無性品中當廣說差別者問徧計所執自性有幾種答如依他起自性中所有假立自性差別如是徧計所執自性是故徧計所執自性無有限量應知復次於依他起自性中有二種徧計所執自性分別謂隨勝覺及隨數習習氣隨眠問依他起自性有幾種答即如諸相多種差別應知謂色相心相心法相心不相應相如是等復次若略說有二種依他起自性謂徧計所執自性分別所起及非分別所起問圓成實自性有幾種答圓成實自性於一切處一味故不可建立差別業者問徧計所執自性能作幾業答有五種一能生依他起自性二即於是中起諸言說三能生衆生執四能生法執五能攝受二執習氣麤重問依他起自性能作幾業答有五種一能生諸雜染體二能爲徧計所執自性及圓成實自性所依三能爲衆生執所依四能爲法執

所依五能爲二執習氣麤重所依問圓成實自性能作幾業答有五種謂能爲二種五業對治生起所緣性故隱密者謂當隨三種自性義解釋一切不了義經由無量經中一切如來隱密語言及一切菩薩隱密語言皆隨三種自性方可悟入彼義故問如經中說三解脫門彼云何建立答由三自性故謂由徧計所執自性故建立空解脫門由依他起自性故建立無願解脫門由圓成實自性故建立無相解脫門問如經中說無生法忍彼云何建立答由三自性故謂由徧計所執自性故說本來無生忍由依他起自性故說自然無生忍由圓成實自性故說煩惱苦垢無生忍此三種忍在不退轉地應知由如是等差別義故於餘一切隱密語言皆應隨三自性解釋應知方便者謂了知如是三種自性能作一切聲聞獨覺無上正等菩提方便攝者謂三種自性及相名分別等五事相攝問如是五事初自性幾事攝答無問第二自性幾事攝答四問第三自性幾事攝答一別異者謂徧計所執自性唯正應知依他起自性應知及應斷圓成實自性應知及應作證如是悟入俗諦勝義諦已復次頌曰

聞十二分教　三最勝歸依　三學三菩提
爲有情淨說

論曰聞十二分教者謂聞契經應頌記別諷頌自說因緣譬喻本事本生方廣希法論議聖教契經者謂諸經中佛薄伽梵於種種時處依種種所化有情調伏行差別或說蘊所攝法界所攝法處所攝法或說緣起所攝法

或說食所攝法諦所攝法或說聲聞獨覺如來所攝法或說念住正斷神足根力覺支道支所攝法或說不淨息念覺證淨等所攝法如來說是語已諸結集者歡喜敬受爲令聖教得久住故以諸美妙名句文身如其所應次第結集次第安置以能綴緝引諸義利引諸梵行種種善義故名契經應頌者謂諸經中或於中間或於最後以頌重顯及諸經中不了義說是爲應頌記別者謂諸經中記諸弟子命終之後生處差別及諸經中顯了義說是爲記別諷頌者謂諸經中非長行直說然以句結成或二句或三四五六句等說是爲諷頌自說者謂諸經中不列請者姓名爲令正法久住故及爲聖教久住故自然宣說是爲自說因緣者謂諸經中列請者姓名已而爲宣說及諸所有毗柰耶攝有因緣教別解脫戒經等是爲因緣譬喻者謂諸經中有譬喻說由譬喻故本義明白是爲譬喻本事者謂宣說前世諸相應事是爲本事本生者謂諸經中宣說如來於過去世處種種生死行菩薩行是爲本生方廣者謂諸經中宣說能證無上菩提諸菩薩道令彼證得十力無障智等是爲方廣希法者謂諸經中宣說諸佛及諸弟子苾芻苾芻尼式叉摩那沙彌沙彌尼勤策男勤策女鄔波索迦鄔波斯迦等共不共功德及餘最勝殊特驚異甚深之法是爲希法論議者謂一切摩怛履迦阿毗達磨研究解釋諸經中義是爲論議如是十二分教中具有素怛契等三藏此中所說纜經應頌記別諷頌自說譬喻本事本生方廣

希法是爲素怛纜藏此中所說因緣是爲毗柰耶藏此中所說論議是爲阿毗達磨藏三最勝歸依者謂佛法僧三種歸趣三學者謂增上戒學增上心學增上慧學三菩提者謂聲聞菩提獨覺菩提無上正等菩提爲有情淨說者爲令有情得清淨故次第宣說是三種法謂能持方便果能持者謂聞及歸依方便者謂三學果者謂三菩提復次如是聞等云何分別應知頌曰

聞歸學菩提　六三十二五　隨名數次第如應廣分別

論曰聞六種分別者一依處二依攝三依清淨四依行五依理趣六依義依處者謂依五明處一内明處二因明處三聲明處四醫方明處五工業明處依攝者有二種謂聲聞藏攝菩薩藏攝依清淨者謂十種清淨說清淨有五一善說者說故二顯了文句說故三盡所知義如所知義說故四易方便修行說故五能出離一切苦說故聽清淨有五一不以求過意聽故二以求涅槃意聽故三極善諦聽故四依名句字身義極善分別聽故五以正修行意聽故依行者謂十種法行依理趣者有六種理趣謂眞義理趣乃至意樂理趣此中前三理趣由後三理趣隨釋應知謂由離二邊理趣隨釋眞義理趣由不思議理趣隨釋證得理趣由意樂理趣隨釋教導理趣此中眞義即是理趣故名眞義理趣乃至意樂即是理趣故名意樂理趣於彼彼處無顛倒性是理趣義眞義理趣者略有六種應知謂世間眞實乃至所知障淨智所行眞實及

安立眞實非安立眞實此中前四種眞實如前分別應知安立眞實者謂四聖諦苦眞苦故安立爲苦乃至道眞道故安立爲道問何因緣故名爲安立答由三種俗所安立故一由世間俗二由道理俗三由證得俗世間俗者謂安立田宅瓶盆軍林數等及安立我有情等道理俗者謂安立蘊界處等證得俗者謂安立預流果等及安立彼所依住法復有四種安立謂前三種及由勝義俗安立勝義諦性不可安立由內自所證故爲欲隨順引生彼智依俗安立非安立眞實者謂一切法眞如實性證得理趣者略有四種一一切有情業報證得二聲聞乘證得三獨覺乘證得四大乘證得一切有情業報證得者謂一切有情造作淨不淨業依自業故於五趣流轉中感種種異熟受種種異熟聲聞乘證得者謂初受三歸乃至依止聞莊嚴故得五證得一地證得二智證得三淨證得四果證得五功德證得地證得者謂得三地一見地二修地三究竟地智證得者謂得九智一法智二種類智三苦智四集智五滅智六道智七此後所得俗智八盡智九無生智淨證得者謂四證淨果證得者謂四沙門果功德證得者謂無量解脫勝處徧處無諍願智無礙解神通等功德復次聲聞乘證得中證得依止者謂先修世間道離欲次修順解脫分善根後修順決擇分善根獨覺乘證得者略有三種一由先已得順決擇分善根故二由先已得無漏眞證故三由次第得故此中由前二證得者名非獨勝覺由後證得者名犀角喩覺

大乘證得者謂大悲證得發心證得波羅蜜多證得攝事證得地證得於五無量中隨至眞如證得不思議威德證得不共佛法證得彼一切如前分別應知教導理趣者謂略有三處所攝一藏所攝二摩怛履迦所攝三彼俱所攝藏所攝者謂聲聞乘藏及大乘藏摩怛履迦所攝者謂十七本地及四種攝彼俱所攝者謂略有十種如前分別義中十種義應知此爲攝前一切藏所攝及摩怛履迦所攝故名爲總略摩怛履迦履有十二種教一事教謂宣說各別色等眼等一切法教二想差別教謂宣說蘊界處緣起是處非處諸根諸諦念住有色無色有見無見有對無對等如是廣說無量佛薄伽梵想差別教三自宗觀察教謂契經應頌記別等教依攝釋中之所顯示四他宗觀察教謂依七種因明摧伏他論成立自論教七種因明者謂論體論處所等後當分別五不了義教謂契經應頌記別等中薄伽梵略標其義未廣分別應更開示教六了義教謂翻前應知七俗諦教謂諸所有言路顯示彼一切皆名俗諦又依名想言說增上所起相名分別亦是俗諦八勝義諦教謂四聖諦教及眞如實際法性教九隱密教謂多分聲聞藏教十顯了教謂多分大乘藏教十一可記事教如四種法嗢柁南教謂一切行無常乃至涅槃寂靜如是等教十二不可記事教謂有問言世間爲常爲無常耶如來爾時默然不記但告彼言我說此事不可記別乃至問言如來滅後爲非有非無耶如來爾時默然不記但告彼言我說此事

不可記別此中四因緣故宣說不可記事應知一無體性故不可記別如有問言我與諸蘊爲異不異爲常無常如是等二能引無義利故不可記別如升攝波葉經說有無量法我已證覺而不宣說何以故彼法能引無義利故三甚深故不可記別謂有問言我爲有爲無耶此不可記別何以故若如來記別我有者彼人或執蘊中有我或執離蘊有我若記別我無者彼人或謗世俗言說我亦是無乃至有問如來滅後爲有爲無亦有亦無非有非無等由甚深故皆不記別四彼相法爾故不可記別謂諸法眞如與彼諸法若一若異不可記別由彼如相法爾不可安立若異性若不異性故復有四種因緣如來宣說不可記別事應知一由此事外道所說故二不如理故三不引義利故四唯能發起諍論纏故有二因緣不引義利應知一遠離因果思惟故二遠離雜染清淨思惟故離二邊理趣者略有六種應知一遠離於不實有增益邊二遠離於眞實有損減邊三遠離執常邊四遠離執斷邊五遠離受用欲樂邊六遠離受用自苦邊不可思議理趣者略有六種不可思議事一我不可思議二有情不可思議三世間不可思議四一切有情業報不可思議五證靜慮者及靜慮境界不可思議六諸佛及諸佛境界不可思議意樂理趣者略有十六種意樂一開示意樂二離欲意樂三勸導意樂四獎勵意樂五讚悅意樂六令入意樂七除疑意樂八成熟意樂九安定意樂十解脫意樂十一依別義意樂十二發證行者無

過歡喜意樂十三令聞行者於說法師起尊重意樂十四法眼流布意樂十五善增廣意樂十六摧壞一切相意樂依義者謂不了義及了義歸三種分別者一成就二建立三差別成就者唯佛法僧是眞歸依非餘天等何以故由二因故一無所能爲故二不現見故云何無所能爲謂諸天神不能爲諸衆生作利益事此諸天神或無能故或待敬事故或不忍疲苦故或無慈悲故或有障礙故如是一切非眞歸處謂無能故墮偏黨故避自疲苦無自在故無哀愍故德微劣故云何不現見謂諸天神非現證見世間未見不現見主能爲所依除可依信現攝受他餘現見依所不見故問夢中見故應是歸依答欲想所見或實不實又復覺時何不現見雖於夢中少見實相此亦欲想所作又衆緣現前令處夢者少有所見此亦多虛復次由五種因諸天神等非歸依處何等爲五一由相故二由體故三由業故四由法爾故五由因果故由相故者謂諸天神世不現見無談論故容色奮發有怖畏故染習放逸有貪愛故捨他利益無悲愍故不能解了作與不作不達實義故不可歸依云何相故佛可歸依謂世間現見有談論故容色和靜無怖畏故遠離放逸無貪愛故不捨利他有大悲故善能解了作與不作通達實義故復由五相佛可歸依何等爲五爲利有情證大菩提故現處大衆開正法眼故怨親有情平等利益故於諸家室攝受捨離貪著諸根寂靜故善除一切衆生疑網故由體故者謂由如來永斷諸漏自既調

御亦調御他故可歸依諸天神等具諸漏故尚不能自調御況調御他故非歸處由業故者謂如來安住廣大無垢靜慮等業又復能爲利衆生業故可歸依諸天神等安住穢下受用欲業又有殺害諸衆生業故非歸處由法爾故者謂一切世間及出世間功德勝利皆依自己功用所得若離自己功用雖於天神起深敬信亦不能證設於天神不生敬信但自用功必能證得是故天神非歸依處由因果故者今問事天神者天神體性爲由天業感得爲由供養天得爲無因得若天業得者即應歸業非天若無因得者應歸無因非天若供養天神得者爲唯因供養感天神體爲唯因天神爲因二種若唯因供養者即徒事天神隨處供養皆應能感天報若唯因天神者即徒設供養雖不供養但由天神應得天報若俱因二種者但設供養天神攝受諸所祈願悉應果遂又於七種所祈願事不定果遂是故不然一於供養緣攝受二於信解緣攝受三於信解彼者發起信解能感最勝天神自體四於能感最勝所受富樂五於摧壞阿素洛等怨敵六於出生七於終殁建立者問有幾種歸趣答三種歸趣謂佛法僧問何因唯有三種歸趣答由四因故唯有如來是可歸趣謂善自調故善解一切種調伏方便故以財供養不悅意故以行供養悅可意故由具此德彼所説法及弟子衆亦可歸依問齊何當名能歸趣耶答具四因故名能歸趣一善知有德故二善知差別故三自誓受故四更不餘歸趣故問歸趣正行云何答有

四種歸趣正行應知一親近善人二聽聞正法三如理作意四法隨法行復有四種正行應知一善攝諸根令不掉動二受正學處三悲愍衆生四時時如法供養三寶問歸趣三寶有何利益答有四種利益一得廣大功德二得廣大歡喜三得勝等持四得善清淨復有四種利益一大獲具足二一切邪解障礙漸得微薄徧盡滅没三得入聰慧正至善人衆中所謂大師同梵行衆四爲信聖教諸天之所愛樂彼諸大等若見有受三歸趣者生大歡喜展轉相告我等往昔皆由成就三歸趣故從彼命終來生此間是善男子等今亦成就此三歸趣多住不捨不久當來爲我等伴差别者謂由六種因故三寶差别應知一由相故二由業故三由信解故四由行故五由隨念故六由生福故由相故差别者自證覺相是佛寶證覺果相是法寶由隨他教正修行相是僧寶由業故差别者轉正說業是佛寶煩惱苦斷所緣境業是法寶增勤勇業是僧寶由信解故差别者謂於佛寶應親近敬事於正法寶應信敬作證於諸僧寶應同法共住敬信親近由行故差别者謂於佛寶應起延請迎接承事供養行於正法寶應起如理方便修習行於諸僧寶應起互共受用財法行由隨念故差别者於三寶所應各起别行隨念如經中說此薄伽梵如來應正等覺乃至廣說由生福故差别者謂於佛寶依一有情生最勝福於正法寶依增上法生最勝福於諸僧寶依多有情生最勝福

顯揚聖教論卷第六

音釋

叡 于芮切深明通達也

素怛纜 梵語也此云契經怛當拔切纜盧瞰切

奬 子兩切勸使也

顯揚聖教論卷第七

無著菩薩造
唐三藏法師奘奉詔譯

攝淨義品第二之三

學十二種分別者一差別分別二生起分別三轉異分別四能治所治分別五能引增上生決定勝分別六順法分別七補特伽羅分別八下中上分別九瑜伽分別十作意分別十一引發分別十二問答分別

差別分別者謂分別三學差別增上戒學差別者如經中說若諸苾芻尸羅成就住守別解脫律儀軌則所行悉皆具足於微細罪深見怖畏受學學處名具戒者此中尸羅成就住者謂於所受學處身業無犯語業無犯不破不穴如是尸羅成就住守別解脫律儀者謂七衆尸羅名別解脫律儀即此尸羅衆差別故建立多種律儀此中義者唯依苾芻律儀相說是名守別解脫律儀軌則具足者謂或於威儀或於所作或於方便修善品中軌則具足隨順世間不違世間隨順毗柰耶不違毗柰耶云何於威儀中軌則具足隨順不違世間及毗柰耶謂若是時是處應行及如是應行即於是時是處如是正行不爲世間訶責譏毀及不爲聰慧正至善人同法者持律者學律者訶責譏毀如行住坐卧亦如是知云何於所作中軌則具足隨順不違世間及毗柰耶謂著衣服大小便利用水齒木入村乞食迴還受用洗鉢安置洗足敷具又復略作鉢業衣業及餘所有如法作業是名所作如其所應若是時是處應作及如是應作

即於是時是處如是正作不爲世間訶責譏毀及不爲聰慧正至善人同法者持律者學律者訶責譏毀是名於所作中軌則具足隨順不違世間及毗柰耶云何於方便修善品中軌則具足隨順不違世間及毗柰耶謂讀誦經典和敬師長修承事業瞻侍疾患互起慈心與欲宣說方便修習請問聽法精勤無墯於諸聰慧同梵行者躬自供事奬勸他人修行善品及爲宣說深妙之法入靜密處結跏趺坐諸如是等及餘善法是名方便修諸善品如是於方便修習如所說善品中若是時是處應修及如是應修即於是時是處如是正修由如是修故不爲世間訶責譏毀及不爲聰慧正至善人同法者持律者學律者訶責譏毀是名方便修善品中軌則具足隨順不違世間及毗柰耶若如是相軌則具足是名軌則具足所行具足者謂五處非苾芻所行何等爲五一唱令家二婬女家三酤酒家四王宮五旃荼羅羯恥那家及如來餘所制不應行處除此餘是所行如是以時行無過處是名所行具足於微細罪深見怖畏者謂犯小隨小學處犯已可出者皆名微細罪復次若犯已少用功出者名微細罪若於此中深見怖畏謂勿令我因此犯故便不堪任得所未得悟所未悟證所未證勿復令我墮於惡趣起惡趣行勿復令我後自悔責勿爲大師諸天聰慧同梵行者以法訶責又勿令我惡名稱等流布十方因見如是現法後法不可樂事深生怖懼爲如是故於小隨小學處乃至命難因緣終不故犯設復失念或時

犯已疾疾悔過如法而出如是名爲於微細罪深見怖畏受學學處者謂先受別解脱律儀時由白四羯磨受具足故略已得聞學處體性及於別解脱經所説過一百五十學處唯自誓受我當盡學一切學處復從鄔波柁耶阿遮利耶及諸共談論者互問難者數習近者善同意者所數數聞已又半月半月聞説別解脱經由如是受一切學處故名得別解脱律儀從是已後於諸所善學處無有毀犯設有毀犯即如法出若於先所誓受學處不善不達者應如先所受復於鄔波柁耶阿遮利耶等所數數請問聽受令善達解如尊所説不增不減善修學已又無倒受持若文若義如是名爲受學學處如是廣説尸羅律儀差別已若略説彼義者謂此中薄伽梵以三種相顯了戒蘊一無失壞相二自體相三自體功德相此中如前所説尸羅成就住者此顯尸羅律儀無失壞相次言守別解脱律儀者此顯自體相復言軌則所行悉具足者此顯如所受別解脱律儀觀他增上功德名稱相何以故由他見此軌則所行具足相故未信者信已信者增長由未信者依此信故心無輕毀無惡名聞若不爾者雖具足尸羅由越軌則所行故則無觀他增上德稱若翻於此則無過失後言於微細罪深見怖畏受學學處者此顯觀自增上功德名稱相何以故雖復軌則所行具足故得觀他增上功德名稱然毀尸羅已由此因緣或生惡趣或不堪任得所未得悟所未悟證所未證若能於微細罪尚見怖畏何況上品又受學學處由

此因緣身壞命終生於善趣又復堪任得所未得悟所未悟證所未證以是緣故名尸羅律儀觀自增上功德名稱相復次此中薄伽梵顯三種尸羅性一受尸羅性二出離尸羅性三修習尸羅性初說尸羅成就住者此顯受尸羅性次說守別解脫律儀者此顯出離尸羅性何以故由別解脫律儀所攝尸羅說名增上戒學依增上戒學故能修增上心學及增上慧學由依此故能令一切苦永盡出離如是出離先依尸羅行然後方得是故別解脫律儀說為出離尸羅性後說軌則所行悉皆具足於微細罪深見怖畏受學學處者此顯修習尸羅性若依如是相修習別解脫律儀尸羅者是名修習善修習如是名為增上戒學差別分別增上心學差別分別者若苾芻離欲惡不善法有尋有伺離生喜樂初靜慮具足住復尋伺寂靜內徧淨心一趣性無尋無伺三摩地生喜樂第二靜慮具足住復離喜故住捨念正知身受樂聖者宣說有捨念樂住第三靜慮具足住復斷樂先已斷苦及喜憂沒不苦不樂捨念清淨第四靜慮具足住此差別義如前已說是名增上心學差別分別增上慧學差別分別者若苾芻於苦聖諦如實知苦於集聖諦如實知集於苦滅聖諦如實知滅於苦滅趣行聖諦如實知趣行是名增上慧學差別分別

生起分別者謂由尸羅成就故無悔由無悔故生悅生悅故心喜心喜故身安身安故受樂受樂故心定心定故觀如實觀如實故起猒起猒故離欲離欲故解脫解脫故自謂我

證解脫復起如是智見我生已盡梵行已立所作已辦不受後有
轉異分別者謂或有增上戒學無增上心無增上慧或有增上戒學增上心學無增上慧若有增上慧學必有增上戒及增上心
能治所治分別者謂增上戒學是煩惱纏止息對治增上心學是煩惱纏制伏對治增上慧學是煩惱隨眠永斷對治
能引增上生決定勝分別者謂增上戒學增上心學能引清淨地及清淨增上生增上慧學能引出世決定勝德
順法分別者謂十種隨順學法一先因二順教三如理方便四無間慇重修五猛利樂欲六修持力七身心麤重安息八數數觀察九無怯怖十無增上慢先因者謂先世根熟及根成滿順教者謂無倒次第之教如理方便者謂如教修行如是修時能生正見無間慇重修者謂如是方便時無空過修習善品及至誠速疾引發善品猛利樂欲者謂於增上解脫起證樂欲念我何時證於衆聖具足住處修持力者謂二因緣得修持力一性利根故二長時純熟修故身心麤重安息者若由身疲倦起身心麤重則易奪威儀令得安息若由極尋伺起身心麤重則内修寂靜令得安息若由勵意極攝斂心及沉下心惛沉睡眠纏起身心麤重則修慧觀及淨勝作意令得安息若由自性未斷煩惱順煩惱品身心麤重隨逐不離則正修聖道令得安息數數觀察者謂依尸羅數數觀察惡作善作如實了知若於惡作不爲不應捨離若於善作不

爲則應捨離若於惡作爲之則應捨離若於善作爲之不應捨離如是觀察作意增上力故數數觀察一切煩惱已斷未斷若知已斷應深慶悅若知未斷數數應修此對治道無怯怖者謂於時時中應知應觀於法由不知不觀不證入故生於怯怖心有萎悴心有虛乏如是數數生時心不執著除斷棄捨無增上慢者謂於所得所悟所證中離增上慢不顛倒執於已得中起已得想於已悟中起已悟想於已證中起已證想如是十法樂正修行諸學處者由初中後隨順學處是故名爲隨順學法此十法中先因一種隨順增上戒學最勝餘之九種隨順增上心學增上慧學最勝

補特伽羅分別者謂此三學通諸異生及見諦者

下中上品分別者謂由行故及方便故由行故者謂苦遲通行名下品學苦速通行及樂遲通行名中品學樂速通行名上品學由方便故者不慇重方便及不無間方便修者名下品學隨一方便修者名中品學具二方便修者名上品學

瑜伽分別者謂依四種瑜伽正學學處一信二欲三正勤四方便信者謂二行相及二依處二行相者一忍可行相二清淨行相二依處者一觀法道理依處二信解人威德依處欲者有四種欲一爲證得欲二爲問論欲三爲證資糧欲四爲方便修欲爲證得欲者如一行者於上解脫起證樂欲廣說如前爲問論欲者如一行者起證欲已趣僧伽藍中諮

有識者同梵行者正行智者所爲聞所未聞及已聞者明淨故爲證資糧欲者如有行人於尸羅律儀清淨中飲食知量中覺悟方便中正知住中及進上中起證樂欲爲方便修欲者謂於無間方便中慇重方便中修聖道中生希求作證樂欲正勤者謂四種正勤一爲聞法故二爲思惟故三爲修習故四爲障淨故爲聞法故者謂爲聞所未聞及已聞者明淨故策勵於心方便修習所未委處爲思惟故者如所聞法獨在靜處思惟稱量觀察其義爲修習故者謂處靜室數修止觀爲障淨故者謂爲淨諸蓋晝夜精勤經行宴坐策勵於心方便修習所未委處方便者亦有四種謂守護尸羅及守護諸根增上力故令根律儀清淨善住於念由善住念故得不放逸

守護於心修習善法由不放逸故令其內心與止相應及得增上慧觀察諸法如是四種瑜伽分爲十六行此中由信故信當得義由信當得義故於諸善法起修作欲由修作欲故晝夜精勤住於策勵堅固勇猛由正勤故攝修方便爲令得所未得義故悟所未悟義故證所未證義故是故此四種法說名瑜伽作意分別者謂了相等七種作意了相作意者由作意故了達欲界麤相及初靜慮靜相云何了達欲界麤相謂六種尋思諸欲過失一義二事三相四品類五時六道理尋思義者謂尋思諸欲多諸過患多諸累惱多諸疫癘多諸災橫如是諸欲多諸過患乃至多諸災橫是爲麤義尋思事者謂或於內諸欲起於貪欲或於外諸欲起於貪欲尋思相者謂

尋思自相及共相尋思自相者謂此是煩惱欲此是事欲如是諸欲或隨順樂或隨順苦或復隨順不苦不樂隨順樂者是貪欲依處及想心顛倒依處隨順苦者是瞋恚依處及忿恨依處隨順不苦不樂者是覆惱誑諂無慚無愧依處及見倒依處如是諸欲或暴惡受之所隨行或不暴惡受之所隨行如是名爲尋思諸欲自相尋思共相者謂尋思諸欲生苦乃至求不得苦平等平等隨逐隨縛受用欲者雖復諸欲廣備亦應解了是生苦等法此廣備欲須史變壞如是名爲尋思諸欲共相尋思品類者謂尋思諸欲墮黑品類如連鎖枯骨如穢段肉如草炬火如一分炭火如蟒毒蛇如夢所見猶如假借莊嚴之具如樹杪果又復尋思一切有情受追求所作苦受親愛離壞所作苦受無猒足所作苦受不自在所作苦受惡行所作苦又薄伽梵言我說習近諸欲有五過患一諸欲少味二習近欲者多諸苦惱多諸過患三習近欲者無猒無足無休無息四習近欲者諸結增長五習近欲者無惡不造又復聰慧正至善人以無量門訶責諸欲謂此諸欲增染無猒衆所共有非法顛倒諸惡行因增長欲愛智者捨遠速疾散壞依於諸緣放逸之地其性無常爲空爲虛誑失之法如幻如化誘誑愚夫若現法欲若後法欲若天上欲若人間欲一切皆是魔之所行魔所住處又依彼欲能令心生無量種種惡不善法謂貪瞋恨等諸障礙法諸聖弟子學學處時能爲障礙由如是等差別過失多分尋思諸欲墮黑品類如是名爲

尋思品類尋思時者謂於去來今世常恒相續尋思諸欲多諸累惱多諸災橫多諸過患如是名爲尋思於時尋思道理者謂此諸欲由大資具由大追求由大勞倦復由種種雜功業處方得圓備成立增長雖復如是外資生物增長成滿然其法爾速疾散滅又復父母妻子奴婢諸作業者朋友官僚兄弟親族等雖暫集會不久散壞又復內身麤色四大所生糜飯所長常棄穢惡澡浴按摩等雖復暫治所生苦惱終是離散壞滅之法爲治饑渴苦故受諸飲食爲治寒熱苦惱及爲覆障可羞慚處受畜衣服爲治惛睡逼苦及爲對治行住疲苦受諸卧具爲治諸疾病苦受諸醫藥如是諸欲皆爲治苦不應貪著唯除應如重病所執治病之藥或依聖教尋思如是

如是諸欲麤相或復內自智見發起或復尋思隨順道理或復尋思諸欲自性無始世來法爾成就不思議法不應思議不應分別如是名爲尋思道理如是六種了知諸欲麤相已又復了知初靜慮靜相謂於初靜慮中無如欲界極麤重相由離如是欲麤相故名初靜慮靜相如是名爲了知初靜慮靜相由定地作意故了知欲界麤相及初靜慮靜相是名了相作意此中猶有聞思間雜應知勝解作意者謂如其所應尋思了達欲界麤相及初靜慮靜相不爲聞思之所間雜純起修行勝解緣麤靜相修習止觀修習之時如所尋思麤靜之相數起勝解是故名爲勝解作意遠離作意者謂多修習此種類故爲欲斷除初分煩惱起對治道與斷煩惱能對治道俱

生作意名遠離作意攝樂作意者謂已斷欲界初分煩惱及已遠離彼品麤重於後勝品斷及遠離起於喜樂又於斷處見勝功德證於少分遠離喜樂於時時中以淨勝作意而自慶悅爲欲斷除惛沉睡眠掉舉纏故是名攝樂作意觀察作意者謂如是正修樂斷樂修已善品方便之所扶持令欲界繫諸煩惱纏若行若住不復現行如是行者復自思惟我此身中爲有貪欲爲無貪欲而於諸欲境不執受耶爲自觀察故隨於一境思惟勝妙清淨之相而彼行者由未盡斷諸隨眠故思惟如是淨妙相時隨順染習趣向染習臨至染習不住於捨亦不猒毀遮止違逆行者爾時如是自知我於諸欲未正遠離心未解脫故諸欲行繫攝我心猶如持水法爾攝伏我今定當倍修治道令餘隨眠無餘斷故倍復欣樂勝斷勝修是名觀察作意方便究竟作意者謂倍修習上品樂斷樂修故雙修止觀數數觀察如是行者修習對治時時觀察斷與未斷令心遠離欲界煩惱繫縛此暫時伏離非是究竟永拔種子行者爾時得初靜慮方便道究竟一切煩惱對治作意是名方便究竟作意方便究竟果作意者謂從此後無間由前因緣故證入根本初靜慮定此根本初靜慮俱生作意是名方便究竟果作意如初靜慮有七種作意如是第二第三第四靜慮乃至非想非非想處定如其所應盡當知復次麤相者謂於一切下地從欲界乃至無所有處略有三種諸下地法而可猒離應知一極苦住性二極不寂靜住性三極短壽住

性引發分别者謂四種引發一果引發二離欲引發三轉根引發四勝德引發

問答分别者謂無量門問答分别今少顯示

問增上戒學云何不清淨云何清淨答有十種因戒不清淨何者爲十一初不如法受尸羅律儀二極沉下三極浮散四放逸懈怠所攝五發起邪願六犯軌則攝七犯邪命攝八墮於二邊九不能出離十違越所受初不如法受尸羅律儀者如有一人或避王逼惱或避强賊之所逼惱或避債主逼惱或因恐怖逼惱或怖不活等故出家受戒不爲營修聖道不爲清淨梵行不爲自調伏不爲自寂靜不爲自涅槃諸如是等是爲不如法受尸羅律儀極沉下者如有一人無慚無愧悔心微劣其性慢緩於諸學處慢緩修習如是名極沉下極浮散者如有一人僻執所受非處生悔於不應悔處而生悔故於他人所非處而生陵懱之心及損害心數習不捨如是名極浮散放逸懈怠所攝者如有一人於過去世已有違犯由忘念故而不如法起於對治如是於未來現在起於違犯由忘念故而不如法起於對治先亦不起猛勵樂欲當於禁戒終不違犯謂我當如是如是行如是如是住如所應行如所應住令無所犯又復如是行如是住應可犯者而有毁犯此人於前中後際及先時所作俱隨行時皆現成就於放逸故又執睡眠及與偃息以之爲樂慢緩嬾墮不樂修營於梵行智人身不供侍如是名爲放逸懈怠所攝發起邪願者如有一人發起邪願行於梵行謂我今所修戒禁梵行當爲

天主或作餘天或復樂欲利養尊敬謂從他人求諸利養及與尊敬或唯願證利養尊敬如是名爲發起邪願犯軌則攝者如有一人於諸威儀或於所作或於方便修善品中如前所說凡有所行違於世間越毗柰耶如是名爲犯軌則攝犯邪命攝者如有一人爲性大欲及不知足難養難滿又以非法求覓一切衣服飲食諸坐卧具病緣醫藥及餘資具不以法故此人爲求衣服飲食等因顯已功德故於他人前詐現非眞自性及非串習威儀又現諸根寂靜無有掉動意令他人謂已有德當有所施及以供事謂衣服飲食諸坐卧具病緣醫藥及餘資具身業給使又復此人形貌躁惡發言麤獷無所忌憚嚴飾其身稱揚已名及與種姓或復多聞或廣持法爲

得利養及恭敬故而爲他人宣說諸佛及佛弟子所演之法或自說已實有功德或少增益或令他人稱顯異相爲求多勝衣服飲食及餘沙門種種資具雖復衣服無所缺少故現受用弊壞衣服意令信我長者居士知缺少故便多施與上妙衣服如衣服餘沙門資命之具亦復如是又於信敬婆羅門諸長者所不得如所欲物或是所無或是受用不可與故而便逼切訶罵求索或得下劣之物輕毀退還對施主前說如是語咄善男子有餘善男子善女人若比於汝族姓下劣資財貧匱尚能捨施如是如是妙可意物況汝於彼族姓高勝富有財產而以如是鄙可惡物施於我耶諸如是等或依詐現威儀或依非法言說或依稱顯異相或依逼切訶罵或依以

利比引於利非法求覓衣服飲食坐卧之具病緣醫藥及餘資具不以法求是謂邪命如是名爲犯邪命攝墮二邊者如有一人樂著受用諸欲妙樂從他而得衣服等具或如法或不如法不見過患不知出離而受用之此謂一邊又如一人修自苦行無量種種苦事煎迫其身受行種種極苦禁戒或依處棘刺或依處灰或依於杵或依於版或依髑髏或復蹲住或修蹲定或復事火乃至日三或復處水乃至日三或翹一足視日隨轉諸如是等及餘修自苦行是第二邊如是名爲墮於二邊不能出離者如有一人執見尸羅及餘禁戒謂唯修習尸羅禁戒當得清淨解脫出離又復執見善守善淨諸外道戒當得清淨解脫出離如是二種非究竟淨故不能出離如是名爲不能出離違越所受者如有一人都無羞恥曾不顧惜沙門儀範違毀禁戒行諸惡法内懷朽爛隨順下流如穢蝸蟲螺音狗行非沙門稱沙門無梵行稱梵行者如是名爲違越所受由是十因增上戒學而不清淨若翻此者是則清淨增上心學淨不淨義者如攝事品清淨靜慮中說又由此清淨故增上慧學清淨應知如是等類問答分別無量無邊唯義應知菩提五種分別者一種性二方便三時四證覺五解脫種性者聲聞菩提依鈍根種性獨覺菩提依中根種性無上正等菩提依利根種性方便者聲聞菩提由行六處善巧方便獨覺菩提由多分行甚深緣起善巧方便無上正等菩提由五明處善巧方便時者聲聞菩提極少三生修行而得

獨覺菩提由百大劫修行而得無上正等菩提由三大劫阿僧企耶修行而得證覺者聲聞菩提由師證覺獨覺菩提唯誓自利無師證覺無上正等菩提自利利他無師證覺解脱者聲聞菩提獨覺菩提所證轉依脱煩惱障解脱身攝無上正等菩提所證轉依解脱一切煩惱障及所知障解脱身攝及法身攝

顯揚聖教論卷第七

音釋

毗奈耶梵語也此云善治　萎悴萎邕危切枯也悴秦醉切憔悴也

瘥癘瘥營尺切癘力霽切瘥癘瘟病也　蟒母黨切大蛇也　杪弭沼切木末也

僚連條切官僚也　糜忙皮切粥也　躁則到切　獷古猛切惡也

版補綰切木片也　蹲祖尊切踞也　蝸古華切蝸牛也　螺郎何切蚌屬

顯揚聖教論卷第八

無著菩薩造
唐三藏法師玄奘奉詔譯

攝淨義品第二之四

如是分別聞歸等已復次頌曰

聖行無上乘　大菩提功德　異論論法釋
應知各多種

論曰聖行多種者謂四聖行一到彼岸行二菩提分行三神通行四成熟有情行到彼岸行者謂如前所說十波羅蜜多是名到彼岸行菩提分行者謂如前所說四念住等一切三十七覺分法及四種尋思四種如實徧智是名菩提分行神通行者謂如前所說六種神通名神通行成熟有情行者謂如前所說二種無量一所調伏無量二調伏方便無量復有六種成熟一成熟自體二所成熟者三成熟差別四成熟方便五能成熟者六已成熟者相如是名爲成熟有情行應知無上乘多種者謂五種大乘一種子二趣入三次第四正行五正行果如其次第菩薩地中種性品發心品住品餘諸品大菩提建立二品所攝應知大菩提多種者謂五種大菩提一自性二功用三方便四轉五滅自性者謂超過一切聲聞獨覺所得轉依此有四種應知一生起依止二不生依止三善觀察所知果四法界淨相生起依止者謂佛相續出世間道依此轉依方得生起非不生起若離此轉依亦生起者未轉依前應已生起不生依止者謂一切煩惱及彼習氣依此轉依不復生起若不爾者未轉依前衆緣和合一切煩惱及

彼習氣永更不生已應可得善觀察所知果者謂此轉依是善通達所知實際所知眞如果若不爾者諸佛自體應更了知應更斷滅法界淨相者謂此轉依無衆相故極善清淨法界所顯若不爾者應是無常可思議法然此轉依是常住相不可思議無二所顯此不可思議性復有五成應知一自性二處所三住四一性異性五種立所作自性者此轉依性即色離色不可思議如是即受想行識離受想行識不可思議地界水界火界風界若即若離不可思議眼處耳處鼻處舌處身處意處等若即若離不可思議若有若無等不可思議處所者此轉依性若在欲界若離欲界不可思議若在色無色界若離色無色界不可思議人間天上若在若離不可思議十方世界若在若離不可思議住者謂此轉依住如是如是狀貌安樂住不可思議住如是如是狀貌奢摩他住不可思議住有心住不可思議住無心住不可思議住如是如是狀貌聖住不可思議住如是如是狀貌天住梵住不可思議一性異性者一切諸佛同處一無漏界中一性異性不可思議成立所作者謂諸佛如來其性平等智慧勢力威德平等住無漏界依止轉依爲利一切諸有情故成立如是如是利有情事不可思議此復二因緣故不可思議應知一以離言說義過言語道故不可思議二以出世間義世無比故不可思議功用者略而言之十種自在名爲功用何者爲十一壽自在二心自在三衆具自在四業自在五生自在六願自在七勝解自

在八神變自在九智自在十法自在方便者略而言之四種變化名爲方便一未成熟者令成熟故現諸菩薩所行行變化二已成熟者令解脫故於三千大千世界百拘胝贍部洲同時顯現如來變化三方便攝受聲聞變化四爲彼所調伏有情顯現一切獨覺變化佛薄伽梵於此四種變化法中十方世界無礙作用應知轉者有二種應知一暫時轉二究竟轉暫時轉者謂乃至有情未成熟未解脫諸佛如來化轉不息究竟轉者如無盡不可思議諸佛威德明轉爲諸有情作利益事流轉不息故滅者有二種應知一暫時滅二究竟滅暫時滅者於已成熟已解脫有情諸佛如來暫時示現入般涅槃非是究竟究竟滅者謂一切煩惱及彼習氣及所依苦究竟永盡應知功德多種者嗢柁南曰

殊特非殊特　平等心利益　報恩與欣讚
不虛方便行

論曰殊特者謂諸菩薩修學無上正等覺乘時有五種殊特之法應知何等爲五一於一切有情非有因緣而起親愛二唯爲利益諸有情故常處流轉忍受大苦三於多煩惱難調有情善能解了調伏方便四於極難解眞實義理能隨悟入五具足不思議威德如是五法非餘有情所共有故名爲殊特非殊特者謂諸菩薩修學無上正等覺乘時有五種非殊特法菩薩摩訶薩由成就此五種法故則五種殊特法成就顯現何等爲五謂諸菩薩以因利他苦即爲已樂是故菩薩恒徧受行利他因苦是名第一非殊特法又諸菩薩

雖善了知生死涅槃過失功德而樂令有情畢竟清淨即爲已樂是故菩薩爲淨有情增上力故恒誓受行處生死法是名第二非殊特法又諸菩薩雖善了知默然樂味而樂令有情畢竟清淨即爲已樂是故菩薩爲淨有情增上力故恒勤方便即爲說法是名第三非殊特法又諸菩薩雖已積集六波羅蜜多善根而樂令有情畢竟清淨即爲已樂是故菩薩爲淨有情增上力故以清淨意而施與之又不期彼施果異熟是名第四非殊特法又諸菩薩以他利益事即爲自利益事是故菩薩恒現受行一切有情利益之事是名第五非殊特法菩薩摩訶薩由成就此五種法故則五種殊特法成就顯現應知平等心者謂諸菩薩於一切有情所有五種平等心一菩薩摩訶薩初發心時如爲得大菩提故起大誓願如是亦爲利益諸有情故起平等心二菩薩摩訶薩於諸有情起悲愍俱平等之心三菩薩摩訶薩於諸有情起如一子愛俱平等之心四菩薩摩訶薩於從衆緣已生諸行知是所想有情事已了達一有情法性即是一切有情法性於一切有情所起平等法性智俱平等之心五菩薩摩訶薩如於一有情行利益行如是於一切有情亦行利益行故於一切有情所起欲作利益事俱平等之心如是名爲菩薩摩訶薩於諸有情起於五種平等之心利益者謂菩薩摩訶薩於諸有情作一切利益事有五種想應知何等爲五一於違損事說正命法而引攝之二於不隨順能饒益事說隨順法而引攝之三無依苦

惱貧匱無怙有情爲作依怙而引攝之四宣説趣於善趣之道而引攝之五宣説三乘趣涅槃道而引攝之報恩者謂菩薩摩訶薩於有恩有情所起於五種友報利益何等爲五一安處有情令學已德二方便安處令學他德三無依無怙苦惱貧匱者爲作依怙四勸令供養諸佛如來五令自書寫佛所説法及受持供養欣讚者有五種處菩薩摩訶薩常應欣讚何等爲五一值佛出世而得承事二於如來所常聞六波羅蜜多相應菩薩藏法三於成熟一切有情行堪任修習四速證無上正等菩提五證菩提已菩薩聲聞大衆和合不虛方便行者謂菩薩摩訶薩於諸有情有五種不虛利益方便勝行何等爲五一菩薩摩訶薩於諸有情以利益安樂意爲先二菩薩摩訶薩成就不顛倒覺於利益安樂事如實了知三以隨宜方便説種種法令諸有情隨所堪任悉得調伏此唯如來究竟堪能四菩薩摩訶薩於一切時心無猒倦五菩薩摩訶薩平等大悲於下中上諸有情所心無偏黨復次嗢柁南曰

不顛倒方便　退墮與勝進　相似實功德
善調伏有情

論曰不顛倒方便者謂菩薩摩訶薩有五種方便攝一切正方便應知何等爲五一隨護方便二無過方便三擇力方便四淨勝意樂方便五入決定方便隨護方便者謂菩薩摩訶薩善護聰叡以俱生智速攝受法又善護憶念由憶念故所攝受法持不忘失又善護智慧由智慧故於所攝受法善觀察義正慧

通達由遠離隨順聰叡憶念智慧退分因故及由親近修習隨順住分勝分因故又善護自心由善防護諸根門故又善護他心由正方便護他心故無過方便者謂菩薩摩訶薩於諸善法無倒勇猛無量無間迴向菩提擇力方便者謂即此一切住勝解行地中應知淨勝意樂方便者謂住淨勝意樂地及修正行地應知入決定方便者謂住決定地決定行地到究竟地應知如是五種方便總攝菩薩一切正方便應知退墮者謂諸菩薩五退分法應知一不敬正法及說法者二放逸懈怠三習近煩惱四習近惡行五與餘菩薩校量勝劣起增上慢及於法顛倒起增上慢勝進者謂諸菩薩五勝分法即如其次第翻前五種黑品應知相似功德者謂諸菩薩五種相似功德實是過失應知一於暴惡犯戒諸有情所以是因緣作不饒益二詐現具足威儀三於隨順世間矯飾文詞及外道書論相應諸法得預智者聰叡者數四修行有罪施等善行五宣說建立相似正法廣令流布實功德者謂諸菩薩五種真實功德應知一於暴惡犯戒諸有情所以是因緣起增上悲心二自性具足威儀三於如來所說清淨真實若教若證得預智者聰叡者數四修習無罪施等善行五開示正法遮彼相似善調伏有情者謂諸菩薩略於十處無倒調伏所化有情一於離惡行處二於離愛欲處三於無違犯犯已出處四於守護一切諸根門處五於正知住處六於離憒鬧處七於遠離一切惡尋思處八於離障處九於離煩惱纏處十於

離煩惱品麤重處復次嗢柁南曰

諸菩薩受記　墮於決定數　定作常應作

最勝法應知

論曰諸菩薩受記者謂諸菩薩於六種位蒙諸如來授無上正等菩提記一於種性位未發菩提心二已發菩提心三現前住四不現前住五有時限謂齊爾所時當證無上正等菩提六無時限謂不說決定時限墮於決定數者謂諸菩薩有三種墮決定位一種性墮決定二發心墮決定三不虛行墮決定種性墮決定者謂諸菩薩住種性位便墮菩薩決定之數何以故由諸菩薩成就種性若遇勝緣必定堪任證阿耨多羅三藐三菩提故發心墮決定者謂諸菩薩於阿耨多羅三藐三菩提起決定心乃至證於無上正等覺不復退轉不虛行墮決定者謂諸菩薩已得自在如其所欲隨所造修諸菩薩行無有空過依此最後墮決定位故如來爲諸菩薩授墮決定記定作者謂諸菩薩於五種處決定應作若不作者必不堪任證於無上正等菩提云何爲五一發菩提心二於諸有情起於憐愍三勇猛精勤四於五明處方便修習五心無猒倦常應作者謂諸菩薩於五種處常應修作一常應修作不放逸行二無依無怙苦惱有情爲作依怙三常應修作供養佛行四常應徧知誤失不誤失五於一切所作若行若住諸作意中常應修作大菩提心以爲導首最勝法者謂諸菩薩於十種同意最勝法應受持應建立以爲最上云何爲十一菩薩種性於諸種性最爲殊勝二初發菩提心於諸

正願最爲殊勝三正勤般若於一切度最爲殊勝四愛語於諸攝法最爲殊勝五如來於諸有情最爲殊勝六悲於諸無量最爲殊勝七第四靜慮於諸靜慮最爲殊勝八空三摩地於三三摩地最爲殊勝九滅盡定於九次第定最爲殊勝十清淨方便善巧於諸方便善巧最爲殊勝復次嗢柁南曰

諸施設建立　一切法尋思　及如實徧智
并及諸無量　宣說果利益　大乘性與攝
菩薩十應知　建立諸名號

論曰諸施設建立者謂諸菩薩四種施設建立唯有如來及諸菩薩能正施設建立非餘一切若天若人若沙門若婆羅門所能施設建立除竊佛法安置己論何等爲四一法施設建立二諦施設建立三道理施設建立四乘施設建立法施設建立者謂素怛纜等十二分教次第撰集次第安置次第製造是名法施設建立諦施設建立者謂或立一諦以不虛妄義唯是一更無第二或立二諦一世俗諦二勝義諦或立三諦一相諦二詮諦二用諦或立四諦一苦諦二集諦三滅諦四道諦或立五諦一因諦二果諦三能知諦四所知諦五不二諦或立六諦一眞諦二妄諦三應知諦四應斷諦五應證諦六應修諦或立七諦一愛味諦二過患諦三出離諦四法性諦五勝解諦六聖諦七非聖諦或立八諦一行苦諦二壞苦諦三苦苦諦四流轉諦五流息諦六雜染諦七清淨諦八正方便諦或立九諦一方便諦二苦諦三空諦四無我諦五有愛諦六無有愛諦七彼斷方便諦八有餘

依涅槃諦九無餘依涅槃諦或立十諦一遍切苦諦二所受用不具足苦諦三愛性乖違苦諦四愛憎苦諦五麤重苦諦六業諦七煩惱諦八聽聞正法如理作意諦九正見諦十正見果諦如是名爲菩薩諦施設建立若廣分別無量應知道理施設建立者有四種道理一觀待道理二作用道理三證成道理四法爾道理是名道理施設建立應知乘施設建立者謂聲聞獨覺無上大乘各有七種施設建立應知聲聞乘七種施設建立者一於四聖諦諸無倒慧二此慧所依三此慧所緣四此慧伴類五慧所作業六助慧資粮七慧所證果如聲聞乘如是七種施設建立獨覺乘亦爾無上大乘七種施設建立者一緣離言說一切法真如無分別平等出離慧二此慧所依三此慧所緣四此慧伴類五慧所作業六助慧資粮七慧所證果是名三乘七種施設建立應知如是三世諸佛菩薩皆由此四正施設正建立無增無減一切法尋思者謂諸菩薩於一切法爲欲證得如實徧智起四尋思如前已說如實徧智者謂諸菩薩於一切法起四種如實徧智如前已說諸無量者謂諸菩薩依五無量能起一切善巧作用何者爲五一有情界無量二世界無量三法界無量四所調伏界無量五調伏方便界無量有情界無量者謂六十四種有情衆一那落迦二傍生三鬼趣四天五人六剎帝利七婆羅門八吠舍九戍達羅十女十一男十二非男非女十三下品十四中品十五上品十六在家十七出家十八苦行十九律儀二十

不律儀二十一非律儀非不律儀二十二已離欲二十三未離欲二十四邪定聚二十五正定聚二十六不定聚二十七苾芻二十八苾芻尼二十九式叉摩那三十勤策男三十一勤策女三十二鄔波索迦三十三鄔波斯迦三十四習三摩地者三十五温誦經者三十六供侍病者三十七長宿三十八中年三十九少年四十阿遮利耶四十一鄔波柁耶四十二共住四十三近住四十四賓客四十五監僧事者四十六樂利養者四十七樂恭敬者四十八樂遠離者四十九多聞者五十有智者五十一大福者五十二法隨法行者五十三持素怛纜者五十四持毗柰耶者五十五持摩怛理迦者五十六異生者五十七見諦者五十八學者五十九無學者六十聲聞六十一獨覺六十二菩提薩埵六十三轉輪聖王六十四如來若依身相續差別則無量無邊世界無量者謂十方無量世界無量名差別如此世界名曰索訶此界梵王名索訶主如是等無量差別應知法界無量者謂善法不善法無記法如是等差別門無量應知所調伏界無量者或立一種所調伏謂一切有情中可調伏者是一類故或立二種一具縛二不具縛或立三種一鈍根二中根三利根或立四種一刹帝利二婆羅門三吠舍四戍達羅或立五種一貪行二瞋行三癡行四慢行五覺行或立六種一在家二出家三成熟四未成熟五解脱六未解脱或立七種一信敬二輕毀三中庸四廣説智五略開智六現所調伏七隨緣所引謂遇如是如是緣

即如是如是轉變或立八種謂八部衆從刹帝利衆乃至梵衆或立九種一如來所化二聲聞所化三獨覺所化四菩薩所化五難調伏六易調伏七輭語調伏八訶擯調伏九或遠或近調伏或立十種一那落迦二傍生三鬼趣四欲界天五人六中有七色有八無色有九有想無想十非有想非無想如是略說五十五種若依相續差別則有無量應知問有情界無量所調伏界無量有何差別答有情界者謂無差別一切有情若有種性若無種性所調伏界者謂唯有種性諸位差別調伏方便界無量者已如前說應知此亦差別分別有無量種問何故唯略說此五無量答諸菩薩摩訶薩專爲修習利衆生行是故初立有情界無量是諸有情依於處所可得受化是故第二立世界無量是諸有情於多世界由種種法得有染淨差別是故第三立法界無量觀有情中堪能究竟解脱苦者建立第四所調伏界無量若諸方便善巧能令有情證於解脱建立第五調伏方便界無量是故諸菩薩摩訶薩依是五無量能起一切善巧作用宣說果利益者謂諸菩薩摩訶薩爲諸有情宣說正法有五種廣大果利益應知云何爲五一或有有情聞說正法時遠塵離垢於諸法中得法眼生二或有有情即說是正法時得諸漏盡三或有有情因說此法發於無上正等覺心四或有有情聞說此法即得菩薩最勝法忍五或有有情聞佛菩薩說正法已受持修行展轉宣說令正法眼久住不滅是名五種宣說廣大果利益應知大乘

性者謂菩薩乘與七大性相應故說名大乘云何爲七一法大性謂十二分教中菩薩藏所攝方廣之教二發心大性謂已發無上正等覺心三勝解大性謂於前所說法大性境起勝信解四勝意樂大性謂已超過勝解行地入淨勝意樂地五資粮大性謂已成就福智二種大資粮故能證無上正等菩提六時大性謂三大劫阿僧企耶時能證無上正等菩提七成滿大性謂即無上正等菩提此所成滿菩提自體比餘成滿自體尚無與等何況超勝此中法大性乃至時大性此之六種是成滿大性之因成滿大性一種是前六之果應知攝者謂八種法能具足攝一切大乘一菩薩藏教二於菩薩藏中顯示諸法眞實義教三於菩薩藏中顯示一切諸佛菩薩不可思議最勝廣大甚深威德教四於上所說如理聽聞五先如理思趣勝意樂六得勝意樂入初修行七由入修行爲先故修果成就八由修果成就故究竟出離菩薩摩訶薩由如是修學證得無上正等菩提菩薩十應知者謂如是修學能證無上正等菩提諸菩薩略有十種應知一安住種性二趣入三不淨勝意樂四淨勝意樂五未成熟六已成熟七未得決定八已得決定九一生所攝十住最後有此中安住種性菩薩若方便修學發菩提心即名趣入既趣入已乃至未入淨勝意樂地即名不淨勝意樂若得入者名淨勝意樂即淨勝意樂菩薩乃至未入到究竟地名未成熟若得入者名已成熟即未成熟中乃至未入決定 行地名不決定若得入者名得

決定已成熟中復有二種一一生所攝謂此生後無間證得阿耨多羅三藐三菩提二住最後有謂即在此生證得無上正等菩提如是從住種性乃至無上正等菩提如前所説十種菩薩盡攝一切菩薩如前所説菩薩學處盡攝菩薩所有學處建立諸名號者謂諸菩薩分位差別隨德衆名所謂菩提薩埵摩訶薩埵成就覺慧最上明照最勝之子最勝所依普能降伏最勝萌芽亦名猛健亦名上軌範師亦名商主亦名具大名稱亦名成就慈悲亦名大福亦名富自在亦名大法師如是等十方無邊世界中依無量内德差別施設無數名號應知是中若諸菩薩自稱我是菩薩而不正勤修諸菩薩所有學處當知此是相似菩薩非實菩薩若諸菩薩自稱菩薩亦復勤修菩薩學處當知此即眞實菩薩

顯揚聖教論卷第八

顯揚聖教論卷第九

無著菩薩造

唐三藏法師玄奘奉詔譯

攝淨義品第二之五

異論多種者謂十六種異論何等十六嗢柁南曰

執因中有果 顯了有去來 我常宿作因
自在等害法 邊無邊矯亂 見無因斷空
計勝淨吉祥 名十六異論

論曰十六異論者一因中有果論二從緣顯了論三去來實有論四計我論五計常論六宿作因論七自在等作者論八害爲正法論九有邊無邊論十不死矯亂論十一無因見論十二斷見論十三空見論十四妄計最勝論十五妄計清淨論十六妄計吉祥論

因中有果論者謂如有一若沙門若婆羅門起如是見立如是論因中常恒具有果性謂兩衆外道作如是計問何因緣故彼諸外道於諸因中起如是見立如是論顯示有果答由教及理故教者謂彼先師所造教藏隨聞傳授展轉至今宣說因中先已有果理者謂即如彼沙門及婆羅門爲性尋思爲性觀察住尋思地住自辦地住異生地住隨思惟觀察行地彼如是思若從彼體此體得生一切世間共知共立彼是此因非餘又諸世間欲求此果唯取此因不取餘因又即於彼彼事中如是如是加功營造非於餘事又若彼果即從彼生不從餘生是故因中定已有果若不爾者應立一切是一切因又應求一一果取一切因又應於一切事加功營造爲求一

果又應從一切一切果生如是由建立故取故作事故生故彼見因中常有果性我今問汝隨汝意答因果兩相爲異不異若不異者即無決定因果二體由此二相無差別故而言因中有果不應道理若異相者汝意云何因中果體爲未生相爲已生相若未生相者於彼因中果猶未生而說是有不應道理若已生相者則果體已生復從因生不應道理是故因中非先有果然要有因故待緣而生彼有相法於有相法中由五種相可得了知一於處所可得了知謂如瓮中水二於所依止可得了知如眼中眼識三即於自相可得了知如因自體不由比決四於自作業可得了知五由因變故果變可得或由緣變故果變可得是故常時恒時說因中有果不應道理由此義故彼所立論非如理說謂不異相故異相故不生相故生相故不應道理

從緣顯了論者謂如有一若沙門若婆羅門起如是見立如是論一切諸法體自本有從衆緣顯非緣所生謂即因中有果論者及聲相論者作如是計問何因緣故因中有果論者見諸因中先有果性從緣顯了答由教及理故教如前說理者謂如有一爲性尋思爲性觀察廣說如前彼如是思果先是有復從因生不應道理然非不用功爲成於果復以何緣而作功用豈非唯爲顯了果故彼作如是妄思惟已說顯了論我今問汝隨汝意答爲無障緣故障爲有障緣故障若無者無有障緣而有障者不應道理若有者屬果之因何故不障同是有故譬如黑闇障瓮中水亦

能障㲉若言亦障因者亦應顯了俱是所障而但顯因中先有果性而不顯因不應道理汝又應說爲有性是障緣爲果性是障緣若有性是障緣者是則有性常不顯了不應道理又因亦是有何故不是障緣若果性是障緣者如是一法亦因亦果如芽是種子果是莖等因是即一法亦顯不顯不應道理又今問汝隨汝意答顯與本法爲一爲異若言一者彼本有法常顯凡顯復顯不應道理若言異者此顯爲無因耶爲有因耶若無因者無因而顯不應道理若有因者果性可顯非是因性不顯之因能顯於果不應道理如是無障緣故有障緣故有相故果相故顯了一故顯了異故不應道理是故汝言若法性無是則無相若法性有是則有相若性是無不可顯了若性是有則可顯了者不應道理今當略說雖實是有而不可取相或有遠故不可取或由四種障因之所障故不可取或極微細故不可取或心散亂故不可取或根損壞故不可取或未得彼相應智故不可取如因中有果從緣顯論不應道理當知聲相論亦爾此中差別者外聲論師起如是見立如是論聲相本有無生無滅然由數宣吐方得顯了而聲體是常是故從緣顯了論非如理說去來實有論者謂如有一若沙門若婆羅門或在此法由不正思惟起如是見立如是論有過去有未來自相成就猶如現在實有非假問何因緣故彼起如是見立如是論答由教及理故教如前說又於此法有不如理思惟所引經教如經中說一切有者謂十二處

是十二處自相故有又如薄伽梵說有過去業又經中說有過去色有未來色乃至識亦如是理者謂如有一爲性尋思爲性觀察廣說如前彼如是思若法自相安住此法眞實是有此若未來無者彼時應未受自相此若過去無者彼時應退失自相若如是者諸法自相應不成就由是諸法應性不眞實若如是者不應道理由如是思故起如是見立如是論過去未來性相實有我今問汝隨汝意答去來兩相與現在相爲不異相爲是異相若不異相者立三世相不應道理若異相者性相實有不應道理又汝應說自意所欲墮三世法爲是常相爲無常相若常相者墮於三世不應道理若無常相者於三世中恒是實有不應道理又汝應說自意所欲爲計未來法來至現在世爲計未來死滅生現在世爲計法住未來以此爲緣生現在世爲計本無業用今有業用爲計本相不圓滿今相圓滿爲計本相異今相異爲計未來有現在分相若言即未來法來至現在者此應有方所又未來現在應無差別又應是常不應道理若言未來死滅生現在者是則未來法不生於今現在法本無今生又未來未生而言死滅不應道理若言法住未來以此爲緣生現在世者此應是常又應本無今生非未來法生不應道理若本無業用今有業用者是則本有今有便有如前所說過故不應道理又此業用汝意云何與彼本法爲有異相爲不異相若異相者此業用相未來無故不應道理若不異相者本無業用今有業用不應道

理如無業用有此過失如是不圓滿相異相未來分相亦爾此中差別者復有自體雜亂過失不應道理如未來向現在如是現在往過去如其所應有過失應知謂如前所計諸因緣及所說破道理如是自相故共相故來故死滅故生故業故圓滿相故異相故未來分故說過去未來實有論不應道理如是破已復有難言若過去未來是無云何緣無而有覺轉若言緣無而覺轉者云何不有違教過失如說一切有者謂十二處我今問汝隨汝意答世間取無之覺爲起不起若不起者能取無我兎角石女兒等覺皆應是無此不應道理又薄伽梵說我諸無諂聲聞如我所說正修行時若有知有若無知無如是不應道理若言起者汝何所欲此取無覺爲作有行爲作無行若作有行者取無之覺而作有行不應道理若作無行者此無行覺汝何所欲爲緣有事轉爲緣無事轉若緣有事轉者無行之覺緣有事轉不應道理若緣無事轉者無有緣無之覺不應道理雖說一切有者謂十二處然於有法密意說有有相於無法密意說有無相所以者何若有相法能持有相若無相法能持無相是故俱名爲法俱名爲有若異者諸修行人但知於有不知於無應非無間觀所知法此不應道理又雖說言有過去業由此業故衆生有有損害受無損害受此亦依彼習氣密意假說彼法爲有謂於諸行中曾有淨不淨業生滅由此因緣故彼行勝異相續而轉是名習氣由此相續所攝習氣故愛不愛果生是以於我無過而汝

不應道理又雖說言有過去色有未來色有現在色如是乃至識亦爾者此亦依三種行相密意故說謂因相自相果相依彼因相密意說有未來依彼自相密意說有現在依彼果相密意說有過去是故無過又復不應說過去未來是實有相何以故應知未來有十二種相故一因所顯相二體未生相三待緣相四已生種類相五應生法相六不生法相七未生雜染相八未生清淨相九應可求相十不應求相十一應觀察相十二不應觀察相應知現在亦有十二種相一果所顯相二體已生相三緣會相四已生種類相五刹那相六不復生法相七現雜染相八現清淨相九可喜樂相十不可喜樂相十一應觀察相十二不應觀察相應知過去亦有十二種相一已度因相二已度緣相三已度果相四體已壞相五已滅種類相六不生法相七靜息雜染相八靜息清淨相九應願戀處相十不應願戀處相十一應觀察相十二不應觀察相

計我論者謂如有一若沙門若婆羅門起如是見立如是論有我有薩埵有命者有生者有養者有數取趣者如是等是實是常諸外道等作如是計問何故彼諸外道起如是見立如是論答由教及理故教如前說理者謂如有一爲性尋思爲性觀察廣說如前由二種因故一先不思覺率爾而得有薩埵覺故二先已思覺得有作故彼如是思若無我者見於五事不應起於五種有我之覺一見色形已唯應起於色覺不應起於薩埵之覺二

見順苦樂行已唯應起於受覺不應起於勝劣薩埵之覺三見已立名者名相應行已唯應起於想覺不應起於刹帝利婆羅門吠舍戍達羅佛授德友等薩埵之覺四見作淨不淨相應行已唯應起於行覺不應起於愚者智者薩埵之覺五見於境界識隨轉已唯應起於心覺不應起於我能見等薩埵之覺由如是先不思覺於此五事唯起五種薩埵之覺非諸行覺是故先不思覺見已率爾而起有薩埵覺如是決定知有實我又彼如是思若無我者不應於諸行中先起思覺得有所作謂我以眼當見諸色正見諸色已見諸色或復起心我不當見如是等用皆由我覺行爲先導如於眼見如是於耳鼻舌身意應知亦爾又於善業造作善業止息不善業造作不善業止息如是等事皆由思覺爲先方得作用如是等用唯於諸行不應道理由如是思故說有我我今問汝隨汝意答爲即於所見事起薩埵覺爲異於所見事起薩埵覺耶若即於所見事起薩埵覺者汝不應言即於色等計有薩埵計有我者是顛倒覺若異於所見事起薩埵覺者我有形量不應道理我於勝劣或刹帝利等或愚或智或能取彼色等境界不應道理又汝何所欲爲唯於此法自體起此覺耶爲亦於餘體起此覺耶若唯於此法自體起此覺者即於所見起彼我覺不應說名爲顛倒覺若亦於餘體起此覺者即一切境界各是一切境界覺因不應道理又汝何所欲於無情數有情覺於有情數無情覺於餘有情數餘有情覺爲起爲不起耶

若起者是則無情應是有情有情應是無情餘有情應是餘有情此不應道理若不起者則作撥現量不應道理又汝何所欲此計我覺爲取現量義爲取比量義耶若取現量義者唯色等蘊是現量義我非現量義故不應道理若取比量義者如愚稚等未能思度不應率爾起於我覺又我今問汝隨汝意答如世間所作爲以覺爲因爲以我爲因若以覺爲因者執我所作不應道理若以我爲因者先已思覺得有所作不應道理又汝何所欲所作事因爲是無常爲是常耶若無常者此所作因體是變異而執我有所作不應道理若是常者則無變異無變異法執有所作不應道理又汝何所欲爲有動作之我能有所作爲無動作之我能有所作耶若有動作之我能有所作者是則常作不應復作若無動作之我能有所作者無動作性而有所作不應道理又汝何所欲爲有因故我有所作爲無因耶若有因者此我應由餘因策發方有所作不應道理若無因者應一切時作一切事不應道理又汝何所欲此我爲依自故能有所作爲依他故能有所作若依自者此我自作老病死苦雜染等事不應道理若依他者計我所作不應道理又我今問汝隨汝意答爲即於蘊施設有我爲於諸蘊中爲蘊外餘處爲非蘊性耶若即於蘊施設我者是我與蘊無有差別而計有我是實是常不應道理若於諸蘊中者此我爲常爲無常耶若是常者常住之我爲諸苦樂之所損益不應道理若無損益起法非法不應道理若不生起

法及非法應諸蘊身畢竟不起又應不由功用我常解脱若無常者離蘊體外有生有滅相續流轉法不可得故不應道理又於此滅壞後於餘處不作而得有大過失故不應道理若蘊外餘處者汝所計我應是無爲若非蘊性者我一切時應無染汙又我與身不應相屬此不應道理又汝何所欲所計之我爲即見者等相爲離見者等相若即見者等相者爲即於見等上假立有能見者等相爲離於見等上別立有能見者等相若即於見等上假立有能見者等相者即應見等是能見者等而汝立我爲能見者等不應道理以見者等與見等相無差別故若離於見等上別立有能見者等相者彼見等法爲是我所成業爲是我所執具若是我所成業者此我若如種子應是無常若言如陶師等假立士夫此我應是無常應是假立而汝言是常是實不應道理若言如具神通假立士夫此我亦應是無常假立於諸所作隨意自在此亦如前不應道理若言如地應是無常又所計我無如地大顯了作業故不應道理何以故世間地大所作業用顯了可得故謂能持萬物令不墜下我無是業顯了可得若如虛空應是無法此不應道理何以故唯於色無假立空故虛空雖是假有而有業用分明可得非所計我故不應道理世間虛空所作業用分明可得者謂由虛空故得起往來屈伸等業是故見等是我所成業不應道理若是我所執具者若言如鎌如離鎌外餘物亦有能斷作用如是離見等外於餘物上見等業用不

可得故不應道理若言如火則徒計於我不應道理何以故如世間火離能燒者亦自能燒故若言離見者等別有我者即所計我相乖一切量不應道理又我今問汝隨汝意答汝所計我為與染淨相相應而有染淨為不與染淨相相應而有染淨耶若與染淨相相應而有染淨者即於諸行中有疾疫災橫及彼止息順益可得即彼諸行雖無有我而説有染淨相相應如於外物内身亦爾雖無有我染淨義成故汝計我不應道理若不與染淨相相應而有染淨者離染淨相我有染淨不應道理又我今問汝隨汝意答汝所計我為與流轉相相應而有流轉及止息耶為不與流轉相相應而有流轉及止息耶若與流轉相相應而有流轉及止息者於諸行中有五種轉相可得一有因二可生三可滅四展轉相續生起五有變異若諸行中此流轉相可得如於身牙河燈乘等流轉作用中雖無有我即彼諸行得有流轉及與止息何須計我若不與彼相相應而有流轉及止息者即所計我無流轉相而有流轉止息不應道理又我今問汝隨汝意答汝所計我為由境界所生苦若樂及由思業并由煩惱隨煩惱等之所變異説為受者作者及解脱者為不由彼變異説為受者等耶若由彼變異者是即諸行是受者作者及解脱者何須計我設是我者我應無常不應道理若不由彼變異者我無變異而是受者作者及解脱者不應道理又汝今應説自意所欲為唯於我説為作者為亦於餘法説為作者若唯於我者世

間不應說火爲燒者光爲照者若亦於餘法者即於見等諸根說爲作者徒分別我不應道理又汝應說自意所欲爲唯於我建立爲我爲亦於餘法建立爲我耶若唯於我者世間不應於假說士夫身呼爲德友佛授等若亦於餘法者是則唯於諸行假說名我何須更執別有我耶何以故諸世間人唯於假設士夫之身起有情想立有情名及說自他有差別故又汝何所欲計我之見爲善爲不善耶若是善者何爲極愚癡人深起我見又不由方便率爾而起又能令衆生怖畏解脫又能增長諸惡過失不應道理若言不善不應說正及非顛倒若是顛倒所計之我體是實有不應道理又汝何所欲無我之見爲善爲不善耶若言是善於彼常住實有我上見無有我而是善性非顛倒見不應道理若言不善而一切智者之所宣說精勤方便之所生起令諸衆生不怖解脫能速證得白淨之果諸惡過失如實對治不應道理又汝意云何爲即我性自計有我爲由我見耶若即我性自計有我者應一切時無無我覺若由我見者雖無實我由我見力故於諸行中妄謂有我是故汝計定實有我不應道理如是不覺爲先而起彼覺故思覺爲先見有所作故於諸蘊中建立是有故由於彼相安立爲有故建立雜染及清淨故建立流轉及止息故建立受者作者及解脫者故施設有作者故施設言說故施設見故計實有我皆不應道理又我今當說第一義我相所言我者唯於諸法假立爲有非實有我然此假我不可說言

與彼諸法異不異性勿謂此我是實有體或彼諸法即我性相又此假我是無常相是非恒相非安保相是變壞相生起法相老病死法相唯諸法相唯苦惱相故薄伽梵說苾芻當知於諸法中假立有我此我無常無恒不可安保是變壞法如是廣說當知由四因故於諸行中假設有我一爲令世間言說易故二爲欲隨順諸世間故三爲欲斷除謂定無我諸怖畏故四爲宣說自他成就功德成就過失令起決定信解心故是故執有我論非如理說

計常論者謂如有一若沙門若婆羅門起如是見立如是論我及世間皆是常住非作非作所作非化非化所作不可損害積聚而住如伊師迦謂計前際說一切常者說一分常者及計後際說有想者說無想者說非想非非想者復有計諸極微是常住者作如是計問何故彼諸外道起如是見立如是論我及世間是常住耶答彼計因緣如經廣說隨其所應盡當知此中計前際者謂或依下中上靜慮起宿住隨念不善緣起故於過去諸行但唯憶念不如實知計過去世以爲前際發起常見或依天眼計現在世以爲前際於諸行剎那生滅流轉不如實知又見諸識流轉相續從此世間至彼世間無斷絕故發起常見或見梵王隨意成立或見四大種變異或見諸識變異計後際者於想及受雖見差別然不見我自相差別是故發起常見謂我及世間皆悉常住又計極微是常住者以依世間靜慮起如是見由不如實知緣起故計有

爲先有果集起離散爲先有果壞滅由此因緣彼謂從衆微性麤物果生漸枿麤物乃至微住是故麤物無常極微常住此中計前際後際常住論者是執我論差别相所攝故我論已破當知我差别相論亦已破訖又我今問汝隨汝意答宿住之念爲取諸蘊爲取我耶若取蘊者執我及世間是常不應道理若取我者憶念過去如是名等諸有情類我曾於彼如是名如是姓乃至廣説不應道理又汝意云何緣彼現在和合色境眼識起時於餘不現不和合境所餘諸識爲滅爲轉若言滅者滅壞之識而計爲常不應道理若言轉者由一境界於一切時一切識起不應道理又汝何所欲所執之我由想所作及受所作爲有變異爲無變異若言有者計彼世間及我常住不應道理若言無者有一想已復有種種想生復有小想及無量想不應道理又先純有樂已後純有苦復有苦有樂有不苦不樂不應道理又若計命即是身者彼見我是色若計命異於身者彼見我非色若計我俱徧無二無缺者彼見我亦色非色若爲對治此故即於此義中由異句異文而起執者彼見我非色非非色又若見少色少非色者彼見有邊若見彼無量者彼見有無邊若復徧見而色分少非色無量或色無量非色分少者彼見亦有邊亦有無邊若爲對治此故但由文異不由義異而起執者彼見非有邊非有無邊或見解脱之我遠離二種

顯揚聖教論卷第九

音釋

撥北末切絶也

鐮音廉鍥也

顯揚聖教論卷第十

無著菩薩造
唐三藏法師玄奘奉詔譯

攝淨義品第二之六

復次計諸極微常住論者我今問汝隨汝意答汝爲觀察已計極微常爲不觀察計彼常耶若不觀察者離慧觀察而定計常不應道理若言已觀察者違諸量故不應道理又汝何所欲諸極微性爲由細故計彼是常爲由與麤果物其相異故計彼常耶若由細者離散損減其性羸劣而言是常不應道理若言由相異故者是則極微超過地水火風之相不同種類相故而言能生彼果不應道理又彼極微亦無異相可得故不中理又汝何所欲從諸極微所起麤物爲不異相爲異相耶若言不異相者由與彼因無差別故亦應是常是則應無因果決定若異相者汝意云何爲從離散極微麤物得生爲從聚集耶若言從離散者應一切時一切果生是則應無因果決定若從聚集者汝意云何彼麤果物從極微生時爲不過彼形質之量爲過彼量耶若言不過彼形質量者從形質分物生形質有分物不應道理若言過者諸極微體無細分故不可分析所生麤物亦應是常此不中理若復説言有諸極微本無今起者是則計極微常不應道理又汝何所欲彼諸極微造作麤物爲如種子等爲如陶師等耶若言如種子等者應如種子體是無常若言如陶師等者彼諸極微應有思慮如陶師等若言不如種等及陶師等者是則相似喻不可得故

不應道理又汝意云何諸外物起爲由有情爲不爾耶若言由有情者彼外麤物由有情生所依細物不由有情不應道理誰能於彼制其功能若言不由有情者是則無用而外物生不應道理如是隨念諸蘊及衆生故由一境界一切識流不斷絕故由想及受變異不變異故計彼前際及計後際常住論者不應道理又由觀察不觀察故由共相故由自相故由造作故根本所用故極微常論不應道理是故計常論者非如理說復次我今當說常住之相若一切時無變異相若一切種無變異相若自然無變異相若由他亦無變異相又無生相當知是常住相

皆宿作因論者謂如有一若沙門若婆羅門起如是見立如是論廣說如經凡諸世間士夫所受者謂現所受苦皆由宿作爲因者謂由宿惡爲因由勤精進吐舊業故者謂由現法極自苦行現在雜業由不作因之所害故者謂諸不善業如是於後不復有漏者謂一向是善性故說後無漏由無漏故業盡者謂諸惡業由業盡故苦盡者謂宿因所感及現法方便所招苦惱由苦盡故得證苦邊者謂證餘生相續苦盡謂無繫外道作如是計問何因緣故彼諸外道起如是見立如是論答由教及理故教如前說理者謂如有一爲性尋思爲性觀察廣說如前由見現法所作功用不決定故所以者何彼見世間雖具正方便而招於苦雖具邪方便而致於樂彼如是思若由現法所作功用爲彼因者彼應顛倒由彼所見非顛倒故是故彼皆以宿作爲因

由此理故彼起如是見立如是論今應問彼汝何所欲現法方便所招之苦爲用宿作爲因爲用現法方便爲因若用宿作爲因者汝先所說由勤精進吐舊業故現在新業由不作用之所害故如是於後不復有漏乃至廣說不應道理若用現法方便爲因者汝先所說凡諸世間士夫所受皆由宿作爲因不應道理如是現法方便苦宿作爲因故現法功用爲因故皆不應道理是故此論非如理說復次我今當說如實因相或有諸苦唯用宿作爲因謂如有一自業增上力故生諸惡趣或於貧賤家生或有苦等雜因所生謂如有一因邪事王不獲樂果而反致苦如事於王如是由諸言說商賈等業由事農業由劫盜業或於他有情作損害事若有福者獲得富樂若無福者雖設功用而無果遂或復有法純由現在功用因得如新所造引餘有業或聽聞正法於法覺悟或復發起威儀業路或復修學工巧業處如是等類唯因現在方便功用

自在等作者論者謂如有一若沙門若婆羅門起如是見立如是論凡諸世間士夫所受彼一切或以自在變化爲因或餘丈夫變化爲因諸如是等謂說自在等不平等因論者作如是計問何因緣故彼諸外道起如是見立如是論答由教及理故教如前說理者謂如有一爲性尋思爲性觀察廣說如前彼由現見於因果中世間有情不隨意轉故作此計所以者何現見世間有情於彼因時欲修淨業不遂本心反更爲惡於彼果時願生善

趣不遂本心反墮惡趣意爲受樂不遂所欲反受諸苦由見如是故彼作是思世間諸物必應別有作者生者及變化者爲彼物父謂自在天或復其餘今當問彼嗢柁南曰

功能無體性　攝不攝相違　有用及無用
爲因成過失

論曰汝何所欲大自在天變化功能爲用業方便爲因爲無因耶若用業方便爲因者唯此功能用業方便爲因非餘世間不應道理若無因者唯此功能無因非世間物不應道理又汝何所欲此大自在爲墮世間攝爲不攝耶若言攝者此大自在即同世法而能徧生世間不應道理若不攝者即是解脫而言能生世間不應道理又汝何所欲爲須用故變生世間爲不須用耶若須用者是則於彼須用無有自在而於世間有自在者不應道理若不須用者無有所須而生世間不應道理又汝何所欲此所出生爲唯大自在爲因爲亦取餘因耶若唯大自在爲因者是則若時有大自在是時即有出生若時有出生是時即有大自在而言出生用大自在爲因者不應道理若言亦取餘因者此爲唯取樂欲爲因爲除樂欲更取餘因若唯取樂欲爲因者此樂欲爲唯取大自在爲因爲取餘因耶若唯大自在爲因者若時有大自在是時即有樂欲若時有樂欲是時即有大自在便應無始常有出生此亦不應道理若言亦取餘因者此因不可得故不應道理又於彼欲無有自在而言於世間物有自在者不應道理如是由功能故攝不攝故用無用故爲因性

故皆不應道理是故此論非如理説執害爲正法論者謂如有一若沙門若婆羅門起如是見立如是論若於彼祠中呪術爲先害諸生命若能祀者若所害者若諸助伴彼一切皆得生天問何因縁故彼諸外道起如是見立如是論答此違理論諂誑所起不由觀察道理建立然於諍競惡劫起時諸婆羅門違越古昔婆羅門法爲欲食肉妄起此計又應問彼汝何所欲此呪術方爲是法自體爲是非法自體若是法自體者離彼殺生不能感得自所愛果轉彼非法以爲正法不應道理若是非法自體者自是不愛果法而能轉餘不愛果法者不應道理如是破已復有救言如世間毒呪術所攝不能爲害當知此呪術方亦復如是今應問彼汝何所欲如呪術方能息外毒亦能息内貪瞋癡毒爲不爾耶若能息者無處無時無有一人貪瞋癡等靜息可得故不中理若不能靜息者汝先所説如呪術方能息外毒亦能息除非法業者不應道理又汝何所欲此呪術方爲徧一切爲不徧耶若言徧者自所愛親不先用祀者不應道理若不徧者此呪功能便非決定不應道理又汝何所欲此呪功能爲但轉因亦轉果耶若但轉因者於果無能不應道理若亦轉果者應如轉變即令羊等成可愛妙色然捨羊等身已方取天身不應道理又汝何所欲造呪術者爲有力能及悲愍不若言有者離殺彼命不能將彼往生天上不應道理若言無者彼所造呪能有所辦不應道理如是由因故譬喻故不決定故於果無能故

呪術者故不應道理是故此論非如理説又我今説非法之相若業損他而不治現過是名非法又若業諸修道者共知此業感不愛果又若業一切智者決定説爲不善又若業自所不欲又若業染心所起又若業待邪呪術方備功驗又若業自性無記諸如是等皆非法相

邊無邊論者謂如有一若沙門若婆羅門依止世間諸靜慮故於彼世間住有邊想無邊想俱想不俱想廣説如經是故起如是見立如是論世間有邊世間無邊世間亦有邊亦無邊世間非有邊非無邊當知此中已説因緣及能計者是中若依斷邊際求世邊時若憶念壞劫即於世間起有邊想若憶念成劫即於世間起無邊想若依方域周廣求世邊時若下過無間更無所得上過第四靜慮更無所得傍一切處不得邊際爾時即於上下起有邊想於傍處所起無邊想若爲治此執依於異文義無差别即於世間起非有邊想非無邊想今應問彼汝何所欲從前壞劫已來爲更有世間生起爲無起耶若言有者汝計世間有邊不應道理若言無者汝今依此世間而住念世間邊不應道理如是從彼來有故從彼來無故皆不應道理是故此論非如理説

不死矯亂論者謂四種不死矯亂外道如經廣説應知彼諸外道若有人來依世間道問善不善依出世道問苦集滅道爾時便自稱言我是不死亂者隨於處所依不死淨天不亂詰問即於彼所問以言矯亂或託餘事方

便避之或但隨問者言詞而轉是中第一不死亂者覺未開悟第二於所證法起增上慢第三覺已開悟而未決定第四羸劣愚鈍又復第一怖畏妄語及怖畏他人知其無智故不分明答言我無所知第二於自所證未得無畏懼他詰問怖畏妄語怖畏邪見故不分明說我有所證第三怖畏邪見怖畏妄語懼他詰問故不分明說我不決定如是三種假託餘事以言矯亂第四唯懼他詰問於世間道及出世道皆不了達於世文字亦不善知而不分明說言我是愚鈍都無所了但反問彼隨彼言詞而轉以矯亂彼此四種論發起因緣及能計者并破彼執皆如經說由彼外道多怖畏故依此見住若有人來有所詰問即以諂曲而行矯亂當知此見是惡見攝是故此論非如理說

無因見論者謂依止靜慮及不正思惟建立二種如經廣說應知問何因緣故彼諸外道依不正思惟起如是見立如是論我及世間無因而起答略而言之見不相續以爲先故諸內外事無量差別種種生起或復有時見諸因緣空無果報謂見世間無有因緣或時欻爾大風卒起於一時間寂然止息或時忽爾暴河彌漫於一時間宛然空竭或時鬱爾果木敷榮於一時間颯然衰頳由如是故起無因見立無因論今應問彼汝宿住念爲念無體爲念自我若念無體者無體之法未曾串習未曾經識而能隨念不應道理若念自我者而計我先無後欻然生不應道理又汝何所欲一切世間內外諸物種種生起或欻

然而起爲無因耶爲有因耶若無因者種種生起欻然而起忽復不生不應道理若有因者汝計我及世間無因而生不應道理如是念無體故念自我故内外諸物不由因緣種種異故由彼因緣種種異故不應道理是故此論非如理說

斷見論者謂如有一若沙門若婆羅門起如是見立如是論乃至我有麤色四大所造之身住持未壞爾時有病有癰有箭若我死後斷壞無有爾時我善斷滅如是欲纏諸天色纏諸天無色空處所攝乃至非想非非想處所攝廣說如經謂說七種斷見論者作如是計問何因緣故彼諸外道起如是見立如是論答由教及理故教如前說理者謂如有一爲性尋思爲性觀察廣說如前彼如是思若我死後復有身者應不作業而得異熟若我體性一切永無是則所受業果亦應無有觀此二種理俱不可是故起如是見立如是論我身死已斷滅無有猶如瓦石若一破已不可還合彼亦如是應知今應問彼汝何所欲爲蘊斷滅爲我斷耶若言蘊斷滅者蘊體無常因果展轉生起不絕而言斷滅不應道理若我斷者汝先所說麤色四大所造之身有病有癰有箭欲纏諸天色纏諸天無色空處所攝乃至非想非非想處所攝不應道理如是若蘊斷滅若我斷滅皆不應理是故此論非如理說

空見論者謂如有一若沙門若婆羅門起如是見立如是論無有施與無有愛養無有祠祀廣說乃至世間無有眞阿羅漢復有起如

是見立如是論無有一切諸法體相問何因緣故彼諸外道起如是見立如是論答由教及理故教如前說理者謂如有一爲性尋思爲性觀察廣說如前又依世間諸靜慮故見世施主一期壽命恒行布施無有斷絶從此命終生下賤家貧窮匱乏彼作是思定無施與愛養祠祀復見有人一期壽命恒行妙行或行惡行見彼命終隨於惡趣生諸那落迦或往善趣生於天上樂世界中彼作是思定無妙行及與惡行亦無妙行惡行二業異熟復見有一刹帝利種命終之後生婆羅門吠舍戍達羅諸種姓中或婆羅門命終之後生刹帝利吠舍戍達羅諸種姓中吠舍戍達羅等亦復如是彼作是思定無此世刹帝利等從彼世間刹帝利等種姓中來亦無彼世刹帝利等從此世間刹帝利等種姓中去又復觀見諸離欲者生於下地又見母命終已生而爲女女命終已還作其母父終爲子子還作父彼見父母不決定已作如是思世間必定無父無母或復見人身壞命終由彼或生無想或生無色或入涅槃故求彼生處不能得見彼作是思決定無有化生衆生以彼處所不可知故或於自身起阿羅漢增上慢已臨命終時自見生相彼作是念世間必無眞阿羅漢如是廣說問復何因緣或有起如是見立如是論無有一切諸法體相答以於如來所說甚深經中相似甚深離言說法不能如實正覺了故又於安立法相不如道理而思惟故起於空見彼作是念決定無有諸法體相今應問彼汝何所欲爲有生所受業及

有後所受業爲一切皆是生所受耶若俱有者汝先所説無有施與無有愛養無有祠祀無有妙行無有惡行無有妙行惡行諸業異熟無此世間無彼世間不應道理若言無有後所受者諸有造作淨與不淨種種行業彼命終已於彼生時頓受一切淨與不淨諸業異熟不應道理又汝何所欲凡從彼胎藏及從彼種子而生者彼等於此爲是父母爲非父母耶若言是父母者汝言無父無母不應道理若言彼非父母者從彼胎藏及彼種子所生而言非父非母不應道理若時爲父母是時非男女若時爲男女是時非父母無不定過又汝何所欲爲有彼處受生衆生天眼不見爲無有耶若言有者汝言無有化生衆生不應道理若言無者是則撥無離想欲者離色欲者離三界欲者不應道理又汝何所欲爲有阿羅漢性而於彼起增上慢爲無有耶若言有者汝言世間必定無有眞阿羅漢不應道理若言無者若有發起不正思惟顚倒自謂是阿羅漢此亦應是眞阿羅漢不應道理又應問彼汝何所欲圓成實相法依他起相法徧計所執相法爲有爲無若言有者汝言無有一切諸法體相不應道理若言無者應無顚倒所執亦無雜染及無清淨此不應理如是若生後所受故非不決定故有生處故有增上慢故有三種相故不應道理是故此論非如理説

妄計最勝論者謂如有一若沙門若婆羅門起如是見立如是論婆羅門是最勝種類刹帝利等是下劣種類婆羅門是白色類餘種

是黑色類婆羅門種可得清淨非餘種類諸婆羅門是梵王子從口所生從梵所出梵所變化梵王體胤謂鬪諍劫諸婆羅門作如是計問何因緣故諸婆羅門起如是見立如是論答由教及理故教如前說理者謂如有一爲性尋思爲性觀察廣說如前以見世間貟婆羅門性具戒故又貪名利及恭敬故作如是計今應問彼汝何所欲爲唯餘種類從母産生爲婆羅門亦爾耶若唯餘種類者世間現見諸婆羅門從母産生汝謗現事不應道理若婆羅門亦爾者汝先所說諸婆羅門是最勝種類剎帝利等是下劣種類不應道理如從母産生如是造不善業造作善業造身語意惡行造身語意妙行於現法中受不愛果若受愛果於彼後世生諸惡趣若生善趣

若三處現前是彼是此由彼由此入於母胎從是而生若世間工巧處若作業處若善不善若王若臣若機捷若增進滿足若爲王顧録以爲給侍若不顧録若是老病死法若非老病死法若修梵住已生於梵世若復不爾若修菩提分法若不修習若悟聲聞菩提獨覺菩提無上菩提若復不爾又汝何所欲爲從勝種類生此名爲勝爲由戒聞等耶若由從勝類生者汝論中說於祠祀中若聞勝若戒勝取之爲量此言應不中理若由戒聞等者汝先所說諸婆羅門是最勝類餘是下劣不應道理如是産生故作業故受生故工巧業處故增上故彼所顧録故梵生故修覺分故證菩提故戒聞勝故不應道理是故此論非如理說

妄計清淨論者謂如有一若沙門若婆羅門起如是見立如是論若我解脫止得自在觀得自在名爲清淨謂於諸天微妙五欲堅著攝受嬉戲娛樂隨意受用是則名得現法涅槃第一清淨又若離欲惡不善法於初靜慮得具足住乃至第四靜慮得具足住是亦名得現法涅槃第一清淨復有外道起如是見立如是論若有衆生於孫陀利迦河中沐浴支體所有罪障一切除滅如於孫陀利迦河如是於婆胡陀河伽耶河薩羅薩伐底河殑伽河等中沐浴支體所有罪障一切除滅第一清淨復有外道計持狗戒以爲清淨或持牛戒或持油墨戒或持露形戒或持灰戒或持自苦戒或持糞穢戒等計爲清淨謂說現法涅槃外道及說水等清淨外道作如是計

問何因緣故彼起如是見立如是論答由教及理故教如前說理者謂如有一爲性尋思爲性觀察廣說如前彼謂得諸縱任自在欲自在瑜伽自在名勝清淨然不如實知縱任自在等相又如有一計由自苦身故自惡解說或造過惡過惡解說今應問彼汝何所欲諸有於妙五欲嬉戲受樂者爲離欲貪爲未離貪耶若已離貪者於世五欲嬉戲受樂不應道理若未離貪者計爲解脫清淨不應道理又汝何所欲諸得初靜慮乃至具足住第四靜慮者彼爲已離一切貪欲爲未離耶若言已離一切貪欲者但具足住乃至第四靜慮不應道理若言未離一切貪者計爲究竟解脫清淨不應道理又汝何所欲爲由內清淨故究竟清淨爲由外清淨故究竟清淨若

由内者計於河中沐浴而得清淨不應道理若由外者内具貪瞋癡等一切穢垢但除外垢計究竟淨不應道理又汝何所欲爲執受淨物故而得清淨爲執受不淨物故得清淨耶若由執受淨物故得清淨者世間共許狗等不淨而汝計執受狗等戒得清淨者不應道理若由執受不淨物者自體不淨而能令他淨不應道理又汝何所欲諸受狗等戒者爲行身等邪惡行故而得清淨爲行身等正妙行故得清淨耶若由行邪惡行者行邪惡行而計清淨不應道理若由行正妙行者持狗等戒則爲唐捐而汝計彼能得清淨不應道理如是離欲不離欲故内外故受淨不淨故邪行正行故不應道理是故此論非如理説

妄計吉祥論者謂如有一若沙門若婆羅門起如是見立如是論若世間日月薄蝕星宿失度所欲爲事皆不成就若彼隨順所欲皆成爲此義故精勤供養日月星等祠火誦呪安置茅草滿瓮毗羅婆果及餉佉等謂曆算者作如是計問何因緣故彼起如是見立如是論答由教及理故教如前説理者謂如有一爲性尋思爲性觀察廣説如前彼由獲得世間靜慮世間同謂是阿羅漢若有欲得自身富貴快樂所祈果遂者便往請問然彼不如實知業果相應緣生道理但見世間日月薄蝕星度行時爾時衆生淨不淨業異熟成熟彼即計爲日月等作復爲信樂此事者建立顯説今應問彼汝何所欲世間興衰等事爲是日月薄蝕星度等作爲淨不淨業之所

作耶若言日等作者現見盡壽隨造福非福業感於興衰苦樂等果不應道理若淨不淨業之所作者汝言由日等作不應道理如是日等作故淨不淨業作故不應道理是故此論非如理說如是十六種異論由二種門發起觀察由正道理推逐觀察彼一切種皆不應道理

顯揚聖教論卷第十

音釋

欻 許勿切暴起也 薄蝕 薄伯各切侵也蝕裳隻切虧也

顯揚聖教論卷第十一

無著菩薩造
唐三藏法師玄奘奉詔譯

攝淨義品第二之七

論法多種若嗢柁南曰

論體論處所　論據論莊嚴　論負論出離
論多所作法

論曰論法有七種一論體性二論處所三論所依四論莊嚴五論墮負六論出離七論多所作法論體性者復有六種一言論二尚論三諍論四毀謗論五順正論六教導論言論者謂一切言說言音言詞尚論者謂世所樂聞語論諍論者謂或依諸欲所起若自所攝諸欲他所逼奪若他所攝諸欲自行逼奪若於自他所愛有情所攝諸欲互相侵奪謂歌舞戲笑等所攝若倡女僕從等所攝或爲觀看或爲受用於如是等諸欲差別事中未離欲者爲欲界貪現所染者因堅執故因縛著故因耽嗜故因貪愛故發憤現威互相鬪諍異諍乖諍違害諍論或依惡行所起若自所作身語惡行他所譏毀若他所作身語惡行自行譏毀若自他所愛有情所作身語惡行互相譏毀於如是事中爲作未作諸惡行者重貪瞋癡所拘執者因堅執故因攝受故因貪愛故更相發憤以染汙心現威鬪諍異諍乖諍違害諍論或依諸見所起謂身見斷常無因惡因兩種外道等所起邪見及餘種種諸惡見類於如是諸見中或於自所執他所遮斷或於他所執自行遮斷或爲令他離所執見或爲攝受所未執見於此事中未離欲

者如前乃至違害諍論是名諍論毀謗論者謂更相憤怒以染汙心振發威勢互相謗毀謂麤語所攝或妄語所攝或綺語所攝乃至惡說法律中若爲有情宣說彼法若銓量刊定若教授教誡等皆名毀謗論何以故非撥實相故引惡道故徒設功勞無義利故是故此論名毀謗論順正論者謂於善說法律中若爲有情宣說正法若銓量刊定若教授教誡等爲斷有情所起疑故爲善通達甚深義故爲令智見畢竟淨故皆名順正論何以故順正行故順正義故是故此論名順正論教導論者謂於順正論中爲令修習增上心學增上慧學故所有教誨心未定者令心得定心已定者令心解脫未得眞實智者開悟令得已得眞實智者令其修滿名教導論何以故分明委悉教導有情故是故此論名教導論問如實觀察此六種論幾論眞實能引義利所應修習幾不眞實能引無義所應遠離答最後二論是眞實引義利應修習中間二論不眞實引無義應遠離初二種論應分別

論處所者當知亦有六種一於國王前二於執理者前三於大衆中四於善解法義者前五於沙門婆羅門前六於樂法義者前

論所依者有十種應知謂所成義有二種能成法有八種所成義二種者一自性二差別所成自性者謂有立爲有無立爲無所成差別者謂有上立有上無上立無上常立爲常無常立無常如是有色無色有見無見有對無對有漏無漏有爲無爲如是等無量差別義門是名所成差別應知能成法八種者一

立宗二辯因三引喻四同類五異類六現量七比量八至教立宗者謂依二種所成義各別攝受自宗所許若論教所攝若自辯所立若從他所聞或爲成立自宗或爲顯他宗過或爲折伏憍慢或爲摧屈凌侮或爲悲愍有情辯因者謂爲成就所立宗故依所引喻同類異類現量比量及與至教辯道理因引喻者亦爲成就所立義故引因所依諸餘世間串習共許易了之法以爲比況同類者謂或於現在或先所見相貌相屬遞互相似此復四種一自體二業三法四因果自體相似者謂彼相貌更互相似業相似者謂彼作用更互相似法相似者謂自體上法門差別展轉相似如無常法與苦法苦法與無我法無我法與生法生法與老法老法與死法如是有色無色有見無見有對無對有漏無漏有爲無爲如是等無量法門差別更互相似因果相似者謂彼因果能成所成更互相似是名同類異類者所謂諸法隨其異義互不相似此亦四種翻上應知現量者有三種相一非不現見相二非思搆所成相三非錯亂所見相非不現見相者復有四種應知謂由諸根不壞作意現前時同類生異類生無障礙不極遠同類生者謂欲纏諸根於欲纏境上地諸根於上地境已生已等生若生若起是名同類生異類生者謂上地諸根於下地境若已生等是名異類生無障礙者復有四種一非覆障所礙二非隱障所礙三非映障所礙四非惑障所礙覆障所礙者謂黑闇無明闇不澄淨色之所覆障隱障所礙者謂或藥草

力或咒術力或神通力之所隱蔽映障所礙若謂少爲多物之所映奪故不可見或飲食等爲諸毒藥之所映奪或髮毛端爲餘麤物之所映奪如是等類無量無邊且如小光爲大光所映不可得見所謂日光映星月等又如能治映奪所治令不可得謂不淨觀映奪淨相無常苦無我觀映奪常樂我相無相觀力映奪衆相惑障所礙者謂幻化所作或相貌差別或復相似或內所作目眩惛懵悶亂酒醉放逸顚狂如是等類名爲惑障若不爲此四障所礙名無障礙不極遠者謂非三種極遠一處極遠二時極遠三推折極遠如是總名非不現見由非不現見故名現量非思搆所成相者復有二種一纔取便成取所依境二建立境界取所依境纔取便成取所依境者謂若境能作纔取便成取之所依猶如良醫授病者藥色香味觸悉皆具足有大勢力成熟威德當知此藥色香味觸纔取便成取所依境藥之所有大勢熟德病若未愈思搆所成若病愈時便非思搆如是等類名爲纔取便成取所依境建立境界取所依境者謂若境能爲建立境界取之所依如瑜伽師假想思搆地界水界火界風界若於地界假爲水解即依地想建立水想若於地界假爲火風二解即依地想建立火風二想此中地想即是建立境界取地界即是建立境界取之所依如於地想如是於水火風想如其所應盡當知是名建立境界取所依境此中建立境界取所依境非是思搆所成假想所解地等諸界若解未成是名思搆所立解若成

就即非思構如是名爲非思構所成由非思搆之所成故名爲現量非錯亂所見相者當知或五種或七種五種者謂非五種錯亂所見五種錯亂者一想錯亂二數錯亂三形錯亂四顯錯亂五業錯亂七種者謂非七種錯亂所見七種錯亂者即此五種錯亂及餘二種遍行錯亂合爲七種二種錯亂者一心錯亂二見錯亂想錯亂者謂於非彼相起彼相想如於陽焰鹿渴相起於水想數錯亂者謂於少數起多增上慢如瞖眩者於一月處見多月像形錯亂者謂於餘形起餘形增上慢如於旋火見彼輪形顯錯亂者謂於餘顯色起餘顯色增上慢如爲迦末羅病損壞眼根於非黃色悉見黃相業錯亂者謂於無業起有業增上慢如執拳馳走見樹奔流心錯亂者謂即於五種所錯亂義心生喜樂見錯亂者謂即於五種所錯亂義忍受顯說安立實重妄想堅執若非如是錯亂所見名爲現量問如是現量誰所有耶答略說四種所有一色根現量二意受現量三世間現量四清淨現量色根現量者謂色相五根所行境界如前所說現量體相意受現量者謂諸意根所行境界如前所說現量體相世間現量者謂即前二種總名世間現量清淨現量者謂若世間現量亦是清淨現量有清淨現量非世間現量謂出世智於所行境有知爲有無知爲無有上知有上無上知無上不共世間名清淨現量比量者謂與思擇俱推度境界此復五種一相二體三業四法五因果相比量者謂隨其所有相貌相屬或由現在及先所

見推度境界如以見幢故比知有車以見煙故比知有火如是以王比國以夫比妻以角犎比牛以形輭髮黑輕舉色美比知是少以面皺髮白等比知是老以執自相比道比俗以樂見聖者樂聞正法遠離憍慢比正信者以善思所思善說所說善作所作比聰叡者以慈悲愛語勇猛樂施善能解釋甚深義意比知菩薩以掉動輕轉嬉戲歌笑等比未離欲以諸威儀恒寂靜故比知離欲以具如來微妙相好智慧寂靜勝行辯才比知如來應正等覺具一切智見彼幼年所有相貌比知老時當有是事諸如是等名相比量體比量者由現見彼自體性故比類彼物不現見體或現見彼一分自體比類餘分如以現在比類去來或以過去比未來事或以現近事比現遠事又如衣服飲食嚴具車乘等事觀見少分得失之相比知一切又以一分成熟比餘熟分如是等類名體比量業比量者謂以作用比業所依如見遠物無有動搖鳥集其上如是等事比知是杌若有動搖等事比知是人若見跡步寬長比知是象身曳地行比知是蛇若聞嘶聲比知是馬哮吼比師子咆吼比牛王見比於眼聞比於耳齅比於鼻嘗比於舌觸比於身識比於意以杖尋水礙杖比地若見是處草木滋潤莖葉青翠比知有水若見熱灰比知有火若見草木搖動比知有風若見瞑目執杖蹎蹶失路等比知是盲高聲側聽比知是聾以所作業比知正信聰叡菩薩未離欲離欲如來如前應知法比量者謂於一切相屬著法以一比餘如屬無常

比知有苦以屬苦故比空無我以屬生故比有老法以屬老故比有死法以屬有色有見有礙比有處所及有形質屬有漏故比知有苦屬無漏故比知無苦屬有爲故比知生住異滅之法屬無爲故比知反彼如是等類名法比量因果比量者謂因果相比如見物行比有所至見有所至比先有行若見有人如法事王比知當獲廣大祿位見大祿位比知先已如法事王若見有人備善作業比知必當獲大財富見大財富比知先已備善作業見善惡行比當興衰見有興衰比先善惡若見豐饒飲食比知飽滿見有飽滿比豐飲食若見有人食不平等比知有病若見有病比知食不平等見有靜慮比知離欲見離欲者比有靜慮若見修道比知必獲四沙門果若見有獲四沙門果比知修道如是等類當知是名因果比量如是總名比量至教者謂一切智人所設言教或從彼聞法隨法行此復三種一聖言所攝二對治雜染三不違法相聖言所攝者所謂如來及諸弟子所說經教展轉流布傳來至今不違正法不違正義對治雜染者謂依此法善修習時能永調伏貪瞋癡等一切煩惱及隨煩惱不違法相者謂翻違法相當知是名不違法相何等名爲違法相耶謂於無相增爲有相如執有我有情命者生者等或常或斷有色無色如是等類或於有相減爲無相或於決定立爲不定如一切行皆是無常一切有漏皆性是苦一切諸法皆是無我而妄建立一分是常一分無常一分是苦一分非苦一分有我一分無我

如是於佛所立不可記法一向記別又復推求謂應立記或於不定建立爲定如執一切樂受皆貪所隨眠一切苦受瞋所隨眠一切不苦不樂受癡所隨眠一切苦樂皆是有漏思已造業唯受苦報如是等類或於有相法中無差別相建立差別有差別相立爲無別如依有爲差別之相於無爲法亦別建立依無爲法無差別相於有爲法亦不別立如於有爲無爲如是於有色無色有見無見有對無對有漏無漏等隨其所應盡當了知又於有相不如正理立因果相如立妙行感不愛果立諸惡行能感愛果計於惡說法律之中習諸邪行能得清淨於佛善說法律之中修行正行不得清淨又於雜染立爲清淨於清淨法立爲雜染於不實相以假言說立爲眞實於眞實相以假言說立不眞實如於未離言說法中以言戲論建立勝義如是等類名違法相翻此違相名不違相是名至教問若一切法自相成就自義差別法爾建立復何因緣立有二種所成義耶答爲欲生成他信解故非爲生成諸法相貌問爲欲成就所成立義何故先說立宗耶答爲先顯示自所愛樂義故問何故次辯因耶答爲欲開顯依現見法決定道理即於所立宗義不捨離故問何故次引喻耶答爲欲顯現能成道理之所依止現見法故問何故後說同類異類現量比量至教等耶答爲欲開示因喻二種相違不相違智故又相違者由二種因一由不決定故二由同所成故不相違者亦由二因一由決定故二由異所成故此中相違者爲成

所立宗義不能爲量故不名量不相違者爲成所立宗義能爲正量故名爲量是名論所依

論莊嚴者有五種應知一善自他宗二語具圓滿三無畏四敦肅五應供善自他宗者謂如有一於此正法及毗柰耶深生愛樂即於自論宗本讀誦受持正聞審慮純熟修行已善已說已明復於彼法彼毗柰耶不愛不樂但於彼論宗本讀誦受持聞思純熟而不修行然已善已說已明是名善自他宗語具圓滿者謂如有一音聲圓滿不犯音聲音聲者謂具五德一不鄙陋二輕易三雄朗四相應五義善云何不鄙陋謂離諸邊國鄙俚詞故云何輕易謂世間共立非餘詭故云何雄朗所謂於義建立言詞爲成彼義巧妙雄壯故云何相應所謂前後功德法義相符順故云何義善謂能引發世出世利無顛倒故又此相應論者復由九種差別相故語具圓滿應知一不雜亂二不麤獷三辯了四限量五與義相應六以時七決定八顯了九相續以此足前總名語具圓滿無畏者謂如有一處在多衆異衆大衆勝衆諦衆善衆等中其心無有下劣怯懼身無戰汗面無怖色聲不動掉語不怯弱如是等類名爲無畏敦肅者謂如有一性不忿毒面無變改身不掉動如是等類名爲敦肅應供者謂如有一性善可樂性不惱他尋常住善可樂地者隨順他心而發言說知時如實爲益自他能引義利言詞柔輭如對親友是名應供若有依五論莊嚴相與言論者當知復有二十七種稱讚功德何

等名爲二十七種一衆所敬重二言必信受三於大衆中轉加無畏四於他所宗深知過隙五於自所宗知決定德六無有僻執七於所受論情無偏黨八於自正法及毗柰耶無能引奪九於他所說速能了悟十於他所說速能領受十一於他所說速解理趣十二能以語德勝伏大衆十三悅可信解因明論者十四能善宣釋義句文字十五身不勞倦十六心不勞倦十七言不蹇澀十八辯才無盡十九身不頓顇二十念無忘失二十一心無損害二十二咽喉無損二十三凡所宣吐分明易了二十四善護自心令無忿怒二十五善順他心令無忿恚二十六令對論者心生淨信二十七凡有所行不招怨對廣大名稱聲流十方世咸傳唱此大法師處大師數如受欲者以末尼眞珠琉璃等寶厠環釧等寶莊嚴具以自莊嚴威德熾盛光明普照如是論者以二十七種稱讚功德厠此五種論莊嚴具以自莊嚴威德熾盛光明普照是故名此爲論莊嚴

論墮負者謂有三種應知一捨言二言屈三言過捨言者謂立論者以十三種詞謝對論者捨所言論何等名爲十三種詞謂立論者謝對論者曰我論不善汝論爲善我不善觀汝爲善觀我論無理汝論有理我論無能汝論有能我論屈伏汝論成立我之辯才唯極於此過此已上更善思量當爲汝說且置是事我不復言以如是等十三種詞謝對論者捨所言論捨所論故當知摧破爲他所勝墮在他後屈伏於彼是故捨言名墮負處言屈

者如立論人爲對論者之所屈伏或假餘事方便而退或引外言或現憤發或現瞋恚或現高慢或顯彼所覆或現惱害或現不忍或現不信或復默然或復憂慼或竦肩伏面或沉思詞窮假託餘事方便而退者謂捨前所立更託餘宗捨先因喻同類異類現量比量及至教量更託餘因乃至至教引外言者謂捨所論事或論飲食或論王臣盜賊衢路倡穢等事假託外緣捨本所立現憤發者謂以麤言擯對論者現瞋恚者謂以怨報之言責對論者現高慢者謂以卑賤種族等言毀對論者顯彼所覆者謂以發他所覆惡行之言舉對論者現惱害者謂以害酷惡言罵對論者現不忍者謂發惡言怖對論者現不信者謂以破戒行言謗對論者或默然者謂語業頓盡或憂慼者謂意業焦惱竦肩伏面者謂威勇身業而頓萎顇沉思詞窮者謂才辯俱竭如是十三種事當知言屈前二妄行矯亂中七發起邪行後四計行窮盡是名言屈墮在負處言過者謂立論人有九種過故名言過何等爲九一雜亂二麤獷三不辯了四無限量五非義相應六非時七不決定八不顯了九不相續雜亂者謂捨所論事雜說異語麤獷者謂憤發卒暴言詞躁急不辯了者謂若法若義衆及對論所不領悟無限量者謂於所說義言詞復重或復減少非義相應者當知十種一無義二違義三損理四與所成等五招集過難六不得義利七義無次序八義不決定九成立已成十順不稱理諸邪惡論非時者謂所應說前後不決不決定者謂

立已復毀毀而復立速疾轉換難可了知不顯了者謂犯聲明相不領而答或先爲典語後作俗語或復翻此不相續者謂於中間言詞斷絶凡所言論犯此九失是名言過

論出離者謂立論者三種觀察與廢言論云何名爲三種觀察一觀察德失二觀察衆會三觀察善不善云何觀察德失謂立論者方欲立論應如是觀我立是論將無自損損他及俱損耶不生現法後法及俱罪耶勿起身心所有諸憂苦耶莫由此故執持刀仗鬪罵諍訟諂言妄語而發起耶將無種種惡不善法而生長耶非不利益安樂自及他耶非不利益安樂多衆生耶非不憐愍於世間耶不因此故諸天世人無義無利不安樂耶彼立論者如是觀時若自了知我所立論能爲自損乃至天人無義無利及不安樂便自思擇不應立論若如實知我所立論不爲自損乃至能引天人義利安樂便自思擇應當立論是名第一論出離相云何觀察衆會謂立論者應當觀察現前衆會爲有執著爲無執耶爲有賢正爲無有耶爲有善解爲無解耶如是觀時若知衆會有所執著非無執著唯不賢正無有賢正唯不善解無善解者便自思擇於是衆中不應立論若知衆會無所執著非有執著唯有賢正無不賢正唯有善解無不解者便自思擇於是衆中應當立論是名第二論出離相云何觀察善不善謂立論者應自觀察善與不善我於論體論處論依論嚴論負論出離等爲善爲不善耶我爲有力建立自論摧伏他論於彼負處解脱不耶如

是觀時若自了知我爲不善非善解了我無力能非有力能便自思擇與對論者不應立論若自了知我善非不善有力非無力便自思擇與對論者應共立論是名第三論出離相

論多所作法者謂有三種於所立論多所作法一善自他宗二無畏三辯才問如是三法何故名爲於所立論多有所作答由善了達自他宗故於一切法能起談論由無畏故於一切衆能起談論由辯才故於諸問難能善酬答是故此三名爲於所立論多所作法

顯揚聖教論卷第十一

音釋

倡 尺良切倡優也 銓 此緣切度也 癲 都年切狂病也 犎 府容切牛名 哮 呼交切怒聲也 咆 薄交切嘷也 蹎蹷 蹎都年切蹷居月切蹎跌也 慼 倉歷切憂懼也 竦 息拱切猶攫也 萎顇 萎於爲切枯也顇秦醉切顦顇也 複 方六切重複也

顯揚聖教論卷第十二

無著菩薩造

唐三藏法師玄奘奉詔譯

攝淨義品第二之八

釋應知多種者嗢柁南曰

體釋文義法　起義難次師　說衆聽讚佛

略廣學勝利

論曰體者諸經體性略有二種謂文及義當知文是所依義是能依如是二種總名所知境界

釋者略有五種應知一法二等起三義四釋難五次第

文者略有六種一名身二句身三字身四語五相六機請名身者謂共了增語此復略說有十二種一假名二實名三總名四別名五隨義名六戲論名七易名八難名九顯名十隱名十一略名十二廣名假名者謂於內諸蘊立我有情命者等名於外諸色立甁衣車乘等名實名者謂於眼等色等立根義等名總名者謂有情色受大種等名別名者謂佛友德友青黃等名隨義名者謂質礙故名色領納故名受能照能燒故名爲日如是等名戲論名者如呼貧名富如是等類不觀於義施設彼名易名者謂共所知想難名者謂翻於彼顯名者謂其義易曉隱名者謂其義難曉如達羅弭荼明呪略名者謂一字名廣名者謂多字名句身者謂依名字釋義滿足此復六種一不滿句二滿句三所成句四能成句五序句六釋句不滿句者謂文不究竟義不究竟更加餘句方得成滿如說諸惡者莫

作諸善者奉行善調伏自心是諸佛聖教若唯言諸惡則於文未足若復言諸惡者又於義未足若具言諸惡者莫作則二俱滿足是則名爲第二滿句所成句者所謂前句待後句成如說諸行無常有起盡法生必滅故彼寂爲樂此中諸行無常是所成句由有起盡法句之所成立能成句者謂第二句以能成立第一句故序句者如言善人釋句者如言謂趣正文夫字身者謂若究竟若不究竟名之與句二種所依四十九字此中欲爲名首名爲句首句必有名若唯一字則不成句又若有字名所不攝則唯字無名問何因緣故建立名等三種身耶答爲領增語觸所生受故問名者何義答目種種事令世共知故又能令意作種種相故又由語言所傳述故謂

之爲名問句者何義答攝受於名究竟顯了不現見義故名爲句問文者何義答顯發名句故謂之文如薄伽梵說增語增語路如是廣說增語者謂一切衆類共所立名增語路者謂衆類之欲能起彼故詞者謂彼相應語及與各別彼彼方言彼所依故名爲彼路施設者謂分析一法建立多種彼所依處名爲彼路欲即是詞無有別欲此詞即是增語施設之路彼名身等略有六種依處一法二義三補特伽羅四時五數六處所彼廣分別如聞所成地語者當知略具八分謂上首美妙等由彼語言具足相應乃至常委分資糧等德故能說正法上首語者趣涅槃宮爲先首故美妙語者清美音故顯了語者文詞善故易解語者巧辯說故樂聞語者引法義故無

依語者不依希望他信已故不逆語者言知量故無邊語者善巧多故是八種語當知略具三德一趣處德謂初一種二自體德謂次二種三加行德謂所餘種相應者謂名句文身次第善安立故又依四種道理共相應故助伴者能成次第故隨順者解釋次第故清亮者文句顯了清淨故有用者善入衆心故相稱者如衆會故應順者稱法故引義故順時故常委分資糧者常修委修故名常委彼分者謂正見等資糧者是彼資糧故相者謂諸蘊相應諸界相應諸處相應緣起相應處非處相應念住相應如是等相應言說或聲聞說或菩薩說或如來說是名爲相機請者謂因機請問起於言說此復根等差別有二十七種補特伽羅應知此中由根差別故分成二種謂鈍根利根行差別有七種謂貪行等如聲聞地說品類差別有二種謂在家出家願差別有三種謂聲聞獨覺菩薩可救不可救差別有二種謂涅槃法不涅槃法方便差別有九種謂已入正法未入正法有障礙無障礙已熟未熟具縛不具縛無縛種類差別有二種謂人及非人如是六文總攝爲四一所說謂名身等及相一分二所爲謂機請攝二十七種補特伽羅三能說謂語言四說者謂佛菩薩及與聲聞如是一切六種相貌總顯於文若減一種義不顯了由能顯義是故名文

義者略有十種一地義二相義三作意義四處所義五過患義六勝利義七所治義八能治義九略義十廣義地義者略有五地謂資

糧地方便地見地修地究竟地又廣分別有十七地謂五識身相應地意地有尋有伺地無尋唯伺地無尋無伺地三摩呬多地非三摩呬多地有心地無心地聞所成地思所成地修所成地聲聞地獨覺地菩薩地有餘依地無餘依地相義者當知五種一自相二共相三假立相四因相五果相如是五相若廣分別如思所成地復有五相一差別相二瑜伽相三轉異相四染汙相五清淨相此五種相當知如前處處分別復有五相一所詮相二能詮相三此二相屬相四執著相五不執著相所詮相者謂相等五法如五法藏說能詮相者謂即於彼法依止名等爲詮諸法自體差別所有言說此亦能顯遍計所執自體應知此遍計所執自體有多種名所謂亦名遍分別所計亦名和合所成亦名所增益相亦名虛妄所執亦名言說所顯亦名文字方便亦名唯有音聲亦名無有體相如是等類差別應知此二相屬相者謂能詮所詮互相屬著遍計所執自體執所依止執著相者謂無始流轉一切愚夫遍計所執自體執及此隨眠不執著相者謂已見諦者如實了知遍計所執相及彼習氣解脫正分別知隨其所應分別如思所成地等作意義者有七種作意謂了相等如前說若廣分別如聲聞地復有十智謂苦智集智滅智道智法智種類智他心智世俗智盡智無生智若廣分別如聲聞地復有六識身所謂眼識乃至意識如前略釋若廣分別如五識身相應地及意地復有九種遍知謂欲繫見苦集所斷斷初遍知

色無色繫見苦集所斷斷二遍知欲繫見滅所斷斷三遍知色無色繫見滅所斷斷四遍知欲繫見道所斷斷五遍知色無色繫見道所斷斷六遍知順下分結斷七遍知色愛盡八遍知無色愛盡九遍知若廣分別如三摩呬多地又有三解脫門謂空無願無相此亦如三摩呬多地廣說是中諸法應當觀察幾種作意之所思惟幾智所知幾識所識幾種遍知之所遍知幾解脫門之所解脫以如是等無量觀門應觀諸法處所義者略有三種一事依處二時依處三補特伽羅依處事依處者復有三種一根本事依處二得方便事依處三慇他事依處根本事依處有六種一善趣二惡趣三退墮四升進五流轉六寂滅得方便事依處者有十二種謂十二種行一欲行二離行三善行四不善行五苦行六非苦行七順退分行八順進分行九染汙行十清淨行十一自義行十二他義行慇他事依處有五種一令離欲二示現三教導四讚勵五慶慰此中善趣者謂人天惡趣者謂那落迦等退墮者復有二種謂不妨他及妨他不妨他者所謂自然壽命退滅如壽命當知色力財稱安樂辯等亦爾妨他者謂族姓退滅自在增上退減少支屬言不肅弊惡慧不能證獲微妙廣大色香味觸於諸勝妙所受用具心不喜樂如是等類名為退墮翻此退墮如其所應即名升進流轉者謂即此善趣惡趣退墮升進寂滅者謂有餘依無餘依寂滅界欲行者如十種欲所引中說離行者謂即於彼所受用事知無常已厭欲出家受持禁

戒守護根門等善行者謂施戒修有漏善行不善行者謂三種惡行苦行者謂露形無衣如是等乃至廣說非苦行者謂受用如法所得資具棄捨樂行遠離二邊所謂受用欲樂行邊及與受用自苦行邊勤行中道依止於法求衣鉢等及正受用順退分行者謂若行能障升進分等順進分行者謂與上相違染汙行者如鸚鵡經說略有三種謂業雜染煩惱雜染流轉雜染當知此等有九根本句謂業雜染有三句一貪二瞋三癡煩惱雜染有四句謂四顛倒流轉雜染有二句謂無明及有愛所以者何由三不善根生起種種業雜染故由四顛倒能發種種煩惱雜染故由無明門引生種種諸出家者流轉雜染故由有愛門引生種種諸在家者流轉雜染故清淨行者略有三學五地此三學等當知亦有九根本句謂增上戒學增上心學所攝無貪無瞋無癡在資糧地及方便地增上慧學所攝四無顛倒明及解脫在見地修地及究竟地自義行者謂自利行如聲聞獨覺彼雖或時起利他行然本期願爲自利故亦名自義他義行者謂利他行如佛菩薩究竟利益無量衆生乃至廣說令離欲者訶毀六種黒品諸行示現過患令離愛欲示現者爲令受學白品行故示現四種眞實道理教導者謂示現已得信解者令於學處正受正行由已於彼得自在故而告之曰汝等今者於如是如是事應正作應隨學讚勵者謂彼有情若於所知所行所得中心生退屈爾時稱讚策發彼心令於所知所行所得中堪有勢力慶慰者

謂彼有情於法隨法勇猛正行即應如實讚說令其欣喜復次令離欲示現者或有令離欲而不示現如教導他令其離欲而謂彼曰如其所言不應作者汝令必定不應復作或怖彼言汝若作者我當解作或復求彼汝若是我親愛友者必不應作或復示現不令離欲如處中者示現有情功德過失而不遮彼令不造過或有亦示現亦離欲如示彼過令其遠離教導者初未受學令其受學讚勵者學已未進令其升進慶慰者有五種勝利一令彼於已所證心得決定二令餘於彼所證勝德起心趣求三令誹謗者心處中住四令不信者心生淨信五令已信者倍復增長若有慶慰他人善事當知是人造作增長能感悅意衆天生業若命終已彼彼所生常聞悅意美妙音聲無不悅意復次欲行或有能感善趣如爲欲故造後善業或有能感惡趣如以非法攝受諸欲離行行若毀犯能感惡趣若無毀犯能感善趣及作寂滅資糧善行能感善趣及爲寂滅資糧不善行能感惡趣苦行由依邪見苦自身故能感惡趣非苦行能爲寂滅資糧及感善趣順退分行能感退墮順進分行能感升進染汙行能感流轉清淨行能證寂滅自義行唯令自已感善趣引升進證寂滅他義行俱令自他生善趣引升進證寂滅如是三事根本事有六種所謂善趣乃至涅槃得方便事有十二種謂十二行悲愍他事有五種所謂五種悲愍衆生此中由根本事增上力故依十二行如其所應令他離欲乃至慶慰時依處者略有三種一過去

言依二未來言依三現在言依如經廣說補特伽羅依處者謂鈍根等二十七種數取趣應知如上所說事時補特伽羅佛薄伽梵依此三處流布聖教故名依處過患義者謂於應毀厭義而起毀厭或法或衆生勝利義者略而言之於可稱讚義而起稱讚或法或衆生所治義者略而言之一切雜染行能治義者謂一切清淨行如貪是所治不淨是能治瞋是所治慈爲能治如是等盡當知略義者謂說諸法通種類義廣義者謂說諸法別種類義復次說不了義經故說了義經故復次略義有二種一名略二義略廣義亦二種謂名廣及義廣如薄伽梵說舍利子我能廣略宣說正法然悟解者甚難可得於彼經中長行文廣義略伽他義廣文略爲攝十義故說中間嗢柁南曰

諸地相作意　依處德非德　所對治能治
略廣義應知

復次如是略說佛教體性十種義已諸說法者應依聖教尋求十種若具不具既自求已應爲他說

如是建立文義體性已諸說法者應以五相隨順解釋一切佛經謂初應略說法要次應說等起次應釋義次應釋難後應辯次第法者略有十二種謂契經等十二分教契經者謂縫綴義多分長行直說攝諸法體應頌者謂長行後諷誦及略舉所說不了義經記別者謂廣分別略所舉義及記命過弟子生處諷頌者謂以句說或二句說或三四五六句等說自說者謂不請而說爲令弟子得勝解

故爲令上品所化衆生安住勝理自然而說名爲自說如經言世尊今者自然宣說因緣者謂因請問說如經言世尊於一時中因沒力伽羅子爲諸苾芻宣說法要又依別解脫增上道毗柰耶所有言說謂依如是如是因緣依如是如是事世尊說如是如是語是名因緣譬喻者謂有譬喻經由譬喻故隱義明了本事者謂除本生宣說前際諸所有事本生者謂宣說已身於過去世行菩薩行時諸本生事方廣者謂說菩薩道如說七地四菩薩行等及說如來百四十不共佛法謂四一切種清淨乃至一切種妙智如菩薩地廣說又法無量故義深廣故時長遠故謂極勇猛經三大劫阿僧企耶方得成滿故名方廣希法者謂佛及諸弟子說希奇法如諸經中因希有事故起於言說論議者謂諸經所攝摩怛履迦且如諸了義經皆名摩怛履迦所謂如來自廣分別諸法體相又諸弟子已見聖迹依自所證無倒顯示諸法體相亦名摩怛履迦摩怛履迦亦名阿毗達磨猶如世間一切書算詩論皆有本母當知經中研究法相所有言說亦復如是又如世間若無諸字本母字不顯了如是十二分教中若不建立諸法體相法不明了若建立已諸法自相共相皆得顯現又復能顯無雜法相故即此摩怛履迦名阿毗達磨依此摩怛履迦所餘解釋諸經義者亦名鄔波第鑠

等起者略有三種謂事時補特伽羅依處別故如經中說於如是時爲如是補特伽羅依如是行令彼離欲乃至慶慰

義者略有二種一總義二別義當知總義復有四種一引了義經二分別事究竟三行四果行復二種謂邪行正行果亦二種謂邪行果正行果當知別義亦有四種一分別差別名二分別自體相三訓釋名言四義門差別訓釋名言復由五種方便一由相二由自體三由業四由法五由因果義門差別亦有五種應知一自體差別二界差別三時差別四位差別五補特伽羅差別自體差別者謂色自體有十色處差別受自體有三受差別想自體有六想差別行自體有三行差別識自體有六識差別如是等類自體差別應知界差別者謂欲界色界無色界時差別者謂去來今位差別者當知差別二十五種謂下中上三位苦樂不苦不樂三位善不善無記三位聞思修三位增上戒增上心增上慧三位內外二位所取能取二位所治能治二位現前不現前二位及因果二位補特伽羅差別者如前所說二十七種應知

釋難者若自設難若他設難皆應解釋當知設難略有五因一爲未了義得顯了故如言此文有何義耶二語相違故如言何故薄伽梵前後說異三理相違故如有顯示與四道理相違之義四不定顯示故如言何故薄伽梵於一種義種種異門差別顯示五究竟不可見故如言內我之體有何相貌而常恒不變自性正住如是等類於此五難如其次第應當解釋謂於不了義難方便顯了於語相違難隨順會通如於語相違難隨順會通如是於不定顯示難究竟不可見難亦爾於理

相違難或以果教道理而判決之或復顯示四種道理或顯因果相應道理謂此言顯果或復顯因又於問難應設四記決定記者謂爲如理問者無倒建立諸法體相故分別記者謂爲如理不如理問者開示差別相故反詰記者謂爲止息戲諍論故默置記者有四種因謂無體性故乃至彼相法爾故如前已說若廣分別如思所成地又如有問如來滅後爲有爲無等此於世俗諦及勝義諦理趣皆不可記是故默置以約勝義無如來故不可記別若約世俗所依能依道相違故及斷滅果非眞實故亦不可記如來滅後是有無等

次第者略有三種一圓滿次第二解釋次第三能成次第爲顯此三次第略引聖教如世尊言我出家時盛美第一盛美最極盛美此言即顯盛美圓滿次第又復說言曾處我父淨飯王宮顔容端正乃至廣說此言即顯盛美解釋次第又言爲何義故盛美出家由見老病死等法故此言即顯能成次第又復經中略說諸法如言三受苦樂不苦不樂如是等此中唯顯圓滿次第由所餘句圓滿此受故名圓滿如受應知四聖諦中先說初句後後次第隨順分析亦爾能成次第有二種或以前句成立後句或以後句成立前句當知解釋次第亦爾

師者謂成就十法名說法師衆相圓滿一善於法義謂於六種法十種義善能解了二能廣宣說謂多聞聞持其聞積集三具足無畏謂於剎帝利等勝大衆中宣說正法無有怯

懼又因此故聲不嘶破腋不流汗念無忘失四言詞善巧謂語工圓滿八分成就言詞具足處衆說法語工圓滿者謂文句相應助伴等乃至廣說八分成就者謂上首美妙等乃至廣說五善方便說謂二十種善方便說如以時慇重等相六具足成就法隨法行謂不唯聽聞語言爲極要如說行七威儀具足謂說正法時手足不亂不摇頭動眉口面支節無有改變進止去來端嚴庠序八勇猛精勤謂常樂聽聞所未聞法於已聞法轉令明淨不捨瑜伽不捨作意心不捨離内奢摩他九無有疲厭謂爲四衆廣宣妙法身心無倦十具足忍力謂駡弄訶責終不反報若被輕懱不生忿感乃至廣說

說衆者謂處於五衆宣八種言何等爲八一可喜樂言二善開發言三善釋難言四善分析言五善順入言六引餘證言七勝辯才言八隨宗趣言五衆者一在家衆二出家衆三清淨信衆四邪怨衆五中平衆可喜樂言者有五種相應知一有證因二有譬喻三語業具足四文字句美五言詞顯了善開發言者開深隱義令顯現故辯麤顯義令深邃故善釋難言者能善解釋五種難故如前應知善分析言者析一一法依增一道理乃至十種或復過此善分別故如依一法建立二種三種四念住等乃至廣說善順入言者唯善顯釋契經應頌等十二分教終不引攝邪道異論引餘證言者謂引餘經成立所說勝辯才言者隨自所忍善分別義隨宗趣言者謂依摩怛履迦分別顯示或依餘無倒說者所說

言教如理解釋復次處在家衆應依毁諸惡行稱讚善行現前説法令其止息及進修故處出家衆應依增上戒等三學現前説法令彼速疾修圓滿故處淨等衆應依聖教廣大威德現前説法如其次第令倍增長令處中住令生淨信故

顯揚聖教論卷第十二

音釋

糧（呂張切穀食也）鈍（徒困切不利也）縛（符钁切繫也）伺（息利切察也）鑠（式灼切）斯（先稽切聲破也）腋（夷益切左右肘脇之間曰腋）

顯揚聖教論卷第十三

無著菩薩造
唐三藏法師玄奘奉詔譯

攝淨義品第二之九

聽者謂説法師説正法要安處聽者令住恭敬無倒聽聞問何故安處答謂或由一因或乃至十一因者所謂恭敬聽聞正法現證利益及安樂故此中或利益非安樂或安樂非利益乃至四句如菩薩地法受中説二因者謂善建立一切法故善建立者當知離過失故具大義故又爲説者聽者速疾獲得沙門果故若不爾諸説法者徒廢己業虚設言論諸聽法者空自疲勞無所證獲三因者正法能令捨惡趣故得善趣故速能引攝涅槃因故如是三事恭敬聽聞方可證得四因者一恭敬聽時能善了達契經等法二如是正法能令有情捨諸不善攝受諸善若善聽者即能精勤若捨若受三由捨受故捨離惡因所招後苦四由此受捨善惡因故速證寂滅五因者謂薄伽梵所説正法有由序有出離有依趣有勇猛有神變如是五種若廣分別如攝異門分

復有五因聽聞正法謂我當聞所未聞我當聞已研究我當除斷疑心我當調伏諸見我當於深義句以慧通達佛薄伽梵説此五因顯聞思修三種妙慧究竟方便初二種因顯聞慧中二種因顯思慧後一種因顯修慧六因者一爲欲敬報大師恩德謂佛世尊爲我等故行於無量難行苦行求得此法云何今者而不聽聞二觀自義利謂佛正法有現義

利三究竟遠離一切熱惱四善順正理五易可了見六諸聰慧者内證所知七因者謂七正法如經言我當修習七種正法謂知法知義乃至知補特伽羅尊卑八因者一佛法易得乃至爲旃荼羅等而開示故二易可修學行住坐卧皆得習故三引發義利謂能引世間出世間果故四初善五中善六後善七感現樂果八引後樂果九因者謂能脫九種逼迫事故一能出生死大牢獄故二永斷貪等堅牢縛故三摧破七種大貧本故及建立七種大財富故四超度善行聽聞正法諸飢儉故及建立彼諸豐足故五滅無明闇起慧明故六度四暴流登涅槃岸故七對治煩惱諸内病故八解脱一切貪愛網故九能度無始流轉曠野稠林雜染行故諸牢獄中生死牢獄最爲第一是故初說十因者一恭敬聽聞如來法已得思擇力由此能受聞法義利如法求財不以非法雖復受用深見過患二善知出離謂退失財寶無憂無感亦不嗟怨乃至廣說眷屬離喪不深悲歎若遭重病亦不愁惱三深見諸欲多有過患及見出離最勝功德捨家入道離卧具等所有貪著乃至證得諸妙靜慮四恭敬無倒聽聞正法能順證解廣大甚深相似甚深諸緣起法又能引發廣大善根出離歡喜如薄伽梵說我聖弟子專心屬耳聽聞正法能斷五法能修七法速疾圓滿五諸聖弟子恭敬聽法所有集起皆轉成滅六解正法已遠離塵垢於諸法中生正法眼七能善引攝證預流果最勝資糧乃至證得阿羅漢果及能引攝阿羅漢果最勝

資糧八能善引攝獨覺資糧九能善引攝無上正等菩提資糧十引發一切世出世間靜慮等持等至等定

讚佛略廣者諸說法者說正法時應先讚佛讚有二種謂略及廣略者有五種一妙色二寂靜三勝智四正行五威德妙色者謂三十二大丈夫相及八十種隨形好寂靜者謂善能守護諸根門等及能永拔煩惱習氣勝智者謂於過去未來現在世法及非世法無有罣礙正行者謂自他利樂正行圓滿威德者所謂如來神通遊戲復有六種略讚如來謂德圓滿故離垢染故無濁穢故無與等故唯利衆生以爲業故於此業用得自在故此廣分別如攝決擇分廣者謂廣讚如來無邊功德如說是薄伽梵無邊名稱德無量故能施光明發智明故能除黑闇永滅一切無智暗故成就明眼具三眼故見勝義諦了達無等諸聖諦故成就禁戒具足增上淨尸羅故又說是薄伽梵兩足中尊調御中勝沙門衆中最爲殊美是諸世間難得珍寶又說是薄伽梵爲愍物者悲有情者樂爲義者求利物者悲現前者又說是薄伽梵爲眼爲智了達眞理於甚深義決定顯了凡有所作皆依義轉又說是薄伽梵能證一切所未證義以先證聖八支道故自然證故立未曾立聖梵行故又說是薄伽梵知聖道者顯聖道者說聖道者導聖道者又說是薄伽梵人中師子離怖畏故人中牛王御大衆故人中御者衆上首故人中龍王無誤失故人中良馬心調順故人中最勝家姓色等超諸衆故人中最上戒

行智慧最勝威德越諸人故人中蓮華世間八法所不染故無等無與等故無等等等去來今無有與等諸善逝故第一於諸有情爲最上故大仙上尸羅故長時積集諸梵行故證古大仙所證法故最勝者調伏一切天魔外道煩惱等故牟尼無有一切掉慢等故與三寂靜具相應故不可引奪一切生等及諸異論不能奪故沐浴離諸惡故到彼岸越度一切薩迦耶故又說如來應正等覺明行圓滿善逝世間解無上丈夫善調御士天人師佛薄伽梵又說白法圓滿一切智者正法之主無忘失法有情堅勝一切苦樂不纏擾心又說善調者密護根門善滿足故寂靜者淨尸羅受善滿足故安隱者已入決定地故般涅槃者已證菩提故拔毒箭者求拔一切有

愛箭故又說調伏一切不調伏者寂靜一切不寂靜者如前已說安隱一切不安隱者善能建立諸凡夫等令證預流一來果故又說無杻械者出火坑者度深塹者制求欲者不傾動者摧慢幢者大常住者又說大阿羅漢諸漏永盡如前廣說乃至盡諸有結又說永斷五分成就六分如是廣說乃至純善積集無上丈夫又說善知法者乃至善知補特伽羅尊卑者又說大沙門大婆羅門離垢無垢良醫寳主勝觀察世間依衆生尊此中離垢者煩惱障斷故無垢者所知障斷故又永拔習氣故名無垢日夜六返觀察世間故名勝觀察又說是一切種善清淨者大丈夫相及隨形好莊嚴身者具足十力爲大力者具四無畏無所畏者成就大悲於三念住安住念

者成就三種不護及無忘失法永害一切煩惱習氣具足一切種妙智者此中大悲者長時積集故謂經三大劫阿僧企耶方乃證得又復依緣一切衆生故緣一切種苦爲境界故得諸衆生一切損惱變異事等所不能轉故於一切有情起平等行故

學勝利者謂說法師應依如是建立釋經法相先應尋求若文若義次應解了如先所說五種爲他說正法時解釋道理次應如是安立自身於先所說說法者相謂善法義等十種圓滿如是自安立已然後依如先所說差別道理應起言說謂處五大衆以如前所說可喜樂等八種言詞爲衆說法又安處他令於恭敬無倒聽聞又應先讚大師功德若有具足如是五分說正法者當知猶如五分音樂能令自他生大歡喜又能引發自他利益又若能如是善修學者當知具足五種勝利一於佛言義解了不難二能善圓滿說諸法相三能善起發自他相續廣大歡喜四引善出離天上人中廣大名稱五生起無量最勝功德復次如佛所說住學勝利經此經體性謂文及義文者謂此經言汝等苾芻應當安住修學勝利此中有十二字四名一句如是則攝名句字身此中言說是學處相故則攝於相如來言說本爲苾芻請問即攝機請如來所說言音即攝於語是故此經一句具攝六文如是慧爲上首等諸句中隨相應知復次義者謂地義中但說聲聞地義或具五地經言學勝利者是資糧地慧爲上首者是方便地解脫堅固念爲增上者是見修等地是

名地義相義中學勝利者是戒自相慧爲上首者具二種相謂慧所依助伴等中唯慧自體是自相慧之眷屬及所緣等名爲共相解脫堅固者謂求離一切煩惱麤重是解脫自相念爲增上者是念自相如是等是名相義作意義中學勝利者非作意體唯顯作意建立處所慧爲上首者顯示了相勝解二種作意應知解脫堅固者當知顯示遠離攝樂方便究竟方便究竟果四種作意念爲增上者當知此顯觀察作意如是等是作意義由此道理於智等中亦應隨相分別處所義中依於涅槃攝受學處依清淨行如其所應起教導等所謂教導乃至慶慰當知此中亦通有善等行隨其最勝唯說清淨行唯依出家補特伽羅又於下根等一切衆生中應當發起慶慰等事謂依過去現在時起於慶慰已證得故正證得故依現在時起於示現依未來時起於教導及讚勵是名處所義過患義中謂夫出家者不應行於異行不應貯餘財物勝利義中謂修三學滿足是可稱讚所治義中謂犯尸羅無智煩惱及忘失念當知護尸羅等即是能對治義又一切雜染行皆是所治義三學行等是能治義略義中謂住學勝利乃至念爲增上此略序宗名爲略義廣義中謂廣分別此應知是名廣義更無過上復次於解釋中法者謂於十二分教中契經所攝及記別攝了義說故

等起者謂爲開示遍行行智力自體故發起此經又爲顯示精勤修習清淨行者及示愛重世財利者令信解此所化衆生依住學勝

利等精勤修習速得圓滿三學勝利故又爲顯示四種苾芻體故經言學勝利者爲令遠離種姓形相苾芻體故及令遠離詐現密護軌則威儀苾芻體故又言慧爲上首者爲令遠離計著虛妄名稱苾芻體故解脫堅固念增上者勸彼修習眞實行苾芻體故所以者何若有愛樂名稱等人但爲名等勵已聽受正法不爲增長智慧若有遠離前所說過是名眞實行攝於正解脫樂欲證得又爲於下劣法生知足者勸令修學增上法故謂爲樂求隨順世間文章呪術於戒慢緩者說學勝利爲唯守尸羅捨多聞者說慧爲上首爲唯於聞思生知足者說解脫堅固爲於戒慧解脫起增上慢者說念爲增上如是等類是名等起義者總義中當知此經宣說正行及正行果如是戒等三學名學分量經言如是住者此顯正方便行所攝四種瑜伽又言如是住三學者此顯正行果此中信欲爲先故攝受尸羅聽受法時由正勤力修習慧等要假方便別義中所謂學者是精進如教行若習若修名差別也身語及命清淨現行是學自相由戒忍等顯發正行故名爲學又爲求寂靜清涼之果進習除滅故名爲學如是等類訓釋名言如前應說相故自體故業故法故因果故義門差別中先辯自體差別學者顯示七品尸羅或過一百五十學處界差別者謂欲塵中唯有別解脫律儀靜慮律儀唯在色無色塵無漏律儀是不繫時差別者謂過去世已學未來世當學現在世正學位差別者謂已入正法補特伽羅學未成熟是下位

學正成熟是中位學已成熟是上位心不喜樂勵力修行諸梵行者是苦位其心喜樂不勵力修行諸梵行者是樂位任運修行諸梵行者是不苦不樂位唯是善位非不善位若聽受者是聞位若審察者是思位得定修者是修位若未證得增上心慧者是增上戒位若已證得者名增上心慧位如是等類是位差別補特伽羅差別者此中意說出家補特伽羅或鈍根或利根或貪等行或等分行或薄塵行唯是聲聞非獨覺非菩薩由彼獨覺各別覺悟諸菩薩等解脫堅固是故如來不爲彼說共住修學又復此中唯說般涅槃爲法者已入正法者無有障礙者具縛者不具縛者非無縛者唯人非天是名補特伽羅差別如於學如是分別當知於勝利性慧上首性解脫堅固性念增上性隨其所應五種差別應廣分別此中勝利者是功德增進圓備名之差別如經說觀十勝利者是其體性釋名者是法於身隨攝利益及應稱讚故名勝利又如是法隨生有情之所隨逐故名勝利又如是法稱讚隨逐故名勝利義門差別者當知十種差別謂能攝僧伽令僧精懇乃至廣說

經言苾芻者是沙門捨家趣非家等名之差別具足別解脫律儀衆同分是苾芻體釋名者於色形等精勤守護近惡趣等又能攝引不壞功德故名苾芻義門差別者謂刹帝利等差別上族下族差別少中老等差別應知

經言住者是俯就於時精勤修習名之差別此住自體離所說學無別有法釋名者由種

種威儀攝受時分故名爲住義門差別者謂威儀差別朝中後分差別日夜差別應知

經言慧者是智見明現觀等名之差別簡擇法相心所有法爲體釋名者簡擇爲體非智對治故名爲慧又各各差別能了知此故名爲慧又能顯了識所了別故名爲慧義門差別者隨其所應如前分別

經言解脱者是求斷離繫清淨盡滅離欲如是等名之差別麤重求除煩惱斷滅爲體釋名者能脱種種貪等繫縛故名解脱又復世尊爲種種牟尼說此以爲牟尼體性故名解脱義門差別者謂待時解脱不動解脱見所斷煩惱解脱修所斷煩惱解脱欲纏解脱色纏解脱無色纏解脱如是等類如前差別應知

經言念者是不忘失心明記憶等名之差別心所有法爲體釋名者追憶諸法故名爲念又如所經事隨所作意令心明記故名爲念義門差別者謂念佛念法乃至廣說六念應知又念住差別等隨其所應當廣說

復次釋難中問學勝利者義何謂耶答此言欲顯於增上戒學見勝功德勤修習住問慧爲上首者義何謂耶答此言顯示於諸根中慧根第一問解脱堅固者義何謂耶答此言顯示見修所斷煩惱求斷問念爲增上者義何謂耶答此言顯示於少下劣所得功德不生知足問於餘經中三學次第世尊異說何故此中增上戒後即說增上慧又復不說增上心學勝利耶答此言總攝聞思修等所成諸慧欲顯由無悔等次第發三摩地即是顯

示增上心學如薄伽梵說於是五根最能攝受所攝受者所謂慧根以諸苾芻成就如是勝慧根故乃至能修三摩地根是故由慧根力乃至三摩地根皆得成就令此經中薄伽梵顯示智慧是三摩地引因及能引斷煩惱由說增上慧學故當知兼說慧俱增上心學問若爾餘經中說三學修習進趣圓滿何故不說增上心學修習滿耶答如前所說道理此中應知問何故此中但說學勝利住不說慧勝利住解脫勝利住答但勸攝受下劣勝利當知亦令所化有情攝受一切增上勝利又攝僧等十種勝利明顯易入是故但說學勝利住問夫解脫者於諸法中最爲上首何故但說慧上首住不說解脫上首住答於下劣中尚令所化有情取增上性當知亦令所化於增上法取爲增上又於解脫顯差別故何者差別謂望無常上首之慧解脫最爲常住堅實問何等名爲學勝利住答由於隨所建立衆多學處觀十勝利故常守尸羅堅守尸羅恒作恒轉如是名爲住學勝利問攝受僧等諸句何義答攝受僧伽者是總句餘是別句令僧精懇者令離受用欲樂邊故令僧安樂者令離受用自苦邊故未信令信者未入正法令趣入故已信令增長者已入正法令成熟故難調伏令調伏者犯尸羅者善驅擯故令慚愧者安樂住故淨持戒者令無悔惱故防護現法漏者順伏煩惱纏故損害後法漏者止息邪願住梵行故隨順求斷惑隨眠故爲令多人梵行久住增廣乃至爲諸天人正善開示者爲令聖教相續不斷絕故如

是十種勝利略說則爲三種勝利廣開三種則爲十種三種者一令僧不染汙住二令僧得安樂住三令聖教長時隨轉此中由七種隨護顯示不染汙住及安樂住七種隨護者一敬養隨護二自苦行隨護三衆具乏少隨護四展轉衆隨護五心追變隨護六煩惱纏隨護七邪願隨護最後一句顯示聖教長時隨轉

云何名爲常守尸羅謂不捨學處故云何名爲堅守尸羅謂不犯學處故云何恒作謂學處不穿穴故云何恒轉謂穿穴尸羅復轉還故云何受學學處謂具足隨學諸學處故如是行者常守尸羅堅守尸羅聞正法已獨於靜處繫念思惟籌量觀察爲欲發起增上心慧故又此行者依聞思修所生智慧能證解脫此解脫性不退法故說名爲堅出世智果故不可退轉又此行者由念力故審自觀察我尸羅蘊爲圓滿不我於諸法爲通達不我於解脫爲善證不如是依止憶念力故具學勝利發上首慧證堅解脫又復此念略有三種謂或因說法或依教授或復觀察作與不作問薄伽梵宣說尸羅有無量種謂鄔波索迦尸羅苾芻尸羅鄔波婆娑尸羅靜慮尸羅三摩鉢底尸羅聖愛尸羅如是等今於此中依何尸羅而說住學勝利答苾芻尸羅由最勝故問如薄伽梵說慧亦多種所謂聞所生慧思所生慧修所生慧今於此中依何等慧而說住慧上首答具說三慧問佛說解脫亦有多種謂世間解脫出世間解脫有學解脫無學解脫可動解脫不動解脫如是等今於

此中依何解脱而説解脱堅住答依彼出世不動解脱問如來説念亦有多種謂於身等境界住念久作久説等隨念讀誦等隨念教授等隨念應作不應作隨念念佛等隨念今於此中依何等念説念增上答從勝爲論説應作不作觀察隨念

復次次第中謂先依苾芻尸羅住已次聽受正法次應如理作意如是行者由淨持戒故無有憂悔由無悔等次第能發正三摩地謂由方便所攝慧如理思惟故增上心學成就是名圓滿次第前前爲因後後得圓滿故又住學勝利爲得慧上首故住慧上首爲證解脱堅固故云何能得住學勝利乃至解脱堅固謂由念增上力故是名能成次第又經言若如是住修習生學速得圓滿是亦名爲能

成次第解釋次第者如經言大師者謂能善教誡聲聞弟子應作不應作事故名大師又能化導無量衆生證苦寂滅故名大師又爲摧滅邪穢外道出現於世故名大師聲聞者謂從他聽聞正法音聲故名聲聞又能令他聞正法聲故名聲聞問復何因緣唯爲聲聞説住學勝利等答由聲聞衆是薄伽梵隨順修學眞實弟子故法者所謂宣説名句文身學處者謂宣説五犯聚事成就憐愍者於處長夜諸衆生等恒住慈等四種無量成就悲者能拔衆生多苦法故樂義利者能授衆生無量樂法故求利益者欲令衆生攝受種種妙善法故恒悲愍者能拔衆生種種諸惡不善法故又言爲令多人梵行久住者依刹帝利等大種姓説增廣者謂即此等諸衆生類

後後衆會漸漸廣大乃至爲諸天人者謂即於如是增廣種類中有勢力者此顯世尊大悲普覆非唯一分正善開示者謂如諸所有及盡諸所有一切諸法說正法者謂十二分教聽受研尋任持讀誦處靜思惟如是境界是名爲法爲利益者依增上戒說爲安樂者謂不依止苦難不自在行爲利益安樂者謂諸離欲者增上心增上慧行此行善故名利益順攝故名安樂又若處世尊讃說杜多功德是名利益若處世尊聽受百味飲食百千衣服是名安樂若處世尊建立三學是名利益安樂如來於諸法中以種種慧善觀察者謂若爲利益若爲安樂若爲利益安樂依增上戒學增上心學增上慧學說此中有二因緣名善觀察謂於長夜遍了知故不顛倒覺故彼彼解脫善證得者依增上心增上慧說此中有二因緣名善證得謂究竟行故不退轉法故我尸羅蘊不圓滿者謂或於尸羅一分修習或不依止如是尸羅圓滿修習諸等持戒我於諸法不善觀察者由二種觀察如前說我於解脫不善證得者由二種證得如前說我所應說如是已說者謂總結前略說及廣分別應知

復次由六種相應當解釋一切佛經一由遍知諸法故二由捨惡行大小惑故三由受善行故四由智遍知通達病等行故五由彼果故六由自他受彼果故由如是六相及由如前建立諸相應善解釋一切佛經此中法者謂蘊界處緣起念住正斷等彼果者謂厭離欲解脫般涅槃自他受彼果者謂我生已盡

等如是總名攝釋分今此品中顯示此論有四種相一最勝相二自體相三清淨相四辯教相此中最勝相由二頌自體相由五頌清淨相由二頌辯教相由一頌

顯揚聖教論卷第十三

音釋

旃荼羅（梵語也此云嚴熾旃諸延切荼音途）擾（而沼切亂也）勵（力制切勉也）懇（口很切至誠也）廛（直連切）驅（虧于切逐也）擯（必刃切斥也）

顯揚聖教論卷第十四

無著菩薩造

唐三藏法師玄奘奉詔譯

成善巧品第三

復次於此論體九事等中應善了知七種善巧何等為七頌曰

於諸蘊界處　及衆緣起法　處非處根諦
善巧事應知

論曰住正法者應善了達如是七種善巧之事問何故唯立七種善巧答世間愚夫多如是計頌曰

身者自在等　無因身者住　流轉作諸業
及增上二種

論曰於諸蘊中不善巧故執諸蘊體爲我身者於諸界中不善巧故執自在等爲身生因或執無因身自然起以不了達從自種因身得生故所以者何界者功能種子族姓因等名差別故於諸處中不善巧故執有身者依身而住取外境界於緣起中不善巧故執有身者流轉生死由不善知處非處故執有身者能造諸業由不善知諸根諸諦執有二種增上身者謂愛非愛業果增上者及染汙清淨增上者由不善知苦集兩諦計有染汙增上者由不善知滅道兩諦計有清淨增上者頌曰

於身者等起　實我所住持　流轉者作者
及諸增上義　染汙若清淨　起七種愚癡
對治此應知　攝七種善巧

論曰如前總說二種增上分別顯示二種愚癡謂增上義愚癡及染汙清淨愚癡誰依七

種身等愚轉頌曰

妄計我身者　依止諸根住　於境界迴轉
受用愛非愛　言說所依住　作者有覺者
由於差別蘊　總見一身者

論曰身者愚者由不了知色蘊體故計有一我依止五根於境界轉由不了知受蘊體故計有受者受用一切愛非愛事由不了知想蘊體故別計有我言說依住不知想是言說依故如薄伽梵說如其所想起於言說由不了知行蘊體故計有作者由不了知識蘊體故計有覺者非唯有識以諸世間於識蘊體起覺想故如是愚夫於諸差別蘊自相中總起一種身者愚癡即計身者以之爲我復次等起愚者頌曰

迷惑初因故　計常因無因

論曰世間愚夫或於身所有初因而生迷惑故執不平等因謂有常住自在天毗瑟笯天自性等因或說無因謂撥無一切能生因體復次實我所住持愚者頌曰

我住持諸根　能觸及能受

論曰計我住持諸根能觸順苦受觸順樂受觸及能領受若樂若苦復次流轉作者增上義及染汙清淨愚者謂計有各別住持身者我已頌曰

從此死生處　計有流轉者　法非法作者
及彼果增上　於修習邪行　計爲染汙者
於修習正行　妄計解脫者

論曰彼愚癡者於彼彼死生處計有實我生死流轉即此實我造作後世法非法因即爲此實我於彼果自在受用故彼果法生即此

實我依於果法習行邪行計爲染者修行正行計爲解脱者頌曰

佛未出於世　如是愚癡轉　由佛現世間

說七種善巧

論曰此中顯示依如是時如其所應外道愚癡衆生還滅由此七種善巧言說不共一切諸外道故

此中蘊善巧者頌曰

知世等別故　能除一合想　即離與解脱

衆生不可得　多種及總略　共有差別轉

增益損減智　蘊善巧應知

論曰世等別者謂諸蘊去來等體性差別如薄伽梵說諸所有色若過去若未來若現在若內若外若麤若細若劣若勝若遠若近等乃至廣說由勝智慧如實知故於諸蘊中捨一合想即是還滅又於諸蘊中補特伽羅性不可得何以故即於諸蘊衆生不可得離於諸蘊衆生亦不可得解脱諸蘊衆生亦不可得如薄伽梵告西你迦汝於色蘊見如來耶乃至汝於識蘊見如來耶西你迦答不也喬答摩如是乃至廣說於彼經中說色等蘊若總若別補特伽羅皆不可得今於此中但略說總於五蘊是不可得如是已說了知色等相差別故及能遠離彼所對治增益執故於諸蘊中自相共相皆得善巧又復蘊者是積聚義能善了知是積聚義名蘊善巧此積聚義復有四種謂多種義總略義共有轉義增益損減義此中顯示諸蘊自體及彼障斷勝利是名蘊善巧

云何界善巧頌曰

見三因生故　說名界善巧　從無始自種
多種種生起　由此及於此　取者不可得
依自智成故　能除下劣性
論曰由觀根境識三法從自因而生名界善
巧所以者何由彼諸法無始流轉從自種生
多生起及種種生起當知多生起者如經言
非一界故種種生起者如經言種種界故復
次由依諸根於諸境界能取之我不可得故
能知所作依自成立不由大自在天等是中
凡所欲爲不生下劣自在修習此故顯示界
善巧自體及彼障斷勝利是名界善巧
云何處善巧頌曰
知諸觸諸受　由二種生門　依止於觸故
當知處善巧　如法處天處　後後所依止
由世俗諦二　了知二種性

論曰由善了知觸生門體建立二處謂根及
境如是由能生義故名爲處猶如世間修善
法所名爲法處又善了知諸受依觸是故建
立觸爲彼處如是所居住義故名爲處猶如
世間天像住所名爲天處又復觸受二法生
時依世俗故了知二性謂觸者受者由觸能
觸對受能領納此中顯示就勝義諦觸者受
者皆不可得就世俗諦二皆可得是名處善
巧
云何緣起善巧頌曰
知未斷無常　因能生諸果　自相續相似
名緣起善巧　衆生不可得　而有捨續者
由了達甚深　四種緣起故
論曰能善了知從未永斷無常之因能生諸
果名緣起善巧謂如經說此有故彼有此生

故彼生如其次第又能善知由從此因於自
相續生諸果法謂如經說非緣餘生而有老
死等又善了知從相似因生諸果法謂如經
說身惡行者能感不喜不樂不愛不可意異
熟身妙行者能感與上相違可意等異熟如
是等復次即諸蘊相續名捨命者及續生者
補特伽羅性不可得由善了知四種甚深緣
起故謂不從自生不從他生非自他生非無
因生此中顯示緣起自體及彼障斷勝利是
名緣起善巧
云何處非處善巧頌曰
不作不趣得　二餘體不轉　淨見無餘業
非我自在二　如是智能知　處非處善巧
於自果定處　異此說非處
論曰若不見我於因果二處而得自在名處
非處善巧謂不作故不趣故不得故二體不
轉故餘體不轉故淨見無餘業故云何不作
謂不純作妙善行故是故無有自在之我云
何不趣謂離妙行不往善趣故如經言無處
無容行身惡行乃至得生天上必無是處乃
至廣說云何不得謂離善方便無漏聖道定
不能得道果所攝畢竟清淨如經言無處無
容不來斷五蓋乃至不修七遍覺支能正證
得苦盡邊際必無是處云何二體不轉謂無
處無容非前非後有二如來出現於世乃至
廣說云何餘體不轉謂離丈夫身外餘身必
無有作轉輪王等如經言無處無容女人得
作轉輪聖王乃至廣說云何淨見無餘業謂
如經言無處無容聖見具足補特伽羅故斷
物命乃至受第八有必無是處有是處者謂

諸異生今於此中言不作者謂所計我於因不得自在不得者通於因果淨見無餘業亦爾餘唯於果又處非處者於自果決定名之爲處當知於餘名爲非處由無倒慧於此善巧是名處非處善巧此中顯示處非處善巧自體及彼障斷勝利

云何根善巧頌曰

於能取生住　及染汙清淨　無理我觀餘
於彼果增上　於如是方便　名爲根善巧

謂於取生住　染淨增上故

論曰若不見我於能取等是增上故名根善巧何以故非所計我觀餘因緣於能取等增上自在即餘因緣於能取等是增上故是故計我不應道理所言諸根於能取等是增上者謂眼等六根於取六境是增上男女二根於能生相續是增上命根一種於相續住是增上五受根於染汙是增上信等八根於清淨是增上此中顯示根善巧自體及彼障斷勝利是名根善巧

云何諦善巧頌曰

二自性苦故　合故不應理　由無因有因
及五種譬喻　如是隨覺故　應知諦善巧
隨覺未曾見　未受義因緣

論曰由能善觀我於染淨二法非順道理名諦善巧何等爲二謂自性苦故與苦合故云何自性苦故謂若我自性是苦者爲無因爲有因若無因者常應染汙若有因者應先清淨後方染汙故不順理云何與苦合故謂引五喻皆不順理何以故若言苦與我合者不應如兩木共合有不攝出離性過故亦非如

有情與木共合有出離過故亦非如火與薪共合有性壞過故亦非如衣與染色共合於我體上如白淨色少分亦不可得故亦非如心心法合何以故心是能取與此同緣一境等可名相應於我無此義故不順道理又由觀見未曾見義及彼因緣又復觀見未曾受義及彼因緣名諦善巧謂從昔來未曾了見苦集二諦及彼因緣從昔已來未曾了見未曾經受滅道兩諦及彼因緣此中顯示出世智自體及彼障斷勝利是名諦善巧頌曰

當知諸善巧　差別二十三　異攝論爲先
後最極清淨

論曰應知蘊等善巧差別復有二十三種謂異攝論善巧聞所生智善巧思所生智善巧修所生智善巧順決擇分智善巧見道智善巧修道智善巧究竟道智善巧練根智善巧發神通智善巧不善清淨世俗智善巧善清淨世俗智善巧勝義智善巧不善清淨相有分別智善巧善清淨相有分別智善巧善清淨相無分別智善巧成所作前行智善巧成所作智善巧成所作後智善巧聲聞智善巧獨覺智善巧菩薩智善巧最極清淨智善巧此中異攝論善巧復有二種一種種攝善巧二種種論善巧種種攝善巧者有十一種所謂界攝乃至更互攝界攝者謂諸蘊等自種子所攝相攝者謂諸蘊等自相共相所攝種類攝者謂諸蘊等遍自種類所攝分位攝者謂諸蘊等順樂受等分位所攝不相離攝者謂諸蘊等由一法攝一切蘊等以彼眷屬不相離故時攝者謂諸蘊等過去未來現在各

別相攝方攝者謂諸蘊等依方而轉若依此方所生即此方所攝全攝者謂諸蘊等具足五十八十二等所攝一分攝者謂諸蘊等各別少分所攝勝義攝者謂諸蘊眞如相所攝更互攝者謂諸蘊等更互相攝種種論善巧者謂於蘊等種種問答方便善巧如以一行爲問應以順前句順後句四句無事句答如有問言若有界攝即有相攝耶設有相攝復有界攝耶且應依眼以四句答或有界攝無相攝謂生有色界不得眼設得以失若諸異生生無色界或有相攝無界攝謂阿羅漢最後眼或有界攝亦有相攝謂除上所說餘有眼位或有無界攝亦無相攝謂阿羅漢眼壞失者生無色界已見諦者及已入無餘般涅槃界如於眼如是分別於餘一切隨其所應當廣分別如以界攝對相攝如是以界攝對餘攝展轉一行應廣分別如是以餘攝對餘攝除前前對後後皆應以一行道理如其所應當廣分別復次若法蘊所攝此法界所攝耶設法界所攝此法蘊所攝耶此應以順前句答若法蘊所攝此法亦界所攝或法界所攝非蘊所攝謂無爲法如以蘊對界如是以蘊乃至對諦應依一行道理廣辯相攝如蘊對餘如是以界對處等乃至以根對諦應廣分別此中不善清淨世俗智善巧者即是順決擇分智善巧善清淨世俗智善巧者即是出世後得世間智善巧勝義智善巧者即是見道智善巧如是三種即是不善清淨相有分別智善巧善清淨相有分別智善巧善清淨相無分別智善巧如是三種即是成所

作前行智善巧成所作智善巧成所作後智善巧又前三種差別者未斷煩惱生非煩惱對治已斷煩惱生非煩惱對治已斷煩惱生是煩惱對治差別故中三種差別者即此三種由有分別無分別世俗勝義智性差別故後三種差別者謂即此三種顯示斷前行智性正斷道智性彼後時智性差別故如是九智依相續補特伽羅差別復建立四種應知

成無常品第四

復次如先所說若欲正修行遍知等功德者謂遍知苦等云何於苦遍知謂於苦諦遍知無常苦空無我今隨次第應廣成立此中成無常者謂應顯示無常體性及無常差別云何無常何等差別頌曰

無常謂有爲　三相相應故　無常義如應六八種應知

論曰無常性者謂有爲法與三有爲相共相應故一生相二滅相三住異相又無常義差別者如其所應或六或八應知何等六八頌曰

無性壞轉異　別離得當有　刹那續病等心器受用故

論曰六種無常者一無性無常二失壞無常三轉異無常四別離無常五得無常六當有無常八種無常者一刹那門二相續門三病門四老門五死門六心門七器門八受用門此中刹那相續二種無常遍一切處病等三無常在於內色心無常唯在於名器受用二無常在於外色此中無性無常者謂性常無故名曰無常餘變異無常有十五種頌曰

變異應當知　十五種差別　所謂分位等
八緣所逼故　下界具一切　中界離三門
具三種變異　上界復除器
論曰十五種變異者謂分位變異乃至一切種不現盡變異分位變異者謂從嬰兒位乃至老時前後不相似各別變異顯變異者謂從妙色鮮肌潤澤膚體乃至變爲惡色麤肌枯顇膚體形變異者謂肌瘦等變異興盛變異者謂眷屬資財及戒見等興盛與此相違衰退變異支節變異者謂先具諸支節後變爲不具寒熱變異者謂於寒時蹉跼戰慄熱則舒適流汗希求冷煗等變異他所損害變異者謂手足蹴搏蚊虻觸等身體變異疲倦變異者謂因走跳騰躑等身勞變異威儀變異者謂四威儀前後易脫損益變異觸對變異者謂由順苦樂等觸變異故苦樂等受變異染汙變異者謂心所有貪瞋等大小兩惑嬈亂變異病等變異者謂先無病苦後爲重疾所逼身體變異死變異者謂先有壽命後空無識前後變異青瘀等變異者謂命終後身色青瘀脹爛乃至骨瑣等變異一切種不現盡變異者謂骨瑣位燒壞離散彼一切種都無所見變異又此十五種變異由與八緣相應八緣者一積時貯畜二他所損害三受用虧減四時節推謝五火所燒六水所壞七風所燥八異緣合積時貯畜者謂經時久故有色之法不離本處自然朽敗他所損害者謂由他種種逼惱因緣前後變異受用虧減者謂於種種所受用物爲各別主宰之所食用損減變異時節推謝者謂冬時寒雪夏日

暑雨叢林藥草或盛或衰火所燒者謂大火縱逸國城聚落悉爲灰燼水所壞者謂大水漂漫閈里邑居並隨淪没風所燥者謂大風飄鼓潤衣濕地速令乾曝異緣合者謂多貪者與瞋緣合時貪纏止息發起瞋纏如是多瞋多癡者與餘煩惱緣合應知亦爾如是諸識異境現前亦爾復次是無常義於欲界中一切具有於色界中除病老受用三門無常又有觸染死三種變異如色界所說諸無常義當知無色界亦爾唯除器門頌曰

無性義無常　遍計之所執　所餘無常義
依他起應知

論曰無性義所攝無常義當知遍計所執相攝餘無常義依他起相攝圓成實相中無無常義如是已顯無常義差別及三相所攝又如世尊說諸無常者皆悉是苦有何意耶頌曰

諸無常皆苦　衆苦所雜故　迷法性愚夫
得爲害不覺

論曰由麤重苦所雜無常此無常性是行苦故苦及由變壞苦所依止故苦是故道諦非苦以非苦相所雜無常義故於此法性迷惑愚夫不能了達常無常義又爲已得現前無常之所惱害前說刹那無常遍行一切此無常義非世間現證故應成立頌曰

由彼心果故　生已自然滅　後變異可得
念念滅應知

論曰彼一切行是心果故其性纔生離滅因緣自然滅壞又復後時變異可得當知諸行皆刹那滅云何應知諸行是心果耶頌曰

心熏習增上　定轉變自在　影像生道理
及三種聖教

論曰由道理及聖教證知諸行是心果性道理者謂善不善法熏習於心由心習氣增上力故諸行得生又脫定障心清淨者一切諸行隨心轉變由彼意解自在力故種種轉變又由定心自在力故隨其所欲定心境界影像而生是名道理聖教者謂三種聖言如經中說心將引世間心力所防護隨心生起已自在皆隨轉又說是故苾芻應善專精如正道理觀察於心乃至廣說又說苾芻當知言城主者即是一切有取識蘊是名聖教問彼諸行自然滅壞道理云何應知答由四種因緣頌曰

生因相違故　無住滅兩因　自然住常過
當知任運滅

論曰非彼生因能滅諸行生滅兩種互相違故又無住因令諸行住若必有者應成常住行既不住何用滅因又餘滅因性不可得若行生已自然住者彼應常住則成大過如是有住滅因及自然住並有過故當知諸行任運壞滅頌曰

非水火風滅　以俱起滅故　彼相應滅已
餘變異生因

論曰若水火風是滅因者不應道理由俱生滅故若彼水等是滅因者爛燒燥物不應前相續滅已復變異相續生何以故即無體因爲有體因不應理故然水火風與爛等物相應滅時能爲彼物後變生因除此功能水等於彼更無餘力復次若執滅相爲滅因者此

能滅相與所滅法爲俱時有爲不俱耶若爾何過頌曰

相違相續斷　二相成無相　違世間現見
無法及餘因

論曰彼能滅相與所滅法若言俱有者不應道理有相違過故若言不俱亦不應理有彼相續斷過失故又此滅因能滅法者爲體是滅爲體非滅若體是滅即應一法有二滅相若體非滅應無滅相有如是過故不應理又違世間現見相故不應執滅是滅壞因何以故世間共見餘有體法是滅壞因不見滅法是滅因故又若滅法是滅因者爲唯有滅即能滅法爲更待餘事耶此兩種因俱有過失若唯有滅即能滅法者若時有滅爾時法體畢竟應無若更待餘事者應即餘事爲滅壞因不應計滅爲滅壞因復次云何應知後變異可得故諸法刹那滅頌曰

非身乳林等　先無有變異　亦非初不壞
最後時方滅

論曰一切世間身乳林等內外諸法於最後時變異可得是故先時體無變易不應道理又非先時無有滅壞最後方滅無異因故如是先不變異後不變故先無滅壞後不滅故當知諸行念念變滅是故彼法刹那義成義如是成立無常性已一切外道邪分別所計我自在自性極微覺等常住之法皆不成立云何我常不得成立頌曰

位思煩惱分　非常變異故　此若無變異
受作脫非理

論曰由所計我有苦樂等位善惡等思貪瞋

等煩惱時分差別是故無常所以者何此所計我由樂等故有少變異者不應是常若都不變不應計爲受者作者及解脱者彼法有無我無別故復次亦無自在體性常住能生世間何以故頌曰

功能無有故　攝不攝相違　有用及無用
爲因成過失

論曰所計自在無有功能出生世間所以者何若此自在生世功能無有因緣自然有者汝何不許一切世間無因自有若此功能業爲因者何不信受一切世間以業爲因若此功能以求方便爲因生者何不信受一切世間以自功力爲因得生又若自在世間所攝隨在世間而言能生一切世間是則道理相違若此自在非世間攝是則解脱解脱之法能生世間不應道理又若自在須有用故生諸世間離生世間用不成者是則自在於此須用無有自在自成過失若此自在雖生世間無所須者不應化生一切世間或此自在有如顚狂愚夫之過又此自在生世間者爲唯自在爲因生諸世間爲亦更待其餘因耶若唯自在體爲因者如自在體本來常有世間亦爾不應更生若亦少待其餘因者此所待因若無有因一切世間亦應如是若有餘因世間亦爾從餘因生何須自在故立自在有多過失復次執有自性常住爲因不應道理何以故頌曰

自性變異相　有無不應理　無差別無常
有差別五失　無相亦無因　非自性恒變
先無有變異　我應常解脱

論曰若計自性是常則應非變異因所以者何所計自性非有變異相亦非無變異相故不應理若此自性與餘變異相無差別者應是無常若有差别成五種過一無相過離變異相餘自性相少分亦不可得故二非因過世間不見常住之法是生因體故三非自性過世間不見非彼種類爲彼自性故四常住自性於一切時起變異過以不待餘因故五此自性未生變異之前我解脫過若如是者後時不應起諸變異復次計極微常不應道理何以故頌曰

常造不應理　由二三因故　財有情增上
極微非常住

論曰所計極微常性造作俱不應理云何常性不應道理由二因故汝極微性爲由細故性是常住爲由異類性是常耶若由細者細麤劣故不應常住若由異類者此相不可得從非地等造地等物不應道理云何造作不應道理由三因故一由方所二由因緣三由自體云何由方所故造作不應道理謂從極微造作麤物爲過彼量爲不過耶若不過者麤質礙物應如極微不可執取又復世間不見質礙不明淨物同在一處故不應理若過彼量者過量之處麤質礙物非極微成應是常住若復計有餘極微生是則極微應非常住云何由因緣故謂若汝計由和合性爲因緣故建立餘物令和合者此和合性爲生已能作因緣爲未生耶若生已者所和合物和合已後無有少異和合性可得故不應理若未生者則無體性無體爲因不應道理云何

由自體故此極微性造麤物時不應如種生芽如種極微應滅壞故不應如乳極微應變異故不應如陶師極微勤劬不可得故是故造作不應道理雖無常住極微而有劫初器世間等受用物生諸有情業增上力故不由極微是故極微常住不應道理復次執有常覺不應道理何以故頌曰

無常爲彼依　次第差別轉　諸受等異故當知覺無常

論曰眼識等覺依止無常眼等起故於色等義次第轉故衆多相貌差別轉故樂等諸受貪等諸惑施等善思位分異故於一常覺如是轉異不應道理何因緣故世間有情無常性有而不取執常住性無而種種執耶頌曰

於無常無智　四顛倒根本　當知世上進愚癡力轉增

論曰以於無常無智起故實有無常而不取執實無常性種種執生非唯常倒無智爲因然四顛倒皆以無智爲其根本何以故以於無常不如實知故於無常法起常顛倒於苦起樂顛倒於不淨起淨顛倒於無我起我顛倒由有如是次第義故薄伽梵説若法無常彼必是苦若法是苦彼必無我當知由世間道得上進時不斷無智漸進上地於無常性愚癡之力轉更增上何以故如欲界中破壞變易及別離等諸無常相現可了知上地無有復次何因緣故於無常性無智起耶頌曰

由放逸懈怠　見昧之資糧　惡友非正法當知無智因

論曰無常無智有七種因一放逸二懈怠三

倒見四愚昧五未多積集菩提資糧六由惡友七聞非正法以於境界樂及靜慮樂起放逸故於無常性不如實知設不放逸而復懈怠設不懈怠而復倒見設無倒見而復愚昧設不愚昧而未積集菩提資糧設已修習菩提資糧而隨惡友又復從彼聞非正法故於無常不如實知復有何因不了無常妄執常轉頌曰

不如理作意　憶念前際等　相似相續轉
於無常計常

論曰由二種因起於常執一由不如理作意二由憶念前際等事由前際等事相似相續轉故於餘世間亦計常住復次如前所說三有爲相非唯刹那何以故頌曰

生初後中間　取三有爲相

論曰三有爲相由衆同分一生所攝謂初生時取爲生相最後死時取爲滅相於二中間相續住時取爲住異如是建立三有爲相應知頌曰

無常調伏智　當知由二因

論曰於無常性如實智入由二種因一由念住二由緣起由念住故於諸境界繫心令住由緣起故達彼法性如經中說見集起法於身念住乃至廣說頌曰

彼見有六種　及緣起四種

論曰無常性見當知六種一世俗智謂乃至順決擇分位二勝義智謂乃至出世道位三聲聞智謂除無性無常義四菩薩智謂於一切無常義五不善清淨謂彼二學智六善清淨謂彼二無學智又緣起法當知有四種道

理何等爲四頌曰

自種故非他　待緣故非自　無作故非共

用故非無因

論曰由四道理入無常性謂諸行法不從他生自種起故亦非自生待外緣故亦非俱生俱無作故亦非無因彼二於生有功用故

顯揚聖教論卷第十四

音釋

弩奴古切　練郎甸切精熟也　肌居宜切肉也　踡跼踡巨負切跼渠玉切踡跼不伸也　慄力質切懼也　蚊蝱蚊無分切蝱莫耕切　瘀脹瘀依居切血壅也脹知亮切　爛郎旰切腐爛也　璅蘇果切連璅也　貯展呂切積也　燼徐刃切火餘也　閈候旰切里門也

顯揚聖教論卷第十五

無著菩薩造

唐三藏法師玄奘奉詔譯

成苦品第五

如是成立無常相已云何成立苦相頌曰

生爲欲離因　滅生和合欲　倒無倒厭離　彼因爲苦相

論曰若法生時爲遠離欲因若法滅時爲和合欲因若不了知是顛倒因若善通達是無倒因於一切時生厭離欲如是應知是苦通相復次頌曰

依三受差別　建立三苦相　故說一切受　體性皆是苦

論曰由依三受相差別故建立三苦相謂苦苦相壞苦相行苦相由此相故佛說諸受皆名爲苦謂於苦受及順苦受處法當知建立最初苦相於樂受及順樂受處法當知建立第二苦相於不苦不樂受及順此受處法當知建立第三苦相由不了知此第三相能爲常等顛倒生因若能了知爲無常等無倒生因及能發起涅槃樂欲又由了知不了知第三苦故於前二苦亦了不了應知復次前二苦相世間共成第三苦相不共成立今當成立諸行性是行苦頌曰

當知行性苦　皆麤重隨故　樂捨不應理　同無解脫過

論曰諸行性樂及性是捨不應道理何以故於一切位麤重所隨故是故諸行體性是苦若不爾如其次第於彼性樂及不苦不樂欲應無應無苦及不苦不樂覺應無苦樂覺

問汝亦同然若唯一行苦性者應無樂及不苦不樂覺答由不了故謂有問我亦同然由不了故謂有答不然無解脫過故若於性樂及不苦不樂諸行了知是苦名苦諦現觀由此次第乃至證得究竟解脫若不了故謂爲苦者即是顛倒不應能證究竟寂滅復次頌曰

利深等障礙　依進住乘空　執著性下劣
顛倒及染汙

論曰又諸行性苦少苦加之苦相猛利樂等不爾又苦相深重難爲對治樂等不爾又苦相平等遍一切處乃至證得廣大法者亦被損惱又執常樂我淨名爲顛倒能障聖法又執樂等能爲貪等大小諸惑所依止處又苦等行能引勝進上地功德又復久處住等威儀即生大苦不可堪忍又乘空者亦大苦隨逐又執著樂者其性下劣又於諸行執計爲樂顛倒所攝又緣世樂所起樂欲多是染汙是故諸行皆性是苦復次頌曰

如癰疥癩等　三受之所依　彼能發三觸
取樂等隨轉

論曰諸行性苦當知猶如癰疥癩等三受所依何以故世間癰疥癩等能發隨順苦樂捨等三種觸故由依此觸世間有情取爲苦樂不苦不樂如是於諸性苦諸行發起三觸由此觸故樂等受轉此若無者諸受不轉如是顯示苦相立宗及因喻已復何因緣建立諸行唯有三苦不多不少頌曰

自相自分別　不安隱苦性　五十五應知
三苦之所攝

論曰由苦自性唯有三種一由自相故謂苦苦性二由自分別故謂壞苦性若無分別雖有變壞已解脫者苦不生故三由不安隱故謂行苦性煩惱麤重等所隨逐故如是三苦差別復有五十五種應知云何五十五種頌曰

界緣身等趣　種類諦三世　時命品異故
引衆苦差別

論曰界差別故有三苦謂欲界繫色界繫無色界繫緣差別故有六種苦謂欲根本苦愚癡報苦先業緣苦現因緣苦淨業緣苦不淨業緣苦身等差別故有四種苦謂受重擔等苦位變壞苦麤重苦死生苦趣差別故有五種苦謂那落迦苦乃至天趣苦種類差別故有五種苦謂逼惱苦匱乏之苦大乖遠苦愛變壞苦麤重苦諦差別故有八種苦謂生苦老苦病苦死苦怨憎會苦愛別離苦求不得苦五取蘊苦世緣差別故有九種苦謂過去苦因過去未來現在緣所生如是未來現在苦亦爾時差別故有四種苦謂時節變異苦飢苦渴苦威儀屈伸入息出息閉目開目等所引苦養命差別故有四種苦謂所求無厭足苦追求苦守護苦不自在苦品差別故有七種苦一損減苦謂在家品二增益苦謂出家品三憂惱苦四離有苦又依善說法律出家者有三種苦一愚癡苦謂希望未來追味過去故二嫉妬苦三不勝他苦依惡說法律出家者亦有三苦一愚癡苦謂於所知法顛倒執故二嫉妬苦謂於佛及佛弟子所得名利心不忍故三他所勝苦謂爲名利故起諍論

時墮負處故頌曰
未離欲色等　三種地應知　欲界一切種
色無色除二
論曰如是五十五種苦三地所攝一未離欲
地謂欲界所繫二已離欲地謂色界所繫三
離欲色地謂無色界繫即此三種如其次第
立三種苦謂上中下又欲界中具一切種苦
色無色界中無二種苦所謂苦苦壞苦所攝
二及欲根本苦愚癡報苦所攝二然有餘苦
頌曰
世俗有二種　勝義謂遍行　一緣通上地
當知無現染
論曰如是諸苦略有二種謂世俗勝義別故
世俗諦所攝苦有二種謂苦苦及壞苦勝義
諦所攝有一種謂行苦此亦名遍行苦遍至
欲等三界故欲界上地有二緣所生苦謂有
先業緣苦無現在因緣苦有淨緣苦無不淨
緣苦頌曰
非無色重擔　遍行天麤重　及諦最後邊
餘七上隨縛
論曰無色界中無身重擔苦有天趣苦麤重
苦諦最後邊諸取蘊苦此通欲等三界故名
遍行苦餘生等七苦欲界所攝上地雖有隨
縛復可退還故然無苦自體頌曰
當知生等苦　各五種差別　苦麤重相應
三苦所依止
論曰生等七苦當知一一各有五種謂苦相
應故麤重相應故及三苦所依止故生者爲
老等苦所依煩惱所依不可樂欲行壞所依
老者色衰退等所依病者習所不欲所依不

習所欲所依順死大種乖違所依死者自體別離所依財寶別離所依所愛離別怨憎合會苦之所依怨憎會等三苦身逼迫所依心逼迫所依及彼所作衰損所依頌曰

最後與最後　各四苦所依　謂生生根本
及苦性變壞

論曰於四苦中最後所攝諸取蘊苦及三苦中最後行苦各爲四苦所依故苦一生苦所依二生根本苦所依三苦自性苦所依四變壞苦所依頌曰

三世之所攝　二緣苦非上　所說餘諸苦
皆欲界應知

論曰欲界上地三世苦中當知無有去來緣苦何以故非於上地緣過去未來虛妄分別生諸苦故唯有現緣麤重所隨除上所說所餘諸苦當知唯在欲界所繫復次何因緣故於實有苦境諸愚癡轉頌曰

失念無功用　亂不正思惟　不正了愚癡
及由放逸等

論曰於苦愚癡由五種因及由前所說放逸等法五種因者一於過去苦念忘失故二於未來苦不作功用推求故三於現在苦起四倒亂故四由不正思惟於麤重苦計爲我故五由不正了於諸性苦不了知故復次由四種因起念忘失頌曰

眛故羸劣故　及起放逸故　相續斷絕故
忘念轉應知

論曰眛故者謂愚眛種類羸劣者謂於死等位放逸者謂於境耽著相續斷絕者謂於餘生前衆同分相續斷故復次由四種因無功

用轉頌曰
昧故放逸故　保重現法故　不信當苦故
無功用發趣
論曰昧及放逸已如前說保重現法者由彼保重現在法故於未來苦不作功用不信當苦者由不信有未來苦故不作功用復次由四種因起四顛倒頌曰
相似相續轉　對治妄分別　慣習總取故
起四種顛倒
論曰以見相似相續轉故起於常倒對治分別故起於樂倒妄分別樂爲苦對治故由慣習故起於淨倒由總執故起於我倒復次於苦愚癡由不了別五因故起何等爲五頌曰
界別緣起別　位別次第別　及相續差別
當知各多種
論曰界差別有三種苦謂欲界色界無色界緣差別有七種苦一福緣二非福緣此二在欲界三不動緣在色無色界四纏隨眠緣謂異生者五隨眠緣謂見諦者六有行緣謂非菩薩七智行緣謂諸菩薩位差別有十二種苦一純樂俱謂諸天二純苦俱謂那落迦及鬼傍生一分三雜苦樂俱謂人及鬼傍生一分四不苦不樂俱謂從第四靜慮乃至有頂五不淨淨處謂欲界中無難生處六淨不淨處謂色無色界中諸異生者七淨淨處謂色無色界中諸見諦者八不淨不淨處謂欲界中有難生處及四種入胎苦一不正知入母胎不正知住不正知出二正知入母胎不正知住不正知出三正知入母胎正知而住不正知出四正知入母胎正知而住正知而出

次第差別有十二種苦謂依十二支緣起次第相續差別有無量種有情相續無邊差別故復次於一切苦能遍了知當知有十八種何等是耶頌曰

信解與思擇　不亂心厭離　見修及究竟
又如前十一

論曰一信解遍智謂聞所生智二思擇遍智謂思所生智三不散亂遍智謂世間修所生智四厭心攝遍智謂煗等順決擇分智由此智觀自心相總厭離轉故五見道遍智謂依止見道智六修道遍智謂依止修道智七究竟道遍智謂無學道所攝智及如前所說十一種智一不善清淨世俗智二善清淨世俗智三勝義智四不善清淨相有分別智五善清淨相有分別智六善清淨相無分別智七成所作前行智八成所作智九成所作後智十聲聞智十一菩薩智如是總爲十八種如實了知苦遍智復次如是遍智爲盡衆苦由何遍智盡何等苦頌曰

纏疑不樂離　沉惡趣餘趣　下劣行所起
遍獨衆苦盡

論曰信解遍智能滅纏苦思擇遍智能滅疑苦不散亂遍智能滅不樂遠離苦厭心攝遍智能滅惛沉苦見道遍智能滅惡趣苦修道遍智能滅餘趣苦究竟道遍智能滅下劣行所起苦謂除樂速通行所餘諸行皆名下劣應知菩薩遍智遍滅一切自他諸苦聲聞遍智獨滅自苦應知

成空品第六

如是已成立苦相云何成立空相當知空相

有三種一自相二甚深相三差別相
云何自相頌曰
若於此無有　及此餘所有　隨二種道理
說空相無二
論曰空自相者非定有無非定有者謂於諸
行中衆生自性及法自性畢竟無所有故非
定無者謂於此中衆生無我及法無我有實
性故隨二種道理者謂即於此中無二種我
道理及有二種無我道理隨此二種故說空
性無有一相一非有相二我無故二非無相
二無我有故何以故此二我無即是二無我
有此二無我有即是二我無故是故空性非
定有相非定無相
云何甚深相頌曰
甚深相應知　取捨無增減
論曰隨前所說無二道理雖捨諸法而無所
減雖取諸法而無所增無取無捨無增無減
是甚深空相
云何差別相頌曰
差別有衆多　如彼彼宣說
論曰即此空性薄伽梵於處處經中顯示多
種差別謂勝義空內空外空如是等今且分
別勝義空以勝義故空無所有故名勝義空
此顯四種義何者爲四一離我因義二離我
相義三離無因義四離非自業得義由六處
生時不從我來亦不聚集依止於我如是名
爲離我因義若執六處以我爲因應無分別
五趣別異又由六處本無今有有已散滅故
離我相以如是相非我有故又由有業爲因
異熟生起都無作者亦無有情捨續諸蘊如

是名爲離無因義又由於有分法假立有情相續一類流至現在異熟法上非異相續是故名爲離非自業得義復次云何應知補特伽羅我無所有若有我者爲即蘊相爲住蘊中爲住餘處爲非蘊相頌曰

唯假過失故　蘊無我過故　我無身過故

三我不應理

論曰若所計我即是蘊相應唯是假違汝自宗故成過失以即於諸蘊假立我故若離諸蘊住餘處者我應無蘊是亦有過於諸蘊中無有我故若非蘊相者所計之我有無身過無身之我不應理故是故三種不應道理復次若計實我住諸蘊中是亦不然何以故頌曰

如主火明空　形異依他過　無常無業用

非因非有我

論曰所計實我住諸蘊中爲如主住舍爲如火在薪爲如明依燈爲如虛空處種種物如是一切皆不應理何以故有五種過失故何者爲五若如主住舍中者形段應異舍主與舍形貌異故若如火在薪者有依他過火依薪力不自在故若如明依燈者有無常過隨燈有無明起滅故又前二種亦有無常過失不見舍主有常住者舍雖久住而彼舍主或往餘處或死滅故火隨薪力有無不定無常性故若如虛空者應有業用顯然過失虛空業用顯然可得謂去來等業無障礙故我即不爾故成過失又所計我與果爲因亦不可得何以故無我外物諸種子等與果爲因亦可得故是故計我住諸蘊中與果爲因不應

道理亦無所計實我體性問若唯有蘊無別我者誰見誰聞乃至誰能了別答若見聞等即是我體或是我業或是我具執我以爲見聞者等皆不應理何以故頌曰

我唯應是假　譬喻不可得　七喻妄分別
無見者等三

論曰若汝執我即是見等又名見者乃至了別者所計之我唯應是假即於見等法上假立我故若執見等是業是具此亦不然無譬喻故雖妄分別七種譬喻然有多過是故三種皆不應理云何多過頌曰

若如種無常　作者應成假　如成就神通
應世俗自在

論曰若汝計我於見聞等業如種於芽者我應無常種非常故若汝計我於見聞業等如陶師於器者我應是假何以故世間現見假名士夫有造器用不見餘故若汝計我於見等業猶如世間有神通者能起變化即應同彼世俗假立及自在過何以故離假者外餘成神通者所不見故又復現見成神通者於變化事隨意自在我於見等不假異緣應得自在復次頌曰

我如地如空　應無常無性　應如二無作
分明業可得

論曰若汝計我於見等業猶如大地能持萬物者我應無常地非常故若如虛空無障礙故容所作業我亦如是容見等業者我應無體猶如虛空唯色無體是虛空故又如大地虛空於任持等無動作用我亦如是於彼見等應無作用既無作用執見者等不應道理

又大地虛空任持無障二種功能分明可得我於見等諸所作業無別可得故不應理復次若執見等是我具者是亦不然何以故頌曰

能燒及能斷　唯火等所作　我於見等具非如刀火等

論曰若汝計我執見等具能見能聞乃至了別如人執火能燒執刀能斷者不應道理何以故世間現見離能執人火自能燒刀自能割見等亦爾雖無有我亦應自有見等作用而汝不許故此非喻又復世間諸蘊共合假想立爲我人衆生執持鎌等能刈能斷無別實我故此非喻復次頌曰

如光能照用　離光無異體　是故於內外空無我義成

論曰現見世間即於光體有能照用說爲照者離光體外無別照者如是眼等有見等用說爲見者乃至了別者無別見者等是故內外諸法等無有我問若實無我云何世間有染有淨答染淨諸法從因緣生不由實我何以故頌曰

如世間外物　離我有損益　內雖無實我染淨義應成

論曰如世外物雖無有我而有種種災横順益事業成就如是內法雖無有我而有種種染淨義成是故無過復次若無我者誰受果報誰能作業誰脫衆苦頌曰

位思煩惱分　無常變異故　我常無轉易受作脫應無

論曰汝所計我於苦樂等位善惡等思貪等

煩惱一切時分常無變異無變異故受者作者及解脫者皆不應理如前已說雖無實我而有世俗假者三時變異受者作者及解脫者時分差別皆得成就復次若無我者誰轉誰還頌曰

法性從緣生　展轉現相續　有因而不住

變異故名轉　如身牙河燈　有種種作用

我常無變異　轉還不應理

論曰不由有我而有轉還何以故現見轉者必有生相前後相續展轉不斷恒現在前顯了可見有因不住而復變異說名流轉相續斷絕說名還滅猶如身牙河燈有往來等種種作用及有還滅非汝所計常無變我有流轉用流轉尚無何況還滅復次若唯諸行無有我者世間現見彼彼有情若名若想差別應無頌曰

依我起名想　見二種過失　是故遍一切

實我性都無

論曰不由名想實我得成何以故見二種過失故若世間人於實我上起佛救等種種名想者於身等法彼解應無若於身等起名想者不應說我有諸作用所以者何世間現見起諸言說謂佛友能見德友能聞等又見二種過失者若執我見體性是善任運現前能生染法不應道理若是染法能證實我不應道理又計我者執取我時爲我能執爲見能執若言我執我者不應世間執我之人有起疑惑謂爲有爲無爲是何等何以故現見我故若言見執我者汝今不應說我能取由如是等種種過失是故世間無眞實我復次若

爾何故於正法中建立名想種種差別頌曰
爲言説易故　隨順世間故　斷除怖畏故
顯德失二故
論曰雖無實我而立有情名想別者有四種因一爲令言説易故二順世間故三令初學者離怖畏故四爲顯自他功德過失有差別故復次若無我者世間不應纔見形相率爾便起有情之覺又亦不應思覺爲先起諸作業頌曰
率爾覺亂起　世間現可得　覺爲先作業
有十種過失
論曰率爾生覺非證我因何以故錯亂覺心率爾而起現可得故如於女身起男子覺於男子身起女人覺杌起人覺人起杌覺又汝計我思覺爲先起諸作業有十種過何等爲十頌曰
覺我因功用　自在等各二　有因及無因
當知十種過
論曰若汝執覺爲因起諸作業是即非我能起諸業若我爲因思覺非因是則應無思覺爲先起諸作業又若汝執以我爲因能起作業即應常起一切作業若我非因是即我無所作又若汝執有餘因法能爲因故起諸作業即所計我無所造作若更無因即應常起一切作業又若汝執由内功用能有所作此亦如前有二種過失又若汝執我於作業得自在者即應常作一切所愛不作不愛若不自在即非我相如是已説空相及成立令當顯示觀空眞智所治薩迦耶見差別頌曰
不審決遍行　增益及無事　於事怖妄見

譬喻五應知

論曰薩迦耶見當知五種一不審事見如於繩見蛇二遍行見謂染汙意相應妄有身見於一切時常隨行故如於夢中見所受用所以者何猶如貧者於睡夢中自見受用可愛境界如是愚夫未起真如正覺已來常起妄計我見隨逐三增益事見猶如希望隨屬他女四無實事見猶如小兒見幻化事五於事怖見如人怖畏自畫藥叉如是已說所治差別今當顯示能治差別頌曰

無體及遠離　除遣依三種　對治諸縛想
十六種差別

論曰依止遍計所執等三種自體如其次第立三種空一無體空二遠離空三除遣空又此三空對治諸縛諸想差別有十六種諸縛者有十四種相縛麤重縛應知一根縛二有情互染縛三所依縛謂依器世間諸根流轉四於智無智縛五於境妄境縛六後有愛縛七無有愛縛八執無因不平等因縛九得上慢縛十遍計所執自體執縛十一諸法自體執縛十二諸法遍智自體執縛十三補特伽羅自體執縛十四補特伽羅遍智執縛諸想者謂六種想縛厭此想故菩薩依空勤修念住令心解脫云何名爲六種想縛謂依身受心法發起內想名初想縛即依身等發起外想是名第二即依身等起內外想是名第三爲欲度脫十方無量無數有情界故發起大願修諸念住此分別想是名第四於身等境謂有智慧正觀察住此分別想是名第五於身等境謂有我人正觀住者此分別想是名

第六又觀身等後後相成有十一種想縛差別應知何等十一謂於身等起隨身等正觀察住及於染淨二諦第一義中起分別想名初想縛即於染汙第一義中起有作想是名第二即於清淨第一義中起無作想是名第三即於有作第一義中起流轉想是名第四即於無作第一義中起於常想是名第五即於流轉由苦變異故起於苦想是名第六即於常法起無變想是名第七即於流轉由生滅住異自相故及由自相有變異故起自相想是名第八即於有變無變染汙清淨第一義中起能攝受一切法想是名第九即於染淨一切法所起染汙清淨我所有想是名第十即於染汙清淨諸法起於自體自相之想是名第十一菩薩摩訶薩於如是後後相成想縛差別及彼境界正觀察已依止於空修諸念住令心解脫若於如是諸妄想縛得解脫時當知解脫一切想縛十六空者所謂內空外空內外空大空空空勝義空有爲空無爲空畢竟空無初後空無緣盡空性空相空一切法空無性空無性自性空復次於此空境有六種愚無始流轉何等爲六頌曰

自性與執著　不開解失念　一切遍一分
愚差別流轉

論曰自性愚者謂一切有情無始流轉無智自體執著愚者謂諸外道倒見相應所起無智不開解愚者謂無聞異生所起無智失念愚者謂有聞異生及諸聖者所起無智一切遍愚者謂諸異生於衆生空及與法空所起無智一分愚者謂聲聞等唯於法空所起無

智云何證得如是空理謂由八種智何等爲八頌曰

法住求自心　住自心除縛　怖無二染淨
證得眞空理

論曰一法住智謂依素怛纜等安立法門智二求自心智謂於順決擇分位尋自心智三住自心智謂於見道位證眞如智四除心縛智謂於修道位對治障智五怖行相應智謂聖弟子智怖畏流轉大苦惱故六無二分別智謂菩薩智流轉寂滅過惡功德不分別故七不善清淨智謂有學智八善清淨智謂無學智

顯揚聖教論卷第十五

音釋

癰（於容切癕也）疥（古隘切瘡也）癩（力代切惡疾也）擔（都濫切）慣（古患切習也）鐮（力兼切鍥也）杌（五骨切樹無枝也）繩（神陵切索也）

顯揚聖教論卷第十六

無著菩薩造

唐三藏法師玄奘奉詔譯

成空品第六之餘

復次如是空理依修故證云何爲修頌曰

修差別十八　或有毒無毒　對治五種執
略二種應知

論曰修相差別有十八種一聲聞相應作意修謂如有一是聲聞住聲聞法性或未入正性離生或已入正性離生唯觀自利不觀利他依安立諦作意門入眞如理自内縁有分量法起厭離無欲解脱行爲盡自愛作意修習是名聲聞相應作意修二菩薩作意修謂如有一是菩薩住菩薩法性或未入正性離生或已入正性離生觀自他俱利依安立非安立諦作意門入眞如理自内縁無分量法大悲增上故起利益他攝受方便行履無上迹因爲盡自他愛作意修習是名菩薩作意修三影像作意修謂或思惟有分別毗鉢舍那品三摩地所行本境界法同分影像或復思惟無分別奢摩他品三摩地所行本境界法同分影像如是修習名爲影像作意修四事究竟作意修謂思惟諸法若過去若未來若現在若内若外若麤若細若遠若近或復思惟諸法眞如盡諸所有如諸所有如是修習是名事究竟作意修五事成就修謂已證得根本靜慮及世出世三摩鉢底如是修習是名事成就修六得修謂如有一依初靜慮或修習無常想或乃至修習無想時此人所有不現在前所餘善想若自地攝若下地攝

及彼所引世及出世所有功德皆悉修習令其轉增猛利清淨當得生起證得彼法自在成就是名得修七習修謂如有一現前思惟彼彼諸法起無常等所有善想及現修習諸餘善法如是修習是名習修八除遣修謂如有一思惟三摩地所行影像相故除遣諸法根本性相令不復現依以楔出楔道理猶如有人以其細楔除遣麤楔或以身安遣身麤重如前已說是名除遣修九對治修謂思惟修習厭壞對治斷對治持對治遠分對治是名對治修此中聞思所生道是厭壞對治出世間道是斷對治彼果轉依是持對治世間修慧道是遠分對治十身修十一戒修十二心修十三慧修如其次第依根防護修習三學當知是名身等修性十四少分修謂思惟諸法起無常等一一善想及修所餘少分善法是名少分修十五遍行修謂思惟一切法一味真如如是修習名遍行修十六有動修謂勤方便修無相時於中間起諸有相修是名有動修十七功行修謂勤方便修無相時由功用行無有間缺起無相修是名功行修十八成滿修謂或依聲聞乘或依獨覺乘或依大乘一切依已轉得一切法自在如是修習是名成滿修如是諸修略有二種謂有毒修無毒修我我所執雜不雜故又此諸修當知對治五種邪執一衆生邪執二法邪執三損減邪執四差別邪執五變異邪執衆生邪執者謂於諸蘊執有有情作者受者法邪執者謂如所言說執有色等自體差別損減邪執者謂執諸法一切相無差別邪執者謂執

諸法我無我等有別體性變異邪執者謂執
諸法先實有我後成無我又此諸修略有二
種謂世間修出世間修復次頌曰
修果應當知　三菩提功德　依止轉依性
所作事成就
論曰因修空故證得妙果謂依止轉依證三
菩提及得無諍願智無礙解等無量功德及
所作事圓滿成就謂即轉依究竟成滿

成無性品第七

復次成空品中已成立衆生無我非法無我
今爲成立法無我故說成無性頌曰
三自性應知　初遍計所執　次依他起性
最後圓成實
論曰當知無性不離自性是故先說三自性
義如是即顯三種無性密意故說三自性者
謂遍計所執自性依他起自性圓成實自性
遍計所執者所謂諸法依因言說所計自體
依他起者所謂諸法依諸因緣所生自體圓
成實者所謂諸法眞如自體頌曰
三無性應知　不離三自性　由相無生無
及勝義無性
論曰如是三種自性當知由三無自性故說
三無性一相無性謂遍計所執自性由此自
性體相無故二生無性謂依他起自性由此
自性緣力所生非自然生故三勝義無性謂
圓成實自性由此自性體是勝義又是諸法
無性故已說三種自性及三無性相今當顯
示成立道理云何應知遍計所執皆無自體
相頌曰
非五事所攝　此外更無有　由名於義轉

二更互爲客
論曰遍計所執自相是無何以故五事所不攝故除五事外更無所有何等爲五一相二名三分别四眞如五正智問若遍計所執相無有自體云何能起遍計執耶答由名於義轉故謂隨彼假名於義流轉世間愚夫執有名義決定相稱眞實自性問云何應知此是邪執答以二更互爲客故所以者何以名於義非稱體故説之爲客義亦如名無所有故説之爲客云何知然頌曰
於名前無覺　多名及不定　於有義無義
轉非理義成
論曰若義自體如名有者未得名前此覺於義應先已有又名多故一義應有多種自體又名不定故義之自體亦應不定何以故即此一名於所餘義亦施設故又復此名爲於有義轉爲於無義轉耶若於有義轉者不應道理即前所説三因緣故若於無義轉者即前所説二互爲客道理成就復次若執義是實有由名顯了如燈照色不應道理何以故頌曰
取已立名故　餘即不能取　如衆生邪執
增益爲顚倒
論曰先取義已然後立名非未取義能立名字已取得義復須顯了不應道理又即由此名餘未解者不取得義燈照了物即不如是非由此燈餘不能取所照了物又不應執義異名異由唯依名起義執故譬如唯有諸行無始流轉自性異生數習力故於自他相續起衆生邪執如是於長夜中慣習言説熏修

心故由此方便起妄遍計執有諸法此法邪執猶如衆生妄增益故當知顚倒如是顚倒云何與雜染法展轉生起頌曰
由熏起依他　依此生顚倒　如是互爲緣
展轉生相續
論曰由此顚倒熏習力故後依他果自性得生又依此果後時復生法執顚倒如是二法更互爲緣生死展轉相續不斷已説成立道理今當顯示遍計所執自性差別頌曰
自性與差別　有覺悟隨眠　加行名遍計
又當知五種
論曰由有六種遍計差別故遍計所執自性亦有六種何等名爲六種遍計一自性遍計謂遍計色等實有自相二差別遍計謂遍計色等決定實有有色無色有見無見等諸差別相三覺悟遍計謂善名言者所有遍計四隨眠遍計謂不善名言者所有遍計五加行遍計此復五種一貪愛加行二瞋恚加行三合會加行四別離加行五隨捨加行六名遍計此復二種一文字所起二非文字所起非文字所起者如有計執此爲何物云何此物此物是何此物云何文字所起者如有計執此爲此物此物如是或色或乃至識或有爲或無爲或常或無常或善或不善或無記如是等復次遍計所執自性當知復由五種遍計何等爲五一依名遍計義自性二依義遍計名自性三依名遍計名自性四依義遍計義自性五依二遍計二自性依名遍計義自性者如有計執此物既名爲色必應定有色體眞實此物既名爲受想行識等必應定有

受想行識等體性眞實依義遍計名自性者如有計執此物名色爲不名色此物名受想行識等爲不名受想行識等依名遍計名自性者如有計執不了物體但知種種分別色名不了物體但知種種分別受想行識等名依義遍計義自性者如有計執不了色名但於色體種種分別不了受想行識等名但於受想行識等體性種種分別依二遍計二自性者如有計執此物是色體性名之爲色此物是受想行識等體性名受想行識等已說遍計所執自性差別此遍計執由妄分別故生此分別差別今當更說頌曰

分別有八種　能生於三事　分別體應知
三界心心法

論曰八種分別能生三事何等爲三一分別戲論所依緣事二見我慢事三貪瞋癡事八種分別者一自性分別謂於色等想事分別色等所有自性二差別分別謂即於色等想事起諸分別此有色此無色此有見此無見此有對此無對如是等無量差別於自性分別所依處事分別種種差別之義三總執分別謂即於色等想事所立我及有情命者生者等假想施設所引分別由於積聚多法總執爲因分別轉故又於舍軍林等及於飲食衣乘等想事所立舍等假想施設所引尋思四我分別謂若事有漏有取長時數習我執所聚由數習邪執自見處事爲緣所起虛妄分別五我所分別謂若事有漏有取長時數習我所執所聚由數習邪執自見處事爲緣所起虛妄分別六愛分別謂緣淨妙可意事

境分別七不愛分別謂緣不淨妙不可意事境分別八愛不愛俱相違分別謂緣淨不淨可意不可意俱離事境分別如是略說有二種謂分別自體及分別所依所緣事此中自性分別差別分別總執分別此三分別能生分別戲論所依事分別戲論所緣事謂色等想事爲依緣故名想言說所攝名想言說所顯分別戲論即於此事分別計度無量種種衆多差別此中我分別我所分別此二分別能生餘見根本及慢根本身見及能生餘慢根本我慢此中愛分別不愛分別俱相違分別如其所應生貪瞋癡是故如是八種分別爲起此三種事若欲略說分別體性所謂三界諸心心法復次頌曰

由二縛所縛　堅執二自性　故二縛解脫
正無得無見

論曰起前所說諸分別時即爲二縛所縛所謂相縛及麤重縛由此二縛執二自性謂執依他起自性及遍計所執自性是故解脫二種縛已於二自性正無所得及無所見所以者何由遍計所執自性畢竟無故不可得依他起自性雖復是有不取相故無所見如是成立遍計所執自性已爲欲成立依他起自性故當說成立道理頌曰

假有所依因　若異壞二種　雜染可得故
當知依他有

論曰不應宣說諸法唯是假有何以故假法必有所依因故非無實物假法成立若異此者無實物故假亦是無即應破壞二法二法壞故雜染之法應不可得由雜染法現可得

故當知必有依他起自性復次此依他起自性有何相頌曰

相麤重爲體　此更互緣生　非自然是有

故說生無性

論曰此依他起自性以相及麤重爲體云何說爲依他起由此二種更互爲緣而得生故謂相爲緣起於麤重麤重爲緣又能生相若爾何故名生無性謂緣力所生非自然有故復次此依他起自性爲決定有爲決定無頌曰

非決定有無　一切種皆許　通假實二性

世俗說爲有

論曰依他起自性非如施設決定是有亦非一切決定見無故一切種非有非無然許一切種皆可言說謂若有若無亦有亦無非有非無問此依他起自性爲是實有爲是假有答應知此性通假實有問爲由世俗故有爲由勝義故有答當知由世俗故說之爲有復次頌曰

宣說我法用　皆名爲世俗　當知勝義諦

謂七種眞如

論曰世俗諦者當知宣說我法作用已如攝淨義品中說勝義諦者謂七種眞如已如攝事品中說復次頌曰

圓成實自性　二最勝智義　無有諸戲論

遠離一異性

論曰此勝義諦當知即是圓成實自性問何因緣故七種眞如名勝義諦答由是二最勝智所行故謂出世間智及此後得世間智由此勝義無戲論故非餘智境又此勝義無戲

論故於有相法離一異性何以故由此眞如於有相法不可說異亦非不異故復次頌曰

清淨之所緣　常無有變異　善性及樂性
一切皆成就

論曰由勝義諦離一異性故當知即是清淨所緣性何以故由緣此境得心清淨故當知亦是常於一切時性無變異故又由清淨所緣故當知是善以是常故當知是樂復次頌曰

實勝義無性　戲論我無故　依他無彼相
亦勝義無性

論曰圓成實自性由勝義無性故說爲無性何以故由此自性即是勝義亦是無性由無戲論我法性故是故圓成實自性是勝義故及無戲論性故說爲勝義無性應知於依他起自性由異相故亦得建立爲勝義無性何以故由無勝義性故復次如前所說有五種相謂能詮相所詮相此二相屬相執著相不執著相又有三相謂遍計所執相依他起相圓成實相爲五攝三爲三攝五耶頌曰

依三相應知　建立五種相　彼如其所應
別別有五業

論曰當知依三自相建立五相所以者何初及第二依三自相第三依遍計所執相第四依依他起相第五依圓成實相又三自性一一各有五業已如攝淨義品中說復次前成空品所遮衆生執令此品中所遮法執此二種執誰從誰生頌曰

法執故愚夫　起彼衆生執　彼除覺法性
覺法我執斷

論曰由法執故世間愚夫起衆生執除衆生執現起纏故覺法實性覺法性故法執求斷法執斷時當知亦斷衆生執隨眠復次於何未斷而成雜染於何斷滅得成清淨頌曰

於依他執初　熏習成雜染　無執圓成實
熏習成清淨　雜染有漏性　清淨則無漏
此當知轉依　不思議二種

論曰於依他起自性執著初自性故起於熏習則成雜染當知圓成實自性無執著故起於熏習則成清淨雜染即是有漏性清淨即是無漏性此無漏性當知即是轉依相又此轉依不可思議及有二種云何不可思議頌曰

眞實及自體　寂靜與功德　一切不思議
當知由四道

論曰如是轉依不可思議由四道理一由眞實謂是常故二由自體謂非有色非無色如是等故三由寂靜謂寂靜住故四由功德謂此轉依有威德故又此轉依不可思議由四種道方乃證得謂四種正行四種尋思四如實智四種境事何等爲四一遍滿境二淨行境三善巧境四淨惑境此中遍滿境復有四種一有分別影像二無分別影像三事邊際四所作成辦有分別影像者謂所知事同分三摩地所行毗鉢舍那境無分別影像者謂所知事同分三摩地所行奢摩他境事邊際者謂盡所有性及如所有性所作成辦者謂轉依及依此無分別智淨行境有五種一不淨二慈悲三緣起四界差別五入出息念善巧境有五種謂蘊善巧界善巧處善巧緣起

善巧處非處善巧淨惑境謂世間道有二下地麤性上地靜性等出世間道有四聖諦等復次如前所說有二種轉依何等爲二謂聲聞菩薩轉依差別頌曰

聲聞有二種　趣寂趣菩提　依止變化身
趣無上正覺　諸聲聞轉依　厭背修所得
菩薩方便修　無二智依止　不住生滅故
諸佛智無上　利樂諸有情　不思議無二

論曰聲聞轉依當知復有二種一趣寂滅二趣菩提問聲聞無學永盡後有云何能證阿耨多羅三藐三菩提答依變化身住能證菩提非業報身又聲聞轉依以於流轉背修故得菩薩轉依以方便修及無二智爲依止故得云何以方便修謂由無間違法性故所緣大故發起最勝勤精進故顧有情故了諸行故云何無二智爲依止謂不住流轉及以寂滅不顧流轉故顧諸有情故由此因緣當知佛智最勝無上所以者何餘有情智或住流轉或住寂滅故非無上又諸佛智利益安樂一切有情善能成滿自他利故最勝無上餘有情智或唯自利或不俱利故非無上以是因故諸佛智慧不可思議不住二邊能作一切衆生利益事故又無有二謂般涅槃不涅槃等性無二故

成現觀品第八

復次如是正勤了知無常苦空無我已欲何所觀頌曰

當知現所觀　下中上品事　有漏及無漏
未見未受遍

論曰爲現觀察欲色無色三界所繫下中上

品所知事故有漏者謂即此苦集諦攝無漏者謂此增上滅道諦攝未見者謂四諦所攝未受者謂滅道所攝遍者謂現見不現見法智種類智所行境界復次以何現觀頌曰

出世間勝智　能除見所斷　無分別證得
唯依止靜慮

論曰出世間智能爲現觀非世間智爲斷見所斷惑唯是見道非修道故問彼復何行答無分別證得謂現前證得無分別行非未現證問彼何所依答唯依靜慮不依無色復次何處現觀頌曰

極感非惡趣　極欣非上二　處欲界人天
佛出世現觀

論曰於惡趣中不起現觀苦受恒隨極憂感故不能證得三摩地故色無色界亦無現觀欣掉重故厭麤劣故是故二界三趣不起現觀唯一欲界人天二趣有佛出世能起現觀復次誰能現觀頌曰

未離欲倍離　及已離欲者　獨一證正覺
最勝我所生

論曰有五種補特伽羅能入現觀或無入者以無我故何等爲五一未離欲者二倍離欲者三已離欲者四獨覺五菩薩云何應知唯心能入現觀非我能入頌曰

非我爲智因　亦非自取境　我非自現觀
執愛自我故　無常有境界　待緣智生起
斷麤重等三　故依心現觀

論曰若計有我能入現觀不應道理何以故我爲智因不應理故若離於智自然不能取故所以者何若我能爲智因即是無常或應

智是常有若我自能取境界者智未生前亦應能取又若計我能入現觀此我亦應自觀我性若如是者應無解脫以緣執我及起愛故所以者何無有取我不起我執及我愛者若說依心能入現觀斯有道理何以故心是無常有境待緣能生智故又依止心若麤重若我執及與我愛皆可斷滅所以者何心無常故爲智生因有所緣故與智俱時同取境界待衆緣故智不常有又心是麤重之所依故性離我故若證遍智即能遠離麤重而生永除我執及與我愛云何次第能入現觀頌曰

已成熟相續　或聽聞正法　自然極如理
作意故現觀　繫念於所緣　精勤修靜定
增上善根力　證聖覺道分

論曰修現觀者先當成熟自相續已或復聽聞正法謂聲聞乘或復自然謂菩薩及獨覺於自內心極善作意故能入現觀次繫念於所緣者謂四念住精勤者謂四正斷修靜定者謂四神足增上善根者謂先證得增上資糧信等善根力者謂彼所治不信等障所不能雜證聖覺分者謂依彼故證遍覺支證聖道分者謂證入聖道支如是次第得入現觀復次齊何當言正入現觀頌曰

從是入見道　無漏正見起　永斷於三結
證現觀應知

論曰從前所修如理作意故於見道位出世間正見得生由正見故三結永斷謂薩迦耶見戒禁取及疑齊如是位當知已入現觀然此位中一切惡趣雜染之法皆悉遣除云何

但言三結求斷頌曰

雖惡趣雜染　計所起或斷　境見導師等
隨生三所攝

論曰由薩迦耶見於境迷失由戒禁取於見迷失由彼疑故於佛導師所說正法及正行僧而生迷惑是故隨强唯說求斷三結復次現觀有何相頌曰

由先世間智　簡擇諦究竟　於諦無加行
決定生起相　智境和合相　於所知究竟
當知諦現觀　於十種決定

論曰由先世間智者謂從聞所生智乃至世間第一法智簡擇諦究竟者謂已於諸諦究竟簡擇於諦無加行決定生起相者謂於所觀察諸諦境中不由加行功用決定生起相是現觀相又此決定智與境和合相究竟到所知故所以者何除是已外更無異境可須求故是故此觀名爲現觀當知此決定相復有十種何等爲十頌曰

我性無三有　不滅無有二　無分別無怖
自斷中決定

論曰十種決定者一於衆生無中決定二於遍計所執自性無中決定三於無我有四於相有五於麤重有是中並決定六於不滅中決定謂或無故不滅謂衆生我及法我或有故不滅謂二無我七於無二中決定謂法及法空無有差別八於空無分別決定九於法性無怖決定謂諸愚夫於此性處生諸怖畏智者於此無有怖畏是故決定十於自在能斷決定謂我不復從於他人求斷方便是故決定復次如是現觀云何次第修習應知頌

曰
發起證等流　成滿次第四　又法住智等
次第八應知
論曰現觀次第或四或八或復七種何等爲
四一發起謂從聞所生智乃至世第一法二
證得謂見道三等流謂修道四成滿謂究竟
道云何爲八謂法住智乃至善清淨智如前
所說云何七種頌曰
無悔住所緣　如實見境界　道所依無惑
純差別行斷
論曰七種次第者謂尸羅淨乃至行斷智見
淨由尸羅清淨故無有變悔由無悔故心定
住境由心定故於所知境得如實見次於如
實智見道所依止佛法僧寶遠離疑惑得四
證淨俱生智次於善逝所證所說得決定智
謂唯佛法中有純淨出離苦道非於餘法次
於此道得行差別智謂苦遲通行是下品樂
速通行是上品餘二行是中品次依上品正
行於餘斷滅生勝智見復次此尸羅等七清
淨若略說三學所攝當知亦是三淨所攝云
何三淨頌曰
三淨攝應知　戒淨及心淨　境界依止道
說爲慧清淨
論曰三種淨者所謂戒淨心淨慧淨慧清淨
中復有三種一於境界二於道所依止三於
道體於道體中當知復有三種謂純故差別
故斷故復次於如是次第中以何次第入於
現觀頌曰
知身等因緣　善達於三世　次了知四苦
復八苦應知

論曰先於四念住位應善了知身受心法四種因緣謂由食集故身集觸集故受集名色集故識集作意集故法集次此身等於三世中應善了知謂於未來世集法隨觀於過去世滅法隨觀於現在世集滅法隨觀次應了知即此身等四苦所苦謂受重擔苦位變異苦麤重苦及死生苦以善不善法爲因能感流轉死及生苦是故了知死生二苦即是了知法苦從此無間將觀諸諦故先了知八種苦法所謂生苦乃至略說五取蘊苦復次頌曰

從是正觀諦　起十六行智　爲治四顛倒後後之所依

論曰知八苦後次正觀察四種諦理起十六行智前爲後後之所依止謂爲對治四顛倒故起苦諦四行一爲對治常顛倒故起無常行二爲對治樂淨倒故起於苦行三爲對治我顛倒故起於空行四即爲治此起無我行所以者何離諸行外餘我空故即諸行體非我性故次於常樂淨我四愛集諦起因集生緣四行次於此斷滅諦起滅靜妙離四行次於此能證道諦起道如行出四行復次頌曰

從是轉修習　於心總厭離　諦簡擇決定究竟覺生起

論曰從十六行智後能復轉修習先緣自心總厭心智生此說名煗從此已上諦簡擇智生此說名頂從此已上決定覺智生此說名忍復從此已上究竟覺智生此說名爲世第一法

顯揚聖教論卷第十六

音釋

楔先結切木楔也詮此緣切註也顧古暮切思念也簡擇簡賈限切擇直格切簡擇猶揀選也純常倫切不雜也